Henryk Sienkiewicz
Quo vadis?

Henryk Sienkiewicz

Quo vadis?

Roman aus der Zeit Neros

Aus dem Polnischen übersetzt
von Hugo Reichenbach

Gesamtherstellung: Naumann & Göbel Verlagsgesellschaft mbH
ISBN 3-625-20944-6

Einleitung.

Selten hat ein Roman wie der vorliegende einen solchen Widerhall in der Weltliteratur gefunden, und erst in jüngster Zeit ist ihm nach verschiedenen französischen und italienischen Dramatisierungsversuchen die zweifelhafte Ehre einer Opernbearbeitung zuteil geworden. Es liegt der Handlung die liebliche Legende zu Grunde, wonach Christus dem Apostel Petrus, der voll Kleinmut und Betrübnis wegen der schrecklichen Christenmorde Rom verlassen wollte, auf der Via Appia entgegengekommen sei und auf die Frage des Petrus: „Quo vadis, Domine?", geantwortet habe: „Venio Romam iterum crucifigi", worauf Petrus wieder nach Rom zurückgekehrt sei. Und über die Art und Weise, wie der Gedanke zur Abfassung dieses Romans in seinem Kopf entstanden sei, schreibt Sienkiewicz selbst Folgendes: „Es war das Resultat zahlreicher Ursachen. Ich hatte seit vielen Jahren die Gewohnheit, vor dem Einschlafen lateinische Geschichtsschreiber zu lesen und tat dies nicht nur aus Vorliebe für Geschichte, die mich immer stark interessiert hat, sondern auch mit Rücksicht auf die lateinische Sprache, die ich nicht vergessen wollte. Diese Gewohnheit ermöglichte es mir, die lateinischen Prosaiker und Poeten mit Geläufigkeit zu lesen, und erweckte in mir eine immer stärkere Liebe für die Welt des Altertums. Am meisten zog mich als Historiker Tacitus an. Die *Annalen* des öfteren lesend, fühlte ich mich in diesem künstlerischen Werke von dem Gedanken des Widerstandes zweier Welten angelockt, von denen die eine eine regierende Macht und allmächtige Verwaltungsmaschine, die andere nur eine geistige Kraft repräsentierte. Als Pole wurde ich von dieser Idee eines Sieges des Geistes über die materielle Macht angezogen, als Künstler fesselte mich die entzückende Form, in die sich die Welt des Altertums zu drapieren verstand.

Im Jahre 1894, während meines letzten Aufenthaltes in Rom, besuchte ich die Stadt und Umgebung, den Tacitus in der Hand. Ich kann sagen, der bloße Gedanke war schon in mir reif: es handelte sich nur darum, einen Ausgangspunkt zu finden. Die Kapelle Quo vadis, der Anblick der Basilika von St. Peter, Tre fontane, das Albanergebirge taten dann das übrige und, nach Warschau zurückgekehrt, begann ich historische Studien vorzunehmen, die mich zu dem geplanten Werke noch mehr aneiferten."

Henryk Sienkiewicz wurde 1846 auf dem Gute seiner Eltern Wola Okrzejska in Litauen geboren.

Die zahlreich vorkommenden lateinischen Ausdrücke und Bezeichnungen finden sich der Übersicht halber alphabetisch zusammengestellt in nachstehendem

Register.

Aedon: die Gemahlin des Zethos, die in eine Nachtigall verwandelt wurde.

Ahenobarbus (Feuerbart): Beiname Neros (*Ahenobarbus, matricida, incendiarius:* Feuer- oder Kupferbart, Muttermörder, Mordbrenner – historische Bezeichnungen).

Apicius: Zeitgenosse des Augustus und Tiberius. Plinius der Ältere nennt ihn eine gastronomische Kapazität und großen Liebhaber von Nachtigallenbraten und von Zungen der Singvögel. Nachdem er für Schwelgereien sein Vermögen verschleudert hatte, beging er Selbstmord.

Arbiter elegantiarum: Richter in Sachen des guten Geschmackes.

Arca: Schatulle; Goldbehälter.

Asklepios: Gott der Heilkunde.

Asphodeloswiesen: als Aufenthalt der Seelen in der Unterwelt.

Aß: Kupfermünze, die aus zwölf Unzen bestand.

Atrium: offener Lichthof.

Aurei: Goldmünzen.

Bestiarii: die mit wilden Tieren kämpfenden Gladiatoren, auch: die Tierbändiger.

Bukolische Lieder: Hirtengesänge.

Bulla: eine flache goldene Kapsel; von Kindern um den Hals getragen.

Carinä: Wohnungsort der Reichen.

Chaerea (Cajus): tötete am 24. Januar 41 n. Chr. den grausamen Caligula.

Citrum: köstliches, teures Luxusholz, das in Maurethanien und am Atlas wuchs. Strabo, Theophrast, besonders Plinius berichten viel davon.

Cuniculum: unterirdischer Gang, Stollen; eigentlich: Kaninchenbau.

Demiurgos: Name Gottes für Schöpfer, Gründer, Weltbaumeister.

Dispensator: Hausmeister.

Epilatoren: Haarauszupfer.

Ergastulum: Sklavengefängnis.

Exomis: die von Arbeitern getragene Tunika, deren Schnitt die rechte Schulter und Brust freilässt.

Extra humanum gaudium: mit übermenschlicher Freude (Zitat nach einem röm. Schriftsteller).

Familia: Bezeichnung für die Haussklaven.

Fisch: das geheime Erkennungszeichen der ersten Christen, da die einzelnen Buchstaben von Fisch die Initialen der griechischen Worte: Jesus Christus, Gottes Sohn, Erlöser bilden.

Flava coma: goldblond gefärbtes Haar, Goldlockige; daher Bezeichnung für Straßendirnen.

Fossores: Totengräber, Leichenbestatter.

Frigidarium: Kaltwasserbad.

Getünchte Knie: frisch über See eingetroffene und zum Verkauf ausgestellte Sklaven wurden durch geweißte Füße oder Unterschenkel kenntlich gemacht.

Herkules (siehe *Säulen des Herkules*).

Hic Abdera!: Hier ist Abdera (Schilda): das ist der Dümmste der Dummen. (Sprichwörtlich)

Historio, Sanio: komischer Schauspieler, auch Hanswurst, Possenreißer.

Hyperboreer: fabelhafte Bewohner des äußeren Nordens, die in ewigem Glück und Licht wohnen sollten.

Hypogeum: ein unterirdisches Gelass (Gewölbe).

Hypokaustum: der unter dem Baderaum liegende Heizungskeller, der die erhitzte Luft in das obere Gemach führt; unserer modernen Dampfheizung entsprechend.

Iazygen: lebten von 100 v. Chr. bis 172 n. Chr. zwischen Theiß und Donau.

Ikunkula: Kinderspielzeug, Puppe.

Imaginarii: Banner-(Fahnen-)träger.

Innoxia corpora: unschuldige Wesen.

In scripta duodecim: ein altrömisches Spiel. Es wurde auf einem Brett gespielt, das auf jeder Seite durch 12 Linien in Felder geteilt war.

Iusula: Sommerwohnung, Landhaus.

Kryptoportikus: gedeckte, schattenspendende Säulenhalle.

Kupferbart: Spottname Neros (siehe *Ahenobarbus*).

Lacerna: ein Mantel, der über der Toga getragen wurde.

Lampadarii: Fackelträger.

Lanist: Fechtmeister.

Lararium: der den Hausgöttern (Laren oder *lares domestici*) geweihte Altar.

Lectica: Sänfte, auch Ruhebett.

Legion: bestand zu Neros Zeiten aus 12.000 Mann.

Lokusta: eine berüchtigte Giftmischerin.

Ludi matutini: Morgen-(Vormittags-)spiele.

Lygier: Volk, das im heutigen Schlesien, dem südlichen Teiles von Posen und westlichen Teiles von Polen lebte.

Macte! Habet!: Bravo! Der hat's gekriegt! (Der ist geliefert!)

Maharam Motha: Pauli erster Brief an die Korinther 16, 22.

Manipel: Aufstellung in der Schlachtordnung.

Markomannen: Bewohner des heutigen Böhmens, gehörten zu den Sueven (siehe).

Mastigophoroi: mit Ruten oder Peitschen bewaffnete Männer, die die Kämpfenden mit Geißelhieben gegeneinander hetzen mussten.

Memnon: die Säule des Memnon wurde von Pharao Amenophis um 1500 v. Chr. errichtet und 27 v. Chr. durch ein Erdbeben zerstört.

Mora: ein noch heute in Italien beliebtes Spiel, in dem man mit einem Blick erraten muss, wie viel Finger der Gegenspieler in die Höhe gehoben hat.

Ne sutor supra crepidam: Schuster, bleib bei deinem Leisten!

Nomenklator: Sklave, der den Namen eines eintretenden oder ankommenden Gastes zu melden hatte.

Non te peto, piscem peto. Quid me fugis, Galle?: Nicht dich will ich, ich will den Fisch! Was fliehst du vor mir, Gallier?

Oleothekium: die letzte Prozedur (Abteilung) des Bades.

Pacht: eine ägyptische Göttin, auch Sachet genannt, mit Löwenkopf und Sonnenscheibe.

Pandataria: Strafinsel im Tyrrhenischen Meer.

Pedisequi: Ehrenwache, Ehrengefolge.

Peplum: reich geschmücktes Festgewand (Dianas).
Peractum est!: Ausruf des Volkes, wenn der Gladiator den Todesstoß erhält.
Phorminx: ein der Zither ähnliches altgriechisches Saiteninstrument.
Piacula: Sühneopfer.
Pileolus: Kopfbedeckung in Art eines Hutes.
Piscina: Fischweiher.
Prandium: Mittagsmahlzeit.
Pronuba: Matrone, die die Braut begleitete, ihr Standesunterweisungen gab und sie über die Ehepflichten belehrte.
Quo vadis, Domine?: Herr, wohin gehst du? *Venio Romam, iterum crucifigi*: ich gehe nach Rom, um ein zweites Mal gekreuzigt zu werden. (Nach einer Legende)
Rabboni: Lehrer, Meister, Herr, Weiser und Schriftgelehrter.
Retiarius: ein Arenakämpfer mit Netz und Dreizack.
Rex nemorensis: Vorsteher des Dianatempels von Aricia in Nemi im Albanergebirge.
Rostra: die Rednerbühne.
Sagatio: das Emporschleudern junger Mädchen, der sog. „Perlen“ auf dem Soldatenmantel.
Sanio, Historio: komischer Schauspieler, auch Hanswurst, Possenreißer.
Satis! satis: genug! (Zuruf, aufzuhören)
Säulen des Herkules: Gibraltar (Calpe). Das Arsakidenreich lag zwischen dem Kaspischen Meer und dem Persischen Meerbusen mit der Hauptstadt Arsakia, dem heutigen Aiwâni-Kéf.
Scripta duodecim: (siehe *In Scripta duodecim*).
Scrupula (scripulum oder scrupulum): ein kleines Geldstück oder ein Drittel Denar. (Zusammenhängend mit unserem Ausdruck Skrupel für unnötige Gewissensangst.)
Semnonen: wohnten zwischen Elbe und Oder (Brandenburg).

Sericum: altgriechischer Name des von den Seres bewohnten Landes, des nordwestlichen China.

Sic te diva potens Cypri, sic fratres Helenae, lucida sidera, ventorumque regat Pater: So mögen dich Zyperns mächtige Göttin und die Brüder der Helena begleiten, die leuchtenden Sterne und der Vater der Winde!

Sica: ein Dolch, dolchartige Waffe.

Sigamber: altdeutscher Volksstamm am rechten Rheinufer zwischen Lippe und Sieg.

Spartakus: Anstifter des dritten Sklavenkrieges 73–71 v. Chr. Er sammelte 100.000 Mann, wurde geschlagen, wobei 60.000 Sklaven und er selbst fielen; 6.000 wurden gekreuzigt, der Rest von Pompejus vernichtet.

Stola: Frauenkleid, das über dem Hemd getragen wurde und bis an die Fußknöchel reichte.

Subura: Niederung in Rom mit einer mit vielen Wirtschaften besetzten Straße.

Sueven: Volk, das im heutigen Mähren und Böhmen lebte.

Syrma: Schauspielergewand.

Tabernen: Verkaufsläden.

Tablinum: das Geschäftszimmer.

Tesserae: Einlasskarten.

Tepidarium: geheiztes An- und Auskleidezimmer in den Bädern.

Tesseri: geheime Erkennungszeichen (Marken oder Gebärden).

Toga praetexta: die mit einem Purpurstreifen gezierte Knabentoga. Die Toga praetexta abwerfen entspricht also unserm heutigen Kinderschuh austreten.

Triglyphen: Dreischlitze, als Verzierungen auf Dorischen Säulen.

Triklinium: offener (Sommer-)Speisesaal.

Trojade: Titel des Neroschen Gedichtes: *Der Brand von Troja.*

Tullianum: der tiefste, schrecklichste Teil der unterirdischen Gefängnisse, der nur eine Öffnung in der Decke hatte. Jugurtha starb dort den Hungertod.

Tympana: beckenförmige Vertiefungen in der Wand; dreieckiges Giebelfeld.

Tympanum: ein Musikinstrument, kl. Pauke (mit Rasseln).

Umwinden will ich …: ist einem Volkslied über Harmodias und Aristogeiton entnommen.

Univira: eine Frau, die noch mit ihrem ersten Manne lebt, im Gegensatz zu den Geschiedenen.

Unktuarium: Raum, wo der Körper nach dem Bade mit wohlriechenden Salben oder Ölen eingerieben wurde.

Vae misero mihi!: Wehe mir Armen!

Velarius: Türhüter, Empfangsdiener, der vor den eintretenden Gästen den Vorhang (das Velarium) auseinanderschiebt.

Veni, vidi, vici!: Kam, sah, siegte! schrieb Julius Cäsar nach dem Siege bei Zela an den römischen Senat. Veni, vidi, fugi! Danach scherzhaft: Kam, sah, entfloh!

Vestiplica: die Sklavin, der das Geschäft oblag, den Faltenwurf der Toga zu ordnen.

Vigiliä: Nachtwachen.

Vivarien: Käfige für die wilden Tiere.

Vomitorien: Einlasstore in die Arena.

Erstes Kapitel.

Petronius erwachte erst gegen Mittag und war wie gewöhnlich sehr ermattet. Tags zuvor hatte er bei Nero an einem Gastmahl bis tief in die Nacht hinein teilgenommen. Seit einiger Zeit kränkelte er und behauptete selbst, er wache morgens immer zeitig auf, sei dann wie gelähmt und unfähig, seine Gedanken zu sammeln. Jedoch das Frühbad und das sorgsame Kneten des Körpers durch darin geübte Sklaven beschleunigten den Lauf seines trägen Blutes, und ermunterten und rüttelten ihn wieder so kräftig auf, dass er aus dem Oleothekium, der letzten Abteilung des Bades, wie neugeboren, mit glänzenden Augen, voll Lebensgeist und Frohsinn hervorging, dass mit ihm selbst Otho nicht verglichen werden konnte, und man ihn mit Recht einen *Arbiter elegantiarum* nannte. In den öffentlichen Bädern sah man ihn selten, höchstens wenn ein berühmter Redner auftrat oder wenn bei einer Mündigkeitserklärung junger Römer ungewöhnlich spannende Wettkämpfe zu erwarten waren. Er hatte auf seiner Insula eigene Bäder, die der berühmte Zeitgenosse des Severus, Celer, vergrößert, umgebaut und mit solchem Geschmack ausgestattet hatte, dass sie selbst Nero den kaiserlichen Bädern vorzog, obgleich diese geräumiger und mit größerem Luxus eingerichtet waren. Nach jenem Gelage also, bei dem ihn die Narrenpossen des Vatinius und Nero, Lucanus und Seneca gelangweilt und er sich auch an der gelehrten Abhandlung beteiligt hatte: *Ob die Frau eine Seele habe*, stand er spät auf und nahm sein gewohntes Bad.

Zwei kräftige Badediener betteten ihn auf ein mit weißem, ägyptischem Byssus bedecktes Lager von Zypressenholz und begannen mit ihren in wohlriechendes Olivenöl getauchten Händen den wohlgestalteten Körper einzureiben: Er aber wartete mit geschlossenen Augen, bis die Wärme des Schwitzbades und die Wärme ihrer Hände auf ihn wirkte und die Mattigkeit verscheuchte. Nach einiger Zeit öffnete er die Augen und erkundigte sich zuerst nach dem Wetter und dann nach den Gemmen, die der Juwelier Idomen zur Ansicht schicken sollte. Er erfuhr, das Wetter sei schön und nur ein leichtes Lüftchen säusele vom Albanergebirge her, und die Gemmen seien noch nicht eingetroffen. Petronius schloss abermals die Augen und gab den Befehl, ihn ins Warmbadzimmer zu tragen, als fast in demselben Augenblick der Nomenklator durch den Vorhang rief, dass ihn der junge, soeben aus Kleinasien zurückgekehrte Marcus Vinicius besuchen wolle.

Petronius befahl, den Gast ins Badezimmer einzulassen, wohin er sich selbst begab. Vinicius war der Sohn seiner älteren Schwester, die sich vor Jahren mit Marcus Vinicius vermählt hatte, der unter Tiberius die Würde eines Konsularis bekleidete. Der junge Marcus diente gegenwärtig unter Corbulo gegen die Parther und war nach beendetem Feldzug in die Stadt zurückgekehrt. Petronius hatte für ihn eine an Schwäche grenzende Anhänglichkeit, denn Marcus war ein schöner, athletischer Jüngling, der zugleich ästhetische Umgangsformen besaß, was Petronius über alles schätzte.

„Sei gegrüßt, Petronius“, rief der junge Mann, elastischen Schrittes ins Tepidarium tretend, „mögen dir die Götter gewogen sein, zumal Asklepios und Kypris, denn unterm Schutze dieser beiden bist du gut geborgen!“ – „Sei gegrüßt in Rom, und die Ruhe sei dir süß nach dem Kampfe“, versetzte Petronius, die Hand aus den Falten seines weichen Bademantels herausstreckend. „Was gibt’s in Armenien? Kamst du auch während deines Aufenthaltes in Asien nach Bithynien?“

Petronius hatte einst mit Umsicht und Gerechtigkeit Bithynien als Statthalter verwaltet, und da er allgemein für sehr verweichlicht und prunkliebend galt, erinnerte er sich gern jener Zeiten, weil sie den Beweis dafür erbrachten, dass er, wenn er wollte, bei seinen widersprechenden Charaktereigenschaften auch tätig und energisch sein konnte. „Ja, ich kam auch nach Herakleia“, entgegnete Vinicius. „Corbulo sandte mich hin, Hilfstruppen zusammenzuziehen.“

„Ach, Herakleia! Dort kannte ich einst ein Mädchen aus Kolchis, für das ich gern alle geschiedenen Frauen Roms hingäbe, Poppäa inbegriffen! Aber das sind alte Schnurren! Erzähle mir lieber, was man von den parthischen Grenzen hört! Mich langweilen sie zwar alle, diese Vologes, Tirydates, Tigranes und die ganze Barbarei, die daheim, wie der junge Arulamus erzählt, noch auf allen vieren kriechen, und sich nur uns gegenüber für Menschen ausgeben. Aber jetzt sind sie beliebter Gesprächsstoff in Rom, schon deshalb, weil es gefährlich ist, von anderem zu sprechen.“

„Dieser Krieg steht schlecht, und wenn Corbulo nicht wäre, könnte man auf gänzliche Niederlage rechnen.“ – „Corbulo! Beim Bacchus! Der leibhaftige Mars! Ein gewaltiger Heerführer, und zugleich feurig und rechtlich und einfältig. Ich habe ihn schon deshalb gern, weil Nero ihn fürchtet.“ – „Corbulo ist kein dummer Mensch.“ – „Du hast Recht, doch schließlich ist dies alles gleichgültig. Die Dummheit, sagt Pyrrhon, ist nicht schlimmer als die Weisheit, und unterscheidet sich in nichts von ihr.“

Vinicius begann jetzt vom Kriege zu erzählen, doch als Petronius die Augen schloss, sah der junge Mann dessen müdes, etwas abgemagertes Gesicht, änderte daher den Gegenstand seines Gespräches und erkundigte sich mit einer gewissen Besorgnis nach dessen Gesundheit.

Petronius öffnete wieder die Augen. – Gesundheit? Nein. Er fühlte sich nicht ganz wohl. Vinicius hatte ihn dem Schutze des Asklepios und der Kypris empfohlen. Aber er glaubte nicht an diese Gottheiten. Man wusste nicht einmal genau, war Asklepios der Sohn der Arsinoe oder der Koronis, und wo die Mutter nicht mit Bestimmtheit genannt werden kann, was soll man da erst vom Vater reden? „Wer kann jetzt überhaupt für seinen leiblichen Vater bürgen?“ Bei diesen Worten lachte Petronius hell auf, dann fuhr er fort: „Betrug regiert die Welt, das Leben ist eine Täuschung wie auch die Seele. Ich sandte ihm vor zwei Jahren nach Epidaurus drei Dutzend lebender Misteldrosseln und einen Becher Goldes. Weißt du aber warum? Nun, ich sagte mir: hilft's oder nicht, keinesfalls aber schadet's. Wenn die Menschen auf der Erde den Göttern Opfer darbringen, so glaube ich doch, dass sie alle dasselbe denken wie ich. Alle! Ausgenommen vielleicht die Maultiertreiber, die sich den Reisenden an der Porta Kapena verdingen. Außer mit Asklepios hatte ich auch mit den Ärzten, als ich im verflossenen Jahr etwas leidend war, zu tun. Ich wusste, dass sie Betrüger sind, aber ich sagte mir wiederum: was schadet mir das! Betrug, wie gesagt, regiert die Welt, aber man muss so viel Verständnis haben, um eine angenehme Täuschung von einer lästigen unterscheiden zu können. In meinem Hypokaustum lasse ich mit Ambra bestreutes Zedernholz brennen, denn angenehme Gerüche sind mir lieber als üble. Und was Kypris betrifft, der du mich anempfahlst, so verdanke ich ihr mein Reißen im rechten Beine. Sonst aber ist sie eine gute Göttin! Ich bilde mir ein, auch du wirst ihr früher oder später weiße Tauben opfern.“

„So ist es“, versetzte Vinicius. „Die Pfeile der Parther erreichten mich nicht, dafür aber Amors Pfeil, und zwar ganz unerwartet, nur wenige Stadien vor den Toren der Stadt.“ – „Bei den weißen Knien der Charitinnen! Das musst du mir gelegentlich erzählen“, rief Petronius. – „Ich kam gerade, um deinen Rat einzuholen“, erwiderte Marcus. In diesem Augenblicke traten zwei Epilatoren ein, die sich um Petronius bemühten und ihm die Härchen auf Armen und Händen entfernten, während Marcus die Tunika abwarf und auf die Aufforderung des Petronius hin in ein lauwarmes Bad stieg.

„Ich brauche nicht erst zu fragen, ob du Gegenliebe findest", sagte Petronius, den jungen, wie aus Marmor gemeißelten Leib des Vinicius betrachtend. „Wenn dich Lysippus gesehen hätte, würdest du jetzt sicher das zum Palatinus führende Tor als jugendlicher Herkules schmücken."

Der junge Mann lächelte wohlgefällig und Petronius schaute mit dem befriedigten Auge eines Künstlers auf den Jüngling, der, als er fertig war, sich seinerseits den Epilatoren überließ. Es trat ein Vorleser mit einer Papyrusrolle ein. „Willst du zuhören?", fragte Petronius. – „Wenn es dein eigenes Werk ist, gern!", versetzte Vinicius, „wenn nicht, möchte ich lieber mit dir plaudern. Heutzutage fangen ja die Poeten ihre Zuhörer an allen Straßenecken ab." – „Und wie! Man kommt an keiner Basilika vorüber, durch keine Straße, ohne auf einen Versschuster zu stoßen. Aber das liegt so in der Zeit. Wenn Cäsar Verse schreibt, müssen natürlich alle seinem Beispiel folgen. Nur bessere Verse darf niemand schreiben als Cäsar, und deshalb ist mir um Lucanus ein wenig bange. Ich aber schreibe nur Prosa, doch belästige ich weder mich selbst noch andere damit. Was der Vorleser vortragen sollte, ist ein Testamentskodizill des armseligen Fabricius Veiento."

„Wieso armselig?"

„Es wurde ihm geraten, er möge den Odysseus nachahmen und nicht eher in sein heimatliches Nest zurückkehren, als bis seine Angelegenheit neu geregelt sei. Diese Odyssee wird ihm nun um so viel leichter, als dem Odysseus selbst, weil seine Frau nicht jene Penelope ist. Übrigens brauche ich dir wohl nicht erst zu sagen, dass er darin sehr dumm vorgegangen ist. Aber hier werden alle Angelegenheiten nur oberflächlich betrieben. Es ist dies ein simples und langweiliges Buch, das man erst dann anfing mit Leidenschaft zu lesen, als der Verfasser ausgewiesen wurde. Jetzt ruft man auf allen Seiten: ‚Skandala! Skandala!' Und es ist sehr möglich, dass sich Veiento manches erdacht hat. Ich aber, der ich die Stadt, unsere vornehmen Herren und unsere Frauen kenne, kann dir versichern, dass vieles erdacht ist. Es sucht jedermann in dem Buche sich selbst mit Besorgnis, Bekannte aber mit stillem Vergnügen. In dem Buchladen des Arvinus wird das Buch von hundert Schreibern nach einem Diktat geschrieben, und der Erfolg ist sicher."

„Deine Streiche sind dort nicht zu haben?"

„O doch, aber der Verfasser ist fehlgegangen, denn ich bin viel schlechter und weniger fade, als er mich dort schildert. Siehst du, wir haben hier schon längst das Gefühl für das Würdige und Unwürdige verloren, und mir geht es selbst so, obwohl es Seneca, Musonius und Traseas zu erkennen glauben. Mir ist auch alles gleichgültig und über Herkules rede ich, was ich denke. Aber dennoch habe ich den Vorzug vor anderen, dass ich weiß, was hässlich und was schön ist; dies versteht zum Beispiel unser kupferbärtiger Dichter, dieser Fuhrmann, dieser Gassensänger, dieser Tänzer nicht."

„Dennoch tut es mir um Fabricius leid! Er war ein guter Gesellschafter."

„Seine Eigenliebe hat ihn verdorben. Jeder misstraute ihm, niemand wusste etwas Rechtes, aber er selbst konnte nichts behalten und erzählte alles nach allen Richtungen hin unter dem Siegel der Verschwiegenheit. Hörtest du übrigens schon die Geschichte des Rufius?" – „Nein." – „So gehen wir hinüber ins Frigidarium. Während wir uns abkühlen, erzähle ich dir die Geschichte."

Beide begaben sich in den Baderaum und setzten sich in Nischen, die mit Seide ausgepolstert waren. Vinicius betrachtete sinnend einen Faun aus Bronze, der einen Nymphe über die Schulter gelegt hatte und gierig mit den Lippen deren Mund suchte. Dann sagte er: „Der hat Recht! Das ist das Beste im Leben." – „Mehr oder weniger ja! Aber du liebst außerdem den Krieg, was ich von mir nicht sagen kann, denn unter den Zelten werden die Fingernägel brüchig. Aber sag mal: Schreibst du auch Verse?" – „Nein. Ich habe noch niemals einen Hexameter fertig gebracht." – „Spielst auch nicht Laute und singst nicht?" – „Nein." – „So bist du vielleicht Meister im Wagenlenken?" – „Seinerzeit habe ich mich an den Wettfahrten in Antiochia beteiligt, aber ohne Erfolg." – „Dann bin ich deinetwegen beruhigt. Zu welcher Partei gehörst du im Hippodrom?" – „Zu den Grünen."

„Dann bin ich völlig beruhigt, besonders da du zwar ein hübsches Vermögen hast, aber doch nicht so reich bist wie Pallas und Seneca. Am besten ist es, wenn man alles anzustaunen versteht, was die Dilettanten tun! Du bist ein hübscher junger Mann und daher der Gefahr ausgesetzt, dass sich Poppäa in dich verliebt. Doch nein – sie ist darin schon zu erfahren. Sie hat mit ihren beiden ersten Gatten genug Liebe genossen, und beim dritten handelt es sich um etwas anderes. Weißt du, dass dieser dumme Otho sie noch immer wie ein Wahnsinniger liebt? Er irrt seufzend auf den Felsen Spaniens umher, ist seiner Gewohnheit untreu, und auf seine Person verwendet er jetzt so wenig Sorgfalt, dass ihm drei Stunden täglich für seine Frisur genügen. Wer hätte das jemals gedacht, besonders von Otho!" – „Ich verstehe ihn", versetzte Vinicius, „aber an seiner Stelle würde ich anders handeln." – „Und wie denn?" – „Ich würde mir unter den dortigen Bergbewohnern treue Legionen werben! Diese Iberer sind tüchtige Soldaten." – „Vinicius! Vinicius! Ich möchte fast sagen, dass du dazu gar nicht fähig wärest. Solche Dinge tut man, aber man spricht nicht davon. Ich würde Poppäa sowie Nero, den Feuerbart, verlachen und mir Legionen anwerben, aber nicht von Iberern, sondern von Iberinnen. Überdies würde ich Epigramme schreiben, sie aber nicht vorlesen, wie der arme Rufius." – „Du wolltest mir ja dessen Geschichte erzählen." – „Im Unktuarium sollst du sie hören."

Im Unktuarium jedoch richtete sich die Aufmerksamkeit des Vinicius auf etwas anderes, nämlich auf die auffallend schönen Sklavinnen. Zwei waren Mohrinnen, die prächtigen Ebenholzstatuen glichen. Sie schickten sich an, den Leib der beiden Männer mit köstlichen Wohlgerüchen Arabiens zu salben – andere, im Frisieren geschickte Phrygierinnen, hielten in ihren schlangenglatten Armen Metallspiegel und Kämme – zwei Mädchen aus Kos aber, schön wie griechische Göttinnen, warteten als Vestiplicae darauf, die Falten der Toga der beiden Herren kunstvoll zu ordnen. „Beim Wolken sammelnden Zeus!", rief Marcus Vinicius, „Hast du eine Auswahl!"

„Ich sehe mehr auf eine auserlesene als auf eine große Schar. Meine ganze Familie in Rom übersteigt nicht vierhundert Köpfe, und ich glaube, dass andere Emporkömmlinge kaum eine größere Anzahl für ihren persönlichen Dienst bedürfen." – „Schönere Sklavinnen kann nicht einmal der Feuerbart haben", bemerkte Vinicius.

Mit einer gewissen freundschaftlichen Gutmütigkeit sagte Petronius: „Du bist ja mein Blutsverwandter, und ich bin weder so ungefällig wie Bassus, noch so ein Pedant wie Aulus Plautius."

Als Vinicius diesen letzten Namen hörte, hob er rasch das Haupt, das Mädchen von Kos ganz vergessend, und fragte: „Wie kommst du auf Aulus Plautius? Weißt du, dass ich einige Tage in seinem Hause zubrachte, als ich mir vor der Stadt den Arm verstauchte, und mich sein Sklave, der Arzt Merion, behandelte?" – „Hast du dich in Pomponia verliebt? In diesem Falle müsste ich dich bedauern: nicht mehr jung, dagegen tugendhaft! Eine schlimmere Vereinigung könnte ich mir gar nicht vorstellen. Brr!" – „In Pomponia nicht, eheu!", sagte Vinicius. – „In wen denn?“ – „Ja, wenn ich’s nur selber wüsste, in wen! Ich weiß auch nicht einmal genau, wie sie heißt: Lygia oder Callina. Im Hause wird sie Lygia genannt, weil sie dem Lygiervolke entstammt, sie hat aber noch ihren Barbarennamen Callina. Es ist ein merkwürdiges Haus, das des Plautius. Belebt und still zugleich wie in den Hainen von Subiacum. Mehrere Tage hindurch ahnte ich nicht, welch göttliches Wesen es bewahrt, bis ich sie eines Morgens erblickte, als sie sich an der Gartenfontäne wusch. Und ich schwöre dir bei dem Schaum, dem Aphrodite entstieg, dass die Strahlen des Morgenrots durch ihren zarten Leib schimmerten. Ich fürchtete fast, sie werde bei Sonnenaufgang zerfließen, sich in Licht auflösen wie die Morgenröte. Von dieser Zeit ab sah ich sie noch zweimal, und seither weiß ich nicht mehr, was Ruhe ist. Ich habe keine andere Sehnsucht mehr; nichts, was mir die Stadt bieten könnte, kann mich locken. Ich begehre weder Weiber noch Gold noch korinthisches Erz, weder Bernstein noch Perlen noch Wein noch Festgelage, nur Lygia will ich.“

„Wenn sie eine Sklavin ist, so kaufe sie doch!“ – „Sie ist keine Sklavin.“ – „Was ist sie denn? Eine Freigelassene des Plautius?“ – „Da sie nie Sklavin war, kann sie auch keine Freigelassene sein.“ – „Also?“

„Ich weiß es nicht; eine Königstochter oder doch etwas ähnliches.“

„Du machst mich sehr neugierig, Vinicius.“

„Wenn du mir zuhören willst, werde ich gleich deine Neugierde befriedigen. Die Geschichte ist nicht lang. Du kanntest vielleicht persönlich den König der Sueven, Vannius, der sich, aus seinem Reiche vertrieben, lange Zeit in Rom aufhielt; er wurde durch sein Glück im Würfelspiel berühmt und durch sein Fahren. Caesar Drusus setzte ihn wieder auf seinen Thron. Vannius war ein tüchtiger Mann, regierte anfangs gut und führte glückliche Kriege; später aber fing er an, nicht nur die

Nachbarn, sondern auch seine eigenen Untertanen zu schinden. Um diese Zeit beschlossen Vangio und Sido, Söhne des Vibilius, Königs der Hermunduren, ihren Onkel Vannius zu zwingen, wieder nach Rom zu gehen, dass er abermals sein Glück im Würfelspiel versuche."

„Ganz recht, ich erinnere mich. Es ist ja noch gar nicht so lange her; es war zu des Claudius Zeiten."

„Bald darauf brach der Krieg aus. Vannius rief die Iazygen zu Hilfe, seine beiden Schwiegersöhne dagegen die Lygier, die von den Reichtümern des Vannius gehört hatten und in der Hoffnung auf reiche Beute in so großer Anzahl kamen, dass selbst der Kaiser Claudius für die Ruhe seiner Grenzen fürchtete. Claudius wollte sich nicht in einen Krieg mit den Barbaren einmischen und schrieb an Atelius Hister, den Führer der Donaulegionen, dass er ein achtsames Auge auf den Verlauf des Krieges richte und über den Frieden jener Gegenden wache. Hister verlangte nun von den Lygiern, dass sie sich verpflichten, die Grenzen nicht zu überschreiten; dies wurde nicht nur bereitwillig zugesagt, sondern auch Geiseln gestellt, unter denen sich die Frau und Tochter ihres Heerführers befanden; also ist meine Lygia die Tochter jenes Heerführers."

„Woher weißt du das alles?"

„Dies erzählte mir Aulus Plautius selbst. Die Lygier haben zwar nicht die Grenzen überschritten, aber die Barbaren kommen wie ein Unwetter und verschwinden ebenso und so verschwanden auch sie samt ihren Auerochshörnern, die sie auf den Köpfen trugen. Sie schlugen den Vannius und seine Verbündeten, jedoch fiel ihr König, und sie machten sich mit dem Raube davon und ließen die Geiseln in den Händen des Hister. Kurz darauf starb die Mutter, und das Kind sandte Hister an Pomponius, der damals Statthalter von ganz Germanien war. Pomponius kehrte nach Beendigung des Krieges mit den Chatten nach Rom im Triumph zurück. Die Jungfrau ging hinter dem Triumphwagen des Siegers. Nach beendeter Einzugsfeier wusste Pomponius selbst nicht, was er mit der Geisel, die er nicht gut als Gefangene behandeln konnte, anfangen sollte, und schenkte sie seiner Schwester Pomponia Grācina, der Frau des Plautius. Und in diesem Hause, wo alles tugendhaft ist, von den Herrenleuten angefangen bis zum Federvieh im Hühnerhofe, ist Lygia zur Jungfrau herangewachsen: tugendhaft wie Grācina und so schön, dass sich neben ihr selbst Poppäa wie eine Feige des Herbstes neben einem Hesperidenapfel ausnehmen müsste."

„Nun, und weiter?" – „Seit ich sah, wie die Sonnenstrahlen durch ihren Körper drangen, bin ich besinnungslos in sie verliebt." – „Ist sie so durchsichtig?"

„Auch muss ich dir noch sagen, dass ich nach meiner Heimkehr aus Asien eine Nacht im Tempel des Mopsus zubrachte, um träumend in die Zukunft zu sehen. Und siehe! Mopsus selbst erschien mir im Traum und verkündete, dass in meinem Leben eine große Wendung eintreten werde, und zwar durch die Liebe." – „Sage mir nur, was du eigentlich willst?" – „Lygia! Ich will sie in meinem Hause haben, immerzu, bis mein Haupt weiß ist wie der Gipfel des Soracte im Winter." – „Sie ist keine Sklavin, gehört aber schließlich doch zur Familia des Plautius und wird wohl als Pflegling betrachtet werden müssen. Plautius könnte sie dir abtreten, wenn er wollte."

„Da kennst du aber Pomponia Grācina nicht. Schließlich haben sich beide an sie gewöhnt, als wäre Lygia ihr eigenes Kind." – „Ob ich Pomponia kenne! Die reinste Zypresse! Wäre sie nicht des Aulus Ehefrau, könnte man sie als Klageweib verdingen. Seit dem Tode Julias hat sie ihr dunkles Gewand nicht abgelegt, und sieht überhaupt aus, als wandle sie schon bei Lebzeiten auf Asphodeloswiesen. Außerdem ist sie die Frau eines einzigen Mannes und ungeschieden als eine Univira, also unter unsern vier- bis fünfmal Geschiedenen eine Art Phönix …

Aber! – Hast du schon gehört, dass in Oberägypten gerade jetzt ein Phönix ausgekrochen sein soll, was nur einmal in fünfhundert Jahren vorkommt?" – „Vom Phönix sprechen wir später." – „Was soll ich dir eigentlich sagen, mein Marcus! Ich kenne Aulus Plautius und glaube, dass er eine gewisse Schwäche für mich hat, obwohl er mit meiner Lebensweise nicht einverstanden ist. Sicher schätzt er mich höher als all die andern, wie zum Beispiel Domitius Afer, Tigellinus und den übrigen Freundestross des Ahenobarbus, da ich mich niemals zum Denunzianten hergegeben habe; ich bin gerade kein Stoiker, aber Neros Aufführung hat schon oft mein Missfallen erregt, wenn Seneca und Burrhus noch durch die Finger sahen. Glaubst du, dass ich beim Plautius etwas für dich erreichen könnte, so stehe ich dir zu Diensten." – „Ich glaube, dass du es bei deinem Einfluss kannst. Wenn du mit Plautius sprechen wolltest …" – „Du hast eine große Meinung von meinem Einfluss, und wenn es sich um sonst nichts handelt, so will ich mit Plautius reden, sobald er in die Stadt übergesiedelt ist." – „Sie sind schon seit zwei Tagen hier." – „So wollen wir in das Triclinium gehen, wo das Frühstück unserer harrt, und dann lassen wir uns neu gestärkt zu Plautius tragen." – „Du warst mir immer lieb", rief Vinicius lebhaft, „jetzt aber möchte ich deine Bildsäule bei mir aufstellen und ihr Opfer darbringen." So sprechend wandte er sich den Statuen zu und wies mit der Hand auf eine Bildsäule des Petronius, die ihn als Hermes mit einem goldenen Stab in der Hand darstellte. „Beim Lichte des Helios, wenn dir der göttliche Alexander ähnlich gewesen ist, dann kann man sich über Helena nicht wundern."

Dieser Ausruf enthielt ebenso viel Wahrheit als Schmeichelei, denn Petronius, wenn auch älter und minder athletisch gebaut, war noch schöner als Vinicius. Die Frauen in Rom bewunderten an ihm nicht nur die geistige Gewandtheit und seinen Geschmack, der ihm den Beinamen Arbiter elegantiarum eingetragen hatte, sondern auch die Wohlgestalt seiner Erscheinung. Tiefe Bewunderung drückte sich auch auf den Gesichtern jener Mädchen aus Kos aus, die jetzt seine Toga ordneten und besonders eine, Eunice mit Namen, schaute ihm voll Demut und Entzücken in die Augen. Er achtete jedoch nicht darauf, sondern lächelte Vinicius zu und zitierte als Antwort den Ausspruch Senecas über die Weiber: „Animal impudens“ und so weiter. Dann schlang er seinen Arm um den Nacken des Vinicius und führte ihn in den Speisesaal.

Im Unktuarium fingen die zwei griechischen Mädchen, die Phrygierinnen und die zwei Mohrinnen an, die Muscheln mit den Wohlgerüchen wegzuräumen. Hinter dem halb zugezogenen Vorhang am Kaltbaderaum erschienen bald darauf zwei Köpfe der Badediener und ein leiser Ruf ertönte, worauf eine der Griechinnen, die Phrygierinnen und die beiden Äthiopierinnen im Handumdrehen hinter dem Vorhang verschwanden. In den Thermen ging es jetzt ausgelassen und lustig zu. Diesem Übermut wurde vom Aufseher kein Hindernis in den Weg gelegt, weil er oft selbst an diesen Lustbarkeiten teilnahm. Petronius ahnte wohl etwas von diesem Treiben, aber da er als verständiger Mann kein Freund vom Strafen war, kümmerte er sich nicht weiter darum. Im Unktuarium blieb nur Eunice zurück. Eine Zeit lang lauschte sie noch dem Gelächter, das in der Richtung der Dampfbäder verhallte, dann rückte sie den mit Bernstein und Elfenbein kunstvoll eingelegten Stuhl, auf dem Petronius gesessen hatte, vorsichtig bis zu dessen Bildsäule. Helles Sonnenlicht durchflutete das Unktuarium und spiegelte sich in der Marmorbekleidung der Wände. Eunice bestieg den Stuhl, und als sie in gleicher Höhe mit der Bildsäule war, schlang sie plötzlich die Arme um deren Hals, dann warf sie ihr Goldhaar zurück, schmiegte ihren rosigen Leib an den weißen Marmor und presste voller Leidenschaft ihren Mund auf die kalten Lippen des Petronius.

Zweites Kapitel.

Nach dem Imbiss, der zwar Frühstück genannt wurde, zu dem sich aber die beiden Gefährten erst niederließen, als gewöhnliche Sterbliche schon längst das Mittagsmahl hinter sich hatten, schlug Petronius einen kleinen Schlummer vor. Seiner Ansicht nach war es noch zu früh, um Besuche zu machen. Am geeignetsten erschienen ihm dazu die Nachmittagsstunden, und zwar zur Zeit, wo die Sonne den Tempel des Kapitolinischen Zeus überstiegen hatte und die Strahlen schräg auf das Forum fielen. Es gäbe zwar Leute, meinte er, die ihre Bekannten mit Sonnenaufgang besuchten und dies als eine altherkömmliche, römische Sitte betrachten; aber er halte dies für barbarisch. Der Herbst sei noch hoch und ein Schläfchen nach dem Essen gang und gäbe. Es sei so angenehm, im Atrium dem Geplätscher der Fontäne zu lauschen und nach den üblichen tausend Schritten in dem rötlichen Lichte, das durch das purpurne, halb zugezogene Velarium drang, vor sich hin zu träumen. Vinicius gab dem Petronius Recht und sie begannen auf und ab zu schreiten, über die neuesten Vorkommnisse in der Stadt und auf dem Palatinus zu plaudern, aber auch philosophische Bemerkungen auszutauschen. Hierauf begab sich Petronius in das Cubiculum, schlief jedoch nicht lange. Schon nach einer halben Stunde kam er wieder zum Vorschein, ließ sich Verbenaöl bringen und rieb sich damit Hände und Schläfen ein: „Du glaubst nicht, wie sehr das erfrischt", bemerkte er. „So, jetzt bin ich fertig."

Die Sänfte stand schon längst bereit; sie stiegen ein und ließen sich nach dem Vicus Patricius, ins Haus des Aulus tragen. Das Haus des Petronius lag an dem südlichen Abhange des Palatinus, unfern der so genannten Carinae. Der kürzeste Weg dahin führte unterhalb des Forums vorüber, aber Petronius wollte gleichfalls beim Juwelier Idomen vorsprechen und befahl, über den Vicus Apollinis und über das Forum gegen den Vicus Sceleratus zu gehen, an dessen Ecke sich die mannigfachsten Tabernen befanden.

Riesige Mohren hoben die Sänfte und setzten sich in Bewegung. Voraus gingen Sklaven, *pedisequi* genannt. Petronius hielt die nach Verbenaöl duftenden Finger vor die Nasenlöcher und schien nachzusinnen, dann sagte er: „Es fällt mir eben ein, dass deine Waldnymphe, wenn sie keine Sklavin ist, das Haus des Plautius verlassen und in das deine übersiedeln könnte. Und natürlich müsstest du sie auch mit Liebesbeweisen, mit Reichtümern überhäufen, wie ich meine vergötterte Chrysotemis, die ich, unter uns gesagt, mindestens schon ebenso satt habe wie sie mich."

Marcus schüttelte das Haupt.

„Also nicht?", fragte Petronius. „Du würdest schlimmstenfalls eine Stütze am Kaiser finden, und du kannst versichert sein, dass unser Feuerbart, infolge meines Einflusses, auf deiner Seite wäre."

„Du kennst Lygia nicht!", versetzte Vinicius.

„So erlaube mir die Frage, kennst du sie anders als vom Sehen? Hast du mit ihr gesprochen? Hast du ihr deine Liebe gestanden?"

„Ich sah sie zuerst am Springbrunnen und dann traf ich nur zweimal mit ihr zusammen. Du musst wissen, dass ich während meines Aufenthaltes auf dem Landsitze des Aulus in einer Seitenvilla wohnte, welche für Gäste bestimmt ist, und da ich den Arm verstaucht hatte, konnte ich an den gemeinschaftlichen Mahlzeiten nicht teilnehmen. Erst am Vorabend meines Wegganges traf ich Lygia bei der Mahlzeit, konnte jedoch kein

Wort mit ihr sprechen. Ich musste anhören, was mir Aulus von seinen ihn in Britannien erfochtenen Siegen erzählte und dann von dem Niedergange der kleinen Leute in Italien, dem zu steuern Licinius Stolo sich bemühte. Ich weiß überhaupt nicht, ob Aulus von anderen Dingen sprechen kann. Auch du wirst ihm nicht entrinnen können, du müsstest dann vorziehen, etwas über die Verweichlichung der Jetztzeit zu hören. In seinen Hühnerställen sind Fasane, aber sie essen keinen, da sie von dem Grundsatze ausgehen, jeder verspeiste Fasan könne das Ende des römischen Reiches beschleunigen. Dann sah ich Lygia wieder bei der Zisterne im Garten; sie hielt ein eben ausgerissenes Schilfrohr in der Hand, dessen Fruchtkolben sie ins Wasser tauchte, um die im Umkreise wachsenden Irisblumen damit zu besprengen. Beim Schilde des Herakles, ich sage dir, meine Knie zitterten nicht, als die heulenden Parther wie ein finsteres Gewölk auf unsere Manipeln losstürmten, aber sie zitterten bei jener Zisterne. Verwirrt wie ein Knabe, der noch die Bulla um den Hals trägt, flehte ich nur mit den Augen um Erbarmen. Lange vermochte ich kein Wort hervorzubringen." – Petronius warf dem jungen Mann einen Blick zu, in dem etwas wie Neid lag. „Du Glücklicher!", rief er aus. „Und du hast sie nicht angesprochen?" – „O doch! Als ich wieder zur Besinnung gekommen war, sprach ich mit ihr. Aus Asien, sagte ich ihr, sei ich zurückgekehrt, und habe mir ganz nahe vor der Stadt den Arm verstaucht. Da aber die Zeit gekommen sei, dieses gastliche Haus verlassen zu sollen, sei ich zu der Einsicht gekommen, dass es besser sei, hier zu leiden, als anderswo zu genießen. Sie hörte mich an, gleichfalls verwirrt, mit gesenktem Köpfchen, während sie mit einem Schilfrohr etwas in den safrangelben Sand zeichnete. Dann blickte sie flüchtig empor, ließ ihre Augen von den gemachten Zeichen zu mir schweifen, als wollte sie etwas fragen – und entfloh dann plötzlich wie eine Nymphe vor einem läppischen Faun." – „Sie muss schöne

Augen haben." – „Wie das Meer; ich versenkte mich in sie wie in den Archipelagus, der minder blau ist."

„O Athene!", rief Petronius aus. „Nimm diesem Knaben die Binde des Eros von den Augen, sonst schlägt er sich noch an den Säulen des Venustempels den Schädel entzwei! O du Frühlingsknöspchen am Baume des Lebens! Du erstes, grünes Ästchen an der Weinranke! Ich sollte dich eigentlich in das Haus des Gelocius bringen lassen, wo eine Schule für lebensunkundige Knaben ist." – „Ja, was willst du denn eigentlich?" – „Und was schrieb sie denn in den Sand? War es vielleicht der Name Amors, oder ein von seinem Pfeil durchbohrtes Herz, konntest du solche Zeichen unbeachtet lassen?" – „Rate, was sie zeichnete!" – „Wenn es etwas anderes ist, als ich vermute, so rate ich nicht." – „Einen Fisch." – „Wie sagst du?" – „Einen Fisch, sagte ich. Sollte dies vielleicht bedeuten, dass in ihren Adern bisher noch kaltes Blut fließt? Du wirst dieses Zeichen gewiss besser verstehen." – „O Teuerster! Über solche Dinge frage Plinius. Er ist Kenner von Fischen. Würde der alte Apicius noch leben, so könnte er dir davon ebenfalls noch etwas erzählen. Dieser hat in seinem Leben mehr Fische gegessen, als mit einem Male in der Bucht von Neapel Platz haben."

Das Gespräch ward unterbrochen, denn sie kamen jetzt in belebte Straßen, wo es der Menschenlärm übertönt hätte. Bei dem Vicus Apollinis wendeten sie sich nach dem Boarium und dann nach dem Forum Romanum, wo sich an schönen Tagen vor Sonnenuntergang eine Menge müßiger Leute zu versammeln pflegte. Man erging sich in den Säulenhallen, um Neuigkeiten auszutauschen, man betrachtete die Sänften hervorragender Persönlichkeiten, die vorübergetragen wurden, und man bestaunte schließlich die Gewölbe der Goldschmiede, der Buchhändler, man blickte in die Wechselläden, in die Seidenmagazine, in die Bronzeläden, kurz, in alle Läden der Häuser, die jenen Teil des Marktes umfassten, der sich dem Kapitol gegenüber befand. Die eine Hälfte des Forums, die dicht unter den hervorspringenden Felsen des Kastells lag, war schon in Schatten getaucht, während die Säulen der höher gelegenen Tempel in goldenem und bläulichem Schimmer erglänzten. Häuser und Säulen schienen zusammengehäuft und strebten teils der Höhe zu, teils klebten sie an der Felswand des Kapitols. Oberhalb des Säulenwaldes glänzten bemalte Triglyphen, aus der Tympana traten plastische Göttergestalten hervor; auf den Giebelspitzen schienen beschwingte Quadrigen bereit, ihren Flug durch den Raum zum blauen Himmelsgewölbe zu nehmen, das sich so herrlich über die ewige Stadt rundete. In der Mitte des Marktes und auf dem äußersten Umkreis ergoss sich ein Menschenstrom, der sich teils unter den Bogen der Basilika des Julius Cäsar erging, teils auch auf den Stufen saß, die zu den Bildsäulen des Kastor und Pollux führten, teils endlich um den Tempel der Vesta streifte, ähnlich wie der Schwarm vielfarbiger Schmetterlinge und Mistkäfer um dessen großen marmornen Herd.

Und schon kam von den breiten Stufen des vom Iovi optimo maximo geweihten Tempels ein neuer Menschenstrom daher. Auf den Rostrae ließen sich verschiedene Redner hören. Hier und da ertönten Rufe der Händler, die Früchte, Wein oder mit Feigensaft gemischtes Wasser feilboten, von Quacksalbern, die wunderbare Heilmittel angepriesen, von Wahrsagern, die verborgene Schätze zu entdecken versprachen, und von Traumdeutern. Da und dort hörte man Töne einer ägyptischen Sistra, eine Sambuke, oder einer griechischen Flöte und durch den ohrenbetäubenden Tumult sah man Kranke, Fromme, Betrübte, die Opfergaben nach den Tempeln trugen, indessen Taubenschwärme über die Köpfe der Menge flogen und sich auf einem freien Plätzchen des Marktes niederließen, gierig die Körner aufpickend, die man ihnen hinwarf, um gleich wieder aufzufliegen, wenn jemand kam. Von Zeit zu Zeit machte die Menschenmenge einer Sänfte Platz, in der zarte Frauengesichter oder die Köpfe von Senatoren und Patriziern mit starren, lebensmüden Gesichtszügen sichtbar wurden. Die in den verschiedensten Sprachen redende Volksmenge nannte dann laut deren Namen und fügte auch Spott- und Lobreden bei. Die griechische Sprache hörte man ebenso häufig wie die lateinische.

Vinicius, der lange nicht in der Stadt gewesen war, betrachtete mit einer gewissen Neugierde den Menschenschwarm um das Forum Romanum, das die Welt beherrschte, aber auch gleichzeitig von so vielen Menschen fremder Abstammung überflutet war, dass Petronius, die Gedanken seines Gefährten erratend, ausrief: „Das Nest der Quiriten – ohne Quiriten!“ In der Tat verschwand das heimische Element fast in dieser Masse, die aus den verschiedenartigsten Rassen und Nationen zusammengesetzt war. Man sah hier Äthiopier und blonde Riesen aus dem fernen Norden, Britannier, Gallier und Germanen, man sah Bewohner von Sericum mit geschlitzten, schief stehenden Augen, Leute vom Euphrat, Männer vom Indus mit ziegelrot gefärbten Bärten, Syrer von den Ufern des Orontes mit schwarzen, sanft blickenden Augen; knochendürre Wüstenbewohner Arabiens, Juden mit eingefallenem Brustkorb, Ägypter mit dem ewig gleichgültigen Lächeln auf den Gesichtern, Numidier und Afren; Griechen aus Hellas, die gleich den Römern über die Stadt herrschten, die aber wegen ihres Wissens, ihrer Kunst, ihres Verstandes und ihrer Verschlagenheit zu solcher Macht gekommen waren, Griechen von den Kleinasiatischen Inseln, aus Ägypten, aus Italien und dem narbonnensischen Gallien.

Auch fehlte es nicht an Schacherern und Priestern der Serapis mit Palmzweigen in Händen, an Priestern der Isis und an solchen der Wandergötter, an morgenländischen Tänzerinnen, die grellfarbige Mitra auf dem Haupte, an Amulettenhändlern, an Schlangenbändigern und chaldäischen Magiern, endlich an Leuten ohne irgendwelche Beschäftigung, die sich jede Woche in den diesseits des Tiber gelegenen Getreidespeichern meldeten, sich um Lotterielose in den Zirkussen schlugen, die Nächte in den jeden Augenblick mit Einsturz drohenden Häusern des jenseits des Tiber gelegenen Stadtteiles verbrachten, die sonnigen und wärmeren Tage aber in den Kryptoportiken, in den schmutzigen Garküchen der Subura, an der Milviusbrücke oder vor den Insulis der Reichen, von wo ihnen zuweilen die Reste vom Tische der Sklaven zugeworfen wurden. Petronius war bei der Menge wohlbekannt. An das Ohr des Vinicius drang fortwährend der Ruf: „Hic est!". Das ist er. Man liebte ihn wegen seiner Freigebigkeit, und seine Popularität hatte sich noch gesteigert, als man erfuhr, dass er sich vor dem Kaiser gegen das Todesurteil ausgesprochen hatte, das über alle Sklaven des Präfekten Pedanius Secundus, ohne Unterschied des Alters und Geschlechts, verhängt worden war, weil einer von ihnen den Tyrannen in einem Anfall von Verzweiflung getötet hatte. Petronius erklärte zwar öffentlich, dass ihm die Sache selbst sehr gleichgültig sei und er sich nur in seiner Eigenschaft als Arbiter elegantiarum dagegen ausgesprochen habe, weil sich sein ästhetisches Gefühl durch das barbarische Urteil beleidigt fühle, das vielleicht roher Szythen, niemals aber römischer Männer würdig sei. Aber Petronius achtete nicht auf die Zurufe, denn er erinnerte sich, dass dieses Volk auch den Britannicus geliebt, den Nero vergiftete, und Agrippina, die er ermorden ließ, und Oktavia, die man auf Pandataria erwürgte. Diese Liebe des Volkes konnte vielmehr als schlechte Vorbedeutung gelten und der skeptische Petronius war abergläubig. Zudem verachtete er die Menge als Aristokrat und als Ästhetiker; diese Leute, die nach gerösteten Bohnen rochen, die sie bei sich trugen, die an allen Ecken zum Moraspiel niederhockten und dadurch heiser wurden und sich in

Schweiß arbeiteten, verdienten in seinen Augen nicht Menschen genannt zu werden.

Ohne daher die Beifallsrufe zu beachten, erzählte er dem Marcus die Geschichte des Pedanius und spottete über die Wandelbarkeit des Straßenpöbels, der am Tage nach einem drohenden Aufruhr dem Nero auf seiner Fahrt zum Tempel des Jupiter Stator zugejubelt hatte. Vor dem Buchladen des Arvinus ließ Petronius halten und kaufte ein zierliches Manuskript, das er Vinicius überreichte. „Ein Geschenk für dich“, erklärte er. – „Danke!“, versetzte Vinicius, und mit einem Blicke auf den Titel bemerkte er fragend: „Satiricon? Das ist etwas Neues. Von wem denn?“ – „Von mir, doch will ich nicht in die Fußstapfen des Rufius treten, dessen Geschichte ich dir erzählen wollte, noch in die des Fabricius Veiento, ich bitte dich also, mich nicht zu verraten, denn kein Mensch weiß davon.“ – „Du sagtest doch, du schreibst keine Verse“, sagte Vinicius, einen Blick auf das Manuskript werfend. „Hier aber finde ich die Prosa stark mit Versen durchflochten.“ – „Wenn du es lesen wirst, richte deine Aufmerksamkeit vor allem auf das Gastmahl des Trimalchio. Was die Verse anlangt, so sind sie mir von dem Augenblicke an verleidet, seit Nero ein Epos schrieb. Du weißt, wenn sich Vitellius erbrechen will, bedient er sich eines Elfenbeinstäbchens, das er in die Kehle steckt, andere gebrauchen ölgetränkte Flamingofedern oder nehmen einen Absud von mildem Thymian: ich dagegen brauche nur Neros Gedichte zu lesen und die Wirkung ist eine augenblickliche. Daraufhin kann ich dann die Verse, wenn auch nicht mit reinem Gewissen, so doch mit gereinigtem Magen loben.“

So sprechend, ließ er die Sänfte vor dem Laden des Juwelier Idomen halten, und nachdem er die Angelegenheit mit den Gemmen geordnet hatte, befahl er, die Sänfte geradeswegs nach dem Hause des Aulus Plautius zu tragen. „Unterwegs erzähle ich dir zum Beweise, was Autoreneitelkeit ist, die Geschichte des Rufius", sagte er. Doch ehe er noch begonnen hatte, bogen sie in den Vicus Patricius ein und befanden sich gleich darauf vor der Behausung des Aulus. Ein junger, kräftiger Türhüter öffnete ihnen die in das Ostium führende Tür, über der eine Elster in einem Bauer hing, die die Angekommenen mit einem kräftigen „Salve!", begrüßte. Auf dem Wege aus der zweiten Vorhalle in das Atrium sagte Vinicius: „Hast du bemerkt, dass der Türhüter hier keine Ketten trägt?"

„Ein merkwürdiges Haus", versetzte halblaut Petronius. „Es ist dir gewiss bekannt, dass Pomponia Gräcina im Verdachte steht, Bekennerin eines Aberglaubens zu sein, der aus dem Osten kommt und auf der Verehrung eines gewissen Christos beruht. Man hat sogar Hausgericht über sie abgehalten ..." – „Du hast Recht, es ist ein merkwürdiges Haus. Später erzähle ich dir noch, was ich gesehen und gehört habe." – So sprechend, waren sie im Atrium angelangt und Petronius, der zwar viel prächtiger eingerichtet war, fand jedoch nichts, was seinen Geschmack beleidigt hätte, und er wollte sich gerade mit einer Bemerkung darüber an Vinicius wenden, als der Velarius den Vorhang vorm Tablinum auseinander schob und Aulus Plautius sich aus der Tiefe des Hauses eiligen Schrittes näherte. Er war ein in vorgerückten Jahren stehender Mann, auf dessen Haupte schon ein silberner Reif lag; aber er war noch sehr rüstig und frisch, und sein etwas zu kurzes Gesicht mit dem an einen Adler erinnernden Profil deutete auf einen energischen Charakter. Jetzt aber malte sich etwas wie Erstaunen, ja wie Unruhe auf seinen Zügen über den unerwarteten Besuch des Freundes, Gefährten und Vertrauten Neros.

Petronius war zu sehr Weltmann und zu scharfsinnig, als dass er dies nicht bemerkt hätte. Nach den ersten Begrüßungen versicherte er daher auch mit aller Unbefangenheit und Liebenswürdigkeit, die ihm zu Gebote stand, dass er gekommen sei, für die freundliche Pflege, die seinem Schwestersohne in diesem Hause zuteil geworden, zu danken. Aulus versicherte seinerseits, dass er ihm ein lieber Gast sei, und was die Dankbarkeit betreffe, so hege er selbst etwas dergleichen für Petronius, wenn auch dieser vielleicht den Grund nicht erraten würde. Petronius erriet in der Tat nicht, worauf Aulus anspielte. Die nussbraunen Augen zur Decke emporrichtend, sann er vergebens darüber nach, welche Dienste er dem Aulus oder irgendeinem anderen erwiesen habe. Er wusste nur, dass er den Vinicius eine Gefälligkeit erzeigen wollte.

„Du hast dem Vespasian, den ich schätze und liebe, das Leben gerettet", sagte Aulus, „als er das Unglück hatte, bei einer Vorlesung der Gedichte Neros einzuschlafen." – „Ein Glück für ihn", versetzte Petronius, „denn auf die Art hat er sie wenigstens nicht gehört. Ich will auch zugeben, dass die Sache für ihn hätte unglücklich ausfallen können. Der Feuerbart wollte durchaus einen Zenturio zu ihm schicken, mit dem freundschaftlichen Auftrage, er möchte sich die Adern öffnen." – „Du aber, Petronius, lachtest ihn aus." – „So ist es, oder vielmehr ich sagte ihm, wenn Orpheus durch seinen Gesang die wilden Tiere eingeschläfert habe, sei sein Triumph kein geringerer, wenn es ihm gelang, Vespasian einzuschläfern. Man darf ja den Feuerbart tadeln, vorausgesetzt, dass sich der Tadel auch als Schmeichelei auffassen lässt. Unsere huldreiche Augusta Poppäa versteht dies ausgezeichnet." – „Ja, leider, das sind jetzt schlimme Zeiten", erwiderte Aulus. „Mir fehlen zwei Vorderzähne, die mir ein von Britannenhand geschleuderter Stein einschlug, und ich lispele seither, aber die glücklichste Zeit meines Lebens habe ich doch in Britannien zugebracht."

„Weil es eine siegreiche Zeit war", warf Vinicius ein. Doch in der Besorgnis, dass der alte Feldherr von seinen Schlachten zu erzählen anfangen werde, änderte Petronius rasch das Gesprächsthema und sagte: „Dein Haus, Plautius, ist nicht sehr groß, für einen so großen Mann, der darin wohnt; mein Haus ist wahrlich zu groß für einen so schlechten Besitzer, und dennoch zu klein. Wenn es sich um den Untergang von etwas Großem handelt, wie die *domus transitoria*, lohnt es sich da für uns, Opfer zu bringen, um den Verfall der Ruine aufzuhalten?" Als er keine Antwort erhielt, änderte er wieder sein Gesprächsthema und begann die Besitzung des Plautius zu loben. „Es ist ein alter Familienbesitz", versetzte Plautius, „an dem ich seit meiner Besitznahme nichts geändert habe."

Nachdem der Vorhang zwischen dem Atrium und dem Tablinum zurückgeschoben war, konnte man durch das Tablinum, das daranstoßende Peristyl und den dahinterliegenden, Ökus genannten Saal in den Garten blicken, der in der Ferne wie ein helles Bild in dunklem Rahmen aussah. Fröhliches Kinderlachen drang von dort bis ins Atrium. „Oh, Feldherr", rief Petronius, „lass uns dieses fröhliche Lachen in der Nähe anhören, es ist eine Seltenheit heutzutage." – „Recht gern", sagte Plautius, sich erhebend. „Mein kleiner Aulus und Lygia ergötzen sich beim Ballspiel. Was aber das Lachen anbelangt, Petronius, so glaube ich dein ganzes Leben geht unter Lachen dahin." – „Das Leben ist des Lachens wehrt, deshalb lache ich", entgegnete Petronius, „jedoch klingt dies Lachen anders." – „Petronius lacht weniger bei Tage, aber viel mehr bei Nacht", fügte Vinicius hinzu.

So plaudernd durchschritten sie das Haus und gelangten in den Garten, wo Lygia und der kleine Aulus mit Bällen spielten. Petronius warf einen raschen Blick auf Lygia, während der kleine Aulus, als er Vinicius erblickte, auf diesen zulief. Der junge Mann aber neigte im Vorüberschreiten das Haupt vor dem lieblichen Mädchen, das, den Ball in der Hand, mit etwas gelösten Haaren noch ganz atemlos und errötend dastand. – Im Gartentriklinium, das von Efeu, wildem Wein und Geißblatt überschattet war, saß Pomponia Grācina, und die Männer gingen hin, um sie zu begrüßen. Obwohl Petronius nie das

Haus des Plautius besuchte, war sie ihm bekannt, denn er war schon häufig bei Antystia, der Tochter des Rubelius Plautius, und im Hause des Seneca und bei Polliona mit ihr zusammengetroffen. Er konnte ihrem ernsten und schönen Gesicht, der Vornehmheit ihrer Gestalt, ihren Bewegungen und ihrer Redeweise seine Bewunderung nicht versagen. Pomponia verwirrte seine Anschauung vom Weibe derart, dass der in Grund und Boden verderbte und wie kein zweiter in Rom selbstbewusste Mann ihr gegenüber nicht nur eine gewisse Achtung empfand, sondern auch ihr gegenüber seine gewohnte Sicherheit einigermaßen verlor. Während er ihr jetzt für die dem Vinicius gewidmete Fürsorge dankte, redete er sie unwillkürlich mit Domina an, was ihm nie in den Sinn kam, wenn er mit Calvia Crispinilla, mit Scribonia, mit Valeria, mit Solina und anderen Frauen der großen Welt zusammenkam. Nach der Begrüßung und den Danksagungen begann er sogleich sein Bedauern darüber auszusprechen, dass sich Pomponia nirgend blicken lasse, dass man sie weder im Zirkus noch im Amphitheater sehe, worauf sie, ihre Hand in die ihres Gatten legend, ruhig erwiderte: „Wir beide werden alt und lieben hier immer mehr die häusliche Einsamkeit."

Petronius wollte einen Einwand machen, allein Aulus Plautius fügte in den ihm eigentümlichen zischenden Tone hinzu: „Wir fühlen uns immer fremd unter den Menschen, die sogar schon unseren römischen Göttern griechische Namen beilegen."

„Seit einer gewissen Zeit werden ja die Namen der Götter nur als rhetorische Figuren gebraucht", entgegnete Petronius gleichgültig, „und da uns die Griechen in der Redekunst unterwiesen haben, wird es zum Beispiel mir auch leichter, Hera anstatt Juno zu sagen." Darauf blickte er auf Pomponia, als wollte er sagen, dass er in ihrer Gegenwart an keine andere Gottheit denken könne, und versuchte ihr zu widerlegen, was sie über ihr Alter gesagt hatte: „Die Menschen altern schnell und besonders jene, die ein ganz anderes Leben führen, und zudem gibt es Gesichter, die Saturn zu vergessen scheint." Petronius sagte dies mit einer gewissen Aufrichtigkeit, denn obwohl Pomponia Gräcina den Mittag ihres Lebens schon überschritten hatte, war ihre Gesichtsfarbe ungewöhnlich frisch geblieben, und da ihr Kopf klein und die Züge zart waren, machte sie zuweilen trotz der schwarzen Gewänder und dem tiefen Ernst ihrer Züge den Eindruck einer noch jungen Frau. Inzwischen näherte sich der kleine Aulus dem Vinicius und forderte ihn zum Ballspiele auf. Nach dem Knaben betrat auch Lygia das Triklinium. Unter den Efeugehängen und den über ihr Gesicht gleitenden Lichtstrahlen erschien sie jetzt Petronius noch schöner als beim ersten Blick und einer Nymphe nicht unähnlich. Da er sie bisher noch nicht angeredet hatte, erhob er sich, neigte das Haupt vor ihr und sagte statt der üblichen Begrüßung die Worte, mit denen Odysseus die Nausikaa begrüßte:

„Dich grüß' ich, Hohe der Göttinnen oder der Jungfrauen!
Bist du der Sterblichen eine, die rings umwohnen das Erdreich?
Dreimal selig dein Vater und deine treffliche Mutter,
Dreimal selig die Brüder zugleich." …

Selbst Pomponia fand Gefallen an der Gewandtheit des Weltmannes, und Lygia lauschte verwirrt und wagte nicht die Augen aufzuschlagen. Allmählich aber zuckte es um ihre Mundwinkel, ein mutwilliges Lächeln zeigte sich auf ihren Lippen, in ihrem Gesicht kämpfte mädchenhafte Scheu mit dem Wunsche, eine Antwort zu geben und sie antwortete mit den Worten Nausikaas fast in einem Atemzuge:

„Keinem geringen Manne, noch törichtem gleichst du, o Fremdling!"

Dann wandte sie sich um und entfloh, einem verscheuchten Vögelchen gleich. Nun war die Reihe an Petronius, sich zu wundern, hatte er doch nicht erwartet, Homerische Verse aus dem Munde eines Mädchens zu hören, von dessen barbarischer Abstammung er durch Vinicius unterrichtet worden war. Er blickte fragend zu Pomponia hinüber, doch konnte ihm diese keine Auskunft geben, weil sie sich eben lächelnd an dem Stolze weidete, der das Antlitz des alten Aulus verklärte, denn er liebte Lygia wie sein eigenes Kind und fühlte sich in seinen altrömischen Vorurteilen zwar oft veranlasst, gegen die griechischen Sitten zu donnern, trotzdem er sie für den Gipfelpunkt aller feinen Bildung hielt. „In unserem Hause ist ein Pädagoge, ein Grieche", sagte Aulus zu Petronius, „der unseren Knaben unterrichtet, und das Mädchen wohnt den Lehrstunden bei. Sie ist noch eine rechte Bachstelze, eine liebe Bachstelze, an die wir uns beide recht gewöhnt haben."

Petronius warf jetzt durch die Efeu- und Geißblattgewinde einen Blick in den Garten und beobachtete die Spielenden. Vinicius hatte die Toga abgeworfen, und nur mit der Tunika angetan, warf er den Ball der ihm gegenüberstehenden Lygia zu, die ihn mit hocherhobenen Armen aufzufangen suchte. Anfangs hatte das Mädchen keinen großen Eindruck auf Petronius gemacht. Es schien ihm gar zu schmächtig. Doch schon in dem Augenblicke, da er sie im Triklinium genauer ansah, verglich er sie im Geiste mit der Morgenröte, und als Kenner bemerkte er dann sehr wohl, dass in ihrem ganzen Wesen etwas Ungewöhnliches liege.

Plötzlich dachte er an Chrysotemis, und er brach in helles Lachen aus. Sie erschien ihm mit samt dem Goldpuder im Haar, mit den gefärbten Augenbrauen fabelhaft verwelkt, ähnlich einer vergilbten Rose. Und dennoch beneidete ihn ganz Rom um diese Chrysotemis. Darauf dachte er an Poppäa. Auch diese viel gepriesene Poppäa schien ihm wie eine leblose Wachsfigur. In diesem Mädchen lag nicht nur der Frühling, sondern auch eine strahlende Seele, die den rosigen Leib gleich einer Flamme durchleuchtete. Vinicius hatte Recht, dachte er, und meine Chrysotemis ist alt … so alt wie Troja! Dann wandte er sich an Pomponia Gräcina, und nach dem Garten zeigend, sagte er: „Jetzt begreife ich, Domina, dass Ihr mit diesen beiden Euer Haus dem Zirkus und den Gelagen auf dem Palatinus vorziehet." – „So ist es", antwortete Pomponia, ihren Blick auf den kleinen Aulus und Lygia richtend. Und der alte Heerführer fing an, die Geschichte des Mädchens zu erzählen und das, was er vor Jahren von Atelius Hister gehört, der im dunklen Norden, der Heimat der Lygier, saß.

Die jungen Leute hatten inzwischen ihr Spiel beendet und wandelten auf den Wegen des Gartens, wobei sie sich wie weiße Bildsäulen von dem dunklen Hintergrund der Myrten und Zypressen abhoben. Lygia hielt den kleinen Aulus bei der Hand. Als sie sich eine Weile ergangen hatten, ließen sie sich auf einer Bank in der Nähe einer Piscina nieder. Den kleinen Aulus litt es aber da nicht länger; er machte sich auf, um die Fische in dem Teiche aufzuscheuchen, und Vinicius fuhr in der Rede fort, die er schon während des Spaziergangs begonnen hatte.

„Ja", sagte er mit tiefer, etwas bebender Stimme, „kaum hatte ich die Toga praetexta abgeworfen, als ich bei der asiatischen Legion eingereiht wurde. Ich kannte weder die Stadt und deren Freuden, noch das Leben, noch die Liebe. Als Knabe besuchte ich die Schule des Musonius, der uns lehrte, dass unser Glück stets darauf beruhe, zu wollen, was die Götter wollen, und dass es daher nur an uns selbst liegt, glücklich zu sein. Ich glaube aber, dass es noch ein anderes großes und unendliches Glück gibt, das nicht von unserem Willen abhängt, weil es uns nur die Liebe gewähren kann. Selbst die Götter fühlen dieses Glück und auch ich, o Lygia, der ich die Liebe erst jetzt kennen gelernt habe, sehne mich nach dem Glück, das sie allein zu geben vermag …"

Er schwieg und eine Zeit lang vernahm man nur das leise Gurgeln des Wassers, das der kleine Aulus mit Steinen bewarf.

Nach einer Weile begann Vinicius von neuem mit noch weicherer, leiserer Stimme: „Du kennst doch Titus, den Sohn des Vespasian? Von dem man sagt, er habe sich, kaum dem Knabenalter entwachsen, so leidenschaftlich in Berenice verliebt, dass ihn die Sehnsucht fast verzehre. Lygia! Auch ich wäre einer solchen Liebe fähig. Reichtum, Rom, Macht – sie sind ein leerer Rauch! Ein Nichts! Der Reiche trifft immer wieder einen Reicheren, der Ruhmreiche wird durch den größeren Ruhm eines Fremden in Schatten gestellt, der Mächtige durch den Mächtigeren bezwungen. Aber kann selbst Cäsar, kann irgendein Gott eine größere Wonne empfinden, als ein gewöhnlicher Sterblicher, wenn die Heißersehnte an seiner Brust ruht, oder wenn er die Lippen der Geliebten küsst. Die Liebe macht uns den Göttern gleich – o Lygia!"

Und sie lauschte mit einer gewissen Unruhe und Verwunderung, etwa so, wie sie dem Klang einer griechischen Flöte oder einer Zitter gelauscht hätte. Ihr war, als singe Vinicius eine seltsame Weise, die ihrem Ohre schmeichle, ihr Blut in Wallung bringe und zugleich ihr Herz mit ohnmächtiger Furcht und unbegreiflicher Freude erfüllte. Die Sonne hatte sich inzwischen gesenkt und stand nun über dem Janiculus. Auf die regungslosen Zypressen fiel ein rötlicher Lichtschein – die ganze Luft war davon durchtränkt. Lygia hob die blauen, wie eben aus dem Schlummer erwachenden Augen zu Vinicius empor und mit einem Male – im Abendschimmer, über sie geneigt und mit der zitternden Bitte im Blicke – erschien er ihr schöner als alle Menschen, ja selbst schöner als die griechischen und römischen Götter vor den Tempeln. Er aber umfing leicht ihr Handgelenk und fragte: „Errätst du nicht, Lygia, weshalb ich dir dies sage?" – „Nein!", flüsterte sie so leise, dass er es kaum verstand. Doch er glaubte ihr nicht, und ihre Hand immer fester umschließend, hätte er vielleicht das liebliche Mädchen an sein Herz gezogen und noch feurigere Worte an sie gerichtet, wenn nicht der alte Aulus sichtbar geworden wäre, der ihnen zurief, während er herantrat: „Die Sonne geht unter, hütet euch vor der Abendluft. Libitina lässt nicht mit sich spaßen." – „Nicht doch", versetzte Vinicius, „ich habe bisher die Toga nicht umgenommen und die Kühle nicht empfunden." – „Nun blickt kaum noch die halbe Scheibe hinter dem Hügel hervor", bemerkte der alte Kriegsmann. „In Sizilien ist das freilich anders, dort versammelt sich des Abends das Volk auf den Ringplätzen, um mit Chorgesängen vom scheidenden Phöbus Abschied zu nehmen." Er vergaß, dass er eben selbst vor der Todesgöttin gewarnt hatte, und fing an von Sizilien zu erzählen, wo seine landwirtschaftlichen Besetzungen lagen, die ihm sehr ans Herz gewachsen waren. Der Gedanke sei ihm schon häufig gekommen, erklärte er, ganz nach Sizilien überzusiedeln und dort in beschaulicher Ruhe sein Leben zu enden. Genug habe er des winterlichen Reifes; denn auch sein Haupt sei ja schon weiß. Noch trügen zwar die Bäume ihre Blätter, noch lache über der Stadt ein blauer Himmel, aber wenn die Weinranke gelb werde, wenn der Schnee auf dem Albanergebirge falle, wenn die Götter mit heftigen Stürmen die Campania heimsuchten, dann ziehe er vielleicht mit dem ganzen Hause auf seinen stillen ländlichen Wohnsitz.

„Wie? Du hättest Lust, Rom zu verlassen, Plautius?", fragte Vinicius plötzlich beunruhigt.

„Schon lange hege ich diesen Wunsch", antwortete Aulus, „denn dort ist es ruhiger und gefahrloser."

Und er begann aufs Neue seine Obstgärten und seine Herden zu rühmen: das im Grün versteckte Haus und die Berge, wo der Thymian und das Pfefferkraut wuchs, von Bienen umsummt.

Vinicius hatte aber keinen Sinn für diese bukolische Weise: Er dachte nur daran, dass Lygia ihm entrissen werden könnte, und blickte zu Petronius hinüber, als wenn er von diesem Hilfe erwartete. Und dieser, der an Pomponias Seite saß, labte sich an dem Anblick der untergehenden Sonne, an dem Garten und an der am Fischweiher stehenden Menschengruppe. Er empfand den hier herrschenden Seelenfrieden sofort, und betrachtete prüfend die Hausbewohner. Ein ihm fremder Ausdruck lag auf den Zügen Pomponias, des alten Aulus, des Knaben und Lygias, ein Ausdruck, den er auf den Gesichtern anderer niemals wahrgenommen hatte, die ihn tagtäglich oder vielmehr jede Nacht umgaben. Welch friedliches, heiteres Leben schienen hier diese Menschen zu führen. Und mit einer gewissen Verwunderung gestand er sich, dass es wohl eine Lebensführung geben müsse, deren Schönheit, deren Anmut er nie kennen gelernt hatte, trotzdem er doch stets nach Schönheit und Anmut strebte. Diesem Gedanken Worte verleihend, wandte er sich zu Pomponia und sagte: „Ich erwäge im Geiste, wie verschieden doch eure Welt ist von der, über die Nero regiert." Pomponia aber richtet ihren Blick zum Abendhimmel empor und erwiderte schlicht: „Nicht Nero regiert die Welt, sondern Gott!" – Ein kurzes Schweigen trat ein. Auf dem zu dem Triklinium führenden Wege wurden die Schritte des alten Heerführers, des Vinicius, Lygias und des kleinen Aulus hörbar, aber ehe diese nahe traten, fragte Petronius: „Du glaubst also noch an die Götter, Pomponia?" – „Ich glaube an Gott, der einzig, gerecht und allmächtig ist", antwortete die Gattin des Aulus Plautius …

„Sie glaubt an Gott, der einzig, gerecht und allmächtig ist", wiederholte Petronius, als er sich wieder allein in der Sänfte befand. „Wenn ihr Gott allmächtig ist, dann regiert er über Leben und Tod, und wenn er gerecht ist, dann sendet er zur rechten Zeit den Tod. Warum trägt also Pomponia noch um Julia Trauer? Indem sie trauert, tadelt sie ja ihren Gott. Darüber muss ich einmal mit unserem feuerfarbenen Affen reden, denn ich bilde mir ein, es in der Dialektik mit Sokrates aufzunehmen. Was die Frauen betrifft, bin ich mir darüber klar, dass jede drei oder vier Seelen hat, aber keine hat Verstand. Beim heiligen Leib der ägyptischen Isis! Wenn ich geradezu gesagt hätte, wozu wir gekommen sind, ich glaube, beider sittliche Entrüstung hätte einen Klang gegeben wie ein Erzschild, auf das man mit einer Keule schlägt. Aber ich wagte es nicht! Du kannst es glauben, Vinicius, dass ich es nicht wagte. Die Pfauen sind schöne Vögel, aber ihr Geschrei ist widerlich. Übrigens muss ich deine Wahl billigen. Die rosige Morgenröte! Und weißt du, woran sie mich noch erinnerte? An den Frühling! Aber nicht an unseren Frühling in Italien, wo sich kaum hier und dort ein Apfelbaum mit Blüten bedeckt, und die Ölgärten grau bleiben wie zuvor, sondern an den Frühling, den ich einst in Helvetien erlebte, den jungen, frischen, hellgrünen Frühling. Bei der bleichen Selene, ich wundere mich nicht, Marcus, dass du eine Diana liebst, und dass Aulus und Pomponia bereit sind, dich zu zerreißen, wie einst die Hunde den Aktäon."

Vinicius schwieg eine Zeit lang, ohne das Haupt zu erheben, dann begann er mit einer vor Leidenschaft bebenden Stimme: „Wenn ich mich bisher nach ihr sehnte, so sehne ich mich jetzt tausendmal mehr nach ihr. Als ich ihre Hand umfasste, drang ein Feuer in mich … Ich muss sie haben. Ich möchte Aulus und Pomponia töten, Lygia entführen und in mein Haus tragen. Ich werde heute nicht schlafen, aber einen meiner Sklaven peitschen lassen, um sein Gewimmer zu hören."

„Beruhige dich!", sagte Petronius, „Du hast ja Gelüste wie ein Zimmermann aus der Subura." – „Das ist mir einerlei. Ich muss sie haben. Ich kam zu dir, um deinen Rat zu hören, wenn du aber keinen weißt, muss ich mir selbst helfen … Aulus betrachtet Lygia als Tochter, wie könnte ich sie als Sklavin betrachten? Gibt es keinen anderen Ausweg, so mag sie die

Schwelle meines Hauses umspinnen, mit Wolfsfett salben und als mein Eheweib an meinem Herde sitzen." – „Beruhige dich, wahnwitziger Abkömmling der Konsuln! Nicht deshalb führen wir die Barbaren an Stricken hinter unseren Siegeswagen her, um dann ihre Töchter zu heiraten. Hüte dich vor dem Äußersten. Wende zuerst alle geraden, ehrlichen Mittel an und lasse dir und mir Zeit zur Überlegung. Auch mir erschien Chrysotemis einst wie eine Tochter Iovis, und trotzdem habe ich sie nicht geheiratet, gerade so wie Nero Acte nicht geheiratet hat, obgleich sie als Tochter des Königs Attalos gilt … Beruhige dich! Und bedenke doch, wenn sie Aulus und Pomponia deinetwegen verlassen will, haben diese gar nicht das Recht, sie zurückzuhalten. Weißt du auch, dass du nicht allein in Liebe entbrannt bist, denn auch in ihr hat Eros die Flamme entzündet. Ich habe dies gesehen, und mir muss man glauben! Habe darum Geduld. Für alles gibt es ein Mittel, heute aber habe ich schon zu viel nachgedacht, und dies ermüdet. Aber Petronius müsste nicht Petronius sein, wenn er nicht irgendeinen Ausweg fände."

Wieder schwiegen beide, erst nach einiger Zeit sagte Vinicius schon etwas ruhiger: „Ich danke dir. Möge Fortuna dir freigebig sein." – „Habe Geduld!" – „Wohin lässt du dich tragen?" – „Zu Chrysotemis …" – „Glücklicher, der du sie besitzest, die du liebst!" – „Ich? Weißt du, was mir an Chrysotemis noch Spaß macht? Dass sie mich mit meinem eigenen Freigelassenen, den Lautenschläger Theocles, betrügt und sich einbildet, dass ich nichts davon merke. Einst liebte ich sie, aber jetzt ergötze ich mich an ihrer Lügenhaftigkeit und Dummheit. Komme mit zu ihr. Wenn sie dich zu berücken sucht und mit dem Wein benetzten Finger dir Buchstaben auf den Tisch schreibt, dann wisse, dass ich nicht eifersüchtig bin."

Und sie ließen sich beide zu Chrysotemis tragen. In der Vorhalle legte Petronius die Hand auf des Vinicius Arm und sagte:

„Warte, mir scheint, ich habe einen Plan." – „Mögen es dir alle Götter vergelten!" – „Ja, ja, ich glaube, das Mittel ist unfehlbar. Weißt du, was es ist, Marcus?" – „Ich höre dich – mein Mentor …" – „In wenigen Tagen schon wird die glückliche Lygia unter deinem Dache vom Korn der Demeter essen." – „Du bist größer als Cäsar!", rief Vinicius begeistert.

Drittes Kapitel.

Petronius hielt sein Versprechen. Am nächsten Tage nach dem Besuche bei Chrysotemis schlief er ununterbrochen bis zum Abend und ließ sich dann nach dem Palatinus tragen, wo er mit Nero eine vertrauliche Unterredung hatte. Die Folge davon war, dass schon am dritten Tage ein Zenturio an der Spitze einer Abteilung der prätorianischen Leibwache vor dem Hause des Plautius erschien. In diesen unsicheren und schrecklichen Zeiten waren Boten dieser Art häufig Verkünder des Todes. Als daher der Zenturio mit dem Hammer an das Tor pochte, und der Oberaufseher des Atriums meldete, dass Söldlinge in der Vorhalle wären, herrschte Bestürzung im ganzen Hause. Die Angehörigen sammelten sich namentlich um den alten Krieger, denn niemand zweifelte, dass ihm Gefahr drohe. Pomponia umklammerte seinen Hals mit ihren Armen, schmiegte sich innig an ihn, und ihre blassen Lippen bewegten sich rasch, leise Worte murmelnd. Lygia, weiß wie ein Tuch, bedeckte seine Hand mit Küssen, der kleine Aulus klammerte sich an die Toga des Vaters, und aus den Korridoren, den Gesinde- und Badestuben, den gewölbten Kellerräumen, kurz: aus dem ganzen Hause strömten Scharen von Sklaven und Sklavinnen herbei, die Weiber brachen in lautes

Schluchzen aus, einige zerkratzten ihre Wangen oder verhüllten ihre Häupter mit Tüchern, und alle stießen Schreckensrufe aus. Nur der alte Kriegsmann selbst, der dem Tode unzählige Male ins Angesicht geschaut hatte, blieb ruhig, und sein kurzes Adlerprofil schien wie aus Stein gemeißelt. Als er dem Wehklagen Einhalt geboten und der Dienerschaft befohlen hatte, auseinander zu gehen, sagte er: „Lass mich, Pomponia; wenn wirklich mein Ende nahe ist, werden wir noch Zeit zum Abschied haben." Und er schob sie sanft von sich, sie aber sprach: „O, Aulus, wäre doch dein Los auch das meine!" Dann sank sie auf die Knie und betete mit Inbrunst. Aulus aber trat ins Atrium, wo der Zenturio seiner harrte, der alte Cajus Hasta, sein ehemaliger Untergebener und Gefährte aus den britannischen Kriegen.

„Sei gegrüßt, mein Feldherr", sagte er. „Ich bringe dir einen Befehl und die Grüße des Kaisers. Hier sind die Täfelchen zum Zeichen, dass ich in seinem Namen komme."

„Ich bin dem Kaiser dankbar für seine Grüße, und dem Befehle werde ich Folge leisten", erwiderte Plautius. „Sei mir gegrüßt, Hasta, und sprich, welchen Auftrag hast du zu überbringen?" – „Aulus Plautius", begann Hasta, „der Kaiser hat erfahren, dass in deinem Hause die Tochter des Lygierkönigs weilt, die noch zu Lebzeiten des göttlichen Claudius den Römern als Geisel und als Gewähr dafür übergeben wurde, dass die Grenzen des Reiches niemals durch die Lygier verletzt werden sollten. Der göttliche Nero ist dir dankbar, mein Feldherr, weil du ihr so viele Jahre hindurch Gastfreundschaft gewährtest, doch will er nicht, dass sie dir länger zur Last falle, auch ist er der Meinung, dass das Mädchen als Geisel unter den Schutz des Kaisers und des Senats gehöre, und deshalb befiehlt er dir, sie in meine Hände auszuliefern."

Aulus war zu sehr Soldat und zu sehr Römer, als dass er sich diesem Befehle gegenüber einen Ausruf des Bedauerns, ein unnützes Wort oder eine Klage erlaubt hätte. Aber eine Falte des Zornes und des Schmerzes grub sich plötzlich in seine Stirn. Vor diesem Zucken hatten einst die britannischen Legionen gezittert und selbst in diesem Augenblicke malte sich auf Hastas Gesicht ein jähes Erschrecken. Doch Aulus fühlte sich diesem Befehle gegenüber machtlos und sprach mit ruhiger Stimme: „Warte hier im Atrium, Hasta, bis dir die Geisel ausgeliefert werden kann.“ – Er begab sich an das andere Ende des Hauses in den Ökus genannten Saal, wo ihn Pomponia Gräcina, Lygia und der kleine Aulus voll Angst und Unruhe erwarteten. „Keinem von uns droht der Tod noch Verbannung auf ferne Inseln“, sagte er, „und dennoch ist der Bote des Kaisers ein Unglücksbote. Um dich handelt es sich, Lygia.“ – „Um Lygia?“, rief Pomponia erstaunt. – „So ist es“, antwortete Aulus. „Lygia, du bist in unserem Hause aufgewachsen wie unser leibliches Kind, und wir beide lieben dich wie eine Tochter. Aber du weißt, dass du nicht unsere Tochter bist. Als Geisel bist du an Rom von deinem Volke ausgeliefert worden, und dem Kaiser gebührt die Obhut über dich. Daher fordert dich der Kaiser von uns.“ Der alte Kriegsmann sprach ruhig, aber mit seltsamer, fremd klingender Stimme.

„Aulus!“, schrie Pomponia, das Mädchen mit ihren Armen umschlingend, als ob sie es schützen wollte, „besser wäre ihr der Tod.“ – Lygia hatte sich an ihre Brust geworfen und wiederholte schluchzend immer nur das Wort: „Mutter! Mutter!“, denn sie brachte nichts anderes hervor. Auf des Aulus Züge zeigten sich Zorn und Schmerz. „Wäre ich allein auf der Welt“, sagte er finster, „gäbe ich sie nicht lebend hin. Aber ich habe kein Recht, dich und unseren Knaben ins Verderben zu stürzen. Heute noch will ich zum Kaiser gehen und ihn anflehen, dass er den Befehl widerrufe. Ob er mich vorlassen wird, weiß ich freilich nicht. Jetzt aber lebe wohl, Lygia!“ Bei diesen Worten legte er die Hand auf ihr Haupt. Als Lygia die von Tränen verschleierten Augen zu ihm erhob und seine Hand an ihre Lippen presste, sagte er: „Lebe wohl, du unsere Freude, du unserer Augen Licht." – Hierauf wandte er sich rasch um und kehrte ins Atrium zurück, um der in ihm aufsteigenden, eines Römers und Feldherrn unwürdigen Rührung Einhalt zu tun. Pomponia führte Lygia ins Schlafgemach und suchte sie zu beruhigen, ihr Mut zuzusprechen, und was sie sprach, klang so seltsam in dem Hause, wo in der anstoßenden Halle noch das Lararium stand und der Herd, auf dem Aulus Plautius, der alten Sitten getreu, den Hausgöttern opferte.

„Jetzt ist die Zeit der Prüfung gekommen", sagte sie. „Einst hat Virginius seiner eigenen Tochter das Herz durchbohrt, um sie vor Appius Claudius zu retten. Das Haus des Kaisers ist eine Lasterhöhle, ein Haus der Schande und des Verbrechens. Aber wir, Lygia, wissen, warum wir nicht das Recht haben, Hand an uns zu legen! Wer rein hervorgeht aus dieser Lasterhöhle, dessen Verdienst ist umso größer. Die Erde ist ein Jammertal, aber zum Glück währt das Leben nur einen Augenblick, und es gibt eine Auferstehung aus dem Grabe, ein Jenseits, wo nicht mehr Nero, sondern die ewige Barmherzigkeit waltet, wo statt des Schmerzes ewige Freude und statt der Tränen ewiger Jubel herrscht."

Dann begann sie von sich selbst zu reden. Ja! Der Friede war mit ihr, aber ein Schmerz durchwühlte ihre Brust. Unter den Augen ihres Aulus lag noch Verblendung, die Quelle des Lichtes war noch nicht über ihn ausgegossen, und es stand ihr nicht frei, ihren Sohn in der Wahrheit zu unterrichten. Wenn sie daher glaubte, dass es vielleicht bis an ihr Lebensende so bleiben und dass vielleicht der Augenblick der Trennung kommen werde, die hundertfach länger und furchtbarer sei als die zeitweilige, worüber sie beide jetzt klagten, so vermochte sie sich nicht vorzustellen, dass sie ohne ihren Gatten und ihr Kind leben, dass sie sich sogar im Himmelreich glücklich fühlen könne.

Schon viele Nächte hindurch hatte sie geweint und Gott um Barmherzigkeit und Gnade angefleht. Doch fügte sie sich in ihrem Schmerze dem Willen Gottes und wartete und hoffte. Und jetzt, als sie ein neuer Schlag trifft und ihr durch den schrecklichen Befehl ein teures Haupt geraubt werden soll, war ihr Glaube noch nicht erschüttert, weil sie glaubte, dass es dennoch eine Macht gäbe, die um vieles stärker sei als die Neros, eine Barmherzigkeit, die noch größer sei als seine Wut.

Und sie drückte sich das Köpfchen des Mädchens noch inniger an ihre Brust. Lygia aber ließ sich zu ihren Füßen nieder, und die Augen in den Falten von Pomponias Peblum verbergend, verharrte sie eine Zeit lang schweigend. Als sie sich endlich erhob, zeigte das junge Gesicht schon etwas mehr Fassung. – „Ich scheide schwer von euch, von dir, Mutter, vom Vater und vom Bruder, aber ich weiß, dass jeder Widerstand vergeblich wäre und euch allen Verderben brächte. Ich gelobe dir jedoch, im Kaiserpalaste deine Worte nie zu vergessen." Einmal noch schlang sie die Arme um den Hals Pomponias, und als sie beide in den Ökus zurückgekehrt waren, nahmen sie Abschied vom kleinen Plautius, von dem greisen Griechen, beider Lehrer, von der Gewandhüterin, von der sie als Kind gewartet worden war, und von allen Sklaven. Aber einer von ihnen, ein hoch gewachsener, breitschultriger Lygier, den man im Hause Ursus hieß, und der seinerzeit mit Lygia, deren Mutter und anderen Dienern ins römische Lager gekommen war, fiel zu den Füßen des jungen Mädchens nieder, beugte auch die Knie vor Pomponia und rief: „O Domina! Lasst mich meine Herrin begleiten, damit ich ihr im Kaiserpalaste dienen und sie beschützen kann."

„Du bist nicht unser Diener, sondern Lygias", erwiderte Pomponia Gräcina. „Aber wird man dir auch den Eintritt erlauben? Und wie willst du über sie wachen?" – „Das weiß ich nicht, Domina, ich weiß aber, dass Eisen in meinen Händen wie Holz bricht." – Als Aulus Plautius, der in diesem Augenblicke zurückkehrte, erfuhr, um was es sich handelt, widersetzte er sich der Bitte des Lygiers nicht, ja, er erklärte sogar, sie hätten nicht einmal das Recht, ihn zurückzuhalten. Wenn sie Lygia als Geisel auslieferten, müssten sie auch ihr Gefolge mitschicken. Hier flüsterte er Pomponia zu, dass sie dem Mädchen unter diesem Vorwand so viel Sklavinnen mitgeben dürfe als ihr angemessen erscheine, denn der Zenturio dürfe deren Mitnahme nicht verweigern. Für Lygia lag darin ein gewisser Trost, und Pomponia war froh, das Mädchen mit Leuten ihrer Wahl umgeben zu dürfen. Außer Ursus wurden noch die alte Gewandhüterin, zwei im Frisieren geübte Zypermädchen und zwei germanische Badedienerinnen zur Begleitung mitgegeben. Pomponias Wahl war ausschließlich auf Bekenner des neuen Glaubens gefallen, und da auch Ursus diesem Glauben seit mehreren Jahren angehörte, konnte sie auf die Treue dieser Diener zählen, sich aber auch mit dem Gedanken trösten, dass nun ein Saatkorn der neuen Lehre im Hause des Kaisers ausgestreut werde.

Durch einige Zeilen, die sie niederschrieb, stellte sie dann noch Lygia unter den Schutz Actes, der Freigelassenen Neros. Bei den Versammlungen der Glaubensbekenner war Acte zwar nie anwesend, aber Pomponia hatte von anderen gehört, dass Acte den Christen nie ihre Hilfe versage und eifrig in den Briefen des Paulus von Tarsos lese. Hasta versprach, den Brief einzuhändigen, und machte nicht die mindesten Schwierigkeiten, die Sklaven mitzunehmen, denn er hielt es für selbstverständlich, dass eine Königstochter ihre eigene Dienerschaft haben müsse; ja, er wunderte sich sogar über die geringe Anzahl. – Inzwischen war die Stunde der Trennung kommen. Pomponias und Lygias Augen füllten sich abermals mit Tränen, Aulus legte noch einmal die Hand auf das Haupt des Mädchens, und von den Weherufen des kleinen Aulus begleitet, der, um die Schwester zu schützen, den Zenturio mit den kleinen Fäusten bedrohte, führten die Söldlinge Lygia in den Kaiserpalast. Der alte Krieger befahl, seine Sänfte bereitzuhalten, dann schloss er sich mit Pomponia in die an den Ökus stoßende Pinakothek ein und sagte: „Höre, Pomponia. Ich gehe zum Kaiser, obwohl es vergeblich sein wird, und zu Seneca, dessen Wort aber leider nicht mehr viel vermag. Heute haben Sofonius Tigellinus oder Vatinius mehr Geltung. Der Kaiser selbst hat wahrscheinlich niemals in seinem Leben irgendetwas vom Stamme der Lygier gehört; wenn er also die Auslieferung Lygias als Geisel fordert, so tut er es nur, weil ihn jemand dazu überredet hat, und es ist leicht zu erraten, wer dies ist."

Pomponia hob rasch den Blick empor: „Petronius?"

„Kein anderer! Und das hat man davon, wenn man einen dieser Menschen ohne Ehre und Gewissen über die Schwelle lässt. Verflucht die Stunde, in der Vinicius mein Haus betrat. Er führte uns den Petronius zu. Wehe über Lygia! Denn nicht die Geisel suchen sie in ihr, sondern die Buhlin. Bis jetzt habe ich die Götter verehrt, aber nun möchte ich fast glauben, dass es gar keine Götter über uns gibt, nur den einen, das böse und wahnsinnige Ungeheuer, das sich Nero nennt." – „Aulus!", rief Pomponia, „Nero ist nichts als eine Handvoll Staub im Vergleich zu Gott."

Der alte Feldherr ging erregt auf dem Mosaikboden der Pinakothek hin und her, und als es ihm endlich gelungen war, den heftigen Zorn zu bändigen, sagte er: „Ich glaube nicht, dass Petronius sie für den Kaiser selbst bestimmt hat, denn er wird sich kaum Poppäa zur Feindin machen wollen. Also entweder für sich selbst oder für Vinicius … Heut noch will ich mir Klarheit darüber verschaffen."

Bald darauf ließ er sich in seine Sänfte nach dem Palatinus tragen. Pomponia begab sich zum kleinen Aulus, dessen Tränen um die Schwester noch nicht versiegt waren, und der fortwährend Drohungen gegen den Kaiser ausstieß …

Aulus hatte richtig vermutet, er wurde im Kaiserpalaste nicht vorgelassen. Man bedeutete ihm, dass der Kaiser beschäftigt sei, mit dem Lautenschläger Terpnos einen Gesang einzuüben, und dass er überhaupt nur jene zu empfangen pflege, die er selbst berufe. Seneca hingegen, obwohl er gerade am Fieber litt, empfing nichtsdestoweniger den alten Feldherrn mit aller ihm gebührenden Ehrfurcht. Doch als er hörte, um was es sich handle, lächelte er und sagte: „Ich kann dir nur einen Dienst erweisen, edler Plautius, indem ich dem Kaiser niemals zeige, dass mein Herz Anteil an deinem Schmerze nimmt, oder dass ich dir helfen möchte." Er riet auch davon ab, sich an Tigellinus oder Vatinius oder Vitellius zu wenden. Möglicherweise ließe sich da mit Geld etwas ausrichten, vielleicht würden diese auch gern Petronius eine Posse spielen, dessen Einfluss sie zu untergraben suchten, das Wahrscheinlichste aber war, dass sie dem Kaiser verraten würden, wie teuer Lygia dem Plautius sei, und dann werde Nero sie erst recht nicht mehr freigeben. Die Worte des alten Weisen nahmen eine beißende Schärfe an, die er gegen die eigene Person kehrte:

„Du hast geschwiegen, Plautius, viele Jahre lang geschwiegen, und der Kaiser liebt die Schweigenden nicht! Weshalb zeigtest du dich nicht begeistert von seiner Schönheit, seiner Jugend, seinem Gesange, über seine Deklamation, seine Kunst als Wagenlenker oder über seine Verse? Wie konntest du den Tod des Britannicus nicht rühmen, weshalb hieltest du keine Lobreden zu Ehren des Muttermörders, weshalb brachtest du nicht deine Glückwünsche zur Erdrosselung der Octavia dar? Dir gebricht es an der Vorsicht, Aulus, die wir, die wir so glücklich sind, am Hofe zu leben, in entsprechendem Maße besitzen." So sprechend, ergriff er den Becher, den er um den Leib gegürtelt trug, schöpfte Wasser aus der Fontäne des Impluviums und sagte, nachdem er den trockenen Gaumen erfrischt hatte: „Ach, Nero hat ein dankbares Herz! Er liebt dich, weil du Rom gedient und seinen Ruhm bis an die Grenzen der bewohnten Welt getragen hast, und er liebt mich, weil ich der Lehrer seiner Jugend war. Und darum, siehst du, trinke ich ruhigen Gemütes von diesem Wasser, denn ich weiß, dass es kein Gift enthält. Über den Wein in meinem Hause könnte ich nicht so sicher urteilen, aber Wasser kannst du gefahrlos trinken, wenn du durstig bist. Von dem Albanergebirge führt es uns die Wasserleitung zu, und wer es vergiften wollte, würde alle Brunnen in Rom vergiften. Wie du siehst, kann man sogar in dieser Welt unbesorgt sein und ein ruhiges Alter genießen. Ja, ja, krank bin ich, doch nicht so sehr am Körper als an der Seele."

Er sprach die Wahrheit. Seneca besaß keine Seelenkraft mehr, und sein Leben war nur eine Reihe von Konzessionen, die er dem Verbrechen machte. Er fühlte und wusste selbst, dass er als Bekenner der Grundsätze Zenos einen anderen Weg zu gehen hatte, und deshalb litt er mehr, als er den Tod fürchtete. – Der alte Feldherr unterbrach nun die bitteren Ausfälle. „Edler Annäus", sagte er, „ich weiß, wie dir der Kaiser die Fürsorge lohnt, die du ihm in seinen Jugendjahren angedeihen ließest. Doch Petronius ist schuld, dass uns das Kind entrissen wurde. Weise mir einen Weg, um ihm beizukommen, sage mir, welchen Einflüssen er zugänglich ist, und wende du bei ihm deine ganze Beredsamkeit an, zu der dich die alte Freundschaft für mich zu begeistern vermag." – „Petronius und ich", antwortete Seneca, „wir gehören zwei ganz entgegengesetzten Lagern an. Ich weiß nichts, was auf ihn einwirken könnte, und Einflüsse, denen er zugänglich wäre, gibt es nicht. Es mag ja sein, dass er bei all seiner ganzen Verderbtheit noch mehr wert ist, als all die Schufte in Neros jetziger Umgebung, aber ihm zu beweisen, dass er ein Unrecht begangen hat, hieße nur die Zeit verlieren. Petronius hat längst die Fähigkeit verloren, Gutes vom Bösen zu unterscheiden. Setze ihm auseinander, wie hässlich sein Verhalten war, dann wird er sich schämen. Sobald ich ihn wiedersehe, sage ich ihm: ‚Deiner Handlungsweise nach müsstest du ein Freigelassener sein.‘ Wenn das nichts hilft, dann gibt es keine Hilfe mehr.“ – „Auch dafür danke ich dir“, sagte der Feldherr.

Nun ließ er sich zu Vinicius tragen, der sich gerade mit dem Lanisten des Hauses im Fechten übte. Als Aulus sah, mit welcher Ruhe sich der junge Mann seinen Pflichtübungen hingab, nachdem der Anschlag gegen Lygia zur Ausführung gebracht worden war, übermannte ihn der Zorn, der sich auch, nachdem der Vorhang hinter dem Lanisten gefallen war, alsbald in bitteren Vorwürfen und Schmähungen Luft machte. Doch als Vinicius erfuhr, man habe Lygia entführt, erbleichte er so furchtbar, dass ihn Aulus nicht mehr im Verdachte haben konnte, an dem Anschlag beteiligt gewesen zu sein. Dicke Schweißtropfen bedeckten die Stirn des Jünglings, das Blut rötete sein Gesicht, die Augen sprühten Funken, und der Mund stieß verwirrte Fragen aus. Eifersucht und Wut rüttelten an ihm wie ein Sturmwind, und als Aulus den Namen des Petronius nannte, zuckte wie ein Blitz der Verdacht durch den Kopf des jungen Kriegers, Petronius habe sein Spiel mit ihnen getrieben und entweder Lygia dem Kaiser zum Geschenke gemacht, um sich selbst aufs Neue dessen Gunst zu erringen, oder auch, sie für sich selbst zu behalten. Der in seiner Familie erbliche Jähzorn gewann solche Macht über ihn, dass er wie ein wildes Pferd tobte. „Mein Feldherr“, stammelte er, „kehre in dein Haus zurück und erwarte mich dort! Wisse, wenn Petronius mein eigener Vater wäre, ich Lygias Schmach dennoch an ihm rächen würde. Kehre heim und erwarte mich. Weder Petronius noch der Kaiser sollen sie besitzen. Eher töte ich sie und mich!“ Bei diesen Worten sprang er auf und Aulus nochmals zurufend: „Erwarte mich!“, stürmte er wie wahnsinnig aus dem Atrium und eilte zu Petronius, sich rücksichtslos auf der Straße seinen Weg bahnend.

Aulus kehrte beruhigter und mutvoller nach Hause zurück und tröstete Pomponia, indem er ihr etwas von seiner Zuversicht einzuflößen suchte, und beide verbrachten die Zeit damit, auf Nachricht von Vinicius zu warten. Sobald die Schritte eines Sklaven im Atrium laut wurden, dachte sie, dass es Vinicius sei, der ihnen das geliebte Kind zurückbringe, und sie segneten die beiden aus tiefster Seele. Aber die Zeit verrann, und es kam keine Nachricht. Erst abends klopfte der Hammer ans Tor, und gleich darauf trat ein Sklave ein und brachte dem Aulus ein Schreiben. Trotz seiner gern geübten Selbstbeherrschung griff er mit zitternder Hand danach, und die Augen flogen so hastig über die Zeilen, als ob es sich um das Wohl und Wehe seines ganzen Hauses handle. Plötzlich verfinsterte sich sein Antlitz, wie unter dem Schatten einer vorüberziehenden Wolke. „Lies!“, sagte er, sich an Pomponia wendend. Pomponia nahm den Brief und las: „Marcus Vinicius grüßt Aulus Plautius. Was geschah, geschah auf des Kaisers Befehl. Neiget Euer Haupt vor seinem Willen wie ich und Petronius.“ Darauf trat eine lange Pause ein …

Petronius war zu Hause, als Vinicius bei ihm eintraf. Der Türhüter wagte den jungen Mann nicht zurückzuhalten, der wie ein Sturmwind ins Atrium einbrach, und ohne Aufenthalt weiterstürmte, als er erfahren hatte, dass der Hausherr in der Bibliothek sei. Er traf Petronius schreibend an. Ohne weiteres riss er ihm das Rohr aus der Hand, brach es entzwei, warf die Stücke auf die Erde, krallte ihm seine Finger in den Arm und stieß, Gesicht an Gesicht, mit heiserer, rauher Stimme die Worte hervor: „Was hast du mit ihr gemacht? Wo ist sie?“ – Da ereignete sich etwas Staunenerregendes. Der schmächtige und verweichlichte Petronius fasste zuerst die in sein Fleisch gekrallte Hand des jungen Athleten mit festem Griffe, hierauf die zweite, und beide Hände in einer der seinen wie mit Eisenzangen zusammenpressend, sagte er: „Ich bin nur des Morgens ein Schwächling, des Abends gewinne ich die frühere Spannkraft wieder. Versuche es, dich zu befreien. Ein Weber, so scheint mir, hat dich Gymnastik gelehrt und ein Schmied die Sitten.“ Seine Züge verrieten kaum eine Spur von Ärger; nur in den Augen zuckte ein fahler Abglanz von Mut und Energie. Endlich ließ er die Hände des jungen Mannes los, der gedemütigt, beschämt und wutschnaubend vor ihm stand. „Deine Hand ist wie Stahl“, sagte er, „aber bei allen Göttern der Hölle schwöre ich dir, wenn du mich verrietst, stoße ich dir das Messer in den Hals, und müsste es selbst in den Gemächern Neros sein.“

„Lass uns nur alles in Ruhe besprechen“, entgegnete Petronius. „Deine würdelose Hast geht mir nahe, und wenn ich mich über die menschliche Undankbarkeit überhaupt noch wundern könnte, so würde ich mich über die deine wundern.“ „Wo ist Lygia?“ – „Im Lupanar; das heißt beim Kaiser.“ – „Petronius!“ – „Beruhige dich endlich und setze dich. Ich bat den Kaiser um zwei Dinge, die er mir gewährte; erstens Lygia dem Aulus wegzunehmen, und zweitens sie dir zu übergeben. Hast du nicht in den Falten deiner Toga ein Messer verborgen? Vielleicht beliebt es zuzustechen. Nur würde ich dir raten, noch einige Tage damit zu warten, denn man würde dich dann wohl ins Gefängnis stecken, und Lygia würde sich inzwischen in deinem Hause langweilen.“ Ein kurzes Schweigen trat ein. Vinicius heftete den Blick auf Petronius, dann sagte er: „Verzeihe mir. Ich liebe sie, und die Liebe hat mir die Sinne verwirrt.“

„Bewundere mich, Marcus! Vorgestern sprach ich zum Kaiser folgendermaßen: ‚Mein Schwestersohn Vinicius hat sich in ein mageres Mädchen, das beim Aulus Plautius aufgezogen wurde, so sterblich verliebt, dass er sein ganzes Haus durch sein Seufzen in ein Dampfbad verwandelt hat. Weder du, mein Kaiser‘, so sagte ich, ‚noch ich, die wir wissen, was wahre Schönheit ist, würden tausend Sesterzien für sie geben, aber der Bursche war immer ein Stockfisch, und jetzt ist er ganz verdummt.'" – „Petronius!" – „Wenn du nicht einsiehst, dass ich das nur sagte, um Lygia zu schützen, muss ich fast annehmen, dass ich wahr gesprochen habe. Ich redete dem Feuerbart ein, dass ein Ästhetiker wie er ein solches Mädchen unmöglich für eine Schönheit halten kann, und Nero, der sich bis jetzt nicht getraut, irgendetwas mit anderen Augen anzusehen als ich, wird daher nichts Schönes an ihr finden, und wenn er nichts an ihr findet, wird er sie nicht begehren. Es war notwendig, sich gegen den Affen sicherzustellen und ihn an die Schnur zu nehmen. So beiläufig sagte ich dann: ‚Wie wär's, wenn du Lygia dem Aulus abfordern würdest, um sie dem Vinicius zu geben? Das Recht dazu hast du, denn sie ist eine Geisel, und wenn du es tust, spielst du dem Aulus eine Posse'. Dies leuchtete ihm ein. Weshalb hätte es ihm nicht einleuchten sollen, da ich ihm eine Gelegenheit verschaffte, anständige Leute zu kränken. Man wird dich also in aller Form zum Hüter der Geisel einsetzen und diesen lygischen Schatz in deine Hände ausliefern. Du aber, als Bundesgenosse der tapfern Lygier und als treuer Diener deines Kaisers, wirst natürlich diesen Schatz nicht verschleudern, sondern dir dessen Vervielfältigung angelegen sein lassen. Der Kaiser behält Lygia, um den Schein zu wahren, einige Tage im Palast, und dann schickt er sie auf deine Insula, du Glückspilz!"

„Ist das auch wahr? Droht ihr keine Gefahr im Kaiserschlosse?" – „Wenn sie beständig dort wohnen sollte, würde Poppäa wahrscheinlich mit der Giftmischerin Locusta über sie sprechen, aber für kurze Zeit hat es keine Gefahr. Im Palaste leben zehntausend Menschen. Es kann sein, dass Nero sie nicht einmal zu Gesicht bekommt, besonders, da er mir alles aufs Wort glaubte, denn soeben war der Zenturio hier, um mir auszurichten, dass Lygia bereits in Palaste und unter Actes Schutz sei.

Eine gute Seele, diese Acte, darum gab ich den Befehl, Lygia zu ihr zu bringen. Pomponia Grăcina ist offenbar derselben Meinung, denn sie schrieb ihr. – Morgen ist Gastmahl beim Nero. Ich habe dir einen Platz an Lygias Seite ausgewirkt." – „Cajus, verzeihe mir meine Übereilung", sagte Vinicius. „Ich dachte, du habest sie für dich oder für den Kaiser entführen lassen."

„Die Übereilung kann ich dir verzeihen, weit schwerer aber dein pöbelhaftes Betragen und das rohe Geschrei, das mich an die Moraspieler erinnert. So etwas liebe ich nicht, Marcus, und davor musst du dich hüten! Des Kaisers Kuppler ist Tigellinus, das merke dir; und lasse dir gesagt sein, dass ich, wenn ich das Mädchen selber begehren würde, dir einfach sagen würde: ‚Vinicius! Ich nehme dir deine Lygia weg und werde sie behalten, solange sie mich nicht langweilt.'" Bei diesen Worten richtete er seine nussfarbenen Augen mit einem so kühnen und frostigen Ausdruck auf Vinicius, dass dieser immer mehr außer Fassung geriet. „Ich sehe es ein, ich habe gefehlt", sagte er. „Du bist gut und rechtschaffen, und ich danke dir aus ganzer Seele. Erlaube mir nur noch die Frage: Warum ließest du Lygia nicht lieber gleich in mein Haus bringen?"

„Weil der Kaiser den Schein wahren will. Man wird in Rom natürlich viel darüber reden, und Lygia muss also in ihrer Eigenschaft als Geisel im Palaste bleiben, solange noch davon die Rede ist. Ist das vorbei, so wird sie dir in aller Stille zugeschickt, und die Sache hat damit ein Ende. Der Feuerbart ist ein feiger Hund. Er weiß, dass seine Macht grenzenlos ist, und doch sucht er für jede seiner Handlungen eine Entschuldigung, eine Begründung. Bist du nun genug abgekühlt, um mit mir etwas philosophieren zu können? Ich habe schon oft darüber nachgedacht, warum die Sünde, und wäre sie auch mächtig und sicher wie der Kaiser, den ja keine Strafe treffen kann, stets den Schein von Recht und Tugend und Ehrlichkeit aufrecht zu erhalten bestrebt ist? – Wozu diese Mühe? Meiner Ansicht nach sind zwar Bruder-, Mutter- und Gattenmord Dinge, vielleicht eines kleinen asiatischen Königs würdig, niemals aber eines römischen Kaisers, und doch, wenn sie zufällig mir passiert wären, so hätte ich sicher keine Briefe an den Senat gerichtet! Doch Nero schreibt Briefe, Nero sucht den Schein zu wahren, denn Nero ist ein Feigling. Tiberius freilich war es nicht, suchte aber doch jeden Schritt, den er unternahm, zu rechtfertigen. Wie kommt das? Ist das nicht eine eigentümliche, unwillkürliche Huldigung, die das Laster der Tugend darbringt? Und weißt du, was ich glaube? Es liegt nur daran, weil die Sünde hässlich und die Tugend schön ist. Ergo, der wahre Ästhetiker ist immer auch ein tugendhafter Mensch. Heute noch muss ich den Schatten des Protagoras, des Prodykas und des Georgias ein wenig Wein spenden. Wie du siehst, sind auch die Sophisten zu etwas gut. Und nun achte auf das, was ich dir weiter sagen werde. Ich ließ Lygia dem Aulus wegnehmen, um sie dir zu geben. Gut. Lysippus hätte aber nach euch beiden eine wunderbare Gruppe bilden können. Ihr seid beide schön, folglich ist auch meine Handlungsweise schön, und weil sie schön ist, kann sie nicht hässlich sein. Sieh her, Marcus, in Cajus Petronius sitzt also die verkörperte Tugend vor dir! Wenn Aristides noch lebte, wäre es seine Pflicht, zu mir zu kommen und mir für den Vortrag über die Tugend hundert Minen zu zahlen."

Doch Vinicius, als ein Mensch, den das wirkliche Leben mehr interessierte als ein Vortrag über die Tugend, bemerkte nur: „Morgen werde ich Lygia sehen, dann bleibt sie immer in meinem Hause bis zum Tode." – „Ja, du wirst deine Lygia haben, und ich habe dafür Aulus Plautius auf dem Halse. Und wenn der Kerl wenigstens noch vorher Unterricht im Vortrag nehmen möchte! Aber er wird Reden halten, wie sie mein ehemaliger Türhüter meinen Klienten hielt, wofür ich ihn aufs Land ins Ergastulum verbannte."

„Aulus war bei mir, und ich versprach, ihm Nachricht über Lygia zukommen zu lassen.“ – „Schreibe ihm, dass des göttlichen Kaisers Wille das höchste Gesetz sei, und dass dein erster Sohn Aulus heißen soll. Einen Trost muss man dem Alten doch lassen. Ich bin übrigens bereit, bei dem Feuerbart eine Einladung für Plautius zu dem morgigen Gastmahl zu erbitten; dann kann er dich im Triklinium an Lygias Seite sehen.“ – „Tue es nicht“, sagte Vinicius, „mir ist es doch leid um die beiden, besonders aber um Pomponia.“

Viertes Kapitel.

Vor Acte, Neros einstiger Geliebten, hatten seinerzeit die Mächtigsten von Rom das Haupt geneigt. Aber selbst damals hatte sie sich nie in die öffentlichen Angelegenheiten gemischt, und wenn sie je von ihrem Einflusse über den jungen Machthaber Gebrauch machte, so geschah es nur, um Gnade für irgendjemand zu erflehen. Sogar Octavia war nicht im Stande, sie zu hassen, ja, selbst ihre Neider betrachteten Acte als ganz ungefährlich. Man wusste, dass sie dem Nero noch immer in stiller, schmerzlicher Liebe anhing, eine Liebe, die sich nicht von der Hoffnung, sondern von der Erinnerung an jene Zeit nährte, da Nero nicht nur jünger und hingebender, sondern auch besser gewesen war. Doch weil der Kaiser sie einst geliebt und ohne Kränkung in einer ruhigen, fast freundschaftlichen Weise mit ihr gebrochen hatte, beobachtete man noch immer gewisse Rücksichten ihr gegenüber. Nero hatte sie freigelassen, ihr im Palaste eine Wohnung mit einem eigenen Cubiculum eingeräumt und auch einige Leute zu ihrer persönlichen Bedienung zuweisen lassen. Man lud Acte zuweilen zur kaiserlichen

Tafel ein, wie auch einst Pallas und Narziss, Freigelassene wie sie, an allen Gastmählern des Claudius teilnahmen, wo sie als mächtige Minister Ehrenplätze hatten. War doch auch schon Actes Schönheit ein Schmuck der kaiserlichen Feste.

Übrigens war der Kaiser längst nicht mehr wählerisch bei der Zusammensetzung seiner Gesellschaften. Ein Gemisch von Leuten aus den verschiedensten Ständen und Berufszweigen nahm an den Festgelagen teil; neben Senatoren und altadeligen Patriziern sah man das verschiedenartigste Gesindel: Sänger, berühmte Wagenlenker, Tänzer und Tänzerinnen, Mimen und Traumdeuter, Hunger leidende Philosophen und schlechte Poeten. Nur die vornehmen Gäste setzten sich gleich zu Tisch, die übrigen dienten während des Essens zur Kurzweil der Tafelnden und lauerten auf den Augenblick, wo ihnen die Dienerschaft erlauben würde, sich auf die Speisereste und die Getränke zu stürzen. Diese Art von Gästen wurde von Tigellinus und Genossen geliefert, die häufig erst für anständige, den kaiserlichen Gemächern angemessene Gewänder zu sorgen hatten; der Kaiser aber hatte eine Vorliebe gerade für diese Gesellschaft, und der Luxus des Hofes verdeckte alles mit Pracht und Glanz. An diesem Tage sollte auch Lygia am Gastmahle teilnehmen. Furcht, Unsicherheit und Bestürzung regten sich in ihr neben dem Wunsche, Widerstand zu leisten. Sie fürchtete sich vor dem Kaiser, vor fremden Menschen, vor dem ganzen Palaste, dessen Getriebe und Lärmen sie betäubte; sie fürchtete sich vor dem Gastmahl, hatte sie doch schon durch Pomponia Grächina, durch Aulus und durch ihre Freunde gehört, welche Schandtaten dabei verübt wurden. So jung sie war, war sie doch nicht unerfahren, denn selbst zu kindlichen Ohren drang in jener Zeit die Kunde von der allgemeinen Verderbtheit. Sie wusste genau, dass ihr im Palaste Gefahr drohe, zumal sie Pomponia Grächina beim Scheiden noch besonders darauf aufmerksam gemacht hatte.

Das junge Mädchen war noch unberührt von der Verderbnis und erfüllt von der erhabenen, ihr von der Pflegemutter eingepflanzten Lehre. Sie hatte das Gelöbnis abgelegt, sich gegen die ihr drohende Gefahr zu verteidigen, sie hatte es der Mutter, sich selbst und dem göttlichen Meister gelobt, an den sie nicht nur glaubte, sondern den sie mit ihrem Kinderherzen liebte um der Heiligkeit seiner Lehre, um der Betrübnis seines Todes und um der Herrlichkeit seiner Auferstehung willen. Da weder Aulus noch Pomponia, wie sie glaubte, für ihre Taten verantwortlich gemacht werden könnten, erwog sie bei sich, ob es nicht besser wäre, der Einladung keine Folge zu leisten. Einerseits regten sich Furcht und Bangen mächtig in ihrer Seele, auf der anderen Seite erwachte in ihr der Wunsch, sich standhaft im Leiden zu zeigen, mutig Marter und Tod zu erleiden. So gebot es der göttliche Meister; er selbst hatte das Beispiel dazu gegeben. Pomponia hatte ihr ja auch gesagt, dass sich die eifrigsten unter seinen Anhängern nach einer solchen Prüfung sehnten, sie durch Gebet zu erlangen suchten.

Doch als sie Acte von ihrem Vorhaben Mitteilung machte, blickte diese auf, als vernehme sie Fieberfantasien. Sich gegen den Willen des Kaisers auflehnen? Gleich am ersten Tage seinen Zorn herausfordern? Um so etwas zu wollen, musste man ein Kind sein, das nicht wusste, was es sprach. Aus Lygias eigenen Worten ging ja hervor, dass sie eigentlich keine Geisel mehr war, sondern ein von seinem Volke verlassenes Mädchen. Es gab kein Völkerrecht, das sie beschützt hätte, und wenn auch, der Kaiser sei mächtig genug, jedes Gesetz in einer Aufwallung seines Zornes zu übertreten. Dem Kaiser habe es beliebt, sie zu sich zu nehmen, und von nun an stehe sie unter seinem allmächtigen Willen. „Wohl habe auch ich des Paulus Briefe aus Tarsos gelesen“, sagte Acte weiter, „und auch ich weiß, dass es über der Erde einen Gott gibt und einen Sohn Gottes, der auferstanden ist von den Toten, auf der Erde aber herrscht nur der Kaiser. Dies bedenke, Lygia! Ich weiß auch, dass dir deine Lehre verbietet zu sein, was ich gewesen, und dass ihr, wie die Stoiker, den Tod wählen müsst, wenn ihr zwischen Tod und Schande zu wählen habt. Aber weißt du auch, ob dich als Strafe wirklich der Tod erwartet und nicht die Schmach? Hast du niemals von des Sejanus Tochter gehört, die noch ein kleines Mädchen war, als sie auf den Befehl des Tiberius vor ihrem Ende geschändet wurde, um das Gesetz zu umgehen, das Verbot, Jungfrauen mit dem Tode zu bestrafen? Lygia! Lygia! Reize den Kaiser nicht. Im entscheidenden Augenblicke, wenn dir keine andere Wahl bleibt, magst du handeln, wie es deine Lehre gebietet, aber fordere nicht mutwillig das Verderben heraus und erzürne um eines nichtigen Vorwandes willen nicht den irdischen und dabei so grausamen Gott!“ Die von tiefstem Mitleid eingegebenen Worte Actes klangen förmlich begeistert, und weil sie kurzsichtig war, näherte sie ihr süßes Gesicht dem Antlitze Lygias, um zu sehen, was für einen Eindruck ihre Worte gemacht hatten. Lygia aber schlang im kindlichen Vertrauen die Arme um den Hals Actes und sagte: „Du bist gut, Acte.“

Unendlich gerührt durch das hingebende Vertrauen Lygias zog Acte das Mädchen an ihre Brust und sagte: „Für mich gibt es kein Glück und keine Freude mehr, aber böse bin ich nicht.“ Sie schritt mit hastigen Schritten auf und nieder und sprach zu sich selbst, wie in stiller Verzweiflung: „Nein! Und auch er war nicht böse! Er selbst glaubte damals gut zu sein, und er wollte gut sein. Ich weiß es am besten. Das kam erst später – als er zu lieben aufhörte! Andere haben ihn zu dem gemacht, was er ist, andere, und Poppäa!“ Ihre Augen füllten sich mit Tränen. Lygias blaue Augen hingen eine Zeit lang an ihr, dann sagte sie: „Du beklagst ihn, Acte?“ – „Ja!“, erwiderte dumpf die Griechin. Und wieder ging sie mit wie in hoffnungslosem Schmerze geballten Händen im Zimmer auf und nieder. Lygia fragte schüchtern weiter: „Du liebst ihn noch, Acte?"

„Ich liebe ihn." Nach einer Weile fügte sie hinzu: „Ihn liebt niemand außer mir. – Aber sprechen wir von dir, Lygia. Du darfst nicht einmal daran denken, dem Kaiser Trotz zu bieten. Doch beruhige dich. Hätte Nero dich für sich begehrt, so hätte man dich nicht auf den Palatin gebracht. Hier herrscht Poppäa, und seit sie ihm eine Tochter geboren, steht Nero mehr unter ihrem Einflusse denn je. Nein! Nero hat bisher noch nicht nach dir gefragt. Vielleicht hat er deine Auslieferung nur verlangt, um Aulus und Pomponia zu kränken! – Petronius schrieb an mich und empfahl dich meinem Schutze, und da auch, wie du weißt, Pomponia an mich schrieb, geschah dies wohl im gegenseitigen Einverständnis. Wer weiß, ob er nicht Nero überredet, dich dem Aulus zurückzuschicken. Ich weiß zwar nicht, ob Nero den Petronius übermäßig liebt, doch weiß ich sicher, dass er selten wagt, ihm entgegenzuhandeln."

„Ach, Acte", erwiderte Lygia, „Petronius war bei uns, kurz ehe man mich holte, und meine Mutter glaubte fest, Nero habe meine Auslieferung auf seine Veranlassung verlangt." – „Das wäre schlimm", sagte Acte. Nach einem kurzen Nachdenken fügte sie hinzu: „Vielleicht hat aber auch Petronius bei irgendeinem Nachtmahle dem Nero gegenüber nur erwähnt, er habe bei Aulus eine lygische Geisel gesehen, und Nero, der stets eifersüchtig seine Macht behauptet, deine Auslieferung nur deshalb verlangt, weil jede Geisel dem Kaiser gehört. Nein! Ich kann es mir nicht denken, dass Petronius auf ein solches Mittel verfallen wäre, wenn er dich dem Aulus hätte rauben wollen. Ob Petronius besser ist als einer von all denen, die den Kaiser jetzt umgeben, weiß ich nicht, anders ist er aber ganz sicher. Vielleicht kennst du aber außer ihm noch sonst jemand, der willig wäre, für dich einzutreten? Sahst du bei Aulus niemand, der dem Kaiser nahe stände?"

„Vespasian und Titus sah ich oft." – „Diese liebt der Kaiser nicht." – „Und Seneca." – Tiefe Röte überflog das zarte Antlitz Lygias … „Und Vinicius." – „Den kenne ich nicht." – „Es ist ein Verwandter des Petronius, der erst kürzlich aus Armenien zurückkehrte …" – „Glaubst du, dass Nero ihm zugetan ist?" – „Vinicius haben alle gern." – „Und würde er sich für dich verwenden?" – „Ja!" – Acte lächelte gerührt und sagte: „Dann wirst du ihn gewiss beim heutigen Gastmahl sehen. Teilnehmen musst du, und schon deshalb, weil du nicht anders kannst. Es wird dir wohl auch Gelegenheit geboten sein, Petronius und Vinicius um Beistand zu ersuchen, deren Einfluss es gelingen wird, deine Rückkehr zu erwirken. Komm, Lygia! – Hörst du den Lärm im Palaste? Die Sonne sinkt, und die Gäste werden bald kommen." – „Du hast Recht, Acte", erwiderte Lygia, „ich werde deinem Rate folgen."

Acte führte Lygia in ihr Unktuarium, um sie zu salben, zu schminken und umzukleiden. Obwohl es im Hause des Kaisers an Sklavinnen nicht mangelte und Acte eine genügende Anzahl für ihre persönliche Bedienung zur Verfügung standen, kleidete sie doch selbst das junge Mädchen, dessen Schönheit und Unschuld ganz ihr Herz eingenommen hatte, an. „Lygia!", rief sie schließlich, „du bist ja hundertfach schöner als Poppäa." – Das junge Mädchen, in dem strengen Hause der Pomponia aufgewachsen, wo auch im Verkehr der Frauen untereinander die größte Sittsamkeit beobachtet wurde, stand da wie ein Werk des Praxiteles und errötete sichtlich über das Benehmen Actes. Und als Lygia ihr Haar löste, trat Acte näher, half die Haarnadeln entfernen und sagte weiter: „Und welch schönes Haar du hast. Goldpuder streue ich dir nicht darauf, denn von Natur schon schimmern sie golden. Nur ein ganz klein wenig, nur ganz leicht, will ich dem Schimmer nachhelfen, als ob ihn ein Sonnenstrahl erfrischt hätte. – Wunderbar muss euer Lygierland sein, wo solche Mädchen geboren werden."

„Ich erinnere mich meiner Heimat nicht mehr“, versetzte Lygia, „doch Ursus erzählte mir, dass es bei uns nur Wälder, nichts als Wälder gäbe.“ – „In diesen Wäldern aber blühen Blumen“, bemerkte Acte, während sie ihre Hand in eine Vase mit Verbenaöl tauchte und Lygias Haar damit benetzte. Nach Beendigung dieser Arbeit salbte sie das junge Mädchen und bekleidete sie dann mit einer weichen, goldfarbenen Tunika ohne Ärmel, über die ein schneeweißes Peplon kommen sollte. Doch da zuerst Lygias Haare geordnet werden mussten, warf sie ihr ein weites Gewand um, hieß sie in einen Armstuhl niedersitzen und übergab sie den Sklavinnen, um selbst das Frisieren zu überwachen. Zwei andere Sklavinnen zogen gleichzeitig Lygia weiße, purpurrot bestickte Schuhe an, die sie über den Knöcheln mit goldenen, kreuzweis gebundenen Bändern befestigten. Als schließlich die Frisur beendet war, wurde ihr Peplon in kunstgerechte, weiche Falten gelegt, Acte schlang eine Perlenschnur um ihren Hals, bestäubte mit Goldpuder leicht die Wellen ihres Haares, befahl den Sklavinnen, sie nun auch anzukleiden und blickte dabei unverwandt auf die Lygierin.

Acte war schnell fertig, und als sich die ersten Sänften vor dem Haupttore zeigten, begaben sie sich in einen seitwärts gelegten Kryptoportikus, von wo aus man einen guten Ausblick auf das Haupttor, die inneren Galerien und den von Säulen aus numidischem Marmor umschlossenen großen Hof genoss.

In immer größeren Scharen traten die Gäste unter den hohen Torbogen, über dem eine mächtige Quadriga von Lysias den Apollo und die Diana in die Lüfte führen zu wollen schien. Lygias Augen waren von dem Anblick geradezu geblendet, denn das bescheidene Haus des Aulus konnte ihr nicht die geringste Andeutung solcher Pracht geben. Es war kurz vor Sonnenuntergang, und die letzten Strahlen fielen auf den gelben numidischen Marmor der Säulen, der bald wie Gold aufflammte, bald rosenfarben schimmerte. Zwischen den Säulen und neben den weißen Statuen der Danaiden und anderen Götter- und Heldengestalten aus Marmor wandelten Menschenscharen, die in ihren kunstreich geordneten, bis zur Erde niederwallenden Togen, Pepla und Mänteln wandelnden Statuen glichen. Ein übergroßes Bildwerk des Herkules, dessen Haupt noch im Sonnenlicht strahlte, von der Brust ab jedoch im Schatten stand, der durch die Säulen geworfen wurde, schaute auf den Schwarm von Menschen. Acte zeigte der Lygia Senatoren mit der breitumrandeten Toga, der farbigen Tunika und mit Halbmonden auf den Schuhen, Ritter, berühmte Künstler, römische Frauen, nach römischer, griechischer Sitte gekleidet oder auch im fantastischen, orientalischen Putze, das Haar turmartig oder pyramidenförmig aufgesteckt oder auch nach dem Muster der griechischen Göttinnen tief am Hinterhaupte befestigt und mit Blumen geschmückt. Acte wusste viele von diesen Männern und Frauen beim Namen zu nennen und fügte diesen oft die schrecklichsten Erläuterungen hinzu, die Lygia mit Staunen und Schreck erfüllten. Es war für sie eine fremde Welt, deren Schönheit ihre Augen reizte, deren Widersprüche ihr kindlicher Geist aber nicht zu lösen vermochte. Es sprach anscheinend ein so tiefer Friede aus dem Abendrot am Himmel, aus den regungslosen Säulenreihen und aus den statuengleichen Menschengestalten: man hätte meinen sollen, dass diese geradlinigen Marmorhallen glücklichen sorglosen Halbgöttern zum Aufenthalte dienen müssten, und doch enthüllte Actes leise Stimme ein schreckliches Geheimnis nach dem andern, das sich an den Palast und an diese Menschen knüpfte. Unweit von ihnen lag der Kryptoportikus, an dessen Säulen und Fußboden noch die Blutspuren sichtbar waren, mit denen Caligula den weißen Marmor befleckt hatte, als er unter dem Dolche des Cassius Chaerea fiel: dort wurde die Gattin des Caligula ermordet: hier sein Kind an dem Stein zerschellt: unter jenem Flügel lag das unterirdische Gewölbe, in dem der jüngere Drusus aus Hunger seine Hände benagte: dort hatte man dem älteren Drusus Gift gereicht: an jenem Platze hatte sich Gemellus in Todesangst auf dem Boden gewunden: dort war Claudius in Krämpfen zusammengebrochen: hier litt Germanicus: alle diese Wände hatten schon das Jammern und Röcheln Sterbender vernommen, und diese Menschen, die jetzt, mit Blumen und Kleinodien geschmückt, in Tuniken und farbigen Togen zum Festgelage eilten, sie waren vielleicht schon morgen verurteilt. Auf manchem Antlitze suchte das Lächeln vielmehr die Angst, die Unruhe, die Ungewissheit des kommenden Tages zu verdecken; fieberhafte Gier und Missgunst zehrten vielleicht an den Herzen dieser anscheinend so sorglosen, mit Kränzen geschmückten Halbgötter. Lygia war durch das eben Gehörte in solche Erregung geraten, dass sie die Worte Actes kaum fassen konnte; während daher die fremde Welt in ihrer Pracht ihre Augen mächtig anzog, krampfte sich ihr Herz angstvoll zusammen, und eine unaussprechliche Sehnsucht überkam sie nach der geliebten Pomponia Grächina, nach dem Hause des Aulus, wo die Liebe herrschte und nicht die Sünde.

Von dem Vicus Apollinis her strömten inzwischen wieder neue Gäste herbei. Hinter dem Tore erklangen der Lärm und das Schreien der Klienten, die ihre Patrone begleiteten. Der Hof und die Säulenhalle waren von einer Anzahl kaiserlicher Sklaven und Sklavinnen überflutet, von kleinen Knaben und von prätorianischen Söldlingen, die im Palaste die Wache hatten. Zwischen den weißen und dunkeln Gesichtern konnte man auch die schwarzen der Numidier sehen, die einen Helm mit großen wallenden Federn und große goldene Ringe in den Ohren hatten. Einige Sklaven trugen Lauten und Zithern, andere Handlampen von Gold, Silber und Kupfer, oder ungeachtet des Spätherbstes Sträuße künstlich gezogener Blumen. Laut und lauter mischte sich der Lärm der Sprechenden in das Geplätscher der Springbrunnen, deren im Glanz der untergehenden Sonne rosafarben schimmernde Strahlen aus der Höhe auf den Marmor niederstürzten und wie unter Klagetönen zerstäubten.

Acte war mit ihren Erzählungen zu Ende, Lygia aber schaute fortwährend umher, als suche sie jemand in dem Gedränge. Plötzlich überzog eine tiefe Röte ihr Antlitz. Aus einer der Säulenhallen traten Vinicius und Petronius hervor und schritten, in ihren weiten Togen und in ihrer ruhigen Schönheit den Halbgöttern gleich, dem großen Triklinium zu. Beim Anblick dieser bekannten Gesichter, besonders aber beim Anblick des Vinicius, war es Lygia zumute, als ob ihr eine schwere Last vom Herzen falle. Sie fühlte sich augenblicklich wieder einsam. Das unsägliche Sehnen nach Pomponia und dem Hause des Aulus, das noch vor wenigen Minuten ihr ganzes Wesen erschüttert hatte, milderte sich mehr und mehr. Bei dem Gedanken, bald wieder diese weiche, angenehme Stimme vernehmen zu können, die ihr von heißer Liebe, von einem göttergleichen Glück gesprochen, die wie Gesang an ihr Ohr getönt hatte, wurde sie von einer wahren Wonne erfasst. Doch plötzlich erschrak sie über dieses Wonnegefühl. Sie dachte an die neue reine Lehre, in der sie und Pomponia unterrichtet war, und durfte sie dieser untreu werden? Nein, nicht nur einem Zwange musste sie sich fügen, ihr Wunsch war es, zu gehen. Sie fühlte sich schuldig und unwürdig. Wäre sie allein gewesen, hätte sie sich auf die Knie geworfen, an die Brust geschlagen und ausgerufen: „Mea culpa, mea culpa!“ Aber Acte ergriff Lygias Hand, um sie durch die inneren Gemächer in das große Triklinium zu geleiten, wo das Festmahl stattfinden sollte. Dem Mädchen dunkelte es vor den Augen, es summte ihr in den Ohren, ihre Pulse flogen, ihr Herz klopfte zum Zerspringen, mühsam rang sie nach Atem. Wie im Traume sah sie auf den Tischen und an den Wänden tausende von Lampen flimmern, wie im Traume hörte sie die Rufe, mit denen man den Kaiser begrüßte, wie durch einen Nebel erblickte sie ihn selbst: Nero! Die Hochrufe verwirrten, der Glanz blendete, die Wohlgerüche betäubten sie und, halb besinnungslos, vermochte sie Acte kaum zu unterscheiden, die sie zu einem Sitze geführt und nun an ihrer Seite Platz genommen hatte. Nach einer kleinen Weile ließ sich eine wohl bekannte Stimme neben ihr vernehmen: „Sei gegrüßt, du Schönste aller jungen Frauen der Erde, du Lieblichste unter dem Sternenzelt! Sei gegrüßt, göttliche Callina!"

Lygia, die wieder etwas mehr Gewalt über sich gewonnen hatte, blickte auf und sah Vinicius an ihrer Seite. Er war ohne Toga, denn Sitte und Bequemlichkeit geboten, sie zum Festmahle abzulegen. So trug er nur eine scharlachfarbige, ärmellose Tunika, die mit silbernen Palmen bestickt war. Die Arme waren nackt, nach orientalischer Sitte mit zwei breiten, goldenen Armringen geschmückt, die über dem Ellenbogen angebracht waren, die Unterarme waren sorgfältig von jedem Haar gereinigt, glatt aber sehnig, echte Kriegerarme, für Schwert und Schild wie geschaffen. Auf dem Haupte trug er einen Kranz von Rosen. Mit den über der Nase zusammengewachsenen Brauen, den wundervollen Augen und dem gebräunten Antlitz war er die Verkörperung der Jugend und Kraft. Lygia, die ihre erste Verwirrung überwunden hatte, fand ihn so schön, dass sie sich kaum zu der Antwort aufraffen konnte: „Sei mir gegrüßt, Marcus!" – Er aber sprach weiter: „Glücklich sind meine Augen, weil sie dich sehen, glücklich meine Ohren, weil sie deine Stimme vernehmen, lieblicher als Flöten- und Kitharaklang! Hätte ich die Wahl, wer an meiner Seite heute beim Festmahle ruhen sollte, ob du, Lygia, oder Venus, ich wählte dich, oh Göttliche!"

Er verschlang sie förmlich mit den Blicken, um sich an ihrem Anblick zu sättigen; er versengte sie mit den Augen. Sie glitten von ihrem Antlitz über den Hals und die entblößten

Arme herab; sie liebkosten die reizenden Formen, sie umgarnten und schmeichelten sie. Doch neben der Begierde loderte es wie wahres Glück in ihm empor, wie wirkliche Verliebtheit und grenzenloses Entzücken. „Ich wusste, dass ich dich in dem Hause des Kaisers treffen würde“, fuhr er wieder nach kurzem Schweigen fort, „und doch konnte ich das Glück kaum fassen, so sehr erschütterte dein Anblick mein ganzes Wesen.“ – Lygia hatte inzwischen allmählich ihre Besinnung wiedererlangt. In dem Bewusstsein, dass in diesem Hause und unter dieser Menge Vinicius das einzige ihr nahestehende Wesen war, sprach sie zu ihm und befragte ihn um alles, was ihr unverständlich war und was ihr Schaudern und Schrecken einflößte. Woher wusste er, dass er sie im Hause des Kaisers finden werde, und weshalb war sie hier? Warum hatte sie der Kaiser von Pomponia getrennt? Sie fürchtete sich hier und wolle zu ihr zurück. Nur die Hoffnung, er und Petronius würden sich bei Nero für sie verwenden, halte sie noch aufrecht, sonst müsste sie vergehen vor Sehnsucht und Unruhe.

Vinicius legte ihr dar, dass Aulus selbst ihm von ihrer Auslieferung an den Kaiser Mitteilung gemacht habe. Warum sie hier sei, wisse er nicht. Der Kaiser gebe keinem Menschen Rechenschaft über seine Entschlüsse. Aber sie möge unbesorgt sein, denn er, Vinicius, sei bei ihr und werde bei ihr bleiben. Eher wolle er seine Augen einbüßen, als sie nicht sehen, lieber das Leben verlieren, als sie verlassen. Sie sei sein Lebensgeist und er werde sie wie seine eigene Seele hüten. In seinem Hause wolle er ihr als seiner Gottheit einen Altar errichten, Aloe und Myrrhen, Frühlingsanemonen und Apfelblüten gedenke er opfernd darauf zu streuen, und da sie sich im Hause des Kaisers ängstige, werde sie nicht mehr lange darin bleiben, das schwöre er ihr zu. Und obwohl seine Worte eigentlich nur Ausflüchte waren, klangen sie doch warm und überzeugend, denn sie entsprangen einem echten, innigen Gefühle. Aufrichtiges Mitleid erfüllte ihn, ihre Worte schnitten ihm in die Seele, und als sie ihm dankte, als sie ihm versicherte, Pomponia werde ihm ewig zugetan bleiben für seine Güte, sie selbst aber werde sich ihm ihr ganzes Leben verpflichtet fühlen, da übermannte ihn die Rührung, und er meinte, er werde es nie übers Herz bringen, ihren Bitten zu widerstehen. Sein Herz schmolz. Ihre Schönheit berauschte seinen Sinn, und er begehrte sie; aber er fühlte zugleich, dass sie ihm unendlich teuer war, und er im Stande wäre, sie wie eine Gottheit zu verehren, und da der Lärm ringsum immer größer wurde, rückte er ihr näher und flüsterte ihr gute, süße, aus der Tiefe seiner Seele kommende Worte ins Ohr, wohllautend wie Musik und berauschend wie Wein.

Und er berauschte sie in der Tat. Inmitten dieser fremden Menschen schenkte sie seinen Worten immer mehr Glauben, erschien er ihr immer liebenswerter, dünkte ihr seine Ergebenheit mehr und mehr Vertrauen erweckend. Zum ersten Male hört Lygia solche Worte aus dem Munde eines Mannes, und während sie lauschte, war es ihr, als ob sie aus einem Traume erwache, als ob ihr ein Glück zuteil werde, das unermessliche Wonnen, aber auch unermessliches Leid in sich berge. Ihre Wangen glühten, ihr Herz pochte und ihre Lippen öffneten sich verwundert. Sie erschrak, als sie solche Dinge hörte, und doch hätte sie um nichts in der Welt ein Wort davon verlieren mögen. Bald schlug sie die Augen nieder, bald schaute sie leuchtenden Blickes, dann wieder furchtsam und fragend zu Vinicius empor, als ob sie sagen wollte: „Sprich weiter!" Der Lärm, die Musik, der Duft der Blumen und der arabischen Räucheressenzen begannen wieder auf sie einzuwirken.

Es war in Rom üblich, bei den Festmahlen zu liegen, doch in ihrem bisherigen Heim hatte Lygia den Platz zwischen Pomponia und dem kleinen Plautius: jetzt lag neben ihr der junge, starke und von Liebe entbrannte Vinicius. Sie fühlte dessen Glut und empfand ein schamhaftes Wonnegefühl. Eine süße Ohnmacht, Mattigkeit und selbst Vergessenheit kam über sie – sie war wie im Traume. Aber auch ihre Nähe wirkte mehr und mehr auf Vinicius ein. Todesblässe überzog sein Antlitz. Man sah, wie sein Herz unter der scharlachroten Tunika pochte, sein Atem ging kurz, nur schwer kamen die Worte über seine Lippen; er war der Geliebten zum ersten Male so nahe. Seine Gedanken begannen sich zu verwirren; durch seine Adern floss Feuer, das er vergeblich mit Wein zu löschen suchte. Doch nicht der Wein, aber ihr reizendes Gesicht, ihre bloßen Arme, der jungfräuliche, unter der goldenen Tunika wogende Busen, die ganze, unter den weißen Falten des Peplums verborgene Gestalt machten ihn trunken. Schließlich fasste er ihren Arm über dem Handgelenk, wie er dies schon einmal im Hause des Aulus getan hatte, und flüsterte, sie zu sich ziehend, mit bebenden Lippen: „Ich liebe dich, Callina, du meine Göttin!" – „Lass mich los, Marcus", sagte Lygia. – Er aber sagte weiter mit leidenschaftlich erregtem Blick: „Meine Göttliche! Liebe mich!"

Doch in diesem Augenblick machte sich die Stimme Actes vernehmlich, die an Lygias anderer Seite ruhte: „Der Kaiser sieht auf euch." – Ein jäher Zorn über den Kaiser wie über Acte erfasste den Jüngling. Actes Worte hatten den Zauber gebrochen. Er warf das Haupt zurück und sagte, über Lygias Schulter hinweg zornig auf die Freigelassene blickend: „Die Zeit ist vorbei, Acte, da du noch bei dem Gastmahl an der Seite des Kaisers ruhtest, und man sagt, dass dir Blindheit droht – wie also kannst du ihn sehen?" Sie antwortete fast traurig: „Ich sehe ihn doch. Er ist kurzsichtig wie ich, und er betrachtet euch durch seinen Smaragd!"

Alles, was Nero tat, erregte die Wachsamkeit der ihm am nächsten Stehenden; auch Vinicius war beunruhigt, er suchte sich zu fassen und blickte nach der Seite hin, wo der Kaiser saß. Lygia, die Nero zu Beginn des Gelages nur wie durch einen Nebel gesehen und dann, durch Vinicius und seine Unterhaltung völlig in Anspruch genommen, nicht weiter beachtet hatte, wendete ihm nun auch die neugierigen, erschrockenen Augen zu. Und Acte hatte wahr gesprochen. Der Kaiser war über den Tisch geneigt; er drückte ein Auge zu, hielt vor das andere den runden geschliffenen Smaragd, dessen er sich stets bediente, und blickte zu ihnen hinüber. Während eines Momentes begegnete sein Blick dem Lygias, und das Herz des jungen Mädchens krampfte sich entsetzt zusammen.

Also das war er? Der Schreckliche, der Allmächtige? Sie hatte ihn bisher nie gesehen und sich ihn anders vorgestellt. Ein furchtbares Antlitz mit grausamen, starren Zügen war ihr vorgeschwebt, und was erblickte sie nun? Einen ungewöhnlichen großen, auf einem Stiernacken sitzenden Kopf, der eher lächerlich wirkte als schrecklich, weil er von fern dem Kopfe eines Kindes ähnelte. Die amethystfarbige Tunika, die den gewöhnlichen Sterblichen zu tragen verboten war, warf einen bläulichen Abglanz auf sein breites, kurzes Gesicht. Das dunkle Haare trug er kurz, nach der von Otho eingeführten Sitte in vier Lockenreihen geordnet. Seinen Bart hatte er vor kurzem dem Jupiter geopfert, wofür ihn ganz Rom Danksagungen darbrachte, obwohl man sich im Geheimen zuflüsterte, dies sei nur geschehen, weil sein Bart, wie bei allen Familienmitgliedern, feuerrot zu werden drohte. Auf der über den Augen kräftig hervortretenden Stirn lag aber doch etwas Olympisches. Die zusammengezogenen Brauen verkündeten das Bewusstsein von Allmacht; doch unter der Halbgottstirn lag ein Gesicht, das eher einem Affen glich und an einen Komödianten oder einen Trunkenbold erinnerte. Trotz der Jugend war das Gesicht von wechselnden Begierden durchwühlt, schon fett und doch kränklich und verfallen. Lygia erschien es Unheil verkündend, aber vor allem höchst widerwärtig.

Nach einer Weile legte er den Smaragd hin, und Lygia konnte seine hervorstehenden blauen Augen sehen, die unter dem strahlenden Glanze des Lichtmeeres beständig blinzelten und einen gläsernen, gedankenlosen Ausdruck hatten, wie die Augen eines Toten. Und zu Petronius gewendet, sagte er in diesem Augenblicke: „Ist das jene Geisel, in die Vinicius verliebt ist?" – „Sie ist es", versetzte Petronius. – „Wie heißt das Volk, dem sie entstammt?" – „Die Lygier." – „Vinicius findet sie hübsch?" – „Hülle den morschen Stamm eines Ölbaumes in das Peplon eines Weibes, und Vinicius wird ihn schön finden. Doch auf deinen Zügen, unvergleichlicher Kenner, lese ich schon ein Urteil über sie. Bemühe dich nicht, es auszusprechen. Ganz richtig, sie ist viel zu mager und armselig, der reine Mohnkopf auf schlankem Stängel! Du aber, göttlicher Ästhetiker, schätzest gerade den Stängel am Weibe, du hast Recht, tausendmal Recht, das Gesicht allein hat nichts zu sagen. Ich habe schon viel von dir gelernt, aber den sicheren Blick, wie du, besitze ich noch nicht. Ich möchte mit Tullius Senecio um sein Liebchen wetten, dass du, obwohl man beim Mahle, wo alle liegen, doch schwer über die ganze Gestalt urteilen kann, dir schon gesagt hast: Sie hat zu schmale Hüften." – „Zu schmale Hüften", wiederholte Nero, die Augen zudrückend.

Ein kaum merkliches Lächeln umspielte die Lippen des Petronius, Tullius Senecio aber, der sich bis jetzt mit Vestinus unterhalten oder vielmehr diesen wegen seines Glaubens an Träume verspottet hatte, wandte sich, ohne zu wissen, um was es sich handelte, zu Petronius und erklärte: „Du irrst, ich halte es mit dem Kaiser." – „Um so besser", versetzte Petronius. „Ich habe gerade bewiesen, dass du ein bisschen Verstand hast, aber der Kaiser behauptet, dass du ein vollständiger Esel bist."

„Der hat's gekriegt!", rief Nero, lachte und zeigte mit dem Daumen nach abwärts wie im Zirkus, wenn der gefallene Gladiator nicht mehr auf Gnade hoffen darf. – Allein, da Vestinus meinte, es sei noch immer von Träumen die Rede, rief er dazwischen: „Und ich glaube doch an Träume; auch Seneca sagte neulich, dass er daran glaubt." – „Vergangene Nacht träumte mir, ich sei Vestalin geworden", sagte Calvia Crispinilla, sich über den Tisch neigend. Daraufhin klatschte Nero in die Hände; andere folgten seinem Beispiele und bald erscholl in der Runde lauter Beifall, denn Crispinilla, mehrmals geschieden, war wegen ihres fabelhaft losen Lebenswandels in ganz Rom bekannt. Aber ohne im Mindesten verlegen zu werden, sagte sie ruhig: „Nun was weiter! Alt und hässlich sind sie alle! Die einzige Rubria ist Menschen ähnlich, und so wären wir doch zwei, obwohl auch Rubria Sommersprossen bekommt, wenn es warm wird." – „Du wirst aber doch zugeben, allerkeuscheste Calvia", fiel Petronius ein, „dass du höchstens im Traume Vestalin werden könntest." – „Und wenn es der Kaiser befehlen würde? Was dann?" – „Ich würde dann glauben, dass auch die seltsamsten Träume in Erfüllung gehen."

„Das tun sie auch", sagte Vestinus. „Ich verstehe die Leute, wenn sie an Götter nicht glauben, aber wie kann man nicht an Träume glauben?" – „Und die Wahrsagungen?", fragte Nero. „Man hat mir einst geweissagt, Rom werde aufhören zu bestehen, ich aber würde den ganzen Osten beherrschen."

„Wahrsagungen und Träume stehen in enger Verbindung miteinander", bemerkte Vestinus. „Ein Prokonsul, der sehr ungläubig war, schickte einen Sklaven mit einem versiegelten Brief in den Tempel des Mopsus; dem Sklaven war streng verboten, den Brief zu öffnen, wollte doch der Prokonsul sich überzeugen, ob der Gott auch die in dem versiegelten Brief enthaltene Frage beantworten könne. Der Sklave schlief eine Nacht im Tempel, in der Erwartung eines bedeutungsvollen Traumes, und als er heimkam, sprach er folgendermaßen: ‚Es träumte mir von einem Jüngling, leuchtend wie die Sonne, der mir nichts anderes sagte, als: Einen schwarzen.' – Der Prokonsul erblasste, als er dieses hörte, und wendete sich zu seinen Gästen, die ohne Ausnahme ebenso ungläubig waren wie er: ‚Wisst ihr was in dem Briefe stand?‘“

Hier unterbrach sich Vestinus, um die Trinkschale zum Munde zu führen und einen mächtigen Zug zu tun. – „Nun was stand in dem Brief?“, fragte Seneca. – „Der Brief enthielt die Frage: ‚Was für einen Stier soll ich opfern, einen weißen oder schwarzen?‘“

Die durch die Erzählung erregte Aufmerksamkeit wurde durch Vitellius abgelenkt, der schon halb angetrunken zum Gastmahle gekommen war und nun mit einem Male und ohne jede Ursache in ein tolles Lachen ausbrach. – „Weshalb lacht denn diese Talgtonne?“, fragte Nero. – „Nur durch das Lachen unterscheidet sich der Mensch vom Tiere,“ sagte Petronius, „und er hat keinen anderen Beweis dafür, dass er kein Schwein ist.“ – Vitellius hörte plötzlich auf zu lachen, und mit den von fetter Soße triefenden Lippen schmatzend, blickte er so verwundert auf die Anwesenden, als habe er sie nie vorher gesehen. Dann hob er die fleischige Rechte in die Höhe und sagte heiser: „Der Ritterring, den ich von meinem Vater erbte, ist mir vom Finger gefallen.“

„Vom Vater, der ein Schuster war“, fügte Nero hinzu, und bei diesen Worten brach Vitellius abermals in ein unerwartetes Gelächter aus und begann in Calvia Crispinillas Peplum nach seinem Ringe zu suchen. Vatinius ahmte den Aufschrei eines erschrockenen Freudenmädchens nach, und Nigidia, die Freundin Calvias, eine junge Witwe mit kindlichem Gesicht und sinnlichen Augen, sagte laut: „Er sucht, was er niemals verloren hat.“ – „Und was ihm gar nichts nützt, wenn er es auch finden würde“, fügte der Dichter Lucan hinzu.

Die Lustbarkeiten bei diesem Festgelage steigerten sich mehr und mehr. Eine Schar von Sklaven trug fortwährend neue Gerichte auf; aus den großen, efeuumkränzten und schneegefüllten Gefäßen wurden alle Augenblicke kleinere Behälter ausgehoben, die die verschiedensten Weingattungen enthielten. Es wurde übermäßig viel getrunken. Langsam fielen von der Decke Rosen auf die Tafel und Gäste. Darauf bat Petronius den Kaiser, das Fest durch seinen Gesang zu verherrlichen, ehe sich die Gäste vollends betrunken haben. Ein Chor von Stimmen unterstützte seine Worte, aber Nero weigerte sich. Nicht nur seine Befangenheit verbiete ihm, dem allgemeinen Wunsche zu willfahren, erklärte er, sondern er sei tatsächlich heiser. Aber Lucanus beschwor ihn im Namen der Kunst und der Menschheit nachzugeben. Es sei ja bekannt, bemerkte er, dass der göttliche Dichter und Sänger einen neuen Hymnus an die Venus geschaffen habe, mit dem verglichen der des Lucretius wie das Winseln eines einjährigen Wölfleins klinge. Erst durch seinen Gesang stemple er das Fest zu einem wirklichen Feste. Ein so guter Herrscher wie Nero dürfe seine Untertanen nicht um eine solche Freude bringen. „Sei nicht grausam, Cäsar!“, schloss Lucanus seine Rede. – „Sei nicht grausam, Cäsar!“, wiederholten alle, die in der Nähe saßen.

Nero breitete die Hände aus, zum Zeichen, dass er nachgeben müsse, und alle Augen wendeten sich mit dem Ausdruck des Dankes auf ihn. Doch er ließ vorher noch Poppäa benachrichtigen, dass er singen werde; sie hatte sich zwar, wie er erzählte, eines Unwohlseins wegen vom Mahl fern gehalten, aber da ihr keinerlei Arznei je so helfe, wie sein Gesang, wolle er ihr die Gelegenheit zugute kommen lassen. Und Poppäa erschien unverzüglich.

Obwohl sie den Kaiser noch völlig beherrschte, wusste sie doch, dass es gefährlich war, ihn zu reizen, wenn seine Eitelkeit als Sänger, Wagenlenker oder Dichter ins Spiel kam. Schön wie eine Göttin trat sie alsbald ein; sie war wie Nero in ein amethystfarbiges Gewand gehüllt, trug ein prächtiges Perlenhalsband, das dem Masinissa geraubt worden war, und sah mit ihrem Goldhaar und dem sanften Blick, obwohl sie bereits zweimal geschieden war, noch völlig mädchenhaft aus. – Sie wurde mit lebhaften Zurufen als „göttliche Augusta“ begrüßt.

Lygia hatte noch niemals in ihrem Leben eine solche Schönheit gesehen, und kaum traute sie ihren Augen. Nur zu wohl wusste sie, dass Poppäa Sabina eins der verworfensten Weiber der Welt war. Sie wusste von Pomponia, dass sie es war, die den Kaiser zur Ermordung von Mutter und Gattin bewogen hatte. Und was war ihr alles von den Gästen und Dienern in dem Hause des Aulus über Poppäa zu Ohren gekommen! Die in der Stadt aufgestellten Bildsäulen von ihr waren des Nachts zertrümmert worden, die Inschriften über sie, deren Verfasser die schwersten Strafen erleiden mussten, erschienen immer wieder auf den Mauern der Stadt. Und doch dünkte es ihr jetzt beim Anblick dieser berüchtigten Frau, in der die Anhänger Christi die Verkörperung alles Bösen und Sündhaften sahen, als ob die Engel und himmlischen Geister nicht anders aussehen könnten. Sie vermochte die Augen nicht von ihr wegzuwenden, und unwillkürlich entrang sich ihren Lippen die Frage: „Ach, Marcus, kann dies möglich sein?“ Aber er, bereits etwas berauscht und zudem ungeduldig, weil so viele Dinge ihre Aufmerksamkeit von ihm und seiner Unterhaltung abwendeten, sagte: „Ja, sie ist schön, aber du bist hundertmal schöner! Du kennst dich nicht, du würdest dich sonst in dich selbst verlieben wie Narzissus! – Sie badet sich in Eselinnenmilch, dich hat scheinbar Venus in der eigenen Venus gebadet. Schau nicht mehr hin. Wende den Blick zu mir, ocelle mi! Berühre diesen Becher mit deinen Lippen, dann presse ich auf dieselbe Stelle die meinen.“

Er rückte ihr näher, sie aber zog sich gegen Acte hin zurück. Doch in diesem Augenblicke gebot man Stille, denn der Kaiser war aufgestanden. Der Sänger Diodor reichte ihm eine Laute, Delta genannt, während Terpnos, der den Gesang des Kaisers mit seinem Spiele begleiten sollte, sich ihm mit seinem Instrument näherte. Nero stützte seine Laute auf den Tisch und richtete seine Blicke in die Höhe. Lautlose Stille herrschte im Triklinium – nur das Geräusch der von der Decke fallenden Rosen war von Zeit zu Zeit hörbar.

Und nun fing er an zu singen, oder vielmehr er trug in einem sangesähnlichen rhythmischen Tone seinen Hymnus an die Venus vor, unter Begleitung zweier Lauten. Weder die Stimme, obwohl sie etwas verschleiert klang, noch die Verse waren schlecht, sodass die arme Lygia aufs Neue von Gewissensbissen gepeinigt wurde, denn der Hymnus erschien ihr, trotzdem in ihm die unreine, heidnische Venus gefeiert wurde, über die Maßen schön, und sogar der Kaiser mit seinem Lorbeerkranz auf der Stirn und den in die Höhe blickenden Augen kam ihr jetzt majestätischer und weit weniger schrecklich und abstoßend vor wie zu Beginn des Festes.

Kaum hatte er geendet, brachen die Gäste in einen Beifallssturm aus. „O welche Götterstimme!“, erscholl es ringsum; einige Frauen hatten zum Zeichen ihrer Verzückung die Hände erhoben und hielten sie auch noch nach der Beendigung des Gesanges hoch; andere fuhren sich mit der Hand über die tränenfeuchten Augen: im ganzen Saale herrschte ein Summen wie im Bienenkorbe. – Poppäa hatte das goldig schimmernde Haupt geneigt und Neros Hand an ihre Lippen gezogen, worauf sie seine Finger lange schweigend in den ihren hielt, und der göttlich schöne Grieche Pythagoras, derselbe, mit dem sich der halb wahnsinnige Nero später trauen ließ, kniete vor ihm nieder. Nero aber richtete seine Blicke begierig auf Petronius, um dessen Lobsprüche es ihm am meisten zu tun war, und dieser sprach: „Was die Musik betrifft, so muss Orpheus jetzt gerade so gelb vor Neid sein wie unser Lucanus hier, und was die Verse anlangt, so bedauere ich nur, dass sie nicht schlechter sind, weil ich dann doch vielleicht passende Worte zu ihrem Preise fände.“

Lucanus zürnte nicht wegen dieses Hinweises auf seine Eifersucht, im Gegenteil, er warf Petronius einen dankbaren Blick zu und brummte, den Übelgelaunten spielend: „Verfluchtes Schicksal, das mich dazu verdammt hat, der Zeitgenosse eines solchen Dichters zu sein. Man hätte sich vielleicht doch ein Plätzchen in der Erinnerung der Menschen und auf dem Parnass erobert, so aber gleicht man einem Lämpchen, das stets nur glimmt neben der leuchtenden Sonne."

Petronius, der ein erstaunliches Gedächtnis hatte, wiederholte einige Absätze des Hymnus, zitierte einige Verse und hob die schönsten Wendungen hervor, und Lucanus, der über den Zauber der Dichtung seine Eifersucht zu vergessen schien, schloss sich seinen Worten an. Auf Neros Antlitz spiegelte sich die stille Wonne und bodenlose Eitelkeit, die nicht nur an Dummheit grenzte, sondern ihr schon ganz ähnlich war. Er fing nun selbst an, die Verse hervorzuheben, die ihm als die schönsten erschienen, und tröstete sogar schließlich Lucanus, indem er ihm Mut zusprach und sagte, dass jeder nur das sei, als was er geboren werde, übrigens schließe die Anbetung, die man dem Jupiter zolle, die Verehrung der übrigen Götter nicht aus. Darauf erhob er sich, um Poppäa hinauszugeleiten, die sich in der Tat unwohl fühlte und sich zurückzuziehen wünschte. Er befahl den Festteilnehmern Platz zu behalten, seine Rückkehr ankündend. Wirklich erschien er auch bald wieder, um sich an dem ihm gestreuten Weihrauch zu berauschen und sich an den weiteren Festvorstellungen zu ergötzen, die von ihm, von Petronius oder von Tigellinus zur Verherrlichung des Festes vorbereitet waren.

Sodann wurden noch andere Verse verlesen und Dialoge angehört, deren Wunderlichkeit wohl den fehlenden Witz ersetzen sollte. Dann trat der berühmte Mime Paris auf, der die Abenteuer der Jo, der Tochter des Inachus, darstellte. Die Gäste und besonders die solcher Zauberkünste ungewohnte Lygia glaubten ein Wunderwerk vor sich zu sehen. Durch die Bewegungen der Hände und des Körpers verstand es Paris, seinen Tanz so ausdrucksvoll zu machen, eine Darstellung zu bieten, die man kaum für möglich gehalten hätte. Seine Hände zauberten einen Wind her, der eine Wetterwolke mit sich führte, die wiederum die Gestalt einer Jungfrau zeigte. Es war dies kein Tanz mehr, sondern ein deutliches Bild, das die geheime Liebe zeigte, und das zauberisch schön und schamlos zugleich war. Und als am Schlusse Korybanten hereinstürmten und beim Klange der Zittern, Flöten, der Zimbel und der kleinen Trommel unter wildem Rufen der Mädchen aus Syrien einen zügellosen bacchantischen Tanz aufführten, da war es Lygia, als ob sie ein glühendes Feuer verzehre, als ob ein Blitz in diese Halle einschlagen solle und die Decke auf die Häupter der Festteilnehmer niederstürzen müsse.

Doch statt dessen fielen von der Decke nur Rosen herab und der halb trunkene Vinicius sprach zu ihr: „Ich sah dich im Hause des Aulus an der Fontäne, und ich liebte dich. Der Morgen graute kaum, und du dachtest, dass niemand dich sehe, aber ich sah dich! Und ich sehe dich, obwohl dich das Peplum bedeckt; wirf es ab, wie Crispinilla. Siehe: Götter und Menschen suchen Liebe. Es gibt nichts Besseres auf Erden! Birg dein Haupt an meiner Brust und drücke die Augen zu!" – Lygias Pulse schlugen heftig. Sie glaubte in einen Abgrund zu versinken, und Vinicius, von dem sie Rettung erhofft hatte, der ihr so lieb und Vertrauen erweckend erschienen war, er selber war es, der sie in diesen Abgrund zog. Welchen Schmerz verursachte er ihr! Sie zürnte ihm, und sie fing an, ihn zu fürchten. Eine unsagbare Bangigkeit vor ihm, vor dem Feste, vor sich selbst ergriff sie aufs Neue. Was war das? Hörte sie nicht eine Stimme, die Stimme Pomponias, die ihr zuraunte: „Rette dich, Lygia! Rette dich!"? Dann aber war es ihr plötzlich, als sei es dazu schon zu spät; denn wer gesehen, was sie bei diesem Gastmahle geschaut, wen eine Lohe umgarnt, wie sie sie gefühlt, und wessen Herz geschlagen hatte wie das ihre, als sie solche Worte von Vinicius hörte, und als er ihr näherrückte, der müsse ohne Rettung verloren sein. Sie fühlte sich schwach. Sie wusste, dass sich unter Androhung kaiserlicher Ungnade niemand erheben durfte, ehe der Kaiser vom Tische aufstand, aber wenn auch dem nicht so gewesen wäre, so hätte sie nicht mehr die Kraft dazu besessen.

Das Gastmahl war indessen noch lange nicht beendet. Sklaven trugen immer neue Gerichte auf und füllten unermüdlich die Becher, und vor dem in Hufeisenform aufgestellten Tischen erschienen zwei Athleten, um vor den Gästen einen Ringkampf aufzuführen. Die muskulösen, von Öl glänzenden Gestalten schienen beim Ringkampfe einen einzigen Klumpen zu bilden; die Glieder knackten unter der eisernen Umarmung, aus den zusammengepressten Kinnladen drang ein Unheil verkündendes Knirschen. Von Zeit zu Zeit vernahm man ein kurzes, dumpfes Aufstampfen der Füße auf dem safranbestreuten Boden, dann wieder standen die beiden Ringer unbeweglich und boten den Zuschauern den Anblick einer in Stein gehauenen Gruppe. Mit Kennerblick und voll Entzücken folgten die Augen der Römer dem Spiele der schauerlich angespannten Rücken-, Waden- und Armmuskeln. Doch der Kampf währte nicht lange, denn Kroton, der Meister und Vorsteher der Gladiatorenschule, galt nicht umsonst für den stärksten Mann im ganzen Reiche. Sein Gegner begann immer rascher zu atmen, dann röchelte er, das Gesicht nahm eine bläuliche Farbe an; er warf Blut aus und sank wie leblos zu Boden. Ein Beifallssturm belohnte das Ende des Kampfspieles, und Kroton stützte den Fuß auf den Rücken des gefallenen Gegners, kreuzte die mächtigen Arme über der Brust und ließ den triumphierenden Blick im Saale umherschweifen. Nach ihm traten Tier- und Tierstimmennachahmer auf, Gaukler und Possenreißer, die aber nur wenig Beachtung fanden, denn der Wein begann den Blick der Zuschauer zu trüben. Das Gastmahl artete allmählich in ein wüstes Trinkgelage, in eine wahre Orgie aus. Die syrischen Mädchen, die in dem bacchantischen Tanz mitgewirkt hatten, mischten sich unter die Gäste. Die Musik verwandelte sich in ein wüstes, wildes Getöse der Kithara, der Laute, der armenischen Zimbel, der ägyptischen Sistra, der Trompeten und der Hörner, da sich aber einige der Tafelnden zu unterhalten wünschten, schrien sie den Musikern zu, sich zu entfernen. Die Luft, geschwängert von Blumendüften und dem Geruche der Öle, mit denen reizende Knaben während des Mahles die Füße der Gäste besprengten, verdorben durch den Safran und die Ausatmung der Menschen, war schwül geworden; die Flammen der Lampen flackerten trübe, schief saßen die Kränze auf den Häuptern der Zechenden, über deren erdfahle Gesichter dicke Schweißtropfen rannen.

Vitellius kugelte unter den Tisch. Nigidia, bis zum Gürtel entblößt, lehnte das trunkene Kindergesicht an Lucanus Brust, der, gleichfalls betrunken, den Goldpuder aus ihrem Haare blies und dabei still beseligt nach oben blickte. Mit der allen Trunkenen eigenen Beharrlichkeit wiederholte Vestinus wohl zum zehnten Male die Antwort des Mopsus auf des Prokonsuls versiegelten Brief, Tullius hingegen, der beständig über die Götter spottete, erklärte in schleppendem, von stetem Schlucken unterbrochenem Tone: „Denn wenn der Sphäros des Xenophanes rund ist, könnte man ja, wie du siehst, einen solchen Ort wie ein Fass mit dem Fuße vor sich herrollen." – Und über diese Worte war Domitius Afer, der alte Dieb und Ohrenbläser, höchlich empört und begoss sich in seiner Entrüstung die ganze Tunika mit Falerner. Er hatte stets an die Götter geglaubt, und wenn die Leute behaupteten, dass Rom zu Grunde gehen müsse, so trug einzig und allein der Unglaube der heutigen Jugend schuld daran. Man vernachlässigte die alten, strengen Sitten, und niemand kam auf den Gedanken, dass es den Epikureern unmöglich sein werde, den Barbaren zu widerstehen. Ach, dass er in solchen Zeiten leben musste, wo ihnen nichts anderes übrig blieb, als sich dem Genusse in die Arme zu werfen, um den nagenden Kummer zu unterdrücken. Und bei diesen Worten zog er eine syrische Tänzerin fest an sich und küsste ihr mit dem zahnlosen Mund Nacken und Rücken. Bei diesem Anblicke brach der Konsul Memmius Regulus in ein Gelächter aus und rief, den Kahlkopf mit dem schief sitzenden Kranze erhebend: „Wer sagt, dass Rom zu Grunde geht? Unsinn! Ich als Konsul muss es besser wissen. Videant consules! Dreißig Legionen schützen unsere Pax romana!" – Hier presste er beide Fäuste an die Schläfen und schrie durch den ganzen Saal: „Dreißig Legionen! Dreißig Legionen! Von Britannien bis zu den parthischen Grenzen!" Plötzlich hielt er inne, legte einen Finger an die Stirn und sagte: „Und wie mir scheint, sind es gar zweiunddreißig." Darauf kollerte er unter den Tisch, wo er die Flamingozungen, die gebackenen Reizker, gedünsteten Schwämme, die in Honig geschmorten Heuschrecken, die Fische, die Fleischspeisen, kurz alles, was er gegessen und getrunken hatte, wieder von sich gab.

Doch die Anzahl der Legionen, die den Frieden des römischen Reiches hüteten, beruhigte Domitius Afer nicht. „Nein, nein!", rief er aus, „Rom muss zu Grunde gehen, weil es keinen Glauben und keine Sitten mehr gibt! Rom wird zu Grunde gehen, und das ist schade, denn das Leben ist schön, der Kaiser ist gnädig und der Wein gut! Ach, wie schade!" Er vergrub das Haupt zwischen die Schulterblätter der syrischen Tänzerin und brach in Tränen aus. „Was soll mir das künftige Leben! Wie Recht hatte Achilles, als er sagte: Besser ein Knecht hier unter der Sonne als Herrscher in den schimärischen Gefilden! – Und es ist überhaupt noch die Frage, ob es Götter gibt, obgleich der Unglaube die Verderbnis der Jugend verursacht." Lucanus hatte inzwischen allen Goldpuder aus Nigidias Haar geblasen, die infolge des Weines eingeschlummert war. Er entnahm der vor ihm stehenden Vase Efeuranken und schmückte die Schlafende damit und betrachtete sie ganz erfreut. Da begann er, sich selbst mit Efeu zu schmücken und rief mit dem Ausdruck völliger Überzeugung: „Ich bin gar kein Mensch, ich bin ein Faun!"

Petronius war noch nüchtern. Nero jedoch, der anfangs aus Rücksicht auf seine Götterstimme nur wenig getrunken hatte, lehrte schließlich Becher auf Becher und berauschte sich ganz und gar. Umsonst versuchte er nochmals einige Strophen aus seiner Dichtung vorzutragen, und zwar diesmal in griechischer Sprache, aber er hatte alles vergessen, sodass er, ohne sich dessen bewusst zu sein, ein Lied von Anakreon zu singen begann. Dabei begleiteten ihn Pythagoras, Diodorus und Terpnos, da sie aber keinen Takt zu halten vermochten, hörten sie bald wieder auf. Nero, als Kenner und Ästhetiker des Schönen, geriet nun plötzlich in Ekstase über den schönen Pythagoras, dessen Hände er unaufhörlich küsste. Solche wunderbaren Hände waren ihm doch schon einmal zu Gesicht gekommen! Bei wem nur? … Er legte die Hand sinnend an die feuchte Stirn. Plötzlich nahm sein Antlitz einen entsetzten Ausdruck an: „Ach!", rief er, „An der Mutter, an Agrippina!" – Düstere Wahnvorstellungen schienen ihn zu beherrschen: „Man sagt, dass sie in hellen Mondnächten auf dem Meere bei Bajae und Puteoli wandelt", flüsterte er. „Aber wenn sie zu einem Kahne kommt, wirft sie einen Blick hinein und wandelt weiter. Der Fischer aber, den ihr Blick getroffen hat, der muss sterben."

„Kein übles Thema", bemerkte Petronius. – Vestinus streckte den Hals aus wie ein Kranich und flüsterte geheimnisvoll: „An die Götter glaube ich nicht, aber an die Geister. Oh, oh!"

Nero kümmerte sich nicht um die Worte der Sprechenden und fuhr fort: „Ich habe doch Lemurien gefeiert! Ich mag sie nicht sehen! Fünf Jahre sind nun schon verflossen! Ich musste, ich musste sie verurteilen, denn sie selbst sandte Mörder nach mir aus. Wäre ich ihr nicht zuvorgekommen, ihr hättet heute meine Stimme nicht gehört!" – „Dank Cäsar, im Namen Roms, im Namen der ganzen Welt!", rief Domitius Afer. – „Wein! Wein! Schlagt das Tympanum!" – Und der Lärm begann aufs Neue. Lucanus, der sich inzwischen völlig mit Efeu umwunden hatte, suchte ihn zu überschreien; er stand auf und rief: „Ich bin kein Mensch, sondern ein Faun und lebe im Walde! E…ch…ooo!" Dabei stürzte er auf Nigidia und plumpste unter die Festtafel.

Schließlich betrank sich auch der Kaiser und nach und nach alle Männer und Weiber. Vinicius war nicht minder betrunken als all die anderen. Zu der aufflammenden Begierde gesellte sich die Händelsucht, wie immer, wenn er das Maß überschritt. Sein bräunliches Antlitz war bleich und seine Zunge unsicher, als er in lautem, befehlendem Tone sagte: „Reich mir deine Lippen zum Kusse! Heute oder morgen, das ist gleich! Lass das Zieren! Der Kaiser nahm dich dem Aulus, um dich mir zu schenken, verstehst du? Morgen in der Dämmerstunde sende ich nach dir, verstehst du? … Reiche mir deine Lippen! … Du musst mein sein! Ich will nicht länger warten – schnell den Mund!"

Er umschlang sie mit seinen Armen, aber Acte schützte sie, und auch Lygia verteidigte sich mit dem Rest ihrer Kräfte. Doch umsonst mühte sie sich, mit ihren Händen seine unbehaarten glatten Arme von sich fern zu halten; vergebens flehte sie ihn an, doch nicht so schrecklich zu sein und Erbarmen mit ihr zu haben. Sein nach Wein duftender Atem hauchte sie an und sein Gesicht kam dem ihren schon ganz nahe. Nein! Das war nicht mehr der einstige gute, ihr von ganzer Seele treue Vinicius, das war ein trunkener, böser Satyr, der ihr Schreck und Widerwillen einflößte. Und sie fühlte ihre Kräfte schwinden.

Vergebens wandte sie, sich zurückbeugend, das Antlitz ab, um seinen Küssen auszuweichen. Er stand auf, umfing sie mit beiden Armen, zog ihr Haupt an seine Brust und drückte mit den Lippen ihren erblassten Mund, bis er schmerzte. Doch in dem gleichen Augenblicke wurden seine Arme von des Mädchens Nacken mit einer Leichtigkeit losgelöst, als ob es die Arme eines Kindes wären, er selbst aber wurde zur Seite geschoben, wie ein dürres Zweiglein oder ein welkes Blatt. Was war geschehen? Vinicius rieb sich die erstaunten Augen, schaute empor und sah die Riesengestalt des Lygiers Ursus vor sich stehen, der ihm vom Hause des Aulus her bekannt war. Der Lygier stand ruhig und sah mit seinen blauen Augen Vinicius so sonderbar an, dass dem jungen Manne das Blut in den Adern stockte; dann nahm der Sklave sein Königskind auf den Arm und verließ mit gleichen, ruhigen Schritten das Triklinium. Acte folgte sogleich nach.

Vinicius saß einen Augenblick wie versteinert, dann aber sprang er auf und lief dem Ausgange zu: „Lygia! Lygia!" Doch Begierde, Bestürzung, Wut und der Wein machten schließlich seine Beine wanken. Er strauchelte ein- bis zweimal, dann haschte er nach den nackten Beinen einer Bacchantin und fragte, mit den Augen blinzelnd: „Was ist geschehen?" Sie ergriff eine gefüllte Trinkschale und reichte sie ihm lächelnd und mit verglasten Augen. „Trink!", sagte sie. Vinicius leerte die Schale und stürzte zu Boden, die Bacchantin mit sich reißend. – Der größte Teil der Gäste lag schon unter den Tischen; einige gingen schwankenden Schrittes durch das Triklinium, andere lagen schlafend auf den Polstern an der Tafel und schnarchten; und auf alle diese betrunkenen Krieger, Dichter, Philosophen, auf die betrunkenen Tänzerinnen und Patrizierinnen, auf diese begrenzte, ungezügelte und schon entnervte Menge, auf diese allmächtige und doch schon dem Untergange geweihte Welt fiel aus dem goldenen Netze an der Decke langsam Rose auf Rose herab. Und draußen graute der Tag.

Fünftes Kapitel.

Niemand hielt Ursus auf, niemand fragte nach seinem Tun. Die Gäste, die noch nicht unter den Tischen lagen, nahmen längst ihre Plätze nicht mehr ein, und als daher die Dienerschaft den Riesen mit einer der Festteilnehmerinnen auf dem Arme erblickte, hielt man ihn für einen Sklaven, der seine ihrer Sinne nicht mehr mächtige Herrin hinwegtrug. Zudem ging Acte mit ihnen, und deren Anwesenheit ließ vollends keinen Verdacht aufkommen. Auf diese Art gelangten sie aus dem Triklinium in das anstoßende Gemach und von da auf den Gang, der zu Actes Zimmer führte.

Über Lygia war eine solche Ermattung gekommen, dass sie wie tot in den Armen des Ursus lag. Erst als sie die frische, reine Morgenluft umwehte, öffnete sie die Augen. Durch den Säulengang weiterschreitend, bogen sie in einen seitlichen Portikus, der nicht gegen den Hof, sondern gegen die Palastgärten gewendet lag, in denen die Gipfel der Pinien und Zypressen im ersten Morgenrot erglühten.

In diesen Teilen des Gebäudes war es menschenleer, und der Schall der Musik und der Tafellärm drang nur undeutlich herüber. Lygia kam es vor, als habe man sie der Hölle entrissen und in die helle Gotteswelt hinausgetragen. So gab es denn doch noch etwas außer dem abscheulichen Triklinium – es gab einen Himmel, ein Morgenrot, es gab Licht und Frieden. Das Mädchen brach plötzlich in Tränen aus, und sich in die Arme des Lygiers schmiegend, rief es schluchzend: „Nach Hause, Ursus! Nach Hause zu Aulus und Pomponia!“ – „Dahin gehen wir!“, sagte Ursus.

Inzwischen waren sie bis in das kleine Atrium gelangt, dass zu Actes Wohnung gehörte. Hier ließ Ursus das erregte Mädchen auf einer Marmorbank in der Nähe des Springbrunnens nieder, und Acte bemühte sich, sie zu beruhigen, sie davon zu überzeugen, dass ihr hier keine Gefahr drohe, da die betrunkenen Gäste sicher bis zum Abend schlafen würden. Doch Lygia wollte sich lange nicht zufrieden geben; sie presste beide Hände gegen die Schläfen und wiederholte wie ein Kind immer wieder: „Nach Hause zu Aulus und Pomponia!"

Ursus war bereit. Bei den Toren standen zwar Prätorianer, aber er kam schon durch. Die Soldaten hielten ja die Fortgehenden nicht auf. Vor den Toren waren Sänften, und die Leute begannen scharenweise heimzuziehen. Niemand würde sie zurückhalten. Sie konnten sich unter die Menge mischen und konnten direkt nach Hause zurückkehren. Was die Königstochter befahl, das musste geschehen. Dazu war er ja hier und Lygia wiederholte: „Ja, Ursus, gehen wir!"

Doch Acte musste Vernunft für beide haben. Hinaus kommen würden sie, o ja! Niemand würde sie aufhalten. Aber es war nicht zulässig, aus dem Hause des Imperators zu fliehen, und wer es tat, beleidigte seine Majestät. Hinaus konnten sie wohl, doch schon am Abend würde ein Zenturio dem Aulus das Todesurteil überbringen und Lygia in den Kaiserpalast zurückschleppen, wonach es keine Rettung mehr für sie gab. Und sobald sie Aulus und Pomponia unter ihr Dach aufnahmen, war deren Tod besiegelt. Mutlos ließ Lygia ihre Hände sinken. Ach, es gab keinen Ausweg. Sie hatte nur zu wählen zwischen dem Verderben der Pflegeeltern und ihrem eigenen. Als sie zum Festmahle ging, hatte sie noch Hoffnung, dass sich Vinicius oder Petronius für sie verwenden und Pomponia zurückgeben würden – nun wusste sie genau, dass gerade diese beiden den Kaiser überredet hatten, sie von Pomponia wegzunehmen. Ach, es gab keinen Ausweg. Nur ein Wunder konnte sie dem drohenden Abgrunde entreißen: ein Wunder und Gottes Allmacht.

„Acte“, sagte sie verzweifelt, „hast du gehört, was mir Vinicius sagte? Der Kaiser habe mich ihm zum Geschenke gemacht und er werde noch vor Abend seine Sklaven senden, um mich zu sich holen zu lassen!“ – „Ich habe es gehört“, erwiderte Acte achselzuckend und versank in Schweigen. Lygias Verzweiflung fand bei ihr kein Echo, war sie doch selbst die Geliebte Neros gewesen, und ihr Herz, so gut es sonst war, vermochte die Schmach eines derartigen Verhältnisses nicht zu empfinden. Als ehemalige Sklavin war sie an Unfreiheit gewöhnt und – sie liebte Nero. Wenn er jetzt wieder zu ihr zurückkehrte, so würde sie die Hände nach ihm wie nach einem lang ersehnten Glücke ausstrecken. Ihr war es ganz klar, Lygia musste die Geliebte des jungen und schönen Vinicius werden, wenn sie nicht die ihr so teuern Pflegeeltern und sich selbst ins Verderben stürzen wollte. Was nützte daher alles Zaudern? „Im Palaste des Kaisers droht dir nicht weniger Gefahr als bei Vinicius“, sagte sie nach einer Pause. Sie dachte kaum daran, wie sehr sie Recht hatte, und es fiel ihr nicht auf, dass sie damit eigentlich sagte: Gib dich zufrieden mit deinem Schicksale. Doch Lygia barg das Gesicht in ihre Hände und rief: „Niemals! Ich bleibe weder hier, noch gehe ich zu Vinicius – nie!“ Acte war von diesem leidenschaftlichen Ausbruche überrascht. „Ist dir Vinicius so sehr verhasst?“, fragte sie.

Doch Lygia konnte diese Frage nicht beantworten, sie brach stattdessen in Tränen aus; Acte zog sie an ihre Brust und suchte sie zu trösten. Ursus atmete schwer und ballte die riesigen Fäuste, denn er liebte seine Königstochter mit der Treue eines Hundes und vermochte die Tränen nicht zu ertragen. Mit seinem lygischen, halb kindlichen Herzen wäre er am liebsten in den Saal zurückgestürzt, um Vinicius und im Notfall selbst den Kaiser zu erwürgen, aber er wollte seine Herrin keinen

Augenblick verlassen. Zudem war er auch nicht mit sich einig, ob der Bekenner des gekreuzigten Lämmchens so etwas tun dürfe.

Acte jedoch, noch immer bemüht, Lygia zu beruhigen, fragte wieder: „Ist er dir denn so verhasst?" – „Nein", entgegnete Lygia, „hassen darf ich ihn nicht, denn ich bin Christin." – „Das weiß ich, Lygia. Ich weiß auch aus den Briefen des Paulus aus Tarsos, dass ihr den Tod der Sünde vorziehen müsst. Doch sage mir, ob es deine Lehre zulässt, andere zu töten?" – „Nein!" – „Wie darfst du also die Rache des Cäsar auf das Haus des Aulus heraufbeschwören?" – Ein tiefes Schweigen folgte. Ein bodenloser Abgrund schien sich vor Lygia aufzutun. – Die Freigelassene fuhr fort: „Ich frage dich, weil du mir leid tust, weil ich Mitleid mit der guten Pomponia und Aulus und deren Kinde empfinde. Lange schon lebe ich hier in dem Palaste, und sehr wohl ist mir bekannt, was der Zorn des Kaisers bedeutet. Nein! Dir steht nicht das Recht zu, von hier zu fliehen. Nur ein Ausweg bleibt dir offen: Flehe Vinicius an, er möge dich zu Pomponia zurückführen."

Doch Lygia sank in die Knie, um einen andern anzuflehen. Ursus ließ sich neben ihr nieder, und sie beteten beide im Kaiserpalaste beim ersten Morgenrot. Acte war zum ersten Male Zeugin eines solchen Gebetes. Sie vermochte die Augen von Lygia nicht abzuwenden, die, das Profil ihr zugekehrt, zum Himmel emporblickte, von dorther Rettung erwartend. Das Morgenlicht fiel auf ihr Haar und auf das weiße Peplum und spiegelte sich in ihren Augen: Von Glanz umflutet, sah sie selber aus wie das Licht. Aus dem erblassten Antlitz, den geöffneten Lippen, den erhobenen Augen und Händen sprach überirdische Begeisterung. Acte betrachtete die Betende voll Verwunderung. Noch vor einem Augenblick hatte sie gedacht, dass es für Lygia keine Rettung geben könne, aber jetzt fing sie an zu glauben, es werde etwas Außergewöhnliches geschehen und plötzlich eine Hilfe kommen, die so mächtig war, dass nicht einmal der Kaiser etwas dagegen vermochte, denn Acte hatte schon von so vielen Wundern gehört, die sich unter den Christen ereignet haben sollten, und jetzt, nachdem sie dem Gebete Lygias beigewohnt hatte, glaubte sie fest an die Wahrheit dieser Wunder. – Lygia erhob sich endlich mit hoffnungsfreudigem Antlitz, und auch Ursus richtete sich auf und wartete, sich neben der Bank niederkauernd, auf die Worte seiner Herrin, deren Augen sich verdunkelten, während zwei schwere Tränen langsam über ihre Wangen rollten.

„Gott segne Pomponia und Aulus!", sprach sie darauf. „Ich darf sie nicht ins Verderben stürzen, und so darf ich sie nicht mehr sehen." Dann wandte sie sich an Ursus und sagte ihm, dass sie jetzt niemand mehr habe als ihn, und dass er von nun an ihr Beschützer, ihr Vater sein, sie aus dem Palaste bringen, aus der Stadt führen und ein Versteck für sie ausfindig machen müsse, wo weder Vinicius noch dessen Diener sie finden würden. Sie wolle überallhin mit ihm gehen, selbst über das Meer, über die Berge zu den Barbaren, wo man kein römisches Wort mehr höre und wohin des Kaisers Macht nicht mehr reiche.

Der Lygier war bereit und umfing zum Zeichen des Gehorsams der Herrin Füße. Doch auf dem Antlitz Actes, die ein Wunder erhofft hatte, malte sich Enttäuschung. So viel hatte sie nur durch ihr Gebet erwirkt? Wenn es auch Lygia gelang, sich zu verbergen, so würde sich der Kaiser dennoch an den Ihrigen rächen. Wenn sie schon durchaus fliehen wollte, so möge sie doch wenigstens von Vinicius aus entweichen. Dann war es ihr möglich, dass der Kaiser, der sich nicht gern in fremde Angelegenheiten mischte, dem jungen Mann bei der Verfolgung keinen Beistand leistete, und es war dann keine Beleidigung der Majestät. Doch Lygia hatte auch schon einen Plan.

Weder Aulus noch Pomponia sollten erfahren, wo sie sei, erklärte sie, nur wollte sie nicht erst nach dem Hause des Vinicius, sondern schon auf dem Wege dahin fliehen. Er hatte ihr in seiner Trunkenheit verraten, dass er gegen Abend seine Sklaven zu ihr senden werde. Doch Ursus werde sie retten. Er werde kommen und sie aus der Sänfte heben, wie er sie aus dem Triklinium getragen hatte, und dann wollten sie in die weite Welt gehen. Es könne ja keiner dem Ursus widerstehen, selbst nicht jener gewaltige Ringkämpfer, der in dem Triklinium gesiegt habe. Da jedoch Vinicius vielleicht eine große Zahl Sklaven senden werde, möge Ursus zu dem Bischof Linus gehen, um dessen Rat und Hilfe zu erbitten. Der Bischof erbarmte sich ihrer gewiss; er gab nicht zu, dass sie in des Vinicius Haus kam, und befahl seinen Christen, dem Ursus hilfreiche Hand zu bieten. Lygias Wangen bedeckten sich mit heller Röte und sie lachte. Mut und Zuversicht erwachten in ihr, und die Hoffnung auf Rettung verwandelte sich für sie schon in Gewissheit. Plötzlich warf sie sich Acte an den Hals, drückte ihren reizenden Mund auf deren Wangen und flüsterte: „Du wirst uns nicht verraten, Acte, nicht wahr?" – „Beim Schatten meiner Mutter", antwortete die Freigelassene, „ich verrate euch nicht, bitte nur deinen Gott, dass es Ursus gelingen möge, dich zu befreien."

Die blauen Kinderaugen des Lygiers strahlten vor Glück. Er konnte keinen Ausweg finden, wie sehr er auch seinen armen Kopf gemartert hatte, aber das, was Lygia von ihm verlangte, getraute er sich wohl auszuführen. Bei Tage oder bei Nacht, ihm war es gleich! Und starr vor sich hinblickend, als ob ihm etwas längst Vergessenes wieder in den Sinn komme, rief er: „In den Wald? – Hei, was für ein Wald, was für ein Wald!" Doch bald erwachte er aus seinen Träumen und erklärte, er werde sofort zu dem Bischof gehen, am Abend jedoch wolle er mit ungefähr hundert Verbündeten der Sänfte auflauern; mochten auch nicht Sklaven allein, sondern Prätorianer die Begleitung bilden, er werde sein Königskind befreien. Keinem aber rate er, ihm unter die Fäuste zu kommen, selbst eine eiserne Rüstung werde ihn nicht schützen.

Doch mit tiefem und kindlichem Ernst hob Lygia den Finger in die Höhe und sagte: „Ursus, du sollst nicht töten!“ Der Lygier legte seine keulenförmige Hand an den Hinterkopf und begann murrend den Nacken in großer Verlegenheit zu kraulen. Er musste sie retten, sein Licht. Hatte sie doch selbst gesagt, dass nun an ihm die Reihe sei! Er wollte sich in Acht nehmen, so gut es ging. Aber wenn es unabsichtlich geschah, was dann? Und wenn er sich irgendetwas zu Schulden kommen ließe, so wollte er so reuevoll Buße tun, das unschuldige Lämmchen so schön und so lange um Verzeihung bitten, dass es sich seiner gewiss erbarmte. Auf seinen Zügen malte sich heftige Rührung, und um diese zu verbergen, bückte er sich tief und sagte: „Ich gehe zum heiligen Bischof.“

Acte aber umschlang Lygias Hals und brach in Tränen aus. Aufs Neue regte sich in ihr die Ahnung, dass es eine Welt gebe, die mitten im Leiden ein größeres Glück zu bieten vermöge, als aller Überfluss und alle Wonnen des Kaiserpalastes; noch einmal tat sich eine Pforte, die zum Lichte führte, vor ihr auf, aber sie fühlte sich unwürdig, die Schwelle zu überschreiten. –

Lygia empfand Herzeleid bei dem Gedanken an Pomponia Gräcina, die sie von ganzer Seele liebte, und doch war sie jetzt nicht mehr verzweifelt. Süß war es ihr, für die Wahrheit Überfluss und Bequemlichkeit hinzugeben und ein unbekanntes Wanderleben zu beginnen. Vielleicht wirkte dabei ein klein wenig die kindliche Neugierde mit, wie sich ihr Leben wohl in fernen Landen unter wilden Tieren und bei den Barbaren gestalten werde. Sie war fest überzeugt, nach dem Willen des ‚Göttlichen Meisters‘ zu handeln, und hoffte mit Bestimmtheit, dass fortan er selbst über sie wachen werde, wie über ein treues, folgsames Kind. Die Leiden, die ihr vielleicht drohten, schreckten sie nicht, ja, sie fühlte sich beinahe glücklich und erzählte Acte von diesem Glücke, das diese jedoch nicht so recht begreifen konnte. Aus welchem Grunde, so fragte sie, wollte Lygia auf alle Annehmlichkeiten des Lebens verzichten, Stadt, Gärten, Tempel und Säulenhallen und all das verlassen, was schön, was ihr teuer war, verlassen das sonnige Land und die ihr nahe stehenden Menschen? Warum? Doch nur deshalb, um sich vor der Liebe eines jungen Römers zu schützen. Nein, das konnte Acte nicht fassen. Wohl hatte sie die unklare Vorstellung davon, dass Lygias Handlungsweise berechtigt sei, dass dieser ein unfassbares, unendliches Glück winke, aber zu einem vollen Verständnis gelangte sie schon deshalb nicht, weil sie wusste, welche Gefahr, welchem Abenteuer das junge Mädchen entgegenging, einem Abenteuer, das möglicherweise den Tod bringen konnte. Denn Acte war eine ängstliche Natur und dachte voller Bangen daran, was der Abend bringen werde. Lygia ihre Befürchtungen mitzuteilen, dazu konnte sie sich nicht entschließen, und da es inzwischen Tag geworden war und die Sonne ins Atrium schien, beredete sie das Mädchen, nach der schlaflos verbrachten Nacht die nötige Ruhe zu suchen. Lygia widersetzte sich dem Vorschlag nicht, und beide gingen ins Cubiculum, das geräumiger und infolge des früheren Verhältnisses Actes zum Kaiser prunkvoll eingerichtet war. Sie legten sich zur Ruhe nieder, doch Acte vermochte trotz der Ermüdung nicht einzuschlafen. Seit langer Zeit war sie immer traurig und freudlos, jetzt aber fühlte sie sich noch von einer Unruhe ergriffen, die sie früher nie gekannt hatte. Bisher war ihr das eigene Leben nur schwer und hoffnungslos erschienen, heute kam es ihr auch ehrlos vor. Ihr Kopf ward immer wirrer. Bald glaubte sie einen Ausweg aus diesem Labyrinthe gefunden zu haben, bald geriet sie immer tiefer hinein. Plötzlich kam ihr der Gedanke, dass dieser Cäsar, den sie liebte und den sie unwillkürlich als einen Halbgott betrachtete, ebenso beklagenswert wie jeder Sklave, und dass sein Palast mit den Säulen aus numidischem Marmor einem Steinhaufen gleich zu achten sei.

In der Meinung, auch die neben ihr liegende Lygia könne keinen Schlaf finden, sie, die so großen Gefahren, einer ungewissen Zukunft entgegenging, wendete sich Acte zu dieser, um mit ihr über die für den Abend geplante Flucht zu reden. Doch Lygia schlief ruhig. In das halbdunkle Cubiculum fiel, weil ein Vorhang nicht ganz zugezogen war, ein Lichtstrahl, in dem sich unzählige Stäubchen tummelten. Bei diesem Lichte konnte Acte die fest geschlossenen Augen, den etwas geöffneten Mund, das zierliche Köpfchen, auf dem entblößten Arme ruhend, sehen. Das Mädchen atmete ruhig, gleichmäßig, so wie man im Schlaf atmet. „Sie schläft, möge sie schlafen!“, dachte Acte bei sich, „Sie ist noch ein Kind!“

Wieder kam ihr Verschiedenes in den Sinn und sie betrachtete das Kind, das lieber fliehen wollte, als die Geliebte des Vinicius zu werden, das Elend und Not der Schande, das Verbannung den Prunkgemächern, den prächtigen Gewändern, den Festgelagen, der Musik vorzog. „Warum dies?“, fragte sich Acte.

Sie schaute auf Lygia, als wollte sie von deren Stirn die Antwort ablesen und dachte aufs Neue: „Wie verschieden ist sie im Vergleich zu mir.“ – Und Lygia erschien ihr wie ein Wunder, wie ein hohes, von den Göttern gesegnetes Wesen, schöner als alle Blumen in den Gärten des Kaisers, als alle Gebilde in seinem Palaste. Doch in dem Herzen der Griechin regte sich kein Neid; nein, bei dem Gedanken an die Gefahren, die das junge Mädchen bedrohten, ward sie von tiefstem Mitleid ergriffen. Ein fast mütterliches Gefühl bemächtigte sich ihrer. Ja, Lygia schlief ruhig, wie daheim unter der Obhut Pomponia Gräcinas. Und sie schlief ziemlich lange. Die Mittagszeit war schon vorbei, als sie ihre blauen Augen öffnete und im Cubiculum erstaunt umherblickte. Offenbar wunderte sie sich, nicht im Hause des Aulus zu sein.

„Du bist es, Acte?“, fragte sie schließlich, im Dämmerlichte das Gesicht der Griechin erblickend. – „Ja, Lygia!“ – „Ist es schon Abend?“ – „Nein, mein Kind, aber Mittag ist schon vorüber.“ – „Und Ursus ist noch nicht zurück?“ – „Ursus versprach doch nicht zurückzukehren, nur wollte er abends mit seinen Christen der Sänfte auflauern.“ – „Ach ja! Du hast Recht!“

Hierauf verließen sie das Cubiculum und begaben sich ins Bad, von wo Acte, nachdem sie Lygia gebadet hatte, diese zum Frühstück führte und dann in die Palastgärten, wo voraussichtlich keine gefährliche Begegnung zu befürchten stand, weil der Kaiser und seine Höflinge noch schliefen. Lygia sah zum ersten Male die prächtigen Gärten mit ihren Zypressen, Pinien, Eichen, Ölbäumen und Myrten, jene Riesengärten, wo ein ganzes Volk weißer Bildsäulen an ruhigen Wasserspiegeln stand; wo Rosengehege blühten, vom Springquellstaub übersprüht; wo Efeu und Wein den Eingang von Zaubergrotten überwucherten; wo auf den Wassern Silberschwäne schwammen, und zwischen den Bildsäulen und Bäumen zahme Gazellen aus Afrikas Wüsten umherwandelten und bunte Vögel flatterten, die aus allen damals bekannten Ländern nach Rom zusammengetragen worden waren. Die Gärten waren fast menschenleer, und Acte wandelte mit Lygia ziemlich lange umher, um ihr all die Wunder der Gärten zu zeigen, und sie ließen sich endlich ermüdet auf einer Bank nieder, die im Zypressendickicht versteckt lag, und plauderten von Lygias Flucht. Zuweilen kam Acte das Unternehmen geradezu unsinnig vor, und ihr Herz schwoll in Mitleid. Sie dachte, dass der Versuch, Vinicius umzustimmen, doch hundertmal ratsamer wäre. Sie erkundigte sich, wie lange Lygia den jungen Mann kenne, und fragte, ob sie nicht glaube, dass er sich erweichen lassen und sie zu Pomponia zurückbringen würde.

Doch Lygia schüttelte traurig das Köpfchen. „Nein! Im Hause des Aulus ist Vinicius ein anderer gewesen, dort war er gut; aber seit gestern fürchte ich mich vor ihm und will lieber zu den Lygiern fliehen." – Acte fragte weiter: „Aber im Hause des Aulus war er dir lieb? – „Ja", erwiderte Lygia, das Haupt neigend. – „Du bist doch keine Sklavin, wie ich es war", ergriff Acte nach kurzem Sinnen wieder das Wort. „Vinicius könnte dich zu seinem Eheweibe machen." Diese aber erwiderte leise und noch trauriger als zuvor: „Ich will lieber zu den Lygiern fliehen." – „Sag, Lygia, willst du, dass ich gleich zum Vinicius gehe, ihn wecken lasse, wenn er schläft, und ihm sage, was ich soeben dir gesagt habe? Vinicius! will ich sprechen, siehe, sie ist eine Königstochter und des berühmten Aulus teures Kind. Wenn du sie liebst, so bringe sie zu Aulus und Pomponia zurück und dann führe sie als Gattin in dein Haus." Aber das Mädchen erwiderte abermals, und zwar so leise, dass Acte es kaum verstand: „Ich will lieber zu den Lygiern fliehen." Und zwei Tränen rollten unter ihren gesenkten Lidern hervor.

Das Gespräch wurde durch das Geräusch nahender Schritte unterbrochen, und ehe noch Acte Zeit gefunden hatte, sich zu überzeugen, wer da komme, wurde Sabina Poppäa mit einem kleinen Gefolge von Sklavinnen sichtbar. Zwei von ihnen hielten Straußwedel, die an goldenen Stäben befestigt waren, über ihrem Haupte, um die noch brennenden Strahlen der Herbstsonne abzuwehren, vor ihr aber schritt eine wie Ebenholz schwarze Äthiopierin; diese trug ein Kind auf den Armen, das in einen reich mit Goldfransen besetzten Purpur gehüllt war.

Acte und Lygia erhoben sich rasch, obgleich sie der Meinung waren, dass Poppäa an der Bank vorübergehen werde, allein sie blieb stehen und sagte: „Acte, die Glöckchen, die du an die Ikunkula genäht hast, waren schlecht befestigt; das Kind riss eines davon ab und steckte es in den Mund: Ein Glück, dass Lilith es rechtzeitig bemerkte." – „Verzeihe, Göttliche", entgegnete Acte, die Arme über der Brust kreuzend und den Kopf neigend. Doch Poppäa fing an Lygia zu betrachten. „Was ist das für eine Sklavin?", fragte sie nach einer Pause. – „Das ist keine Sklavin, göttliche Augusta, sondern ein Pflegekind der Pomponia Gräcina und Tochter des Königs der Lygier, die einst den Römern als Geisel übergeben wurde." – „Und ist sie auf Besuch zu dir gekommen?" – „Nein, Augusta. Seit vorgestern wohnt sie im Palaste." – „Hat sie gestern an dem Festmahle teilgenommen? – „Ja, sie hat teilgenommen." – „Auf wessen Befehl?" – „Auf Befehl des Kaisers."

Prüfenden Blickes schaute abermals Poppäa auf Lygia, die gesenkten Hauptes vor ihr stand, die strahlenden Augen bald neugierig erhebend, bald mit den Lidern bedeckend. Plötzlich zeigte sich eine tiefe Falte zwischen den Augenbrauen der Augusta. Eifersüchtig besorgt um ihre Macht, lebte sie in der steten Sorge, eines Tages von einer glücklichen Nebenbuhlerin verdrängt zu werden, wie sie selbst Octavia verdrängt hatte. Daher erweckte jedes hübsche Gesicht im Palaste ihren Verdacht. Sie musterte mit Kennerblicken Lygias Gestalt, jede Einzelheit ihres Gesichtes und erschrak. „Eine wahre Nymphe", sagte sie sich, „Venus hat sie geboren." Und plötzlich kam ihr der schmerzliche Gedanke – was sie bisher noch niemals beim Anblick einer Schönheit empfunden, das empfand sie jetzt deutlich: Sie war gealtert! Beleidigte Eitelkeit zuckte in ihr auf, Unruhe ergriff sie. – „Unsterbliche Götter! Sie ist ebenso schön wie ich, und jünger!" Und die Falte zwischen ihren Brauen wurde größer, und die Augen unter dem goldenen Wimpern leuchteten im kalten Glanze.

Sie wendete sich zu Lygia und fragte scheinbar ruhig: „Hast du mit dem Kaiser gesprochen?" – „Nein, Augusta!" – „Warum willst du lieber hier sein, als bei Aulus und Pomponia?" – „Ich bin gegen meinen Willen hier, hohe Frau. Petronius beredete den Kaiser, mich von Pomponia fortzunehmen, und ich bin nur ungern hier, hohe Frau!" – „Und wolltest du zu Pomponia zurück?" Diese letzte Frage stellte Poppäa mit weicherer, sanfterer Stimme, und in Lygias Herzen entstand neue Hoffnung. „Hohe Frau“, sagte sie, die Hände nach ihr ausstreckend, „der Kaiser versprach, mich dem Vinicius als Sklavin auszuliefern, aber verwende du dich für mich und sende mich den Meinen zurück!“ – „Also Petronius hat den Kaiser überredet, dich dem Aulus abzufordern und dem Vinicius zu geben?“ – „So ist es, hohe Frau. Vinicius soll noch heute seine Sklaven nach mir senden, aber du, Gute, erbarme dich meiner!“ So sprechend, neigte sie sich und den Saum von Poppäas Gewand erfassend, harrte sie klopfenden Herzens auf ein Wort.

Poppäa betrachtete sie mit einem bösen Lächeln und sagte dann langsam: „Ich verspreche dir also, dass du noch heute – des Vinicius Sklavin werden sollst.“ Darauf entfernte sie sich wie ein schönes böses Traumgebilde.

An Lygias und Actes Ohren schlugen nur noch die Schreie des Kindes, das aus unbekannter Ursache zu weinen angefangen hatte. Auch in Lygias Augen hatten sich Tränen gesammelt, aber nach einer Weile ergriff sie Actes Hand und sprach: „Gehen wir. Hilfe darf man nur von dort erwarten, woher sie kommen kann.“

Sie kehrten ins Atrium zurück, das sie bis zum Abend nicht mehr verließen. Als es dunkelte, trugen Sklaven vierflammige Lampen herbei. Ihr Gespräch stockte jeden Augenblick und immer wieder lauschten sie, ob jemand nahe. Lygia versicherte zwar Acte, wie schwer es ihr auch werde, von ihr zu gehen, so wünsche sie doch schon des Ursus wegen, der ja in der Dunkelheit ihrer harren müsse, dass sich alles noch in den nächsten Stunden entscheiden möge, allein ihr lauter, rascher Atem verriet nur zu wohl ihre innere Erregung. Acte raffte in fieberhafter Eile so viele Kleinodien wie nur möglich zusammen, band sie in einen Zipfel von Lygias Peplum und flehte sie an, diese Gabe und diese Mittel zur Flucht nicht zurückzuweisen. Zeitweise trat eine dumpfe Stille ein, aber den beiden schien es, als hörten sie bald ein Flüstern hinter dem Vorhang, bald das ferne Weinen eines Kindes, bald Hundegebell. – Plötzlich bewegte sich der Vorhang am Eingang und ein großer, dunkler, blatternarbiger Mann tauchte wie ein Geist im Atrium auf. Sogleich erkannte Lygia in ihm Atacinus, den Freigelassenen des Vinicius, der auch in das Haus des Aulus gekommen war. Acte schrie auf, Atacinus verbeugte sich aber tief und sprach: „Gruß der göttlichen Lygia von Marcus Vinicius, der dich in seinem festlich bekränzten Hause erwartet." – Mit bleichen Lippen antwortete Lygia: „Ich komme!" Und sie schlang zum Abschiede die Arme um Actes Hals. –

In der Tat war das Haus des Vinicius festlich geputzt. Efeu und Myrtengewinde schmückten Wände und Türen, mit Rebenranken waren die Säulen umwunden. Im Atrium, wo man zum Schutze gegen die nächtliche Kühle eine purpurne Wolldecke gespannt hatte, herrschte Tageshelle. Acht- und zwölfarmige Leuchter in Form von Gefäßen, Bäumen, Tieren, Vögeln oder Lampen tragenden Statuen, mit wohlriechenden Ölen gefüllt, aus Alabaster, Marmor und vergoldetem korinthischen Erz verbreiteten ein wohltuendes Licht, deren zu grelle Flammen man durch alexandrisches Glas oder mittels durchscheinender Gewebe vom Indus in roter, blauer, gelber und violetter Farbe zu dämpfen gesucht hatte, wodurch im Atrium das mannigfaltigste Farbenspiel hervorgebracht wurde. Überall verbreitete sich Nardenduft, an den sich Vinicius während seines Aufenthalts im Osten gewöhnt und den er lieb gewonnen hatte. In der Tiefe des Hauses, wo es von Sklaven beiderlei Geschlechts wimmelte, war gleichfalls alles hell. Im Triklinium stand ein für vier Personen gedeckter Tisch, denn außer Vinicius und Lygia sollten noch Petronius und Chrysotemis an dem Mahle teilnehmen. Vinicius befolgte in allem die Worte des Petronius, der ihm geraten hatte, Lygia nicht selbst abzuholen, sondern Atacinus nach ihr zu schicken, und das Mädchen im Hause zu erwarten, und zwar höflich, mit allen Zeichen von Ehrerbietung zu empfangen.

„Gestern warst du betrunken", sagte er zu ihm. „Ich habe dich beobachtet; du hast dich ihr gegenüber wie ein Steinklopfer aus dem Albanergebirge betragen. Sei nicht zu ungestüm, Marcus, und bedenke, dass man guten Wein langsam trinken soll. Und lasse dir gesagt sein, dass es süß ist, zu begehren, aber noch süßer, begehrt zu werden."

Chrysotemis hatte darüber ihre eigene, etwas verschiedene Ansicht, doch Petronius nannte sie seine Vestalin, sein Täubchen und erklärte ihr den Unterschied, der zwischen einem geübten Wagenlenker und einem Jüngling bestehe, der zum ersten Male eine Quadriga besteige. Hierauf wandte er sich zu seinem Neffen und fuhr fort: „Bemühe dich, ihr Vertrauen zu erlangen, heitere sie auf, sei großmütig gegen sie. Ich mag beim Mahle keine traurigen Gesichter sehen. Schwöre ihr auch beim Hades, dass du sie zu Pomponia zurückschickst, und es ist dann ganz deine Sache, ob sie morgen bleibt oder geht." Auf Chrysotemis zeigend, fügte er hinzu: „Seit fünf Jahren verfahre ich täglich auf ähnliche Art mit meinem scheuen Turteltäubchen und – ich kann mich über ihre Grausamkeit nicht beklagen."

Chrysotemis gab ihm einen Schlag mit ihrem Fächer von Pfauenfedern und sagte: „Habe ich mich nicht gesträubt, du Satyr?" – „O ja, mit Rücksicht auf meinen Vorgänger." – „Lagst du nicht zu meinen Füßen?" – „Ja, aber nur, um Ringe auf die Zehen zu stecken." – Chrysotemis blickte unwillkürlich auf ihre Füße, an deren Zehen in der Tat die Edelsteine funkelten, und beide lachten laut. Aber Vinicius achtete nicht auf ihre Unterhaltung. Sein Herz schlug heftig unter dem bunten Gewande eines syrischen Priesters, dass er zum Empfange Lygias angelegt hatte. „Jetzt müssen sie schon den Palast verlassen haben“, sagte er, wie zu sich selbst redend. – „Gewiss!“, entgegnete Petronius. „Aber soll ich dir noch inzwischen über die Prophezeiungen des Apollonius aus Tyana berichten, oder dir die Geschichte des Rufius erzählen, ein Vorsatz, der mir – ich weiß nicht warum – nie gelingen wollte?“

Aber was kümmerten Vinicius die Prophezeiungen des Apollonius aus Tyana oder die Geschichte des Rufius. Seine Gedanken waren bei Lygia, und obwohl er sich sagte, es sei weit schicklicher, sie hier in seinem Hause zu empfangen, statt dass er sich in der Rolle eines Häschers in den Palast begeben hätte, bereute er fast, nicht selbst gegangen zu sein, hätte er sie dann doch früher sehen und neben ihr in der dunkeln Doppelsänfte sitzen können. Indessen trugen die Sklaven dreifüßige mit Widderköpfen verzierte Bronzeschüsseln herbei, die mit glühenden Kohlen gefüllt waren, und worin sie Stückchen von Myrrhen und Narden warfen. „Jetzt biegen sie gegen die Carinae ein“, sagte Vinicius.

„Er hält es nicht aus!“, sagte Chrysotemis. „Vielleicht läuft er ihnen noch entgegen und wird sie dann sicher verfehlen.“ – Vinicius lächelte gedankenlos und sagte: „O nein, ich halte es aus.“ – Aber seine Nasenflügel bewegten sich und er atmete laut, worüber Petronius, der es bemerkte, die Achseln zuckte. – „In ihm steckt kein Philosoph, nicht für eine Sesterzie“, sagte er, „und nie wird es mir gelingen, aus diesem Marssohn einen Menschen zu machen.“ – Vinicius hörte gar nicht darauf und sagte: „Sie sind schon bei der Carinae!“

Tatsächlich bog auch jetzt der Zug gerade in die Carinae ein. Die Lampadarii schritten voran, die Pedisequi gingen zu beiden Seiten der Sänfte, während Atacinus, den Zug bewachend, folgte. Jedoch kamen sie nur langsam vorwärts, denn trotz der Fackeln war in der gänzlich unbeleuchteten Stadt der Weg schwer zu finden. Die Straßen in der Nähe des Palastes waren wie ausgestorben, je weiter sie sich aber davon entfernten, desto belebter wurde es um sie her. Beinahe aus jeder Quergasse traten Leute zu dreien oder zu vieren hervor, alle ohne Fackeln, alle in dunkle Mäntel gehüllt. Einige mischten sich unter die Sklaven und schlossen sich so dem Zuge an, andere, in kleine Haufen zusammengedrängt, kamen dem Zuge entgegen, wieder andere taumelten wie Betrunkene umher. Zeitweise wurde es dem Zuge so schwer, vorwärts zu kommen, dass die Lampadarii ausrufen mussten: „Platz für den edeln Tribun Marcus Vinicius!" Durch die zurückgeschobenen Vorhänge gewahrte Lygia die dunklen Gruppen, und sie zitterte vor Erregung, zwischen Furcht und Hoffnung schwankend. „Das ist er, das ist Ursus und das sind die Christen", sprach sie leise mit bebenden Lippen. „O Christus, hilf! Christus, errette!"

Aber auch Atacinus, der anfänglich nicht auf die ungewöhn liche Belebtheit der Straßen geachtet hatte, wurde schließlich unruhig. Es war doch merkwürdig. Immer öfter mussten die Lampadarii rufen: „Platz für die Sänfte des edeln Tribuns!" Von den Seiten her wurde der Tragsessel derart von unbekannten Leuten bedrängt, dass Atacinus seinen Sklaven befahl, die unbekannten Gestalten mit Stockhieben abzuwehren.

Plötzlich erscholl an der Spitze des Zuges ein Schrei; im nächsten Augenblick waren alle Fackeln erloschen. Ein heftiger Tumult, ein wirrer Kampf entspann sich um die Sänfte. Und jetzt wusste Atacinus, was das zu bedeuten hatte: Es war ein Überfall. Bei diesem Gedanken wurde er starr vor Schreck. Es war allgemein bekannt, dass sich der Kaiser oft zu seiner Belustigung im Kreise der Augustianer in der Subura und anderen Stadtteilen umhertrieb und solche Überfälle ausführte, ja, man erzählte sich sogar, dass er bei solchen nächtlichen Ausflügen nicht selten Beulen und blaue Flecke davontrug, doch wer es wagte, sich zu verteidigen, war des Todes, selbst wenn er Senator gewesen wäre. Das Haus der Vigiliae, die des Nachts für Ruhe und Ordnung in der Stadt zu sorgen hatten, war nicht weit, aber die Wächter spielten bei solchen Fällen oft die Blinden und Tauben. Der Tumult um die Sänfte wurde immer heftiger: Die Leute rangen miteinander, schlugen um sich, rissen sich zu Boden, traten sich mit den Füßen. In Atacinus blitzte der Gedanke auf, vor allem Lygia und sich selbst in Sicherheit zu bringen und das Übrige dem Schicksale zu überlassen. Im Nu zerrte er sie aus der Sänfte, hob sie auf seine Arme und suchte in der Dunkelheit mit ihr zu entkommen. Doch Lygia rief laut: „Ursus! Ursus!“ Sie war weiß gekleidet und leicht zu erkennen. Atacinus suchte mit der freien Hand seinen Mantel um sie zu schlagen, als es sich plötzlich wie eine schreckliche Zange um sein Genick legte und eine riesige zermalmende Masse wie ein Stein auf sein Haupt fiel. Sofort stürzte er nieder wie ein vor dem Altar des Jupiter mit dem Beil gefällter Ochse.

Die Sklaven lagen größtenteils auf dem Boden oder retteten sich, indem sie in der tiefsten Dunkelheit hinter den Mauervorsprüngen verschwanden. Auf dem Platze blieb nur die zertrümmerte Sänfte zurück. Ursus trug Lygia gegen die Subura zu, und seine Begleiter zogen ihm nach, doch zerstreuten sie sich nach und nach auf dem Wege in alle Richtungen.

Vor dem Hause des Vinicius hatten sich inzwischen dessen Sklaven versammelt, um zu beratschlagen. Sie wagten nicht einzutreten. Nach kurzer Beratung kehrten sie an den Platz zurück, wo der Zusammenstoß stattgefunden hatte. Sie stießen auf einige tote Körper, darunter Atacinus. Dieser bewegte sich noch, aber nach einem krampfhaften Zucken streckte er sich und rührte sich nicht mehr. Sie hoben ihn empor und hielten, zurückkehrend, abermals vor dem Hause an. Sie mussten doch ihrem Herrn verkünden, was geschehen war.

„Gulo soll es tun“, flüsterten einige Stimmen. „Das Blut rinnt ihm vom Gesicht gerade wie uns, und der Herr liebt ihn; Gulo läuft weniger Gefahr als ein anderer.“ Der Germane Gulo, ein alter Sklave, der den Vinicius einst gewartet hatte und diesem von seiner Mutter, der Schwester des Petronius, vererbt worden war, sagte: „Ich will es ihm verkünden. Aber wir wollen alle gehen, dass sich sein Zorn nicht über mich allein ergieße." – Vinicius hatte inzwischen angefangen ganz ungeduldig zu werden. Petronius und Chrysotemis lachten ihn aus, er aber durchmaß raschen Schrittes das Atrium, indem er unablässig wiederholte: „Sie müssten schon da sein! – Sie müssten schon da sein!" Er wollte hinaus, ihnen entgegengehen, aber beide hielten ihn zurück. Da hörte man plötzlich Schritte in der Vorhalle, und die ganze Schar der Sklaven stürzte ins Atrium herein. Dann blieben sie an der Mauer stehen, erhoben die Hände und riefen in kläglichen Tone: „Ah – ah!" – Vinicius sprang auf sie zu. „Wo ist Lygia?", rief er mit schrecklicher, veränderter Stimme. – „Ah! Ah!" – Da trat Gulo mit seinem blutüberströmten Antlitz hervor und rief in hastigem und wehklagendem Tone: „Hier ist Blut, o Herr! Wir wehrten uns! Hier ist Blut, o Herr! Hier ist Blut!"

Er konnte nicht mehr sagen, denn Vinicius hatte einen Bronzeleuchter ergriffen und zerschmetterte mit einem Schlage den Schädel des Sklaven, dann fasste er sich mit beiden Händen am Kopf, zauste seine Haare und rief in heiserem Tone: „Me miserum! Me miserum!" Sein Antlitz wurde leichenblass, die Augen sanken tief in ihre Höhlen, und Schaum trat vor seinen Mund. „Ruten!!", brüllte er endlich mit einer nicht mehr menschenähnlichen Stimme. – „O Herr, ah! ah! o! – Erbarme dich –", ächzten die Sklaven.

Petronius erhob sich mit einem Ausdruck von Widerwillen in seinen Zügen. „Komm, Chrysotemis!", sagte er „wenn du rohes Fleisch sehen willst, lasse ich einen Fleischerladen auf den Carinae aufreißen." Damit verließ er das Atrium, und in dem mit Efeu geschmückten, zum festlichen Mahle bereiteten Hause ertönten bis zum frühen Morgen Klagerufe der gepeitschten Sklaven.

Sechstes Kapitel.

Vinicius legte sich in dieser Nacht gar nicht nieder, und als die Weherufe der gepeitschten Sklaven weder seinen Schmerz noch seine Wut zu besänftigen vermochten, berief er eine Schar anderer Diener zu sich und eilte an ihrer Spitze noch spät in der Nacht fort, um Lygia zu suchen. Er durchforschte den Stadtteil am Esquilinus, dann die Subura, den Vicus Sceleratus und alle angrenzenden Gassen. Dann ging er um das Kapitol herum, begab sich über die Brücke des Fabricius nach der Insel und suchte einen Teil der Stadt jenseits des Tiber ab. Doch war es eine zwecklose Jagd, denn er selbst hatte keine Hoffnung, Lygia zu finden, und er suchte sie nur deshalb, um auf irgendeine Weise die Nacht zu verbringen. Erst gegen Tagesanbruch kehrte er heim, als sich schon die Fuhrwerke und Maulesel der Gemüsehändler in der Stadt zeigten und die Bäcker ihre Laden öffneten. Zu Hause angekommen, befahl er, Gulos Leichnam, den bisher niemand anzurühren gewagt hatte, aus dem Wege zu räumen. Die Sklaven, denen Lygia entrissen worden war, befahl er nach dem Ergastulum zu bringen: Eine Strafe, die fast furchtbarer war als der Tod. Schließlich warf er sich im Atrium auf ein Ruhebett und begann darüber nachzudenken, wie er Lygia finden und sich ihrer bemächtigen könnte.

Der Gedanke erschien ihm unfassbar, dass er sie verlieren könnte und niemals sehen sollte, diese Idee allein machte ihn schon fast wahnsinnig. Die eigensinnige Natur des jungen Kriegers stieß zum ersten Mal auf Widerstand, und er konnte es nicht fassen, dass es jemand wagte, seinem Wunsche geradezu entgegenzuhandeln. Vinicius hätte eher die ganze Welt und die ganze Stadt in Trümmer gesehen, als dass er von seinem Vorhaben zurückgetreten wäre. Es schien ihm, dass sich etwas Außergewöhnliches ereignet habe, was nach göttlichem und menschlichem Recht Rache fordere. Aber vorläufig war er außer Stande, sich mit seinem Schicksal auszusöhnen, denn noch niemals in seinem Leben hatte er eine solche Sehnsucht empfunden wie jetzt nach Lygia. Er glaubte, ohne sie nicht leben zu können. Er wusste nicht, wie er ohne sie den nächsten und die darauf folgenden Tage verbringen sollte. Es ergriff ihn eine Wut gegen sie, und dann war er dem Wahnsinn nahe. Er wollte sie haben, um sie zu züchtigen, er wollte sie an den Haaren nach dem Cubiculum schleppen und seinen Zorn an ihr auslassen und dann fühlte er wieder große Sehnsucht beim Rufen ihres Namens, bei dem Gedanken an ihre liebliche Gestalt! Er schrie nach ihr, er biss sich in die Finger, fasste sich verzweifelt am Kopfe. Er mühte sich mit allen Kräften, um ruhig zu überlegen, wie er sie wiederfinden könne, aber es gelang ihm nicht. Durch den Kopf schwirrten ihm tausenderlei Anschläge: einer immer toller als der andere. Schließlich fuhr ihm blitzschnell der Gedanke durch den Kopf, es könne sich ihrer wohl niemand anders als Aulus bemächtigt haben, und Aulus müsse jedenfalls wissen, wo sie sich verborgen halte.

Er raffte sich auf, um sich in das Haus Aulus zu begeben. Würde ihm das Mädchen nicht ausgeliefert, fruchteten seine Drohungen nichts, dann wollte er zum Cäsar gehen, den alten Feldherrn wegen Ungehorsam anklagen und auf diese Weise das Todesurteil über ihn erwirken. Auch dann, wenn sie ihm freiwillig ausgeliefert werden sollte, wollte er sich rächen. Zwar hatte man ihn aufgenommen und gepflegt, aber das bedeutete wenig oder nichts, und das jetzige Unrecht befreite von jeder Verpflichtung gegen sie. Sein rachsüchtiger und verbissenener Charakter weidete sich schon in Gedanken an der Verzweiflung der Pomponia Grácina, wenn der Zenturio dem alten Aulus das Todesurteil überbringen werde. Dass er dieses erlangen werde, dessen war er sicher, und gewiss half ihm auch Petronius dabei. Zudem schlug ja der Kaiser seinen Freunden, den Augustianern, nichts ab, es sei denn, dass er sich durch persönliche Gründe oder Abneigung dazu veranlasst sah. Aber plötzlich erstarrte ihm das Blut in den Adern, als sich ihm eine furchtbare Idee aufdrängte. Wie, wenn der Kaiser das Mädchen für sich selbst beanspruchte? Jedem war es bekannt, dass der Kaiser selbst häufig durch nächtliche Überfälle Zerstreuung suchte. Sogar Petronius beteiligte sich an diesem Zeitvertreib. Ihr Hauptzweck dabei war, Frauen aufzugreifen und diese solange auf einem Kriegermantel emporzuschnellen, bis sie ohnmächtig wurden. Diese Nachtausflüge nannte Nero selbst den Perlenfang, und gerade in den entlegenen Stadtteilen, wo die ärmere Bevölkerung wohnte, fing man manche wahre Perle an Anmut und Kindheit. Nach der Sagatio wurden die armen Opfer entweder nach dem Palatinus oder in einer der unzähligen kaiserlichen Villen verschleppt, oder an die kaiserlichen Freunde verschenkt. Und so konnte es auch mit Lygia geschehen sein. Der Kaiser hatte sie beim Festmahle betrachtet, und Vinicius zweifelte nicht einen Augenblick daran, dass sie dem Kaiser als die schönste der Frauen, die er jemals gesehen hatte, erschienen war. Es müsste so sein! Zwar war sie schon in Neros Hause auf dem Palatinus gewesen, und er hätte sie ohne weiteres zurückhalten können. Aber Petronius hatte Recht, der Kaiser war zu feige, um offen ein Verbrechen zu begehen, und stets darauf bedacht, den Schein zu wahren. Diesmal mochte ihn auch die Furcht vor Poppäa dazu veranlasst haben. Vinicius kam jetzt auf den Gedanken, dass es Aulus schwerlich gewagt hätte, ihm das vom Kaiser geschenkte Mädchen zu entführen. Wer hätte so etwas wagen können? Vielleicht nur jener ungeheure, blauäugige Lygier, der verwegen genug war, ins Triklinium einzudringen, um sie auf seinen Armen vom Feste wegzutragen! Jedoch, wo verbarg er sich mit ihr? Wohin konnte er sie gebracht haben? Folglich hatte es niemand anders als der Kaiser getan.

Bei diesem Gedanken ward es Vinicius schwarz vor Augen, und Schweißtropfen bedeckten seine Stirn: Dann war Lygia auf immer für ihn verloren. Jedem andern hätte er sie entreißen können, dem Kaiser aber nicht! Jetzt konnte er mit größerem Rechte als zuvor ausrufen: „Vae misero mihi!“ Er sah im Geiste Lygia in Neros Armen und jetzt erst erkannte er, wie sehr er sie liebte. Wie einem Ertrinkenden blitzschnell sein ganzes Leben durchs Gedächtnis huscht, so stand jetzt Lygia vor den geistigen Augen des Vinicius. Er sah sie vor sich, er hörte jedes ihrer Worte. Er sah sie an der Fontäne, bei Aulus und Pomponia, beim Gastmahle. Wiederum wähnte er sie in seiner Nähe, er atmete den Geruch ihres Haares, er fühlte die Glut ihres Körpers, die Wonne der Küsse, mit denen er beim Gastmahle ihre unschuldigen Lippen bedeckt hatte. Sie erschien ihm jetzt hundertmal schöner, begehrenswerter als je vorher, sie war seine einzige Auserwählte unter allen Sterblichen und allen Göttinnen! Und wenn er daran dachte, dass die Geliebte, an der er mit jeder Faser seines Herzens hing, die ihm zum Leben nötig war, dass Lygia jetzt Nero besitzen sollte, so erfasste ihn ein so physischer Schmerz, dass ihn das Verlangen überkam, mit seinem Kopfe solange gegen die Wand des Atriums zu rennen, bis er zerschellte. Er fühlte sich dem Wahnsinn nahe, er fühlte, dass er wahnsinnig werden müsse, wenn ihm nicht eine Hoffnung bliebe: die Rache. Dieser Gedanke verschaffte ihm etwas Erleichterung. – „Ich werde dein Cajus Chaerea sein!“, sagte er sich bei dem Gedanken an Nero. Nach einer Weile nahm er Erde aus den Blumenvasen, die das Impulvium umgaben, und schwor bei Erebos, Hekate und seinen Laren den furchtbaren Eid, dass er seine Rache ausführen werde.

Aber er hatte einen Trost. Er hatte wenigstens etwas, wofür er leben, womit er sich Tag und Nacht beschäftigen konnte. Nachdem er den Vorsatz, sich zu Aulus zu begeben, fallen gelassen hatte, ließ er sich auf den Palatinus tragen. Zuweilen durchfuhr es ihn wie ein Hoffnungsstrahl, dass er vielleicht Lygia im Palaste treffen werde, und bei diesem Gedanken zitterte er förmlich. Er hatte zunächst keine Waffe mit sich genommen, da ihn heute die Wachen möglicherweise untersuchen könnten und wollte zunächst mit Acte sprechen, da er von ihr Aufklärung über alles erhoffte.

Und bei diesem Hoffnungsgedanken hieß er die Sklaven schneller zu schreiten und beschäftigte sich fortwährend bald mit Lygia bald mit Rachegedanken. Er hatte einst gehört, dass es die Priester der ägyptischen Göttin Pacht verstanden, jeden Menschen mit Krankheiten zu behexen, auch hatte er während seines Aufenthaltes im Orient erfahren, dass die Juden durch Beschwörungsformeln die Leiber der Feinde mit Aussatz bedecken könnten. Da er unter seinen Sklaven etliche Juden hatte, wollte er sich hierüber Gewissheit verschaffen und diese solange peitschen lassen, bis sie das Geheimnis verraten hätten! Die größte Genugtuung schien ihm der Gedanke an das kurze römische Schwert zu bereiten, mit dessen Hilfe man wahre Ströme des Blutes hervorbringen könnte, wie es bei Cajus Caligula geflossen sei und an den Säulen der Vorhalle sichere Spuren hinterlassen habe. In diesem Augenblicke war er wieder bereit, ganz Rom auszumorden, und wenn ihm die Rachegötter versprochen hätten, dass das übrige Menschengeschlecht außer ihm und Lygia vernichtet würde, wäre er ohne weiteres damit einverstanden gewesen. –

Vor dem Portale nahm er seine ganze Geistesgegenwart zusammen, denn er sagte sich beim Anblicke der prätorianischen Leibwache, dass es ein Beweis für Lygias Anwesenheit im Palaste sei, wenn man ihm die mindesten Schwierigkeiten beim

Eintritte bereite. Doch der erste Zenturio lächelte ihm freundlich zu und sagte, einige Schritte vortretend: „Sei gegrüßt, edler Tribun. Wenn du dem Kaiser deine Ehrerbietung erzeigen willst, dann hast du einen ungünstigen Zeitpunkt gewählt, und ich weiß nicht, ob du ihn wirst sehen können."

„Was ist geschehen?", fragte Vinicius. – „Die göttliche kleine Augusta ist seit gestern erkrankt. Der Kaiser und die Augusta Poppäa sind bei ihr mit den Ärzten, die aus der ganzen Stadt zusammengerufen wurden."

Dies war ein wichtiges Ereignis. Als dem Kaiser diese Tochter geboren wurde, war er beinahe wahnsinnig vor Entzücken, mit *extra humanum gaudium* nahm er sie auf. Es wurden Gelübde abgelegt und in Antium, an der Stätte der Geburt, prächtige Schauspiele aufgeführt; außerdem wurden zwei Fortunatempel errichtet. Nero, der in nichts Maß zu halten verstand, liebte das Kind grenzenlos, und Poppäa war dies um so teurer, als es ihre Stellung befestigte und ihr einen unumschränkten Einfluss verschaffte. Von der Gesundheit und dem Leben der kleinen Augusta konnte das Schicksal des ganzen Reiches abhängen, doch Vinicius war so völlig mit sich selbst beschäftigt, dass er der Nachricht des Zenturio kaum Aufmerksamkeit schenkte und nur sagte: „Ich möchte Acte sehen." Damit ging er vorüber.

Doch Acte war gleichfalls um das Kind beschäftigt und er musste lange auf sie warten. Erst gegen Mittag erschien sie mit müdem, bleichem Antlitz, das beim Anblick des Vinicius noch mehr erblasste. „Acte", rief er, ihre Hand ergreifend und sie in die Mitte des Atriums ziehend, „wo ist Lygia?" – „Eben das wollte ich dich fragen", versetzte sie mit einem vorwurfsvollen Blicke.

Vinicius hatte sich vorgenommen, Acte ruhig auszuforschen, jetzt aber presste er nur die Schläfen zwischen die Hände und rief, das Antlitz von Schmerz und Wut verzerrt: „Sie ist fort.

Dann hat man sie mir auf dem Wege zu mir geraubt. Acte! Wenn dir das Leben lieb ist, wenn du nicht die Ursache eines Unglückes sein willst, dessen Furchtbarkeit du dir nicht einmal vorstellen kannst, so sage die Wahrheit: Hat sie der Kaiser entführt?“ – „Der Kaiser hat gestern den Palast nicht verlassen.“ – „Beim Schatten deiner Mutter, bei allen Göttern, ist sie nicht im Palaste?“ – „Beim Schatten meiner Mutter, Marcus, sie ist nicht im Palaste, und der Cäsar hat sie nicht entrissen. Seit gestern ist die kleine Augusta erkrankt, und Nero hat ihre Wiege noch nicht verlassen.“ – Vinicius atmete auf. Das, was ihm als das Schrecklichste erschienen war, bewahrheitete sich also nicht. „Dann“, sagte er, sich auf eine Bank niederlassend und die Fäuste ballend, „hat sich ihrer Aulus und Pomponia bemächtigt! Dann wehe ihnen!“ – „Aulus Plautius war heute Morgen hier. Er konnte jedoch nicht mit mir sprechen, weil ich bei dem Kinde beschäftigt war, aber er fragte Epaphrodit und andere kaiserliche Diener nach Lygia und wollte wiederkommen, um mit ihr zu sprechen.“ – „Er wollte damit nur den Verdacht von sich ablenken. Wenn er nicht gewusst hätte, was mit Lygia geschah, so hätte er sie zuerst bei mir gesucht.“ – „Er ließ für mich einige Worte auf einem Täfelchen zurück, aus dem du entnehmen kannst, dass er, wohl wissend, auf wessen Betreiben der Kaiser ihm Lygia abgefordert hatte, schon heute Morgen bei mir war, wo er Lygia vermutete, und wo er erst erfuhr, was sich ereignet hatte.“

So sprechend, holte sie aus dem Cubiculum das Täfelchen, das Aulus zurückgelassen hatte. Vinicius verstummte, als er gelesen hatte, und Acte, die eine Zeit lang in seinen düsteren Zügen zu lesen schien, sagte endlich: „Nein, Marcus. Es geschah nur, was Lygia selbst gewollt hatte.“ – „Du wusstest, dass sie fliehen wollte?“, flammte Vinicius auf. Sie sah ihn mit ihren trüben Augen an, streng beinahe. „Ich wusste, dass sie nicht deine Geliebte werden wollte.“ – „Und du, was warst du dein Leben lang?“ – „Ich? Ich war eine Sklavin!“

Doch Vinicius war und blieb entrüstet. Der Kaiser hatte ihm Lygia geschenkt, er braucht also nicht danach zu fragen, was sie früher gewesen war. Aber das nützt alles nichts, er wollte sie finden, und wäre sie selbst unter der Erde, und wollte aus ihr machen, was ihm beliebte. Ja! Sie sollte seine Geliebte werden. Und peitschen wollte er sie lassen, so oft es ihm gefiel! Und wenn er ihrer überdrüssig war, so gab er sie dem letzten seiner Sklaven, oder ließ sie auf seinen afrikanischen Besitzungen die Handmühle drehen. Ja, er wollte sie suchen, wenn auch nur, um sie zu zermalmen, zu zertreten, zu demütigen. Es brannte immer heftiger in ihm, seine Seelenqual war so sichtlich, dass sich sogar Acte selbst sagte, aus diesem jungen Manne sprächen nur Zorn und Qual, der beabsichtige mehr zu tun, als er ausführen werde. Wegen seiner Seelenqualen hätte sie wohl mit ihm Mitleid haben können, doch war ihre Geduld auch erschöpft, sodass sie schließlich Vinicius fragte, weshalb er denn zu ihr gekommen sei?

Vinicius fand nicht gleich eine Antwort. Er sei gekommen, sagte er nach einer kurzen Pause, um mit ihr zu sprechen, weil er geglaubt habe, er könne etwas von ihr erfahren, eigentlich sei er aber zum Kaiser gekommen und habe sie aufgesucht, weil er von diesem nicht vorgelassen worden sei. Durch ihre Flucht habe sich Lygia dem Willen des Kaisers widersetzt, deshalb wolle er diesen anflehen, den Befehl zu erteilen, in der ganzen Stadt und im ganzen Lande nach ihr zu suchen, selbst wenn man zu diesem Zwecke alle Legionen aufbieten und alle Häuser der Reihe nach absuchen müsste. Petronius werde seine Bitte gewiss unterstützen. Darauf erwiderte Acte: „Hüte dich, Marcus, damit du sie nicht für immer verlierst, wenn der Kaiser nach ihr forschen lässt." Vinicius runzelte die Brauen. „Was soll das heißen?", fragte er. – „Höre mich, Marcus! Gestern war ich mit Lygia in den Palastgärten, wo wir Poppäa begegneten, und mit ihr die Mohrin Lilith, die die kleine Augusta auf den Armen trug. Abends erkrankte das Kind, und Lilith behauptet nun, dass es behext worden sei und zwar von der Fremden, der sie im Garten begegnet wäre. Wird das Kind gesund, so vergisst man die Sache; im entgegengesetzten Falle aber wird Poppäa die erste sein, die Lygia der Zauberei anklagt, und es gibt dann keine Rettung mehr für sie, wenn man sie findet."

Eine kurze Pause folgte, dann murrte Vinicius: „Schon möglich, dass sie das Kind verzaubert hat: Auch mich hat sie verzaubert!" – „Lilith wiederholt unablässig, dass das Kind zu weinen angefangen habe, als sie es vorbeitrug. Und wahr ist es! Es weinte. Sicherlich war es schon krank, als es in den Garten gebracht wurde. Marcus, forsche nach Lygia, wo du willst, aber sprich nicht mit dem Cäsar davon, solange die kleine Augusta nicht genesen ist, damit du nicht Poppäas Rache über sie heraufbeschwörst. Lygias Augen haben schon genug deinetwegen geweint; mögen die Götter ihr armes Haupt beschützen!" – „Du liebst sie, Acte?", fragte Vinicius düster. – In den Augen der Freigelassenen glänzten Tränen. „Ja, ich habe sie liebgewonnen." – „Sie hat es dir aber nicht mit Hass vergolten, wie mir." – Acte betrachtete ihn mehrere Augenblicke hindurch zögernd, als wolle sie ihn prüfen, dann sagte sie: „O, du Jähzorniger und Verblendeter; sie hat dich geliebt!" – Vinicius sprang bei diesen Worten wie wahnsinnig auf. „Das ist nicht wahr, sie hasst mich!"

Woher sollte Acte dies wissen? Sollte ihr Lygia schon am ersten Tage der Bekanntschaft ein Geständnis abgelegt haben? Und was sei das nur für Liebe, wenn Lygia es vorzieht, von Schmach und Armut bedrängt, umherzuirren, wenn sie ein unsicheres Los, sogar den Tod im Elend dem bekränzten, festlich geschmückten Hause, in dem der Geliebte ihrer harrte, vorziehe? Es sei viel besser für ihn, nicht auf solche Worte zu hören, weil sie ihn fast wahnsinnig machten. Er hätte diesem

Mädchen nicht für alle Schätze des Kaiserpalastes entsagt: und sie sei vor ihm geflohen. Was sei das für Liebe, die vor der Wonne zurückschrecke und nur Schmerzen erzeuge? Wer könnte dies fassen? Wäre nicht die Hoffnung, sie wiederzufinden, er würde sich mit seinem eigenen Schwerte umbringen. Es gab Augenblicke im Hause des Aulus, in denen er glaubte, dass ihm das Glück nahe sei, jetzt aber wisse er, dass sie ihn damals gehasst, ihn noch hasse und mit diesem Hasse im Herzen sterben werde.

Aber Acte, die schüchtern und sanft zugleich war, fragte jetzt ganz entrüstet, auf welche Weise er denn Lygia zu gewinnen gesucht habe? Anstatt bei Aulus und Pomponia um Lygia anzuhalten, habe er den Eltern das Kind durch List abgenommen. Er wollte sie nicht zu seinem Weibe, sondern zu seiner Geliebten machen, das Pflegekind aus einem ansehnlichen Hause, die Königstochter! Er habe sie in dieses Haus des Verbrechens, der Schande geführt, er habe ihre unschuldigen Augen mit dem Anblick eines ehrlosen Gastmahles verletzt. Er habe wohl vergessen, wer Aulus und Pomponia seien, die Lygia aufgezogen haben. Vielleicht habe er auch nicht den nötigen Verstand, um zu begreifen, dass dies andere Frauen seien als Nigidia oder Calvia Crispinilla oder auch Poppäa und alle die, welche er im Hause des Cäsar treffe. Ob er denn nicht beim ersten Blick auf Lygia begriffen habe, dass sie ein keusches Mädchen sei, das den Tod der Schande vorziehe? Woher wisse er denn, zu welchen Göttern sie sich bekenne, und ob sie nicht reinere und bessere verehre als die unzüchtige Venus oder die Isis, die nur die zügellosen Römerinnen verehren? Nein! Lygia habe ihr kein Geständnis abgelegt, aber ihr gesagt, dass sie von ihm, von Vinicius, Rettung erwarte, dass sie hoffe, er erwirke ihr vom Kaiser die Erlaubnis, zu Pomponia zurückzukehren. Und während Lygia davon gesprochen habe, sei sie errötet wie ein Mädchen, das liebt und hofft. Lygias Herz schlage für ihn, er aber habe sie geängstigt, beleidigt, empört, und jetzt möge er sie durch die Söldlinge des Kaisers suchen lassen, dabei aber nicht außer Acht lassen, dass, wenn das Kind stürbe, Lygias Verderben unvermeidlich sei.

Der Zorn und der Schmerz des Vinicius fing an der Rührung zu weichen. Die Nachricht, dass er von Lygia geliebt werde, erschütterte sein Gemüt aufs Äußerste. Er erinnerte sich, wie sie im Garten des Aulus seinen Worten errötend gelauscht hatte, die Augen voll strahlenden Lichtes. Es schien ihm jetzt, als habe sie ihn damals schon geliebt, und bei diesem Gedanken überkam ihn ein Gefühl von Glück, dass hundertmal größer war als das, wonach er sich bisher gesehnt hatte. Er sagte sich, dass er sie allmählich hätte erringen können, weil sie ihn liebte. Sie hätte seine Türpfosten umwunden und mit Wolfsfett bestrichen, als seine Gattin hätte sie sich wohl auf das Schafsfell an seinem Herde niedergelassen. Aus ihrem Munde hätte er die feierlichen Worte vernommen: Wo du bist Cajus, da bin auch ich Caja, und sie wäre für immer die Seine gewesen. Warum hatte er nicht so gehandelt? Er war doch dazu bereit gewesen. Jetzt hatte er sie verloren, konnte sie vielleicht nicht mehr finden, und selbst wenn er sie finden würde, gereichte es ihr vielleicht zum Verderben. Aber auch dann, wenn sie noch zu retten wäre, würden weder Aulus noch Pomponia, noch Lygia ihm zugetan sein. Bei diesem Gedanken sträubte sich sein Haar vor Zorn, der sich aber diesmal nicht nur gegen Aulus und Pomponia und Lygia richtete, sondern auch gegen Petronius. Dieser war an allem schuld. Wäre er nicht, so braucht Lygia jetzt nicht umherzuirren, sie wäre jetzt vielleicht seine Braut. Und jetzt war es zu spät.

„Zu spät!“, stöhnte er. Mechanisch die Toga um sich schlagend, wollte er sich gerade entfernen, ohne sich von Acte zu verabschieden, als sich die Vorhänge zwischen Vorhalle und Atrium bewegten und plötzlich Pomponia Gräcina sichtbar wurde. Offenbar hatte auch sie von dem Verschwinden Lygias gehört, und in der Meinung, es wird ihr leichter werden als Aulus, Acte zu sprechen, kam sie nun, Erkundigungen einzuziehen. Als sie jedoch Vinicius erblickte, wandte sie ihm ihr zartes, bleiches Antlitz zu und sagte: „Marcus! Gott verzeihe dir das Unrecht, das du uns und Lygia zugefügt hast.“ – Er stand vor ihr mit gesenktem Haupte im Bewusstsein seines Unglückes und seiner Schuld, ohne zu begreifen, welcher Gott ihm verzeihen sollte und konnte, noch warum Pomponia von Vergebung sprach, während sie doch eher an Rache denken sollte. Schließlich entfernte er sich, ratlos, voll trüber Gedanken und Sorgen. Im Hofe und in den Säulengängen standen erregte Menschengruppen. Unter den Sklaven des Palastes erblickte man Krieger und Senatoren, die gekommen waren, sich nach dem Befinden der kleinen Augusta zu erkundigen. Die Nachricht der Erkrankung der Göttlichen hatte sich rasch verbreitet, denn immer neue Gestalten tauchten am Torwege auf, und die Arkaden waren mit Menschen gefüllt. Einige hielten Vinicius an, da sie gesehen hatten, wie er den Palast verließ, um etwas zu erfahren, er aber schritt weiter, ohne ihre Fragen zu beantworten, bis Petronius ihn fast anstieß und ihn zurückhielt. Und sicher wäre Vinicius beim Anblick des Petronius in Wut geraten und hätte sich sogar im Kaiserpalaste zu irgendeiner unüberlegten Handlung hinreißen lassen, wenn er nicht in so zerknirschter, niedergedrückter Stimmung von Acte weggegangen wäre, dass sich nicht einmal sein angeborener Jähzorn in ihm regte. Er schob Petronius beiseite und wollte vorübergehen, doch jener hielt ihn fast gewaltsam zurück.

„Wie geht es dem göttlichen Kinde?“, fragte er harmlos. Aber dieser Zwang reizte Vinicius aufs Neue, und sein Ingrimm machte sich endlich Luft. „Mag die Unterwelt dies Kind und dieses ganze Haus verschlingen“, antwortete er zähneknirschend.

„Schweig, Unglückseliger!“, rief Petronius, und sich vorsichtig umblickend, fügte er hinzu: „Wenn du etwas über Lygia erfahren willst, so komm! Nein! Hier sage ich nichts! In der Sänfte will ich dir meine Vermutungen mitteilen.“ – Und seinen Arm um die Schultern des jungen Mannes legend, führte er ihn rasch aus dem Palaste hinaus.

Als sie in der Sänfte Platz genommen hatten, sagte er: „Ich habe meine Sklaven zu allen Stadttoren geschickt, nachdem ich ihnen eine genaue Beschreibung des Mädchens und jenes Riesen gegeben hatte, der sie vom Feste wegtrug, denn es unterliegt keinem Zweifel, dass er es ist, der sie entführte. Höre mich! Es kann sein, dass Aulus sie auf einer seiner ländlichen Besitzungen verbergen will, dann werden wir wissen, nach welcher Gegend sie entführt worden ist. Wird sie aber an keinem der Tore gesehen, so ist es ein Beweis, dass sie sich noch in der Stadt befindet, und wir können noch heute mit den Nachforschungen beginnen.“ – „Aulus und Pomponia wissen nicht, wo sie ist“, erwiderte Vinicius. – „Bist du deiner Sache sicher?“ – „Ich habe mit Pomponia gesprochen. Auch sie suchen nach ihr.“ – „Gestern konnte sie die Stadt nicht mehr verlassen. Zwei meiner Leute umkreisen jedes Tor. Einer hat Lygia und dem Riesen zu folgen, der zweite aber sogleich zurückzukehren, um uns Nachricht zu geben. Ist sie noch in der Stadt, so finden wir sie, denn Lygia ist leicht an ihrem Wuchse und ihren Schultern zu erkennen. Sei glücklich, dass sie der Kaiser dir nicht entrissen hat: Und dass dies nicht der Fall ist, kann ich dir ganz genau sagen, denn auf dem Palatin gibt's keine Geheimnisse vor mir.“

Vinicius vermochte nun nicht länger seinen inneren Aufruhr zurückzuhalten, und ohne Zorn, aber schmerzerfüllt, mit bebender Stimme, erzählte er Petronius, was er von Acte gehört hatte, und welche neue Gefahr Lygia drohe, eine Gefahr, die so furchtbar sei, dass man Lygia, sobald sie aufgefunden würde, sorgfältig vor Poppäa verbergen müsse. Dann machte er Petronius bittere Vorwürfe wegen seines Rates. Ohne ihn wäre alles ganz anderes ausgefallen. Lygia befände sich noch im Hause des Aulus, er, Vinicius, könnte sie täglich sehen und würde sich dabei glücklicher fühlen als der Kaiser selbst. – Und je länger er erzählte, desto mehr ward er von seiner Bewegung fortgerissen, bis zuletzt Tränen des Schmerzes und der Wut aus seinen Augen flossen. Petronius aber, der eine solche innige Liebe nicht ahnte, dachte bei sich, als er die Tränen der Verzweiflung sah, voll Verwunderung: „O, mächtige Herrin des Eyprus, du allein herrschest über Götter und Menschen."

Als die beiden vor dem Hause des Petronius die Sänfte verließen, verkündigte ihnen der Hüter des Atriums, dass noch keiner der ausgesandten Sklaven zurückgekehrt sei. Er habe ihnen etwas Nahrungsmittel zugeschickt und ihnen nochmals unter Androhung von Peitschenhieben einschärfen lassen, die Aus- und Eingehenden genau zu beobachten. – „Siehst du", sagte Petronius, „dass sie sich noch in der Stadt befinden, und in dem Falle finden wir sie sicher. Doch befiehl auch deinen Leuten, an den Toren Wache zu halten, besonders denen, die Lygia abgeholt haben, weil diese sie leicht wiedererkennen werden." Darauf gingen sie in die innere Säulenhalle, wo sich Vinicius auf einer Marmorbank niederließ. Die goldhaarige Eunice und Iras stellten ihnen Schemel von Bronze unter die Füße, und nachdem sie einen Tisch herangerückt hatten, gossen sie aus wunderschönen enghalsigen Krügen, die aus Volaterrä und Cäcinä stammten, Wein in die Schalen.

„Kennt einer deiner Leute den riesenhaften Lygier?", fragte Petronius. – „Atacinus und Gulo kannten ihn. Aber Atacinus fiel bei dem gestrigen Zusammenstoß neben der Sänfte, und Gulo habe ich erschlagen." – „Schade um ihn", sagte Petronius. „Er hat nicht nur dich, sondern auch mich auf seinen Armen herumgetragen." – „Ich wollte ihn freilassen", versetzte

Vinicius, „aber lassen wir das. – Sprechen wir von Lygia! Rom gleicht einem Meere.“ – „Und gerade in einem Meere fischt man nach Perlen. Heut und morgen werden wir sie noch nicht finden, aber sicher später. Du hast mir soeben vorgeworfen, ich hätte dir einen schlechten Rat erteilt, der Rat an sich war gut, dass aber die Sache eine andere Wendung nehmen werde, konnte niemand wissen. Auch hast du doch gehört, dass Aulus beabsichtigt, mit seiner ganzen Familie nach Sizilien zu ziehen, dann wäre auch das Mädchen weit entfernt worden.“

„Ich würde ihnen folgen“, entgegnete Vinicius, „und Lygia befände sich jetzt nicht in der Gefahr. Stirbt aber das Kind, so wird Poppäa glauben, es sei Lygias Schuld, und auch dem Cäsar dies einreden.“ – „Ja, so ist es, auch mich beunruhigt dies. Vielleicht wird aber der Wurm bald gesund. Stirbt es jedoch, so werden wir uns auf irgendeine Art zu helfen wissen.“ Hier dachte Petronius ein wenig nach und fügte dann hinzu: „Poppäa bekennt sich zur Religion der Juden und glaubt an böse Geister. Auch der Kaiser ist abergläubisch. Wir verbreiten die Nachricht, böse Geister hätten Lygia entführt, und da sie sich weder bei Aulus noch in den Händen des Kaisers befindet, wird man glauben, dass sie auf geheimnisvolle Weise verschwunden sei. Der Lygier allein hätte dies nicht bewerkstelligen können, er muss Hilfe gehabt haben, und wie hätte ein Sklave im Verlaufe eines Tages so viele Leute um sich sammeln können?“ – „Die Sklaven in ganz Rom unterstützen sich gegenseitig“, sagte Vinicius. – „Mancher muss dann dafür bluten. Aber wenn du nun von bösen Geistern sprichst, werden deine Sklaven gleich behaupten, mit eigenen Augen hätten sie solche Geister gesehen, weil sie sich dadurch dir gegenüber für gerechtfertigt halten.“

Vinicius, der gleichfalls abergläubisch war, schaute Petronius plötzlich voll Angst und Unruhe an. „Wenn Ursus keine Leute zur Hilfe hatte und sie nicht allein fortbringen konnte, wer hat sie dann fortgebracht?“ Petronius aber fing an zu lachen. „Siehst du“, sagte er, „sie werden ganz sicher daran glauben, da auch du schon daran glaubst.“ – „Aber wer konnte ihr beistehen?“ – „Ihre Glaubensgenossen“, entgegnete Petronius. – „Wer sind sie? Was für eine Gottheit wird von ihr verehrt? Ich müsste dies eigentlich besser wissen denn du.“ – „Fast jedes Weib in Rom verehrt eine Gottheit. Es ist außer Zweifel, dass Pomponia das Mädchen in dem Glauben an die Gottheit erzogen hat, die sie selbst anbetet; welche dies jedoch sei, weiß ich nicht. Man hat sie aber beschuldigt, sie sei eine Christin, doch dies ist unmöglich und durch ein Hausgericht wurde sie von dem Verdachte gereinigt. Von den Christen sagt man, dass sie Feinde des Menschengeschlechtes sind, und dass sie die schändlichsten Verbrechen zulassen. Aus diesem Grunde kann Pomponia keine Christin sein, denn ihre Tugend ist bekannt, und eine Feindin des Menschengeschlechtes würde mit ihren Sklaven nicht so gut umgehen, wie sie es tut. –“ – „In keinem Hause werden sie so gut behandelt wie bei Aulus“, unterbrach ihn Vinicius. – „Nun, siehst du! Pomponia sprach einmal von einem Gotte, der einzig, allmächtig und barmherzig sein muss. Ihr Gott müsste demnach ein schwacher Gott sein, wenn er nicht mehr Anhänger, außer Pomponia, Lygia und vielleicht noch Ursus, hätte. Es muss noch mehr dieser Bekenner geben, und diese waren Lygia behilflich.“ – „Dieser Glaube befiehlt zu verzeihen“, sagte Vinicius, „denn als ich Pomponia bei Acte traf, sagte sie mir: Möge dir Gott das Unrecht verzeihen, das du uns und Lygia angetan hast.“ – „Offenbar ist ihr Gott ein sehr gemütlicher Kurator. Haha! Möge er dir verzeihen und zum Zeichen der Verzeihung das Mädchen wiedergeben.“ – „Morgen werde ich ihm eine Hekatombe opfern. Ich mag weder Essen noch ein Bad noch Schlaf. Ich werde eine dunkle Lacerna anlegen und sie in der Stadt umherschweifen. Vielleicht treffe ich sie in der Verkleidung. Ich bin krank!“

Petronius sah in mitleidig an. Die Augen des Vinicius waren eingefallen und glühten vor Fieber, sein ungepflegter Bart sah wie ein dunkler Streifen auf den starken Kinnbacken aus, seine Haare waren verwirrt, er sah in der Tat aus wie ein Kranker. Iras und die goldhaarige Eunice blickten gleichfalls voll Mitleid auf ihn, er aber schien sie nicht zu sehen, wie überhaupt beide, Petronius und er, die Anwesenheit der Sklaven zu wenig beachteten, als ob es Hunde wären, die sich um sie herum tummelten. – „Das Fieber verzehrt dich", sagte Petronius. – „So ist es." – „Dann höre. Ich weiß nicht, was der Arzt dir verschreiben würde, aber ich weiß, was ich an deiner Stelle tun würde. Ich würde, bis ich jene gefunden habe, in einer anderen suchen, was mir mit jener verloren ging. Herrliche Formen habe ich in deiner Villa gesehen. Widersprich mir nicht. Ich weiß, was Liebe ist, und weiß auch, dass eine andere die Heißbegehrte nicht ersetzen kann. Aber bei einer so schönen Sklavin kann man doch wenigstens zeitweise Zerstreuung finden."

„Ich will nicht!", erwiderte Vinicius. Doch Petronius, der immer noch eine gewisse Schwäche zu ihm zeigte, wollte für alle Fälle sein Leid mildern und dachte nach, womit er dies tun könnte. „Die Deinen haben vielleicht nicht mehr den Reiz der Neuheit für dich", sagte er, „aber" (hier ließ er sein Auge zu Iras und Eunice schweifen, worauf er die Hand auf die Hüfte der goldhaarigen Griechin legte) „aber siehe diese Charitin an. Erst vor einigen Tagen wollte mir der jüngere Fonteius Capiton drei prächtige Knaben aus Clazomene für sie geben, denn nicht einmal Scopas hat einen schöneren Körper geschaffen. Ich weiß es mir selbst nicht zu erklären, warum sie mich bisher gleichgültig ließ; der Gedanke an Chrysotemis hielt mich doch nicht zurück. Ich mache sie dir zum Geschenke, da, nimm sie!" Die goldhaarige Eunice wurde blass wie ein Tuch, und mit erschrockenen Augen zu Vinicius emporblickend, schien sie atemlos auf dessen Antwort zu warten. Er sprang auf und sagte: „Nein! Nein! Es liegt mir nichts an ihr, nichts an anderen. – Ich danke dir, aber ich will nicht! Ich gehe lieber in die Stadt, Lygia zu suchen. Lasse mir einen gallischen Mantel mit einer Kapuze geben. Ich gehe über den Tiber. – Wenn ich doch wenigstens Ursus sehen könnte!"

Damit eilte er fort, und Petronius versuchten nicht, ihn zurückzuhalten. Er fasste die Ablehnung des jungen Mannes als vorübergehende Unlust an jedem Weibe auf, das nicht gerade Lygia war, und da er nicht wollte, dass sein Großmut ihren Zweck verfehle, sagte er, zu der Sklavin gewendet: „Eunice, du wirst dich baden, salben und umkleiden, dann aber in das Haus des Vinicius gehen." – Sie aber fiel vor ihm auf die Knie nieder und flehte ihn mit gefalteten Händen an, sie nicht aus dem Hause zu schicken. Sie gehe nicht zum Vinicius; sie wolle lieber hier Holz ins Hypokaustum tragen, als dort die erste der Dienenden sein. Sie wolle nicht! Sie könne nicht! Und sie flehte ihn an, sich ihrer zu erbarmen. Er möge sie täglich peitschen lassen, nur nicht aus dem Hause schicken! – Und bebend wie ein Blatt streckte sie furchtsam und aufgeregt die Hände nach ihm aus, und er hörte sie verwundert an. Eine Sklavin, die es wagte, einen Befehl nicht ausführen zu wollen, eine Sklavin, die sagte: „Ich will nicht und ich kann nicht", war in Rom etwa so Unerhörtes, dass Petronius seinen Ohren nicht traute. Er runzelte die Stirn, doch war er eine zu verfeinerte Natur, um grausam zu sein. Seinen Sklaven war, besonders was Unterhaltung betraf, mehr gestattet als anderen, unter der Bedingung aber, dass sie ihre Obliegenheit musterhaft erfüllten und den Willen ihres Herrn wie einen göttlichen ehrten. Kamen sie aber diesen Pflichten nicht nach, so wurden sie auch nicht mit Strafen verschont, denen sie den Sitten gemäß unterworfen waren. Da er zudem keinen Widerspruch duldete, da ihm alles, was seine Ruhe einigermaßen störte, verhasst war, so sagte er, nachdem er die Kniende eine Weile betrachtet hatte: „Rufe mir Teiresias und komme mit ihm zurück."

Eunice erhob sich zitternd mit Tränen in den Augen und kehrte nach wenigen Augenblicken mit dem Hüter des Atriums, dem Kretenser Teiresias, zurück. – „Führe Eunice hinweg", sagte Petronius, „und gib ihr fünfundzwanzig Rutenstreiche, aber so, dass die Haut nicht verletzt wird." Nach diesen Worten begab er sich in die Bibliothek und begann, vor einem Tische von rötlichem Marmor Platz nehmend, an seinem Gastmahl des Trimalchion weiterzuarbeiten. Aber Lygias Flucht und die Krankheit der kleinen Augusta nahmen seine Gedanken so in Anspruch, dass er nicht lange arbeiten konnte. Besonders die Krankheit war ein wichtiges Ereignis. Falls der Kaiser an den Zauber glaubte, den Lygia gegen die kleine Augusta angewendet haben sollte, konnte die Verantwortung auch auf ihn fallen, weil er das Mädchen in den Palast gebracht hatte. Er rechnete nun darauf, dass es ihm gelingen werde, beim ersten Zusammentreffen mit dem Kaiser das Unsinnige einer solchen Vermutung zu erklären, und ein wenig rechnete er auch auf eine gewisse Schwäche, die Poppäa für ihn hegte und die sie zwar sorgfältig zu verbergen suchte, aber doch nicht so, dass er sie nicht wahrgenommen hätte. Er beschloss, ins Triklinium zu gehen, um sich zu stärken, worauf er sich nochmals auf den Palatinus, dann auf das Marsfeld und endlich zu Chrysotemis tragen lassen wollte.

Auf dem Wege nach dem Triklinium beim Durchschreiten des Korridors, der für die Dienerschaft bestimmt war, erblickte er an der anderen Wand unter den Sklaven die schlanke Gestalt Eunices. Da er vergessen hatte, dass er Teiresias nur den Befehl gab, sie zu peitschen, runzelte er abermals die Brauen und begann sich nach ihm umzusehen. Da er ihn nicht unter der Dienerschaft entdeckte, wendete er sich an Eunice: „Hast du die Züchtigung bekommen?" – Und zum zweiten Male warf sie sich ihm zu Füßen, presste den Rand seiner Toga an den Mund und erwiderte: „O ja, Herr! Ich habe sie bekommen! O ja, Herr!"

In ihrer Stimme zitterten Wonne und Dankbarkeit. Offenbar war sie der Meinung, dass die Züchtigung an Stelle ihrer Entfernung aus dem Hause getreten sei, und dass sie bleiben dürfe. Petronius, der es erriet, war über den leidenschaftlichen Widerstand der Sklavin verwundert, doch war er ein zu guter Kenner der Menschennatur, um nicht zu erraten, dass nur die Liebe die Ursache dieses Widerstandes sein könne. „Hast du einen Geliebten im Hause?“, fragte er. – Sie hob die blauen, tränenschweren Augen zu ihm empor und erwiderte kaum hörbar: „Ja, Herr!“ Und mit diesen Augen, dem zurückgeworfenen goldenen Haar, Furcht und Hoffnung auf den Zügen, war sie so schön, dass Petronius, der als Philosoph die Macht der Liebe verkündete und als Ästhetiker die Schönheit schätzte, eine Art Mitgefühl für sie empfand. „Wer unter diesen ist dein Geliebter?“, fragte Petronius, auf die Dienerschaft deutend. Doch auf diese Frage erhielt er keine Antwort; Eunice aber senkte ihr Haupt bis zu seinen Füßen und blieb unbeweglich. Petronius betrachtete zuerst seine Sklaven, unter denen es schöne Jünglinge gab, dann nochmals auf die noch immer zu seinen Füßen liegende Eunice blickend, verließ er das Triklinium.

Nach einem eingenommenen Imbiss ließ er sich auf den Palatinus tragen und dann zu Chrysotemis, wo er bis in die tiefe Nacht verblieb. Nach seiner Rückkehr befahl er Teiresias zu rufen. „Hat Eunice Schläge erhalten?“ – „Ja, Herr. Doch erlaubtest du nicht, die Haut zu verletzen.“ – „Habe ich nicht bezüglich ihrer noch einen anderen Befehl erteilt?“ – „Nein, Herr“, erwiderte mit einiger Unruhe der Atriensis. – „Das ist gut. Welcher von den Sklaven ist ihr Geliebter?“ – „Keiner, Herr!“ – „Weißt du etwas über sie?“ – Teiresias begann mit etwas unsicherem Tone: „Eunice verlässt niemals bei Nacht das Cubiculum, in dem sie mit der alten Acrysyona und Iside schläft; niemals bleibt sie nach einem Bade, o Herr, in den Thermen. –

Die übrigen Sklavinnen verlachen sie und nennen sie eine Diana." – „Genug", sagte Petronius. „Mein Blutsverwandter, Vinicius, dem ich Eunice heute früh schenkte, hat sie nicht angenommen; sie bleibt daher im Hause weiter. – Du kannst abtreten." – „Ist es mir erlaubt, etwas von Eunice zu sagen, Herr?" – „Ich habe dir doch befohlen, alles zu sagen, was du von ihr weißt." – „Die ganze Dienerschaft spricht heute von der Flucht des Mädchens, die zum edlen Vinicius ins Haus kommen sollte. Nach deinem Weggang kam Eunice zu mir und sagte, dass sie jemand kenne, der das Mädchen auffinden könnte." – „Ah!", rief Petronius, „was ist das für ein Mann?" – „Ich kenne ihn nicht, Herr, doch dachte ich, dass ich dir davon Mitteilung machen müsse." – „Gut! Dieser Mann soll am Morgen hier auf das Eintreffen des Tribuns warten, den du in meinem Namen bitten wirst, mich morgen früh zu besuchen." Der Atriensis verneigte sich und ging.

Unwillkürlich musste Petronius an Eunice denken. Anfangs leuchtete ihm ein, dass die junge Sklavin die Auffindung Lygias herbeiwünschte, um nicht aus dem Hause gehen zu müssen. Dann aber fiel ihm ein, dass der Mann, den Eunice empfohlen hatte, vielleicht ihr Geliebter sei, und dieser Gedanke war ihm unangenehm. Es gab zwar ein einfaches Mittel, die Wahrheit zu erfahren, es genügte, Eunice rufen zu lassen, aber die Zeit war schon weit vorgerückt, Petronius war von dem langen Besuche bei Chrysotemis ermüdet, und es lag ihm daran, bald zur Ruhe zu kommen. Auf dem Wege ins Cubiculum fiel ihm plötzlich ein, dass er in den Augenwinkeln seiner Chrysotemis heute einige Fältchen entdeckt habe. Es kam ihm vor, als werde ihre Schönheit in Rom doch über Gebühr berühmt, und er sagte sich, dass Fonteius Capiton, der ihm drei Knaben für Eunice geboten hatte, diese doch zu billig hätte erstehen wollen.

Siebentes Kapitel.

Tags darauf hatte sich Petronius kaum angekleidet, als Vinicius erschien, der durch Teiresias herbeigerufen worden war. Zwar wusste der junge Mann, dass noch keine neue Kunde von den Wachen gekommen war, doch beruhigte ihn diese Nachricht nicht, obwohl er sich sagen konnte, dass sich Lygia noch innerhalb der Stadtmauern befand. Er fing vielmehr an zu glauben, Ursus habe das Mädchen sofort nach der Entführung aus der Stadt gebracht, also bevor Petronius Sklaven zur Wache an die Tore ausgesandt hatte. Zwar wurden diese im Herbst bei Einbruch der Dunkelheit geschlossen, aber man öffnete sie auch bei Nacht für alle, die sich entfernen wollten, und deren Zahl ziemlich groß war. Außerdem gab es noch andere nach außerhalb der Stadtmauern führende Pfade, die den Sklaven bekannt waren, die entweichen wollten. Auf alle in die Provinzen führenden Wege und auch zu allen Wachen hatte Vinicius seine Sklaven geschickt mit der Botschaft, dass ein Sklavenpaar entsprungen sei, und er hatte eine genaue Schilderung von Ursus und Lygia sowie die Zusicherung einer Belohnung für ihre Festnahme verkünden lassen. Es war indessen zweifelhaft, ob diese Verfolgung ein Ergebnis haben werde, und selbst wenn die Sklaven eingeholt würden, fragte es sich noch, ob die Obrigkeit der Stadt berechtigt sei, allein auf die Forderung des Vinicius hin, ohne Bestätigung des Prätors, die Flüchtigen festzunehmen. Es fehlte aber an Zeit, diese Bestätigung einzuholen. Vinicius selbst hatte schon in Sklavenkleidung alle Winkel der Stadt abgesucht, ohne eine Spur zu finden. Er war auch schon mit den Dienern des Aulus zusammengetroffen, die ebenfalls jemand zu suchen schienen. Hieraus konnte Vinicius schließen, dass es nicht Aulus gewesen war, der Lygia entführt hatte, und dass auch dem Feldherrn ihr Aufenthaltsort unbekannt war. Als ihm jedoch Teiresias mitteilte, dass es einen Menschen gebe, der sie auffinden wolle, eilte er zu Petronius und befragte ihn, nur kurz grüßend, über die Angelegenheit mit jenem Manne.

„Wir werden ihn gleich sehen“, sagte Petronius, „er ist ein Bekannter Eunices, die sogleich kommen wird, die Falten meiner Toga zu ordnen, und uns Näheres mitteilen wird.“ – „Ist es dieselbe, die du mir gestern schenken wolltest?“ – „Ja, es ist sie, die du gestern ablehntest, wofür ich dir übrigens dankbar bin, denn sie ist die beste Vestiplica in der ganzen Stadt.“ Kaum hatte er geendet, als auch schon die Vestiplica erschien. Sie nahm die Toga von dem mit Elfenbein ausgelegten Sessel, auf dem sie lag, und entfaltete sie, um sie dem Petronius über die Schultern zu werfen; ihr Antlitz war heiter und still, und die Augen strahlten vor Freude.

Petronius sah sie an, und sie erschien ihm sehr schön. Als sie ihm die Toga umgelegt hatte, bückte sie sich von Zeit zu Zeit, um die Falten herabzuziehen. „Eunice! Ist der Mann gekommen, den du gestern dem Teiresias bezeichnet hast?“ – „Ja, Herr.“ – „Wie heißt er?“ – „Chilon Chilonides, Herr.“ – „Wer ist er?“ – „Ein Arzt, Weiser und Wahrsager, der in den Geschicken der Menschen zu lesen versteht und die Zukunft weissagt.“ – „Hat er auch dir wahrgesagt?“ – Eine dunkle Röte übergoss das Antlitz Eunices, sogar Ohren und Hals. „Ja, Herr.“ – „Was hat er dir geweissagt?“ – „Er weissagte mir Schmerz und Glück.“ – „Gestern traf dich der Schmerz aus der Hand des Teiresias, jetzt müsste also noch das Glück kommen, Eunice!“ – „Es ist schon gekommen, Herr!“ – „Was für ein Glück?“ – Sie flüsterte leise: „Ich durfte hier bleiben.“ – Petronius legte die Hand auf ihr goldig schimmerndes Haupt. „Du hast heute die Falten sehr schön gelegt, Eunice, ich bin mit dir zufrieden!"

Petronius und Vinicius begaben sich in das Atrium, wo Chilon Chilonides, der sie mit einer tiefen Vorbeugung begrüßte, ihrer wartete. Bei der Erinnerung an seine gestrige Vermutung, dass dieser Mann vielleicht Eunices Geliebter sei, umspielte ein Lächeln des Petronius Lippen. Dass der Mann, der nun vor ihm stand, von irgendjemand geliebt ward, war undenkbar. Er war ebenso unsauber, wie seine Gestalt lächerlich. Er war noch nicht alt; der ungepflegte Bart und der krause Haarwuchs wiesen da und dort graues Haar auf. Der eingefallene Bauch und der gekrümmte Rücken ließen ihn auf den ersten Blick verwachsen erscheinen; über dem Buckel erhob sich ein ziemlich großer Kopf mit dem Gesicht eines Fuchses. Der vernachlässigte Anzug, der sich aus einer dunkeln, von Ziegenhaar gewebten Tunika und einem ebensolchen löcherigen Mantel zusammensetzte, zeugte von Armut. Petronius musste bei seinem Anblicke unwillkürlich an den homerischen Thersites denken, und er sagte daher, seine Verneigung mit einer grüßenden Handbewegung erwidernd: „Sei mir gegrüßt, göttlicher Thersites! Was machen die Beulen, die dir Ulysses bei Troja geschlagen hat, und was machtest du selbst in den elysäischen Gefilden?"

„Edler Herr", versetzte Chilon Chilonides, „der Weiseste unter den Toten, Ulysses, sendet durch mich seine Grüße an den Weisesten unter den Lebenden, Petronius, mit der Bitte, meine Beulen mit einem neuen Mantel zu verhüllen." – „Bei Hekate Triformis!", rief Petronius, „Diese Antwort ist einen Mantel wert."

Die weitere Unterredung unterbrach Vinicius ungeduldig und fragte: „Weißt du auch genau, was du unternimmst?" – „Wenn zwei Familien in zwei stattlichen Häusern von nichts anderem sprechen, und halb Rom die Neuigkeit erzählt, ist es nicht schwer, zu wissen, um was es sich handelt", versetzte

Chilon. „Gestern Nacht wurde ein Mädchen, der Pflegling des Aulus Plautius, mit Namen Lygia, oder eigentlich Callina geraubt, das deine Sklaven, o Herr, aus dem Kaiserpalaste auf deine Insula führen sollten, und ich unternehme es, dieses Mädchen aufzufinden und dir, edler Tribun, anzuzeigen, wohin sie geflohen ist und wo sie sich verborgen hält." – „Gut", sagte Vinicius, dem diese bündige Antwort gefiel, „welche Mittel willst du aber anwenden?" – Chilon lächelte schlau. „Die Mittel besitzest du, Herr, ich habe nur den Verstand." Petronius lächelte gleichfalls, denn er war von seinem Gaste vollkommen befriedigt. „Dieser Mensch kann das Mädchen finden", dachte er. Vinicius hingegen runzelte seine Brauen und sagte: „Elender, wenn du mich in gewinnsüchtiger Absicht hintergehst, lasse ich dich mit Stöcken erschlagen!"

„Ich bin ein Philosoph, Herr, und ein Philosoph kann niemals gewinnsüchtig sein, vornehmlich wenn es sich um eine Belohnung handelt, wie die, die du mir großmütiger Weise in Aussicht stellst." – „Ach, du bist ein Philosoph?", bemerkte nun Petronius. „Eunice sagte mir, du wärest Arzt und Wahrsager. Woher kennst du Eunice?" – „Sie kam zu mir um Rat, denn der Ruhm meines Namens war bis an ihr Ohr gedrungen." – „Welchen Rat wollte sie von dir?" – „Liebe, Herr. Sie wollte von unerwiderter Liebe geheilt sein." – „Und du heiltest sie?" – „Ich tat mehr, Herr, denn ich gab ihr ein Amulett, das ihr die Gegenliebe sichert. In Paphos auf Zypern ist ein Tempel, o Herr, in dem der Gürtel der Venus aufbewahrt wird. Aus diesem Gürtel nun gab ich ihr zwei Fädchen, eingeschlossen in eine Mandelschale." – „Und ließest dich gut dafür bezahlen?" – „Gegenliebe wird nie zu teuer bezahlt, und da mir zwei Finger der rechten Hand fehlen, suche ich etwas zurückzulegen, um mir einmal einen Skribentensklaven anzuschaffen, der meine Gedanken aufzeichnen und meine Lehre der Nachwelt übermitteln soll."

„Zu welcher Schule gehörst du, göttlicher Weiser?" – „Ich bin ein Zyniker, Herr, denn ich habe einen zerfetzten Mantel: Ich bin ein Stoiker, denn ich trage meine Armut mit Geduld: Ich bin ein Peripathetiker, denn ich habe keine Sänfte und wandere daher zu Fuß von einer Schenke zu andern und lasse allen denen meine Lehre zugute kommen, die mir einen vollen Krug versprechen." – „Beim Kruge wirst du zum großen Rhetor?" – „Heraklit sagte: ‚Alles fließt', und du wirst doch nicht leugnen, dass Wein eine Flüssigkeit ist?" – „Er verkündete auch, dass das Feuer eine Gottheit ist, also ist die Röte auf deiner Nase auch eine Gottheit." – „Und der göttliche Diogenes aus Apollonia verkündete, dass die Luft der Grundstoff aller Erscheinungen ist. Je wärmer die Luft ist, desto trefflichere Wesen bringt sie hervor, und die wärmste Luft bringt den Geist des Weisen hervor. Da es aber im Herbst kühl ist, muss ein echter Weiser seinen Geist und seine Rede mit Wein erwärmen. Und das kannst du doch auch nicht leugnen, dass sogar ein Krug mit dem schlechten Getränk aus Capua oder Telesia das Knochengerüst des elenden menschlichen Körpers mit wohltuender Wärme erfüllt." – „Chilon Chilonides, wo ist deine Heimat?" – Am Pontus Euxinus. Ich stamme aus Mesembrien." – „Chilon, du bist groß!" – „Und verkannt!", fügte der Weise melancholisch hinzu.

Vinicius verlor abermals die Geduld. Angesichts der Hoffnung, die einem Blitze gleich vor ihm aufgezuckt war, hätte er gern gesehen, wenn Chilon sogleich aufgebrochen wäre, und das ganze Gespräch erschien ihm nur wie ein Zeitverlust, den er Petronius übelnahm.

„Wann wirst du deine Nachforschungen beginnen?", fragte er, sich an den Griechen wendend. – „Ich habe bereits begonnen", antwortete Chilon. „Und da ich nun einmal hier bin, da ich deine wohlwollenden Fragen beantworte, muss ich wohl auch nach dem Mädchen suchen. Habe Vertrauen, edler Tribun, und wisse, wenn du den Riemen von deinem Schuh verlieren würdest, wäre ich im Stande, den Riemen zu finden, oder den, der ihn auf der Straße aufgehoben hat." – „Bist du denn schon zu ähnlichen Diensten verwendet worden?", fragte Petronius.

Den Blick emporrichtend, sagte der Grieche: „Zu niedrig werden heute Tugend und Weisheit geschätzt, als dass ein Philosoph nicht auf andere Mittel sinnen müsste, um sein Leben zu fristen." – „Welches sind deine Mittel?" – „Ich will alles erforschen, um denen eine neue Nachricht zu bringen, die danach verlangen." – „Und dafür zahlen?" – „O Herr, ich muss mir einen Schreiber kaufen, sonst wird meine Weisheit mit mir untergehen." – „Wenn es dir noch nicht gelungen ist, dir etwas für einen neuen Mantel zu ersparen, kann dein Verdienst nicht sehr groß sein." – „Die Bescheidenheit verbietet mir, einen zu tragen. Und bedenke, o Herr, dass es gegenwärtig nicht mehr solche Wohltäter gibt, wie ehemals, denen es eine ebenso angenehme Beschäftigung war, das Verdienst mit Geld zu überschütten, wie eine Auster aus Puteoli zu verschlucken. Mein Verdienst ist nicht gering, aber die Dankbarkeit der Menschen ist gering. Ist ein wertvoller Sklave entflohen, wer findet ihn wieder, wenn nicht der einzige Sohn meines Vaters? Wenn auf den Mauern Inschriften auf die göttliche Poppäa entdeckt worden sind, wer zeigt die Urheber an? Wer stöbert in den Buchläden die Verse auf den Cäsar auf? Wer kann hinterbringen, was in den Häusern der Senatoren und Ritter gesprochen wird? Wer trägt die Briefe fort, die man den Sklaven nicht anvertrauen will? Wer hört alle Neuigkeiten, die vor den Türen der Barbiere verhandelt werden? Wem ist das Zutrauen der Sklaven zuteil geworden? Wer hat Einblick in die Häuser, vom Atrium bis zu den Gärten? Wer kennt alle Straßen und Gassen und Schlupfwinkel? Wer weiß, was in den Bädern, im Zirkus vorgeht? Was auf den Märkten, in den Fechterschulen, in den

Schuppen der Sklavenhändler und sogar in der Arena gesprochen wird?" – „Bei den Göttern! Genug, genug, du edler Weiser!", rief Petronius, „sonst ertrinken wir in deinen Verdiensten, deinen Tugenden, deiner Weisheit und Beredsamkeit. Genug! Wir wollten wissen, wer du bist, und wir wissen es jetzt!"

Vinicius war jedoch froh, denn er dachte, dieser Mann werde gleich einem auf die Spur gebrachten Jagdhunde nicht nachlassen, bis er das Versteck ausfindig gemacht habe. – „Gut", sagte er. „Brauchst du besondere Hinweise?" – „Ich brauche Waffen." – „Welcher Art?", fragte Vinicius voll Verwunderung. – Der Grieche hielt ihm die eine Hand hin, während er mit der anderen Bewegungen machte, als ob er Geld zähle. „So sind die jetzigen Zeiten, Herr", sagte er seufzend. – „So willst du der Esel sein", sagte Petronius, „der mit Hilfe voller Beutel mit Goldes die Festung einnimmt?" – „Ich bin nur ein armer Philosoph", antwortete Chilon voll Demut, „Ihr aber habt das Gold." Vinicius warf ihm einen Beutel zu, den der Grieche in der Luft auffing, obwohl ihm zwei Finger an der rechten Hand fehlten. Darauf hob er stolz sein Haupt und sagte: „Herr, ich weiß mehr, als du glaubst. Ich bin nicht mit leeren Händen hierhergekommen. Ich weiß, dass nicht Aulus das Mädchen entführen ließ, denn ich sprach mit seinen Dienern. Ich weiß, dass es nicht auf dem Palatinus ist, wo alles um die kranke, kleine Augusta beschäftigt ist, und kann vielleicht auch erraten, warum Ihr vorzieht, das Mädchen mit meiner Hilfe zu finden und nicht mit jener der kaiserlichen Wachen und Kriegsleute. Ich weiß auch, dass ihr ein Sklave, der aus demselben Lande wie sie stammt, bei der Flucht geholfen hat. Bei den Sklaven, die ja alle zusammenhalten, hätte er, weil es gegen deine Sklaven ging, keine Unterstützung gefunden. Es können ihm also nur seine Glaubensgenossen beigestanden haben."

„Höre, Vinicius", unterbrach hier Petronius den Griechen, „habe ich dir nicht Wort für Wort dasselbe gesagt?" – „Welche

Ehre für mich", sagte Chilon. „Das Mädchen", fügte er hinzu, sich wieder zu Vinicius wendend, „huldigt zweifellos derselben Gottheit, wie die Tugendhafteste der Römerinnen, die wahrhafte Matrona stolatas, Pomponia. Ich habe auch gehört, dass über Pomponia ein Hausgericht abgehalten worden ist, doch konnte ich von ihren Dienern nicht erfahren, was für einen Gott sie anbetet und wie dessen Bekenner heißen. Wenn ich das wüsste, würde ich mich unter sie mischen und mich als der eifrigste Anbeter zeigen, um ihr Vertrauen zu gewinnen. Ich habe auch gehört, dass du, Herr, etliche Tage im Hause des Aulus warst; kannst du mir vielleicht darüber Auskunft geben?" – „Ich kann das nicht", versetzte Vinicius. – „Ihr habt mich nun lange genug die verschiedensten Dinge ausgefragt, edle Herren, und ich habe alles beantwortet, erlaubt also, dass auch ich einige Fragen stelle. Hast du, edler Tribun, dort nicht besondere Statuen, Opfer oder Zeichen entdeckt, keine Amulette an Pomponia oder an deiner göttlichen Lygia? Hast du nicht etwa gesehen, dass sie untereinander Zeichen anwendeten, die nur ihnen allein verständlich waren?" – „Zeichen? Warte, ja! Ich sah einmal, wie Lygia einen Fisch in den Sand zeichnete." – „Einen Fisch? Ah! Oh! Tat sie dies einmal oder öfter?" – „Nur einmal." – „Und weißt du bestimmt, Herr, dass es gerade ein Fisch war? Oh?" – „Natürlich", versetzte Vinicius, neugierig geworden. „Errätst du, was das bedeutet?" – „Ob ich es errate!", rief Chilon. Und mit einer verabschiedenden Bewegung fügte er hinzu: „Möge Fortuna Euch mit all ihren Gaben überschütten, edle, freigebige Herren!" – „Lass dir einen Mantel geben", rief ihm Petronius nach. – „Ulysses dankt dir in des Thersites Namen", entgegnete der Grieche. Noch eine Verbeugung und er verschwand.

„Was sagst du zu diesem edlen Weisen?", fragte Petronius. – „Ich sage, dass er Lygia finden wird", rief Vinicius erfreut aus, „aber wenn es ein Reich von Gaunern gäbe, so müsste er König in diesem Reiche sein.“ – „Ganz gewiss. Ich muss noch nähere Bekanntschaft mit diesem Stoiker machen, unterdessen aber will ich das Atrium ausräuchern lassen, dessen Atmosphäre er verpestet hat.“

Chilon Chilonides warf sich indessen in den neuen Mantel und spielte unter dessen Falten mit dem von Vinicius erhaltenen Beutel, wobei er sich an dessen Wohlklang und Gewicht ergötzte. Langsam vorwärts schreitend, schaute er sich zuweilen um, ob man ihm vom Hause des Petronius nachsehe, schritt an dem Portikus der Livia vorbei, und an der Ecke des Clivus Virbeius angelangt, wandte er sich der Subura zu. – „Zuerst zu Sporus“, sagte er bei sich, „und Fortuna einen Tropfen geweiht! Endlich habe ich gefunden, was ich schon lange suche. Jung, feurig, freigebig wie die Bergwerke Zyperns, und im Stande, für diesen lygischen Hänfling die Hälfte seines Vermögens hinzugeben. So einen habe ich schon lange gesucht. Doch heißt es vorsichtig sein; sein Stirnrunzeln verkündet nichts Gutes. Ach! Die jungen Wölflein regieren heute die Welt! – Vor Petronius hätte ich weniger Angst. O, ihr Götter, Kuppelei wird heutzutage doch besser bezahlt als Tugend. Ha! Also einen Fisch hat sie dir in den Sand gezeichnet? Wenn ich weiß, was das bedeutet, so will ich an einem Stück Ziegenkäse ersticken! Aber ich werde es erfahren! Da aber die Fische im Wasser leben, und alle Nachforschungen zu Wasser schwieriger als zu Lande sind, ergo: sollst du mir für diesen Fisch extra bezahlen. Noch so einen Beutel, und ich kann das Bettelleben aufgeben und mir einen Sklaven kaufen. – Was aber würdest du, Chilon, dazu sagen, wenn ich dir raten würde, keinen Sklaven, sondern eine Sklavin zu kaufen? – Ich kenne dich! Du wirst schon darauf eingehen! … Wenn sie schön wäre, wie zum Beispiel die Eunice, du würdest dich sogar bei ihr verjüngen, gleichzeitig könntest du ein Geschäft mit ihr anfangen, und du hättest ein regelmäßiges Einkommen. Ich verkaufte dieser armen Eunice zwei Federn meines eigenen alten Mantels. – Dumm ist sie, aber wenn Petronius sie mir schenken wollte, ich würde sie nehmen. – Ja! Ja! Chilon, Sohn des alten Chilon. – Du hast Vater und Mutter verloren! Du bist eine Waise, also kaufe dir zum Trost wenigstens eine Sklavin. Ach, das Leben ist recht schwer! Die Zeiten sind vorbei, da man für einen Obolus so viel Bohnen mit Speck bekam, als man mit beiden Händen fassen konnte, oder ein Stück Ziegenblutwurst, die so lang war wie der Arm eines zwölfjährigen Knaben! … Doch da wäre ich ja bei diesem Dieb, dem Sporus, angelangt. In der Schenke erfährt man doch noch am leichtesten etwas."

So redend, betrat er die Weinstube und ließ sich einen Krug Dunkeln geben, doch als er den misstrauischen Blick des Wirtes bemerkte, zog er ein Goldstück aus dem Beutel und sagte, es auf den Tisch legend: „Sporus, heute habe ich von Tagesanbruch bis Mittag mit Seneca gearbeitet, und dieses hier hat mir mein Freund dafür auf den Weg gegeben." – Die runden Augen des Sporus wurden bei diesem Anblick noch runder, und der Wein stand schon im nächsten Augenblicke vor Chilon – dieser aber tauchte den Finger hinein, zeichnete einen Fisch auf die bestaubte Tischplatte und fragte: „Weißt du, was das bedeutet?" – „Einen Fisch? Nun Fisch ist Fisch." – „Du bist sehr dumm, obwohl du soviel Wasser deinem Weine beimischest, dass sehr leicht auch ein Fisch darin leben könnte. Das ist ein Symbol, das in der philosophischen Sprache bedeutet: Lächeln Fortunas! Hättest du es zu deuten vermocht, dann wäre dir vielleicht auch Glück zuteil geworden. Ich sage dir, achte die Philosophie, sonst wechsele ich noch die Weinstube, wozu mich mein ganz besonderer Freund Petronius schon seit langer Zeit zu überreden sucht."

Chilon ließ sich in den nächsten Tagen nicht blicken. Seit Acte Vinicius verraten hatte, dass er geliebt werde, war er noch hundertmal mehr als zuvor darauf bedacht, das junge Mädchen ausfindig zu machen, und suchte auf eigene Faust nach Lygia. Den Kaiser wollte und konnte er nicht um Beistand angehen, da dieser noch immer in Angst und Sorge um die Gesundheit der kranken kleinen Augusta lebte. Aber die Opfer in den Tempeln, die Gebete und Gelübde halfen ebenso wenig als die ärztliche Kunst und alle Zaubermittel, zu denen man schließlich seine Zuflucht genommen hatte. Nach einer Woche starb das Kind. Der Hof und ganz Rom hüllten sich in Trauer. Der Kaiser, der sich bei der Geburt wie wahnsinnig vor Freude gebärdet hatte, war jetzt fast wahnsinnig vor Verzweiflung. Er schloss sich ein, nahm zwei Tage lang weder Speisen noch Trank zu sich und wollte niemand sehen, trotzdem der Palast von Senatoren und Augustianern wimmelte, die ihm ihre Trauer und ihr Mitgefühl bezeigen wollten. Der Senat trat zu einer außerordentlichen Sitzung zusammen, in der das tote Kind zur Göttin erhoben und beschlossen wurde, der kleinen Augusta einen Tempel zu errichten und einen besonderen Priester anzustellen. In den übrigen Tempeln wurden ihr zu Ehren Opfer dargebracht, ja, man goss aus kostbarem Metalle Augustastatuen und stellte sie zur Anbetung aus. Das Begräbnis gestaltete sich zu einer großartigen Feier, bei der das Volk die maßlosen Schmerzensausbrüche des Kaisers anstaunen, mit ihm weinen und Hände nach Gaben ausstrecken, besonders aber sich an dem Schauspiele ergötzen konnte.

Petronius beunruhigte dieser Todesfall. Es war in ganz Rom bekannt, dass Poppäa ihn Zauberkünsten zuschrieb, und mit ihr behaupteten dies nicht nur die Ärzte, die auf diese Weise die Unwirksamkeit ihrer Hilfsmittel am besten zu rechtfertigen vermochten, sondern auch die Priester, deren Opfer sich als erfolglos erwiesen hatten, die um das eigene Leben zitternden Wahrsager und das gesamte Volk. Lygias Flucht gewährte nun dem Petronius eine große Erleichterung, denn er wünschte weder dem Aulus noch Pomponia Schlimmes, und sich selbst und Vinicius wünschte er nur Gutes. Als daher die Zypresse, die man zum Zeichen der Trauer vor dem Palatinus aufgestellt hatte, entfernt worden war, begab er sich zu dem für die Senatoren und Augustianer veranstalteten Empfange, um sich zu überzeugen, inwieweit Nero den Berichten über die Zauberkünste Gehör schenkte, und um nötigenfalls zu überlegen, wie er sich vor den Folgen schützen könnte. Und weil Petronius den Kaiser kannte, setzte er ohne weiteres voraus, dass Nero, obgleich er nicht an Zauber glaubte, doch so tun werde, als ob er daran glaubte: teils um noch einen größeren Schmerz heucheln zu können, teils, weil er an irgendjemand Rache zu nehmen gedachte, und er der Annahme vorbeugen wollte, dass ihn die Götter wegen seiner Sünden strafen könnten. Nach der Meinung des Petronius hatte der Kaiser sein Kind nicht wahr und tief, sondern oberflächlich, in einer verrückten Weise geliebt, trotzdem aber zweifelte er nicht daran, Zeuge maßloser Schmerzensausbrüche sein zu müssen. Darin irrte er sich nicht. Mit starrem Gesichtsausdruck, das Auge unverwandt auf einen Punkt gerichtet, lauschte Nero den Trosteswortten der Senatoren und der Ritter, und es war deutlich zu sehen, dass, wenn er tatsächlich litt, er doch stets darauf bedacht war, mit seinem Schmerz Eindruck auf die Anwesenden zu machen. Zu diesem Behufe gebärdete er sich wie eine Niobe und brachte den Schmerz eines Vaters zum Ausdruck wie ein Komödiant auf der Bühne. Doch vermochte er den schweigenden Schmerz nicht ununterbrochen durchzuführen; von Zeit zu Zeit machte er eine Bewegung, als ob er Asche auf sein Haupt streuen wollte, oder er stöhnte dumpf auf, und als er Petronius erblickte, sprang er auf und rief in tragischen Tönen, sodass ihn alle hören konnten: „Eheu! Ach, du bist schuld an ihrem Tode! Auf deinen Rat kam ein böser Geist in diese Mauern, der mit einem Blick das Leben in ihrer Brust ertötete. Wehe mir! Besser wäre mir, wenn meine Augen das Licht des Helios nicht mehr schauten. Wehe mir! Eheu! Eheu!“

Die Stimme noch mehr erhebend, brach er in verzweiflungsvolle Schreie aus. Da beschloss Petronius, alles auf einen Wurf zu setzen, und die Hand ausstreckend, griff er nach dem seidenen Tuche, das Nero stets um den Hals zu tragen pflegte, riss es ab und drückte es auf die Lippen des Kaisers. „Herr!“, sagte er ernst und feierlich, „magst du Rom, magst du die ganze Welt in deinem Schmerze zu Grunde richten, nur erhalte uns deine Stimme!“ – Die Anwesenden staunten. Einen Augenblick staunte Nero, nur Petronius allein bewahrte seine Ruhe, war er sich seiner Handlungsweise doch sehr wohl bewusst; zudem baute er auch darauf, dass Terpnos und Diodor strengen Befehl hatten, den Mund des Kaisers zu berühren, wenn er, die Stimme allzusehr erhebend, diese einer Gefahr aussetzte. „O Cäsar!“, sprach er weiter mit derselben traurigen Würde, „wir haben einen unermesslichen Verlust erlitten, möge uns daher dieser Trost erhalten bleiben!“ Neros Antlitz zuckte, und Tränen stürzten aus seinen Augen; er schlang die Arme um den Hals des Petronius, und das Haupt an dessen Brust legend, rief er unter stetem Schluchzen: „Du allein von allen hast daran gedacht, du allein! Petronius, du allein!“ – Tigellinus wurde gelb vor Neid, Petronius aber sagte: „Fahre nach Antium! Dort kam sie zur Welt, dort strömte die Wonne auf dich hernieder, dort ströme auch Beruhigung herab. Möge die Meeresluft deine Götterkehle erfrischen, deine Brust die salzige Feuchte einatmen! Wir Getreuen folgen dir überallhin, und wenn wir deinen Schmerz durch unsere Freundschaft zu besänftigen suchen, so besänftige du den unseren durch deinen Gesang.“ – „Ja!“, entgegnete Nero klagend, „eine Hymne will ich dichten und in Musik setzen, die ihr Andenken verherrlichen soll.“ – „Und dann suchst du die wärmere Sonne in Bajae auf!“ – „Und dann – Vergessenheit in Griechenland.“ – „In der Heimat des Gesanges und der Musik!“

Nach und nach wich die trübe Stimmung, und ein Gespräch entspann sich, in dem zwar noch die Trauer durchklang, in dem man aber doch schon Zukunftspläne schmiedete, sich über Reisen, über Kunstdarstellungen und über die Vorkehrungen unterhielt, die zu dem in Aussicht gestellten Besuche des armenischen Königs Tiridates getroffen werden sollten. Tigellinus versuchte zwar immer wieder die Rede auf die verhängnisvollen Zauberkünste zu lenken, allein Petronius, der sein Spiel gewonnen hatte, nahm sofort den Kampf mit ihm auf. – „Tigellinus“, warf er ein, „glaubst du, dass die Götter durch Zauberkünste gefährdet werden können?“ – „Der Cäsar selbst sprach ja davon!“, antwortete der Höfling. – „Der Schmerz sprach hier, und nicht der Cäsar; doch du – was denkst du wohl darüber?“ – „Die Götter sind zu mächtig, als dass sie Zauberkünsten je erliegen.“ – „Dem Cäsar, der kaiserlichen Familie sprichst du die Göttlichkeit ja damit ab.“ – „Jetzt ist er geliefert“, murmelte der in der Nähe stehende Epirus Marcellus: „Peractum est!“ Und Tigellinus unterdrückte seinen Groll.

Zwischen ihm und Petronius bestand schon seit längerer Zeit eine gewisse Spannung, beide buhlten um die Gunst des Kaisers, stets aber wurde Tigellinus durch die Schlauheit und Schlagfertigkeit des Petronius in den Hintergrund gestellt. So war es auch in diesem Falle. Aber Tigellinus verharrte diesmal in Schweigen und bemühte sich nur, seinem Gedächtnis die Namen der Ritter und Senatoren einzuprägen, die den sich in den Hintergrund des Saales zurückziehenden Petronius sofort und in der Voraussetzung umringten, dass er nach dem Vorgefallenen entschieden als der erste Günstling des Kaisers zu betrachten sei.

Petronius begab sich, als er den Palast verlassen hatte, zu Vinicius und sagte, nachdem er ihm den Vorfall mit Nero und Tigellinus erzählt hatte: „Ich habe nicht nur die Gefahr von Aulus Plautius und Pomponia und uns beiden, sondern auch von Lygia abgewendet. Man wird sie nicht suchen, schon darum nicht, weil ich den feuerbärtigen Affen beredet habe, nach

Antium zu fahren und von dort nach Neapel oder Bajae zu gehen, was er schon aus dem Grunde tun wird, weil er bisher nicht wagte, in Rom öffentlich im Theater aufzutreten, und sich schon lange vorgenommen hatte, in Neapel die Bretter zu betreten. Er träumt auch schon von Griechenland, wo er in allen bekannten Städten singen will, und dann mit den Kränzen, die ihm die Gräculi darbringen werden, im Triumphe in Rom einzuziehen. Inzwischen können wir Lygia in Ruhe suchen und in Sicherheit bringen. Was heißt das? War unser edler Philosoph seither nicht hier?" – „Dein edler Philosoph ist ein Betrüger. Nein, er zeigte sich nicht und wird sich auch nicht zeigen!" – „Da habe ich eine bessere Meinung, nicht von seiner Ehrlichkeit, aber von seinem Verstand. Er hat schon einmal deinen Beutel bluten lassen und wird es noch einmal versuchen." – „Er möge sich hüten, dass ich ihn nicht bluten lasse!" – „Lasse das lieber, habe Geduld mit ihm, solange du dich nicht davon überzeugt hast, dass er dich betrügt. Gib ihm kein Geld mehr, aber versprich ihm reiche Belohnung, wenn er dir sichere Nachrichten bringt. – Oder gedenkst du etwa selbst etwas zu unternehmen?" – „Zwei meiner Freigelassenen, Nymphidius und Demas, suchen mit etwa sechzig Leuten nach ihr. Dem habe ich die Freiheit zugesichert, der sie finden wird." – „Sobald du etwas Sicheres erfährst, lasse mich es wissen, ich muss nach Antium reisen." – „Ich werde es tun!" – „Und wenn du eines Morgens erwachst und dir sagst, es sei nicht wert, sich um ein Mädchen zu grämen, dann komme auch nach Antium. Dort fehlt es nicht an Weibern und angenehmer Unterhaltung."

Raschen Schrittes ging Vinicius auf und ab. Petronius beobachtete ihn einige Zeit aufmerksam, dann rief er: „Jetzt gestehe mir einmal aufrichtig – aber ohne Übereilung, sondern wie ein vernünftig denkender Mensch, ob dir noch immer so viel an Lygia gelegen ist!" Vinicius blieb stehen und blickte Petronius an, als ob er ihn nie zuvor gesehen hätte, dann begann er aufs

Neue auf und ab zu schreiten. Es war unverkennbar, er suchte seinen Zornesausbruch in sich niederzukämpfen. Schließlich aber traten ihm, wohl im Gefühle der eigenen Hilflosigkeit, des Schmerzes, der Erregung und der unbezwingbaren Sehnsucht, Tränen in die Augen, die deutlicher zu Petronius sprachen, als die beredtesten Worte es getan hätten. Nach kurzem Sinnen bemerkte dieser daher: „Nicht der Atlas trägt die Welt auf seinen Schultern, nein, die Frauen, und diese gefallen sich zeitweise in der Rolle des Ballspielens." – „Du hast Recht!", sagte Vinicius. Gerade wollten sich die beiden verabschieden, als ihnen ein Sklave den Chilon Chilonides meldete. Vinicius befahl, ihn sofort einzulassen, während Petronius sagte: „Habe ich es nicht gesagt? Beim Herkules! Nur Ruhe! Sonst gewinnt er die Oberhand über dich." – „Gruß und Ehre dem edeln, ritterlichen Tribun und dir, Herr!", sprach Chilon beim Eintreten. „Möge euer Glück euerm Ruhme gleichen, der Ruhm euers Namens aber durcheile die ganze Welt, von den Säulen des Herkules bis an die Grenzen des Arsakidenreiches." – „Sei mir gegrüßt, tugendhafter und weiser Gesetzgeber", erwiderte Petronius, während Vinicius mit erkünstelter Ruhe fragte: „Was bringst du?" – „Neulich, o Herr, brachte ich dir die Hoffnung, heute bringe ich die Gewissheit, dass sich das Mädchen finden wird." – „Du willst also sagen, dass es bisher noch nicht gefunden ist?" – „So ist es, Herr; aber ich habe erfahren, was das Zeichen bedeutet, dass sie dir machte. Ich weiß, wer die Leute sind, die sie herausgehauen haben, und ich weiß, welche Gottheit diese Bekenner verehren."

Vinicius, ungeduldig wie immer, wollte von seinem Sitze aufspringen, doch Petronius hielt ihn zurück, wandte sich an Chilon und sagte: „Sprich weiter!" – „Bist du deiner Sache völlig sicher, Herr, dass das Mädchen einen Fisch in den Sand zeichnete?" – „Gewiss!", rief Vinicius erregt. – „Dann ist sie also Christin – und die Christen haben sie herausgehauen."

Es entstand eine kurze Stille. „Höre, Chilon", sagte Petronius endlich, „mein Verwandter hat dir für die Auffindung des Mädchens eine erhebliche Geldsumme in Aussicht gestellt, gleichzeitig aber auch eine gehörige Tracht Prügel, falls du ihn täuschen solltest. Im ersten Falle kannst du nicht nur einen, sondern drei Skribenten kaufen, im anderen Falle wird selbst die Philosophie aller sieben Weisen zusammen mit deiner eigenen Weisheit nicht ausreichen, dir eine heilende Salbe zu verschaffen." – „Das Mädchen ist eine Christin, Herr", rief der Grieche aus. – „Bedenke, Chilon. Du bist nicht dumm! Wir wissen, dass Junia Silana und Calvia Crispinilla Pomponia Gräcina des christlichen Aberglaubens anklagten, aber wir wissen auch, dass das Hausgericht sie von diesem Verdachte freisprach. Willst du ihn jetzt wieder erheben? Willst du uns einreden, dass Pomponia und Lygia zu den Feinden des Menschengeschlechts, zu den Brunnen- und Quellenvergiftern und den Kindesmördern gehören, die sich den schändlichsten Ausschweifungen ergeben? Bedenke alles wohl, Chilon, damit nicht die These, die du uns verkündet hast, als Antithese auf deinem Rücken ein schmerzhaftes Echo finde!"

Chilon breitete die Arme aus zum Zeichen, dass ihn keine Schuld treffe, und sagte: „Herr, sprich folgenden Satz griechisch aus: Jesus, Christus, Gottes Sohn, Erlöser." – „Gut, ich spreche es … Was soll das aber?" – „Jetzt nimm den ersten Buchstaben jedes Wortes und setze sie zu einem Wort zusammen." – „Fisch!", rief Petronius verwundert. – „Deshalb also wurde Fisch zum Losungsworte der Christen!", erwiderte Chilon stolz. Alle schwiegen eine Weile. Die Beweisführung des Griechen war so schlagend, dass sich die beiden Freunde des Staunens nicht erwehren konnten. – „Vinicius", fragte Petronius, „irrst du dich nicht, hat Lygia auch tatsächlich einen Fisch aufgezeichnet?" – „Bei allen Göttern der Unterwelt, man könnte toll werden!", rief erregt der junge Mann. „Hätte sie einen Vogel gezeichnet, so würde ich sagen, es war ein Vogel." – „Dann ist sie eine Christin!", wiederholte Chilon. – „Das heißt", sagte Petronius, „dass Pomponia und Lygia Brunnen vergiften, Kinder töten und sich der Ausschweifung ergeben. Unsinn! Du warst länger in ihrem Hause als ich, aber ich kenne Aulus und Pomponia, ja, selbst Lygia gut genug, um sagen zu können, dass dies Torheit und Verleumdung ist. Wenn der Fisch wirklich das Losungswort der Christen ist, und wenn Pomponia und Lygia Christen sind, dann bei Proserpina, sind die Christen eben nicht das, wofür wir sie halten!"

„Du sprichst wie Sokrates, o Herr!", bemerkte Chilon. „Wer hat je einen Christen ergründet? Wer hat ihre Lehre kennengelernt? Als ich vor zwei Jahren von Neapel nach Rom wanderte – o, warum bin ich nicht dort geblieben – gesellte sich ein Mann namens Glaucus zu mir, von dem man sagte, dass er ein Christ sei, und ungeachtet dessen habe ich mich von seiner Güte und Tugendhaftigkeit überzeugt." – „Ist das derselbe Gerechte, von dem du jetzt erfahren hast, was der Fisch bedeutet?" – „O nein, Herr! Ein großes Unglück traf uns. Auf dem Wege nach einer Herberge versetzte einer dem braven Alten einen Messerstich; sein Weib und Kind schleppten Sklavenhändler hinweg, und ich verlor diese beiden Finger bei deren Verteidigung. Da aber unter den Christen, wie man mir sagte, fortwährend Wunder geschehen, gebe ich die Hoffnung nicht auf, dass mir diese Finger nachwachsen werden." – „Was soll das heißen? Bist du vielleicht auch ein Christ?" – „Seit gestern, Herr, seit gestern! Dieser Fisch hat mich zum Christen gemacht. Welch große Kraft liegt doch in dem Symbol. In einigen Tagen schon werde ich der Eifrigste unter den Eifrigen sein, damit sie mich in ihre Geheimnisse einweihen, und haben sie mich erst in ihre Geheimnisse eingeweiht, dann weiß ich auch, wo sich das Mädchen verborgen hält. Mein Christentum bezahlt sich dann vielleicht besser als die Philosophie. Ich habe auch Merkur gelobt, wenn er mir hilft, das Mädchen aufzufinden, ihm zwei einjährige Kalbinnen von gleicher Größe zu opfern, denen ich vorher die Hörner vergolden lasse." – „Dein jetziges Christentum und deine frühere Philosophie hindern dich dennoch nicht, an Merkur zu glauben?"

„Ich glaube immer an den, den ich gerade brauche; das ist meine Philosophie, die gerade nach dem Geschmacke Merkurs sein sollte. Unglücklicherweise aber – ihr wisst, meine edlen Herren, was das für ein misstrauischer Gott ist! Er traut nicht einmal den Versprechungen der unbescholtenen Philosophen und möchte sicherlich die beiden Kalbinnen schon im Voraus haben – das ist aber eine Riesenausgabe für mich. Nicht jeder ist ein Seneca, und ich bringe diese Summe nicht auf, doch wenn der edle Vinicius mir von dem, was er mir versprach – einen Teil des Lohnes auf Abrechnung geben wollte …" – „Nicht einen Obolus, Chilon!", rief Petronius, „nicht einen Obolus! Die Freigebigkeit des Vinicius soll deine Erwartungen übertreffen, aber erst dann, wenn Lygia gefunden ist, das heißt, wenn du uns ihr Versteck angegeben hast. Inzwischen muss sich Merkur mit der Aussicht auf die zwei jungen Kalbinnen begnügen, obgleich ich wohl begreife, ja seine Klugheit darin erkenne, wenn er dir nicht allzu sehr traut."

„Hört mich an, edle Herren! – Die Entdeckung, die ich gemacht habe, ist bedeutend, denn obwohl ich noch nicht das Mädchen gefunden habe, so ist mir doch der Weg bekannt, auf dem sie zu suchen ist. Ihr habt Freigelassene und Sklaven in alle Richtungen der Stadt und Provinz entsandt: Hat einer auch nur irgendeine Spur von ihr entdeckt? Nein! Nur ich allein! Unter euern Sklaven befindet sich sicherlich eine größere Anzahl Christen, als ihr es euch träumen lasst, denn die Lehre ist schon weit verbreitet, und so ist es weit eher anzunehmen, dass euch nicht Hilfe, sondern Verrat zuteil wird. Nicht vorteilhaft ist es daher auch, dass man mich bei euch gesehen hat, und du, hochedler Petronius, musst daher Eunice Schweigen auferlegen; ratsam wird es auch sein, wenn du, edler Vinicius, das Gerücht verbreitest, ich habe dir eine Salbe verkauft, die jedem Pferde, dessen Hufe damit bestrichen werden, unfehlbar zum Siege im Zirkus verhelfe. Ich will nun weiter nach ihr suchen; auch werde ich sie finden. Nur Vertrauen müsst ihr in mich setzen, denn wisset, je mehr ihr mir im Voraus bezahlet, desto mehr wird dies ein Antrieb für mich sein. Wird mich nicht stets die Hoffnung, die Gewissheit anspornen, dass ich noch mehr erhalte, dass die versprochene Belohnung nicht ausbleiben wird? Ach ja! Als Philosoph verachte ich das Geld, wenngleich weder Seneca noch Musonius oder Kornutus es verachten! Und doch verlor keiner von ihnen seine Finger bei der Verteidigung eines Fremden, sodass sie fähig sind zu schreiben und ihren Namen der Nachwelt überliefern können. Doch abgesehen von dem Sklaven, den ich kaufen will, und abgesehen von Merkur, dem ich das Opfer versprochen habe – und ihr wisst, wie teuer jetzt das Vieh ist – bedingen meine Nachforschungen ganz gewaltige Ausgaben. Hört mich weiter geduldig an, edle Herren. Meine Füße sind schon wund vom vielen Umherirren. Wo war ich nicht überall? In allen Weinstuben, bei allen Bäckern, Fleischern, Olivenhändlern und Fischern; alle Straßen, alle Gässchen habe ich durchstreift. In die Schlupfwinkel der entlaufenen Sklaven drang ich ein, wohl gegen hundert Asse verlor ich im Moraspiel; in den Wäschereien, Trockenstuben und in den Garküchen bin ich gewesen, bei Maultiertreibern und bei Bildhauern habe ich vorgesprochen, die Männer, die Blasenleiden kurieren und Zähne reißen, suchte ich auf, Händler mit trockenen Feigen redete ich an, auf die Begräbnisstätten begab ich mich. Und was tat sich dort überall? Überall malte ich den Fisch auf und gab Acht auf die Augen der Leute. Lange konnte ich nichts entdecken. Eines Tages traf ich an einem Springbrunnen einen alten Sklaven, der mit den Eimern das Wasser schöpfte und weinte. Ich näherte mich ihm und befragte ihn nach der Ursache seiner Tränen, und er erzählte mir, er habe sein ganzes Leben lang jede Sesterzie erspart, um seinen Sohn loszukaufen. Doch sein Herr, ein gewisser Pausa, hat wohl das Geld gleich angenommen, aber den Sohn nicht freigegeben. Und deshalb weine ich, fuhr der Alte fort, denn obgleich ich mir sagen muss, Gottes Wille geschehe, vermag ich armer Sünder meine Tränen doch nicht zurückzuhalten. Wie von einem Vorgefühl getrieben, tauchte ich den Finger in das Wasser und zog die Linien eines Fisches, und er rief aus: ‚Auch meine Hoffnung ist in Christus!' Ich fragte: ‚Hast du mich an diesem Zeichen erkannt?' Er sagte: ‚Ja, und der Friede sei mit dir!' Ich begann ihm nun auf den Zahn zu fühlen, und der Brave verriet alles. Sein Herr, ein gewisser Pausa, ist der Freigelassene des großen Pausa und schafft auf dem Tiber Steine nach Rom, die von Sklaven und gemieteten Leuten bei Nacht von den Flößen nach den Baustellen geschafft werden, damit tagsüber der Straßenverkehr nicht gehemmt werde. Viele Christen sind dabei beschäftigt, darunter auch der Sohn des Alten, doch weil die Anstrengung über die Kräfte des Jünglings geht, wollte ihn der Vater mit seinen Ersparnissen loskaufen. Pausa aber zog es vor, sowohl Geld als auch den Sklaven zu behalten. So sprechend begann er wieder zu weinen, und ich mischte meine Tränen mit den seinen. Das fiel mir gar nicht schwer, denn erstens besitze ich ein gutes Herz und zweitens schmerzten mich die Füße ungemein. Ich fing an zu jammern, dass ich, erst vor einigen Tagen aus Neapel eingetroffen, keinen der Brüder kenne, daher auch nicht wisse, wo sie sich zum gemeinsamen Gebet versammelten. Er wunderte sich, dass mir die Christen aus Neapel keine Briefe an die Brüder in Rom mitgegeben hatten, allein ich beteuerte ihm, dass man mir jene unterwegs gestohlen habe. Daraufhin forderte er mich auf, nachts an den Fluss zu kommen, wo er mich mit anderen Brüdern bekannt machen wolle, die mich in die Bethäuser und zu den Ältesten der christlichen Gemeinde geleiten würden. Darüber war ich so erfreut, dass ich ihm die zum Loskaufen seines Sohnes nötige Summe in der Erwartung gab, der edle Vinicius werde sie mir doppelt zurückerstatten."

„Chilon", unterbrach ihn Petronius, „in deiner Erzählung sieht man die Lüge auf der Oberfläche schwimmen, wie Öl auf dem Wasser, du hast wichtige Nachrichten gebracht, dass leugne ich nicht, aber du darfst deine Neuigkeiten nicht mit Lügen unterspicken. Wie heißt der Greis, von dem du erfahren, dass die Christen einander durch das Zeichen des Fisches erkennen?" – „Euricius, Herr. Ein armer, unglücklicher Greis! Er erinnerte mich an Glaucus, den ich gegen die Mörder verteidigte, und dadurch hat er mich gerührt." – „Ich glaube gern, dass du ihn kennen gelernt hast und von dieser Bekanntschaft Nutzen zu ziehen verstehen wirst, aber Geld hast du ihm nicht gegeben. Kein As hast du ihm gegeben. Nichts hast du ihm gegeben." – „Aber ich half ihm den Eimer aufziehen und sprach mit der größten Rührung von seinem Sohne! Ja, Herr, was könnte dem Scharfsinn eines Petronius entgehen! Es ist wahr, ich gab ihm eigentlich kein Geld, das heißt, ich gab ihm doch Geld, aber nur im Geiste, in Gedanken, und das müsste ihm genügen, wenn er ein wirklicher Philosoph wäre. Bedenke jetzt, o Herr, wie ich mir durch diese Tat die Herzen aller Christen erobert habe." – „Das ist wohl wahr", sagte Petronius, „du hättest all dies schon längst tun sollen." – „Ich komme ja deshalb hierher, um es tun zu können."

Petronius wandte sich an Vinicius: „Lasse ihm fünftausend Sesterzien auszahlen, aber im Geiste, in Gedanken …" Doch Vinicius sprach: „Ich gebe dir einen Knaben mit, der die nötige Summe überbringt. Du aber sagst Euricius, der Knabe sei dein Sklave, und vor dessen Augen zahlst du dem Alten das Geld aus. Doch weil du wichtige Nachrichten gebracht hast, erhältst du eine gleiche Summe für dich. Komme noch heute Abend, um den Knaben und das Geld zu holen.“ – „Ein wahrhaftiger Cäsar!“, rief Chilon aus. „Gestatte mir, o Herr, dass ich dir mein Werk widme, und gestatte mir auch, heute Abend nur um mein Geld zu kommen. Euricius sagte mir, dass schon alle Flöße ausgeladen sind und erst in einigen Tagen andere aus Ostia eintreffen. Der Friede sei mit euch! So verabschieden sich die Christen. Jetzt kaufe ich mir eine Sklavin – einen Sklaven, wollte ich sagen. Fische fängt man mit der Angel und Christen mit dem Fische. *Pax vobiscum! pax! pax! pax!*“

Achtes Kapitel.

Petronius an Vinicius:

„Durch einen zuverlässigen Sklaven sende ich dir aus Antium diesen Brief, und wenngleich deine Hand mehr an Speer und Schwert gewöhnt ist, so hoffe ich doch, dass du mir durch denselben Boten Nachricht zukommen lässt. Auf guter Fährte warst du und voller Hoffnungen, als ich dich verließ, und wirst wohl inzwischen schon die ersehnte Lygia gefunden haben, oder sie noch finden, bevor die kalten Winde über die Campania vom Gipfel des Soracte wehen. O, mein Vinicius! gedenke stets daran, dass der kostbare Marmor erst seinen Wert erhält, wenn er durch die Hand eines Bildhauers in ein Meisterwerk umgewandelt ist. Sei du ein solcher Bildhauer, Carissime! Lieben allein genügt nicht, man muss es verstehen zu lieben und Liebe zu lehren. Die Liebe kennt auch das gewöhnliche Volk, schließlich jedes Tier, doch der vollkommene Mensch, der es versteht, die Liebe als etwas Höheres zu betrachten, kennt auch eine geistige Liebe. Wenn ich über die

Richtigkeit, die Unsicherheit und Eigentümlichkeit unseres Lebens nachsinne, komme ich auf den Gedanken, dass nicht der Hof des Kaisers, sondern Krieg und Liebe allein wert sind, für sie geboren zu werden. – Im Kriege, in den Schlachten warst du glücklich, sei es auch in der Liebe; bist du begierig zu erfahren, was am kaiserlichen Hofe vorgeht, so sende ich dir dann und wann Nachrichten. Wir sitzen hier in Antium und pflegen die ‚himmlische' Stimme, fühlen immer noch einen gewissen Groll gegen Rom und beabsichtigen, uns den Winter über nach Bajae zu begeben, um in Neapel öffentlich auftreten zu können, dessen Einwohner als Griechen die Kunst besser zu schätzen verstehen, als das Wolfsgeschlecht, das an den Ufern des Tiber wohnt. Aus Bajae, Pompeji, Puteoli, Cumä und Stabiä werden Leute herbeieilen und an Beifall und Kränzen soll es nicht mangeln. Dies alles wird als Aufmunterung für die beabsichtigte Fahrt nach Achaja gelten. – Und das Andenken an die kleine Augusta? Ja! Die beweinen wir noch immer. Wir singen solch wunderbare, von uns selbst verfasste und in Musik gesetzte Hymnen, dass sich die Sirenen vor Neid in die tiefsten Höhlen der Amphitrite verbergen. Die Delfine würden unseren Gesängen lauschen, wenn sie das Brausen des Meeres nicht daran hinderte. Unser Schmerz ist immer noch nicht besänftigt, und wir führen ihn daher der Welt in allen Formen vor, die der Bildhauerkunst zu Gebote stehen, und achten sorgsam darauf, ob wir auch schön in unserem Schmerze sind und ob die Menschen diese Schönheit zu würdigen verstehen. O, mein Lieber, wir werden noch als Komödianten und Possenreißer sterben.

Alle Augustianer und Augustianerinnen sind hier, ungerechnet die fünfhundert Eselinnen, in deren Milch Poppäa badet, und außerdem noch zehntausend Diener. Zeitweise geht es lustig zu. Calvia Crispinilla altert sehr; man sagt, sie habe Poppäa gebeten, sofort nach ihr das Bad nehmen zu dürfen. Lucanus ist eifersüchtig auf Nigidia und schlug sie ins Gesicht.

Senecio gewann im Würfelspiel die Frau des Sporus. Für Eunice bot mir Torquatus Silanus vier kastanienbraune Pferde, die in dem diesjährigen Wettbewerb unzweifelhaft siegen werden. Ich wollte nicht! Und dir bin ich noch dankbar, dass du sie nicht angenommen hast. Torquatus Silanus ahnt nicht einmal, was ihm bevorsteht. Er wandelt wie ein Schatten umher: der Tod ist ihm gewiss. Und weißt du, was er sich zu Schulden kommen ließ? Er ist der Urenkel des göttlichen Augustus. Für ihn gibt es keine Rettung. So ist unsere Welt. Wie dir bekannt, erwarten wir hier Tyridates.

Inzwischen traf aber ein beleidigendes Schreiben von Vologeses ein. Da er Armenien besiegt hat, verlangt er, man möge ihm das Land für Tyridates überlassen, andernfalls würde er auch darauf verzichten. Der reinste Spott! Wir haben infolgedessen den Krieg beschlossen. Corbulo erhält die gleiche Machtbefugnis, wie einst der große Pompejus in dem Kriege gegen die Seeräuber. Erst schwankte Nero; er fürchtete offenbar den Ruhm, den sich Corbulo im Falle eines Sieges erringen wird. Es wurde auch erwogen, ob man nicht den Oberbefehl unserem Aulus anvertrauen solle, Poppäa aber war dagegen, augenscheinlich ist ihr die tugendhafte Pomponia ein Dorn im Auge. – Vatinius kündigte uns einen großartigen Gladiatorenkampf an, den er in Beneventum vorführen lassen will. Hieraus kannst du sehen, wie weit es jetzt ein Schuster bringen kann trotz dem Sprichworte: ‚Ne sutor supra crepidam!' Vitellius ist der Nachkomme eines Schusters, und des Vatinius Vater war Schuster. Möglich, dass er selbst noch den Pechdraht gezogen hat! – Histrio Aliturus gab gestern eine Darstellung des Ödipus. Da er ein Jude ist, fragte ich ihn, ob Christen und Juden den gleichen Glauben hätten. Er aber antwortete mir, die Lehre der Juden stamme von Ewigkeit her, die Christen jedoch seien eine neue, erst kürzlich in Judäa entstandene Sekte. Dort sei zur Zeit des Tiberius ein Mann gekreuzigt worden, der täglich eine größere Zahl von Anhängern gewonnen habe, und diesen verehrten die Christen als ihren Gott. Wie es scheint, erkennen diese Christen keine anderen Götter und besonders unsere nicht an. Meiner Meinung nach wird dies ihnen auch nicht schaden.

Tigellinus zeigt sich jetzt offen als mein Feind. Zwar hat er mir bisher noch nicht schaden können, aber er ist mir dadurch weit überlegen, dass er das Leben unendlich hoch hält und ein größerer Schurke ist als ich. Dadurch wird er dem Feuerbart sehr bald nahe treten. Diese beiden schönen Seelen werden sich vorzüglich verstehen, und dann habe ich meine Rolle ausgespielt. Wann dies eintreten wird, weiß ich noch nicht, es ist auch schließlich gleich, inzwischen aber werde ich mir noch mein Leben angenehm machen. Das Leben an sich wäre ja nicht schlecht, wenn nicht der Feuerbart dabei in Betracht käme. Nur seinetwegen ekeln sich die Menschen zuweilen vor sich selber. Es ist nicht richtig, das Streben um Neros Gunst mit dem Wetteifer im Zirkus, mit einer Art Spiel oder Kampf zu vergleichen, wobei der Sieg der Eitelkeit schmeichelt. Zwar erkläre ich es mir bisweilen so; denke jetzt öfter an Chilon und finde, dass ich nicht besser bin als er. Bedarfst du seiner nicht mehr, dann sende ihn zu mir, damit ich mich an seinem erbaulichen Gespräch ergötze. Entbiete meinen Gruß deiner göttlichen Christin, gibt mir Kunde über deine Gesundheit, deine Liebe, verstehe zu lieben, lehre zu lieben und lebe wohl!"

M.C. Vinicius an Petronius:

„Lygia ist bis jetzt noch nicht aufgefunden! Wenn die Hoffnung nicht wäre, sie nun bald zu finden, würdest du keine Antwort erhalten, denn wer sich den Tod wünscht, ist nicht aufgelegt zum Schreiben. Ich wollte mich überzeugen, ob mich Chilon betrüge. Als er nach dem Geld für Euricius kam, nahm ich meinen Kriegsmantel um und folgte unbemerkt. An Ort und Stelle angelangt, beobachtete ich ihn, hinter der Säule eines Torbogens verborgen, und überzeugte mich, dass Euricius keine erdichtete Gestalt ist. In der Ferne, am Flusse, war eine große Anzahl Männer beim Fackelscheine mit dem Ausladen von Steinen beschäftigt. Ich sah, wie sich Chilon den Leuten näherte und mit einem Alten zu sprechen begann, der ihm dann zu Füßen sank. Andere, Verwunderung ausstoßend, bildeten gleich darauf einen Kreis um sie. Ich sah hierauf, wie mein mitgeschickter Sklave dem Euricius meinen Beutel übergab, der ihn ergriff und mit erhobenen Händen zu beten anfing, während noch ein anderer, wohl sein Sohn, an seiner Seite niederkniete. Chilon sprach etwas, was ich aber wegen der Entfernung nicht verstehen konnte, segnete die Anwesenden und machte in der Luft ein Zeichen in der Form eines Kreuzes, dass sie augenscheinlich verehren, denn alle beugten daraufhin das Knie. Anfangs hatte ich Lust, unter sie zu treten und ihnen noch drei solcher Beutel zu versprechen, wenn sie mir den Aufenthaltsort Lygias verraten würden, allein ich fürchtete, Chilons Bemühungen zu vereiteln, und trat daher den Rückweg an. – Das sind die Ereignisse seit deiner Abreise vor zwölf Tagen. Chilon ist oft bei mir und behauptet, er habe schon großes Ansehen unter den Christen; Lygia sei nur deshalb noch nicht aufgefunden, weil sich die Christen bei der ungeheuren Menge in Rom nicht alle kennen, zudem seien sie vorsichtig und wortkarg. Er meinte jedoch, er werde jedes Geheimnis erfahren, sobald er mit den Älteren, die Presbyter genannt werden, bekannt sei. Er kennt schon einige und hat sie ausgefragt, doch sorgfältig, um nicht Verdacht zu erwecken und sich seine Aufgabe zu erschweren. Obschon es mich hart ankommt, zu warten, und ich vor Ungeduld brenne, so sehe ich doch ein, dass er Recht hat, und warte. Er hat auch erfahren, dass sie Versammlungsorte zum Beten haben, häufig außerhalb der Stadt, in leeren Häusern und Sandgruben. Dort beten sie zu Christus, singen Hymnen und halten Abendmahle. Solcher Orte gebe es viele. Chilon vermutet, Lygia besuche absichtlich nur solche, wo Pomponia nicht hinkommt, damit diese im Falle gerichtlicher Untersuchung wahrheitsgemäß bezeugen könne, ihr Versteck nicht zu kennen. Zu vermuten ist, dass die Presbyter Vorsicht anbefohlen haben. Wenn Chilon diese Orte auskundschaftet, so will ich ihn begleiten, und wenn mir die Götter Lygia zeigen, so schwöre ich, dass sie mir diesmal nicht entwischen soll.

Ich denke ständig an diese Gebetsorte. Chilon ist unwillig darüber, dass ich ihn begleiten will, er fürchtet etwas. Aber ich kann nicht daheim bleiben. Ich würde sie augenblicklich erkennen, selbst in Verkleidung oder hinter einem Schleier. Sie versammeln sich bei Nacht; doch selbst zur Nachtzeit will ich sie herausfinden, wenn es auch nur an der Stimme oder an den Bewegungen wäre. Ich will selber in Verkleidung hingehen und jede Person mustern, die aus- oder eingeht. Unaufhörlich denke ich an ihre Erscheinung und muss sie erkennen. Morgen kommt Chilon, und dann gehen wir hin. Bewaffnet begebe ich mich an Ort und Stelle. Einige meiner Sklaven, die ich in die Provinzen sandte, kehrten unverrichteter Sache zurück. Zweifellos ist Lygia noch in der Stadt, vielleicht gar nicht weit von mir. Schon mehrere Häuser habe ich besichtigt unter dem Vorwande, diese zu kaufen, aber keine Spur von ihr. Bei mir soll es ihr tausendmal schöner ergehen, lebt sie doch jetzt sicherlich wie in einem Ameisenhaufen, unter armen Leuten. Nichts würde mir für sie zuviel sein. Das Leben wäre für mich unerträglich, wenn nicht jeder Morgen wieder neue Hoffnungen brächte. Mit Lygia habe ich verstanden von Liebe zu sprechen. Jetzt verzehrt mich die Sehnsucht, und meine ganze Tagesarbeit besteht darin, dass ich auf Chilon warte. Der Aufenthalt in meinem Hause ist mir unerträglich. Lebe wohl!" –

Chilon ließ sich abermals längere Zeit nicht blicken, wodurch Vinicius sehr beunruhigt wurde, obwohl er sich immer wiederholte, wie vorsichtig man mit Nachforschungen zu Werke gehen müsse. Sein heißes Blut und seine gewaltsame Natur empörten sich gegen die Stimme der Vernunft. Mit gebundenen Händen ohnmächtig zu warten, zu Untätigkeit verdammt zu sein, passte durchaus nicht zu seinem Wesen. Obgleich seine Freigelassenen Männer von Erfahrung waren und ungehindert suchen durften, konnten sie doch viel weniger als Chilon entdecken. Bei all der Liebe für Lygia bemächtigte sich seiner nun auch noch die harte Wirklichkeit des Spielers, der für alle Fälle sein Spiel gewinnen will. Schon von frühester Jugend an hatte Vinicius seinen Willen mit der Beharrlichkeit durchzuführen gewusst, die keine Schranken kennt, die sich nichts zu versagen vermag. Die Kriegszucht hatte zwar für einige Zeit seinen eigenen Willen im Zaum gehalten, ihm aber auch zugleich die Überzeugung beigebracht, dass jeder Befehl von den Untergebenen sofort zur Ausführung gelangen müsse. Seiner Eitelkeit waren jetzt nicht nur schwere Wunden geschlagen worden, es lag auch in der Widerspenstigkeit, in dem Widerstande und der Flucht Lygias etwas Unverständliches für ihn. Und um dieses Unverständliche zu lösen, zermarterte er sich den Kopf. Er fühlte, dass Acte die Wahrheit gesagt habe und dass ihn Lygia liebe. Aber wenn dem so war, warum zog sie ein armseliges, heimatloses Leben seiner Liebe und Zärtlichkeit und der Wohnung in seinem prächtigen Palaste vor? Darauf fand er keine Antwort; er gelangte nur zu einer Art unklaren Verständnisses dafür, dass zwischen ihm und Lygias Gedankenkreis, zwischen seiner und des Petronius Welt und jener Lygias und Pomponias ein Unterschied bestehe, tief wie ein Abgrund, den nichts auszugleichen im Stande sei.

Endlich, nach langen Tagen der Erwartung tauchte er wieder auf, aber mit so düsterem Gesicht, dass der junge Mann bei seinem Anblick erblasste und, auf ihn zustürzend, kaum die Worte hervorbrachte: „Ist sie nicht unter den Christen?“ – „Doch, o Herr“, entgegnete Chilon, „aber ich habe auch Glaucus unter ihnen gefunden.“ – „Von wem sprichst du, wer ist Glaucus?“ – „Erinnerst du dich nicht mehr des Greises, Herr, mit dem ich aus Neapel nach Rom wanderte, und dessen Verteidigung mit zwei Finger kostete? Sein Weib und Kind wurden ihm entrissen, ihm selbst versetzten die Räuber einen Messerstich. Ich verließ ihn sterbend in der Herberge zu Minturnä und beweinte ihn lange! Jetzt habe ich mich überzeugt, dass er noch lebt und der christlichen Gemeinde in Rom angehört.“

Vinicius, der nicht begreifen konnte, um was es sich handle, sah nur, dass dieser Glaucus der Auffindung Lygias im Wege stehe, und sagte, indem er nur mühsam seinen aufsteigenden Zorn unterdrückte: „Wenn du ihn schützest, müsste er dir dankbar sein und dir Hilfe leisten!“ – „Ach, edler Tribun! Nicht einmal die Götter sind immer dankbar, geschweige die Menschen! Ja! Er sollte mir dankbar sein. Zum Unglück jedoch ist er ein schwachsinniger Greis, dessen Geist durch die Jahre und den Kummer getrübt ist, und so ist er mir nicht nur undankbar, sondern, wie ich von seinen Glaubensgenossen erfuhr, beschuldigt er mich, der Urheber jenes räuberischen Überfalls und die Ursache jenes Unglücks zu sein. Das ist der Lohn für meine beiden Finger.“ – „Schurke, ich bin überzeugt, dass es so ist, wie er sagt“, rief Vinicius. – „Dann weißt du mehr als er, Herr“, versetzte Chilon, „denn er setzt nur voraus, dass es so war. Gleichwohl wird er die Christen anrufen, um grausame Rache zu nehmen. Das tut er so gewiss, als ihm die anderen dabei helfen werden. Zum Glück weiß er meinen Namen nicht und hat mich in dem Bethause, wo ich ihn sah, nicht bemerkt.“ – „Was liegt mir an alledem? Erzähle mir, was du in dem Bethause gesehen hast.“ – „Dich kümmert’s freilich nicht, o Herr, mich aber wohl, trag ich doch dabei meine eigene Haut zu Markte. Und da mir viel daran gelegen ist, dass mich meine Lehre überlebe, so entsage ich gern der versprochenen Belohnung, um nicht für schnöden Mammon mein Leben aufs Spiel zu setzen, ohne den ich als Philosoph sehr wohl leben kann, um die göttliche Wahrheit zu suchen."

Da trat Vinicius mit einem Gesicht, das nichts Gutes weissagte, auf ihn zu und sagte mit halb erstickter Stimme: „Wer sagt dir, dass dir der Tod durch die Hand des Glaucus sicherer ist als der von der meinen? Woher weißt du, Hund, ob ich dich nicht gleich, jetzt, hier in meinem Garten einscharren lasse?" – Chilon, der ein Feigling war, blickte auf Vinicius, und im Augenblick verstand er, dass er durch noch ein unbedachtes Wort unrettbar verloren sei. – „Ich werde sie suchen, Herr, und ich werde sie finden", rief er rasch. Eine kleine Pause trat ein. Man hörte nur den fliegenden Atem des Vinicius, und aus der Ferne tönte der Gesang der im Garten arbeitenden Sklaven. Erst als der Grieche den jungen Patrizier etwas ruhiger sah, begann er wieder! „Der Tod war mir nahe, und ich blickte ihm mit Ruhe ins Antlitz wie Sokrates. Nein, Herr! Ich sage nicht, dass ich die Suche nach dem Mädchen aufgebe, ich wollte nur sagen, dass diese jetzt mit großen Gefahren für mich verbunden ist. Noch vor kurzer Zeit hegtest du Zweifel, ob es wohl einen Euricius gebe, und trotzdem du dich mit deinen eigenen Augen überzeugtest, dass der Sohn meines Vaters nur die Wahrheit sprach, setztest du abermals voraus, der Glaucus sei von mir erdichtet. Ich wünschte, es wäre der Fall; ich könnte mich dann gefahrlos unter die Christen mischen. Selbst die arme, alte Sklavin gäbe ich dafür hin, die ich mir vor drei Tagen kaufte, dass sie für mich Krüppel in meinem Alter sorge." Hier schwieg er eine Weile, trocknete sich die Tränen und fuhr fort: „Da aber Glaucus lebt, kann ich nach ihr forschen? Bei jedem Schritt kann er mir begegnen, und trifft er mich, bin ich verloren, und alle Bemühungen waren umsonst."

„Worauf willst du hinaus, was bezweckst du, was gedenkst du zu unternehmen?“ – „Aristoteles lehrt uns, o Herr, die kleineren Dinge den größeren aufzuopfern, und König Priamos pflegte zu sagen, das Alter sei eine schwere Bürde. Diese Bürde des Alters und des Unglücks drückt Glaucus seit langem zu Boden, so schwer, dass der Tod für ihn eine Wohltat wäre! Was ist der Tod nach der Ansicht Senecas anderes als Befreiung?“ – „Spaße mit Petronius, nicht mit mir, sage viel mehr, was du willst?“ – „Wenn Tugend Narrheit ist, dann mögen mich die Götter mein ganzes Leben einen Narren bleiben lassen! O Herr, ich will Glaucus aus dem Wege räumen, denn solange er lebt, ist sowohl mein Leben als meine Unternehmung in steter Gefahr.“ – „So bringe Leute, die ihn töten. Ich bezahle sie.“ – „Sie werden dein Geld nehmen, Herr, und später das Geheimnis verraten. In Rom gibt es zwar jetzt so viele Gauner, wie Sandkörner in der Arena, wenn sich jedoch ein ehrlicher Mann ihre Schlechtigkeiten zu Nutze machen will, muss er sie so teuer bezahlen, wie du dir es gar nicht vorstellen kannst. Nein, nein, hochedler Tribun! Im Falle die Wache die Mörder bei der Tat überraschte, würden diese nicht sofort den Namen dessen verraten, der sie gedungen hat? Mich indessen können sie nicht anzeigen, denn ich verschweige ihnen meinen Namen. Du tust Unrecht, wenn du mir nicht vertraust, denn bedenke, es handelt sich, ganz abgesehen von meiner Redlichkeit, noch um zwei andere Dinge: um meine eigene Haut und um die Belohnung, die du mir zugesagt hast.“ – „Wieviel brauchst du?“ – „Ich brauche tausend Sesterzien, denn ich muss trachten, ehrliche Spitzbuben zu finden, die nicht mit dem Handgeld auf Nimmerwiedersehen verschwinden. Für gute Arbeit – gute Bezahlung! Auch mir täte ein Sümmchen gut, um die Tränen zu trocknen, die ich dem Glaucus nachweinen werde. Die Götter sind meine Zeugen, wie sehr ich ihn liebte! Bekomme ich tausend Sesterzien, dann ist seine Seele zwei Tage später im

Hades, und dort erst wird es ihm zum Bewusstsein werden, sofern sich die Seelen überhaupt Erinnerungsfähigkeit und Denkvermögen bewahren, wie sehr ich ihn liebte. Ich werde sofort passende Leute ausfindig machen und ihnen sagen, dass ich für jeden Tag längeren Lebens des Glaucus tausend Sesterzien fordere. Überdies habe ich eine Idee, die mir unfehlbar erscheint."

Nochmals versprach ihm Vinicius die verlangte Summe, verbot ihm aber, weiter über Glaucus zu sprechen. Er möchte gern Neues erfahren, sagte er, und möchte wissen, wo Chilon unterdessen gewesen sei, was dieser gesehen und entdeckt habe. Doch dieser wusste nicht viel Neues. Er sei noch in zwei Bethäusern gewesen, erklärte Chilon; dort habe er die Anwesenden, insbesondere aber die Frauen ins Auge gefasst, ohne eine zu entdecken, die Lygia gleiche. Die Christen hielten ihn für einen der ihren, und seitdem er des Euricius Sohn losgekauft hätte, ehrten sie in ihm einen Menschen, der dem Beispiel ihres Christus folge. Von ihnen habe er auch erfahren, dass einer ihrer großen Gesetzgeber, ein gewisser Paulus aus Tarsos, auf eine Anklage der Juden hin in Rom in Gefangenschaft sei; diesen kennen zu lernen, habe er beschlossen. Am meisten aber habe ihn die Nachricht gefreut, dass der höchste Priester der ganzen Sekte, der ein Jünger Jesu gewesen sei, und dem dieser die Herrschaft über alle Christen der Welt übertragen habe, demnächst in Rom eintreffen werde. Alle Christen würden ihn natürlich sehen und seine Lehre hören wollen. Große Versammlungen würden stattfinden, bei denen er, Chilon, auch anwesend sein werde, und wohin er auch Vinicius mitnehmen wolle. Dort müssten sie Lygia bestimmt finden. Sobald Glaucus beseitigt sein werde, wäre nicht einmal eine allzu große Gefahr damit verbunden. Die Christen versuchten wohl zuweilen, sich zu rächen, doch im Allgemeinen seien dies friedliche Leute. Und mit Staunen erzählte Chilon weiter, er habe niemals gesehen, dass sich die Christen Ausschweifungen zu Schulden kommen ließen, die Quellen und die Brunnen vergifteten, dass sie Feinde des Menschengeschlechtes seien; im Gegenteil gebiete ihre Lehre den Frieden und gebiete zu vergeben. Vinicius aber erinnerte sich daran, was ihm Pomponia gesagt hatte, als er sie bei Acte traf; mit einer gewissen Freude schenkte er den Worten Chilons Gehör. Diese Freude wurde aber auch wieder teilweise durch ein unklares, beängstigendes Gefühl getrübt. Wie, wenn gerade die für ihn unbegreifliche, in ein undurchdringliches Dunkel gehüllte Verehrung von Christus die unüberbrückbare Kluft zwischen ihm und Lygia bildete? Und diese neue Lehre erfüllte ihn mit Zorn, zugleich aber auch mit banger Furcht. –

Chilon war es jetzt nur darum zu tun, den bejahrten, aber immerhin noch kräftigen Glaucus aus dem Wege zu schaffen. In dem, was Chilon dem Vinicius erzählt hatte, war nur etwas Wahrheit. Zwar war er seinerzeit mit dem Arzte zusammengetroffen, allein er hatte ihm keine Hilfe gewährt, sondern ihn vielmehr verraten, an Räuber verkauft, ihn seiner Familie, seiner Habe beraubt und ihn dann schnöde seinem Schicksal überlassen. Die Erinnerung an dieses Ereignis ertrug er leicht, denn nicht in einer Herberge, sondern auf freiem Felde, nahe bei Minturnä, hatte er den mit dem Tode ringenden Mann unbarmherzig liegen lassen. Wie erschrak er aber, als er in dem Bethause seiner gewahr wurde! Jetzt blieb ihm nur die Wahl übrig, sich dem Zorn des Glaucus oder der Verfolgung und der Rache eines mächtigen Patriziers auszusetzen. In Anbetracht dessen schwankte Chilon nicht lange und glaubte, dass es besser sei, einen kleineren als einen größeren Feind zu haben. Wenn er deshalb auch aus Feigheit vor einer Bluttat zurückschreckte, hatte er doch den Entschluss gefasst, den Glaucus durch gedungene Mordgesellen umzubringen. Es handelte sich nur noch für ihn um die Auswahl der richtigen Leute. Da er größtenteils die

Nächte in den Weinschenken, inmitten obdachloser, jeder Ehre barer Menschen verbrachte, konnte es ihm nicht schwer fallen, Leute zu finden, die sich zu jeder Tat bereit erklärten, und er begab sich zu diesem Zwecke des Abends zu Euricius, den er sich von ganzer Seele ergeben wusste.

Der Greis hatte, nachdem sein Sohn losgekauft worden war, einen der zahllosen Kramläden in der Nähe des Zirkus Maximus gemietet, in denen Oliven, Bohnen, Backwaren und mit Honig versüßtes Wasser an die Besucher des Zirkus verkauft wurden. Chilon traf ihn und seinen Sohn Quartus zu Hause an, begrüßte beide im Namen Christi und trug ihnen gleich sein Begehren vor. Da er ihnen einen so großen Dienst erwiesen habe, meinte er, dürfe er wohl auf ihren Dank rechnen. Er suche zwei bis drei kräftige Leute, um eine Gefahr abzuwenden, die nicht nur ihm, sondern allen Christen drohe. Er sei freilich fast mittellos, denn er habe ja fast alles abgegeben, trotzdem wollte er die Leute bezahlen, wenn sie ihm vertrauten und getreulich ausführten, was er anbefehle. Euricius und Quartus lauschten den Worten ihres Wohltäters voll demütiger Ergebenheit und versicherten, sie seien selbst bereit, alles zu tun, was er von ihnen verlange; ein so heiliger Mann wie er könne sie doch zu keinen Taten verleiten, die nicht mit den Lehren Christi übereinstimmten. Und Chilon versicherte ihnen, dass dem so sei – und die Augen zum Himmel erhebend, schien er zu beten, in Wirklichkeit jedoch überlegte er, ob er auf das Anerbieten eingehen solle, da er alsdann die tausend Sesterzien sparen konnte. Doch damit war ihm wenig gedient. Euricius war ein alter, gebrechlicher Mann, Quartus erst sechzehn Jahre alt, und Chilon brauchte erfahrene, vor allem kräftige Leute. Sie drangen noch eine Weile in ihn, doch als er entschieden ablehnte, sagte Quartus: „Ich kenne den Bäcker Demas, o Herr, bei dessen Handmühlen Sklaven und Tagelöhner beschäftigt sind. Einer von diesen Arbeitern ist so stark, dass er nicht nur zwei, sondern vier Männer ersetzt, ich habe ihn selbst Steine aufheben sehen, die vier Leute nicht von der Stelle zu rücken vermochten."

„Wenn dies ein gottesfürchtiger Mann ist und er fähig ist, sich für seine Brüder zu opfern, so mache mich mit ihm bekannt", sagte Chilon. – „Er ist ein Christ, Herr", erwiderte Quartus, „denn beim Demas arbeiten zum Teil Christen. Es sind dort Tag- und Nachtarbeiter; jener gehört zu den Nachtarbeitern. Wenn wir jetzt hingehen, treffen wir sie sicher beim Nachtmahle, und du könntest mit ihm reden. Demas wohnt beim Emporium." Chilon willigte gern ein. Das Emporium lag am Fuße des Aventinischen Hügels; mithin nicht weit vom Großen Zirkus. Ohne den Hügel umgehen zu müssen, konnte man längs des Flusses durch den Portikus Ämilia hingelangen. Unterwegs, als sie in dem Säulengange dahinschritten, hub Chilon an: „Ich bin alt und leide daher zeitweise an Gedächtnisschwäche. Jawohl! Unser Christus wurde von einem seiner Jünger verraten, allein der Name dieses Verräters ist mir entfallen." – „Judas, Herr, und hat sich selbst erhängt", entgegnete Quartus, sich insgeheim darüber wundernd, dass man diesen Namen habe vergessen können. – „Ach ja, Judas! Ich danke dir!", warf Chilon ein.

Eine Zeit lang schritten sie schweigend nebeneinander her und erreichten bald das Emporium, das indessen schon geschlossen war. Sie schritten vorüber, die Kornspeicher umgehend, in denen Getreide für das Volk verteilt wurde, wandten sich rechts den Häusern zu, die sich längs der Via Ostiensis bis an den Hügel Testacius und das Forum Pistorium hinzogen, dort machten sie vor einem hölzernen Gebäude halt, aus dem das Klappern der Handmühlen drang. Quartus trat ein, während Chilon, der nicht gern von vielen gesehen werden wollte und in steter Sorge lebte, mit Glaucus zusammenzutreffen, zurückblieb. „Ich bin neugierig auf diesen Herkules, der als

Müllersknecht dient", sagte er bei sich, den hell leuchtenden Mond betrachtend. „Ist er ein Gauner und kluger Kopf, so wird mich die Sache etwas kosten, ist er aber ein tugendhafter Christ und einfältig, dann macht er alles umsonst, was ich von ihm verlange." Sein Selbstgespräch wurde durch die Rückkehr des Quartus unterbrochen, der mit einem zweiten Mann aus dem Gebäude trat; dieser Mann trug nur die gewöhnliche, von Arbeitern getragene, Exomis genannte Tunika, deren Schnitt die rechte Schulter und rechte Brust frei ließ. Chilon atmete befriedigt auf, als er den Ankömmling erblickte, noch nie hatte er solche Schultern und einen solchen Brustkasten gesehen.

„Das ist der Bruder, Herr", sagte Quartus, „den du zu sprechen wünschtest." – „Der Friede Christi sei mit dir", begann Chilon, „du aber, Gratus, kläre diesen Bruder darüber auf, ob man mir glauben und vertrauen könne, und dann kehre im Namen Gottes zu deinem ehrwürdigen Vater zurück und lasse ihn nicht lange allein." – „Das ist ein gar heiliger Mann", sagte Quartus, „der sein ganzes Hab und Gut hergab, um mich, einen ihm ganz Unbekannten, loszukaufen. Unser Herr und Erlöser gebe ihm dafür des Himmels Lohn." Der riesige Arbeiter neigte sich über Chilons Hand, als er das hörte, und küsste sie. „Wie heißt du, Bruder?", fragte der Grieche. – „In der heiligen Taufe erhielt ich den Namen Urban, Vater." – „Urban, mein Bruder, hast du Zeit, ruhig mit mir zu sprechen?" – „Unsere Arbeit beginnt um Mitternacht, und jetzt wird erst unser Nachtmahl bereitet." – „Es ist also Zeit genug, an den Fluss zu gehen, wo du mich anhören sollst."

Sie ließen sich am steinigen Uferrande nieder. Es war still ringsum; man vernahm nur das entfernte Klappern der Handmühlen und das Rauschen des Wassers. Dort nahm Chilon erst das Antlitz des Arbeiters in Augenschein, das trotz dem etwas drohenden und zugleich traurigen Ausdrucke, den man gewöhnlich in den Zügen der in Rom ansässigen Barbaren fand, einen gutmütigen und offenen Eindruck machte. „Das ist der Rechte!“, dachte er bei sich. „Das ist ein guter, einfältiger Mensch, der wird mir zuliebe, ohne Anspruch auf Belohnung, den Glaucus töten.“ – „Urban“, fragte er dann, „liebst du Christus?“ – „Ich liebe ihn mit ganzem Herzen und von ganzem Gemüte“, antwortete der Arbeiter. – „Und deine Brüder, deine Schwestern, alle jene, denen du die Wahrheit und den Glauben an Christus verdankst?“ – „Diese liebe ich gleichfalls, Vater!“ – „Dann sei der Friede mit dir.“ – „Und mit dir, Vater.“ – Wieder ward es still; nur in der Ferne klapperten die Handmühlen, und in der Tiefe rauschte der Fluss.

Chilon schaute ins Mondlicht und begann langsam mit halb unterdrückter Stimme von Christi Tod zu erzählen. Er sprach nicht eigentlich zu Urban, sondern es war, als suche er sich jenen Tod zu vergegenwärtigen, oder als vertraue er der schlafenden Stadt zu seinen Füßen das Geheimnis dieses Todes an. Darin lag etwas Rührendes, Ergreifendes. Der Arbeiter weinte, und als Chilon zu wehklagen begann, weil sich bei dem Tode des Erlösers niemand gefunden hatte, der ihn schützte, wenn schon nicht vor der Kreuzigung, so doch wenigstens vor den Beleidigungen der Soldaten und Juden, da ballten sich die Riesenfäuste des Barbaren vor Mitleid und unterdrückter Wut. Die Erwähnung der Todesstunde hatte ihn gerührt, bei dem Gedanken jedoch an die Menge, die des an das Kreuz geschlagenen Lämmchens spottete, bäumte sich alles in ihm auf, und ein wilder Rachedurst erfüllte ihn. Da fragte Chilon plötzlich: „Urban, du weißt doch, wer Judas war?“ – „Ich weiß! Ich weiß! Aber er hat sich ja erhängt!“, rief der Arbeiter aus. Und aus seiner Stimme klang es deutlich wie Bedauern, dass sich der Verräter selbst den Tod gegeben und so seinen Händen entschlüpft war. – „Und wenn er sich nicht erhängt hätte“, fuhr Chilon fort, „wäre nicht jeder Christ, der ihn zu Wasser oder zu Lande träfe, verpflichtet, Rache an ihm zu nehmen für die Qualen, für das vergossene Blut, für den Tod des Erlösers?“ – „Wer würde dies nicht rächen, Vater!“ – „Der Friede sei mit dir, gläubiger Diener des Lammes. Ja, wir müssen die Kränkungen vergeben, die uns zugefügt werden, wer aber wird die Beschimpfungen des Heilandes ungestraft lassen? Aber wie die Schlange Schlangen, das Böse Böses und Verrat neuen Verrat züchtet, so ist aus dem giftigen Samen des Judas ein zweiter Verräter entstanden. So wie jener den Juden und römischen Soldaten unsern Erlöser auslieferte, so will dieser, der noch unter uns lebt, den Wölfen seine Schäfchen ausliefern. Wenn niemand dem Verrate zuvorkommt, wenn niemand vor der Zeit der Schlange den Kopf zertrümmert, dann wartet unser aller sicheres Verderben, und mit uns fällt die Verehrung des Lämmchens dem Untergange anheim.“

Tief beunruhigt blickte der Arbeiter zu Chilon; er begriff offenbar nicht ganz, um was es sich handelte. Der Grieche aber verhüllte sein Antlitz mit einer Ecke seines Mantels und wiederholte mehrere Male mit einer Stimme, die aus den Tiefen der Erde hervorzudringen schien: „Wehe euch, ihr Diener des wahren Gottes, wehe euch, ihr Christen und Christinnen!“ Und wieder ward es still, und abermals war nichts zu hören als das Klappern der Handmühlen, der dumpf klingende Gesang der Müllerburschen und das Rauschen des Flusses. – „Vater“, fragte schließlich der Arbeiter, „was ist das für ein Verräter?“ – Chilon ließ das Haupt sinken. Was das für ein Verräter sei? Ein Sohn des Judas, ein Sohn seines Geifers, der sich für einen Christen ausgibt, aber die Bethäusern nur besucht, um die Brüder beim Kaiser anzuklagen, dass sie Brunnen vergiften, Kinder morden und die Stadt so zu zerstören beabsichtigen, dass kein Stein auf dem andern bleibe. In wenigen Tagen schon sollen die Prätorianer den Befehl erhalten, Greise, Weiber und Kinder gefangenzunehmen und auf den Richtplatz zu führen, so wie man die Sklaven des Pedanius Sekundus zum

Tode führte. Dies alles habe jener zweite Judas auf dem Gewissen. Da sich aber niemand gefunden habe, um den ersten Judas zu strafen, wer solle diesen strafen, ehe der Kaiser ihn hörte, und die Brüder und die Lehre Christi vor dem Untergange schützen?

Urban, der bisher auf dem steinigen Uferrande gesessen hatte, sprang plötzlich auf und rief: „Ich will es tun, mein Vater!" Chilon erhob sich gleichfalls, er ließ den Blick auf dem Antlitz des Arbeiters ruhen, das im hellen Mondschein deutlich zu erkennen war, streckte den Arm aus und legte die Hand auf dessen Haupt. „Gehe zu den Christen", sagte er dann feierlich, „gehe in die Bethäuser und frage die Brüder nach Glaucus, dem Arzte, und töte ihn im Namen Christi." – „Glaucus!", wiederholte der Arbeiter, um den Namen seinem Gedächtnisse einzuprägen. – „Kennst du ihn?" – „Nein, ich kenne ihn nicht. In Rom sind ja tausende von Christen! Aber morgen Nacht versammeln sich alle Brüder und Schwestern im Ostranium, denn der große Apostel Christi ist angekommen, der dort predigen wird; dort zeigen mir die Brüder sicher Glaucus." – „Im Ostranium?", fragte Chilon. „Das liegt doch außerhalb der Stadt? Also die Brüder und alle Schwestern? Des Nachts? Außerhalb der Stadt im Ostranium?" – „Ja, Vater. Das ist unser Friedhof, zwischen der Via Salaria und der Via Nomentana. Du wusstest nicht, dass dort der große Apostel lehren wird?" – „Ich war zwei Tage nicht zu Haus, habe also seinen Brief nicht erhalten. – Wo das Ostranium liegt, konnte ich deshalb nicht wissen, weil ich erst vor kurzem aus Korinth, wo ich einer Christengemeinde vorstand, eingetroffen bin. Aber da es so ist, und dich Christus zur Tat begeistert, so begib dich ins Ostranium, mein Sohn, suche Glaucus unter den Brüdern und erschlage ihn auf dem Heimweg zur Stadt, wofür dir alle Sünden erlassen werden. Und nun, der Friede sei mit dir." – „Vater!" – „Ich höre, Diener des Lammes."

Auf dem Gesichte des Arbeiters drückte sich eine gewisse Verlegenheit aus. Vor kurzem erst habe er einen Mann, vielleicht zwei, erschlagen. Nicht zu seiner eigenen Verteidigung habe er die beiden erschlagen, doch auch in solchem Falle sei verboten zu töten. Er habe sie auch nicht des Gewinnes wegen erschlagen, Christus schütze ihn davor! Der Bischof selbst habe ihm Brüder zur Hilfe mitgegeben, ihm aber auch ausdrücklich gesagt, dass es verboten sei zu töten. Ohne es zu wollen, habe er die beiden erschlagen, denn Gott strafe ihn mit allzu großer Körperkraft. Jetzt büße er dafür, die anderen sängen stets beim Mahlen, er jedoch gedenke stets voll Traurigkeit seiner Sünden. Fortwährend bete er, unzählige Tränen vergieße er. Jetzt aber habe er versprochen, einen Verräter zu töten, und er werde es tun, selbst wenn es im Ostranium vor den Augen der Brüder und Schwestern geschehen müsse. Vorerst müsse aber Glaucus von den ältesten der Brüder, dem Bischofe oder von dem Apostel, verurteilt werden. Es gehöre ja gar nicht viel dazu, jemand zu erschlagen. Und einen Verräter zu töten, bereite ihm ebenso Vergnügen, wie einen Bären zu erlegen.

„Glaube mir", entgegnete Chilon, „der Verräter wird sich entweder vom Ostranium direkt zum Cäsar nach Antium begeben, oder er wird sich in dem Haus eines gewissen Patriziers verbergen, in dessen Diensten er steht. Es fehlt also an Zeit, um einen Urteilsspruch über Glaucus abzuwarten. Ich aber will dir ein Zeichen geben, und zeigst du dieses nach dem Tod des Glaucus dem Bischof und dem großen Apostel, so werden sie deine Tat segnen." So redend, zog er ein Goldstück hervor, langte aus seinem Gürtel ein Messer, ritzte damit auf der Münze das Zeichen des Kreuzes ein und übergab diese dem Arbeiter. „Hier ist der Urteilsspruch für Glaucus und das Merkmal für dich. Zeigst du es dem Bischof vor, so wird er dir den Mord vergeben, den du nur ungern ausführst." Der Arbeiter nahm das Goldstück, trotzdem ihn stets bei dem Gedanken an den schon begangenen Mord ein Gefühl des Schreckens überkam.

„Mein Vater“, sagte er mit fast flehender Stimme, „nimmst du diese Tat auf dein Gewissen, und hast du selbst gehört, Glaucus beabsichtige, die Brüder zu verraten?“ Chilon sah ein, dass er Beweise vorbringen und Namen nennen müsse, wenn er nicht in dem Herzen des Riesen Zweifel erwecken wollte, und plötzlich kam ihm ein glücklicher Gedanke. „Höre, Urban“, sagte er, „ich wohne zwar in Korinth, allein Kos ist meine Heimat, und hier in Rom unterrichte ich ein Mädchen, mit Namen Eunice, das aus meinem Land stammt, in der Lehre Christi. Sie dient als Vestiplica im Hause eines Freundes des Kaisers, eines gewissen Petronius. In dem Hause, so habe ich gehört, hat Glaucus es unternommen, alle Christen auszuliefern; außerdem hat er einem Ohrenbläser des Kaisers, Vinicius, versprochen, für ihn unter den Christen ein Mädchen aufzufinden ...“ Hier brach er ab und blickt erstaunt auf den Arbeiter, dessen Augen plötzlich wie die eines Raubtieres funkelten, dessen Züge einen wilden, drohenden Ausdruck annahmen.

„Was ist dir?“, fragte er förmlich erschrocken. – „Nichts, mein Vater, morgen töte ich Glaucus!“ – Der Grieche schwieg; nach einer Weile ergriff er den Arbeiter beim Arm und wendete ihn so, dass das Mondlicht gerade auf dessen Züge fiel, worauf er ihn aufmerksam betrachtete. Offenbar schwankte er, ob er ihn weiter fragen und alles gleich erforschen sollte, oder ob es besser sei, sich mit dem zu begnügen, was er schon wusste und erriet. Schließlich siegte doch seine angeborene Vorsicht. Er atmete ein-, zweimal tief auf, dann legte er die Hand nochmals auf das Haupt des Arbeiters und fragte feierlich und eindringlich: „In der heiligen Taufe gab man dir also den Namen Urban?“ – „Ja, Vater.“ – „Nun denn, der Friede sei mit dir, Urban.“

Neuntes Kapitel.

Petronius an Vinicius:

„Dir scheint es schlecht zu gehen, Carissime, die Liebe hat dir offenbar den Geist verwirrt und den Verstand geraubt, dass du an nichts anderes mehr, als an Lygia zu denken vermagst. Beim Pollux! Biete alles auf, um sie rascher zu finden, sonst könnte sich noch der Teil deines Innern, den die Glut noch nicht zu Asche verbrannt hat, in die ägyptische Sphinx verwandeln, von der man sagt, sie sei aus Liebe zu der bleichen Isis für alles abgestumpft und gleichgültig geworden und sehne nur die Nacht herbei, um mit den versteinerten Augen nach der Geliebten zu schauen. Durcheile abends verkleidet die Stadt, besuche mit Deinem Philosophen die christlichen Bethäuser, berücksichtige aber jenen Ursus, den Sklaven Lygias, der ein ungewöhnlich starker Mann sein soll, bringe daher Kroton, damit er euch begleite. Ursus, Lygias Sklave, ist ein Mensch von fast übermenschlicher Kraft. Da Pomponia und Lygia zu den Christen gehören, sind diese gewiss keine so bösen Menschen, wie viele sich einbilden; befindet sich aber ein Lamm ihrer Herde in Gefahr, so handeln sie nicht kleinlich, das hat der Vorfall mit Lygia bewiesen. Wenn du Lygia siehst, wirst du dich nicht zurückhalten, dessen bin ich gewiss, sondern versuchen, sie auf der Stelle fortzutragen. Wie sollte dies aber dir und Chilonides gelingen? Kroton würde sich auch dann zu schützen wissen, wenn sie zehn solcher Männer wie Ursus verteidigten. Lasse dich von Chilon nicht zu sehr aussaugen und zeige dich gegen Kroton freigebig. Das ist der beste Ratschlag, den ich dir hierin zu geben vermag.

Hier hat man schon von der kleinen Augusta und den Zauberkünsten, die ihren Tod herbeigeführt haben sollen, aufgehört zu reden. Zeitweise erwähnt noch Poppäa deren Namen, doch Cäsars Geist ist mit etwas ganz anderem in Anspruch genommen. Schon seit mehreren Tagen sind wir in Bajae, wo uns anfänglich die Erinnerung an die Mutter und die Stimme des Gewissens peinigten. Jetzt aber ist Ahenobarbus schon wieder auf einem anderen Standpunkt angelangt. Der Muttermord bietet ihm den besten Stoff für seine Verse und begeistert ihn zur Darstellung von tragikomischen Szenen. Früher machte er sich noch Vorwürfe, da er ein Feigling ist; jetzt, nachdem er sich überzeugt hat, dass kein Gott an ihm Rache nimmt, und die Erde unter seinen Füßen nicht schwankt, heuchelt er nur Gewissensbisse, um das Volk mit seinem Geschicke zu rühren. Gar oft des Nachts springt er auf, weckt uns, blickt wild umher, macht einen schlechten Schauspieler nach, der die Rolle des Orestes spielt, sagt griechische Verse her und beobachtet uns dabei, ob wir ihn auch bewundern. Und selbstverständlich bewundern wir und beschützen den großen Künstler vor den Furien, anstatt ihm zu sagen: Gehe schlafen, du Narr! – Beim Kastor! Du wirst schon gehört haben, dass er auch öffentlich in Neapel aufgetreten ist. Man trieb in Neapel und aus der Umgebung alles, was Grieche heißt, zusammen. Du kannst dir gar nicht denken, wie die Arena nach Knoblauch roch, und froh war ich, dass ich nicht in den Reihen der Augustianer, sondern – neben Ahenobarbus saß. Er selbst zitterte vor Angst beim Anblick der zusammengetriebenen Strauchdiebe, fasste nach meiner Hand und führte sie an sein Herz, das mächtig schlug: Sein Atem war kurz und die Stirn mit Schweißtropfen bedeckt. Vorsichtshalber waren auf jeder Reihe Prätorianer mit Knütteln aufgestellt, die nötigenfalls dreinschlagen oder Begeisterung erregen sollten. Doch es kam nicht dazu. Nicht eine Herde Affen aus der Gegend von Karthago vermag so zu heulen wie dieses Gesindel. Ich sage dir, der Knoblauchgeruch drang bis zur Bühne, aber Nero verneigte sich wiederholt, drückte seine Hand ans Herz, warf Kussfinger zu und weinte. Darauf wandte er sich wie ein Betrunkener um und rief: „Was sind die Triumphe von Julius Cäsar dagegen?“ Der rohe Pöbel heulte und applaudierte noch, denn er wusste, dass er's zu seinen Gunsten tat: für Geschenke, Gastmähler, Lotterielose und eine neue Schaustellung des kaiserlichen Possenreißers. Mich wunderte es nicht, dass sie klatschten; denn solch ein Anblick hatte sich ihnen bis zu diesem Abend nie geboten. Und jeden Augenblick wiederholte der Cäsar: Sieh, was die Griechen sind! Sieh, was die Griechen sind!

Seitdem scheint mir sein Hass gegen Rom zu wachsen. Inzwischen wurden dorthin Eilboten abgesandt, um den Triumph zu verkünden, und wir erwarten demnächst den Dank des Senats dafür. Unmittelbar nach Neros erstem Auftreten ereignete sich indes ein eigentümlicher Vorfall. Das Theater brach plötzlich zusammen, doch erst nachdem es die Zuhörer verlassen hatten. Ich war am Platze – auch nicht ein Körper lag unter den Trümmern begraben. Viele, selbst unter den Griechen, sahen in diesem Ergebnis den Zorn der Götter wegen der Erniedrigung der Cäsarenwürde; Nero dagegen erblickte hierin eine Gunst der Götter, sie hätten seinen Gesang und jene, die ihm lauschten, augenscheinlich beschützt. Darum fanden in allen Tempeln Opfer und Danksagungen statt. Nero fühlte sich sehr ermutigt dazu, die Reise nach Achaja zu unternehmen. Vor einigen Tagen fragte er mich jedoch, was wohl das römische Volk dazu sagen werde, ob es sich nicht aus Liebe zu ihm und weil infolge seiner Abwesenheit Getreideverteilung und Spiel ausfielen, empören werde? Doch vorerst gehen wir nach Beneventum, um die Schustervorstellung von Vatinius zu sehen; und dann unter dem Schutz der göttlichen Brüder Helenas nach Griechenland. Was mich betrifft, so bin ich zu der Überzeugung gelangt, dass, wenn man unter Narren lebt, man selbst zum Narren wird. – Jetzt also die Reise nach Griechenland auf tausend Schiffen, eine Art Triumphzug des Bacchus, umgeben von Nymphen und Bacchantinnen in Myrten- und Geißblattkränzen; Blumen, Thyrsusgewinde, Evoe-Rufe, Musik, Poesie und das applaudierende Hellas!

Das alles ist reizend, aber wir schmieden noch weitere Pläne. Wir wollen ein märchenhaftes, orientalisches Imperium, ein Imperium voll Sonnenschein und Palmen, voll Poesie, sodass die Träume zur Wirklichkeit werden, ein Leben voller Wonnen wollen wir schaffen. Darüber wollen wir Rom vergessen und einen neuen Platz zwischen Griechenland, Asien und Ägypten suchen, um dort nicht mehr als Menschen, nein, als Götter zu leben. Auf goldenen Galeeren, mit dunkeln, purpurroten Segeln durchschiffen wir den Archipelagus; wir gedenken Apollo, Osiris und Baal in unserer Person zu vereinigen, gleich der Morgenröte wollen wir glühen, gleich der Sonne leuchten, gleich dem Monde Glanz verbreiten, wir wollen herrschen, singen, träumen … Ich habe wohl noch für eine Sesterzie Urteilskraft, für ein As Verstand, gleichwohl lasse ich mich von diesen Fantasien mit hinreißen und glaube doch nicht an die Ausführbarkeit. Ich weiß aber bereits heute, dass der rotbärtige Affe deshalb seine Pläne nicht zur Ausführung bringen wird, weil in dem märchenhaften Imperium keine Stätte für Verrat, Niederträchtigkeit und Mord ist, und weil er unter dem Deckmantel eines Poeten den erbärmlichen Komödianten, den albernen Fuhrknecht, den seichten Tyrannen verbirgt. Über Leute, die uns irgendwie im Wege sind, verhängen wir das Todesurteil. Der arme Torquatus Silanus ist schon ein Schatten; vor wenigen Tagen hat er sich die Adern geöffnet. Lecanius und Licinius übernehmen voll Angst die Konsulwürde, und der alte Traseas geht einem sichern Tode entgegen, weil er ehrenhaft ist. Bis jetzt hat es Tigellinus noch nicht gewagt, ein

Todesurteil über mich auszuwirken. Das ist sicher – früher oder später habe ich ein ebensolches Ende; weißt du, um was es sich handeln wird? – dass Feuerbart jenen Becher nicht bekommt, den du kennst und bewunderst. Bist du mir in der Stunde des Todes nahe, so erhältst du ihn; bist du fern, zerbreche ich ihn. Jedoch bin ich immer noch der *Arbiter elegantiae* und als Mensch von feinem Geschmack am Hofe nötig. – Wir haben noch die Reise nach dem Schustertheater in Beneventum vor. Bleibe gesund und bringe Kroton, denn sonst entgeht dir Lygia zum zweiten Male, aber sende mir Chilon, sobald du ihn entbehren kannst. Vielleicht lässt sich aus ihm ein zweiter Vatinius machen, vielleicht zittern noch vor ihm die Konsuln und Senatoren, wie sie jetzt vor dem Ritter Dratewka zittern. Es würde sich lohnen, dass man diese Zeiten noch erlebte. Benachrichtige mich, sobald du Lygia gefunden hast, damit ich für euch hier im Tempel der Venus ein Paar Schwäne und ein Paar Tauben opfern kann. Ich träumte kürzlich, dass Lygia an deiner Seite saß, während du sie küsstest: siehe zu, dass dieser Traum bald in Erfüllung geht. Bleib gesund und lebe wohl." – –

Vinicius hatte kaum den Brief zu Ende gelesen, als sich Chilon leise und unangemeldet in das Bibliothekszimmer hineinschlich; die Dienerschaft hatte den Befehl, ihn zu jeder Zeit bei Tage oder bei Nacht einzulassen. „Möge die Mutter deines erhabenen und großen Vorfahren Äneas", rief er, „dir so gnädig sein, o Herr, wie mir der göttliche Sohn der Maria gnädig war." – „Und dies bedeutet …?", fragte Vinicius, vom Tische aufspringend, an dem er saß. Chilon blickte empor und sagte: „Heureka!" Der junge Patrizier befand sich in solcher Aufregung, dass er einige Zeit kein Wort herausbringen konnte. „Hast du sie gesehen?", fragte er schließlich. – „Nein, Herr. Ein anderer hätte sich wohl dem Lygier zu erkennen gegeben, ich tat es aber nicht, um keinen Verdacht zu erregen, was wohl einen Wechsel des Aufenthaltsortes des Mädchens zur Folge gehabt hätte. Ich, o Herr, begnügte mich damit, zu wissen, dass Ursus in der Nähe des Emporium bei dem Müller Demas arbeitet. Ferner vermag ich mit Bestimmtheit zu sagen, dass sich sowohl Ursus als auch Lygia in der Stadt befinden, und weiter bringe ich die Nachricht, dass sie heute wohl sicher im Ostranium sein wird und …" – „Im Ostranium? Wo ist das?", unterbrach Vinicius den Griechen in einer Art, als ob er beabsichtige, sofort dorthin zu eilen. – „Es ist dies ein altes, unterirdisches Gewölbe, ein Hypogeum zwischen der Via Salaria und der Via Nomentana. Jener Pontifex Maximus der Christen, den sie offenbar erst später erwartet haben, ist angekommen und wird diese Nacht im Ostranium taufen und lehren. Ursus selbst sagte, es werde heut an jener Grabstätte keine christliche Seele fehlen, denn alle Christen seien begierig, den ersten Jünger Christi zu sehen und zu hören, den sie als Abgesandten Christi betrachten. Da man Männern und Frauen die Lehre gleichzeitig verkündet, wird vielleicht nur Pomponia fehlen, die es wohl kaum vor dem Aulus, dem Anhänger der alten Götter, zu verantworten vermöchte, dass sie bei Nacht das Haus verlasse. – Lygia jedoch, o Herr, steht unter dem Schutze des Ursus und der Ältesten der Gemeinde, unzweifelhaft wird sie sich mit anderen Frauen dort einfinden."

Vinicius, der bis dahin in steter Aufregung gelebt hatte, fühlte nun, dass sich seine Hoffnung bald verwirklichen sollte, eine solche Ermattung, wie sie ein Mensch bei Erreichung des Zieles nach einer großen Reise empfindet. Der Grieche nahm dies gleich wahr und beschloss, seinen Nutzen daraus zu ziehen. „Die Tore sind zwar durch Leute bewacht, Herr," begann er, „und die Christen müssen das wissen. Allein sie benützen die Tore nicht. Bedarf denn der Tiber eines Tores? Und wenn es auch von dem Flusse zu jenen Wegen weit ist, so ist es doch lohnend, einen Umweg zu machen, in der Voraussicht, den großen Apostel sehen zu können. Schließlich gibt es tausenderlei andere Gelegenheiten, um aus der Stadt zu kommen. Im Ostranium wirst du Lygia finden, und bestimmt ist Ursus da, um Glaucus zu töten. Dort kannst du nun Ursus von deinen Leuten und schließlich auch Lygia ergreifen lassen. O Herr, wie mühe ich mich um dich ab! Ein anderer hätte dir gesagt, er hätte zehn Becher Wein mit Ursus trinken müssen, um ihm das Geheimnis zu entlocken; ein anderer hätte dir vielleicht gesagt, er habe im Spiel tausend Sesterzien an ihn verloren, oder er habe für die Nachricht zweitausend Sesterzien zahlen müssen. Ich weiß, dass du mir alles doppelt ersetzen würdest, aber siehe, einmal in meinem Leben … ich wollte sagen, wie immer in meinem Leben, werde ich mich ehrlich erweisen, denn ich bin überzeugt von deiner Großmut." Aber Vinicius, der als Krieger nicht lange zu überlegen, sondern zu handeln pflegte, sagte: „Meine Freigebigkeit wird dich zufriedenstellen, zuerst aber muss du mit mir ins Ostranium."

„Edler Tribun", entgegnete Chilon, „je größer der Philosoph, desto weniger rechnet er auf Bezahlung für seine Gefälligkeiten; ich bin jedoch übel daran, da ich die Verteidigung eines Fremden mit zwei Fingern büßen musste. Gewähre mir jetzt einen Teil dessen, was du mir in deiner Großmut zugedacht hast, damit ich, wenn dir irgendein Unfall zustoßen sollte – was die Götter verhüten mögen –, nicht ohne jede Entschädigung bleibe." Vinicius ging an eine auf einem marmornen Untersatz stehende Arca, nahm einen Beutel heraus und warf ihn Chilon zu. „Hier ist Silber, vollwichtige Scrupula", erklärte er; „sobald Lygia in meinem Hause sein wird, erhältst du einen ebensolchen Beutel voll Aurei!" Dann runzelte er die Stirn und bemerkte ungeduldig: „Iss und trink, dann kannst du ruhen! Bei anbrechender Nacht begleitest du mich ins Ostranium, und versuche nicht, mein Haus zu verlassen!"

Furcht und Entschlossenheit spiegelten sich zuerst auf dem Gesicht des Griechen, doch allmählich wurde er ruhiger. „Wer könnte dir Widerstand leisten, o Herr! Nimm meine Worte als gute Vorbedeutung, wie es unser großer Held in dem Tempel des Ammon getan hat. Ganz abgesehen von deiner Gesellschaft, die mir die größte Glückseligkeit bedeutet …" Vinicius unterbrach ihn voll Ungeduld und fing an, ihn über seine Unterredung mit Ursus auszufragen. Jetzt konnte der junge Krieger annehmen, dass er Lygia auf dem Heimweg ergreifen oder doch ihre Zufluchtsstätte werde ausfindig machen können. Mit einem Male schwand aller Zorn und Groll gegen sie, er sprach sie von jeder Schuld frei. Mit all ihren Reizen sah er sie vor sich stehen, ja, es wandelte ihn die Lust an, auf diese Nachricht hin sein Haus durch seine Sklaven mit Kränzen schmücken zu lassen. Gegen Ursus war er nicht mehr ergrimmt, er fühlte sich bereit, allen alles zu vergeben. Selbst Chilon, gegen den er stets Widerwillen empfand, wurde ihm angenehmer, und er sah in ihm einen sonderbaren, aber unterhaltenden Mann. Aufs Neue fühlte er sich jung, empfand er die Wonne des Lebens.

„Du bist ein zweiter Jupiter", rief Chilon und ließ, durch das Benehmen des jungen Patriziers kühn gemacht, seinem Redefluss wieder freien Lauf, indem er sich in allerlei Ratschlägen gefiel. Vinicius stimmte ihm in allem bei, und da er sich auch des Rates des Petronius erinnerte, ließ er durch einen seiner Sklaven Kroton herbeiholen.

Chilon ließ sich indessen mit leichtem Herzen zum Mahle nieder, zu dem ihn auf Befehl des Vinicius der Hüter des Atriums rief, und erzählte während des Essens den Sklaven von der wundertätigen Salbe, die, wenn die Hufe eines Pferdes damit bestrichen werden, unfehlbar zum Siege verhelfe. Er entwickelte einen erstaunlichen Appetit, lobte den Koch und versicherte, dass er sehr gern diesen dem Vinicius abkaufen möchte. Nach einer ordentlichen Sättigung streckte er sich auf einer Ruhebank aus, legte sich seinen Mantel unter den Kopf und begann mit sich selbst zu philosophieren. „Dank dir, o Hermes, dass du mir behilflich warst, dies Dach aufzufinden, hast du dies aber nur wegen der zwei Kalbinnen mit den vergoldeten Hörnern getan, dann Schande über dich, du Argustöter! Ein solch weiser Gott wie du sah es in seiner hohen Weisheit nicht einmal voraus, dass er nichts bekommen werde. Zum Opfer bringe ich dir meine Dankbarkeit, und solltest du dir zwei Stück Vieh vorziehen, dann bist du das dritte Vieh und könntest höchstens als Schäfer, aber nicht als ein Gott betrachtet werden. Nimm dich überhaupt in Acht, dass ich nicht, als Philosoph, den Menschen beweise, dass du gar nicht existierst." Über diesen Betrachtungen war Chilon eingeschlafen und erwachte erst wieder bei der Meldung, dass Kroton gekommen sei. Sogleich begab er sich ins Atrium, wo er mit Befriedigung die mächtige Gestalt des Lanisten und früheren Gladiators betrachtete. Kroton verhandelte schon mit Vinicius über die Höhe des Lohnes, den er bekommen sollte.

„Beim Herkules, es ist gut, o Herr, dass du heute nach mir geschickt hast", erklärte gerade Kroton, „denn Morgen breche ich nach Beneventum auf, wohin mich der edle Vatinius berufen hat. Dort soll ich mit Syphax, dem stärksten Neger aus Afrika, ringen. Nun stelle dir vor, o Herr, wie dessen Wirbelknochen in meinen Armen krachen werden, wie ich dessen Kinnbacken mit Faustschlägen bearbeiten werde." – „Bei Pollux, so wird es kommen", entgegnete Vinicius, „ich zweifle keinen Augenblick daran." – „Du wirst dich vortrefflich bewähren", rief jetzt Chilon. „Ja, ihm die Kinnbacken zerschlagen, das ist eine Idee. Inzwischen aber salbe deinen Leib mit Olivenöl und gürte dich, mein Herkules, denn du wirst es mit einem wahren Kakus zu tun haben. Der Hüter des Mädchens, für das der edle Vinicius so großes Interesse genommen hat, besitzt ungeheure Kräfte." – „Das ist richtig", bemerkte Vinicius, „ich sah ihn zwar noch nicht, hörte aber, dass er im Stande sei, einen Stier an den Hörnern zu packen und ihn wegzutragen." – „O! O!", rief Chilon in Verwunderung über solche Stärke.

„Ich unternehme es, edler Herr", sagte Kroton, verächtlich lachend, „mit dieser Hand jeden hinwegzutragen, den du mir bezeichnest, und mich mit der anderen Hand gegen sieben solcher Lygier zu verteidigen. Ich bringe dir das Mädchen, selbst wenn sich alle Christen Roms auf mich wie auf einen kalabrischen Wolf stürzten." – „Gestatte dies nicht, O Herr!", rief Chilon. „Man wird Steine nach uns werfen, und was kann uns dann all seine Kraft nützen?" – „So soll es sein, Kroton", rief Vinicius, „fünfhundert Sklaven harren auf meine Befehle!" – Darauf bedeutete er beiden, ihn zu verlassen, begab sich in die Bibliothek und schrieb an Petronius:

„Chilon hat Lygia gefunden. Heute Abend gehe ich mit ihm und Kroton in das Ostranium und ergreife sie dort oder entführe sie morgen aus ihrem Hause. Mögen dich die Götter mit ihren Gaben überschütten! Lebe wohl, Carissime! Die Freude lässt mich nicht weiterschreiben." –

Das Rohr beiseite legend, ging er mit raschen Schritten auf und ab, denn bei all der Freude, die seine Seele erfüllte, verzehrte ihn doch eine fieberhafte Unruhe. Der Eintritt Chilons störte ihn in seinem Nachdenken. „Herr", begann der Grieche, „mir ist noch etwas eingefallen. Die Christen haben ihre Tesseri, ohne die niemand im Ostranium zugelassen wird. Erlaube, o Herr, dass ich mich zu Euricius begebe und ihn darüber befrage." – „Du hast Recht, edler Weiser", sagte Vinicius heiter, „du bist sehr vorsichtig, dir gebührt das größte Lob; gehe zu Euricius, aber zur Sicherheit lasse den Beutel hier, den du von mir erhalten hast."

Chilon, der sich nur ungern vom Gelde trennte, machte ein verdrießliches Gesicht, allein er gehorchte und machte sich auf den Weg. Von der Carinä nach dem Zirkus, in dessen Nähe der kleine Laden des Euricius lag, war es nicht sehr weit, und er kehrte noch vor Anbruch des Abends zurück. „Hier sind die Zeichen, o Herr, ohne die wir keinen Einlass bekommen hätten; auch den Weg kenne ich jetzt genau, und Euricius glaubt, ich sei im Auftrage meiner gläubigen Freunde gekommen." Als es Abend wurde, ließ Vinicius Kroton und Chilon rufen und alle drei begannen sich umzukleiden. Sie hüllten sich in gallische Kapuzenmäntel und nahmen jeder eine Laterne. Vinicius bewaffnete sich und seine Genossen mit kurzen, krummen Waffen, und Chilon stülpte eine Perücke über den Schädel, um sich unkenntlich zu machen. So verwandelt, eilten sie aus dem Hause, um noch vor Toresschluss die Porta Nomentana zu erreichen. –

Sie gingen durch den Vicus Patricius, längst des Viminalis, zum ehemaligen Viminalischen Tor, unfern der Ebene, wo Diocletian später seine prächtigen Bäder erbaute. Sie kamen an den Überresten der Servius-Tullius-Mauer vorbei und gelangten zur Nomentanischen Straße, wo sie links nach der Via Salaria einbogen und sich bald inmitten von Sandgruben und Hügeln befanden, zeitweise auch auf Grabstätten stießen. Es dunkelte bereits vollständig, und da der Mond noch nicht aufgegangen war, hätten sie den Weg schwerlich gefunden, wenn ihn nicht, wie Chilon vorausgesehen hatte, die Christen ihnen selbst gewiesen hätten. Rechts, links und vor sich erblickten sie dunkle Gestalten; sie alle schienen behutsam den Sandgruben zuzusteuern. Je näher der junge Patrizier mit den Gefährten seinem Bestimmungsorte kam, desto mehr Leute traf er auf dem Wege. Einige von ihnen sangen leise vor sich hin, und diese Gesänge schienen Vinicius voll Wehmut und sehnsüchtiger Klagen zu sein. Zuweilen verstand er einzelne Worte, auch ganze Verse, wie zum Beispiel: „Wache auf, der du schläfst", oder: „Stehe auf von den Toten", zuweilen tönte ihm der Name „Christus“ entgegen. Sein Herz begann heftig zu schlagen, als einige der Vorübergehenden sagten: „Der Friede sei mit euch!“ oder „Gelobt sei Christus!“, denn er glaubte Lygias Stimme zu hören, doch sah er sich in seiner Vermutung getäuscht. Der Weg kam Vinicius sehr lang vor. Die Gegend war ihm wohl bekannt, aber im Finstern fand er sich nicht zurecht. Alle Augenblicke kamen schmale Durchgänge, Mauerüberreste oder Gebäude, deren er sich in der Umgebung der Stadt nicht erinnerte. Endlich zeigte sich der Mond durch das angesammelte Gewölk und erhellte den Weg besser als die matten Laternen. In der Ferne flammte ein Feuerstoß auf. Vinicius beugte sich zu Chilon hinab und fragte, ob dort das Ostranium sei. Chilon, auf den die nächtliche Wanderung und die geisterähnlichen Erscheinungen ringsum offenbar einen mächtigen Eindruck machten, erwiderte unsicher: „Ich weiß nicht, Herr, ich war noch nie im Ostranium, doch hätten sie ihren Christus auch in der Nähe der Stadt preisen können.“ Aber nach einer Weile fühlte er das Bedürfnis zu plaudern und sagte: „Sie versammeln sich wie Mörder, und doch ist es ihnen nicht erlaubt zu töten, der Lygier müsste mich dann schändlich belogen haben.“

Die vorsichtige, geheimnisvolle Weise, mit der sich die Glaubensgenossen Lygias versammelten, um den Lehren des großen Apostels zu lauschen, setzte auch Vinicius in Staunen, sodass er bemerkte: „Wie alle Glaubenslehren, hat auch das Christentum Anhänger unter uns; die Christen aber sind eine jüdische Sekte. Warum versammeln sie sich hier, während die Juden in ihren Tempeln jenseits des Tiber am hellen Tage Opfer darbringen?“ – „Nein, Herr, die Juden sind ihre bittersten Feinde. Wie ich hörte, soll es vor der Regierung Neros fast zu einem Kampfe zwischen Juden und Christen gekommen sein, sodass sich der Kaiser Claudius veranlasst sah, alle Juden auszuweisen. Jetzt ist das Edikt wieder erloschen. Die Christen aber trauen den Juden und der übrigen Bevölkerung nicht, die sie allerlei Verbrechen beschuldigt." Eine Zeit lang setzten sie schweigend ihren Weg fort, dann aber sagte Chilon, dessen Angst mit der Entfernung von den Stadttoren wuchs: „Ich habe mir vorsichtshalber beim Bartscher eine Brücke ausgeliehen und zwei Bohnen in die Nasenlöcher gesteckt. Auch wenn sie mich erkennen, tun sie mir nichts. Es sind keine bösen Menschen, die ich schätze und liebe." – „Lobe nur nicht immer so vorzeitig", sagte Vinicius.

Sie betraten jetzt eine schmale Sandgrube, die auf zwei Seiten wie von Wellen eingeschlossen war, über die sich an einer Stelle der Aquädukt wölbte. Der Mond war inzwischen hinter den Wolken hervorgetreten, und am Ende der Grube erblickte man eine Mauer, von Efeu umrankt, die im Mondschein silbern schimmerte. Hier war das Ostranium. Des Vinicius Herz pochte. Beim Tore nahmen ihnen zwei Fossores die Merkzeichen ab. Vinicius betrat mit seinen Begleitern einen ziemlich ausgedehnten, von allen Seiten mit Mauern umgebenen Raum. Hier und da standen Grabsteine, in der Mitte aber erblickte man das eigentliche Hypogeum, die Crypta, die in ihrem niedern Teile unter der Oberfläche lag, auf der sich die Grabhügel befanden; vor dem Eingang zur Crypta sprudelte ein Springbrunnen. Da in dem Hypogeum offenbar nur eine geringe Anzahl von Personen Platz finden konnte, dachte sich Vinicius sofort, der Apostel werde unter freiem Himmel im Vorhof sprechen, in dem sich schon eine große Menschenmenge angesammelt hatte. So weit das Auge reichte, sah man Laterne an Laterne flimmern, aber es gab auch Leute, die ohne Licht gekommen waren. Nur wenige enthüllten das Haupt, die meisten blieben, sei es aus Furcht vor Verrätern, sei es der Kühle wegen, in ihre Kapuzen gehüllt, und der junge Patrizier dachte voller Besorgnis, dass es ihm bei diesem Gedränge, in dem schwachen Lichtschein, kaum möglich sein werde, Lygia herauszufinden.

Da wurden plötzlich vor der Crypta einige Pechfackeln angezündet und zu einem kleinen Stoß zusammengelegt. Es wurde heller. Die Menge begann zuerst leise, dann immer lauter eine seltsame Hymne zu singen, und dieser Gesang wirkte mächtig auf Vinicius ein; er hatte noch niemals etwas Ähnliches gehört. Es lag darin der Ausdruck des Verlangens, nur mit ungleich größerer Bestimmtheit und Kraft, der ihn schon bei dem Gesange jener vereinzelten Personen auf dem Wege zum Begräbnisplatze betroffen gemacht hatte. Der Gesang wurde so tief ergreifend und großartig, als ob mit dem Volke der ganze Friedhof, die Hügel und Gräben, selbst die Luft von gleichem Sehnen hingerissen wären. Es schien ein bestimmtes, nächtliches, demütiges Gebet um Rettung in der Wanderschaft und Dunkelheit zu sein. Nachdem der Gesang verstummt war, trat eine solch erwartungsvolle Stille ein, dass Vinicius und seine Gefährten unwillkürlich nach den Sternen blickten, als ob sich dort etwas Ungewöhnliches ereignen müsse, als ob wirklich jemand zu ihnen herabsteigen werde. In Kleinasien, Ägypten und selbst in Rom hatte Vinicius die verschiedensten Tempel gesehen, er hatte sich schon mit den verschiedenartigsten Glaubensbekenntnissen vertraut gemacht, er hatte schon den verschiedenartigsten Gesängen gelauscht, noch niemals aber war ihm ein solcher Gesang zu Ohren gekommen, noch niemals zuvor hatte er Menschen gesehen, die mit solcher Inbrunst zu ihrer Gottheit flehten, die nicht beteten, um die rituellen Gebräuche zu erfüllen, nein, die aus tiefstem Herzen beteten, gleich Kindern, die sich nach Vater und Mutter sehnen. Man hätte blind sein müssen, um nicht zu sehen, dass diese Schar ihren Gott nicht nur verehrte, sondern von ganzer Seele liebte. Nirgends, in keinem Erdteile, in keinem Tempel hatte Vinicius dergleichen bisher gesehen. Die Römer und Griechen, die noch ihren Göttern Ehren erwiesen, taten dies entweder nur in der Not oder aus Furcht, niemals aber aus Liebe zu ihnen.

Jedoch wie sehr Vinicius auch an Lygia dachte, so erregten die wunderbaren, außergewöhnlichen Vorgänge um ihn her doch seine Aufmerksamkeit. Man hatte neuerdings einige Fackeln auf die anderen gelegt, deren rötliches Licht die Stätte erhellte und den Laternenglanz verdunkelte. Gleichzeitig trat ein Greis aus dem Hypogeum. Er trug einen Kapuzenmantel, aber sein Haupt war unbedeckt. Er bestieg einen Stein, der vor den brennenden Fackeln lag. Unter der Menge entstand bei seinem Erscheinen eine Bewegung, und Stimmen in der Nähe des Vinicius flüsterten: „Petrus! Petrus!“ Einige knieten nieder, andere streckten die Hände nach ihm aus. Es entstand eine tiefe Stille, man konnte das Herabfallen verkohlter Holzstückchen von den Fackeln hören, das Rollen der Räder auf der entfernten Nomentanischen Straße und das Rauschen des Windes in den wenigen Pinien, die um den Friedhof wuchsen.

Chilon wendete sich zu Vinicius und flüsterte: „Das ist er! Der erste Jünger Christi, ein Fischer.“

Der Greis erhob die Hände und machte das Zeichen des Kreuzes über den Anwesenden, die vor ihm in die Knie fielen; Vinicius und seine Begleiter taten dasselbe, um sich nicht zu verraten. Wie einfach und doch wie außergewöhnlich erschien ihm diese greisenhafte Gestalt, deren mächtige Wirkung wohl gerade aus der Einfachheit entsprang. Kein Lorbeerkranz zierte das Haupt des Apostels, kein Eichenkranz schmückte dessen Stirn, er trug weder einen Palmenzweig in der Hand noch eine goldene Tafel auf der Brust oder ein weißes mit Sternen gesticktes Gewand, überhaupt keine Merkmale, durch die sich die morgenländischen, ägyptischen und griechischen Priester oder die römischen Flaminen auszuzeichnen pflegten. Der ganze Glaube spiegelte sich auf den Zügen dieses einfachen, alten, unermesslich ehrwürdigen Greises, der aus weiter Ferne gekommen war, um Zeugnis abzulegen für eine Lehre, deren Wahrheit ihn erfüllte, an die er glaubte, wie man an alles Bestehende glaubt. Vinicius aber, der bisher allem voll Skeptizismus gegenüberstand, der sich mit aller Gewalt dem Zauber zu entziehen versuchte, den der alte Mann auf ihn ausübte, harrte mit fast fieberhafter Spannung darauf, dass dieser Jünger des mysteriösen Christus verkünden werde, was das für eine Lehre sei, der Lygia und Pomponia Grācina anhingen.

Inzwischen begann Petrus zu sprechen, wie ein Vater, der seine Kinder ermahnt und ihnen Ratschläge erteilt. Er gebot ihnen, Luxus und Vergnügungen zu meiden, Armut und die Wahrheit zu lieben, auf Reinheit der Sitten zu achten, Unrecht und Verfolgung geduldig zu ertragen, der Obrigkeit zu gehorchen, sich nicht des Verrates, der Heuchelei und der Verleumdung schuldig zu machen und nicht nur den Brüdern und Schwestern, sondern auch den Heiden mit gutem Beispiele voranzugehen. Dem Vinicius schien es jetzt, als ob der Mann durch das Gebot, auf Reinheit der Sitten zu achten, seine Liebe zu Lygia verdamme und diese zum Widerstand gegen ihn anregte, und er sagte sich ferner, wenn das junge Mädchen dieser Versammlung beiwohne und diese Lehre vernehme, so müsse sie ihn als einen Feind der heiligen Lehre betrachten. Bei diesem Gedanken erfasste ihn ein neuer Zorn. „Was habe ich denn Neues vernommen?“, sagte er sich. „Soll dies eine neue Lehre sein? Das weiß jeder, das hat schon jeder einmal gehört. Preisen denn die Zyniker nicht auch die Armut, stellte Sokrates nicht die Tugend über alles? Rühmt nicht der Stoiker Seneca, der fünfhundert Tische von Citrum sein Eigen nennt, lobt er nicht die Enthaltsamkeit, die Wahrheit, das geduldige Ertragen von Misshelligkeiten? Die Standhaftigkeit im Unglück? Gleicht nicht all dies Gerede verdorbenem Getreide, das wohl als gutes neues Futter gelten kann, das aber die Menschen verschmähen?“ Der junge Krieger hatte geglaubt, einem neuen, unfassbaren Geheimnis auf die Spur zu kommen, einen großartigen Redner zu hören, allein wie einfach, wie schmucklos sprach der Apostel! Und der Greis sprach weiter. Er beschwor die lauschende Schar, gut, friedfertig, gerecht und sittenrein zu bleiben und nicht auf Reichtümer auszugehen, er lehrte, dass es sich nicht nur um das Erdenleben handle, nein, dass sie an das Leben in Christo nach dem Tode denken müssten, an das ewige Leben, dessen Wonne und Seligkeit niemals auf Erden empfunden werden könne. Trotzdem kurz vorher Vinicius einen Unterschied leugnete, gestand er sich doch jetzt, dass ein solcher zwischen der Lehre des Apostels und der Lehre der Zyniker, Stoiker oder anderer Philosophen bestehe. Diese priesen das Gute und die Tugend aus praktischer Lebensweisheit, jener fordert sie aber als Vorbedingung für die Unsterblichkeit, jedoch nicht für eine Unsterblichkeit in der Unterwelt, die langweilig, leer und öde war, sondern als Vorbedingung eines weiteren Lebens im Jenseits, herrlich wie das Dasein der Götter. Müsste daher nicht die Tugend über alles hochgehalten werden, müssten nicht alle Mühseligkeiten des Lebens nichtig erscheinen? Was wollte es bedeuten, die kurze Zeit der ersten Leiden auf sich zu nehmen, wenn dafür die ewige Glückseligkeit winkte? Und der Apostel erklärte der andächtigen Gemeinde weiter, dass man Tugend und Wahrheit um ihrer selbst willen lieben müsse, denn das Gute, das von Ewigkeit her sei und in Ewigkeit dauern werde, das sei Gott; wer daher die Tugend und das Gute liebe, der liebe auch Gott und werde dadurch ein Kind Gottes. Vinicius konnte dies nicht gut begreifen, allein er hatte schon Pomponia Grācina dem Petronius sagen hören, dass nach dem Glauben der Christen dieser Gott einzig und allmächtig sei. Als er auch nun hörte, dieser Gott sei gut und gerecht, war das kein Wunder, wenn im Vergleich mit diesem Demiurg die ganze Götterschar Jupiter, Saturn, Apollo, Juno, Vesta und Venus als eine eitle, lärmmachende Schar erschien; jeder Gott dieser Schar stiftete auf eigene Faust nur Unheil. Doch die größte Verwunderung erfasste den jungen Mann, als er die Worte des Apostels hörte, Gott sei die Liebe, wer daher seine Mitmenschen liebe, der erfülle das göttliche Gebot. Es genüge jedoch nicht, nur seinen eigenen Volksstamm zu lieben, denn der Gottmensch habe sein Blut für alle vergossen und auch unter den Heiden Anhänger gefunden, zum Beispiel den Zenturio Kornelius; es genüge auch nicht, die zu lieben, die uns wohl tun, denn Christus habe den Juden vergeben, trotzdem sie ihn ans Kreuz schlugen. Die Lehre gebiete auch, denen zu vergeben, die uns kränken, und Böses mit Gutem zu vergelten; nur durch die Liebe allein könne man das Böse bekämpfen.

Chilon dachte bei diesen Worten, dass seine ganze Arbeit vergeblich gewesen sei, und dass Ursus es nie wagen werde, Glaucus zu erschlagen, weder diese Nacht noch später. Doch tröstete er sich jetzt mit der Folgerung, die er aus der Lehre des Greises zog: Nämlich, dass ihn auch Glaucus niemals töten werde. Vinicius dagegen glaubte nicht mehr, in den Worten dieses Greises liege nichts Neues, sondern er sagte sich: „Was ist das für ein Gott, was ist das für ein Lehrer, was ist das für ein Volk?“ Er vermochte nicht alles das, was er hörte, zu fassen. Doch eins fühlte er, wenn er dieser Lehre gerecht werden wollte! Er müsste einen Scheiterhaufen errichten und seinen ganzen Menschen darauf verbrennen und ein ganz anderes Leben beginnen. Wenn er sich alles im Geiste wiederholte, was der alte Mann über das Leben, über die Liebe zur Wahrheit, über die Tugend, über Gott gesagt hatte, dann war ihm so zu Sinne, als müsse er die Augen vor einem ihn unaufhörlich blendenden Lichtstrahle schließen. Wie alle Menschen, die von einer Leidenschaft völlig beherrscht werden, dachte er auch jetzt nur an Lygia und erkannte nur zu deutlich: Wenn Lygia auf dem Friedhofe war, wenn sie diese Lehre bekannte, hörte und fühlte, dann wurde sie nun und nimmer seine Geliebte.

Zum ersten Mal, seit er sie bei Aulus und Pomponia gesehen hatte, beherrschte ihn die Empfindung, dass er sie nie gewinnen konnte, auch wenn er sie fand. Bisher war ihm nichts dergleichen in den Sinn gekommen, und auch jetzt war es kein klarer Gedanke, sondern das unklare Vorgefühl eines unersetzlichen Verlustes, die Ahnung eines Unglücks. Seine Unruhe verwandelte sich in stürmischen Zorn gegen die Christen im Allgemeinen und gegen den Greis im Besonderen. Jener Fischer, den er im ersten Augenblick für einen einfachen alten Mann gehalten hatte, erfüllte ihn jetzt mit Angst: Er kam ihm wie ein geheimnisvolles Fatum vor, das unerbittlich und tragisch über sein Geschick zu entscheiden habe.

Ein Totengräber legte unauffällig wieder einige Fackeln auf das Feuer, der Wind hatte aufgehört in den Pinien zu rauschen, sodass die Flamme als eine ruhige, schlanke Zunge zu den Sternen am wolkenlosen Himmel emporstieg; der Greis erzählte nun vom Tode des Erlösers und alle hielten den Atem an. Dieser alte Mann war ein Augenzeuge gewesen, und er erzählte wie einer, dem noch jeder Moment gegenwärtig ist, der sich jeder Einzelheit erinnert. – Die Anwesenden hatten zwar schon oft vom Martertode des Erlösers sprechen hören, und sie wussten, dass der Trauer Seligkeit gefolgt war, aber den Apostel selbst davon zu hören, machte einen so mächtigen Eindruck, dass sie schluchzend an ihre Brust schlugen. Der Greis schloss die Augen, wie um die fern liegenden Dinge besser zu sehen, und fuhr fort: „Als wir um den Toten wehklagten, stürzte Maria aus Magdala mit aufgelöstem Haar zu uns herein und rief, sie habe den Herrn gesehen. Des großen Glanzes wegen konnte sie ihn nicht erkennen und dachte, es wäre der Gärtner, er aber sprach: ‚Maria!‘ – Da rief sie aus: ‚Rabboni!‘, und fiel ihm zu Füßen, er aber hieß sie zu den Jüngern gehen und verschwand. – Die Jünger aber glaubten ihr nicht, und als sie vor Freuden weinte, tadelten sie einige und andere dachten, der Schmerz habe ihr die Sinne verwirrt, denn sie versicherte auch, Engel am Grabe gesehen zu haben. Als aber die Jünger zum zweiten Male dahin eilten, fanden sie das Grab leer. Abends kam Cleophas, der mit den anderen nach Emmaus gegangen war, und sie kamen zurück, so schnell sie konnten, und riefen: ‚Wahrhaftig, wir haben den Herrn gesehen, er ist auferstanden!' – Und sie versammelten sich hinter verschlossenen Türen, aus Angst vor den Juden. Da stand er plötzlich unter ihnen, ohne dass sich die Türen bewegt hätten, und als sie erschraken, sprach er: ‚Der Friede sei mit euch.' – Und ich sah ihn, wie ihn alle sahen, und er war wie das Licht und wie das Glück unserer Herzen, denn wir glaubten jetzt, dass er auferstanden war – und wir wussten, dass die Meere austrocknen werden, und die Berge in Staub zerfallen. Sein Name aber wird nicht vergehen in alle Ewigkeit. – Und am achten Tage legte Thomas Didimus die Finger in die Wunden und die Hand in seine Seite, dann fiel er ihm zu Füßen und rief: ‚Mein Herr und mein Gott!' Dieser aber sprach: ‚Weil du mich gesehen hast, glaubst du. Selig aber sind, die nicht sehen und doch glauben.' Und wir hörten diese Worte, und wir sahen ihn, denn er war in unserer Mitte."

Vinicius war von diesen Worten eigentümlich berührt. Er vergaß für einen Augenblick, wo er war, er verlor das Gefühl für die Wirklichkeit, Maß und Urteil. Er befand sich zwei Unmöglichkeiten gegenüber. Er konnte nicht glauben, was der Greis gesagt hatte, und doch fühlte er, dass man blind sein müsste, um zu denken, dass dieser Greis, der versicherte: „Ich habe gesehen!" – gelogen haben könnte. In der Bewegung, den Tränen, der ganzen Erscheinung des Greises und in den Einzelheiten, die er berichtete, lag etwas, das jeden Verdacht unmöglich machte. Es war dem jungen Mann zuweilen, als ob er träume. Doch ringsumher sah er die stille Menge, der brenzlige Geruch der Laternen drang ihm in die Nase, vor ihm flammten die Fackeln, und nebenan stand auf dem Stein ein alter Mann mit zitterndem Kopfe, der, Zeugnis ablegend, immer wiederholte: „Ich habe gesehen!“

Und Petrus berichtete weiter über alles bis zur Himmelfahrt. Manchmal ruhte er aus, denn er erzählte sehr ausführlich, aber man merkte, dass sich jede kleinste Einzelheit in sein Gedächtnis eingegraben hatte wie in einen Stein. Die Zuhörer schlugen die Kapuzen zurück, um keines seiner Worte zu verlieren. Wie von übernatürlicher Macht entführt, sahen sie sich in Galiläa, wandelten sie mit den Jüngern durch die Haine und das Wasser entlang; der Friedhof verwandelte sich für sie in den See Tiberias, und am Ufer im blauen Morgennebel stand Christus, wie damals, als Johannes, ihn vom Boote aus erblickend, rief: „Der Herr“, worauf sich Petrus ins Wasser warf, um rascher die geliebten Füße zu umfangen. – Auf den Gesichtern aller Anwesenden drückten sich die höchste Begeisterung, Selbstvergessenheit, Glückseligkeit und unbegrenzte Hingabe aus, ja, etliche unter ihnen hatten während der langen Erzählung offenbar Visionen. Und als der alte Apostel von der Himmelfahrt redete und erzählte, wie der Erlöser emporgehoben worden sei, wie ihn die Wolken endlich vor den Blicken der Apostel verhüllt hatten, da richteten sich aller Augen unwillkürlich in höchster Erwartung gen Himmel, als ob sie ihn zu sehen hofften, als ob er herniedersteigen werde, um zu sehen, wie sein Jünger die ihm anvertrauten Schäflein hüte, und um den Hirten und seine Herde zu segnen. Für diese ganze Gemeinde gab es in dem Augenblicke kein Rom, keinen wahnsinnigen Kaiser, es gab für sie keine Tempel, keine Götter, keine Heiden, nur einzig und allein Christus, der das Land, das Meer, Himmel und Welt erfüllte. In den entfernt gelegenen Häusern an der Via Nomentana krähten die Hähne. Mitternacht war nahe. In diesem Augenblicke zog Chilon den jungen Patrizier am Mantel und flüsterte ihm zu: „Herr, dort, nicht weit von dem Alten, sehe ich Urban und neben ihm steht ein Mädchen.“

Vinicius erwachte wie aus einem Schlummer; er schaute in der von dem Griechen bezeichneten Richtung und erblickte Lygia.

Zehntes Kapitel.

Jeder Tropfen Blutes erstarrte in dem jungen Krieger bei ihrem Anblicke. Er vergaß die Menge, den alten Mann, sein eigenes Staunen über das Unbegreifliche, das er vernommen hatte – er sah nur sie. Endlich nach so vieler Mühe, nach so langen Tagen der Angst und Qual hatte er sie gefunden! Zum ersten Male erkannte er, dass auch die Freude gleich einem wilden Tiere auf das Herz losstürzen und es zusammenpressen kann, bis das Leben entweicht. Er, der früher angenommen hatte, es sei eine Pflicht des Schicksals, alle seine Wünsche zu erfüllen, konnte jetzt kaum seinen Augen trauen, kaum an sein eigenes Glück glauben. Ohne diesen Zweifel hätte seine leidenschaftliche Natur ihn vielleicht zu einem unbedachten Schritte getrieben; so jedoch wollte er sich zuerst überzeugen, ob dies nicht etwa eine Fortsetzung jener Wunder sei, von denen er gehört hatte, und ob er nicht etwa träume. Doch es war kein Traum; er sah Lygia wirklich und nur wenige Schritte trennten ihn von ihr. Sie stand im Lichte, sodass er ihren Anblick ungehindert genießen konnte. Die Hülle war von ihrem Haupte gefallen und hatte die Haare lose herabhängen lassen, während die Augen unverwandt auf dem Apostel ruhten. Spannung und Glückseligkeit lagen auf ihrem Antlitz. Gleich einem Mädchen niedriger Klasse war sie in einen wollenen Mantel gekleidet, doch nie zuvor hatte Vinicius sie so schön gefunden. Liebe, grenzenlos, und vermischt mit einem wunderbaren Gefühle der Sehnsucht, der Huldigung, der Begierde, durchströmte sein ganzes Wesen. Er sog die Wonne ihres Anblickes ein, er trank von ihr wie ein Verschmachtender von frischem Wasser. Neben Ursus stehend, erschien sie kleiner als sonst und fast wie ein Kind. Er bemerkte auch, dass sie noch schlanker geworden war. Ihre Körperfarbe schien durchscheinend, sodass sie Vinicius wie eine Blume, wie ein Geist vorkam. Doch das erregte sein Verlangen noch mehr, sie zu besitzen, weil sie von allen Weibern, die er in Rom und im Orient gesehen hatte, so unendlich verschieden war, und er war bereit, alle Frauen Roms und der ganzen Welt für diese eine hinzugeben. So sehr war er im Anschauen Lygias versunken, dass ihn Chilon am Mantel zog, aus Furcht, der junge Krieger könne durch sein Benehmen Gefahr bringend für sie werden. Die Christen fingen inzwischen an zu singen und zu beten, nach einem Augenblick erscholl es donnergleich: Maharam Motha und dann taufte der große Apostel mit dem Wasser des Springbrunnens jene, welche ihm die Presbyter als vorbereitet zum Empfang der Heiligen Taufe zuführten. Vinicius aber schien es, als ob diese Nacht niemals enden wollte. Endlich traten einige den Heimweg an, und Chilon flüsterte Vinicius zu: „Herr, lass uns vor das Tor treten. Wie haben die Kapuzen nicht abgenommen, und man beobachtet uns."

Es war in der Tat so. Als alle die Kapuzen zurückgeschlagen hatten, um die Worte des Apostels besser zu hören, waren nur sie dem allgemeinen Beispiel nicht gefolgt. Chilons Rat erwies sich als vernünftig. Beim Tore stehend, konnten sie alle Hinausgehenden beobachten, und Ursus war ja am Wuchse leicht zu erkennen. „Folgen wir ihnen", sagt Chilon, „und sobald wir gesehen haben, in welchem Hause sie verschwinden, umzingelst du morgen oder noch heute alle Ausgänge des Hauses mit einem Sklaven und entführst sie." – „Nein!", rief Vinicius. – „Was willst du tun, Herr?" – „Wir folgen ihr, betreten das

Haus gleich nach ihr und entführen sie augenblicklich, du nimmst ja das auf dich, nicht wahr, Kroton?“ – „Ich will“, sagte der Lanist, „und ich werde dein Sklave sein, wenn ich diesem Büffel, der sie hütet, nicht das Rückgrat breche.“

Doch Chilon riet davon ab und beschwor die beiden bei allen Göttern, nichts dergleichen zu wagen. Kroton war doch nur für alle Fälle zum Schutze, wenn sie erkannt worden wären, mitgenommen worden, nicht aber, um das Mädchen zu rauben. Mit nur vier Armen sie rauben wollen, das hieße dem sicheren Tode entgegenlaufen. Zudem könne sie vielleicht ihren Händen entrinnen und dann Rom verlassen oder doch ein anderes Versteck beziehen. Warum nicht mit Sicherheit handeln? Warum sie dem Tode, warum das ganze Unternehmen dem Misslingen aussetzen? Obwohl Vinicius nur mühsam zurückzuhalten war, Lygia sofort mitten im Ostranium an sich zu reißen, sah er ein, dass der Grieche Recht hatte, und er würde ihm vielleicht nachgegeben haben, wenn nicht Kroton gewesen wäre, dem der Lohn die Hauptsache war.

„Befiehl diesem alten Ziegenbock, Herr, zu schweigen,“ unterbrach Kroton, „oder erlaube mir, ihn meine Fäuste fühlen zu lassen. Es überfielen mich einmal in einer Herberge bei Buxentum, wohin mich Lucius Saturnius zu einem Ringkampfe hatte entbieten lassen, sieben betrunkene Gladiatoren, allein keiner von ihnen entkam mit heiler Rippe. Nicht, dass ich beabsichtigte, das Mädchen gleich hier, mitten aus der Menge, zu entführen, denn sie könnten mir Steine vor die Füße werfen, aber in ihrem Hause ergreife ich sie, wenn du willst.“ Vinicius freute sich über die Worte: „Beim Herkules, so soll es geschehen. Morgen könnten wir sie vielleicht nicht zu Hause treffen, und wenn die Christen Verdacht schöpfen, führen sie das Mädchen sicher fort.“ – „Dieser Lygier besitzt Riesenkräfte“, stöhnte Chilon. – „Nicht dir befiehlt man, ihm die Hände zu halten“, erwiderte Kroton höhnisch.

Sie mussten lange am Tore warten, und die Hähne verkündeten schon den Tagesanbruch, als sie endlich Ursus mit Lygia aus der Friedhofspforte treten sahen. Einige andere Personen begleiteten sie. Chilon glaubte den großen Apostel selbst darunter zu erkennen, und ihm zur Seite einen zweiten Greis von bedeutend kleinerem Wuchse, sowie zwei ältere Frauenpersonen und einen Knaben, der eine Laterne trug. Diesem kleinen Häuflein folgte eine Schar von etwa zweihundert Menschen; Vinicius, Chilon und Kroton schlossen sich an. „Ja, Herr", sagte Chilon, „dein Mädchen steht unter mächtigem Schutz. Es ist der große Apostel, der mit ihr geht! Schau nur, die Leute auf dem Wege knien nieder." Es war in der Tat so. Allein Vinicius achtete darauf nicht. Die neue Lehre und Lygia erweckten in ihm einen brennenden Schmerz. Die Entführung Lygias ließ sich möglicherweise, ja fast sicher zu Stande bringen: Aber was dann? Mit all seiner Mangelhaftigkeit vermochte er nicht gegen die neue Lehre anzukämpfen. Dieser römische Kriegstribun war bis jetzt fest davon überzeugt gewesen, sein die Welt bezwingendes Schwert, seine Faust werde auch weiter herrschen. Zum ersten Male in seinem Leben musste er einsehen, dass über seiner Macht noch etwas Höheres stand, und voll Staunen fragte er sich, was dies sein könne, doch er fand keine aufklärende Antwort. Vielerlei ging ihm durch den Kopf. Die Grabesstätte sah er wieder vor sich, die andächtige Gemeinde, Lygia, die mit aller Hingebung den Worten des alten Mannes lauschte, als er von der Leidensgeschichte, von dem Tode und von der Auferstehung des Gottmenschen erzählte, der gekommen war, die Welt zu erlösen und ihr das Heil jenseits des Styx zu verkünden. Vinicius wusste sich immer weniger zurechtzufinden, doch Chilon riss ihn wieder und wieder aus seinen Träumereien und begann mit beredtesten Worten sein eigenes Los zu beklagen. Mit Lebensgefahr habe er sich der Aufgabe unterzogen, Lygia zu finden, wie könne man daher noch mehr von ihm fordern? Er sei ein alter Mann, ein Krüppel, dem die Tugend über alles gehe. Träfe ihn nicht die Verantwortung, wenn bei der Entführung des Mädchens einem so hohen Herrn wie Vinicius irgendwelcher Schaden zustoße? Die Götter wachten ja über ihre Auserwählten; geschähe es aber nicht häufig, dass sie Schach spielten, anstatt auf das zu achten, was auf der Erde vorgehe? Auf Fortuna könne man bei Nacht gar nicht rechnen, da sie schon bei Tage eine Binde trage. Er, der arme Weise, habe sich Vinicius angeschlossen, wie dereinst Aristoteles dem Alexander von Mazedonien. Wenn ihm der hohe Herr doch wenigstens den Beutel geben wollte, den er beim Verlassen seines Hauses in den Gurt gesteckt habe! Das sei doch etwas für den Fall der Not, um die Christen zu beeinflussen.

Vinicius zog daraufhin, ohne lange zu überlegen, den Beutel aus dem Gurt, warf diesen Chilon zu und sagte ungehalten: „Hier hast du ihn und schweige!“ – „O Herr“, sagt Chilon, „es wäre eine Kränkung für dich, wenn ich voraussetzte, deine Freigebigkeit könne zu irgendeiner Zeit enden, aber jetzt, da du mich bezahlt hast, möchte ich nicht den Verdacht aufkommen lassen, ich habe nur meinen Vorteil im Auge. Befolge meinen Rat. Wenn du die Zufluchtsstätte der göttlichen Lygia ausgekundschaftet hast, dann entbiete deine Sklaven und eine Sänfte, lasse das Haus umzingeln und das Mädchen entführen. Höre nicht auf Kroton, diesen aufgeblasenen Elefanten, der die Entführung des Mädchens nur deshalb unternimmt, um deinen Geldbeutel wie einen Sack voll Weißkäse auszupressen.“

„Du hast bei mir einen Faustschlag zwischen die Schulterblätter gut, und das will heißen, dass du verloren bist!“, sagte Kroton. – „Und du bekommst von mir ein Fass kephalonischen Wein, und das will heißen, dass es mir wohl ergehen wird“, erwiderte Chilon. Aber Vinicius erteilte keine Antwort, er hatte jetzt nur einen Gedanken.

Schon brach die Morgendämmerung an. Die Bäume an der Straße, die zerstreut liegenden Grabdenkmale traten schattenhaft aus dem Dunkel. Der Weg wurde belebter. Gemüsehändler, die ihre mit Waren beladenen Esel und Maultiere trieben, beeilten sich, die geöffneten Tore zu erreichen. Vinicius ließ Lygia nicht aus den Augen, deren schlanke Gestalt in dem Morgengrauen wie von Silber umflossen schien. Jetzt waren sie am Tore angelangt. Als der Apostel an den beiden Zelten vorüberging, knieten sie nieder, er aber legte die Hände auf die metallenen Helme und machte das Zeichen des Kreuzes über den beiden. Niemals zuvor war es dem jungen Patrizier in den Sinn gekommen, es könnten auch unter den Söldnern Christen sein, wie leicht hätten Ursus und Lygia flüchten können? Da dies aber bisher nicht geschehen war, dankte er seinen Göttern. Eine geraume Weile dauerte es, ehe sie den Tiber erreichten, und schon ging die Sonne auf. Chilon jammerte sehr über die Wunden und das Reißen in den Füßen, und blieb immer mehr zurück. Er hätte sich gern ganz aus dem Staube gemacht, doch die Neugier trieb ihn an. Die kleine Schar, mit der Lygia ging, zerstreute sich immer mehr. Der Apostel, ein altes Weib und der Knabe schritten längs des Flusses den Berg hinan, während der kleinere Greis, Ursus und Lygia in ein schmales Gässchen einbogen, um nach ungefähr zweihundert Schritten in dem Tore eines Hauses mit Verkaufsläden für Oliven und Geflügel zu verschwinden. Chilon, der fast fünfzig Schritte hinter Vinicius und Kroton zurückgeblieben war, blieb plötzlich wie angewurzelt stehen und bewog die beiden durch Zeichen, zu ihm zurückzukehren. Sie folgten seinem Ruf, denn sie wollten sich beraten.

„Gehe“, sagte Vinicius, „und sieh nach, ob das Haus keinen zweiten Ausgang hat!“ Chilon, der eben noch über Schmerzen an den Füßen geklagt hatte, sprang so rasch davon, als ob ihm plötzlich Merkursflügel an den Knöcheln gewachsen wären, und kehrte sehr bald wieder zurück. „Nein", sagte er, „es gibt nur einen Ausgang." Dann aber faltete er die Hände. „Beim Jupiter, bei Apollo, Vesta, Kybele, bei Isis und Osiris, beim Baal, bei der Mitra und bei allen Göttern des Ostens und des Westens, ich beschwöre dich, Herr, lasse dein Vorhaben fallen … Höre mich …" Doch plötzlich brach er ab, als er das erblasste Gesicht des Vinicius sah, während seine Augen wie die Lichter eines Wolfes funkelten. Kroton versorgte seinen Brustkasten mit Luft und wiegte sein mit der Kapuze bedecktes Haupt wie ein gefangener Bär im Käfig. „Ich gehe voran!", rief er. „Nein, du gehst hinter mir", entgegnete Vinicius in befehlendem Tone. Im nächsten Augenblick waren beide im dunklen Vorhaus verschwunden. Chilon lief bis zur Ecke des nächsten Gässchens und blickte hinter einer Mauer hervor, der Dinge harrend, die da kommen sollten.

Erst als Vinicius im Vorhause war, erkannte er die ganze Schwierigkeit seines Unternehmens. Das Haus war groß und mehrstöckig, eines jener Häuser, wie man deren Tausende in Rom zu Mietzwecken baute, und häufig so rasch und schlecht, dass fast kein Jahr verging, ohne dass mehrere über den Köpfen der Bewohner einstürzten. Es waren Häuser wie Bienenstöcke, hoch und schmal, in denen armes Volk in Kämmerchen und Stübchen dicht aneinander gedrängt hauste. Da viele Straßen in Rom keinen Namen hatten, waren auch deren Häuser nicht nummeriert. Die Besitzer überließen die Eintreibung des Mietzinses ihren Sklaven; letztere wurden aber von der Stadtbehörde nicht angehalten, die Namen der Bewohner anzugeben, und so wussten sie oft selbst nicht deren Namen zu nennen. In einem solchen Hause jemand zu erfragen, erwies sich oft als äußerst schwierig, zumal es keine Torhüter gab. Vinicius und Kroton gelangten durch ein gangartiges Vorhaus in ein schmales, auf allen Seiten verbautes Höfchen, das eine Art Atrium für das ganze Haus sein sollte. An allen Wänden liefen außen Stiegen in die Höhe, teils von Stein, teils von Holz, die zu den offenen Gängen emporführten, von denen man in die Wohnräume gelangte. Zu dieser frühen Morgenstunde war noch kein Mensch im Hofe zu sehen. Im ganzen Hause schien, mit Ausnahme der aus dem Ostranium Zurückgekehrten, noch alles zu schlafen. – „Was sollen wir tun, Herr?“, fragte Kroton stillstehend. – „Lass uns hier warten, vielleicht erscheint doch jemand“, antwortete Vinicius, „es wird uns hier im Hofe niemand sehen.“

Ehe noch Vinicius und Kroton weiter überlegen konnten, was sie nun anfangen sollten, bewegte sich einer der Vorhänge, ein Mann mit einem Sieb in der Hand trat hervor und näherte sich dem Springbrunnen. Der junge Mann erkannte auf den ersten Blick Ursus. „Der Lygier!“, flüsterte er. – „Soll ich ihm gleich die Knochen zerschlagen?“ – „Warte!“ – Ursus bemerkte die beiden nicht, weil sie im Dunkel des Vorhauses standen, und wusch Gemüse in einem Sieb. Offenbar wollte er nach der im Ostranium verbrachten Nacht ein Mahl zubereiten. Als er fertig war, nahm er das nasse Sieb und verschwand bald wieder hinter dem Vorhang. Kroton und Vinicius folgten ihm, in der Meinung, in Lygias Wohnung zu gelangen. Aber wie groß war ihr Erstaunen, als sie bemerkten, dass der Vorhang vom Hofe nicht eine Wohnung, sondern einen zweiten dunklen Gang abschloss, an dessen Ende ein kleines Gärtchen mit Zypressen und Myrtensträuchern sichtbar wurde – im Hintergrunde aber ein kleines Haus, das an die Feuermauer eines anderen Hauses gleichsam angeklebt schien. Beide erkannten augenblicklich, dass die Abgelegenheit dieses Häuschens ihr Unternehmen begünstigte. Ihr Plan war rasch gefasst. Sie wollten sich zuerst des Lygiers entledigen und dann mit Lygia die Straße zu gewinnen suchen. Dort war es ein Leichtes für sie, weiterzukommen. Es war nicht anzunehmen, dass ihnen jemand entgegentreten werde, und wenn dies dennoch der Fall sein sollte, so konnten sie sich darauf berufen, dass das Mädchen eine Geisel des Kaisers sei. Schlimmstenfalls gab sich Vinicius den Wachen zu erkennen und rief deren Hilfe an.

Ursus wollte eben das Häuschen betreten, als ein Geräusch von Tritten seine Aufmerksamkeit erregte; er blieb stehen, legte, als er zwei Männer erblickte, das Sieb auf einen Säulenrand und wendete sich ihnen zu. „Was sucht ihr da?“, fragte er. – „Dich“, versetzte Vinicius. Und zu Kroton gewendet, sagt er schnell und leise: „Töte ihn!“ Wie ein Tiger stürzte Kroton vorwärts, und ehe der Lygier noch zur Besinnung gelangen und die Feinde erkennen konnte, umfing er ihn mit seinen stählernen Armen. Vinicius war von Krotons außerordentlicher Stärke überzeugt genug, um das Ende des Kampfes abwarten zu können; er ließ die beiden stehen und lief auf das Häuschen zu, dessen Tür er aufstieß, worauf er sich in einem ziemlich dunkeln Gemache befand, das durch das Feuer am Kamin erleuchtet wurde. Der Widerschein der Flammen fiel gerade auf Lygias Antlitz. Am Herde saß ein alter Mann, scheinbar jener Greis, der mit Lygia und Ursus den Weg aus dem Ostranium zurückgelegt hatte.

Vinicius stürzte so plötzlich in das Zimmer, dass er Lygia, schon ehe sie ihn noch erkennen konnte, um die Mitte gefasst hatte und mit ihr, sie hoch emporhebend, zur Tür lief. Der Greis suchte ihm freilich den Weg zu versperren, doch Vinicius drückte das Mädchen mit einem Arme fest an sich und ihn mit dem anderen zur Seite. Die Kapuze glitt ihm vom Kopfe, und beim Anblick dieser wohl bekannten, in diesem Augenblicke so fürchterlichen Züge stockte Lygias Blut vor Entsetzen, und die Stimme erstarb ihr in der Kehle. Sie wollte um Hilfe rufen und konnte nicht. Ebenso vergeblich haschte sie nach dem Türrahmen, um Widerstand zu leisten. Ihre Finger glitten an den Steinen ab, und sie hätte die Besinnung verloren, wenn nicht ein grässliches Bild ihren Blick gefesselt hätte, als Vinicius mit ihr in den Garten stürmte. Hier stand Ursus und hielt auf seinen Armen einen Mann, dessen Rückgrat gebrochen war, dessen Kopf leblos herabhing, aus dessen Munde Blut rann. Kaum aber erblickte er Vinicius mit Lygia, ließ er noch einmal seine Faust auf den blutenden Kopf niederfallen, um dann wie ein rasendes Tier auf den jungen Römer loszustürzen. „Jetzt kommt dein Tod!“, dachte Vinicius. Wie im Traume hörte er nur noch Lygias Schrei: „Töte ihn nicht!“ Er fühlte nur noch etwas wie ein Blitzstrahl durch seine Arme fahren, die Erde schien sich um ihn zu drehen, dann wurde es dunkel vor seinen Augen …

Chilon harrte indessen hinter dem Mauervorsprung voll Ungeduld. Vor Ursus ängstigte er sich nicht mehr, denn auch er war fest überzeugt, Kroton habe ihn unschädlich gemacht. Und, so berechnete er weiter, sollte ein Auflauf in den bisher menschenleeren Straßen entstehen, sollten Christen oder anderes Volk Widerstand leisten, so wollte er, Held Chilon, als eine Obrigkeit, als ein Beamter des Cäsar auftreten und nötigenfalls die Wachen für den jungen Patrizier um Hilfe anrufen: dies würde ihm selbst neue Gunst erwerben. Das Vorgehen des jungen Tribuns schien ihm unweise; doch meinte er, Krotons schreckliche Stärke könne einen guten Erfolg herbeiführen. – Wenn es Schwierigkeiten gibt, dachte er, kann Vinicius das Mädchen tragen und Kroton den Weg freimachen. Der Verzug jedoch langweilte ihn und die Stille des Eingangs, den er bewachte, beunruhigte ihn. – Wenn sie das Versteck verfehlen und Lärm machen, so wird sich das Mädchen flüchten. Aber dieser Gedanke schien ihm nicht übel; denn in diesem Falle bedurfte Vinicius neuerdings seiner Dienste, und für den Fall zählte er schon im Geiste Sesterzien, die er erpressen werde. Was immer sie tun, sie arbeiten für mich, ohne es zu ahnen. O Götter! Nur erlaubt mir –

Er hielt plötzlich inne; deutlich sah er, wie jemand behutsam aus dem Tore schaute, nach allen Seiten Umschau hielt, dann aber wieder rasch verschwand. – Das ist Vinicius oder Kroton, dachte der Grieche; doch wenn sie des Mädchens habhaft geworden sind, weshalb schreit es nicht und weshalb hält einer von ihnen erst Umschau? Doch was ist das? Bei den unsterblichen Göttern! Was ist das?

Die wenigen Haare, die er noch auf dem Haupte hatte, sträubten sich ihm. Unter dem Tore stand Ursus mit dem toten Lanisten auf dem Arme, schaute nochmals prüfend umher und eilte dann die völlig leere Straße entlang dem Flusse zu. Chilon drückte sich zähneklappernd gegen die Mauer, sodass er kaum sichtbar war. – Ich muss suchen, ihm außer Sehweite zu kommen, sagte er sich und rannte mit einer Schnelligkeit davon, um die ihn der jüngste Mann hätte beneiden können. – Sobald er mich erblickt, schlägt er mich tot. Rette mich, Zeus, rette mich, Apollo, rettet mich! Hermes, zwei Kälberchen verspreche ich dir, errette mich, du Gott der Christen! Ich verlasse Rom, ich kehre nach Mesembrien zurück, nur rette mich vor diesem lygischen Ungeheuer.

Und jener Lygier, der Kroton getötet hatte, erschien ihm jetzt wie ein übermenschliches Wesen, als irgendein Gott, der die Gestalt eines Barbaren angenommen hatte. Auf einmal glaubte er an alle Götter der Welt und an alle Mythen, über die er sonst gespottet hatte. Es fiel ihm ein, der Gott der Christen könnte Kroton getötet haben, und seine Haare sträubten sich abermals bei dem Gedanken, dass er mit solcher Macht im Streite liege. Erst nachdem er durch viele Gassen geeilt war und von Ferne einige Arbeiter auf sich zu kommen sah, wurde er etwas ruhiger. Kaum mehr fähig zu atmen, setzte er sich auf die Schwelle eines Hauses und wischte sich mit dem Ende seines Mantels die schweißbedeckte Stirn ab. Ich bin alt und bedarf der Ruhe, sagte er sich im Stillen.

Die Arbeiter bogen in kleine Seitengassen ein, und der Platz wurde wieder leer. Die Stadt schlief noch. Die wohlhabenden Teile belebten sich des Morgens früher, weil die Sklaven reicher Häuser vor Tagesanbruch aufstehen mussten. Nachdem Chilon einige Zeit auf der Schwelle gesessen hatte, fühlte er eine schneidende Kälte: er stand auf, überzeugte sich, dass er die von Vinicius empfangene Börse nicht verloren hatte, und wandte sich langsamen Schrittes dem Flusse zu. Ich möchte Krotons Leichnam sehen, sagte er zu sich selbst. O Götter! Wenn dieser Lygier ein Mensch ist, könnte er sich in einem Jahre Millionen von Sesterzien erwerben; denn wer kann dem widerstehen, der Kroton erwürgt wie einen jungen Hund? Für jedes Auftreten in der Arena würde man ihm so viel Gold geben, als er selbst wiegt. Er bewacht das Mädchen besser als der Zerberus den Hades; aber möge ihn der Hades dafür verschlingen. Ich will nichts mehr mit ihm zu tun haben. Er ist mir zu knochig. Aber was soll ich jetzt tun? Etwas Schreckliches ist geschehen. Wenn er die Knochen eines Mannes wie Kroton zerbrochen hat, dann stöhnt ohne Zweifel auch die Seele des Vinicius über jenem verwünschten Hause und harrt der Beerdigung. Bei Kastor! Aber Vinicius ist ein Patrizier, ein Freund des Cäsar, ein Verwandter des Petronius, ein Kriegstribun, ein Mann, den ganz Rom kennt. Sein Tod kann nicht ungestraft bleiben. Wenn ich ins Lager der Prätorianer oder etwa zu den Wachen der Stadt ginge? Hier hielt er inne und begann nachzusinnen. Weh mir! Wer anders führte ihn zu jenem Hause als ich? Seine Freigelassenen und Sklaven sahen mich in seinem Palaste, viele von ihnen wissen auch den Zweck meines Verweilens dort, sie werden mich als die Ursache seines Todes bezeichnen, und ich werde in keinem Falle der Strafe entgehen; verlasse ich aber Rom, so setze ich mich noch größerem Verdachte aus. –

Das war schlimm. Aber von zwei Übeln musste das geringere gewählt werden. Rom war unendlich groß; Chilon schien es jetzt zu eng zu werden. Ein anderer würde sofort das Vorgefallene dem Präfekten der Stadtwache berichtet haben, ohne sich um den Verdacht, der auf ihn fallen könnte, zu kümmern, und hätte ruhig den Ausgang abgewartet. Aber Chilons ganze Vergangenheit war derart, dass ihn jede nähere Bekanntschaft mit dem Präfekten der Stadt oder dem der Wache ernstlich beunruhigen musste, da er sich hierdurch nur noch mehr verdächtig machen würde. Andererseits konnte seine Flucht den Petronius in der Meinung bestärken, Vinicius wäre durch ihn verraten und durch eine Verschwörung ermordet worden. Petronius war mächtig: er konnte die Polizei des ganzen Staates veranlassen, die Täter selbst an den Enden der Welt aufzusuchen, und er würde sie ohne Zweifel auch finden. Dennoch gedachte Chilon, ihm persönlich den ganzen Vorfall zu erzählen. Petronius war ja verständig genug und würde ihn gewiss zu Ende hören.

Ehe Chilon aber zu ihm gehen konnte, musste er sich dennoch Gewissheit über das Schicksal des Vinicius verschaffen. Plötzlich stieg in Chilon der Gedanke auf, dass die Christen sicherlich nicht wagen würden, einen so mächtigen Mann, einen Freund des Kaisers, einen hohen, militärischen Beamten zu töten, denn durch eine solche Tat würden sie sich eine allgemeine Verfolgung zuziehen. Wahrscheinlich hielten sie ihn durch eine überlegene Kraft gefangen, bis Lygia ein zweites Mal verborgen wäre. Dieser Gedanke belebte Chilons Hoffnungen aufs Neue. Wenn ihn dieser lygische Drache nicht schon beim ersten Angriff in Stücke gerissen hat, so lebt er und wird dann selber meine Unschuld bestätigen und ich habe dann ein neues Feld für mich eröffnet. Ich kann einen von des Vinicius Freigelassenen, der seinen Herrn sucht, von der Sache unterrichten: er mag zum Präfekten gehen, ich tue es nicht. Auch könnte ich Petronius aufsuchen und mir eine Belohnung verdienen. Ich habe Lygia gefunden, jetzt werde ich Vinicius entdecken und auch Lygia wieder auf die Spur kommen. Doch erst muss ich über Vinicius Gewissheit haben.

Zunächst bedurfte er der Erfrischung eines Bades und der Ruhe. Der Gang zum Ostranium, die schlaflose Nacht, die Flucht vom Stadtteile jenseits des Tiber hatten in todmüde gemacht. Eins tröstete ihn: er hatte zwei Börsen bei sich, die eine, die ihm Vinicius zu Hause gegeben, die andere, die er ihm auf dem Wege von der Begräbnisstätte zugeworfen hatte. Diese ermöglichten ihm, nach der überstandenen Aufregung reichlich zu essen und besseren Wein zu trinken als gewöhnlich. Das tat er denn auch, als endlich die Weinschenken geöffnet wurden, sodass er darüber selbst des Bades vergaß. Er wünschte zu schlafen, und von Müdigkeit überwältigt, wankte er seinem Hause an der Subura zu. Eine von des Vinicius Gelde gekaufte Sklavin erwartete ihn. In sein Schlafzimmer eingetreten, das an Dunkelheit der Höhle eines Fuchses glich, warf er sich auf sein Lager und schlief alsbald ein. Erst des Abends erwachte er oder wurde vielmehr von der Sklavin geweckt, denn es hatte jemand einer dringenden Sache wegen nach ihm gefragt.

Chilon kam sofort zu sich, er warf hastig einen Mantel um, hieß die Sklavin beiseite treten und blickte vorsichtig hinaus. Der Schrecken machte ihn starr, denn vor der Tür des Schlafzimmers stand die riesige Gestalt des Ursus. Kopf und Füße wurden ihm bei diesem Anblick eiskalt, das Herz in seiner Brust hörte auf zu schlagen und Schauer überliefen seinen Rücken. Anfangs war er unfähig zu sprechen, dann aber sagte oder vielmehr stöhnte er unter Zähneklappern: „Syra, ich bin nicht zu Hause, ich kenne den guten Mann nicht!“ – „Ich sagte ihm, du wärest da, schliefest aber“, antwortete das Mädchen, „er suchte mich, dich zu wecken.“ – „O Götter! Ich lasse dich peitschen, hän –“

Aber Ursus wurde ungeduldig, näherte sich der Tür des Schlafzimmers und rief, den Kopf hineinbeugend: „O Chilon

Chilonides!" – „Pax tecum! pax! pax!", antwortete Chilon. „O, bester aller Christen! Ja, ich bin Chilon, aber das ist ein Irrtum – – ich kenne dich nicht!" – „Chilon Chilonides", entgegnete Ursus, „dein Herr, Vinicius, lässt dich zu sich rufen."

Elftes Kapitel.

Vinicius erwachte über einem empfindlichen Schmerz. Im ersten Augenblick fand er sich nicht zurecht; sein Kopf summte, und es lag wie Nebel vor seinen Augen. Doch allmählich kehrte die Besinnung wieder, und er erblickte wie durch einen Nebelschleier die Gestalten dreier um ihn beschäftigter Männer. Zwei von ihnen kannte er, es waren Ursus und jener Greis, den er weggestoßen hatte, als er Lygia hinaustrug. Der dritte, ein Unbekannter, hielt seinen linken Arm und betrachtete ihn vom Ellenbogen bis zum Schulterblatt, was ihm große Schmerzen verursachte. In der Meinung, man wolle sich an ihm rächen, stieß er durch die Zähne hervor: „Tötet mich!" Doch die Männer schienen seine Worte nicht zu beachten. Ursus hielt lange Streifen weißen Leinens in der Hand, und der Alte sagte gerade zu dem Manne, der den Arm des Vinicius befühlte: „Glaucus, weißt du auch genau, dass die Kopfwunde nicht tödlich ist?"

„Die Kopfwunde ist leicht, ehrwürdiger Crispus", erwiderte Glaucus. „Zur Zeit, da ich noch als Sklave bei der Flotte diente, und später, da ich in Neapel wohnte, heilte ich viele derartige Wunden, und mit dem Gelde, das mir diese Beschäftigung eintrug, kaufte ich mich und die Meinigen frei. Als dieser Mann (hierbei blickte er auf Ursus) dem Jüngling das Mädchen wieder entriss und ihn an die Mauer drückte, suchte er sich offenbar mit dem Arme zu schützen, dadurch brach er ihn zwar, bewahrte sich aber vor einer tödlichen Wunde.“ – „Du hast schon manchen von den Brüdern gepflegt“, erwiderte Crispus, „deshalb habe ich auch gleich Ursus nach dir geschickt.“ – „Ursus, der mir unterwegs bekannte, dass er mich gestern töten sollte.“ – „Diese Absicht gestand er mir früher – ich aber, der dich und deine Liebe zu Christus kennt, erklärte ihm, dass nicht du der Verräter bist, sondern jener Unbekannte, der ihn zu einem Morde überreden wollte.“ – „Ich hielt ihn für einen Engel, aber er ist ein böser Geist“, bemerkte Ursus seufzend. – „Das kannst du mir später erzählen“, erwiderte Glaucus, „jetzt müssen wir an den Verwundeten denken.“ Er neigte sich abermals über Vinicius, um dessen Arm einzurichten, wobei der Kranke in Ohnmacht fiel. Erst nachdem Glaucus mit seinen Hantierungen fertig war, erwachte er und erblickte Lygia.

Sie stand dicht an seinem Lager und hielt einen kleinen kupfernen mit Wasser gefüllten Eimer, in den Glaucus von Zeit zu Zeit einen Schwamm tauchte, womit er ihm den Kopf benetzte. Vinicius traute seinen Augen nicht. Ihm schien, er träume, oder das Fieber zaubere ihm diese herrliche Vision vor. Erst nach einer Weile vermochte er zu flüstern: „Lygia!“ – Bei dem Tone seiner Stimme bebte das Eimerchen in ihrer Hand; aber sie wandte ihm die traurigen Augen zu. „Der Friede sei mit dir!“, erwiderte sie leise. So stand sie vor ihm, Mitleid und Kummer auf den Zügen. – „Lygia“, sagte er leise, „du wolltest nicht, dass man mich töte.“ – „Möge dir Gott die Gesundheit wiedergeben“, sagte sie sanft.

Diese Worte waren für Vinicius, der jetzt alles Unrecht, das er ihr zugefügt hatte, lebhafter als je empfand, ein wahrer Balsam. Er vergaß, dass vielleicht nur die christliche Lehre sie so zu ihm sprechen ließ; er fühlte nur, dass das geliebte Weib sprach, und dass in ihrer Antwort eine besondere Zärtlichkeit, eine geradezu übermenschliche Güte lag, die in ihm eine große Gemütsbewegung hervorrief. Er wurde schwach vor Rührung und Schmerz. Eine Art von süßer Ohnmacht hielt ihn umfangen. Indessen hatte Glaucus die Kopfwunde ausgewaschen und eine heilende Salbe angewendet. Ursus nahm Lygia das Eimerchen ab, sie ergriff eine auf dem Tische bereitstehende Trinkschale, die mit Wasser und Wein gefüllt war, und führte sie an des Verwundeten Lippen. Vinicius trank gierig, worauf er eine große Erleichterung fühlte. Seit der Verband angelegt war, hatten die Schmerzen nachgelassen; das Bewusstsein kehrte allmählich wieder. „Gib mir noch zu trinken“, sagte er.

Lygia ging mit der leeren Trinkschale ins Nebenzimmer, und Crispus näherte sich nach einigen mit Glaucus gewechselten Worten dem Lager und sagte: „Vinicius, Gott erlaubte dir nicht, eine schlimme Tat zu begehen, aber er erhielt dich am Leben, damit du in dich gehest. Der, in dessen Hand der Mensch nur Staub ist, ließ dich wehrlos in unsere Hände fallen, aber Christus, an den wir glauben, befiehlt uns, auch unsere Feinde zu lieben. Wir haben deine Wunden verbunden und wollen Gott um eine baldige Genesung bitten, aber wir können nicht länger über dich wachen. Verhalte dich ruhig und denke nach, ob es sich für dich geziemt, Lygia noch länger zu verfolgen? Lygia, die du schon ihrer Beschützer und des Obdaches beraubt hast, und auch uns, die wir Böses mit Gutem vergelten.“ – „Wollt ihr mich verlassen?“, fragte Vinicius. – „Wir müssen dieses Haus verlassen, da uns hier die Verfolgung des Stadtpräfekten ereilen kann.“ – „Eine Verfolgung braucht ihr nicht zu befürchten“, sagte Vinicius, „ich schütze euch.“

Crispus wollte ihm nicht sagen, dass es sich hier nicht nur um den Präfekten und dessen Befugnisse handle, sondern auch um ihn, dass sie kein Vertrauen zu ihm hätten und Lygia vor jeder weiteren Anfechtung zu schützen wünschten. „Herr“, sagte er deshalb, „deine rechte Hand ist gesund, hier sind Täfelchen und Griffel, schreibe deinen Dienern, heute Abend mit der Sänfte zu kommen und dich in dein Haus zu tragen, wo du dich wohler fühlen wirst, als hier inmitten unserer Armut. Wir wohnen bei einer armen Witwe, die bald mit ihrem Sohne heimkehren wird; der Knabe kann deinen Brief besorgen, während wir ein anderes Obdach suchen.“ Vinicius erbleichte, denn er sah, dass man ihn von Lygia trennen wolle, und wenn er sie jetzt verlor, war alles aus. Er marterte seinen Geist, um ein Mittel zu finden, Lygia und ihre Beschützer zurückzuhalten. Doch die Zeit war zu kurz. Es wurde ihm abermals dunkel vor den Augen, dennoch suchte er sich zu fassen und sprach: „Höret mich, Christen! Gestern war ich mit euch im Ostranium und habe eure Lehre vernommen, aber selbst wenn ich nie etwas davon gehört hätte, würden mich eure Taten doch davon überzeugen, dass ihr gute und redliche Menschen seit. Saget der Witwe dieses Hauses, sie möge darin bleiben, bleibet auch ihr und lasst auch mich bleiben. Dieser Mann (er wendete den Blick auf Glaucus) wird entscheiden, ob man mich heute fortbringen kann. Ich bin krank, ich darf meinen Arm während einiger Tage nicht bewegen, und darum erkläre ich euch, dass ich mich nicht von der Stelle rühre, außer ihr schleppt mich mit Gewalt fort.“

Er brach ab, denn die zerschlagene Brust machte ihm Beschwerden. „Herr“, sagte Crispus, „niemand wird Gewalt gegen dich anwenden, nur wir müssen eine andere Zufluchtsstätte suchen.“ Der junge Mann, der so wenig an Widerstand gewöhnt war, runzelte die Stirn und sagte: „Lasset mich doch erst zu Atem kommen.“ Gleich darauf begann er wieder: „Nach Kroton, den Ursus erwürgte, wird niemand fragen; er sollte heut nach Beneventum fahren. Alle werden denken, er sei abgereist. Als ich mit ihm das Haus betrat, sah uns niemand, außer dem Griechen, der mit uns im Ostranium war. Ich will euch sagen, wo er wohnt; bringt ihn zu mir, damit ich ihm Stillschweigen auferlege, denn er steht in meinem Solde." – „Glaucus wird bei dir bleiben", sagte Crispus, „und er und die Witwe werden dich pflegen."

Vinicius runzelte wieder die Stirn, und nachdem er abermals tief Atem geholt hatte, sagte er: „Bedenket wohl, alter Mann, was ich sage. Ich bin dir Dank schuldig, und du scheinst gut und redlich zu sein. Aber du fürchtest, ich könnte meine Sklaven rufen, um Lygia zu entführen? Ist dem so?" – „Ja!", erwiderte Crispus streng. – „So bedenke doch, dass ich vor euch mit Chilon sprechen und den Brief schreiben werde, in dem ich meine Abreise ankündige, und dass ich später keine anderen Boten mehr haben kann als euch. Bedenke das, und reize mich nicht länger." Sein Antlitz verzog sich wie im Krampfe und er sprach lebhaft: „Höre mich weiter! Wenn Lygia nicht bleibt, so reiße ich mir mit der gesunden Hand den Verband ab, und nehme weder Speise noch Trank: mein Tod aber komme über dich und deine Brüder. Warum hast du mich gepflegt? Warum hießest du mich nicht töten?"

Lygia, die im Nebenzimmer das ganze Gespräch angehört hatte und überzeugt war, dass Vinicius auch ausführen werde, was er voraussagte, erschrak über seine Worte. Seinen Tod wollte sie um nichts in der Welt. Mit begeistertem Antlitz näherte sie sich Crispus und sagte: „Crispus, lass ihn bleiben, und wir wollen ihn nicht verlassen, bis Christus ihn wieder gesund gemacht hat." Der alte Presbyter liebte es, überall Gottes Eingebung zu erkennen, und dachte beim Anblick der begeisterten Jungfrau, vielleicht rede eine höhere Macht aus ihr. Ehrfürchtig beugte er sein greises Haupt und sagte: „Es geschehe, wie du sagst."

Auf Vinicius, der die Augen nie von mir abgewendet hatte, machte der Gehorsam des Crispus tiefen Eindruck. Lygia kam ihm unter den Christen als eine Art Sibylle oder Priesterin vor, der man Gehorsam und Ehrerbietung erwies. Auch er empfand Ehrfurcht vor ihr. Zur Liebe gesellte sich eine Art Scheu, die ihm seine Liebe beinahe als Anmaßung erscheinen ließ. Doch konnte er sich nicht mit dem Gedanken vertraut machen, dass sein Verhältnis zu ihr ein anderes sei, dass nicht sie von ihm, sondern er von ihr abhänge, dass er krank, gebrochen hier liege und aufgehört habe, die angreifende, fliegende Macht zu sein, und dass er wie ein hilfloses Kind auf ihre Pflege angewiesen sei. Seiner stolzen Natur wäre ein solches Verhältnis zu jeder anderen Person demütigend vorgekommen; ihr aber war er dankbar wie einer Königin.

Solche Gefühle waren unerhört bei ihm, es waren Gefühle, deren er den Tag zuvor nicht fähig gewesen wäre und die ihn auch jetzt in Erstaunen gesetzt hätten, wäre er ihrer so recht bewusst geworden. Doch er dachte augenblicklich nicht daran, über die Umwandlung nachzusinnen; sie schien ihm ganz natürlich. Er war glücklich, dass er bleiben durfte. Und er wollte ihr dankbar sein und empfand etwas, das er nicht zu nennen vermochte; es war einfach Unterwürfigkeit. Sein voriger Zorn hatte ihn so erschöpft, dass er nur mit den Augen danken konnte. Diese aber leuchteten vor Freude darüber, dass er in ihrer Nähe weilen und sie sehen durfte, morgen, übermorgen, vielleicht für lange Zeit. Zu seiner Wonne gesellte sich bald eine Furcht zu verlieren, was er schon gewonnen glaubte. So groß war sie, dass er sich nicht getraute, ihre Hand zu fassen, als ihm Lygia abermals zu trinken gab. Er getraute sich nicht! Er, jener Vinicius, der sie an Cäsars Gelage trotz ihres Widerstandes geküsst hatte, er, der nach ihrer Flucht geschworen, sie bei den Haaren ins Cubiculum zu schleifen oder sie peitschen zu lassen! – Aber Vinicius fürchtete auch, dass äußere Gewalt seine Freude zerstören könnte. Chilon konnte dem Stadtpräfekten oder seinen Freigelassenen sein Verschwinden anzeigen, und in diesem Falle war der Angriff gegen dieses Haus durch die Stadtwache mehr als wahrscheinlich. Es fiel ihm zwar ein, dass er dann Lygia ergreifen und mit sich nehmen könnte, doch fühlte er zugleich, dass er einer solchen Handlungsweise nicht mehr fähig sei. Er war zwar grausam und verderbt genug, und wenn nötig, unerbittlich, aber er war kein Tigellinus, kein Nero. Das militärische Leben hatte in ihm ein gewisses Gefühl für Gerechtigkeit und Religion und so viel Gewissen hinterlassen, um eine solche Tat als gemein zu erkennen. In einem Ausbruch von Ärger und im Vollbesitz seiner Kraft wäre er vielleicht hierzu fähig gewesen; jetzt aber war er krank und weich gestimmt. Er fürchtete nur, es möchte sich jemand zwischen ihn und Lygia stellen. Und mit Staunen gewahrte er, dass von dem Augenblicke an, wo Lygia seine Partei ergriff, weder sie noch Crispus irgendeine Zusicherung seines Schutzes verlangten, gerade als ob sie für den Fall der Not auf die Hilfe einer übernatürlichen Macht vertrauten. Vinicius, in dessen Geist seit der Rede des Apostels im Ostranium die Begriffe von Möglichem und Unmöglichem verwirrt und unsicher geworden, war selber geneigt, daran zu glauben. Wenn er aber die Dinge nüchtern betrachtete, erinnerte er sich an den Griechen und verlangte nach Chilon. Und Crispus stimmte zu und beschloss, Ursus zu senden. Vinicius bezeichnete dem Lygier den Weg, die Wohnung.

In Rom jemand ausfindig zu machen, war selbst bei den genauesten Angaben nicht leicht. Aber Ursus besaß den Instinkt eines Jägers und kannte die Stadt genau, und so hatte er in kurzer Zeit Chilons Wohnung ermittelt. Ursus kannte Chilon nicht. Er hatte ihn erst einmal bei Nacht gesehen. Zudem war jener sichere und dreiste Mann, der Ursus hatte überreden wollen, Glaucus zu töten, dem vom Schrecken jetzt doppelt gebeugten Griechen so unähnlich, dass niemand in diesen beiden dieselbe Person vermutet hätte. Als darum Chilon bemerkte, dass Ursus ihn für einen Fremden hielt, atmete er erleichtert auf; der Anblick der von Vinicius überbrachten Täfelchen beruhigte ihn noch mehr. Außerdem wusste er nun, dass die Christen Vinicius nicht getötet hatten. „Vinicius wird mich schützen“, dachte er, „dem Tode wird er mich nicht überliefern.“ Er fasste sich also und sagte: „Guter Mann, hat mein Freund, der edle Vinicius, keine Sänfte geschickt? Meine Füße sind geschwollen, ich kann so weit nicht gehen.“ – „Nein“, antwortete Ursus, „wir werden zu Fuß gehen.“ – „Aber wenn ich mich dessen weigere?“ – „Weigere dich nicht, denn du musst gehen.“ – „Ich werde gehen, aber nicht weil ich muss. Niemand könnte mich sonst dazu zwingen, denn ich bin ein freier Mann und ein Freund des Stadtpräfekten. Als Weltweiser verfüge ich auch über Mittel, durch die ich Menschen in Bäume und Tiere verwandeln kann. Aber ich gehe, ich gehe! Ich will nur einen wärmeren Mantel mit einer Kapuze nehmen, damit mich die Sklaven in diesen Stadtteilen nicht erkennen, weil sie uns sonst unaufhörlich aufhalten würden, um mir die Hände zu küssen.“

Er warf einen Mantel um und zog die weite Kapuze über den Kopf, aus Furcht, Ursus werde seine Züge bei heller Beleuchtung erkennen. „Wohin führst du mich?“, fragte er unterwegs. – „Jenseits des Tiber.“ – „Ich bin noch nicht lange in Rom, und war noch nicht dort, aber sicher leben auch dort Leute, die die Tugend lieben.“ Doch Ursus, der ein naiver Mensch war, und Vinicius sagen gehört hatte, dass der Grieche mit ihm am Friedhofe im Ostranium gewesen sei, und hierauf gesehen habe, wie er mit Kroton unter dem Haustore verschwand, hielt den Schritt an und sprach: „Lüge nicht, Alter, du warst heute mit Vinicius im Ostranium und unter unserm Tore.“ – „Ach“, sagt Chilon, „euer Haus steht also jenseits des Tiber? Ich bin noch nicht lang in Rom und weiß nicht recht, wie die verschiedenen Stadtteile heißen. Ganz richtig, mein Freund! Ich war vor euerm Tore und flehte Vinicius im Namen der Tugend an, nicht einzutreten. Ich war auch im Ostranium, und weißt du warum? Seit langer Zeit arbeite ich nämlich an des Vinicius Bekehrung, und wollte daher, dass er den ältesten der Apostel höre. Möge doch Licht in seine Seele dringen und in deine! Du bist doch ein Christ und wünschtest, dass die Wahrheit über die Falschheit den Sieg davontrage?" – „Ja!", antwortete Ursus demütig.

Neuer Mut beseelte Chilon. „Vinicius ist ein mächtiger Herr", sagte er, „und ein Freund des Kaisers. Er gehorcht leider noch oft den Eingebungen des bösen Geistes, aber würde ihm auch nur ein Haar seines Hauptes gekrümmt werden, so würde der Kaiser dies an allen Christen rächen." – „Eine höhere Macht waltet über uns." – „Ganz richtig! Aber was gedenkt ihr mit Vinicius anzufangen?", fragte Chilon weiter. – „Ich weiß nicht, Christus befiehlt uns, barmherzig zu sein." – „Das ist recht so! Gedenke stets daran, sonst wirst du in der Hölle braten, wie eine Wurst in der Pfanne." Ursus seufzte, und Chilon dachte bei sich, dass er mit diesem Menschen, der im ersten Aufbrausen so fürchterlich sein konnte, immer werde machen können, was er wollte. Von dem Wunsche beseelt, über das Vorgefallene Näheres zu erfahren, sagte er in strengem Tone: „Was habt ihr mit Kroton gemacht? Rede und halte dich streng an die Wahrheit." Ursus seufzte zum zweiten Male: „Vinicius wird es dir sagen." – „Das heißt, dass du ihn mit dem Messer erstochen oder mit einer Keule erschlagen hast?" – „Ich war unbewaffnet." Der Grieche konnte sich der Verwunderung über die unmenschliche Kraft des Barbaren nicht enthalten.

„Dass dich Pluto –! Das heißt, ich wollte sagen, dass dir doch Christus verzeihen möge! Ich werde dich nicht verraten, aber hüte dich vor den Wachen." – „Ich fürchte Christus und nicht die Wachen." – „Und mit Recht. Es gibt keine schwerere Sünde als den Mord. Ich will für dich beten, du musst aber auch noch das Gelübde tun, nie im Leben mehr an einen Menschen Hand anzulegen." – „Ich habe nicht absichtlich getötet", erwiderte Ursus. Aber Chilon, der stets um sein eigenes Leben zitterte, ließ es sich noch weiter angelegen sein, dem Lygier den Mord als eine Abscheulichkeit hinzustellen und ihn zur Ablegung eines Gelübdes aufzumuntern. In solchem Zwiegespräche legten sie den weiten Weg zurück und standen endlich vor dem Hause. Chilons Herz fing an, unruhig zu schlagen. In seiner Angst kam es ihm vor, als ob Ursus ihn mit einem lüsternen Blicke messe. „Ein netter Trost für mich, wenn er mich auch nur unabsichtlich totschlägt", meinte er bei sich, „und es wäre mir auf alle Fälle lieber, wenn der Schlag ihn träfe und alle Lygier mit ihm. Das wolle Zeus nämlich, wenn er es vermag." Unter diesen Betrachtungen zog er seinen Mantel fester um sich, indem er wiederholt versicherte, er fürchte sich vor der Kühle. Als sie dann durch den Flur und den Vorhof in den Korridor gelangten, der zu dem Gärtchen des kleinen Hauses führte, blieb er plötzlich stehen und sagte: „Lass mich nur Atem schöpfen, sonst bin ich nicht im Stande, mit Vinicius zu sprechen und ihm heilsame Ratschläge zu erteilen." Obwohl er sich sagte, dass hier keine Gefahr drohe, so zitterten doch seine Beine bei dem Gedanken, vor jenen geheimnisvollen Leuten zu erscheinen, die er im Ostranium gesehen.

Da drangen Töne eines Gesanges an sein Ohr. „Was ist das?", fragte er. – „Du behauptest, ein Christ zu sein und weißt nicht, dass wir vor und nach jedem Male unsern Erlöser mit unseren Gesängen verehren?", erwiderte Ursus. „Führe mich direkt zu Vinicius." – „Vinicius ist in der derselben Stube, wo die andern sind, nebenan sind unsere Cubicula." Sie traten ein. In dem Raume war es dunkel; es war ein bewölkter Winterabend, und die Flammen einiger Lämpchen erhellten die Dämmerung nur unvollständig. Vinicius erriet mehr die Gestalt Chilons in dem weiten Kapuzenmantel, als er ihn erkannte, jener aber, das Lager in der Ecke und darauf Vinicius wahrnehmend, stürzte auf ihn zu, ohne die übrigen zu beachten, wie wenn er die Überzeugung hege, dass er bei ihm am sichersten sei. „O Herr! Warum folgtest du nicht meinem Ratschlag!“, rief er, die Hände faltend. – „Schweige“, sagte Vinicius, „und höre!“

Er sah Chilon scharf in die Augen und sprach langsam und eindringlich, als wolle er jedes Wort als Befehl aufgefasst wissen und es für immer dem Gedächtnisse Chilons einprägen. „Kroton warf sich auf mich, um mich zu ermorden und zu berauben, verstanden? Ich erschlug ihn, und diese Leute hier verbanden die Wunden, die ich im Kampfe mit ihm davontrug.“ Chilon hatte sofort begriffen, was Vinicius wollte, verdrehte die Augen und rief: „Das war ein abgefeimter Gauner, Herr! Ich habe dich gewarnt, ihm nicht zu trauen. Alle meine Lehren prallten an deinem Schädel ab, wie Erbsen, wenn man sie gegen die Wand wirft. Im ganzen Hades gibt es nicht genug Martern für ihn. O ihr Götter!“ Er verstummte plötzlich, denn es fiel ihm ein, dass er sich vor Ursus für einen Christen ausgegeben habe. „Hätte ich nicht die Sica bei mir gehabt, so wäre ich von ihm erschlagen worden“, fügte Vinicius hinzu. – „Ich segne den Moment, da ich dir riet, wenigstens ein Messer mitzunehmen.“

Vinicius warf einen forschen Blick auf den Griechen und fragte: „Was hast du heute gemacht?“ – „Wie? Sollte ich dir, o Herr, noch nicht gesagt haben, dass ich für dein Wohl ein Gelübde ablegte?“ – „Sonst nichts?“ – „Ich war gerade im Begriff, dich aufzusuchen, als jener gute Mann zu mir kam, um mich zu dir zu führen.“ – „Da hast du ein Täfelchen. Damit gehst du in mein Haus, suchst meinen Freigelassenen auf und übergibst es ihm. Es steht darauf, ich sei nach Beneventum gereist. Mündlich kannst du Demas bestellen, ich sei heute früh dahin abgereist, infolge eines dringenden Briefes des Petronius." Hierauf wiederholte er mit Nachdruck: „Ich bin nach Beneventum abgereist, verstanden?" – „Ja, Herr, du bist abgereist. Heute früh habe ich doch bei der Porta Capena Abschied von dir genommen, und seit deiner Abreise fühle ich eine solche Sehnsucht nach dir, dass ich mich, wenn sie deine Großmut nicht stillt, noch zu Tode trillern werde, wie die unglückliche in eine Nachtigall verwandelte Gemahlin des Zethos aus Kummer um ihren Itylos." Vinicius konnte sich trotz seiner Krankheit eines Lächelns nicht erwehren. Auch war er froh, dass ihn Chilon sogleich verstand, und sagte daher: „Ich will also dazuschreiben, dass man deine Tränen trockne. Reiche mir ein Lämpchen."

Chilon, vollkommen beruhigt, näherte sich mit eiligen Schritten dem Kamin und holte eine der brennenden Lampen. Doch als ihm bei dieser Bewegung die Kapuze vom Kopfe glitt und das Licht auf sein Gesicht fiel, sprang Glaucus plötzlich von der Bank auf und stand, sich ihm rasch nähernd, im nächsten Augenblick vor ihm. „Erkennst du mich nicht, Cephas?", fragte er. In dem Tone seiner Stimme lag etwas so Schreckliches, dass alle Anwesenden zusammenschauerten. Chilon hob das Lämpchen empor und ließ es sofort wieder zur Erde fallen, dann sank er in sich zusammen und stöhnte: „Ich bin es nicht, ich bin es nicht! Barmherzigkeit!" Glaucus aber wendete sich zu den andern, die beim Nachtmahle saßen, und rief: „Das ist der Mann, der mich und meine Familie verkaufte und ins Verderben stürzte."

Seine Geschichte war sowohl den Christen wie auch dem Vinicius wohlbekannt, und dieser hatte nur deshalb nicht erraten, wer Glaucus sei, weil er, während des Verbandes vor Schmerz beständig bewusstlos, dessen Namen nicht gehört hatte. Doch für Ursus war dieser Augenblick im Verein mit den Worten des Glaucus wie ein Blitzstrahl in tiefer Dunkelheit. Chilon erkennend, war er mit einem Sprunge bei ihm; er packte ihn bei den Armen, bog diese zurück und rief: „Dieser ist es, der mir eingeredet hat, ich müsse Glaucus ermorden."

„Barmherzigkeit!", stöhnte Chilon. „Herr!", rief er, den Kopf zu Vinicius wendend, „rette mich! Dir habe ich vertraut, so nimm dich meiner an. Deinen Brief liefere ich ab! Herr! Herr!" Doch Vinicius, der den Vorgang gleichgültiger als alle andern mitansah, sagte: „Vergrabt ihn im Garten! Den Brief können andere besorgen."

Diese Worte klangen dem Chilon wie ein Todesurteil. Seine Knochen krachten unter den gewaltigen Händen des Ursus, Tränen des Schmerzes traten in seinen Augen. „Bei eurem Gott! Barmherzigkeit!", rief er, „ich bin ein Christ! Pax vobiscum! Ich bin ein Christ, und wenn ihr mir nicht glaubt, so tauft mich noch einmal, tauft mich noch zweimal, noch zehnmal! Glaucus, das muss ein Irrtum sein. Erlaubt mir, noch etwas zu sagen! Macht mich zum Sklaven, aber tötet mich nicht! Habt Erbarmen!" Während seine vor Schmerz erstickte Stimme immer schwächer wurde, erhob sich der Apostel Petrus von seinem Sitze, schüttelte einen Augenblick sein greises Haupt, das er auf die Brust gesenkt hatte, schlug die Augen auf und sagte laut, während ringsum eine tiefe Stille herrschte: „So aber sprach zu uns der Erlöser: So dein Bruder an dir sündigt, strafe ihn; wenn er bereut, vergib ihm. Und wenn er siebenmal des Tages an dir sündigen würde und siebenmal des Tages wiederkäme zu dir und spräche: es reuet mich, so solltest du ihm vergeben!" Es war noch stiller ringsum geworden. Glaucus stand lange Zeit da, das Antlitz in den Händen verborgen, dann ließ er diese sinken und sprach: „Cephas, möge dir Gott ebenso verzeihen, wie ich dir im Namen Christi verzeihe."

Ursus aber ließ Chilons Arme los und sagte: „Möge mir der Erlöser ebenso barmherzig sein, wie ich dir vergebe!" Chilon fiel zu Boden und sich mit den Händen stützend, drehte er den Kopf wie eine in der Schlinge gefangene Bestie, um zu sehen, von welcher Seite der Tod komme. Kaum traute er seinen Augen und Ohren und wagte nicht, Vergebung zu hoffen. Seine blauen Lippen bebten vor Schrecken; langsam kehrte sein Bewusstsein wieder. „Geh in Frieden!", sagte indes der Apostel.

Chilon erhob sich, konnte aber nicht sprechen. Er näherte sich dem Lager des Vinicius, als wollte er dort Schutz suchen; denn er hatte noch nicht Zeit gehabt, daran zu denken, dass dieser Mann ihn verdammte, obwohl er seine Dienste benutzt hatte und zudem sein Mitschuldiger war, während jene, gegen die sie gerichtet waren, vergaben. Dies sollte ihm erst später klar werden. Für jetzt sprachen nur Staunen und Zweifel aus seinen Mienen. Es war ihm, als würde sich, falls er noch länger bliebe, neuerdings etwas Unerwartetes ereignen; darum sagte er mit gebrochener Stimme zu Vinicius: „Gib den Brief her, Herr, gib den Brief her!"

Indem er Vinicius die dargereichte Tafel entriss, machte er vor den Christen eine Kniebeuge, eine zweite vor dem kranken Manne und eilte längs der Wand zur Tür hinaus. In der Dunkelheit des Gartens befiel ihn neue Furcht, wieder sträubte sich sein Haar; denn er hielt es für gewiss, dass Ursus herausstürzen und ihn im Schutze der Nacht töten würde. Mit dem Aufgebot all seiner Kräfte wäre er gern davongesprungen, aber seine Beine waren zu schwach dazu, und im nächsten Augenblicke versagten sie ihm geradezu den Dienst, denn Ursus stand neben ihm. Chilon fiel mit den Angesicht zur Erde und begann zu stöhnen: „Ursus, im Namen Christi –" Aber Ursus sagte: „Fürchte nichts! Der Apostel befahl, dich über das Tor hinauszubegleiten, weil du dich sonst verirren könntest, und dich heimzuführen, falls dir die Kräfte mangelten." – „Was sagst du da?", fragte Chilon, das Angesicht erhebend. „Wie, du willst mich nicht töten?" – „Nein; und wenn ich dich zu grob angefasst und dir wehe getan habe, so verzeihe mir!" – „Hilf mir aufstehen!", sagte der Grieche. „Du wirst mich nicht töten, du wirst es gewiss nicht? Bringe mich auf die Straße, dann gehe ich allein weiter!"

Ursus hob ihn auf, als wäre Chilon eine Feder, stellte ihn auf die Füße; darauf führte er ihn durch den dunkeln Gang zum zweiten Hofe und durch den Eingang nach der Straße. Im Korridor sagte sich Chilon immer wieder: „Jetzt ist es um mich geschehen!" Erst als er sich auf der Straße befand, erholte er sich und sprach zu Ursus: „Ich kann allein weitergehen." – „Friede sei mit dir!" – „Und mit dir! Und mit dir! Lass mich Atem holen!" Nachdem Ursus gegangen war, atmete Chilon mehrmals tief auf. Er befühlte Brust und Hüften, als wolle er sich überzeugen, dass er noch lebe, und beschleunigte dann seine Schritte. „Aber warum töteten sie mich nicht?" Und trotz seinem Gespräche mit Euricius über die Christliche Lehre, trotz seiner Unterredung mit Ursus am Flusse, trotz allem, was er im Ostranium gehört hatte, konnte er sich diese Frage nicht beantworten. –

Auch Vinicius war aus dem Vorgefallenen nicht klug geworden, und er war im Grunde seines Herzens nicht minder verwundert als Chilon. Die ihm zuteil gewordene Behandlung schrieb der jungen Patrizier der Glaubenslehre, noch mehr aber dem Einfluss Lygias und auch ein wenig seinem Ansehen zu. Aber das Verfahren der Christen Chilon gegenüber überstieg geradezu sein Begriffsvermögen. Weshalb hatte der Apostel gesagt: wenn jemand siebenmal gesündigt hätte, müsse ihm auch siebenmal verziehen werden? Weshalb hat Glaucus zu Chilon gesagt: möge dir Gott verzeihen, wie ich dir verzeihe! Ihm schien, sie seien Schafe, die früher oder später von Wölfen zerrissen werden mussten; aber der junge Römer war unfähig, Leute richtig zu schätzen, die sich gelassen ihrem Schicksal ergeben. Dennoch machte es einen tiefen Eindruck auf ihn, als er sah, dass die Gesichter aller Anwesenden von tiefinnerer Befriedigung strahlten, und er blickte verständnislos von einem zum andern. Der Apostel trat zu Glaucus, legte seine Hand auf dessen Haupt und sprach: „Christus hat in dir gesiegt!" Glaucus aber blickte empor; vertrauensvoll und heiter, als ströme ein großes, unerwartetes Glück auf ihn hernieder; Vinicius, der nur die Freude an der vollzogenen Rache begriffen hätte, sah aus fieberweiten Augen zu ihm hinüber wie zu einem Verrückten. – Da sah er und zwar nicht ohne innerliche Empörung, dass Lygia ihre königlichen Lippen auf die Hand dieses Mannes presste, der wie ein Sklave aussah, und es war ihm, als sei die ganze Weltordnung umgestoßen. Jetzt kehrte Ursus zurück und erzählte, wie er Chilon auf die Straße hinausgeführt und wegen der ihm möglicherweise zugefügten Verletzung um Verzeihung gebeten habe, wofür der Apostel auch ihn segnete und Crispus erklärte, dies sei der Tag des Sieges. Als Vinicius von diesen Siege vernahm, ging ihm der Gedankenfaden völlig aus. Doch als ihm Lygia nach einer Weile abermals einen kühlen Trunk reichte, hielt er ihre Hand für einen Augenblick fest und fragte: „Hast du mir vergeben?"

„Wir sind Christen. Es ist uns nicht gestattet, Groll im Herzen zu tragen." – „Lygia!", sagte er hierauf, „wer auch immer dein Gott sein mag, ich will ihm hundert Rinder opfern, nur weil er der deine ist." – Sie aber antwortete: „Du wirst ihn verehren, wenn du ihn lieben gelernt haben wirst." – „Nur darum, weil er der deine ist", wiederholte Vinicius mit schwächerer Stimme. Er schloss die Lider, von neuer Ohnmacht übermannt.

Lygia ging hinaus, kehrte jedoch bald wieder und beugte sich über ihn, um zu sehen, ob er schlafe. Vinicius fühlte ihre Nähe und öffnete lächelnd die Augen. Sie legte die Hand sanft auf seine Lider, um ihn zum Schlafen zu bringen. Ein wonniges Gefühl durchzuckte ihn; bald aber verschlimmerte sich sein Zustand. Die Nacht war gekommen und mit ihr ein heftiges Fieber. Schlaflos folgte er jeder Bewegung Lygias. Zuweilen fiel er in eine Art Schlummer, wobei er alles sah und hörte, was vorging, worin aber Wirklichkeit mit Fieberträumen verschmolz. Es war ihm, als sehe er in einem alten verlassenen Friedhofe einen turmartigen Tempel stehen, dessen Priesterin Lygia war. Sie stand auf der Turmspitze, eine Laute in der Hand, von Licht umflossen, gleich den Priesterinnen, die nachts dem Monde zu Ehren Hymnen singen, wie er solche Priesterinnen im Morgenlande gesehen hatte. Er kletterte mit großer Mühe die gewundene Treppe empor, um Lygia fortzutragen. Hinter ihm kletterte Chilon, zähneklappernd vor Angst und beständig rufend: „Lass ab, Herr, sie ist eine Priesterin. Er wird Rache nehmen." Vinicius wusste nicht, wer dieser Er sei, fühlte jedoch, dass er einen Gottesraub begehen wollte und empfand furchtbare Angst. Und als er die Balustrade erreichte, die um die Turmspitze lief, stand auf einmal der Apostel mit dem Silberbarte an Lygias Seite und rief: „Erhebe deine Hand nicht, sie gehört zu mir." Dann führte der Apostel Lygia hinweg auf einem Pfade, den Mondesstrahlen bildeten und der zum Himmel emporgerichtet schien. Vinicius aber streckte die Arme nach ihnen aus und bat sie, ihn mitzunehmen.

Hier erwachte er und blickte um sich. Die Lampe brannte trübe, warf aber genügend Licht auf die Gegenstände. Die Christen saßen am Feuer und wärmten sich, denn die Nacht war frostig, und das Zimmer kalt. Vinicius sah den Atem dampfend aus ihrem Munde dringen. In der Mitte saß der Apostel; vor seinen Knien befand sich Lygia auf einem Schemel. Um sie herum waren Glaucus, Crispus und Miriam. Zu äußerst saß auf der einen Seite Ursus, auf der anderen der Miriam Sohn Nazarius, ein hübscher Knabe mit dunklem, langem, über die Schultern herabfallendem Haar. Lygias Blicke hingen an den Lippen des Apostels. Aller Antlitz war zu ihm hin gewandt, während er leisen Tones etwas erzählte. Vinicius betrachtete Petrus mit beinahe abergläubischer Scheu, die nicht viel geringer war als seine Furcht vor ihm während des Traumes. Der Gedanke kam ihm, jener Traum könnte in Erfüllung gehen, dieser silberhaarige Mann, der vor kurzem von fernen Ländern hierhergekommen war, würde ihm Lygia wirklich entreißen, auf unbekannten Pfaden sie entführen. Er war überzeugt, der Greis spreche von ihm, erkläre vielleicht eben, wie er Lygia von ihm entfernen wolle. Es schien ihm unmöglich, dass jener von etwas anderem rede. Seine ganze Kraft sammelnd, begann er darum zu lauschen. Aber er war gänzlich im Irrtum, der Apostel sprach von Christus. Sie leben nur in diesem Namen, dachte Vinicius.

Der Alte schilderte die Gefangennahme des Erlösers. „Es kam eine Rotte mit Dienern des Hohepriesters, um ihn zu fangen. Auf die Frage des Heilandes: Wen suchet ihr? antworteten sie: Jesum von Nazareth. – Doch als er zu ihnen sprach: Ich bin Jesus von Nazareth, fielen sie zu Boden und wagten nicht, Hand an ihn zu legen. Erst nach der zweiten Frage nahmen sie ihn gefangen." – Hier hielt der Apostel inne, streckte die Hand gegen das Feuer aus und fuhr fort: „Die Nacht war kalt, gleich dieser, dennoch kochte mein Blut. Ich zog mein Schwert, um ihn zu schützen, und hieb einem Diener des Hohepriesters ein Ohr ab. Ich würde den Meister bis aufs Blut verteidigt haben. Er aber sprach: Stecke dein Schwert in die Scheide. Soll ich den Kelch nicht trinken, den mir mein Vater gereicht hat? Darauf ergriffen und banden sie ihn!" – Als Petrus bis hierher berichtet hatte, legte er die Hand auf die Augen und schwieg, wie um dem Ansturm seiner Erinnerungen Halt zu gebieten. Ursus jedoch konnte sich nicht beherrschen. Er sprang auf und schürte das Feuer, bis die Funken wie ein Goldregen stoben und die Flamme hoch aufschoß; dann setzt er sich wieder und sagte: „Sei es, wie es wolle, ich …"

Doch er sprach nicht weiter, denn Lygia hat den Finger auf den Mund gelegt. Sein keuchender Atem verriet den Sturm, der in ihm tobte. Er war jederzeit bereit, die Füße des Apostels zu küssen; jenen Angriff auf den Erlöser konnte er nicht ertragen. Hätte einer in seiner Gegenwart gegen den Heiland die Hand erhoben, wäre er in jener Nacht mit dabei gewesen, ha! In Splitter wären die Soldaten und Diener des Hohepriesters geflogen. Tränen traten Ursus in die Augen. Sein innerer Kampf war schwer. Einerseits würde er den Erlöser verteidigt und alle Lygier zu Hilfe gerufen haben; andererseits wäre er dadurch gegen den Heiland ungehorsam geworden und hätte die Erlösung der Menschheit verhindert. Das war es, was ihm die Tränen in die Augen trieb. –

Nach einer Weile war Vinicius in einen neuen halbwachen Fiebertraum gefallen. Was er darin hörte, war ein Gemisch von dem, was der Apostel die vorige Nacht im Ostranium von jenem Tage erzählt hatte, wo Christus am See Tiberias erschien, und was ihm seine Fieberträume vorgaukelten. Er sah eine Wasserfläche. Darauf schwamm ein Fischerkahn, und im Kahne saßen Petrus und Lygia. Er, Vinicius, schwamm mit allen Kräften dem Kahne zu. Aber der Schmerz in seinem gebrochenen Arme hinderte ihn, den Kahn einzuholen. Der Wind trieb Wellen in seine Augen; er begann zu sinken und rief verzweifelt um Hilfe. Lygia fiel daraufhin dem Apostel zu Füßen. Dieser wandte den Kahn und hielt ihm ein Ruder hin, das Vinicius ergriff. Mit ihrer Hilfe stieg er in den Kahn, und Lygia, ihn an der Hand ergreifend, sagte: „Komm, ich will dich führen.“ Und sie führte ihn dem Lichte zu.

Da erwachte Vinicius wieder, doch der Traum ließ ihn nicht so schnell frei, sodass er erst nach und nach zum Bewusstsein der Wirklichkeit gelangte. Lange glaubte er, noch auf dem Wasser zu sein, inmitten einer riesigen Menge, worin er, warum wusste er selber nicht, nach Petronius auszuschauen begann und erstaunt war, ihn nicht zu finden. Aber der helle Schein des Kaminfeuers, an dem niemand mehr saß, erweckte ihn endlich vollständig. Olivenholz verbrannte langsam unter der Asche. Pinienspäne, die offenbar kurz zuvor ins Feuer gelegt wurden, loderten in heller Flamme empor, in deren Scheine Vinicius Lygia nicht weit von seinem Lager entfernt sitzend erblickte. Ihr Anblick rührte ihn tief. Er erinnerte sich daran, dass sie die vorige Nacht im Ostranium zugebracht und den ganzen Tag hindurch sich seiner Pflege gewidmet hatte. Und jetzt, wo alle ruhten, blieb sie wach. Ihre gesenkten Lider und ihre ganze Haltung zeigten deutlich, wie ermüdet sie war. Vinicius konnte nicht unterscheiden, ob sie schlafe oder in Gedanken versunken sei. Da schlug sie die Augen auf, sah, dass sein Blick auf ihr ruhte, und näherte sich seinem Lager. „Ich bin bei dir.“ – „Ich habe im Traume deine Seele gesehen“, erwiderte er, leise lächelnd.

Zwölftes Kapitel.

Am folgenden Morgen erwachte er wohl mit dem Gefühle der Schwäche, aber mit kühlem Kopfe und fieberfrei. Er glaubte, ein leises Gespräch habe ihn geweckt; als er aber um sich sah, fand er Lygia nicht. Ursus kniete vor dem Kamin, schaufelte die Asche zusammen und suchte nach glühenden Kohlen. Nachdem er einige gefunden hatte, blies er sie mit dem Blasebalg eines Grobschmiedes an. Vinicius erinnerte sich, wie dieser Mann am vorhergehenden Tage Kroton erwürgt hatte, prüfte mit der dem Liebhaber von Kampfspielen gewohnten Aufmerksamkeit seinen riesigen, zyklopenähnlichen Nacken, seine säulenstarken Glieder. „Dank, Merkur, dass er mein Genick nicht gebrochen hat“, dachte Vinicius. „Beim Pollux! Wenn alle Lygier dem gleichen, so haben die Legionen an der Donau noch lange, schwere Arbeit!“ Dann rief er laut: „He, Sklave!“ Ursus drehte sich um und sagte lächelnd, fast freundlich: „Gott schenke dir einen guten Tag, Herr, und gute Gesundheit; aber ich bin ein freier Mann, kein Sklave.“ – „Dann gehörst du nicht Aulus?“, fragte Vinicius. – „Nein, Herr, ich diene Lygia, wie ich ihrer Mutter diente aus freiem Willen.“

Dabei steckt er seinen Kopf wieder in den Kamin, um das Feuer anzublasen, auf das er Holz gelegt hatte. Nach einer kurzen Pause sprach er: „Bei uns gibt es keine Sklaven!“ – „Wo ist Lygia?“, erkundigte sich Vinicius. – „Sie ist ausgegangen, und ich bin dageblieben, um für dich zu kochen. Sie wachte die ganze Nacht bei dir.“ – „Warum hast du sie nicht abgelöst?“ – „Weil sie es nicht wünschte, und ich nur zu gehorchen habe.“ Sein Auge nahm jetzt einen düsteren Ausdruck an, und nach einer Pause sagte er: „Wenn ich ihr nicht gehorcht hätte, wärest du nicht mehr am Leben.“ – „Ist es dir leid, dass du mich nicht getötet hast?“ – „Nein, Herr! Christus hat uns befohlen, nicht zu töten.“ – „Aber Atacinus und Kroton?“ – „Da konnte ich nicht anders“, murmelte Ursus. Und mit traurigem Blick betrachtete er seine Hände, die heidnisch geblieben waren, wenn sich auch das Herz dem Kreuze zugewendet hatte. Dann hängte er einen Topf über das Feuer und sah nachdenklich in die Flammen.

„Und es war deine Schuld, Herr“, sagte er zuletzt. „Warum auch erhobst du deine Hand gegen eine Königstochter?“ Da aber wallte der Stolz in Vinicius auf, dass ein gemeiner Mann und ein Barbar dazu nicht allein es wage, vertraulich mit ihm zu reden, sondern auch ihn zu tadeln. Zu den unwahrscheinlichen und ungewöhnlichen Dingen von gestern kam heute noch dies. Weil er aber kraftlos und ohne Sklaven war, beherrschte sich Vinicius, da der Wunsch obsiegte, von Lygias

Leben etwas zu wissen. Nachdem er bereits ruhiger geworden war, erkundigte er sich nach dem Kriege der Lygier gegen Vannius und die Sueven. Ursus ließ sich gern in ein Gespräch ein, wenn er auch dem, was Aulus Plautius seinerzeit erzählt hatte, nicht viel Neues beizufügen wusste. Er war nicht in der Schlacht gewesen, sondern hatte die Geiseln in das Lager des Atelius Hister begleitet. Er wusste nur, dass die Lygier die Sueven und Iazygen geschlagen hatten, ihr König und Führer aber gefallen war. Unmittelbar danach erhielten sie Nachricht, die Semnonen hätten alle Wälder an den Grenzen ihres Landes in Brand gesteckt, weshalb sie eiligst zurückkehrten, um das geschehene Unrecht zu rächen; die Geiseln blieben bei Atelius, der ihnen anfangs königliche Ehren erweisen ließ. Lygias Mutter starb. Der römische Befehlshaber wusste nicht, was mit dem Kinde anfangen. Ursus wäre gern mit Lygia in die Heimat geflohen, aber die Straßen waren durch Raubtiere und wilde Stämme unsicher geworden. Dann traf die Nachricht ein, dass lygische Abgesandte den Pomponius besucht und ihm ihre Hilfe gegen die Markomannen angeboten hätten; und nun schickte Hister Ursus und Lygia dem Pomponius zu. Als sie aber bei ihm angekommen waren, erfuhren sie, dass keine Gesandten da gewesen seien, und blieben in seinem Lager; Pomponius nahm sie mit nach Rom, und nachdem er dort seinen Einzug gehalten hatte, übergab er seiner Schwester Pomponia Gräcina die lygische Königstochter.

Aber obwohl Vinicius aus dieser Erzählung nur sehr wenig Neues erfuhr, hörte er sie doch mit Vergnügen; es schmeichelte seinem großen Familienstolze, dass Lygias königliche Abkunft durch einen erprobten Diener ihres Hauses bestätigt sei. Als Tochter eines Königs konnte sie am Hofe des Cäsar dieselbe Stellung einnehmen, wie die Tochter des ersten römischen Patriziers, umso mehr, als die Nation, deren Herrscher ihr Vater gewesen war, bisher mit Rom nicht im Kriege gelegen hatte. Gefährlich konnten die Lygier, obgleich nur Barbaren, den Römern allerdings werden; denn nach den Berichten des Atelius Hister besaßen sie eine bedeutende Kriegsmacht. Das bestätigte denn auch Ursus.

„Wir leben in Wäldern", antwortete er Vinicius, „haben aber so viel Land, das niemand dessen Grenzen kennt, und wir sind ein zahlreiches Volk. Wir haben aus Holz gebaute Städte, in denen Überfluss herrscht; denn was unsere wilden Nachbarn, die Semnonen, Markomannen, Vandalen und Quaden, in der weiten Welt plündern, das nehmen wir ihnen wieder ab. Sie wagen es nicht, bei uns einzufallen, bei günstigem Winde jedoch legen sie unsere Wälder in Asche. Trotzdem fürchten wir weder sie noch den römischen Kaiser." – „Die Götter verliehen den Römern die Oberherrschaft über die Erde", sagte Vinicius streng. – „Die Götter sind böse Geister", erwiderte Ursus einfach, „und wo keine Römer sind, da gibt es auch keine Oberherrschaft." Dabei betrachtete er das Feuer und sprach wie zu sich selber: „Als der Cäsar Lygia zum Palaste rief, und ich meinte, es könnte ihr ein Leid widerfahren, da fühlte ich das Bedürfnis, nach dem Walde zu gehen und die Lygier zu holen, damit sie ihrer Königstochter zu Hilfe kämen. Und die Lygier würden nach der Donau gezogen sein; denn sie sind tugendhaft, wenn auch Heiden. Dort hätte ich ihnen die frohe Kunde gebracht. Aber wenn je Lygia zu Pomponia Grăcina zurückkehrt, will ich mich vor ihr niederwerfen und sie um Erlaubnis bitten, zu meinen Stammesgenossen zurückkehren zu dürfen. Christus wurde so fern von ihnen geboren; wäre er in unseren Wäldern zur Welt gekommen, wir hätten ihn nicht zu Tode gemartert, das ist gewiss. Wir hätten das Christuskind bewacht, es ihm nie an Zeitvertreib, Schwämmen, Biberhäuten, Ambra fehlen lassen. Was wir bei den Markomannen und Sueven geraubt, hätten wir ihm gegeben, damit es in Reichtum und Bequemlichkeit lebe." Bei diesem Selbstgespräche stellte er die Speise des Vinicius ans Feuer und schwieg dann. Seine Gedanken waren offenbar in weiter Ferne, in der lygischen Wildnis und blieben dort, bis die Flüssigkeit zu sieden anfing, dann goss er sie in ein flaches Gefäß, ließ sie abkühlen und sagte: „Glaucus rät dir, auch deinen gesunden Arm so wenig als möglich zu bewegen, und Lygia hat mir deshalb befohlen, dir die Nahrung zu reichen."

Lygia befohlen! Darauf gab es keine Einwendung. Es kam Vinicius nicht in den Sinn, sich ihrem Willen zu widersetzen. Er sprach darum kein Wort, und Ursus, der sich an dem Krankenbette niedergelassen hatte, goss das Getränk in eine kleine Schale aus und setzte sie an den Mund des Vinicius. Er tat dies mit großer Behutsamkeit und so wohlwollendem Lächeln, dass Vinicius kaum seinen Augen traute und in ihm nicht mehr den schrecklichen Titanen erkannte, der am Tage zuvor Kroton erwürgt, auch ihn gleich einem Orkan erfasst und ohne Lygias Einspruch sicher auch in Stücke zerrissen hätte. Zum ersten Male grübelte der junge Patrizier darüber nach, was in der Brust eines einfachen Mannes, eines Barbaren, eines Dieners für Empfindungen wohnen könnten. Aber Ursus erwies sich als ebenso ungeschickter wie mühseliger Wärter. Die Schale verschwand so vollständig zwischen den herkulischen Fingern, dass der kranke Mann nicht wusste, wohin er seinen Mund setzen sollte. Nach einigen ungeschickten Versuchen wurde Ursus ganz verlegen und sagte: „Ei, es würde leichter sein, einen Auerochsen aus seiner Schlinge zu befreien!" Die Fürsorge des Lygiers unterhielt Vinicius, aber dessen letzte Bemerkung interessierte ihn nicht weniger. Er hatte im Zirkus den schrecklichen Ur aus der Wildnis des Nordens gesehen, dem selbst die kühnsten Bestiarii nur mit Beben entgegentraten.

„Hast du je versucht, diese Tiere an den Hörnern zu packen?", fragte Vinicius erstaunt. – „Während der ersten zwanzig Winter meines Lebens fürchtete ich mich, dann aber kam es nicht mehr vor." Und er bediente Vinicius noch ungeschickter als zuvor. „Ich muss Miriam oder Nazarius darum bitten", sagte er endlich.

Aber jetzt erschien Lygias zartes Gesicht hinter dem Vorhang. „Ich will sofort helfen", sprach sie und nach einer kleinen Weile kam sie aus dem Cubiculum, wo sie offenbar Vorbereitungen für die Ruhe getroffen hatte, denn sie trug eine einfache, bis zum Halse geschlossene Tunika und schon gelöstes Haar. Vinicius, dessen Herz bei ihrem Anblicke rascher schlug, wollte nicht, dass sie sich des Schlafes beraube; aber sie sprach freudig: „Wohl habe ich mich eben angeschickt, zur Ruhe zu gehen, zuerst jedoch will ich die Stelle des Ursus versehen." Sie nahm die Schale und überreichte die Flüssigkeit dem gerührten und entzückten Vinicius. Er erblasste, so gewaltig war seine innere Bewegung; in dieser Verwirrung wurde ihm auch klar, dass es für ihn ein über alles teures und preiswürdiges Haupt gebe, dem gegenüber die ganze Welt wertlos sei. Zuerst hatte er sie nur begehrt, jetzt fing er an, sie aus tiefstem Herzen zu lieben; zuerst war er, wie alle seine Zeitgenossen, im Leben und Fühlen ein blinder, absoluter Egoist gewesen, der nur an sich selber gedacht hatte, jetzt dachte er auch an ein anderes Wesen. Deshalb bat er sie bald, sich nicht länger seinetwegen zu bemühen, und obgleich er ein unnennbares Glück in ihrer Gegenwart empfand, sagte er doch: „Genug! Gehe zur Ruhe, meine Gottheit!" – „Rede nicht in solchen Worten zu mir", entgegnete Lygia, „es schickt sich nicht für mich, solches zu hören." Der Ausdruck ihres Gesichtes blieb jedoch freundlich, und sie sagte, dass der Schlaf sie geflohen habe, sie auch keine Beschwerde fühle und nicht zur Ruhe gehen wolle, bis Glaucus käme. Er lauschte ihren Worten, als wären sie Musik; sein Herz füllte sich mit steigendem Entzücken, wachsender Dankbarkeit, und er war mit sich im Streite, ob er sie ihr nicht bezeigen solle.

„Lygia“, sagte er nach einem Augenblick des Schweigens, „ich habe dich bisher nicht gekannt. Jetzt aber weiß ich, dass ich dich auf falschem Wege zu erlangen suchte; darum sage ich: kehre zurück zu Pomponia Gräcina und sei versichert, dass sich in Zukunft meine Hand nicht gegen dich erheben soll.“ Ihr Antlitz nahm plötzlich einen traurigen Ausdruck an. „Ich wäre glücklich, könnte ich Pomponia auch nur aus der Ferne sehen; aber jetzt darf ich nicht zu ihr zurückkehren.“ – „Weshalb nicht?“, fragte Vinicius erstaunt. – „Wir Christen wissen durch Acte, was auf dem Palatin vorgegangen ist. Hast du nicht gehört, dass Cäsar bald nach meiner Flucht, noch vor seiner Abreise nach Neapel, Aulus und Pomponia vor sich beschied und ihnen, weil er meinte, sie hätten mir zur Flucht verholfen, mit seinem Zorne bedrohte? Glücklicherweise konnte ihm Aulus sagen: du weißt, Gebieter, dass nie eine Lüge über meine Lippen gekommen ist; ich schwöre dir jetzt, dass wir ihr nicht zur Flucht verholfen haben, und dass wir so wenig wissen als du, was ihr begegnet ist. Der Cäsar glaubte ihm und vergaß die Sache. Auf den Rat der Ältesten habe ich auch Pomponia nie geschrieben, wo ich bin, sodass sie jederzeit ruhig beeiden kann, sie wisse nichts von mir. Du wirst dies nicht verstehen, Vinicius; aber es ist nicht erlaubt, zu lügen, selbst dann nicht, wenn es sich um ein Leben handelt. Dies ist die Religion, nach der wir unsere Herzen bilden; darum habe ich Pomponia nicht wieder gesehen, seitdem ich ihr Haus verließ. Zuweilen nur gelangt die Nachricht zu ihr, dass ich noch am Leben und außer Gefahr sei.“

Sehnsucht ergriff Lygia bei diesen Worten, und ihre Augen wurden feucht, aber sie fand rasch die Ruhe wieder und sagte: „Ich weiß, dass Pomponia ebenfalls nach mir verlangt; aber wir besitzen auch Tröstungen, die andere nicht haben.“ – „Ja“, antwortete Vinicius, „Christus ist euer Trost, doch ich verstehe das nicht.“ – „Sieh auf uns! Für uns gibt es keine Trennung, keinen Schmerz, kein Leiden; treten sie aber an uns heran, so verwandeln sie sich in Freude. Und der Tod selbst, der für euch das Ende des Lebens bedeutet, ist für uns dessen Anfang: der Austausch eines niedrigeren gegen ein höheres, eines unbeständigen gegen ein dauerndes, ewiges Glück. Sieh, was für ein kostbarer Schatz eine Religion ist, die uns Liebe selbst für die Feinde auferlegt, die uns Falschheit verbietet, die Seele vom Hasse reinigt und unendliche Glückseligkeit nach dem Tode verspricht." – „Ich hörte diese Lehren im Ostranium und erfuhr sie darin, wie ihr gegen mich und Chilon gehandelt habt; eure Taten erscheinen mir wie ein Traum, und ich glaube, meinen Augen und Ohren nicht trauen zu sollen. Aber beantworte mir eine Frage: Bist du glücklich?" – „Ich bin es", antwortete Lygia. „Wer sich zu Christus bekennt, kann nicht unglücklich sein."

Vinicius betrachtete sie mit einem Ausdruck, als wollte er sagen: das, was du eben gesagt, übersteigt jede menschliche Fassungskraft. „Und wünschest du nicht zu Pomponia zurückzukehren?" – „Von ganzer Seele wünsche ich es, und es wird geschehen, wenn es Gottes Wille ist." – „Ich sage dir darum: Kehre zurück! Und ich schwöre bei meinen Ahnen, dass ich keine Hand gegen dich erheben werde."

Lygia dachte einen Augenblick nach und sagte: „Nein, ich darf die mir Nahestehenden keiner Gefahr aussetzen. Der Cäsar ist dem Hause des Plautius nicht gewogen. Kehrte ich zurück, so würde dies sofort zum Tagesgespräch werden, und die geringste Strafe wäre wohl die, dass man mich dem Aulus und der Pomponia ein zweites Mal entrisse." – „Das ist richtig", erwiderte Vinicius stirnrunzelnd, „das wäre möglich. Nero würde so handeln, einzig um zu zeigen, dass sein Wille zu geschehen habe. Es ist wahr, dass er dich nur vergessen hat, weil eben nicht er, sondern ich einen Verlust erlitt. Doch vielleicht würde er dich Aulus und Pomponia nur wegnehmen, um dich mir zu übergeben, und ich würde dich zu Aulus zurückführen." – „Vinicius, wolltest du mich noch einmal auf dem Palatin sehen?", fragte Lygia. „Nein! Du hast Recht! Ich redete wie ein Tor! Nein!"

Und vor seinem Geiste öffnete sich ein Abgrund. Er war Patrizier, ein Militärtribun, ein mächtiger Mann; aber über allen Persönlichkeiten der Welt, der er angehörte, stand ein Wahnwitziger, und was dessen Laune und Bosheit fordern mochten, konnte unmöglich vorgesehen werden. Nur Leuten wie den Christen war es möglich, weder mit Nero rechnen, noch ihn fürchten zu müssen. Zum ersten Male wurde es Vinicius klar, dass entweder die Welt verändert, ja umgestaltet werden müsse, oder das Leben zur Unmöglichkeit würde. Mehr aber als alles dieses beschäftigte ihn der Kummer darüber, dass er es war, der sein eigenes und Lygias Leben so verwirrt hatte, dass sich aus diesem Wirrwarr kaum einen Ausweg bot. Völlig niedergebeugt von diesem Kummer, begann er wieder: „Weißt du, o Lygia, dass du glücklicher bist als ich? Wohl lebst du in Armut, in diesem engen Raum, unter einfachen Leuten, allein du hast deinen Glauben und deinen Christus. Ich aber habe nur dich, und als ich dich verloren hatte, da war ich dem Verschmachten nahe und kam mir vor wie ein Bettler ohne Obdach und ohne Nahrung. Mir floh der Schlaf, Speise und Trank widerten mich an. Nur die Hoffnung, dich wiederzufinden, hielt mich aufrecht. Denkst du noch daran, als du mir einen Fisch in den Sand zeichnetest, und ich vermochte nicht das Zeichen zu deuten? Weißt du noch, als wir Ball spielten? Schon damals liebte ich dich, und du errietest damals meine Liebe! Gesegnet sei dein Vater, deine Mutter, das Land, das dich erzeugt! Deine Füße möchte ich umfangen und zu dir beten, ich möchte dich verehren, dir Opfer bringen, du dreimal Göttliche! Du weißt es nicht und kannst es auch nicht wissen, wie sehr ich dich liebe."

Bei diesen Worten presste er die Hand an seine Stirn und schloss die Augen. Seine leidenschaftliche Natur kannte keine Mäßigung, weder im Hass noch in der Liebe. Er sprach mit der Begeisterung eines Mannes, der, keine Selbstbeherrschung kennend, weder Worte noch Gefühle abwägen kann, aber er sprach aufrichtig aus der Tiefe seines Herzens. Es war unverkennbar, dass sich nun Schmerz, Entzücken, Verlangen und Ehrfurcht in unaufhaltsamem Wortstrome Bahn gebrochen hatten. Lygia klangen diese Worte gotteslästerlich; und doch begann ihr Herz so mächtig zu schlagen, dass ihr die Tunika eng zu werden schien. Sie konnte sich des Mitleids mit ihm und seinen Leiden nicht erwehren. Die Ehrfurcht, mit der er zu ihr sprach, berührte sie. Sie fühlte sich geliebt, vergöttert, fühlte, dass dieser unbiegsame und gefährliche Mann jetzt mit Leib und Seele ihr gehöre wie ein Sklave. All das, was sie durch ihn erlitten hatte, schwand aus ihrem Gedächtnis. Wie er so vor ihr lag, verwundet, kraftlos trotz seiner Stärke, voll Demut, voll Verehrung zu ihr aufblickend, da sah sie in ihm die Verkörperung alles dessen, was sie in ihren Träumen je ersehnt hatte, und ihre Seele flog ihm zu, er ward ihr teurer als je zuvor.

Und mit einem Male wusste sie, dass ein Augenblick kommen könne, in dem seine Liebe sie umgarnen und gleich einem Wirbelwinde davontragen könnte, und wieder überkam sie das Gefühl, als stehe sie am Rande eines Abgrundes. Hatte sie darum das Haus des Aulus verlassen? Sich darum durch Flucht gerettet? Darum sich in einem verachteten Stadtteile verborgen? Wer war denn dieser Vinicius? Ein Anhänger des Augustus, ein Soldat, ein Höfling Neros. Und was am schlimmsten war, er teilte die Zügellosigkeit des Hofes, die wahnsinnigen Ausschreitungen des Kaisers. Jenes Fest, das sie nie vergessen konnte, hatte es gezeigt. Er, der ihr noch kindliches Herz aus dem Schlummer gerissen hatte, ging mit anderen zu dem Tempel, opferte verabscheuungswürdigen Göttern, denen er, obwohl er selber nicht an sie glaubte, öffentliche Ehren erwies. Lygia ging voll innerer Sorge und Angst hinweg. Bisher hatte sie in ihren Gebeten Gott ein ruhiges, wahrhaft reines Herz, rein wie eine Träne, entgegengebracht. Diese Ruhe war jetzt dahin. In den Kelch der Blume war ein giftiges Insekt gedrungen und bewegte sich dort. Selbst der Schlaf konnte ihr keine Hilfe bringen, trotzdem sie die beiden letzten Nächte kein Auge geschlossen hatte. Ihre Träume versetzten sie nach dem Ostranium, wo Nero an der Spitze einer Schar von Anhängern, Bacchantinnen, Korybanten und Gladiatoren mit seinem rosenbekränzten Wagen über eine Menge von Christen hinwegfuhr; Vinicius ergriff sie am Arm, riss sie an die Quadriga, presste sie an seine Brust und flüsterte ihr zu: „Komm mit uns!“

––––––––––––––––––––

Als Vinicius kräftiger wurde, zeigte sich Lygia seltener an seinem Krankenlager. Eine gewisse Unruhe kam über sie. Wenn sie sah, wie die Blicke des Kranken flehend an ihren Zügen hingen, wenn sie sah, wie er auf ein Wort aus ihrem Munde wartete, wie auf die Erlösung, dann erfüllte tiefes Mitleid ihr Herz. Je mehr sie ihn mied, desto inniger dauerte er sie, desto wärmer wurden die Empfindungen, die sich in ihr für ihn regten. Mit jedem Tage nahm die Verworrenheit zu, die ihr reines Herz umsponnen hielt. Sie musste sich aber auch eingestehen, dass ihr sein Anblick mit jedem Tage notwendiger wurde, dass ihr seine Stimme immer teurer wurde, und dass es sie Überwindung kostete, ihm fernzubleiben.

Eines Tages gewahrte sie Tränenspuren an seinen Wimpern, und die Lust kam sie an, sie mit Küssen zu trocknen. Über sich selbst erschrocken, und von Selbstverachtung erfüllt, brachte sie die folgende Nacht schlaflos zu. Doch je mehr sich Lygia sagte, dass es für ihn keine Rettung mehr gebe, desto teurer wurde er ihr, desto inniger bemitleidete sie ihn. Gar häufig empfand sie den Wunsch, über sein zukünftiges Leben zu reden, und als sie eines Tages an seinem Lager saß, da fing sie wieder an davon zu sprechen, wie nur der christliche Glaube wahres Glück verleihen könne. Vinicius aber richtete sich auf seinem gesunden Arm empor und legte plötzlich sein Haupt auf ihre Knie. „Du bist das Glück und das Leben!“, rief er. Da versagte ihr der Atem, und ein Wonneschauer durchrieselte sie. Sie neigte sich über ihn, sodass ihre Lippen sein Haar berührten, und so verweilten sie eine Weile glückselig in der Liebe versunken, die eines zu dem andern drängte.

Endlich raffte sich Lygia auf und eilte davon. Ihre Pulse flogen, ihr Kopf schwindelte. Dieser Vorgang war der letzte Tropfen, der den schäumenden Kelch zum Überfließen brachte. Vinicius ahnte nicht, wie teuer er diesen süßen Augenblick werde bezahlen müssen. Nach einer im heißen Gebete, in glühenden Tränen verbrachten Nacht rief Lygia Crispus in die efeuumrankte Laube und enthüllte ihm dort ihren Seelenzustand. Flehendlich bat sie, man möge ihr erlauben, Miriams Haus zu verlassen, da sie sich selber nicht mehr traue, und die Liebe zu Vinicius nicht mehr aus dem Herzen reißen könne. Trotz der Aufforderung des Vinicius, Lygia möge jetzt in das Haus des Aulus zurückkehren, wagte sie nicht mehr, dies zu tun. So blieben nur Ursus und die Ältesten der Gemeinde ihre einzigen leiblichen Beschützer und geistigen Berater.

Crispus, ein alter, strenger Mann, der fortwährend in eine fromme Ekstase versenkt war, widersetzte sich dem Plane Lygias, Miriams Haus zu verlassen. Er fand nicht allein keine Worte der Vergebung für diese Liebe, die ihm sündhaft schien, sein Herz schwoll vor Entrüstung bei dem bloßen Gedanken, Lygia, die reine Lilie, hege eine irdische Liebe. Dem Erlöser hatte er sie darbringen wollen, als eine reine Perle, als ein

Kleinod, das köstliche Werk der eigenen Hände des Schöpfers; das Scheitern dieses Vorhabens erfüllte ihn daher mit Kummer und Bitterkeit.

„Gehe hin und flehe zu Gott, dass er dir deine Schuld verzeihe", sagte er düster. „Fliehe, solange dich der böse Geist nicht gänzlich zu Fall gebracht hat! Gott starb für dich am Kreuze, und du öffnest dein Herz der Lust und hast einen Sohn der Finsternis lieb gewonnen. Möge dir Gott verzeihen, aber ich, der ich dich für eine Auserwählte hielt …" Er stockte, denn er gewahrte, dass sie nicht mehr allein waren. Zwei Männer hatten sich der Laube genähert, deren einer der Apostel Petrus war. Der Gefährte des Apostels warf nun den Mantel zurück, sodass sein kahlköpfiges Haupt sichtbar wurde. Crispus betrachtete aufmerksam das hagere Gesicht des Mannes, die geröteten Augenlider, die gebogene Nase, die unschönen und doch so geistvollen Züge, und er zweifelte nicht mehr, dass er Paulus von Tarsos vor sich habe. Lygia war auch schon in die Knie gesunken. Sie schmiegte ihr gequältes Köpfchen in die Mantelfalten des Apostels und weinte schweigend. Petrus jedoch sagte: „Der Friede sei mit euch."

Und als er das Kind zu seinen Füßen liegen sah, fragte er, was geschehen sei. Crispus erzählte nun alles, was Lygia ihm offenbart hatte, er sprach von ihrem Wunsche, Miriams Haus zu verlassen und von dem eigenen Kummer darüber, dass diese junge Seele, die er gehofft hatte, rein wie eine Träne zu erhalten, in irdischer Liebe zu einem sündhaften Manne entbrannt sei. Denn Vinicius nehme stets teil an den Verbrechen, den lasziven Vergnügungen des kaiserlichen Hofes. „Crispus", sagte der große Apostel, „weißt du nicht, dass unser geliebter Meister auf der Hochzeit zu Kana war und die Liebe zwischen Mann und Weib segnete?" Crispus ließ die Hände sinken, keiner Erwiderung fähig. Lygia aber schmiegte sich schluchzend noch dichter an Petrus; sie fühlte, dass sie hier nicht umsonst Zuflucht gesucht habe. Da hob Petrus ihr tränenüberströmtes Antlitz zu sich empor und sprach: „Meide ihn, solange sein Auge sich der Wahrheit verschließt, dass er dich nicht auf Abwege führe, aber bete für ihn, und wisse, dass deine Liebe keine Sünde ist. Und gräme dich nicht, denn ich sage dir, die Gnade des Erlösers hat dich nicht verlassen, und Tage der Freude werden noch für dich kommen!" Dann legte er beide Hände auf ihr gesenktes Haupt und segnete sie.

Dreizehntes Kapitel.

Petronius an Vinicius:

„Habe Erbarmen, Carissime, und ahme in deinen Briefen weder die Lazedämonier noch Julius Cäsar nach. Wenn du wenigstens schreiben würdest: veni, vidi, vici! verstünde ich den Lakonismus. dein Brief bedeutet aber nichts als: veni, vidi, fugi; da sich ein solches Ende deines Unternehmens mit deiner Natur nicht vereinigen lässt, muss ich noch Näheres darüber erfahren. Ich glaubte meinen Augen nicht trauen zu können, als ich las, jener Lygier habe Kroton so leicht in die Unterwelt befördert, wie ein kaledonischer Hund einen Wolf in den Schluchten von Hibernia erwürgt. Dieser Mensch ist wert, mit Gold aufgewogen zu werden, und wenn er es versteht, kann er leicht ein Günstling des Kaisers werden. Sobald ich nach der Stadt zurückkehre, lasse ich mir eine Bronzestatue nach ihm machen. Wahrhaft athletische Gestalten werden immer seltener in Italien sowohl, als auch in Griechenland. Die Orientalen kann man gar nicht rechnen, und die Germanen sind wohl groß gewachsen, allein ihre Muskeln sind zu sehr mit Fett bedeckt. Bemühe dich zu erfahren, ob es in der Heimat des Lygiers noch mehr solcher Riesen gibt; denn sollte es dich oder mich einmal treffen, öffentliche Spiele geben zu müssen, so wäre es gut, wenn wir wüssten, wo die geeignetsten Athleten zu finden sind. Doch gepriesen seien die Götter des Morgen- und Abendlandes, dass du noch lebend aus solchen Händen kamst. Jene Grabstätte, die Behandlung durch die Christen, Lygias abermalige Flucht, alles setzt mich in Erstaunen; ich verstehe weder die Christen noch dich, noch Lygia. Die Pläne, die im Kopfe des Feuerbarts entstehen, sind so veränderlich wie die Herbstwinde. Da wir augenblicklich in Beneventum weilen, hegt er den lebhaften Wunsch, direkt nach Griechenland zu gehen. Tigellinus rät ihm indessen, wenigstens auf kurze Zeit seinen Aufenthalt in Rom zu nehmen, um das Volk, das sich nach ihm unendlich sehne (es sehnt sich aber nach Belustigungen und Brot), von einer Empörung abzuhalten. Für dich wäre es gut, wenn du dich uns anschließen wolltest, um etwas Zerstreuung zu haben. Schreibe bald ausführlich und lebe wohl."

Vinicius empfand anfänglich nicht die geringste Lust, auf diesen Brief zu antworten. Nachdem er aus dem jenseits des Tiber gelegenen Hause nach der Carinä in seine prächtige Insula zurückgekehrt war, fühlte er sich vollständig erschöpft und empfand in den ersten Tagen ein gewisses Behagen über seine schöne Umgebung. Dies währte indessen nicht lange. Alles, was ihm bisher das Leben angenehm gemacht hatte, beachtete er kaum mehr, es verlor jedes Interesse für ihn. Die fortwährende Einsamkeit wurde ihm mit der Zeit unerträglich. Alle, mit denen er sonst verkehrte, befanden sich mit Nero in Beneventum. So saß er allein in seinem großen Hause, den Kopf voll schwerer Gedanken, das Herz voll Empfindungen, über die er sich keine Rechenschaft zu geben vermochte. Um sich etwas zu zerstreuen, beschloss er dennoch, an Petronius zu schreiben. Und er schrieb Folgendes:

„Du willst, dass ich ausführlich antworte, doch weiß ich nicht, ob ich dies bei meinem Zustande werde tun können. Du weißt von meinem Aufenthalt bei den Christen, von dem neuen Verschwinden Lygias. Es sind Menschen, wie sie die Welt bisher noch nicht gesehen hat, und ihre Lehre ist bis jetzt noch nicht gelehrt worden. Etwas anderes vermag ich dir nicht zu sagen. Glaube mir, wenn ich mit meinem zerschmetterten Arme in meinem eigenen Hause gelegen hätte, so hätte ich wohl größere Bequemlichkeit gehabt, aber kaum so sorgfältige Pflege: meine Schwester, mein Weib hätte mich kaum zärtlicher pflegen können, als es Lygia tat. Wenn auch die Christen ihre Mitmenschen lieben, stehen sie doch unserm Leben, unsern Göttern und … unsern Missetaten feindlich gegenüber. Lygia floh daher vor mir, da ich zu der sündigen Welt gehöre. Von ihrer heimlichen Entfernung schrieb ich dir schon. Sie ließ mir jedoch ein Kreuz zurück, das sie aus Buchsbaumzweigen zusammengebunden hatte. Beim Erwachen fand ich es neben mir auf meinem Lager. Jetzt ist es in dem Lararium, und sooft ich mich ihm nähere, überkommt mich eine solche Ehrfurcht, eine solche Scheu, als ob ich vor etwas Göttlichem stünde. Ich sage dir, nichts widerstrebt meiner Natur so sehr als diese Lehre, und doch kenne ich mich nicht wieder seit meiner ersten Begegnung mit Lygia, ja schon seit dem Tage, an dem sie jenes geheimnisvolle Fischzeichen in den Sand zeichnete. Ist dies Zauberei, ist dies Liebe? Circe verwandelte durch ihre Berührung die Körper der Menschen, mir aber wurde die Seele verwandelt durch Lygia und ihre wunderbare Lehre.

Als ich nun von den Christen in mein Haus zurückkehrte, erwartete man mich gar nicht; man glaubte mich in Beneventum. Die größte Unordnung herrschte. Nicht ein Sklave war nüchtern, und die meisten Sklavinnen waren betrunken, sie feierten ein ausgelassenes Fest im Triklinium. Den Tod hätten sie eher erwartet als mich. Du weißt, dass ich mit fester Hand die Zügel meines Hauses führe; sie warfen sich bis auf den Letzten auf die Knie. Im ersten Augenblick wollte ich nach Ruten und glühenden Eisen rufen, allein eine tiefe Scham ergriff mich gleich darauf, und ein tiefes Mitleid mit diesen bedauernswerten Menschen; es sind noch alte Sklaven darunter, die noch mein Großvater in den Zeiten unter Augustus vom Rheine her mitbrachte. Ich verzieh meinen Sklaven, und desto williger sind sie jetzt. Paulus von Tarsos sagte mir nämlich an dem Tage, als ich die Christen verließ: die Liebe ist ein festeres Band als die Strenge. – Ich kam zu der Überzeugung, ich vermöchte Lygia niemals so sehr zu lieben, wie ich sie liebe, wenn sie wie Nigidia, wie Poppäa, wie Crispinilla oder wie unsere anderen Geschiedenen wäre, wenn sie unkeusch, so unbarmherzig und so leichtfertig wie diese wäre. Doch weil ich das alles an ihr liebe, was sie von mir trennt, wirst du begreifen, in welchem Chaos ich mich befinde, in welcher Finsternis ich lebe, wie schwer es mir wird, den richtigen Weg zu finden. Die Hoffnung, Lygia nochmals wiederzusehen, hält mich aufrecht. Ein Zusammensein mit Augustianern wäre mir jetzt unerträglich, und der einzige Trost in meinem Schmerze und in meinem Kummer ist mir der Gedanke, dass ich Lygia nahe bin, dass ich durch den Arzt Glaucus, der mir seinen Besuch zugesagt hat, und durch Paulus von Tarsos von Zeit zu Zeit hören werde. Ich würde Rom nicht verlassen, selbst wenn mir die Herrschaft über Ägypten angeboten werden sollte. Zum Schlusse wisse noch, dass ich dem Bildhauer befahl, für Gulo ein Grabmahl zu machen. Ich weiß nicht weshalb, aber sooft ich jetzt an ihn denke, empfinde ich Reue und mache mir Vorwürfe. Du wirst wohl über mich staunen, aber ich schreibe die Wahrheit. Lebe wohl!“

Vinicius erhielt keine Antwort. Petronius schrieb nicht, da er voraussetzte, der Kaiser werde bald die Rückkehr nach Rom befehlen. Und wirklich verbreitete sich auch dieses Gerücht in der Stadt und erregte große Freude unter dem Volke, das sich nach Schaustellungen und nach Verteilung von Korn und Oliven sehnte. In Ostia waren große Vorratskammern. Durch Helius, den Freigelassenen des Nero, wurde die Nachricht von der Rückkehr dem Senate überbracht. Der Kaiser hatte sich mit seinem Hofstaate an dem Vorgebirge Misenum eingeschifft, legte jedoch an allen Küstenstädten an, teils um auszuruhen, teils um im Theater aufzutreten. Während dieser Zeit lebte Vinicius einsam in seinem Hause, dachte an Lygia und überdachte die Erlebnisse, die auf ihn eingestürmt waren und ganz neue Ideen in ihm erweckt hatten. Nur Glaucus sah er zeitweise, dessen Besuch ihm stets willkommen war, da er mit ihm über Lygia sprechen konnte. Der Arzt wusste zwar den neuen Zufluchtsort nicht, allein er versicherte Vinicius, sie stehe unter der Obhut der Ältesten, die wie Väter über sie wachten. – Die während des Winters ziemlich leere Stadt schien wieder neues Leben zu gewinnen. Viele kehrten von ihrem Winteraufenthalt zurück. Der Frühling nahte; unter dem Hauche der aus Afrika kommenden Winde schmolz der Schnee auf dem Albanergebirge, die Rasenplätze grünten, es sprossen Blumen empor, und der Campus Martius und die Fora waren mit Menschen gefüllt, die sich der wärmenden Sonnenstrahlen erfreuten. Auf der Via Appia entfaltete sich ein lebhafter Verkehr reich geschmückter Wagen. Ausflüge nach dem Albanergebirge wurden unternommen. Eines Tages erblickte Vinicius inmitten der vielen prächtigen Wagen Chrysotemis in der herrlichen Karosse des Petronius. Zwei molossische Hunde sprangen voran; eine Schar junger Männer und alter Senatoren, deren Amt sie in der Stadt festhielt, umgaben das Gefährt. Chrysotemis, die die vier korinthischen Ponys selbst lenkte, beglückte alle ringsumher mit ihrem Lächeln und teilte leichte Schläge mit der goldenen Peitsche aus. Als sie jedoch Vinicius gewahrte, hielt sie an und lud ihn zu sich in ihren Wagen und dann in ihr Haus zu einem Feste, das die ganze Nacht währte. Hierbei betrank sich Vinicius so sehr, dass es ihm gar nicht zum Bewusstsein kam, als man ihn nach Hause brachte. Vinicius verkehrte nun eine Zeit lang mit Chrysotemis, die versicherte, dass ihr Petronius und der Lautenschläger verleidet seien; doch als sie ihm die erste Eifersuchtsszene lieferte, weil er zwei syrische Mädchen gekauft hatte, entließ er sie plötzlich. Alles was er tat, war nur wie zum Trotz gegen Lygia, schließlich gelangte er zu der Überzeugung, dass er sie nicht mehr aus seinem Herzen zu reißen vermöge, dass der Gedanke an sie ihn bei allen seinen Taten, bei guten wie bei schlechten, beeinflusse. Bitterkeit, Unzufriedenheit ergriffen ihn. Schließlich verlor er jede Lebensfreude und verfiel in eine Apathie, aus der ihn selbst nicht die Nachricht von der Ankunft des Kaisers aufzurütteln vermochte. Nichts erregte seine Anteilnahme, und erst als Petronius seine Sänfte schickte und zu einem Besuche einlud, raffte er sich auf.

Allen freundlichen Begrüßungen gegenüber verhielt sich Vinicius anfänglich kalt. Erst nach und nach brachen sich die zurückgehaltenen Gefühle Bahn, eine wahre Flut von Worten entströmte seinem Munde. Nochmals schilderte er alle Begebenheiten seit der Abreise des kaiserlichen Hofes. Während Vinicius so redete, hatte Petronius unverwandt dessen verändertes Gesicht, dessen Hände betrachtet, dann erhob er sich, näherte sich ihm und deutete mit dem Finger auf dessen Haare. „Weißt du“, fragte er, „dass du an den Schläfen graue Haare bekommen hast?“ – „Wohl möglich“, antwortete Vinicius; „es sollte mich nicht wundern, wenn alle meine Haare grau würden.“ – „Hier walten Zauberkünste“, sagte Petronius nach einer Pause. „Wie wäre es, wenn du dich zum Beispiel an die

Serapis-Priester wenden würdest? Es gibt unter ihnen, wie unter allen Priestern, Betrüger, etliche aber unter ihnen haben doch schon wunderbare Geheimnisse ergründet. Die Christen sind eine neue Sekte. Bei der göttlichen Bewohnerin der paphischen Haine, die Lebensfreude leidet unter alledem. Du bewunderst die Güte und die Tugend dieser Menschen, ich aber sage dir: die Christen sind Feinde unseres Lebens, unserer Freuden. Rechne einmal unsere Feinde zusammen: Krankheiten, der Kaiser, Tigellinus, die Verse des Cäsar, die Schuster, die über die Abkömmlinge der Quiriten herrschen, die Freigelassenen, die im Senat sitzen. Bei Kastor, wir haben schon an diesen genug." – „Ich werde es versuchen", entgegnete Vinicius. – „Ach, du Verräter!", rief Petronius lachend. „Durch die Sklaven erfährt man alles. Du hast mir Chrysotemis entrissen." – Vinicius machte eine verächtliche Handbewegung.

„Jedenfalls danke ich dir dafür", ergriff Petronius wieder das Wort. „Du hast Eunice abgelehnt, mich von Chrysotemis befreit, für beides bin ich sehr dankbar. Nun höre weiter. Du siehst vor dir einen Menschen, der stets früh aufstand, badete, speiste, Satiren schrieb, in seine Prosaschriften Verse einflocht, der sich aber wie der Cäsar langweilte. Und kennst du den Grund hierfür? Ich suchte das in der Ferne, was mir nahe lag. Ich sage mir daher: Ich will die Freuden des Lebens wie einen Becher voll des herrlichsten Weines bis zur Neige kosten. Das ist meine Lebensphilosophie." – „Das ist nichts Neues, dieser Philosophie hast du stets gehuldigt." – „Doch jetzt vermag ich sie zu begründen, und dazu war ich früher nicht im Stande."

So redend, rief er Eunice. Sie erschien, in weiße Gewänder gehüllt, nicht mehr die frühere Sklavin, nein, strahlend in Glück und Liebe. Petronius öffnete die Arme und rief: „Komm!" – Sie eilte auf ihn zu und setzte sich zu ihm. Vinicius bemerkte, wie sich ihre Wangen mit rosigem Hauch bedeckten, wie ihre Augen feucht schimmerten. In welch wunderbarer Weise verkörperten doch diese beiden die Liebe und das Glück. Petronius nahm aus einer flachen Schale, die nebenan auf dem Tisch stand, eine Handvoll Veilchen, streute sie auf Eunices Haupt und sagte: „Glücklich der, dem sich die Liebe gleich mir in solcher Gestalt offenbart! – Zuweilen dünkt es mich, wir seien ein Götterpaar! Eunice“, rief er weiter, „erteile den Befehl, man möge das Mahl zurichten und die Kränze bereithalten, die uns schmücken sollen. – Ich bot ihr die Freiheit an“, wandte er sich an Vinicius, nachdem Eunice gegangen war, „aber sie antwortete mir: Ich bin glücklicher als eine Sklavin, als wenn ich ein Weib des Cäsar wäre. Ich ließ sie jedoch ohne ihr Wissen freisprechen. Der Prätor gewährte mir die Vergünstigung, ihre Anwesenheit dabei nicht zu fordern. Sie selbst ahnt nicht, dass im Falle meines Ablebens ihr dieses Haus mit allen Kleinodien, die Gemmen ausgenommen, gehören werden. Die Liebe ändert die meisten Menschen. Einst liebte ich Verbenaduft, jetzt ziehe ich Veilchenduft vor, weil Veilchen Eunices Lieblingsblumen sind. Und du bist noch bei deinem Nardenduft geblieben?“

„Die Liebe hat dir nur die Geruchsnerven verändert, indem du jetzt Veilchenduft dem Verbenaduft vorziehst“, erwiderte Vinicius, „mir aber hat die Liebe die Seele verändert. Lygia ist grundverschieden von deiner Eunice.“ Petronius zuckte mit den Achseln: „Wenn du so denkst, dann fehlt mir jedes Verständnis für deine Liebe.“ – „Du hast Recht“, entgegnete Vinicius erregt, „wir verstehen uns längst nicht mehr.“ – Die Sklaven meldeten in diesem Augenblick, das Mahl sei bereit, und beide begaben sich nach dem Triklinium, wo sich Petronius auf einem Polster neben Eunice niederließ, und nachdem ihm ein Sklave einen Kranz von Anemonen aufs Haupt gesetzt hatte, Folgendes sagte: „Suche sobald als möglich den Cäsar auf und komme mit uns nach Zyprus; es ist durchaus nicht vorsichtig von dir gehandelt, dass du noch nicht auf dem Palatinus warst, Tigellinus wird dies sicher zu deinem Nachteil ausnützen. Wir müssen uns überhaupt eine Ausrede, auch Lygias wegen zurecht legen, denn Nero wird sicher nach ihr fragen, und dich hat Krankheit an dein Bett gefesselt! Du musst dem Cäsar etwas einzureden suchen. Meines Erachtens ist etwas im Spiele, denn Tigellinus verkündet, dass er nicht nur etwas Großes, sondern etwas Außerordentliches für den Cäsar ausgedacht habe!“

Als Nero nach Rom zurückkehrte, war er missmutig und wäre am liebsten gleich nach Achaja abgereist. Doch nachdem er in dem Tempel der Vesta von einer plötzlichen Ohnmacht befallen worden war, änderte er seine Entschlüsse und ließ dem Volke verkünden, dass er angesichts der betrübten Mienen der Bürger beschlossen habe, bei ihnen zu bleiben und ihre Freuden und Leiden zu teilen gleich einem Vater, der seine Kinder liebe. Auch versprach er öffentliche Schauspiele und Getreidespenden. Das Volk zog nun scharenweise vor die Tore des Palatinus, um dem göttlichen Cäsar zu huldigen. Cäsar aber unterbrach das Würfelspiel, an dem er sich mit den Augustianern ergötzte, und sagte: „Es war nötig, die Reise aufzuschieben. Ägypten und die Herrschaft über den Orient können mir, der Prophezeiung gemäß, nicht entgehen, also wird mir auch Achaja nicht verloren sein. Ich werde den Isthmus von Korinth durchstechen lassen, in Ägypten will ich Denkmale errichten lassen, gegen die sich die Pyramiden wie Kinderspielzeug ausnehmen sollen. Eine Sphinx werde ich aufstellen lassen, die noch siebenmal größer ist, als jene bei Memphis, und meine Gesichtszüge soll sie tragen. Die nachfolgenden Zeitalter werden nur von mir und meinen Monumenten reden.“

„Durch deine Dichtungen hast du dir schon ein Monument gesetzt, das nicht nur siebenmal, sondern dreimal siebenmal größer ist als die Pyramide des Cheops", erwiderte Petronius. „Durch deine Gesänge soll dir eine Bildsäule gleich jener des Memnon gesetzt werden, auf dass auch deine Stimme beim Aufgang der Sonne erschalle. Die benachbarten Meere Ägyptens werden in alle Ewigkeit von Schiffen wimmeln, worauf Scharen von Menschen aus den drei Weltteilen den Hymnen deiner Säulen lauschen werden." – „Doch wer vermöchte dies zu tun?", fragte Nero. – „Du kannst Befehl geben, dass man dich als Quadrigalenker in Basalt aushaue!" – „Ja, du hast Recht, das werde ich tun, damit mache ich der Welt ein Geschenk. In Ägypten vermähle ich mich mit Luna, die jetzt Witwe ist, dann bin ich in der Tat ein Gott." – „Und uns gibst du die Sterne zu Weibern, wir aber schaffen eine neue Konstellation, die den Namen Nero führen soll. Den Vitellius magst du mit dem Nil verheiraten, damit sie ein Hippopotamosgeschlecht erzeugen. Dem Tigellinus schenke die Wüste und die Königswürde über die Schakale."

„Und was bestimmt du für mich?", fragte Vatinius. – „Für die herrlichen Spiele in Beneventum soll dich Apis segnen, und der Sphinx darfst du ein paar Schuhe anfertigen, damit nicht ihre Tatzen in der nächtlichen Kühle erstarren, und Sandalen für die Kolosse, die die Alleen zu den Tempeln schmücken. Domitius Afer soll Schatzmeister werden wegen seiner Ehrenhaftigkeit, und ich bin unglücklich, dass du Göttlicher die Reise verschoben hast." Nero aber erwiderte: „Ich musste dies tun, denn Vesta selbst flüsterte mir ins Ohr: Verschiebe die Reise! Dies geschah so unerwartet, dass ich tief erschrak und zu Boden gesunken wäre, wenn mich nicht jemand gestützt hätte. Wer war dies?"

„Ich", antwortete Vinicius. – „Ah, du grimmiger Ares! Warum warst du denn nicht in Beneventum? Ich hörte, du seist krank gewesen. Ist es wahr, Kroton habe dich ermorden wollen?" – „So ist es! Ein Barbar, der stärker war als Kroton, kam mir zu Hilfe." – „Stärker als Kroton? Nicht möglich! Kroton war der stärkste aller Menschen, und jetzt ist Syphax aus Äthiopien der stärkste." – „Ich sage dir, Cäsar, was ich mit meinen Augen sah." – „Wo ist dieser Mann? Ist er nicht Rex nemorensis geworden?" – „Ich weiß es nicht, Cäsar, ich verlor diesen Riesen aus den Augen, und wegen meiner Krankheit konnte ich nicht nach ihm forschen." – „Bemühe dich, ihn für mich ausfindig zu machen."

„Das werde ich tun", rief Tigellinus. – „Wie steht es denn mit jenem Mädchen, dass ich dir schenkte?", fuhr Nero weiter fort. Vinicius geriet in Verwirrung, aber Petronius kam ihm zu Hilfe. „Ich gehe eine Wette ein, Herr, dass er sie bereits vergessen hat, siehst du seine Verwirrung? Strafe ihn dafür, dass du ihn nicht zum Feste bittest, das Tigellinus zu deinen Ehren an den Thermen Agrippas geben will." – „Nein, ich tue es nicht, ich muss mich dankbar zeigen, dass er mich im Tempel der Vesta gestützt hat. Ich setze auch noch das Vertrauen in Tigellinus, dass es dort an Scharen von Schönheiten nicht mangeln wird."

„Wie sollten die Charitinnen fehlen, wenn Amor anwesend ist!", entgegnete Tigellinus. – „Langeweile quält mich", sagte Nero. „Ich bin, dem Willen der Götter folgend, in Rom geblieben; aber ich mag die Stadt nicht leiden. Ich werde nach Antium gehen, damit ich in diesen engen Straßen und Gassen unter den Einsturz drohenden Häusern nicht ersticke. Die ungesunde Luft dringt selbst in meinen Palast und meinen Garten. O, dass ein Erdbeben Rom zerstörte, dass ein erzürnter Gott die Stadt dem Erdboden gleich machte! Ich wollte dann zeigen, wie eine Stadt werden soll, die der Mittelpunkt der Welt und meine Residenz ist."

„Cäsar", fragte Tigellinus, „sagtest du nicht, dass doch ein erzürnter Gott Rom zerstören möchte?" – „Ja, und was dann?" – „Nun, bist du nicht selbst ein Gott?" – Nero machte eine Handbewegung, die seinen Überdruss erkennen ließ, und sagte: „Wir werden uns deine Veranstaltungen am Teiche des Agrippa betrachten. Dann gehe ich nach Antium. Ihr seid alle kleinlich, darum versteht ihr nicht, dass ich des unendlich Großen bedarf.“ Er schloss die Augen, zum Zeichen, dass er der Ruhe bedürfe, und die Anwesenden zogen sich zurück.

Petronius wandte sich zu Vinicius und sagte: „Du bist also eingeladen, an dem Vergnügen teilzunehmen. Feuerbart hat die Reise aufgegeben, aber er wird verrückter als je. Versuch auch du, in dieser verrückten Zeit Unterhaltung und Vergessen zu finden. Wohl! Wir haben die Welt besiegt und darum ein Recht, uns zu freuen. Bei der Diana von Ephesus! Könntest du doch deine zusammengezogenen Brauen und dein Angesicht sehen, das so sehr das alte Blut der Quiriten verrät! Jeder andere in deiner Nähe gleicht nur einem Freigelassenen. Wahrhaftig, wäre nicht jene Religion, Lygia wäre heute in deinem Hause. Versuch mir noch einmal zu beweisen, dass die Christen nicht Feinde des Lebens und der Menschheit sind. Sie haben gut gegen dich gehandelt, du magst ihnen dafür dankbar sein; aber ich an deiner Stelle würde anderswo mein Vergnügen suchen. Du bist ein hübscher Junge, und Rom ist voll von geschiedenen Frauen.“ – „Mich wundert, dass dich nichts quält.“ „Wer sagt denn, dass mich nichts quält? Ich leide beständig, aber ich bin nicht in deinen Jahren. Zudem hänge ich an Dingen, für die du keinen Sinn hast. Ich liebe die Bücher, die dir gleichgültig sind: ich liebe die Poesie, die dich langweilt: ich liebe Töpferarbeiten, Edelsteine und viele andere Dinge, die du nicht ansiehst: und endlich habe ich Eunice gefunden, die ihresgleichen sucht. Ich fühle mich in meinem Hause unter Meisterwerken wohl, doch aus dir wird niemals ein Mann von ästhetischem Sinne. Dass mir das Leben nichts Besseres bieten kann, als ich bereits gefunden habe, dessen bin ich gewiss. Du aber erkennst es selbst nicht an, dass du noch immer hoffen und suchen kannst. Wenn der Tod an dich herantritt, wirst du trotz deinem Mute auf der einen und deinem Grame auf der anderen Seite darüber erstaunt sein, die Welt verlassen zu müssen. Ich aber werde den Tod als eine Notwendigkeit hinnehmen mit der Gewissheit, dass mir das Leben nichts bieten konnte, was ich nicht genossen hätte. Ich eile nicht und zögere nicht, werde jedoch versuchen, bis ans Ende fröhlich zu sein. Es gibt heitere Skeptiker auf der Welt. Die Stoiker gelten mir als Toren; aber der Stoizismus mäßigt wenigstens die Leiden, während deine Christen die Traurigkeit in die Welt bringen. Weißt du, was ich erfahren habe? Während der von Tigellinus veranstalteten Festlichkeiten am Teiche des Agrippa werden Frauen und Töchter aus den ersten Häusern Roms, selbst vestalische Jungfrauen zugegen sein; es wird dort bunt zugehen. So ist unser Cäsarentum."

Vinicius begann, mit einer Palme sein Haupt zu fächeln, und blickte vor sich hin wie ein Mensch, der stets nur von einem einzigen Gedanken erfüllt ist. „Mich kann dies alles nicht reizen." – „Und wer hätte dich so verändert, wenn nicht die Christen? Leute, deren Standarte das Kreuz ist! Griechenland war schön und schuf die Weisheit; wir erzeugten die Macht. Und womit kann die christliche Lehre deine Gedanken bereichern? Wenn du es weißt, so erkläre dich, denn bei Pollux, ich kann es nicht ahnen." – „Du fürchtest, wie es scheint, dass ich am Ende noch ein Christ werde", sagte Vinicius achselzuckend. – „Ich fürchte, dass du dein Leben selber zerstörst. Kannst du kein Grieche sein, so sei ein Römer. Genieße und freue dich! Unsere Torheiten haben eine gewisse Berechtigung; sie wecken den Sinn für das Individuelle. So verachte ich den Feuerbart, weil er ein griechischer Komiker ist. Würde er sich für einen Römer halten, so müsste ich anerkennen, dass er ein Recht besitzt, sich den Wahnwitz zu erlauben. Versprich mir aber, dass du mir deinen Christen, die dich gepflegt haben, Grüße ausrichtest. – Auf Wiedersehen am Teiche des Agrippa!"

Vierzehntes Kapitel.

Prätorianer umgaben die Haine beim Teiche des Agrippa, damit nicht allzu viele Zuschauer den Cäsar und seine Gesellschaft belästigen möchten. Wer sich in Rom irgendwie durch Reichtum, Schönheit oder Geist auszeichnete, war bei diesem Feste zugegen, das an Großartigkeit alles schon Dagewesene übertreffen sollte. Tigellinus wollte Nero für den Aufschub seiner Reise nach Hellas entschädigen, alle übertreffen, die je Nero bewirtet hatten, und beweisen, dass keiner wie er es verstünde, Feste zu geben. Zu diesem Zwecke hatte er schon in Neapel und später in Beneventum Vorbereitungen getroffen und aus den fernsten Ländern Raubtiere, Vögel, seltene Fische und Pflanzen, Gefäße und Kleider kommen lassen, um die Pracht des Festes zu erhöhen. Die Einkünfte ganzer Provinzen wurden verschwendet, um tolle Pläne zu verwirklichen. Doch der mächtige Günstling besann sich nicht. Sein Einfluss wuchs ja täglich. Nicht, dass Nero ihn anderen vorgezogen hätte; aber Tigellinus wusste sich immer mehr unentbehrlich zu machen. Petronius übertraf ihn weit an feinem Schliff, an Geist und Witz, verstand es besser, ein angenehmes Gespräch zu führen. Zu seinem Unglück übertraf er auch den Cäsar an Unterhaltungsgabe und erregte dadurch dessen Eifersucht. Zudem war er nicht in allem ein willfähriges Werkzeug, und Nero fürchtete sein Urteil in Angelegenheiten des Geschmackes. Vor Tigellinus dagegen brauchte sich Nero nie Zwang anzutun. Schon der Ehrentitel des Petronius, Arbiter elegantiarum, verletzte Neros Eitelkeit; denn wem sonst als Nero allein gebührte dieser Titel? Tigellinus war klug genug, seine eigenen Mängel einzusehen. Da er sich mit Petronius, Lucan und mit anderen durch Herkunft, Talent oder Wissen Bevorzugten nicht messen konnte, suchte er sie durch Willfährigkeit zu übertrumpfen, vor allem aber durch einen Aufwand, dessen Pracht Nero in Entzücken versetzen musste. Tigellinus hatte sich entschlossen, das Fest auf einem riesigen Floß aus vergoldeten Balken abspielen zu lassen. Die Ränder des Floßes waren mit Muscheln verziert, die aus dem Roten Meere und dem Indischen Ozean stammten und in allen Farben des Regenbogens glänzten. Am Ufer des Teiches waren Palmengruppen, Lotushaine und blühende Rosensträucher, in der Mitte Fontänen wohlriechenden Wassers, Statuen von Gottheiten und goldene oder silberne Käfige voll buntfarbiger Vögel verborgen. In der Mitte des Floßes erhob sich ein Riesenzelt, oder richtiger, nur ein Zeltdach, um den Ausblick frei zu lassen. Dieses Dach bestand aus syrischem Purpurstoff und ruhte auf silbernen Säulen. Unter dem Dache standen Tische für die Gäste, schwer beladen mit alexandrinischem Glase, Kristall und Vasen, deren Glanz die Augen blendete, und deren Preis unermesslich war: ein Raub aus Italien, Griechenland und Kleinasien. Das Floß hatte infolge der darauf angebrachten Pflanzen das Aussehen einer Insel oder eines schwebenden Gartens. Ringsum waren mit Gold- und Purpurstricken Kähne in Gestalt von Fischen, Schwänen, Möwen und Flamingos angebunden, worin an bemalten Rudern Sklaven und Sklavinnen saßen, von ausgesuchter Schönheit, die Haare nach orientalischer Sitte aufgeputzt oder durch goldene Netze zusammengehalten. Sobald Nero das Floß in Begleitung Poppäas und der Augustianer bestiegen und sich unter das Zeltdach gesetzt hatte, sanken die Ruder ins Wasser, die Kähne bewegten sich, zogen die Stricke straff, und das Floß samt den Gästen fuhr in Kreisen auf dem Teiche herum. Aus den Hainen am Ufer, aus fantastischen Konstruktionen, die für dieses Fest gebaut und im Dickicht verborgen waren, erscholl Musik und Gesang in die Luft, und die Hörner und Trompeten klangen von einem Ende des Teiches zum anderen. Nero, zwischen Poppäa und Pythagoras sitzend, war entzückt; das „schwimmende Fest“ gefiel ihm, denn es war etwas Neues. Zudem wurden Gerichte aufgetragen, wie sie selbst Apicius noch nicht ausgedacht hatte, und so vielerlei Weine, dass Otho, der nur achtzig Sorten aufzustellen pflegte, beschämt ins Wasser gesprungen wäre, hätte er Zeuge dieses Festes sein können. Außer den Frauen saßen auch die Augustianer an der Tafel. Vor allen glänzte Vinicius durch seine männliche Schönheit. Früher hatten Gestalt und Antlitz zu sehr an den Berufssoldaten erinnert; geistige und körperliche Qual aber hatten seine Züge so gemeißelt, als ob sie die Meisterhand eines Künstlers geschaffen hätte. Die Gesichtsfarbe war weniger gebräunt, die Augen schienen größer geworden zu sein und blickten melancholisch drein. Nur die Gestalt hatte die frühere strotzende Kraft bewahrt, aber auf dem mächtigen Nacken des Legionisten saß der Kopf eines griechischen Gottes oder eines stolzen, scharfsinnigen und verfeinerten Patriziers. Petronius bemerkte, wie alle Augustianerinnen auf Vinicius wohlgefällig blickten, Poppäa und die Vestalin Rubria nicht ausgenommen, die der Cäsar beim Feste zu sehen wünschte.

Die Weine wurden in großen mit Bergschnee gefüllten Kübeln gekühlt und desto mehr erhitzten sich die Herzen und Köpfe der Festteilnehmer. Der Wasserspiegel war jetzt wie besät mit Blütenblättern, und von den kleinen Booten flogen Tauben und andere Vögel Indiens und Afrikas auf, die an silbernen oder himmelblauen Fäden befestigt waren. Die Sonne hatte beinahe ihren Lauf vollendet, der Tag war warm, fast heiß, der See schlug Wellen unter dem Schlage der Ruder, die nach dem Takte der Musik eingesetzt wurden, in der Luft war nicht der geringste Hauch zu spüren, ganz unbeweglich lag der Hain, wie versunken in das, was auf dem Wasser zu sehen und zu hören war. Das Floß bewegte sich fortwährend im Kreise, und immer lärmender wurden die trunkenen Gäste darauf. Das Festmahl hatte noch nicht das Ende erreicht, und dennoch beachtete man nicht mehr das Zeremoniell. Der Kaiser selbst machte den Anfang, indem er den Vinicius, der neben der Vestalin Rubria lagerte, aufstehen hieß, diesen Platz einnahm und ihr etwas leise ins Ohr sagte. Vinicius dagegen fand sich bald neben Poppäa ein. Sie reichte ihm nach einigen Augenblicken ihren Arm hin und ließ ihn die locker gewordene Armspange befestigen. Und als er dies mit etwas zitternder Hand hat, blickte sie ihn errötend mit ihren großen Augen an. Die Sonne wurde größer und röter und verbarg sich hinter dem Haine; der größte Teil der Gäste war trunken. Das Floß kam näher ans Ufer, wo zwischen den Gesträuchern und Blumen Gruppen von Männern zu sehen waren, die auf Flöten und mehrstimmigen Rohrpfeifen bliesen oder die Trommel schlugen, und Gruppen von Dryaden und Hamadryaden. Die Dämmerung senkte sich hernieder, aus dem Zelte drangen Schreie und Lobgesänge zu Ehren Lunas, und dann ward der Hain plötzlich durch tausend Lampen erhellt. Bei der Annäherung des Floßes wurden die Festteilnehmer von den am Ufer stehenden Frauen und Töchtern der ersten Häuser Roms begrüßt. Ein Bildertaumel erfasste jetzt alle. Nero und die Augustianer verschwanden im Haine und suchten die versteckt liegenden Häuschen und Grotten. Niemand wusste, wo Nero war, niemand wusste, wer Senator, Tänzer oder Musiker sei. Man schlug mit den Tyrsusstäben auf die Lampen, um sie zu verlöschen. Einige Teile des Haines wurden finster, doch überall hörte man laute Schreie, Lachen, Geflüster und das schnelle Atmen der vom Laufen ermüdeten Brust. Rom hatte etwas Ähnliches bisher nicht gesehen. Vinicius war zwar nicht berauscht, wie bei jenem Gelage im Palaste des Cäsar an der Seite Lygias, aber auch er war geblendet und trunken von alldem, was um ihn her vorging, und schließlich ergriff auch ihn die fieberhafte Lust. Als er eine Anzahl junger Mädchen erblickte, die von einer Diana angeführt wurden, eilte er ihnen entgegen, weil er die Göttin näher betrachten wollte, und plötzlich stockte ihm der Herzschlag in der Brust. In der Göttin mit dem Halbmonde auf dem Kopfe glaubte er Lygia zu erkennen.

Sie umringten ihn in tollem Reigen und dann flohen sie plötzlich wie ein Rudel Rehe, offenbar in der Absicht, ihn zur Verfolgung zu verleiten. Er blieb stehen und sah, dass die sich nähernde Diana nicht Lygia war. Mit verschleiertem Antlitz stand sie vor ihm, legt ihre Hände auf seine Schultern, und während ihn ihr heißer Atem traf, flüsterte sie: „Ich liebe dich! Komm! Niemand sieht uns!“ Vinicius erwachte wie aus einem Traum. „Wer bist du?“, fragte er. – „Errate es!“ – Bei diesen Worten drückte sie durch den Schleier ihre Lippen auf die seinen und wandte den Kopf wieder ab. Doch ihr Kuss brannte auf den Lippen des Vinicius und erfüllte ihn mit Ekel. Sein Herz und seine Seele weilten anderswo, und auf der ganzen Welt existierte niemand für ihn außer Lygia. Doch schob er die Verschleierte von sich und sagte: „Wer du auch sein mögest – ich liebe eine andere, dich will ich nicht.“ Sie aber legte den Kopf auf seine Schulter und sagte: „Lüfte den Schleier!“ … Doch in diesem Augenblick raschelte es im Myrtenlaub, und die Gestalt verschwand wie ein Traumbild, aber aus der Entfernung vernahm man ihr seltsames unheilverkündendes Lachen.

Petronius stand vor Vinicius. „Ich habe alles gesehen und gehört“, sagte er. – „Lass uns von hier fortgehen“, entgegnete Vinicius. Und sie entfernten sich durch den Hain und durch die Kette der berittenen Prätorianer und begaben sich zu ihren Sänften. „Ich steige bei dir ein!“, sagte Petronius. Beide stiegen ein, sprachen aber unterwegs kein Wort. Erst als sie im Atrium des Vinicius waren, sagte Petronius: „Weißt du, wer das war?" – „Rubria?", fragte Vinicius und schüttelte sich, schon durch den Gedanken mit Widerwillen erfüllt, da Rubria eine Vestalin war. – „Nein." – „Wer denn also?" – „Die Diva Augusta." Nach einer kleinen Pause fuhr Petronius weiter fort: „Ich störte euch absichtlich, denn wenn du die Augusta erkannt und dann noch zurückgewiesen hättest, wärest du unrettbar verloren gewesen – du, Lygia und vielleicht auch ich."

Aber Vinicius brauste auf: „Ich habe Rom, Cäsar, die Feste, Augusta, Tigellinus und euch alle satt! Ich ersticke hier! Ich kann so nicht leben!" – „Du verlierst den Kopf, den Verstand, Vinicius." – „Ich liebe nur eine von der ganzen Welt!" – „Und was folgt daraus?" – „Ich will keine andere Liebe, ich will eure schamlosen Feste nicht, ich will euer lasterhaftes Leben und eure Schandtaten nicht." – „Was geht mit dir vor? Du bist ein Christ?" – Da presste der junge Mann mit beiden Händen seine Schläfen und rief voll Verzweiflung: „Noch nicht! Noch nicht!" – –

Petronius ging achselzuckend und sehr unzufrieden nach Hause. Es war offenbar, dass er und Vinicius sich nicht mehr verstanden, dass sich ihre Seelen entfremdet hatten. Einst hatte Petronius unbeschränkten Einfluss auf den jungen Krieger ausgeübt. In allem war er ihm Vorbild gewesen; meistens bedurfte es nur einiger ironischer Worte, um Vinicius zu zügeln oder zu etwas zu drängen. Damit war es aus. So groß war die Veränderung, dass Petronius seine frühere Methode gar nicht mehr versuchte; er fühlte, dass Witz und Ironie wirkungslos abgleiten würden an den neuen Grundsätzen, die die Liebe und die Berührung mit dem Christenglauben in das Herz des Vinicius gesenkt hatten. Der alte Skeptiker erkannte, dass ihm der Schlüssel zu dieser Seele verloren gegangen sei. Diese Erkenntnis erregte in ihm Missvergnügen, sogar Furcht, die sich durch die Ereignisse der Nacht noch steigern musste. „Ist es nicht vorübergehende Laune, sondern ernstlicher Wunsch der Augusta", dachte Petronius, „so muss sich eines von zwei Dinge ereignen: entweder wird ihr Vinicius nicht widerstehen und dann durch irgendein zufälliges Ereignis zu Grunde gehen, oder er wird sie abweisen, wie es heute den Anschein hatte, und dann gewiss seinem Verderben entgegeneilen, und ich, als sein Verwandter, wohl mit ihm; denn die Augusta wird ihren Hass auf die ganze Familie ausdehnen und die Macht ihres Einflusses für Tigellinus in die Waagschale werfen. Von jeder Seite gesehen, ist es eine schlimme Sache!" – Petronius war ein mutiger Mann und hatte keine Furcht vor dem Tode; aber da er nichts vom Tode erwartete, war dieser ihm natürlich auch nicht willkommen. Nach langem Nachdenken kam er endlich zum Schlusse, es möchte wohl das Beste und Sicherste sein, Vinicius durch eine Reise aus Rom zu entfernen. Und könnte er ihm Lygia mit auf den Weg geben, so würde er es mit Vergnügen tun. Doch hoffte er, es möchte nicht zu schwer halten, Vinicius auch ohne sie zum Antritt der Reise zu überreden. Er wollte auf dem Palatin die Nachricht verbreiten, Vinicius sei krank, um die Gefahr von seinem Neffen und sich selber abzuwenden. Die Augusta wusste ja nicht, ob sie von Vinicius erkannt worden sei und sie mochte vermuten, dass dies nicht der Fall gewesen wäre, weil sich ihre Eitelkeit bisher nicht verletzt gezeigt hatte. In Zukunft jedoch konnte die Sache anders ablaufen und es war notwendig, die Gefahr zu vermeiden. Petronius wünschte vor allem Zeit zu gewinnen: war Nero erst in Achaja, so sank Tigellinus, der nichts von Kunst verstand, auf die zweite Stelle hinunter und verlor seinen Einfluss. In Griechenland war sich Petronius des Sieges über jeden Gegner bewusst. Mittlerweile wollte er über Vinicius wachen und ihn zur Reise drängen. Einige Tage lang beschäftigte er sich mit dem Plane, bei Nero ein Edikt auszuwirken, das die Christen aus Rom verwiese: Lygia würde dann die Stadt mit ihren Glaubensgenossen verlassen und Vinicius etwas später, und Überredung war dann auch nicht mehr nötig. Die Sache schien ausführbar, denn es hatten sich vor nicht langer Zeit die Juden aus Hass gegen die Christen empört, und Claudius, der zwischen ihnen noch nicht zu unterscheiden vermochte, hatte die Juden ausgewiesen. So konnte Nero diesmal die Christen ausweisen. Nach jenem *schwimmenden Feste* sah Petronius den Kaiser täglich auf dem Palatin und in anderen Häusern. Ihm einen solchen Gedanken nahe zu bringen, war leicht, denn Nero widersetzte sich niemals einer Einflüsterung, die irgendwem Leid und Verderben brachte. Nach reiflicher Überlegung fasste Petronius einen Plan. Er wollte in seinem Hause eine Feier veranstalten und bei dieser Gelegenheit den Cäsar zur Erlassung des Edikts überreden. Dabei trug er sich mit der nicht unwahrscheinlichen Hoffnung, dass ihm Nero die Ausführungen übertragen werde. Lygia wollte er mit allen der Geliebten des Vinicius gebührenden Ehrfurcht nach Bajae senden, hier konnten dann beide das Christentum verehren und sich darüber besprechen, soviel sie wollten.

Vinicius besuchte er fleißig: erstens konnte er sich trotz aller römischen Selbstsucht einer gewissen Anhänglichkeit an den jugendlichen Tribun nicht erwehren, dann wünschte er ihn zur Reise zu überreden. Vinicius heuchelte Krankheit und erschien nicht auf dem Palatin, wo jeden Tag neue Reisepläne gemacht wurden. Endlich hörte Petronius aus Neros eigenem Munde, dass er sich in drei Tagen nach Antium begeben werde. Am folgenden Morgen eilte er drum sofort zu Vinicius, um ihm Mitteilung davon zu machen; dieser zeigte ihm eine Liste der dorthin geladenen Personen: ein Freigelassener Neros habe sie ihm gebracht. „Mein Name steht darauf“, sagte er, „und der deine auch, du wirst bei deiner Rückkehr dasselbe Verzeichnis vorfinden.“ – „Wäre ich nicht unter den Geladenen“, antwortete Petronius, „so würde das meinen Tod bedeuten; ich hoffe nicht, dass sich das noch vor der Reise nach Achaja ereignet. Ich werde Nero dort von großem Nutzen sein. Kaum sind wir nach Rom gekommen“, erklärte er mit einem Blick auf die Liste, „so müssen wir es schon wieder verlassen, um uns auf der Straße nach Achaja weiterzuschleppen. Aber wir müssen gehen; das ist nicht nur eine Einladung, es ist ebenso Befehl.“ – „Und wenn einer nicht gehorchen wollte?“ – „Dann würde er in einer anderen Form zu einer bedeutend weiteren Reise eingeladen werden: zu einer Reise, von der niemand wiederkehrt. Wie schade, dass du auf meinen Rat hin Rom nicht rechtzeitig verließest! Jetzt musst du nach Antium.“ – „Ich muss nach Antium. Merkst du, in welcher Zeit wir leben, was für elende Sklaven wir sind!“ – „Hast du beachtet, dass nur heute –?“

„Nein, du hast mir erklärt, dass die christliche Lehre eine Feindin des Lebens ist, weil sie uns in Fesseln schlägt. Können diese aber härter sein als die unsern? Du sagtest: Griechenland schuf die Weisheit und Schönheit, Rom die Macht. Wo ist unsere Macht?“ – „Hole Chilon und unterhalte dich mit ihm. Ich habe heute keine Lust zu philosophieren. Beim Herkules! Ich schuf diese Zeiten nicht und bin auch nicht dafür verantwortlich. Sprechen wir jetzt von Antium! Große Gefahr erwartet dich daselbst, und es wäre dir vielleicht leichter, deine Kraft mit Ursus zu messen, der Kroton erwürgte, als dorthin zu gehen; aber du kannst nicht abschlagen.“ – Vinicius sagte mit leichter Handbewegung: „Gefahr! Wir alle wandern im Schatten des Todes, und jeden Augenblick sinkt ein Haupt in sein Dunkel.“ – „Soll ich dir alle jene aufzählen, die sich noch ein bisschen gesunden Verstand bewahrt hatten und darum trotz der Zeiten eines Tiberius, Caligula, Claudius und Nero achtzig und neunzig Jahre alt wurden? Nimm dir einen Mann wie Domitius Afer zum Vorbilde, er ist in Ruhe alt geworden, obwohl sein ganzes Leben ein Gewebe von Verbrechen und Gemeinheiten darstellt.“ – „Vielleicht eben aus diesem Grunde“, antwortete Vinicius. Dann überflog sein Blick das Verzeichnis, und er las: „Tigellinus, Vatinius, Sextus Africanus, Aquillinus Regulus, Suilius Nerulinus, Epirus Marcellus und so fort. Welch eine Versammlung von Mördern und Schuften! Und solche Leute regieren die Welt? Würde es nicht besser für sie passen, eine ägyptische oder syrische Gottheit in den Dörfern auszustellen und ihr Brot durch Wahrsagerei und Tanz zu gewinnen?"

„Oder gelehrte Affen, rechnende Hunde und Flöte blasende Esel sehen zu lassen", fügte Petronius dazu. „Es ist richtig; sprechen wir über wichtigere Dinge. Nun merke auf und höre auf mich. Ich habe auf dem Palatin gesagt, du seiest krank und unfähig, das Haus zu verlassen, und trotzdem findet sich dein Name auf dem Verzeichnis. Dies beweist, dass jemand meine Erzählungen nicht glaubte und den wahren Sachverhalt zu erfahren suchte. Nero kümmert sich nicht um dergleichen; denn für ihn bist du ein Soldat, der keine Idee von Poesie oder Musik hat, mit dem er höchstens im Zirkus von den Rassen sprechen kann. Es muss demnach Poppäas Sache gewesen sein, deinen Namen auf die Liste zu bringen. Dies bedeutet, dass ihr Verlangen nach dir keine vorübergehende Laune war." – „Sie ist eine kühne Augusta!" – „Freilich ist sie kühn; denn sie wird unrettbar zu Grunde gehen. Sie fängt bereits an, Rotbart zu langweilen; er zieht ihr jetzt Rubria vor! Du aber musst mit Poppäa möglichste Vorsicht gebrauchen, denn wer die Augusta beleidigt, den erwartet ein wenig leichter Tod, es ist dann besser für dich, du öffnest dir die Adern oder du stürzest dich in dein Schwert. Denke übrigens daran, dass Poppäa Lygia auf dem Palatin gesehen hat. Sie wird darum ohne Schwierigkeit vermuten, warum du so hohe Gunst zurückweisest und Lygia in ihre Gewalt zu bekommen suchen, selbst wenn sie unter der Erde wäre. Du wirst dich und sie dazu dem Verderben preisgeben. Verstehst du das?"

Vinicius hörte zu, als ob ihn etwas anderes beschäftige, und sprach zuletzt: „Ich muss sie sehen." – „Wen? Lygia?" – „Lygia." – „Weißt du, wo sie ist?" – „Nein." – „Du willst also von neuem anfangen, nach ihr an alten Begräbnisstätten und jenseits des Tiber zu suchen? – „Ich weiß es nicht, aber ich muss sie sehen." – „Nun gut, obwohl Lygia eine Christin ist, mag sie mehr Scharfsinn äußern als du; sie wird es gewiss, wenn sie nicht deinen Untergang herbeiführen will." – Vinicius zuckte mit den Achseln. „Sie rettete mich aus der Hand des Ursus." – „So eile. Feuerbart wird seine Abreise nicht verschieben, und Todesurteile können auch von Antium kommen." – Aber Vinicius hörte nicht. Nur ein Gedanke beschäftigt ihn: das Zusammentreffen mit Lygia; und über die möglichen Wege dazu dachte er nach.

Da trat ein Zwischenfall ein, der jede Schwierigkeit heben konnte. Chilon kam unerwartet in sein Haus: elend, den Hunger im Gesicht und in Lumpen gehüllt. Aber die Diener, eingedenk des früheren Befehls, ihn zu jeder Tages- oder Nachtzeit vorzulassen, wagten nicht, ihn zurückzuweisen. Und so ging er geradeswegs zum Atrium und sprach zu Vinicius: „Mögen die Götter dir Unsterblichkeit verleihen und mit dir die Herrschaft über die Welt teilen!" Im ersten Augenblick wandelte Vinicius die Lust an, ihn zur Tür hinauswerfen zu lassen, dann aber kam ihm der Gedanke, der Grieche wisse vielleicht etwas von Lygia, und die Neugierde überwand seinen Widerwillen. „Du bist es?", fragte er daher. „Was willst du?" – „Es geht mir schlecht, Sohn des Zeus! Echte Tugend ist eine wenig begehrte Ware, und ein Weiser muss froh sein, wenn er in fünf Tagen ein Schöpsenkopf kaufen kann, den er mit Tränen herunterspülen mag, wenn er Lust hat. Was du mir gabst, bezahlte ich Atractus für Bücher. Ach Herr! Ich bin bestohlen worden, ich bin zu Grunde gerichtet. Die Sklavin, die meine Lehre niederschreiben sollte, ist geflohen und deine Sesterzien nahm sie mit. Da sagte ich mir: wohin soll ich gehen, wenn nicht zu dir, Serapis, für den ich gern mein Leben hingebe!"

Dies schien aber Vinicius wenig zu rühren. „Wozu kommst du und was bringst du?", fragte er trocken. – „Herr! Ich weiß, wo jetzt die göttliche Lygia wohnt. Ich will dir das Haus zeigen!" – „Wo ist sie?", fragte Vinicius lebhaft. – „Bei Linus, dem Oberpriester der Christen. Ursus ist auch dort, doch arbeitet er zur Nachtzeit beim Bäcker Demas. Linus ist alt: wenn man also das Haus zur Nachtzeit umstellt, ist Lygia dir wehrlos preisgegeben."

Dem Patrizier stieg das Blut zu Kopfe, er empfand Widerwillen gegen seinen Helfershelfer. Am liebsten hätte er ihn zertreten wie eine Giftschlange oder wie ein ekles Gewürm. Er sah ihn mit kalter Grausamkeit an: „Deinen Rat werde ich nicht befolgen. Doch sollst du den verdienten Lohn empfangen, im Ergastulum lasse ich dir dreihundert Sesterzien im Geiste – und in Wirklichkeit dreihundert Rutenstreiche geben." – Chilon ward totenblass, als er dies hörte. Er warf sich auf die Knie und winselte: „Wofür? Perserkönig? Wofür denn? Koloss des Erbarmens! Pyramide der Gnade! Ich bin alt, hungrig und elend! Ich habe dir Dienste geleistet. So dankst du mir?" – „Ebenso wie du den Christen", versetzte Vinicius. Und er rief den Hausmeister. Dieser fasste den Griechen beim Haarschopf und schleppte ihn ins Ergastulum.

„Herr! Herr! Fünfzig, nicht dreihundert! Fünfzig sind genug!", winselte Chilon, „um Christi willen!" – Als Vinicius allein zurückblieb, fühlte er sich froh, wie lange nicht. Er war mit sich zufrieden. Der Sieg, den er über sich selbst erfochten hatte, erfüllte ihn mit freudiger Zuversicht. Er meinte durch die Selbstüberwindung einen großen Schritt Lygia näher zu sein. Doch im nämlichen Augenblick trat der Hausmeister ein: „Herr, der Greis ist ohnmächtig geworden, vielleicht sogar tot." – „Suche ihn zu beleben, dann führe ihn herein."

Als Chilon nach einer längeren Zeit erschien, war er bleich wie eine Wand, und von seinen Füßen sickerte Blut auf dem Mosaikboden des Atriums. – „Dank dir, Herr!“, sagte er, in die Knie sinkend. „Du bist groß und barmherzig!“ – „Hund!“, sagte Vinicius. „Nur um Christi willen, dem auch ich das Leben verdanke, habe ich dir verziehen.“ – „Herr, ich will dir und ihm dienen!“ – „Schweige und erhebe dich! Du sollst mit mir kommen und mir das Haus zeigen, wo Lygia wohnt.“ – „Herr, ich bin wirklich hungrig“, ächzte Chilon. „Ich gehe – ich gehe gern, aber ich habe keine Kraft.“

Nun ließ ihm Vinicius zu essen geben, ein Goldstück und einen Mantel reichen. Doch Chilon war so geschwächt, dass ihn auch nach dem Imbiss die Füße nicht trugen, und die Haare stiegen ihm zu Berge bei dem Gedanken, dass Vinicius seine Schwäche für Widerstand halten und ihn nochmals geißeln lassen werde. „Sobald mich der Wein erwärmt hat, gehe ich aufrecht bis Großgriechenland“, brüstete er sich zähneklappernd. Endlich erholte er sich so weit, um den Weg antreten zu können. Linus wohnte nicht weit von Miriam in Transtiberim. Chilon zeigte auf ein von einer Mauer umgebenes, efeuumsponnenes Haus und sagte: „Hier ist es, Herr!“ – „Gut“, erwiderte Vinicius. „Jetzt kannst du deines Weges gehen, aber zuvor höre mich an! Ich verlange von dir, dass du vergisst, wo Miriam und Glaucus wohnen, verstanden? Einmal im Monat magst du zu mir kommen und dir von meinem Freigelassenen zwei Goldstücke aushändigen lassen. Doch wie ich erfahre, dass du den Christen nachspionierst, lasse ich dich zu Tode prügeln.“ Chilon verneigte sich und sprach: „Ich vergesse, wie du befohlen hast.“ – Doch als Vinicius um die Straßenbiegung verschwunden war, ballte er die Fäuste und schüttelte sie drohend. „Bei Ate und den Furien! Ich vergesse nicht!“ Dann sank er ohnmächtig zu Boden. –

Vinicius begab sich geradeswegs in das Haus der Miriam. Auf der Schwelle kam ihm ihr Sohn Nazarius entgegen, der bei seinem Anblick in Verlegenheit geriet. Doch Vinicius grüßte freundlich und ließ sich zu seiner Mutter führen. In der Stube traf er außer Miriam noch Petrus, Glaucus, Crispus und Paulus von Tarsos, der vor kurzem aus Fregellä zurückgekehrt war. Beim Eintritt des jungen Tribuns malte sich auf den Gesichtern aller lebhaftes Erstaunen, er aber sagte: „Ich grüße euch im Namen Christi, den ihr verehrt." – „Sein Name sei gepriesen in Ewigkeit", antworteten sie. – „Ich habe mich von euern Tugenden und eurer Güte überzeugt, ich komme daher als Freund." – „Sei uns als Freund gegrüßt", erwiderte Petrus. „Setze dich zu uns, Herr, und nimm als Gast an unserm Mahle teil." – „Gern will ich euer Gast sein", versetzte Vinicius, „doch zuvor hört mich an, zum Beweise dafür, dass ich es aufrichtig meine. Ich weiß, wo Lygia wohnt, ich war eben vor des Linus Hause. Wisset, ich habe ein Anrecht auf Lygia. Der Kaiser schenkte sie mir. Und in meinen Häusern in Rom habe ich an die fünfhundert Sklaven. Es wäre mir daher leicht gewesen, ihre Zufluchtsstätte umzingeln und sie ergreifen zu lassen, ich habe es aber nicht getan und werde es auch nicht tun."

„Der Segen des Herrn ruht sichtbar auf dir und läutert dein Herz", sagte Petrus. – „Ich danke dir, aber hört mich noch weiter. Ich habe es zwar nicht getan, aber ich leide Qualen der Sehnsucht. Und daher komme ich zu euch, die ihr Vater- und Mutterstelle an Lygia vertretet, und ich sage euch, gebt sie mir zum Weibe, und ich schwöre, dass ich sie niemals hindern werde, sich zu Christus zu bekennen, ja, ich will selbst Christ werden." Vinicius sprach voll Entschlossenheit und trug das Haupt hoch bei seinen Worten, doch er war sehr bewegt und bebte leise am ganzen Körper. „Ich weiß, wie groß die Hindernisse sind, die uns trennen", fuhr er nach kurzer Pause fort, „aber ich liebe Lygia wie meine eigenen Augen. Ich bin kein Heuchler, und obwohl ich weiß, dass es sich um meine Zukunft handelt, so sage ich die Wahrheit. Ein anderer würde vielleicht rufen: Tauft mich! Ich aber bitte: Erleuchtet mich! Ich fühle mich innerlich verwandelt, seit ich euch und eure Lehre kennen gelernt habe, aber mitunter erfassen mich noch Zweifel. Sagt, was bringt ihr der Welt? Seid ihr Feinde des Lebens? Feinde der Liebe, des Glückes? Muss man Bettler sein, wenn man Christ sein will? Zerstreut mir die Schatten! Petronius sagte mir einst, Griechenland gab uns Weisheit und Schönheit, Rom die Macht – Und nun sagt, was ihr bringt?"

„Wir bringen das Licht und die Liebe", erwiderte Petrus. Und Paulus von Tarsos fügte hinzu: „Wenn ich mit Menschen- und Engelszungen redete und ich hätte die Liebe nicht, so wäre ich tönendes Erz oder wie eine klingende Schelle." Den greisen Apostel aber dauerte die gequälte Seele, die wie ein gefangener Vogel nach Licht und Luft schmachtete. Indem er die Hände über Vinicius ausstreckte, sprach er: „Wer anklopfet, dem wird aufgetan – und über dir ist die Gnade des Herrn. Darum segne ich dich, deine Seele und deine Liebe im Namen des gekreuzigten Erlösers." Vinicius aber neigte sich und etwas Außerordentliches geschah. Der stolze Nachkomme der Quiriten drückte einen Kuss auf die Hand des alten Galiläers. Petrus aber freute sich, denn er sah, dass die Saat auf guten Boden gefallen war, und dass sein Fischernetz wieder eine Seele eingefangen hatte.

Einige Augenblicke verweilten alle in gerührtem Schweigen, dann sagte der junge Patrizier: „Der Cäsar fährt in wenigen Tagen nach Antium, und ich habe den Befehl, ihn zu begleiten. Ihr wisst, dass Ungehorsam den Tod bedeuten würde, ich muss also fort. Doch wenn ich Gnade vor euern Augen gefunden habe, so kommt mit mir, damit ihr mich in der Lehre unterweisen könnt; dort droht euch keine Gefahr, denn in dem Menschengetümmel könnt ihr eure Lehre am Hofe des Cäsar selbst verkünden. Man sagt ja, Acte sei Christin, und auch unter den Prätorianern befinden sich Christen. In Antium besitze ich eine Villa, dort können wir uns versammeln und euern

Worten lauschen." Nach kurzer Beratung wurde beschlossen, dass Paulus von Tarsos den jungen Tribun begleiten solle; Petrus, der jetzt der Hirt des ganzen Bundes war, konnte nicht fort von Rom. Während noch die Männer sprachen, sah man Miriam, mit der der Apostel kurz vorher leise Worte gewechselt, und die sich hierauf entfernt hatte, im Garten wieder auftauchen; hinter ihr kam Lygia.

Das junge Mädchen trat ahnungslos ins Zimmer und blieb beim Anblick des Geliebten wie angewurzelt stehen. Ein helles Rot stieg in ihre Wangen und sie sah erschreckt und erstaunt die Anwesenden der Reihe nach an. Doch sie sah nur freundliche Gesichter, der Apostel näherte sich ihr und fragte: „Liebst du ihn noch, Lygia?" Da bebten ihre Lippen, wie die eines Kindes, dem das Weinen nahe ist, das sich schuldig fühlt und doch weiß, dass es seine Schuld gestehen muss. „Antworte!", sagte Petrus. Und demütig zu des Apostels Füßen niedergleitend, flüsterte sie: „Ja, ich liebe ihn!" – Doch im nächsten Augenblick kniete Vinicius an ihrer Seite. Petrus legte ihnen segnend die Hände auf und sagte: „Liebet euch im Herrn und zu seinem Preise, denn kein Arg ist in eurer Liebe." – – –

Im Garten mit Lygia auf und ab schreitend, sagte Vinicius mit beredten Worten alles das, was er kurz vorher dem Apostel bekannt hatte. Umsonst, sagte er ihr, habe er sie zu vergessen gesucht, Tag und Nacht habe er ihrer gedacht. Das kleine Kreuz, das sie ihm zurückgelassen habe, sei in seinem Lararium, und er zolle ihm göttliche Verehrung. Nur aus Liebe habe er so schlimm gehandelt. Schon im Hause des Aulus sei seine Liebe zu ihr entbrannt. Jetzt habe er ihren Aufenthaltsort wieder durch Chilon erfahren, und nun werde sie wohl nicht mehr vor ihm fliehen wie aus dem Hause Miriams. „Nicht vor dir bin ich geflohen!", entgegnete Lygia. „Weshalb denn ergriffst du die Flucht?" Ihre irisblauen Augen zu ihm erhebend, erwiderte sie tief errötend: „Du weißt es –"

Im Übermaß des Glückes verstummte Vinicius eine Weile, dann aber erzählte er Lygia weiter, wie ihm allmählich die Augen aufgegangen waren, und er eingesehen habe, dass sie ganz anders sei als alle Römerinnen. Nur schwer gelang es ihm, ihr das klar zu machen, was ihn bewegte, ihr darzutun, dass sie ihn überzeugt habe, es gebe auf der Welt außer der körperlichen Schönheit noch eine andere, es gebe noch eine seelische Schönheit. Voll Entzücken lauschte sie seinen Worten, als er ihr erklärte, er liebe sie noch inniger, weil sie vor ihm geflohen sei und an seinem Herde werde sie ihm heilig sein. Ihre Hände fassend, schaute er ihr mit einer Innigkeit in die Augen, als ob er gar nicht ausdrücken könne, welches Glück sie ihm gewähre, und gerade, als ob er sich vergewissern wolle, dass er sie gefunden habe, dass sie ihm nahe sei, wiederholte er nur immer ihren Namen: „O, Lygia! O, Lygia!“ – „O, Marcus“, sagte Lygia, „glaube mir, ich bete für dich, und nur Christus hat dich auf den Weg der Erkenntnis geführt.“

Eben schritten sie an dem mit Efeu bewachsenen Gartenhäuschen vorbei und näherten sich der Stelle, wo sich Ursus, nachdem er Kroton getötet, auf Vinicius gestürzt hatte. „Hier“, sagte der junge Mann, „wäre ich ohne dich verloren gewesen.“ – „Vergiss das Schreckliche!“, entgegnete Lygia, „und verzeihe Ursus!“ – „Könnte ich denn auf Ursus böse sein, da er dich befreite? Wäre er mein Sklave, ich würde ihm die Freiheit schenken.“ – „Wenn er ein Sklave wäre, hätten ihn Aulus und Pomponia schon freigelassen, er bleibt bei mir aus freien Stücken.“

„Lygia, Lygia!“, rief Vinicius wieder, „noch nie ist ein Weib im Hause ihres Gatten so geehrt worden, wie du in meinem Hause geehrt werden wirst.“ Schweigend schritten sie dahin. Unter der Zypresse, dicht vor dem Hause, blieben sie stehen. Lygia lehnte sich an die Brust des Vinicius, der nun mit bebender Stimme bat: „Gebiete Ursus, in das Haus des Aulus zu gehen, deine kleinen Besitztümer, dein Spielzeug aus deiner Kindheit zu holen und es zu mir zu tragen.“

Doch Lygia, deren Antlitz wie eine Rose erglühte, antwortete mit leiser Stimme: „Ach, Marcus, das würde gegen die Sitten verstoßen!“ – „Das weiß ich wohl. Die Pronuba trägt gewöhnlich hinter der Braut alle diese Sachen. Ich möchte alles mit mir nach Antium nehmen; tue es mir zuliebe, Diva; tue es, Carissima!“ – „Pomponia soll darüber entscheiden“, sagte Lygia.

Und aufs Neue verstummten beide, als ob ihnen das Glück und die Seligkeit die Sprache raubte. Lygia stand da im Schatten des Baumes wie eine Blume, sie hatte die Augen niedergeschlagen, ihre Brust hob und senkte sich rasch. Vinicius schaute bewundernd auf sie. Die Herzen der beiden jungen Menschen klopften fast hörbar, und in ihrem wortlosen Entzücken glaubten sie im Paradiese der Liebe zu sein … Da erschien Miriam unter der Tür und lud zum Mahle ein. –

Fünfzehntes Kapitel.

Als am Abend dieses Tages Vinicius über das Forum nach Hause ging, erblickte er in dem Vicus Tuscus die vergoldete Sänfte des Petronius, die von Bithyniern getragen wurde. Durch eine Handbewegung gebot er zu halten, näherte sich rasch und schaute durch die Vorhänge. „Träume süß“, rief er lachend beim Anblick des schlafenden Petronius. – „Ach, du bist es!“, bemerkte Petronius erwachend. „Ja, ich schlummerte ein, da ich die Nacht auf dem Palatinus verbracht habe. Ich will mir soeben mehrere Bücher für Antium kaufen, da ich meine Bibliothek nicht in Unordnung bringen möchte.“ – „Sende deine Sänfte mit den Büchern nach Hause und komme mit mir. Wir wollen dann über Antium reden." – „Gut", entgegnete Petronius und verließ seine Sänfte. „Du wirst doch schon wissen, dass ich bereits übermorgen nach Antium reise!" – „Woher sollte ich das wissen?"

„Ja, ja, es ist schon alles bestimmt; Erbsen in Olivenöl haben nichts genützt, ein Tuch um den Hals hat nichts genützt, der Rotbart ist heiser. Er verwünscht Rom und flucht der römischen Luft, er ist jederzeit bereit, die Stadt durch Feuer zu zerstören, nach Seeluft verlangt er. In allen Tempeln werden heute Opfer dargebracht zur Wiedererlangung der göttlichen Stimme; und wehe Rom, wehe dem Senate, wenn diese Opfer nicht sofort Erfolg bringen. Weißt du übrigens, weshalb dieser Affe heiser wurde? Er wollte es unserem Paris im Tanze gleich tun und führte uns die Abenteuer Ledas vor. Dabei geriet er in Schweiß und erkältete sich. Er wechselte fortwährend die Maske, drehte sich wie eine Spindel, schwang die Arme wie ein betrunkener Schiffer. Ein wahrer Ekel ergriff mich, als ich diesen dicken Bauch und diese dünnen Beine sah. Du lebst einsam in deinem Hause, denkst nur an Lygia und die Christen und weißt gar nicht, was sich auf dem Palatin zugetragen hat. Nero vermählte sich öffentlich mit Pythagoras und trat dabei als Braut auf. Glaubst du nun, dass dies der höhere Wahnsinn ist, den Nero treibt? Natürlich erschienen die hierzu befohlenen Flamines und verliehen der Zeremonie die nötige Weihe. Ich bin auch zugegen gewesen und wartete, ob nicht einer unserer Götter mit einem Donnerkeil dazwischenfahren wird. Doch Nero glaubt nicht an Götter, und er hat Recht." – „Er ist also Oberpriester, Gott und Gottesleugner in einer Person", sagte Vinicius. – „Freilich", gestand Petronius lachend. Daran hatte er noch gar nicht gedacht.

Inzwischen waren sie bei Vinicius angelangt, und nachdem dieser Befehl erteilt hatte, das Nachtmahl zu bereiten, wandte er sich an Petronius und sagte: „Wir vermögen nichts an dem ganzen Wahnsinn, den Nero treibt, zu ändern." – „Recht hast du“, entgegnete Petronius, „solange Nero herrscht, gleichen die Menschen Schmetterlingen. Bestrahlt sie die Sonne, flattern sie umher, kommt ein kalter Windstoß, sind sie dem Tode verfallen. Doch lassen wir das, gestatte mir, Eunice mit deiner Sänfte holen zu lassen. Müde bin ich nicht und wir wollen fröhlich sein. Befiel den Kitharaspielern, beim Nachtmahle zu erscheinen.“ – „Erinnerst du dich noch jenes Tages, Petronius, da wir zusammen im Hause des Aulus Plautius waren? Erinnerst du dich noch dieser Psyche, dieses herrlichen Mädchens, das an Schönheit unsere Göttinnen überragt?“ Petronius schaute Vinicius verwundert an: „Du wirst doch von keiner anderen als von Lygia reden?“ Doch Vinicius rief: „Hier siehst du Lygias Verlobten!“ – „Was, du?…“

Aber Vinicius ließ Petronius nicht zu Ende reden, sondern sprang auf und rief, der Hausmeister möge kommen. „Versammle meine Sklaven hier vor mir, auch nicht einer soll fehlen“, befahl er hierauf diesem. „Du hast dich mit Lygia verlobt?“, ergriff jetzt Petronius wieder das Wort. Doch er vermochte nicht länger darüber zu staunen, denn das große Atrium glich jetzt einem Bienenstock. Keuchende Alte, kräftige Männer, Frauen, Knaben und Mädchen eilten herbei. Jeden Augenblick kam eine neue Schar; in den Korridoren ertönten Rufe in den verschiedensten Sprachen. Schließlich standen sie in Reihen zwischen den Säulen an den Wänden entlang. Vinicius wandte sich zu seinem Freigelassenen Demas und sagte: „Alle, die seit zwanzig Jahren in meinem Hause dienen, haben morgen vor dem Prätor zu erscheinen, der ihnen die Freiheit verkünden wird. Wer kürzere Zeit hier ist, erhält drei Goldmünzen und eine Woche hindurch doppelte Rationen. Sendet in jedes Gefängnis eine Botschaft, dass die Strafen erlassen, die Leute von den Fesseln befreit werden sollen. Wisset, dass für euch ein Tag des Glückes angebrochen ist, und ich will nur fröhliche Gesichter um mich sehen.“

Tiefes Schweigen herrschte, die Sklaven trauten ihren Ohren nicht. Plötzlich aber streckten sie die Hände empor und riefen wie aus einem Munde: „Ah, Herr!“ Vinicius entließ sie durch eine Handbewegung. „Morgen“, wandte er sich an Petronius, „lasse ich sie noch einmal im Garten zusammenkommen und gebiete einem jeden, ein Zeichen in den Sand zeichnen. Lygia wird die freilassen, die das Zeichen des Fisches zeichnen.“ – „Das Zeichen des Fisches! Ach ja, ich erinnere mich, was Chilon darüber sagte. Das Glück findet ein jeder da, wo er es zu sehen glaubt. Möge dir Flora viele Jahre hindurch Blumen auf deinen Pfad streuen. Ich wünsche dir alles das, was du dir selbst wünschest. Nur noch eine Frage! Bist du schon Christ geworden?“ – „Bis jetzt noch nicht, doch Paulus von Tarsos wird mich auf meiner Reise nach Antium begleiten; die Taufe empfange ich später. Deine Behauptung, die Christen seien Feinde der Lebensfreude, bewahrheitet sich nicht.“

„Um so besser für dich und Lygia!“ – „Höre“, sagte Vinicius weiter, „diese Lehre wird die ganze Welt erobern und ihr allein wird es gelingen, eine Umwandlung hervorzubringen, auch Octavia war Anhängerin dieser Lehre. Nein, zucke nicht verächtlich mit den Achseln, denn wer kann wissen, ob du nicht binnen Jahresfrist, ob du nicht schon in kurzer Zeit freudigen Herzens die heilige Taufe empfängst?“

„Ich?“, rief Petronius, „nein, bei dem Sohne der Leto, das wirst du nicht erleben. Ich habe meine Gemmen, meine Kammern, meine Kunstgeräte und meine Eunice. An den Olymp glaube ich nicht, aber ich will ihn mir auf Erden bereiten und mich solange des Lebens freuen, bis mich der Pfeil des göttlichen Bogenschützen trifft, oder bis ich mir auf Befehl des Kaisers die Adern öffnen muss. Ich liebe ebenso sehr Veilchenduft wie ein bequemes Triklinium, ja, ich liebe sogar unsere Götter, mir sind sie wert – als rhetorische Figuren, und ich liebe vor allem Achaja, wohin ich mich mit unserem feisten, dünnbeinigen, unvergleichlichen, göttlichen Cäsar, diesem Augustus, diesen Periodonices, diesem herkulischen Nero begeben werde!“

Darauf sang er mit halblauter Stimme:

Umwinden will ich mit Myrten mein Schlachtschwert,
Wie Harmodios und Aristogeiton getan!

Doch bei der Meldung, Eunice sei angekommen, brach er plötzlich ab. Gleich darauf wurde das Nachtmahl aufgetragen, währenddessen die Kitharaspieler ihre Weisen ertönen ließen, dann erzählte Vinicius von Chilon, und wie dieser den Gedanken in ihm erweckt habe, sich an den Apostel zu wenden: ein Gedanke, der eigentlich in ihm aufgetaucht sei, da Chilon die Rutenstreiche erhielt. „Da der Erfolg gut war, muss auch der Gedanke gut genannt werden“, bemerkte Petronius in schlaftrunkenem Tone, sich mit der Hand über die Stirn fahrend. „Was jedoch Chilon betrifft, so hätte ich ihm fünf Goldmünzen gegeben, aber vielleicht waren ihm die Rutenstreiche auch dienlich. Wer kann es wissen, ob sich nicht in kurzer Zeit Senatoren vor ihm beugen werden, wie vor unserem Pechdrahtzieher Vatinius? Gute Nacht!“ Den Kranz vom Haupte nehmen, erhob er sich mit Eunice, um heimzugehen. Kaum waren die beiden fort, so eilte Vinicius in sein Bücherzimmer und schrieb an Lygia:

„Sobald du deine herrlichen Augen aufschlägst, soll dir dieser Brief einen *Guten Morgen* wünschen. Deshalb schreibe ich jetzt, obschon ich dich morgen sehen werde. Cäsar geht übermorgen nach Antium, und ich, eheu! muss ihn begleiten. Ich sagte dir schon, dass Ungehorsam den Tod bedeuten würde; gegenwärtig habe ich nicht den Mut zu sterben. Allein wenn du willst, dass ich nicht gehorche, so schreibe nur ein Wort und ich bleibe. Petronius wird mich schon herausreden. Heute, im Rausch meiner Wonne, habe ich alle meine Sklaven beglückt: die zwanzig Jahre in meinem Hause gedient haben, führe ich morgen vor den Prätor und gebe sie frei. Du, meine Teure, solltest mit mir zufrieden sein, da diese Handlung mit deiner Religion in Einklang steht; sodann tu ich das dir zuliebe. Sie müssen dir für die Freilassung danken. Ich werde es ihnen sagen, dass sie dir danken und deinen Namen preisen. Ich übergebe mich dir und dem Glücke als Sklaven. Gott gebe, dass ich nie von solcher Knechtschaft erlöst werde. Antium sei verwünscht samt der Reise des Feuerbartes. Tausendmal glücklich will ich mich preisen, weil ich nicht so weise wie Petronius bin; sonst würde ich vielleicht auch nach Griechenland müssen. Inzwischen wird die Trennung von dir die Erinnerung an dich versüßen. Wenn ich mich irgendwie einen Augenblick losreißen kann, will ich in den Sattel steigen und romwärts fliegen, um meine Augen durch deinen Anblick zu beseligen, meinen Ohren den Wohllaut deiner Stimme zu verschaffen. Wenn ich aber nicht kommen kann, so bringt dir ein Sklave meinen Brief. Sei mir gegrüßt, du meine Göttin! Ich umschlinge deine Füße. Zürne nicht, weil ich dich Göttin heiße. Wenn du zürnst, so will ich gehorchen; doch heute kann ich dich nicht anders nennen. Aus vollster Seele wünsche ich dir Glück zu der Wohnung, in die du als Herrin einziehen wirst.

Dein Vinicius.“

In Rom war es bekannt, dass sich der Kaiser auf seiner Reise in Ostia das größte Schiff der Welt, das aus Alexandrien mit einer Ladung Korn dort angekommen war, ansehen, und sich dann von Ostia aus auf die Via Littoralis nach Antium begeben wolle. An der Porta Ostiensis sammelte sich daher schon am frühen Morgen des zur Reise festgesetzten Tages sowohl der einheimische Pöbel als auch der aller Völker der Erde massenhaft an, um am Gefolge des Cäsar seine Schaulust zu befriedigen, die beim römischen Volke fast unersättlich war. Die Reise nach Antium war weder schwierig noch lang. Dort erhoben sich zahlreiche Paläste und Villen, die in der vornehmsten Weise gebaut und ausgestattet waren, und alles boten, was die Bequemlichkeit nur verlangen konnte, selbst den ausgesuchtesten Luxus jener Zeit. Der Cäsar pflegte jedoch auf seinen Reisen alles mitzunehmen, woran er irgendein Vergnügen fand, von seinen Musikinstrumenten und Hausgeräten an bis zu Statuen und Mosaikarbeiten; dies geschah selbst dann, wenn er nur kurze Zeit, nur zur Ruhe und Erholung zu bleiben gedachte. Er war stets von einer Legion Bedienter begleitet, die Abteilungen der Prätorianer und Anhänger nicht mit eingerechnet, von denen jeder noch sein besonderes Gefolge von Sklaven hatte.

Am frühesten Morgen kamen die Hirten von der Campania, mit sonnenverbranntem Gesicht und Ziegenfellen an den Füßen, und trieben fünfhundert Eselinnen durch die Tore, damit Poppäa am Tage nach ihrer Ankunft in Antium in deren Milch ihr Bad nehmen konnte. Nachdem die Eselinnen vorüber waren, stürzten zahlreiche Knaben herbei, reinigten die Straße und bedeckten sie mit Blumen und Piniennadeln. Das Volk flüsterte sich mit einem gewissen Stolze zu, die ganze Straße nach Antium würde so mit Blumen bestreut, die teils aus den umliegenden Gärten genommen, teils von den Händlern an der Porta Mugionis zu hohen Preis geliefert worden seien. Nach den ersten Morgenstunden nahm das Gedränge beständig zu. Viele hatten ihre ganze Familie mitgebracht, breiteten Mundvorräte auf die zum neuen Tempel der Ceres bestimmten Steine und aßen ihr Prandium unter freiem Himmel. Da und dort fanden sich ganze Gruppen zusammen, geleitet von Personen, die gereist waren. Sie sprachen von der gegenwärtigen Lustfahrt des Cäsar, von seinen künftigen Reisen, vom Reisen überhaupt. Matrosen und alte Soldaten erzählten wahre Wunderdinge, die sie in fernen Feldzügen über Länder gehört hatten, die noch nie eines Römers Fuß betreten. – Die Leute, die nie die Grenze der Appischen Straße überschritten hatten, lauschten mit Erstaunen den märchenhaften Erzählungen von Indien und Arabien, von den Britannien umgürtenden Inseln, von jenem kleinen, von bösen Geistern bewohnten Eilande, auf dem Briarius den schlafenden Saturn eingekerkert hatte, von den in Eis erstarrten Ländern der Hyperboreer, von dem Zischen und Brüllen des Ozeans, wenn darin die Sonne niedertauche. Es wurde auch von dem Schiffe gesprochen, zu dessen Besichtigung der Cäsar gehe, ein Schiff, das Weizenvorrat für zwei Jahre gebracht hatte, dabei nicht zu erwähnen der vierhundert Reisenden, einer ähnlichen Anzahl Soldaten und einer Menge wilder Tiere für die Sommerspiele. Dies alles nahm das Volk für den Kaiser ein, der nicht nur um dessen Ernährung, sondern auch um dessen Vergnügen besorgt war. Deshalb wartete seiner eine begeisterte Begrüßung.

Inzwischen zeigte sich eine Abteilung numidischer Reiter, die der prätorianischen Wache angehörten. Sie trug hellgelbe Gewänder, rote Gürtel und große Ohrringe, die auf die dunklen Gesichter einen goldigen Schimmer warfen. Die Spitzen ihrer Bambusspeere glitzerten wie Feuer im Sonnenlichte. Nachdem sie vorüber waren, entstand eine prozessionsartige Bewegung. Die Menge drängte sich vorwärts, um sie noch länger zu sehen; jedoch die Prätorianer zu Fuß bildeten zu beiden Seiten des Tores Spalier und erlaubten niemand den Durchgang. Jetzt kamen Wagen mit purpurnen, roten und violetten Zelten, mit Byssuszelten, aus Fäden weiß wie Schnee gewoben; mit orientalischen Teppichen, mit Tischen von Citrum, mit Mosaiktafeln, mit Küchengeräten, mit Käfigen voll Vögeln des Ostens, Nordens und Westens, deren Hirn und Zungen für die kaiserliche Tafel bestimmt waren, mit Amphoren voll Wein und mit Körben voll Früchten. Hunderte von Leuten zogen vorüber, die allerlei Kunstgeräte, Statuen aus korinthischem Erz trugen: da waren einige mit etruskischen, andere mit griechischen Vasen und wieder andere trugen goldene und silberne

Geräte oder Gefäße aus alexandrinischem Glase. Kleine Abteilungen von Prätorianern zu Pferde und zu Fuß bildeten den Schutz dieser Sklaven, die von zahlreichen Aufsehern bewacht wurden; jeder von diesen hatte eine Peitsche, an der Blei oder Eisenstückchen befestigt waren. Der lange Zug dieser Männer, die mit unendlichem Ernste und größter Aufmerksamkeit die verschiedensten Gegenstände dahintrugen, machte den Eindruck einer feierlichen, religiösen Prozession; dieser Eindruck wurde noch verstärkt, als die Musikinstrumente des kaiserlichen Hofes vorübergebracht wurden. Was war da nicht alles zu sehen! Die Harfe, die griechische Laute, die Laute der Hebräer und Ägypter, die Lyra, die Phorminx, die Kithara, schneckenartig gewundene Hörner, Tuben, Zimbeln, Flöten, Posaunen und Trompeten. Wenn man auf diese Anzahl von Instrumenten aus Gold und Bronze blickte, die mit kostbaren Steinen und Perlen in der Sonne schimmerten, glaubte man, Apollo oder Bacchus befände sich auf einer Reise durch die ganze Welt. Jetzt kamen prächtige Karossen mit malerischen Gruppen von Akrobaten, Tänzern, Tänzerinnen, Thyrsusstäbe in der Hand; dann folgten die Sklaven, die zum Luxus auf die Reise mitgenommen wurden, nämlich eine große Zahl Knaben und kleine Mädchen aus Griechenland und Kleinasien, mit langen Haaren oder Locken in goldenen Netzen, alle schön wie Amoretten. Jetzt war von der Schönheit nicht viel zu sehen, da sie auf den Gesichtern eine dicke Schicht Schminke zum Schutze der zarten Haut gegen die Winde der Campania aufgelegt hatten. Wieder kam eine Abteilung Prätorianer: riesenhafte, bärtige Sigamber mit blauen Augen und rotblonden Haaren. Voran schritten Imaginarii mit dem römischen Adler, mit Tafeln voll Inschriften, mit Bildsäulen der germanischen und römischen Götter und mit Statuen und Büsten des Kaisers. Die sonnenverbrannten Glieder dieser Söldner ragten trotzig unter dem Fell und Panzer hervor und schienen so recht dazu geeignet, die dieser Schutztruppe zugeteilte schwere Rüstung zu tragen. Die Erde schien unter den gleichmäßigen Tritten zu beben. Mit dem Bewusstsein ihrer Kraft, selbst dem Kaiser gegenüber, blickten sie voll Verachtung auf den Straßenpöbel, ohne daran zu denken, dass sie selbst in Ketten nach Rom gebracht worden waren. Kaum waren die Sigamber vorüber, so wurden die gefesselten Löwen und Tiger Neros vorübergeführt, damit er jederzeit in der Lage war, Dionysus nachzuahmen und sie an seinen Wagen zu spannen. Hindus und Araber führten diese wilden Tiere an Stahlketten, die aber derart mit Blumen umwunden waren, dass sie wie Blumengewinde aussahen; jedes dieser Tiere hatte zwei Führer.

Nun kamen die kaiserlichen, mit Elfenbein eingelegten und mit Perlen gezierten Wagen, goldene und purpurne, strahlend im Glanze der kostbarsten Kleinodien. Wiederum folgten Prätorianer in römischer Rüstung und italische Kriegsfreiwillige; hierauf zogen ganze Scharen besonderer, zum persönlichen Dienste erwählter Sklavinnen und Knaben vorüber, und in der Ferne verkündeten Rufe der Menge das Nahen des Kaisers.

Unter den Zuschauern war auch der Apostel Petrus, der den Cäsar sehen wollte, Lygia, das Gesicht von einem dichten Schleier verhüllt, und Ursus, der beste Schutz für das junge Mädchen in dieser zügellosen, unbändigen Volksmenge. Ohne sich lange zu besinnen, hatte der Lygier einen der Steine ergriffen, die zum Bau des Cerestempels benutzt werden sollten, und ihn dem Apostel gebracht, damit dieser sich daraufstellen und alles besser sehen konnte. Wohl murrten die Leute, als Ursus sich zwischen ihnen Bahn machte; als er jedoch ohne Anstrengung einen Stein herbeitrug, den sonst kaum vier der stärksten Männer emporzuheben vermochten, wich die Empörung einer großen Bewunderung.

Endlich kam der Kaiser in Sicht. Er saß in einer Karosse, die so überdacht war, dass ihn die Menge sehen konnte, und die von sechs weißen idumäischen Hengsten gezogen wurde. Obwohl die Karosse geräumig genug war, mehrere Personen aufzunehmen, saß der Kaiser ganz allein darin, um die Aufmerksamkeit der Menge auf sich allein zu lenken. Nur zwei missgestaltete Zwerge kauerten zu seinen Füßen. Er trug eine weiße Tunika und eine amethystfarbige Toga. Ein Lorbeerkranz schmückte sein Haupt. Um den Hals hatte er wie gewöhnlich ein seidenes Tuch geschlungen, das er zeitweise mit seiner fetten, durch rötliche Härchen bedeckten Hand zurechtrückte. Den Epilatoren erlaubte er niemals, diese Härchen auszuzupfen, da nach einer Prophezeiung dadurch ein Zittern der Finger und eine Beeinträchtigung des Lautenspiels herbeigeführt würde. Ein Gemisch von bodenloser Eitelkeit, von Ermüdung und Langeweile malte sich wie immer auf seinem Gesicht, das furchterregend und lächerlich zugleich war. Während der Fahrt wendete er fortwährend den Kopf nach beiden Seiten, schloss zuweilen die Augen, und achtete dann wieder auf die Begrüßungen, die fortwährend ertönten: „Sei gegrüßt, Göttlicher, Cäsar, Imperator, du Unvergleichlicher, du Apollo!" – Nero lächelte. Plötzlich aber zog eine Wolke über sein Antlitz. Zum Spotte war das römische Volk stets geneigt und kannte darin keine Rücksicht, selbst über beliebte und große Männer übte es Kritik. Man wusste allgemein, dass bei dem Einzuge des Julius Cäsar in Rom der Ruf laut wurde: „Bürger, hütet eure Weiber, der kahlköpfige Betrüger kommt." Auch jetzt hörte man unter den Beifallsrufen die Worte: „Ahenobarbus, Ahenobarbus, was hast du mit deinem roten Barte gemacht? Fürchtest du, Rom könne sich an ihm entzünden?"

Hinter Steinhaufen und Tempelvorsprüngen verborgene Personen riefen: „Matricida! Nero! Orestes! Alkmäon!" Wieder andere riefen: „Wo ist Octavia? Gib deinen Purpur zurück!" Und Poppäa, die dicht hinter dem Kaiser in einer Sänfte getragen ward, wurde wie eine Dirne mit dem Zurufe Flava coma!

empfangen. Dem feinen Ohr des Kaisers entging nichts. Langsam hob er seinen geschliffenen Smaragd an das Auge und suchte nach den Rufern, um sich deren Aussehen in das Gedächtnis zu prägen. Unwillkürlich blieb sein Blick auf dem Apostel haften, der noch immer auf dem Steine stand. Während einiger Augenblicke schauten sich diese beiden Männer fest in die Augen, der gewaltige Herrscher, der gleich einem blutigen Traume dahingehen sollte, und der schlichte, in unscheinbare Gewänder gehüllte Greis, der mit seiner Lehre auf ewige Zeiten Besitz ergriff von der ganzen Erde.

Hinter der prunkvollen Sänfte der Poppäa, die von acht Afrikanern getragen wurde, kam wiederum ein ganzer Hofstaat von Dienern und Dienerinnen, und wieder eine Reihe Wagen mit allerlei Sachen zum täglichen Gebrauche. Die Sonne stand schon hoch am Himmel, als die Augustianer in einer endlos scheinenden Reihe vorüberzogen und dabei eine Pracht und einen Glanz entfalteten, dass sie mit ihren Wagen und Sänften einer schillernden Schlange zu vergleichen waren. Der nachlässig dasitzende Petronius wurde mit seiner schönen Sklavin in einer Sänfte getragen, und das Volk jubelte ihm zu; Tigellinus fuhr in einer von Ponys gezogenen Karosse. Das Gefolge war geradezu endlos. Es schien, als ob alles, was reich, glänzend und von irgendwelcher Bedeutung in Rom war, nach Antium auswandern wollte. Auf seinen Reisen nahm Nero stets tausend Karossen mit, und das Gefolge war fast so zahlreich wie eine Legion. Nicht nur die Persönlichkeiten wurden bewundert, sondern auch die Pferde, deren Zaumzeug und die Dienerschaft. Augen und Sinne waren geblendet von dem Flimmern des Goldes, dem purpurnen und violetten Farbenschimmer, den strahlenden kostbaren Steinen, von dem Glanze des Brokates, der Perlen, des Elfenbeins. Wohl gab es unter den Zuschauern gar viele mit leerem Magen und mit vor Hunger eingesunkenen Augen. War es daher zu verwundern, dass der Kaiser öffentlich beschimpft wurde? Unter den Letzten des Gefolges befanden sich Licinianus und Piso, denen Beifall geklatscht, Vatinius, der ausgepfiffen, und Vitellius, der ausgelacht wurde; den Konsuln gegenüber verhielt man sich gleichgültig, so auch als Licinius und Lecanius vorüberzogen, doch als Tullius Senecio und Vestinius ankamen, klatschte die ganze Menge Beifall; und obwohl niemand wusste, aus welchen Gründen, wurden sie dennoch vom Volke geliebt. Endlich kam Vinicius in seiner Karosse. Bei dem unerwarteten Anblick des Apostels und Lygias sprang er aus dem Wagen und begrüßte die beiden mit vor Glück strahlendem Antlitz.

„Lygia! Wie soll ich dir danken, dass du gekommen bist!“, rief Vinicius. „Nun kann ich dich nochmals begrüßen, ehe wir scheiden, doch nicht auf lange. Ich werde auf dem ganzen Wege parthische Pferde unterbringen, um an den freien Tagen recht schnell zu dir gelangen zu können. Lebe wohl!“ – „Lebe wohl, Marcus! Möge Christus mit dir sein“, entgegnete Lygia. – Vinicius führte noch Lygias Hand an seine Lippen, zum großen Erstaunen der Umstehenden, die sich nicht erklären konnten, dass einer der glänzendsten Augustianer einem gleich einer Sklavin gekleideten Mädchen eine solche Ehrenbezeugung erweise, und setzte dann rasch dem Gefolge nach, das einen kleinen Vorsprung gewonnen hatte.

Der kaiserliche Zug entschwand immer mehr den Blicken der Zuschauer, eine goldschimmernde Staubwolke verhüllte ihn; der Apostel, Lygia und Ursus sahen ihm lange nach, bis sich Demas, der Müller, bei dem Ursus des Nachts arbeitete, näherte. Er küsste dem Apostel die Hand und bat ihn, in seiner Wohnung eine Erfrischung zu nehmen; diese sei nahe dem Emporium, und sie müssten hungrig und müde sein, da sie den größten Teil des Tages am Tore zugebracht hätten. Sie gingen mit ihm und kehrten, nachdem sie sich in seinem Hause ausgeruht und erquickt hatten, erst gegen Abend nach dem Stadtteile jenseits des Tiber zurück. Sie wollten den Strom auf der ämilianischen Brücke überschreiten und gingen deshalb durch den Clivus Publicus über den Aventin zwischen den Tempeln der Diana und Merkur. Von dieser Höhe aus sah der Apostel auf die ihn umgebenden und die in der Ferne verschwindenden Gebäude. In Schweigen versunken, erwog er die riesige Ausdehnung und gewaltige Macht dieser Stadt, der das Wort Gottes zu verkünden er gekommen war. Bisher hatte er wohl die Herrschaft Roms und seiner Legionen in den verschiedenen Ländern, die er durchreist hatte, schon gesehen; aber das waren nur vereinzelte Glieder jener Macht, die ihm heute zum ersten Male in der Gestalt Neros verkörpert erschienen war. Was war Rom? Eine riesenhafte, räuberische, beutegierige, ungezügelte, bis ins Mark verderbte, doch in ihrer außergewöhnlichen Kraft unangreifbare Stadt. Was war Cäsar? Ein Brudermörder, ein Muttermörder, ein Frauenverführer, den eine Schar blutiger Schatten verfolgte, die seinem Hofe an Zahl durchaus nicht nachstand. Dieser Verworfene, dieser Komiker, aber auch dieser Herr von dreißig Legionen und durch sie der Herr der Welt, diese mit Gold und Scharlachmänteln bedeckten Höflinge, die des nächsten Morgens ungewiss waren, aber bis zu ihrem Ende doch mächtiger als Könige: sie alle zusammengenommen bildeten eine Art höllischen Reiches voll Ungerechtigkeit und Bosheit. In der Einfalt seines Herzens wunderte sich Petrus, dass Gott dem Satan so unbegreifliche Gewalt gegeben habe, die Erde zu bedrücken, zu verkehren, zu zertreten, ihr Blut und ihre Tränen auszupressen, sie fortzureißen wie ein Wirbelwind, auf ihr zu toben wie ein Orkan. Sein Herz ängstigte sich bei diesem Gedanken, und er sprach im Geiste zu seinem Meister: O, Herr, wo soll ich anfangen in dieser Stadt, in die du mich gesandt hast? Ihr gehören Meere und Länder, die Tiere des Feldes und alle Wesen des Wassers, sie besitzt Königreiche und Städte und dreißig Legionen, die sie bewachen; ich aber, o Herr, bin ein Fischer auf einem kleinen See! Wie soll ich ihre Bosheit besiegen?

„Die ganze Stadt scheint in Brand zu stehen“, unterbrach ihn Lygia in diesen Betrachtungen. Die Sonne neigte sich eben in wunderbarer Pracht zum Untergange. Ihre Scheibe war schon halb hinter dem Janiculum verschwunden, und der Horizont schimmerte in rötlichem Glanze. Etwas rechts sahen sie die lang gezogenen Mauern des Zirkus Maximus; darüber die hohen Paläste des Palatin und vor sich, jenseits des Forums Boarium und des Velabrum, den Gipfel des Kapitols mit dem Tempel des Jupiter. Die Mauern und Säulen alle, die höchsten Spitzen der Tempel waren wie eingetaucht in das goldene und purpurne Abendlicht. Die aus der Ferne sichtbaren Teile des Flusses schienen in Blut verwandelt; und in dem Maße, als die Sonne sank, wurde der Schimmer röter und röter. „Die ganze Stadt scheint in Brand zu stehen!“, wiederholte Lygia. Petrus hielt die Hand vor die Augen und sagte: „Der Zorn Gottes ruht auf ihr!“

Sechzehntes Kapitel.

Vinicius an Lygia:

„Der Sklave Phlegon, durch den ich dir diesen Brief sende, ist ein Christ und zuverlässig; er hat aus deinen Händen, Geliebte, die Freiheit erhalten. Ich schreibe aus Laurentum, wo wir der Hitze wegen rasten. Die herrliche Villa befindet sich ja hier, die Otho seiner Poppäa zum Geschenke machte, und auf die sie keinen Verzicht leistete, als sie ihn verließ! Wie anders bist du gegen alle hier weilenden Frauen! Ich liebe und bewundere dich mit ganzer Seele! Nero ist hier der Gast

Poppäas; sie hat ihm einen glänzenden Empfang bereitet. Unter den wenigen Augustianern, die sie zu sich eingeladen hatte, waren auch Petronius und ich. Nach dem Mahle fuhren wir auf goldenen Booten auf das Meer, das still war, als ob es schlafe, und das so blau war wie deine Augen, du Göttliche. Wir führten selbst die Ruder. Es schmeichelte offenbar der Augusta, dass Konsuln oder die Söhne von Konsuln ihr Boot dahinfuhren. Der Cäsar selbst saß in purpurner Toga am Steuer und sang eine Hymne zur Verherrlichung des Meeres. Sklaven aus Indien, die uns in anderen Booten folgten und auf Seemuscheln spielten, begleiteten den Gesang, während ringsumher unzählige Delphine auftauchten, als ob sie die Musik aus dem Reiche der Amphitrite angelockt habe. Ich dachte an dich und hätte dir am liebsten alles, was mich umgab, zu Füßen gelegt. Willst du mit mir an irgendeinem Platze am Meeresstrand, fern von Rom, leben, meine Augusta? Ich besitze in Sizilien viel Land mit einem Walde aus Mandelbäumen. Die Mandelbäume haben rosafarbige Blüten im Frühling, und der Wald zieht sich bis an das Meer, sodass die Zweige der Bäume ins Wasser tauchen. Dort will ich dich lieben und die Lehre preisen, die mir Paulus verkündet hat, denn ich weiß nun: diese Lehre ist keine Feindin der Liebe und des Glückes. Petronius weiß, dass sich Paulus unter meinen Leuten befindet, und er will ihn sprechen. Auch Seneca, der durch Gallio von Letzterem hörte, hat den gleichen Wunsch geäußert. Schon erbleichen die Sterne, o Lygia, nur Lucifer steht am Himmel in vollem Glanze. Bald wird die Sonne ihre rötlichen Strahlen über das Meer ergießen. Alles schläft um mich her. Ich aber gedenke deiner in Liebe. Die Morgenröte bricht an; ich grüße sie und grüße dich, meine Braut!“

Vinicius an Lygia:

„Warst du, Geliebte, mit Aulus und Pomponia noch nicht in Antium, so werde ich glücklich sein, dir diesen Ort zu zeigen.

Auf dem ganzen Wege von Laurentum nach hier erhebt sich eine Villa neben der anderen an dem Gestade des Meeres; Antium selbst eine endlose Reihe von Villen und Hallen, die sich bei heiterem Himmel im Meer spiegeln. Auch ich habe hier ein Besitztum, mit der Aussicht nach dem Meere und einen Olivengarten und einen Zypressenwald hinter der Villa. Das alles wird einst dir gehören, o Lygia! Der alte Menikles, dem die Verwaltung des Besitztums obliegt, hat zwischen die Myrtensträuche ganze Irisbüsche gepflanzt, und als mein Blick darauf fiel, dachte ich an den Garten bei Pomponia und Aulus, als ich neben dir saß. Die Schwertlilien werden dir auch die Heimat deiner Kindheit in Erinnerung rufen und schon deshalb wirst du Antium und meine Villa lieben lernen. Gleich nach unserer Ankunft wurde das Mahl eingenommen, und ich war lange mit Paulus zusammen. Zuerst sprachen wir von dir, und dann unterwies er mich in der heiligen Lehre. Lygia, glaube mir, selbst wenn ich so im Schreiben bewandert wäre wie Petronius, könnte ich dir nicht schildern, was meine Seele und mein Gemüt bewegte. Niemals hätte ich geglaubt, dass so viel Schönes, so viel Erhebendes auf der Welt geben könne; und die meisten unter den Menschen haben keine Ahnung davon. Gestern las der Kaiser seine Zerstörung Trojas vor und beklagte sich, dass er noch niemals eine brennende Stadt gesehen habe. Er erklärte, er beneide Priamos, der Zeuge der Zerstörung und des Brandes von Troja war; den Vorschlag des Tigellinus, Antium in Flammen aufgehen zu lassen, wies er entschieden zurück, denn Rom sei es, das ihn durch seine Ausdünstungen und der Subura und des Esquilinus, die bis zum Palatinus hinaufsteigen, heiser mache. Die brennenden Paläste Roms würden einen hundertmal großartigeren Anblick bieten als Antium. Die Dichtung werde dann die Gesänge Homers noch übertreffen, und er gab noch eine ausführliche Beschreibung, wie er Rom wieder ausbauen werde. – „Tue es, tue es, göttlicher Cäsar", rief die von Wein trunkene Bande. – „Dazu müsste ich ergebene Freunde haben!", entgegnete der Kaiser. – Ich gestehe dir, dass es mir Angst und Bange wird um dich, Carissime, da ich dich in Rom weiß, denn dem Kaiser und seinen Freunden traue ich solche wahnsinnige Ausschreitungen zu. Doch ich setze meine Hoffnung auf Christus; ich werde seinen Namen preisen, sobald du, Geliebte, meine Schwelle überschritten haben wirst, dann werden wir ihm dienen, solange unser Lebensfaden reicht. Ich liebe dich und grüße dich von ganzer Seele. Lebe wohl!"

Ursus schöpfte mit zwei an einem Stricke angebrachten Amphoren Wasser aus einer Zisterne, sang dabei ein lygisches Lied, und betrachtete Lygia und Vinicius, die sich zwischen den Zypressen in den Garten des Linus ergingen. Kein Lüftchen rührte sich, ein unendlicher Friede herrschte unter dem goldgefärbten Abendhimmel, und Hand in Hand, wandelten die jungen Menschen auf und ab.

„Droht dir keine Gefahr, Marcus, weil du Antium ohne Wissen des Cäsar verlassen hast?", fragte Lygia. – „Nein, Geliebte", entgegnete Vinicius. „Nero verkündete, er werde sich zwei Tage mit Terpnos einschließen, um seine neue Dichtung in Musik zu setzen. Das tut er häufig, und während dieser Zeit denkt er nur an seine Gesänge. Ich vermag den Weg von Antium nach Rom schneller zurückzulegen, als irgendein reitender Bote des Kaisers. Auf der ganzen Strecke habe ich die Pferde bereitstehen, die ich wechsle, sobald sie müde sind. Ich musste dich sehen, meine Teure!" – „Mir ahnte, dass du kommen werdest. Zweimal sandte ich Ursus nach deinem Hause. Linus verlachte mich schließlich, und auch Ursus tat dasselbe." Statt des gewöhnlichen dunklen Gewandes trug Lygia eine weiße Stola, ein Beweis, dass sie Vinicius erwartet hatte. Innig küsste Vinicius der Geliebten Hand, dann setzten sie sich, eng aneinandergeschmiegt, auf die Steinbank zwischen wilden Reben und schauten schweigend in die allmählich erbleichende Abendröte. Einen besonderen Zauber übten die Ruhe und der Frieden um sie her auf Lygia und Vinicius aus.

„Wie schön ist es hier, wie wunderbar ist doch die Welt,“ sagte Vinicius leise, „ich kann dir nicht sagen, Geliebte, wie glücklich ich mich fühle. Niemals hätte ich gedacht, dass ich auf diese Art lieben könnte. Bisher hielt ich Leidenschaft und Verlangen für Liebe; nun fühle ich zum ersten Male in meinem Leben, dass es auch eine selbstlose Liebe gibt, dass ich mein Herzblut für dich opfern könnte. Auch die Natur ist so friedlich, und kein Windhauch bewegt die Blätter der Bäume. Jetzt begreife ich auch die heitere Ruhe der Pomponia Grächina und die deine. Christus verleiht sie denen, die an ihn glauben.“ – „Mein geliebter Marcus!“, begann Lygia, indem sie ihr Köpfchen an dessen Schulter legte. Allein sie vermochte nicht weiterzureden. Freude, Dankbarkeit bewegten sie so sehr, dass die Stimme ihr versagte und Tränen in die Augen traten. Mit leiser zärtlicher Stimme fing Vinicius nach längerem Schweigen wieder an: „Du bist die Seele meiner Seele, du bist mir das Teuerste auf der Welt. Unsere Herzen werden zusammen schlagen, und gemeinsam wollen wir zu Christus beten. O Lygia, kann es etwas Schöneres geben, als Gott gemeinsam zu preisen, als nach einem gemeinsamen Leben in dem Gedanken zu sterben, dass man sich im Jenseits finden werde? In zwei-, in dreihundert Jahren werden sich der Lehre alle Völker beugen. Jupiter wird vergessen sein, nur christliche Bethäuser werden noch bestehen, in denen die Menschen ihren einzigen Gott anbeten, ihren Christus verehren werden. Ich wohnte auch dem Gespräch zwischen Paulus und Petronius bei. Weißt du, was Petronius zum Schlusse sagte?“

„Lieber Marcus, wiederhole mir die Worte des Paulus“, bat Lygia. – „Petronius plauderte und scherzte an einem Abend in meinem Hause in seiner gewohnten Weise. Da wandte sich

Paulus zu ihm und sagte: Wie kannst du es, o weiser Petronius, leugnen, dass Christus lebte und von den Toten auferstanden ist? Zu jener Zeit warst du noch nicht auf der Welt, doch Petrus und Johannes sahen ihn, auch ich habe ihn auf dem Wege nach Damaskus gesehen. Kannst du uns beweisen, dass wir Lügner sind, dann ist unser Zeugnis ohne Wert. – Darauf erwiderte Petronius, dies liege ihm fern, er wisse, dass sich sehr viele unwahrscheinliche Dinge ereigneten, doch weise er alles zurück, was ihm seine Lebensweise verderben könnte und was gegen die Gesetze der Schönheit verstoße. Wenn auch möglicherweise die römischen Götter nicht die wahren seien, so führe er doch ein Leben ohne Sorgen und reich an Schönheit und Frohsinn. – Hierauf ergriff Paulus wieder das Wort und sagte: Nur aus äußerlichen Rücksichten verschmähst du unsere Religion; doch bedenke, o Petronius, ob euer Leben in der Tat frei von Sorgen ist! Weder du noch irgendeiner der Reichen und Mächtigen weiß, wann er seine Augen schließt, und sage, wäret ihr nicht alle glücklicher, wenn der Kaiser dem Glauben anhinge, der Liebe, Gerechtigkeit und Barmherzigkeit lehrt? So viele wunderbare Tempel und kostbare Bildsäulen habt ihr euern schlimmen, rachsüchtigen, ehebrecherischen Gottheiten errichtet, weshalb sollte er dies nicht weiter tun zu Ehren des einig-einzigen Gottes der Liebe, Barmherzigkeit und Gerechtigkeit? Setzen nicht selbst reiche Leute ihre Kinder aus, um die Sorge der Kindererziehung los zu sein? Sind das nicht schmähliche Verhältnisse, die durch euer treuloses Eheleben herbeigeführt werden? Staunet ihr nicht selbst über jede Univira, jede nur einmal verheiratete Frau? Wohl bist du reich, doch weißt du, ob dir nicht schon morgen alle deine Besitztümer genommen werden; läufst du nicht stets Gefahr, in die Wüstenei der Pandataria verbannt zu werden? Wirst du nun, o Petronius, behaupten, der christliche Glaube sei gegen jede Lebensfreude? Du wärest viel glücklicher, wenn sich diese heilige

Lehre über die Welt verbreitete, wie sich die Macht Roms über die ganze Welt verbreitet hat. – So sprach Paulus, o Lygia, Petronius aber entgegnete: Das ist nichts für mich, ich ziehe Eunice deiner Lehre vor, du kleiner Jude. – Darauf entfernte er sich, Müdigkeit vorschützend."

Ohne ihr Haupt von des Vinicius Schulter zu erheben, blickte Lygia sinnend auf die in Silber getauchten Gipfel der Zypressen, während sie sagte: „Marcus, du schriebst mir über Sizilien, wohin auch Aulus und Pomponia sich zurückzuziehen gedenken, und …" – „Ja, Geliebte", unterbrach sie Vinicius, „unsere Besitzungen liegen nebeneinander. Ein wunderbares Land ist Sizilien, die Luft ist dort weit milder als in Rom, wonnig und dufterfüllt sind dort die Nächte; ein frohes, ewig heiteres Leben winkt uns. In Olivenhainen werden wir wandeln und in deren Schatten ruhen." Lygia erfasste seine Hand und versuchte sie an ihre Lippen zu führen, doch er erlaubte es nicht, sondern flüsterte wie trunken vor Glück: „Nein, Lygia, nein! An mir ist es, dich zu ehren, lass mich deine Hand küssen." – „Marcus, ich liebe dich von ganzem Herzen!"

Da plötzlich wurde die nächtliche Stille durch ein donnerähnliches Geräusch unterbrochen; Lygia erbebte. Vinicius sprang empor und sagte: „Die Löwen brüllen in den Vivarien." Und so war es auch. Gleich einem Donner ertönte das Gebrüll der wilden Tiere, von denen eines den anderen Antwort zu geben schien. Oft befanden sich in den Arenen von Rom mehrere tausend Löwen. Gar häufig in der Nacht stießen sie mit ihren Schädeln an die Gitter ihrer Käfige, um durch laute Klagetöne ihrem Sehnen nach der Wüste und Freiheit Ausdruck zu verleihen. Da nahm Vinicius Lygia in seine Arme und flüsterte ihr zu: „Fürchte dich nicht, Geliebte. Die Kampfspiele werden bald ihren Anfang nehmen, daher sind alle Vivarien überfüllt." Doch das Gebrüll der Löwen wurde lauter und lauter; langsamen Schrittes kehrten beide in das Haus des Linus zurück. – –

Petronius feierte in Antium täglich neue Siege über die Augustianer, die um die Gunst Cäsars buhlten. Tigellinus hatte fast allen Einfluss verloren. In Rom freilich war er unentbehrlich, denn keiner verstand es besser als er, lästige Personen aus dem Wege zu räumen und deren Güter einzuziehen; niemand konnte die ungeheuerlichen Gelüste des Kaisers besser befriedigen als er. In Antium aber, dessen Marmorpaläste sich im Meer spiegelten, lebte der Kaiser wie ein Hellene. Den ganzen Tag wurden Gedichte gelesen, wurde musiziert und Theater gespielt, und unter diesen Verhältnissen musste Petronius das Übergewicht behaupten. Nero suchte seinen Gesellschafter, fragte ihn bei seinen künstlerischen Schöpfungen um Rat und bezeugte ihm eine innigere Freundschaft als jemals zuvor. Es gab Augenblicke, wo er selbst Tigellinus leicht hätte verderben können, aber er zog es vor, ihn auszulachen. Gar mancher fühlte sich in seinem Innern beglückt darüber, dass nun ein Mann wieder die Macht in Händen hatte, der die Menschen zu beurteilen wusste, der zwar mit skeptischem Lächeln die Schmeicheleien seiner bisherigen Feinde hinnahm, der aber, sei es aus Trägheit, sei es infolge seiner höheren Bildung, weder rachsüchtig war, noch seine Macht zum Schaden und Nachteile für andere ausnutzte. Der römische Senat atmete auf, denn seit sechs Wochen war kein Todesurteil mehr verhängt worden. Sowohl in Antium als auch in Rom lobte man die raffinierte Lebensführung des Kaisers und seines Günstlings und erzählte sich Wunderdinge; jedermann begrüßte es mit Freuden, dass sich der Cäsar verfeinerte und nicht verrohte. Nero wiederholte oft, dass es nur zwei Männer von Geist am Hofe gäbe, die fähig seien, einander zu verstehen: er und Petronius. Ungefähr acht Tage nach der Rückkehr des Vinicius aus Rom las Nero im engeren Kreise einen Passus aus seiner Dichtung „Der Brand von Troja“ vor. Als er geendet hatte, und die Ausrufe der Bewunderung verhallt waren, befragte er Petronius um sein Urteil.

„Schlechte Verse, nur wert, ins Feuer geworfen zu werden." – Den Anwesenden schien das Herz vor Entsetzen zu stocken. Seit seiner Kindheit hatte Nero solche Worte nicht zu hören bekommen. Nur das Antlitz des Tigellinus strahlte vor Freude. Vinicius aber, der bleich wie der Tod wurde, glaubte, Petronius sei berauscht, obwohl sich dieser nie zu betrinken pflegte. Nero aber sagte mit seiner süßesten Stimme, in der jedoch verletzte Eitelkeit nachklang: „Was erscheint dir daran gefehlt?" – Petronius eilte auf ihn zu. „Schenke diesen hier keinen Glauben", rief er, indem er auf die Anwesenden zeigte, „sie verstehen nichts davon. Um die Wahrheit zu sagen, die Verse wären gut genug für einen Virgil, gut genug für Ovid, ja sogar gut genug für Homer, aber sie sind nicht gut genug für dich. Du darfst so etwas nicht schreiben. Der Brand, den du schreibst, brennt nicht, dein Feuer ist nicht heiß genug. Höre nicht auf die Schmeicheleien des Lucanus. Hätte er diese Verse verfasst, so würde ich ihn für ein Genie halten, bei dir aber lege ich einen anderen Maßstab an. Und weißt du weshalb? Weil du alle an Geist überragst. Wem die Götter so viel gaben wie dir, von dem kann man mehr fordern. Aber du bist träge, schläfst lieber nach dem Prandium, statt fleißig zu sein. Du könntest die Welt mit einem Werke beschenken, wie es bisher noch nicht da gewesen ist, darum muss ich dir sagen: schreibe besser!"

Petronius sprach dies in völlig ungezwungenem und doch tadelndem Tone, der Kaiser aber schaute ihn mit entzückten, tränenfeuchten Augen an. „Die Götter haben mir nicht nur Gaben verliehen", sagte er, „sie beschenkten mich mit noch etwas Wertvollerem, sie gaben mir einen treuen Freund." Bei diesen Worten streckte er seine fette, rötlichbehaarte Hand aus, um an einem aus Delphi geraubten, goldenen Kandelaber die Verse zu verbrennen. Doch Petronius fiel ihm in den Arm und verhinderte, dass die Flamme den Papyrus ergriff. „Nein, nein!", rief er. „Wenn die Verse auch nicht gut sind, so gehören sie doch der Menschheit an. Überlasse sie mir!" – „Dann erlaube mir, sie dir in einer Kapsel überreichen zu lassen, die nach meiner Angabe gefertigt wird", entgegnete Nero, indem er Petronius umarmte. „Ja, du hast Recht", fügte er nach kurzem Schweigen hinzu, „mein Brand Trojas ist matt. Jeder Bildhauer braucht ein Modell zu seinen Götterbildern; ich aber hatte kein Vorbild. Ich habe nie eine brennende Stadt gesehen." – „Cäsar", unterbrach jetzt Tigellinus, „ich habe es schon einmal gesagt, du hast nur zu befehlen, und ich verbrenne Antium oder die Schiffe in Ostia, oder ich erbaue eine hölzerne Stadt am Fuße des Albanergebirges, in die du selbst die Brandfackel schleudern magst, wenn es dir gefällt." Nero warf ihm einen verächtlichen Blick zu. „Brennende Holzbaracken soll ich mir ansehen? Dein Hirn ist verbrannt, Tigellinus! Auch scheinst du mein Talent und meine Trojade nicht besonders hoch zu schätzen, da du ihr nicht mehr opfern möchtest." – Tigellinus war bestürzt. Wie um dem Gespräch eine andere Wendung zu geben, sagte Nero: „Der Sommer ist nahe. Da wird es wieder in Rom übel riechen! Und leider, zu den Spielen werden wir dahin zurückkehren müssen." Als der Kaiser an diesem Tage die Augustianer entließ, näherte sich ihm Tigellinus und flüsterte: „Erlaube mir noch zu bleiben, Cäsar, wenn auch nur einen Augenblick."

Als Vinicius mit dem Freunde die Villa des Kaisers verließ, sagte er: „Du hast mich heute nicht wenig erschreckt. Ich dachte, du seiest berauscht. Bedenke, dass du mit Tod und Leben spielst." – „Ja, das ist meine Arena", lächelte Petronius. „Er wird mir seine Verse in einer Dose schicken, die wohl wertvoll, aber entsetzlich geschmacklos sein wird. Ich werde sie meinem Arzt geben zur Aufbewahrung von Abführmitteln, die Verse selbst sind schon ein solches Mittel. Und das Beste ist, dass Tigellinus mich wird nachahmen wollen. Das kann gut ausfallen. Ich stelle ihn mir vor wie einen pyrenäischen Bären, der auf dem Seile tanzt! Ich werde lachen wie Demokritos. Wenn ich wollte, könnte ich Tigellinus vernichten und an seiner Stelle Präfekt der Prätorianer werden; ich hätte dann den Feuerbart selbst in meinen Händen. Aber ich ziehe mir ein ruhiges gegenwärtiges Leben, selbst mit des Cäsars Versen, der Mühe vor." – „Welche Geschicklichkeit, sogar Tadel in Schmeichelei zu verwandeln! Aber sind jene Verse wirklich so schlecht? Ich bin kein Sachverständiger." – „Sie sind nicht schlechter als andere. Lucan hat in einem Finger mehr Talent als Rotbart überhaupt. Er besitzt übrigens eine außerordentliche Vorliebe für Poesie und Musik. In zwei Tagen werden wir die in Musik gesetzte Hymne auf Aphrodite, die er heute oder morgen beendigen wird, zu hören bekommen. Wir werden einen kleinen Kreis bilden, nur ich, du, Tullius Senecio und der junge Nerva. Dass ich, wie ich sagte, nach dem Feste Neros Verse in ähnlicher Weise benützen würde, wie Vitellius die Flamingofedern, ist nicht wahr. Zuweilen sind sie beredt, Hekubas Worte sogar rührend. Manchmal tut er mir leid. Bei Pollux! Welch wunderbare Mischung! Nicht einmal Caligula erreichte diese Stufe des Wahnwitzes."

„Wer kann wissen, wozu die Verderbtheit den Rotbart noch bringen wird?", fragte Vinicius. – „Wahrlich niemand. Er mag Dinge vollbringen, dass spätere Jahrhunderte bei dem bloßen Gedanken daran noch schaudern. Aber gerade das ist es, was mich interessiert; und obwohl ich wie Jupiter Ammon in der Wüste mehr als einmal von ihm verletzt wurde, glaube ich, dass ein anderer Cäsar dies noch hundertmal öfter getan hätte. Paulus, dein kleiner Jude, ist beredt – ich gestehe es ein; und wenn Leute wie er jene Religion verkünden, müssen sich unsere Götter ernstlich verteidigen, wollen sie nicht eines Tages gefangen weggeführt werden. Es ist wahr, wenn zum Beispiel der Cäsar ein Christ wäre, würden sich alle viel sicherer fühlen. Aber dein Prophet von Tarsos, der mich zu überzeugen suchte, dachte nicht, dass gerade die Ungewissheit meinem Leben einen Reiz verleiht. Wer dem Würfelspiele nicht ergeben ist, wird sein Vermögen nicht verlieren; dennoch spielen die Menschen. Es liegt ein gewisses Vergnügen in der Zerstörung des Besitzes. Ich kannte Söhne von Rittern und Senatoren, die aus freiem Willen Gladiatoren wurden. Du sagst, ich spiele mit dem Leben, und das ist wahr; aber ich spiele, weil es mir gefällt, während mir die Tugenden der Christen Licht bringen würden, wie die Abhandlungen des Seneca. Darum verwendet Paulus seine Beredsamkeit umsonst. Ahnend erkenne ich die Wahrheit dessen, was sie sagen. Wir sind wahnwitzig und eilen dem Abgrunde zu; etwas Unbekanntes kommt uns aus der Zukunft entgegen, unter uns bricht etwas, um uns stirbt etwas: zugegeben! Trotzdem werden wir uns im Tode folgen; bis dahin wollen wir nicht das Leben als eine Bürde betrachten und nicht dem Tode dienen, ehe er uns angreift. Das Leben ist um seinetwillen, nicht um des Todes willen da."

„Ich bedauere dich, Petronius." – „Bedauere lieber dich selbst, als mich. Früher warst du froh unter uns; während des Feldzuges nach Armenien sehntest du dich nach Rom." – „Und auch jetzt sehne ich mich nach Rom." – „Das ist wahr; denn du liebst eine christliche Vestalin jenseits des Tiber. Ich bin darüber weder verwundert noch tadle ich dich. Mehr staune ich darüber, dass trotz einer Religion, die du als eine Fülle von Glück beschriebst, und trotz der Liebe, die bald gekrönt werden wird, die Traurigkeit von deinem Gesicht nicht gewichen ist. Pomponia Gräcina ist immer nachdenkend." – „Ein sehnendes Verlangen erfüllt meine Seele; eigentümlicherweise fürchte ich, fern von Lygia, es möchte ihr Gefahr drohen. Ich weiß nicht, welche Gefahr und woher sie kommen mag; doch ich fühle es, wie das Nahen eines Gewitters." – „In zwei Tagen werde ich dir die Erlaubnis zu ermitteln suchen, Antium zu verlassen, solange es dir beliebt. Poppäa ist etwas ruhiger und soviel ich weiß, droht Lygia von ihrer Seite keine Gefahr."

„Nun, die Augusta fragte mich erst heute, was ich in Rom zu suchen gehabt hätte, und ich hatte neulich meine kurze Abwesenheit doch geheim gehalten.“ – „Es mag sein, dass sie dir nachspionieren lässt, aber jetzt muss auch sie mit mir rechnen. Sei also ganz ruhig!“ – „Es ist aber seltsam“, sagte Vinicius, „Paulus von Tarsos will nichts von Ahnungen wissen, aber ich muss dir doch sagen, was geschehen ist, um mir die Last von der Seele zu wälzen. Lygia und ich, wir saßen kurz nach unserer Verlobung im Freien und machten Zukunftspläne. Der Abend war herrlich, mild und stille wie heute, und ich kann nicht beschreiben, wie selig wir waren. Da, mit einem Male hörten wir die Löwen brüllen. Das ist ja in Rom nichts Besonderes, aber seit dem Augenblicke habe ich keine Ruhe. Es klang wie eine Drohung, wie eine schauerliche Prophezeiung. Du weißt, ich bin nicht ängstlich, aber mich schüttelte das Grauen. Und seither quäle ich mich ab, da ich nicht bei ihr sein kann, um sie zu schützen. Also, erwirke mir die Erlaubnis, nach Rom zurückzukehren, oder ich fahre ohne Bewilligung fort.“ – „Söhne der Konsuln oder deren Frauen werden den Löwen in der Arena nicht vorgeworfen“, sagte Petronius lachend. „Ein anderer Tod mag dich erwarten. Wer weiß indes, ob es Löwen waren? Germanische Auerochsen brüllen ebenso hübsch! Was mich betrifft, verachte ich Vorzeichen und Schicksale. Die letzte Nacht war warm und ich sah zahlreiche Sternschnuppen. Mancher sieht hierin einen schlimmen Vorboten; aber ich dachte: wenn unter diesen Sternen der meine ist, werde ich wenigstens der Gesellschaft nicht ermangeln! Übrigens“, fügte er nach kurzem Nachdenken hinzu, „wenn euer Christus auferstanden ist, so kann er auch euch vielleicht vor dem Tode erretten?“ – „Es ist möglich. Wer weiß“, sagte Vinicius, und richtete seine Blicke zum bestirnten Himmel.

Siebzehntes Kapitel.

Nero spielte und sang zur Ehren des Kypros eine Hymne eigener Dichtung und Komposition. Diesmal war er bei Stimme und bemerkte, dass sein Vortrag die Zuhörer wirklich gefangennahm. Dieses Bewusstsein schwellte seine Seele so hoch, dass er gleichsam inspiriert schien und endlich vor Ergriffenheit bleich wurde. Es war gewiss das erste Mal, dass ihn nicht nach fremdem Lob verlangte. Er setzte sich nieder und blieb lange schweigend, die Hand auf die Zitter gestützt, das Haupt vornüber gebeugt. Plötzlich sprang er auf und sagte: „Ich bin ermüdet und sehne mich nach Luft. Inzwischen sollen die Zittern gestimmt werden.“ Dabei legte er ein seidenes Tuch um seinen Hals. „Ihr begleitet mich“, befahl er Petronius und Vinicius, die in einer Ecke der Halle saßen. „Gib mir deinen Arm, Vinicius, denn ich bin erschöpft, und Petronius wird mit mir über Musik plaudern.“ Als sie die mit Alabaster verzierte, safranbestreute Terrasse betraten, atmete Nero auf. „Hier fühle ich mich wohler“, sagte er. „Ich bin bis in die Tiefen meiner Seele erschüttert, und dennoch bin ich mir bewusst, dass ich mit diesem Gesang öffentlich auftreten und Triumphe feiern könnte.“

„In Rom, in Achaja, wo du willst! Ich bewundere dich, Göttlicher!“, rief Petronius. – „Das weiß ich. Du bist zu streng, um dich zu Schmeicheleien hinreißen zu lassen. Du bist aufrichtig wie Tullius Senecio, doch hast du mehr Verständnis für Kunst als er. Nur du allein in ganz Rom verstehst mich! Wenn ich singe, wenn ich spiele, bin ich der Welt entrückt. Die Musik hebt mich über mich hinweg, macht mich erst allmächtig.

Ich sehe neue Reiche, neue Berge und Meere, ich empfinde nie gekannte Wonnen! Ich fühle die Götter, ich sehe den Olymp … Eine milde, reine Luft umweht mich, und wie von einem Nebelschleier umhüllt, tut sich meinen Blicken etwas Unnennbares auf, das aber hell und leuchtend ist, wie die Sonne … der ganze Sphäros umtönt mich, und ich sage dir (hier bebte Neros Stimme vor Erregung), dann fühle ich mich, ich, der Cäsar und Gott, klein wie ein Körnchen im Staube." – „Ich begreife es. Die wahren Künstler fühlen sich der Kunst gegenüber klein …" – „Die heutige Nacht stimmt mich ernst, Petronius, daher will ich dich als Freund einen tiefen Blick in meine Seele tun lassen. Glaubst du, dass ich blind bin? Glaubst du, dass ich nicht weiß, was man in Rom über mich spricht? Dass man mich Muttermörder, Gattenmörder nennt, einen Tyrannen, ein Ungeheuer, weil ich Todesurteile unterschrieb, die Tigellinus durchaus von mir verlangte? Ich weiß es, man hält mich für grausam, und doch, niemand wird es glauben, wenn die Musik mein Ohr umschmeichelt, dann fühle ich mich weich und gut wie ein Kind in der Wiege; die Menschen haben keine Ahnung, wie gut ich eigentlich bin."

Petronius zweifelte keinen Augenblick daran, dass Nero in diesem Augenblick wahr spreche, und dass die Musik in dessen Seele, die gewöhnlich von dem krassesten Egoismus, von dem lasterhaftesten Instinkten erfüllt war, edlere Regungen erweckte, er antworte daher lebhaft: „Die Menschen sollen dich, Cäsar, so genau kennen, wie ich dich kenne. Doch Rom hat dich nie zu würdigen gewusst." Der Kaiser stützte sich schwer auf den Arm des jungen Tribuns, als drücke ihn die erlittene Unbill zu Boden. Dann sagte er: „Niemand ahnt, auch du nicht, was für ein Künstler ich bin! Wie öde wird diese Welt sein, wenn ich nicht mehr sein werde. Ich leide, Petronius! Du glaubst nicht, wie sehr ich leide. Wie schwer ist es, die Würde der höchster Macht und des größten Talentes zu tragen!" –

„Ich nehme von ganzem Herzen teil an deinen Leiden, Göttlicher“, sagte Petronius, „und das Gleiche fühlt Vinicius, der dich von jeher vergöttert hat.“

„Ich konnte ihn auch immer leiden, obwohl er dem Mars dient und nicht den Musen.“ – „Jetzt dient er hauptsächlich Aphroditen“, erwiderte Petronius, der nun die weiche Stimmung des Kaisers zu Gunsten seines Neffen ausnützen wollte. „Er ist verliebt wie Troilus in Kressida“, lachte er. „Erinnerst du dich der lygischen Geisel, o Göttlicher, die du ihm schenktest? Er wollte sie zu seiner Geliebten machen, doch sie ist tugendhaft wie Lucretia, darum will er sie heiraten. Er seufzt, klagt und magert vor Sehnsucht ab, doch als echter Soldat wartet er auf die Bewilligung des Kaisers.“ – „Ich erinnere mich sehr wohl. Weshalb sollte ich ihm die Genehmigung versagen? Das Mädchen ist hübsch, bis auf die etwas zu schmalen Hüften.“ Dann wandte er sich huldvoll lächelnd zu Vinicius. „Du fährst morgen nach Rom“, sagte er, „heiratest deine Lygierin und kommst mir ohne Ehering nicht vor die Augen!“ – „O, Herr, Dank, von ganzem Herzen Dank“, stammelte Vinicius. – „O, wie beglückend ist es doch, die Menschen glücklich zu machen“, rief Nero. „Mein ganzes Leben hindurch möchte ich nichts anderes tun.“

So sprechend wandte er sich der Villa wieder zu, und die beiden folgten ihm, hochbeglückt über den errungenen Sieg. In dem Atrium der Villa bemühte sich der junge Nerva und Tullius Senecio, die Augusta zu unterhalten, während Terpnos und Diodorus die Instrumente stimmten. Nero ließ sich sofort auf einen mit Schildpatt ausgelegten Sessel nieder und erteilte dem neben ihm stehenden griechischen Knaben leise einen Befehl. Der Knabe entfernte sich und kehrte sofort mit einem goldenen Kästchen wieder. Nero öffnete es und entnahm ihm eine Halsband aus wunderbaren Opalen, indem er bemerkte: „Diese köstlichen Juwelen passen zu dem herrlichen Abend.“ –

„In ihrem Farbenspiel gleichen sie der Morgenröte“, bemerkte Poppäa, in der festen Annahme, das Halsband sei für sie bestimmt. Nero spielte einen Augenblick mit diesen Steinen, dann sagte er: „Vinicius, überbringe dieses Halsband in meinem Namen der jungen lygischen Königstochter, die, meinem Wunsch gemäß, dein Weib werden soll!“ Aus Poppäas Augen brach ein zornerfüllter und zugleich erstaunter Blick, der vom Kaiser zu Vinicius hinüber streifte, und schließlich an Petronius haften blieb. Doch dieser, sich lässig über die Lehne seines Stuhles beugend, fuhr mit der Hand sanft über die Saiten der Harfe. Nachdem Vinicius den Kaiser für die prächtige Gabe gedankt hatte, näherte er sich dem Petronius und sagte: „Wie soll ich dir für das danken, was du heute für mich getan hast!“ – „Opfere der Euterpe ein paar Schwäne, lobe den Gesang des Kaisers und gräme dich nicht über böse Ahnungen“, entgegnete Petronius. „Von jetzt an wird das Gebrüll der Löwen deinen Schlaf ebenso wenig stören wie den Schlaf deiner lygischen Lilie, dessen bin ich gewiss. Der Kaiser greift zur Forminga, jetzt heißt es wieder den Atem anhalten, zuhören und Tränen vergießen.“

Da plötzlich drang aus der Vorhalle lauter Lärm. Der Vorhang wurde zurückgerissen und Faon, der Freigelassene des Cäsar, stürzte in den Saal und hinter ihm der Konsul Lecanius. Nero runzelte die Brauen. „Verzeihe, göttlicher Imperator!“, rief Faon atemlos, „Rom brennt! Der größte Teil der Stadt steht schon in Flammen!“ Alle sprangen bei dieser Nachricht von ihren Sitzen auf, und Nero legte die Forminga nieder. „O ihr Götter! Ich werde eine brennende Stadt sehen und meine Trojade beenden!“ Hierauf wendete er sich zum Konsul: „Kann ich den Brand noch sehen, wenn ich gleich aufbreche?“ – „Herr!“, versetzte der Konsul, der bei Neros Worten totenbleich geworden war, „ein Flammenmeer wogt über der Stadt; das Volk erstickt im Rauch, die Menschen brechen ohnmächtig zusammen, wenn sie nicht, von Wahnsinn ergriffen, ins Feuer stürzen. – Rom ist verloren, Herr!" Einen Augenblick herrschte ein unheimliches Schweigen, dann brach Vinicius in den Schreckensruf aus: „Wehe mir Armen!" Und der jungen Krieger stürmte, die Toga abwerfend, in der Tunika aus dem Palaste. Nero aber erhob seine Hände und rief: „Wehe dir, du heilige Stadt des Priamos." –

Vinicius nahm sich kaum Zeit, einigen Sklaven den Befehl zu erteilen, ihm zu folgen. Er warf sich auf sein Pferd und sprengte in tiefer Nacht durch die menschenleeren Straßen Antiums, in der Richtung nach Laurentum zu. Er vermochte die schreckliche Nachricht kaum zu fassen. Sein unbedecktes Haupt tief auf den Hals des Tieres beugend, raste er dahin, nur mit der Tunika bekleidet, weder rechts noch links blickend, aufs Geratewohl, ohne irgendein Hindernis zu berücksichtigen, ohne zu bedenken, dass er sich an irgendetwas den Kopf zerschmettern könne. Der vom Glanze des Mondes umflossene Reiter und sein Pferd erschienen mitten im Schweigen und der Ruhe wie Traumgestalten. Der idumäische Hengst schoss mit herabhängenden Ohren und gestrecktem Halse pfeilschnell an den bewegungslosen Zypressen und den weißen Villen dazwischen vorüber. Der Hufschlag auf den Steinfliesen schreckte die Hunde auf; sie verfolgten die ungewohnte Erscheinung mit ihrem Gebell und begannen, durch deren Schnelligkeit gereizt, den Mond anzuheulen. Die Sklaven, die Vinicius folgten, aber weit geringere Pferde hatten, blieben bald hinter ihm zurück. Gleich einem Sturmwind durchraste er das schlafende Laurentum, wandte sich hierauf nach Ardea, wo wie in Aricia, Bovillä und in der Nähe von Ustrinum seit seiner Ankunft in Antium immer frische Pferde für ihn bereit standen, damit er in denkbar kürzester Zeit die Strecke zwischen Antium und Rom zurücklegen konnte. So trieb er denn sein Ross zur letzten Anstrengung an.

Hinter Ardea erschien ihm der Himmel im Nordosten wie mit einem rosigen Schimmer übergossen; dies konnte die Dämmerung sein, denn die Zeit war schon vorgerückt, und die Sonne musste bald aufgehen. Vinicius jedoch glaubte darin den Glanz der Feuersbrunst zu erkennen und konnte einen Schrei des Zornes und der Verzweiflung nicht unterdrücken. Er erinnerte sich an das Wort des Konsules Lecanius: „Die ganze Stadt ist ein Flammenmeer“, und während eines kurzen Moments fühlte er sich dem Wahnsinn nahe; er hatte alle Hoffnung verloren, Lygia zu retten oder Rom zu erreichen, ehe es in einen Schutthaufen verwandelt war. Seine Gedanken waren schneller als der Galopp seines Pferdes; sie flogen vorwärts wie eine Vogelschar, schwarz, ungeheuer, Verzweiflung erregend. Zwar wusste er nicht, in welchem Stadtteile das Feuer ausgebrochen war, doch sagte er sich, dass das Viertel jenseits des Tiber mit seinen dicht gedrängten Häusern, Holzlagern, Vorratshäusern und Schuppen, in denen die Sklavenmärkte abgehalten wurden, zuerst ein Raub der Flammen werden konnte. In Rom zählten die Feuersbrünste nicht zu den Seltenheiten; häufig wurden Gewalttaten und Diebstähle dabei verübt, besonders in den von einer dürftigen und halb barbarischer Bevölkerung bewohnten Teilen. Was mochte also jetzt dort jenseits des Tiber vorgehen, wo sich Gesindel aus allen Teilen der Welt zusammenfand? Der Gedanke an des Ursus übermenschliche Kraft leuchtete in Vinicius auf; aber was konnte die Leistung eines Mannes, und wäre er auch ein Titan, gegen die zerstörende Macht des Feuers tun?

Die Furcht vor einer Empörung der Sklaven drückte Rom schon seit Jahren gleich einem Alp. Man sprach davon, dass Hunderte aus den Tausenden jener Leute der Zeit des Spartakus gedachten und nur auf einen günstigen Augenblick warteten, um die Waffen gegen ihre Bedrücker und Rom zu ergreifen. Und nun schien dieser Augenblick gekommen zu sein.

Vielleicht wüteten schon Mord und Totschlag in den Straßen gemeinsam mit dem Feuer. Es war sogar möglich, dass die Prätorianer selbst in die Stadt geeilt waren und dort auf Geheiß des Cäsar mordeten. Bei diesem Gedanken sträubte sich das Haar auf dem Haupte des Vinicius vor Entsetzen: er erinnerte sich der Unterhaltungen über brennende Städte, die in letzter Zeit mit auffallender Beharrlichkeit bei Hofe sich wiederholt hatten: der Klagen des Cäsar, dass er genötigt sei, eine brennende Stadt zu beschreiben, ohne ein wirkliches Feuer gesehen zu haben: der verächtlichen Antwort, die Tigellinus auf das Anerbieten gegeben geworden war, Antium oder eine aus Holz gebaute Stadt zu verbrennen: er gedachte seiner Äußerungen über Rom und die höchst übel riechenden Gassen der Subura. Ja! der Cäsar hatte befohlen, die Stadt anzuzünden. Er allein konnte so etwas gebieten, Tigellinus es ausführen. Brannte aber Rom, wie er befohlen, wer bürgte dann dafür, dass nicht auf denselben Befehl die Bevölkerung niedergemetzelt werde? Das Ungeheuer war einer solchen Tat fähig. Feuersbrunst, ein Sklavenaufstand und Gemetzel! Welche Entfesselung zerstörender Elemente, menschlichen Wahnsinns! – Welch furchtbares Chaos! Und Lygia befand sich mittendrin!

Die Seufzer des Vinicius mischten sich mit dem Schnauben des Pferdes; das Tier, das die immer nur aufsteigende Straße nach Aricia galoppierte, war völlig erschöpft. Wer wird sie der brennenden Stadt entreißen? Wer kann sie retten? Vinicius legte sich auf sein Pferd, fuhr sich mit der Hand in die Haare und war daran, vor Schmerz den Nacken des Tieres zu zerbeißen. Gerade jetzt rief ein Reiter, der ebenfalls wie ein Sturmwind, aber nach der entgegengesetzten Richtung, Antium zu, dahinjagte: „Rom ist verloren“, und trieb sein Pferde zu noch größerer Eile an. An das Ohr des Vinicius schlug nunmehr ein Wort: „Götter!“ Die übrigen verschlang der Hufschlag der Pferde. Aber dieser Ausruf: „Götter!“, brachte ihn zur Besinnung.

Vinicius erhob das Haupt, streckte die Arme zum sternenbesäten Himmel und begann inbrünstig zu beten: „Nicht zu euch rufe ich, deren Tempel brennen, sondern zu dir! Du selbst hast auch gelitten. Du allein bist barmherzig! Du allein hast den Schmerz verstanden! Du kamst auf diese Welt, die Menschen Erbarmen zu lehren; zeige es jetzt! Wenn du bist, wie dich Petrus und Paulus erklären, so rette Lygia für mich, nimm sie in deine Arme, trage sie aus den Flammen! Du hast die Macht dazu! Gib sie mir und ich will dir mein Blut geben. Willst du dies nicht mir zuliebe tun, so tue es ihretwegen. Sie liebt dich und vertraut auf dich. Du versprichst Leben und Glück nach dem Tode, und dies Glück wird ewig währen. Lygia aber wünscht, noch nicht zu sterben. Lass sie leben! Nimm sie in deine Arme, trage sie aus Rom! Du kannst es, wenn du willst!" Er brach ab, weil er fühlte, sein Gebet könne schließlich zur Drohung werden, er fürchtete, die Gottheit in dem Augenblick zu beleidigen, da er deren Gnade und Barmherzigkeit am meisten bedurfte. Der Gedanke allein erschreckte ihn, und um dieser Gefahr zu entgehen, trieb er sein Pferd wieder an, zumal sich jetzt die weißen Mauern Aricias, das am halben Wege nach Rom lag, im Mondlicht schimmernd vor ihm erhoben.

In höchster Eile durchritt er den Tempel des Merkur, der sich in einem Haine vor der Stadt befand. Das Volk wusste offenbar von der Katastrophe; denn eine ungewöhnliche Bewegung herrschte vor dem Haine. Vinicius sah im Vorbeireiten große Mengen auf den Stufen und zwischen den Säulen. Die Leute waren mit Fackeln versehen und stellten sich unter den Schutz der Gottheit. Die Straße war nun nicht mehr so frei und menschenleer wie um Ardea. Wohl eilte das Volk größtenteils auf Nebenpfaden zum Haine, doch fanden sich auch auf der Landstraße Gruppen, die schnellstens dem dahinrasenden Reiter auswichen. Vinicius ritt durch die Aricia mit Windesschnelle, brachte manche Personen zu Falle, während andere von den Hufen zertreten wurden. Ausrufe umtosten ihn, wie: „Rom brennt! Rom ist im Feuer! Mögen die Götter Rom schützen!"

Das Pferd strauchelte, aber von starker Hand gezügelt, blieb es vor einem Wirtshause stehen, wo ein anderes für Vinicius bereitgehalten wurde. Einige seiner Sklaven befanden sich vor dem Gasthofe; gerade, als ob sie die Ankunft ihres Herrn erwartet hätten, beeilten sie sich, ein frisches Pferd vorzuführen. Vinicius, der gerade eine Abteilung von zehn berittenen Prätorianern erblickte, die offenbar neue Kunde aus Rom nach Antium brachten, eilte auf sie zu und fragte: „Welcher Stadtteil steht in Flammen?" – „Wie nennst du dich?", fragte der Dekurio. – „Vinicius, Kriegstribun und Augustianer. Antworte bei deinem Haupte!"

„Das Feuer brach in den Kramläden am Zirkus Maximus aus. Als wir ausgesandt wurden, stand das Zentrum der Stadt in Flammen." – „Und wie steht's mit dem Transtiber?" – „Dorthin ist das Feuer noch nicht gekommen, aber es ergreift immer neue Stadtteile. Die Menschen gehen zu Grunde vor Hitze und Rauch, eine Rettung ist unmöglich."

Vinicius warf sich auf das soeben gebrachte, frische Pferd und raste davon. Er ritt nun Albanum zu, Alba Longa und dessen herrlichen See rechts lassend. Die Landstraße von Aricia zog sich unterhalb des Berges hin, der den Horizont und das auf der anderen Seite liegende Albanum verdeckte. Doch Vinicius wusste, dass er vom Gipfel aus nicht nur Bovillä und Ustrianum, wo wieder frische Pferde für ihn bereitstanden, sondern auch Rom sehen könne. Denn jenseits von Albanum streckte sich zu beiden Seiten der Appischen Straße die flache, niedere Campania hin, worauf sich zwar die Bogen der Aquädukte erhoben, aber nichts die Aussicht hinderte. „Vom Gipfel aus werde ich in die Flammen sehen", sagte er und gab seinem Pferde aufs Neue die Peitsche. Doch bevor er noch die Höhe erreicht hatte, wehte ihm schon ein Windhauch scharfen Brandgeruch entgegen. Zugleich begann sich der Gipfel der Anhöhe zu vergolden. „Das Feuer!", dachte Vinicius. Der Tag graute schon und auf allen Höhen zeigte sich ein goldener, rosiger Schein. Als Vinicius den Gipfel erreichte, bot sich ihm ein furchtbarer Anblick.

Die ganze Niederung war mit Rauch bedeckt, der wie eine Riesenwolke über der Stadt lagerte; jenseits der grauen Ebene auf den Hügeln standen die Häuser in Flammen. Das Feuer stieg nicht säulenartig empor, wie dies beim Brande eines einzelnen, wenn auch noch so umfangreichen Gebäudes der Fall ist; es glich eher einem lang gezogenen Gürtel, ähnlich den Streifen der Morgenröte. Darüber erhob sich eine Rauchmasse, stellenweise tiefschwarz, stellenweise rosig, dann wieder rot wie Blut, in sich selbst unheimliches Leben zeigend, hier aufgebläht, dort eingepresst, sich krümmend wie eine sich windende und dehnende Schlange. Diese ungeheure Rauchmasse schien zuweilen den Feuerstreifen überdecken zu wollen, der dann schmal wurde wie ein Band; später aber beleuchtete das Feuer von unten her den Rauch und verwandelte dessen niedriger liegende Wolken in Feuerwogen. Beide Erscheinungen reichten von einer Seite des Horizonts bis zur anderen und machten dessen unteren Teil unsichtbar, wie zuweilen ein ausgedehnter Wald eine Strecke Landes unsichtbar macht. Von den Sabinerbergen war keine Spur zu erblicken. Vinicius glaubte für den Augenblick, es brenne nicht nur die Stadt, sondern die Welt, und als könne sich kein lebendes Wesen aus diesem Rauch- und Flammenmeer retten. Der Wind wehte mit zunehmender Macht aus der Region des Feuers, brachte den Geruch verbrannter Gegenstände und so viel Rauch mit sich, dass er selbst hier das Naheliegende verhüllte.

Es war Tag geworden und die Sonne beleuchtete die Spitzen der dem Albanersee umgebenden Berge. Ihre glänzend goldenen Morgenstrahlen erschienen heute rötlich, wie überzogen vom Rauche. Vinicius ritt von Albanum hinab, was für ihn soviel bedeutete, als in ein Gebiet immer dichteren und undurchsichtigeren Rauches zu gelangen. Die Stadt Albanum selbst war vollständig darin begraben. Die geängstigten Bürger hatten sich auf die Straßen begeben. Wie schrecklich war der Gedanke an das Innere Roms, wenn man schon in Albanum schwer nach Atem ringen musste. Verzweiflung ergriff Vinicius aufs Neue, und seine Gedanken verwirrten sich; aber er versuchte stark zu sein.

„Es ist unmöglich", dachte er, „dass eine Stadt an allen Seiten zugleich brennt. Der Wind kommt von Norden und treibt deshalb den Rauch nur nach dieser Richtung, auf der anderen Seite ist keiner. Jedenfalls wird es Ursus Arbeit kosten, mit Lygia durch das Tor beim Janiculum zu gelangen, um sich und sie zu retten. Es ist ebenso unmöglich, dass eine ganze Bevölkerung zu Grunde gehe, und die weltbeherrschende Stadt samt ihren Bewohnern vom Angesichte der Erde verschwinde. Selbst in eroberten Städten, in denen Brand und Metzeleien zusammen wüten, entkommen immer einige Personen, warum sollte es also gewiss sein, dass Lygia zu Grunde gehe? Nein, Gott wacht über sie, er, der selbst den Tod besiegt hat." Und indem er sich diese Gründe einreden wollte, fing er an zu beten und machte, seiner festgewurzelten Gewohnheit gemäß, Christus die feierlichsten Versprechungen, auch Geschenke und Opfer wollte er ihm bringen.

Erst als er Albanum, dessen Bewohner von den Dächern und Bäumen aus nach Rom sahen, hinter sich hatte, wurde er ruhiger. Jetzt fiel ihm auch ein, dass Lygia nicht nur von Ursus und Linus, sondern auch vom Apostel Petrus beschützt wurde. Dieses einfache Bewusstsein gab seinem Herzen Trost. Petrus war für ihn ein unbegreifliches, fast übermenschliches Wesen. Der wunderbare Eindruck, den der Apostel durch seine Rede im Ostranium auf ihn gemacht hatte, war geblieben, auch hatte er davon bei Beginn seines Aufenthaltes in Antium an Lygia geschrieben. Die nähere Bekanntschaft mit dem Apostel während seiner Krankheit hatte diesen Eindruck bei Vinicius nur erhöht und ihn in festen Glauben umgewandelt. Weil Petrus seine Liebe gesegnet und ihm Lygia versprochen hatte, darum konnte diese nicht in den Flammen untergehen. Die Stadt mochte zusammenbrennen, aber kein Funke würde auch nur auf ihre Kleider fallen. Der Einfluss einer schlaflosen Nacht und eines tollen Rittes versetzten den jungen Krieger in einen Zustand außerordentlicher Gehobenheit; alles schien ihm darin möglich: Petrus würde zu den Flammen sprechen, sie mit einem Worte öffnen und alle unbeschädigt, wie durch eine Feuergasse von dannen gehen lassen. Petrus sah ja künftige Ereignisse voraus, darum ohne Zweifel auch diesen Brand; wie wäre es möglich, dass er die Christen nicht gewarnt und aus der Stadt geführt hätte und somit auch Lygia, die er liebte wie sein eigenes Kind? Eine jeden Augenblick anschwellende Hoffnung zog in das Herz des Vinicius. Waren sie geflohen, so konnte er sie in Bovillä treffen, oder ihnen auf der Landstraße begegnen. Das geliebte Antlitz konnte auf einmal sichtbar werden in dem Rauche, der sich immer weiter über die Campania verbreitete.

Es schien ihm umso gewisser, als er eine stets wachsende Zahl von Menschen traf, die die Stadt verlassen hatten und sich nach dem Albanergebirge begaben; sie waren dem Feuer entronnenen und wollten den Bereich des Rauches verlassen. Ehe er nach Ustrianum kam, musste er wegen der zunehmenden Menge den Gang seines Tieres mäßigen. Er begegnete Fußgängern mit Bündeln auf dem Rücken, bepackten Reitern, beladenen Maultieren und Gefährten, Sänften, in denen Sklaven die reicheren Bürger trugen. Ustrianum war mit Flüchtlingen aus Rom so überfüllt, dass es schwerfiel, sich hindurchzuwinden. Auf dem Marktplatze unter den Pforten der Tempel, auf den Straßen hielten sich Scharen Geflohener auf. Man errichtete an verschiedenen Orten Zelte, die ganzen Familien Obdach boten, andere ließen sich unter freiem Himmel nieder, schreiend, zu den Göttern rufend, oder ihr Schicksal verfluchend.

Es war in dem allgemeinen Schrecken schwierig, etwas zu vernehmen. Leute, an die Vinicius dennoch eine Frage stellte, gaben entweder keine Antwort oder erwiderten mit halbverwirrtem Blick, dass Rom und die Welt zu Grunde gingen. Neue Massen von Männern, Weibern und Kindern kamen jeden Augenblick aus der Richtung von Rom hinzu; dies vermehrte die Unordnung und das Geschrei. Einige, die sich unter der Menge verirrt hatten, suchten verzweifelt nach Verlorenen, andere schlugen sich um einen Lagerplatz. Halbwilde Schafhirten aus der Campania drängten sich in die Stadt, um Nachricht einzuziehen oder durch Plünderungen Gewinn zu erzielen, was bei der allgemeinen Verwirrung nicht schwer hielt. Sklaven jeder Nationalität und Gladiatoren fielen da und dort in die Stadt ein, raubten in Villen und Häusern und kämpften mit den zum Schutze der Bürger abgesandten Soldaten. Der Senator Junius, den Vinicius im Gasthause von einer Abteilung batavischer Sklaven umgeben sah, war der erste, der Genaueres von der Feuersbrunst berichten konnte. Das Feuer war beim Zirkus Maximus ausgebrochen, in jenem Teile, der den Palatin und cölischen Hügel berührt, verbreitete sich aber mit rasender Schnelligkeit und ergriff das ganze Zentrum der Stadt. Nie seit Brennus war ein so schreckliches Unglück über Rom hereingebrochen.

Junius besaß an der Carinä eine prächtige Insula, die eine Sammlung von wahren Kunstwerken enthielt, die ihm teuer waren; darum nahm er bei den letzten Worten eine Handvoll schmutzigen Straßenstaubes, bestreut damit sein Haupt und seufzte verzweifelt. Vinicius berührte seine Schulter. „Mein Haus ist auch an der Carinä“, sagte er; „aber wenn es zu Grunde geht, dann mag es das gleiche Schicksal teilen.“ Weil es ihm jedoch einfiel, dass Lygia auf seinen Rat zu Aulus gegangen sein möchte, forschte er weiter: „Und der Vicus Patricius?“ – „Steht im Feuer“, erwiderte Junius. – „Der Transtiber?“ – Junius sah ihn erstaunt an. „Was kümmert uns der Transtiber“, sprach er, mit den Händen seine schmerzenden Schläfen pressend. – „Der Transtiber ist mir wichtiger als alle anderen Viertel Roms“, rief Vinicius heftig. – „Der Weg führt durch die Via Portuensis beim Aventin; aber die Hitze wird dich ersticken. Der Transtiber? Ich weiß nichts davon. Das Feuer hatte ihn noch nicht erreicht; ob es jetzt auch noch nicht dort ist, wissen die Götter allein.“

Junius zögerte darauf einen Augenblick, dann flüsterte er Vinicius zu: „Du wirst mich nicht verraten, darum sage ich es dir, es ist keine gewöhnliche Feuersbrunst. Man ließ es nicht zu, dass der Zirkus gerettet wurde. Gewisse Leute liefen in der Stadt umher und warfen brennende Fackeln in die noch nicht brennenden Gebäude. Wieder andere riefen, die Stadt sei absichtlich angezündet worden. Wehe der Stadt und uns allen. Es lässt sich nicht sagen, was dort vorgeht. Die Leute kommen in den Flammen um oder morden sich gegenseitig im Gedränge.“ Und wieder brach er in die Worte aus: „Wehe, wehe der Stadt und uns!“ Vinicius sprang auf sein Pferd und eilte die Appische Straße dahin.

Sein Ritt glich jetzt einem Ringen durch einen Strom von Menschen und Fuhrwerken, der sich aus der Stadt ergoß. Die von dem ungeheuren Brande erfasste Stadt lag vor Vinicius wie ein Gegenstand auf seiner Hand. Aus diesem Rauch- und Feuermeer drang eine schreckliche Hitze; das Geschrei des Volkes konnte dem Knistern und Zischen der Flammen nicht wehren ... Je mehr sich Vinicius Rom näherte, desto mehr erkannte er, wie schwierig es sei, nach der Mitte der Stadt vorzudringen. Die Appische Straße wimmelte von Menschen. Die Häuser, Felder, Friedhöfe, Gärten und Tempel zu ihren beiden Seiten waren in Lagerplätze verwandelt. Am Tempel des Mars nahe der Porta Appia waren die Pforten von der Menge eingeschlagen worden, damit diese für die Nacht ein Obdach habe. In den Friedhöfen fanden blutige Kämpfe statt, weil die einen größere Denkmäler in Beschlag nehmen wollten, die anderen sie aber verteidigten. Ustrianum mit seinem Durcheinander bot einen Vorgeschmack von dem, was in der Hauptstadt selbst vorging. Jede Rücksicht auf Gesetz, auf Familienbande, auf gesellschaftlichen Rang hatte aufgehört. Gladiatoren, betrunken vom Weine, dessen sie im Emporium habhaft geworden, rannten wild brüllend auf den Plätzen herum, warfen beiseite, wer ihnen in den Weg kam, traten die Leute mit Füßen und raubten sie aus.

Ein Haufen von Barbaren, die zum Verkaufe auf dem Markt gestanden hatten, waren entwichen. Für sie bedeutete der Brand Roms zugleich das Ende der Knechtschaft und die Stunde der Rache. Während die Bewohner der Stadt, deren ganze Habe in den Flammen zurückgeblieben, in Verzweiflung die Hände zu den Göttern erhoben und um Rettung flehten, stürzten jene Sklaven mit Freudengeheul mitten unter sie, rissen ihnen die Kleider vom Leibe und schleppten jüngere Weiber hinweg; darin wurden sie von Sklaven unterstützt, die schon länger in Rom gedient hatten, von Kerlen, deren ganzes Eigentum der wollene Gürtel um die Hüften war, von unheimlichen Gestalten aus den Hintergässchen, die sich kaum jemals bei Tage auf den Straßen hatten sehen lassen. Die Bande, aus Asiaten, Afrikanern, Griechen, Thraziern, Germanen und Briten bestehend, heulte in allen bekannten und unbekannten Sprachen und raste umher, toll vor Freude, dass die Stunde gekommen sei, die sie für jahrelanges Elend entschädigen sollte.

Mitten unter dieser wogenden Menge glänzten im Schein der Sonne und des Feuers die Helme der Prätorianer, in deren Schutz sich der friedfertige Teil der Flüchtlinge gestellt hatte, und die mit der rasenden Menge Kampf um Kampf zu bestehen hatten. Vinicius hatte eroberte Städte gesehen, doch niemals ein Schauspiel gleich diesem Chaos von Verzweiflung, Tränen, Qual, Ächzen, wilder Lust, Tollheit, Raserei und Zügellosigkeit. Über den Häuptern dieser rasenden Menge loderte das Feuer an den Hügeln der größten Stadt des Erdkreises empor, versenkte die Luft und füllte sie mit Rauch an, über denen der blaue Himmel verschwand. Mit wachsender Schwierigkeit, jeden Augenblick sein Leben aufs Spiel setzend, erzwang sich der junge Tribun den Weg zum Appischen Tore. Dort angelangt, musste er sehen, dass es infolge des Gedränges sowie der fürchterlich sengenden Hitze unmöglich war, durch den Stadtteil von Porta Capena das Innere Roms zu erreichen.

Vinicius sah ein, dass er von der Richtung von Ustrianum zurückreiten, von der Appischen Straße abbiegen, den Fluss unterhalb der Stadt kreuzen und von da der Via Portuensis zustreben müsse, um direkt Transtiber zu erreichen. Der Entschluss war nicht leicht auszuführen; denn der Wirrwarr auf der Appischen Straße nahm jeden Augenblick zu. Er musste sich mit dem Schwerte den Weg zu bahnen suchen. Vinicius hatte keine Waffen; er hatte Antium sogleich verlassen, als die Kunde vom Brande Roms dort eingetroffen war. Beim Brunnen des Merkur sah er einen ihm bekannten Zenturio, der an der Spitze einiger vierzig Soldaten die Vorhalle des Tempels verteidigte. Er befahl ihm zu folgen. Der Zenturio erkannte in ihm den Tribun und Augustianer und gehorchte.

Vinicius übernahm selber den Befehl über die Abteilung. Er vergaß die Lehren des Paulus über die Nächstenliebe und durchritt die Menge mit einer Hast, die manchem übel bekam, der nicht zeitig genug auszuweichen vermochte. Flüche und ein Hagel von Steinen folgten ihm und seinen Leuten. Er achtete nicht darauf, sondern suchte sobald wie möglich weniger belebte Wege zu erreichen. Die Schwierigkeit wuchs von Minute zu Minute. Leute, die sich gelagert hatten, wollten nicht ausweichen und äußerten Flüche gegen den Cäsar und die Prätorianer. Bisweilen nahm die Menge eine drohende Haltung an. Vinicius vernahm Rufe, die Nero der Brandstiftung beschuldigten und ihm sowie Poppäa mit dem Tode drohten. Die Worte Sanio und Histrio flogen herum. Einige schrien, man solle Nero in den Tiber werfen, andere, Roms Geduld sei zu Ende.

Es war leicht zu sehen, dass nur ein Anführer fehlte, um die Drohungen zu offenem Aufruhr zu steigern. So aber wandte sich die Wut der Menge gegen die Prätorianer, deren Aufgabe, Vinicius einen Weg zu bahnen, dadurch erschwert wurde, dass die Straßen durch Barrikaden von geretteten Waren, Kisten, Proviantfässern, kostbaren Möbeln, Gefäßen, Kinderwiegen, Betten, Karren und Handgepäck versperrt waren. Da und dort entstand ein Handgemenge, wobei die Prätorianer ihrer Bewaffnung wegen leicht Sieger blieben. Nachdem sie mit Mühe die Via Lasina, Numitia, Ardea, Lavinia und Ostia durchschritten hatten, an den Villen, Gärten, Friedhöfen und Tempeln vorbeigeflogen waren, erreichte Vinicius endlich den Vicus Alexandri, wo er den Tiber kreuzte. Die Luft war dort weniger heiß und raucherfüllt.

Von Flüchtlingen, die ihm in großen Scharen begegneten, vernahm er, dass nur bestimmte Gassen von Transtiber brannten, dass aber nichts dem Feuer Einhalt tun könne, da es gewisse Leute absichtlich weitertrügen und jeden Löschversuch hinderten, indem sie vorgaben, auf Befehl zu handeln. Der junge Krieger war nun überzeugt, Nero habe die Stadt in Brand stecken lassen, und die Rache, wonach das Volk schrie, schien ihm gerecht und verdient. Was hätte Mithridates oder sonst einer der ärgsten Feinde Roms Ärgeres tun können? Das Maß war übervoll; Neros Torheit war ins Ungeheure gewachsen. Das Leben des Volkes war durch ihn in Gefahr. Vinicius glaubte, Neros Stunde habe geschlagen, die Trümmer dieser Stadt müssten das possenreißende Scheusal samt seinem Verbrechen mit sich reißen! Sollte sich ein Mann finden, der bereit wäre, sich an die Spitze eines verzweifelten Volkes zu stellen, so würde dieses Schicksal den Cäsar schon in den nächsten Stunden ereilen. Verwegene Rachegedanken flogen dem Vinicius durch den Sinn. Wenn er der Mann sein wollte? Seine Familie, die sich einer langen Reihe von Konsuln rühmte, war in ganz Rom wohlbekannt.

Ein Mann war alles, was die Menge brauchte. Damals bei der Hinrichtung der vierhundert Sklaven des Präfekten Pedanius Secundus stand Rom am Rande des Aufruhrs und des Bürgerkrieges. Was stand erst jetzt zu erwarten, angesichts dieses entsetzlichen Unglückes, wie Rom ein solches nie erlebt hatte? Wer jetzt die Quiriten unter Waffen rief, dachte Vinicius, würde ohne Zweifel Nero stürzen und den Purpur erlangen. Warum sollte er es nicht tun, der energischer und jünger als die anderen Augustianer war? Wohl war Nero der Herr von dreißig an den Grenzen des Reiches stationierten Legionen; doch würden sich denn bei der Nachricht vom Brande Roms diese Legionen und Anführer nicht empören? In diesem Falle stände Vinicius der Weg zum Throne offen. Unter den Augustianern ging sogar das Gerücht um, ein Wahrsager habe Otho die Krone geweissagt. Worin war ihm denn Otho überlegen? Vielleicht würde ihm Christus selber mit seiner göttlichen Macht zu Hilfe kommen; wohl möglich, dass diese Eingebung Christi Werk war. „O, wäre es so!“, rief er in Gedanken aus. Er würde an Nero Lygias Gefahr und seine Angst um sie rächen. Das Reich der Wahrheit und Gerechtigkeit würde beginnen, Christi Lehre vom Euphrat bis zu Britanniens Nebelküsten herrschen. Er würde Lygia in Purpur kleiden und sie zur Herrin der Welt machen.

Allein diese Gedanken, die gleich Funken aus einem brennenden Hause durch seinen Kopf geflogen waren, verloschen wie Funken. Vor allem musste Lygia gerettet werden. Vinicius war jetzt auf dem Schauplatze der Katastrophe; Angst ergriff ihn neuerdings, und angesichts dieses Meeres von Feuer und Rauch, mitten in dieser grässlichen Wirklichkeit erstarb die Hoffnung, Petrus möchte Lygia gerettet haben, gänzlich in seiner Seele. Verzweiflung bemächtigte sich seiner, als er die Via Portuensis erreichte, die geradeswegs zum Transtiber führte. Er raste weiter bis zum Tore, wo er durch Flüchtlinge die Aussage bestätigt fand, dieser Stadtteil stehe noch nicht in Flammen, jedoch sei das Feuer an mehreren Stellen über den Fluss gedrungen.

Trotzdem war der Transtiber in Rauch gehüllt, und das Gedränge in den Straßen machte ein Vordringen umso schwieriger, als hier größere Mengen von Gütern fortgeschafft wurden. Die Hauptstraße war an vielen Stellen gänzlich versperrt; in der Nähe der Naumachia Augusta waren Berge von Hausgeräten angehäuft. Enge Gassen konnten des dichten Rauches wegen schlechterdings nicht benützt werden. Die Bewohner flohen zu Tausenden. Mehr als einmal stießen zwei entgegengesetzte Ströme von Menschen in engen Gassen aufeinander und brachten sich gegenseitig zum Stehen. Man schlug aufeinander los und trat sich mit Füßen. Familien verloren sich im Handgemenge; Mütter riefen verzweifelt nach ihren Kindern. Vinicius standen die Haare zu Berge, wenn er daran dachte, was erst in der Nähe des Feuers geschehen musste. Der Lärm machte es unmöglich, etwas zu erfragen oder zu verstehen. Von Zeit zu Zeit flogen neue Rauchsäulen von jenseits des Flusses herüber, schwarzer, schwerer Rauch, der am Boden hintrieb und Häuser und Menschen in nächtliches Dunkel hüllte. Doch der Wind trieb ihn wieder hinweg, und dann spornte Vinicius sein Pferd und flog der Straße zu, wo das Haus des Linus stand.

Die Julihitze, vermehrt durch die Glut der brennenden Stadtteile, wurde unerträglich. Der Rauch schmerzte die Augen; die Lunge fand keine Luft mehr. Jene Bewohner, die, darauf rechnend, das Feuer werde sich auf das andere Ufer beschränken, bis jetzt ihre Häuser nicht verlassen hatten, flohen nun auch, sodass das Gedränge von Minute zu Minute anschwoll. Die Prätorianer, die Vinicius begleiteten, blieben allmählich zurück. Ein Kerl im Gedränge schlug mit einem Hammer das Pferd des Tribuns, das sich hoch aufbäumte und den Gehorsam verweigerte. Man erkannte an der reichen Tunika den Augustianer und begann zu schreien: Tod Nero und seinen Mordbrennern! Die Gefahr war groß, tausend Hände suchten Vinicius zu fassen, doch sein scheu gewordenes Pferd trug ihn hinweg, indem es zu Boden trat, was ihm nicht auswich. Im nächsten Augenblick hüllte eine neue Rauchwolke die Straßen in Finsternis. Vinicius erkannte, dass ihm hier das Pferd nur hinderlich sei. Er sprang ab und stürzte zu Fuß vorwärts, indem er sich an den Mauern entlang bewegte und zuweilen stehenblieb, bis die fliehende Menge vorbei war. Im Stillen sagte er sich, dass seine Mühe vergeblich sei. Lygia konnte schon entflohen sein. Leichter wäre es, am Meeresufer eine Nadel zu finden, als Lygia in diesem Chaos. Dennoch wollte er bis zum Hause des Linus vordringen, und sollte es sein Leben kosten. Oft blieb er stehen und rieb sich die Augen. Einen Zipfel seiner Tunika riss er los, bedeckte sich Nase und Mund damit und eilte weiter. Je näher er dem Flusse kam, desto sengender wurde die Glut.

Ein Greis, der auf Krücken floh, rief ihm zu: „Geh nicht zur Brücke des Cestius; die ganze Insel ist eine Flamme.“ Es war der letzte Flüchtling, dem Vinicius begegnete. Zum Vicus Judäorum einbiegend, worin des Linus Haus stand, sah Vinicius Feuer durch den Rauch züngeln. Nicht nur die Insel brannte, sondern auch der größte Teil der Straße, wo Lygias Wohnung stand.

Der junge Tribun erinnerte sich, dass des Linus Haus von einem Garten umgeben war. Zwischen diesem Garten und dem Tiber lag ein kleines, nicht bebautes Feld. Dies beruhigte ihn einigermaßen. Das Feuer mochte dort aufgehalten worden sein. In dieser Hoffnung stürzte er vorwärts, obschon ihn jeder Luftzug nicht nur in Rauch einhüllte, sondern mit einer Unzahl Funken bedeckte, die dann weiterflogen und das andere Ende der Straße anzünden konnten, ihm dadurch seinen Rückweg abschneidend. Endlich erblickte er durch den Rauch hindurch die Zypressen im Garten des Linus. Die Häuser jenseits des unbebauten Feldes brannten lichterloh; doch des Linus kleine Insula stand noch unversehrt da.

Vinicius warf einen dankerfüllten Blick zum Himmel empor und stürzte auf das Haus zu, obschon ihn die bloße Luft zu versengen drohte. Die Tür war geschlossen; er stieß sie ein und sprang ins Haus. Nichts regte sich im Garten; auch das Haus schien leer zu sein. „Vielleicht haben Rauch und Hitze sie ohnmächtig gemacht“, dachte Vinicius. Und er rief: „Lygia! Lygia!“ Ein tiefes Schweigen folgte. Nichts war zu hören als das Prasseln der Flammen in der Ferne. „Lygia!“ – Jetzt drang wieder jener furchtbare Ton an seine Ohren, den er schon einmal im Gärtchen vernommen hatte. Offenbar war das Vivarium beim Tempel des Äskulap auf der benachbarten Insel in Brand geraten, sodass die wilden Tiere ein Angstgebrüll ausstießen. Ein Schauder überlief Vinicius. Zum zweiten Male, da sein ganzes Trachten in Lygia aufging, mussten diese schrecklichen Stimmen, die Herolde des Unglücks, einander Antwort geben!

Doch dieser Eindruck war ein kurzer, denn das Feuer, schrecklicher als das Brüllen der wilden Tiere, hieß ihn an anderes denken. Keine Antwort erklang auf seine Rufe; doch konnte Lygia ohnmächtig oder der Erstickung nahe sein. Vinicius stürzte in die inneren Gemächer. Das kleine Atrium war leer und raucherfüllt. Nach der Türe tastend, die in die Schlafräume führte, erblickte er das Flämmchen einer kleinen Lampe, und erkannte, hinzutretend, das Lararium, worauf statt der Laren ein Kreuz stand. Eine Kerze brannte zu dessen Füßen. Durch den Kopf des Katechumenen blitzte der Gedanke, das Kreuz sende ihm die Kerze, womit er Lygia finden werde. Er griff nach ihr und suchte die Cubicula. Er stieß den Vorhang weg, hielt die Kerze hinein und schaute sich um. Niemand war darin.

Vinicius war überzeugt, Lygias Schlafgemach gefunden zu haben; denn ihre Gewänder hingen an der Mauer, und auf dem Bette lag ein Capitium. Vinicius riss es an sich, drückte die Lippen darauf und legte es über den Arm, indem er die Suche fortsetzte. Das Haus war klein, sodass er in kurzer Zeit jeden Raum, selbst den Keller, durchforscht hatte. Nirgends war eine lebende Seele zu finden. Augenscheinlich hatten Lygia, Linus und Ursus mit anderen Anwohnern der Straße ihr Heil in der Flucht gesucht. „Ich muss sie unter der Menge außerhalb der Stadttore suchen“, dachte Vinicius. Er war zwar nicht besonders erstaunt darüber, ihnen nicht auf der Via Portuensis begegnet zu sein, da sie den Transtiber auf entgegengesetztem Wege, dem Vatikanischen Hügel entlang, verlassen haben konnten. In jedem Falle waren sie wenigstens vor dem Feuer gerettet. Ein Stein fiel ihm vom Herzen. Die fürchterliche Gefahr, womit die Flucht verbunden, erkennend, tröstete er sich doch mit der übermenschlichen Kraft des Ursus. „Nun muss ich fliehen“, sprach er zu sich, „und durch die Gärten des Domitius hindurch die Gärten der Agrippa zu erreichen suchen, wo ich sie finden werde. Der Rauch ist dort nicht so erstickend, weil vom Sabinerhügel der Wind weht!“

Der Augenblick war gekommen, wo er auf seine eigene Rettung bedacht sein musste. Der Feuerstrom wälzte sich näher von der Insel her. Die Rauchsäulen hüllten die Straße in tiefe Finsternis. Die Kerze erlosch im Luftzug. Vinicius verließ das Haus und sprang mit höchster Schnelligkeit der Via Portuensis zu, woher er auch gekommen war. Das Feuer schien ihm nachzujagen, indem es ihn bald in Rauch hüllte, bald mit Funken überdeckte, die auf seinem Nacken, in den Haaren und auf der Tunika weiterglimmten. Die Tunika begann da und dort von ihm abzubröckeln; er achtete nicht darauf, sondern rannte vorwärts, um nicht zu ersticken. Seine Zunge war wie mit brennender Asche belegt; Kehle und Lungen brannten wie Feuer. Das Blut strömte in den Kopf hinauf, sodass ihm jeder Gegenstand, sogar der Rauch rot erschien. Er dachte: „Das heißt lebendig verbrennen; besser, ich werfe mich zu Boden und ersticke."

Das Springen schmerzte ihn mehr und mehr. Haupt, Hals und Schultern tropften von Schweiß, der wie siedendes Wasser brannte. Hätte er nicht in Gedanken Lygias Namen wiederholt, hätte er nicht ihr Capitium um den Mund geschlungen, so wäre er zu Grunde gegangen. Bald wurde es ihm unmöglich, die Straßen zu erkennen, die er durchrannte. Das Bewusstsein verließ ihn zusehends; er wusste nur noch das Wort: Fliehen, denn Lygia erwartete ihn, Lygia, die ihm Petrus zum Weibe versprochen. Und mit einem Male stand vor ihm, wie eine Vision vor dem Tode, die Gewissheit, dass er Lygia sehen, sich mit ihr vermählen und dann sterben müsse.

Und weiter rannte er wie trunken, von einer Seite zur andern taumelnd. Inzwischen hatte sich der Anblick des Riesenbrandes etwas verändert. Was bis jetzt nur geglimmt hatte, stand nun in hellen Flammen. Der Wind brachte keinen Rauch mehr. Ein Wirbelwind sengender Luft räumte den Rauch aus den Straßen, Millionen von Funken mit sich führend, sodass Vinicius durch eine Feuerwolke zu fliehen schien. Allein umso besser fand er seinen Weg, und als ihn die letzte Kraft verlassen wollte, sah er das Ende der Straße vor sich. Das gab ihm neue Kraft. Um die Ecke biegend, erkannte er den Weg zur Via Portuensis und zum Codetanischen Felde. Die Funken verfolgten ihn nicht länger. Wenn er die Via Portuensis erreichte, war er gerettet, ob er auch dort zusammenfiele. Am Ende der Straße sah er wieder eine Wolke vor sich, die den Ausgang versperrte. „Wenn das Rauch ist“, dachte er, „so komme ich nicht hindurch.“ Die letzte Kraft aufbietend, stürzte er vorwärts und warf sogleich die Tunika von sich, die, von den Funken in Brand gesteckt, wie das Hemd des Nessus an seinem Leibe brannte. Sein einziger Schutz war nunmehr das Capitium. Näher kommend, erkannte er, dass die Wolke, die er für Rauch gehalten hatte, eine Staubwolke war, woraus ihm ein Wirrwarr von Stimmen entgegendrang.

„Der Pöbel plündert die Häuser“, dachte Vinicius, indem er in der Richtung, woher die Stimmen kamen, weiterrannte. In jedem Falle waren dort Menschen, die ihm helfen konnten. Von weitem schrie er nach Hilfe. Das war die letzte Anstrengung, deren er fähig war. Seine Augen wurden noch röter, der Atem ging ihm aus, die Füße versagten den Dienst, er fiel nieder. – Doch er war gehört und gesehen worden. Zwei Männer eilten mit Wasserschläuchen auf ihn zu. Vinicius war nur erschöpft, nicht bewusstlos. Gierig griff er nach dem einen Schlauch und trank ihn halb leer. „Habt Dank“, sagte er. „Stellt mich auf die Füße, ich kann allein gehen.“ – Sie gossen ihm Wasser über den Kopf, hoben ihn vom Boden auf und trugen den Geretteten zu den Übrigen, die sich, ihn umringend, angelegentlich nach seinem Befinden erkundigten.

Dieses Mitgefühl setzte Vinicius in Erstaunen. „Wer seid ihr?“, fragte er. – „Wir brechen die Häuser ab, damit das Feuer nicht bis zur Via Portuensis dringe“, erwiderte einer der Arbeiter. – „Ihr kamt mir zu Hilfe, als ich gefallen war? Habt Dank!“ – „Wir dürfen keinem die Hilfe versagen“, antworteten mehrere Stimmen.

Vinicius, der seit frühem Morgen nichts als rohe, mordende und raubende Banden gesehen hatte, blickte jetzt mit großer Aufmerksamkeit in die ihn umgebenden Gesichter und sagte: „Christus belohne euch.“ – „Sein Namc sei gepriesen!“, antwortete ein Chorus von Stimmen. – „Linus?“, fragte der Tribun. Doch er konnte die Frage nicht beenden, denn eine Ohnmacht übermannte ihn. Als er wieder zu sich kam, befand er sich in einem Garten auf dem Codetanischen Felde, umringt von Männern und Frauen.

„Wo ist Linus?“, waren seine ersten Worte. Er erhielt lange keine Antwort, endlich sagte eine ihm bekannte Stimme: „Er zog vor zwei Tagen durch das Nomentanische Tor nach dem Ostranium. Friede sei mit dir, o Perserkönig.“ Vinicius erhob sich in sitzende Stellung und erkannte Chilon. „Dein Haus ist wohl verbrannt, Herr“, fuhr der Grieche fort. „Die Carinä sind in Flammen; doch du wirst stets so reich wie Midas bleiben. O, welch ein Unglück! Die Christen, o Sohn des Serapis, haben schon lange voraus verkündet, dass Rom durch Feuer untergehen werde. Linus ist mit Jupiters Tochter im Ostranium. O, welch ein Unglück für die Stadt.“ Ein neuer Schwächeanfall erfasste Vinicius. „Sahst du sie?“, fragte er. – „Ich sah sie, Herr. Christus und alle Götter seien gepriesen, dass ich deine Wohltaten mit guter Nachricht bezahlen kann. Allein ich werde dir noch besser vergelten, o Cyrus; das schwöre ich bei diesem brennenden Rom!“ –

Es war indessen Abend geworden, aber der Garten wurde von dem wachsenden Brande tageshell erleuchtet. Nicht nur einzelne Teile, sondern die ganze Stadt schien der Länge und Breite nach in Flammen aufzugehen. Soweit das Auge sah, war der Himmel hellrot: eine rote Nacht in der Weltgeschichte! –

Und das Feuer der brennenden Stadt errötete den Himmel, soweit das menschliche Auge reichen konnte. Der Mond stieg jetzt voll hinter den Bergen herauf und nahm, von dem blendenden Lichte der Flammen beleuchtet, die Farbe glühenden Metalles an. Er schien mit Verwunderung auf die weltbeherrschende, nun dem Untergang geweihte Stadt zu blicken. An den rosafarbenen Weiten des Himmels glitzerten rosafarbene Sterne, aber im Gegensatz zu den gewöhnlichen Nächten war diesmal die Erde schöner als der Himmel.

Rom beleuchtete gleich einer Riesenfackel die ganze Campania. In dem blutigen Rot konnte man die entfernten Berge, Städte, Villen, Tempel, Denkmäler und Aquädukte sehen, die sich von den benachbarten Hügeln nach der Stadt zogen; auf den Aquädukten hatten sich Scharen von Menschen gesammelt, teils um ihrer Sicherheit willen, teils um den Brand zu betrachten. Inzwischen hatte sich das schreckliche Element neue Stadtteile ergriffen. Von den ursprünglich zuerst bewohnten Höhen Roms ergossen sich die Flammen wie Meereswellen in die mit Häusern dicht besetzten Niederungen – zu Gebäuden mit fünf oder sechs Stockwerken, voll Läden, Buden, transportablen Amphitheatern aus Holz, so gebaut, dass sie verschiedenartigen Schaustellungen dienen konnten, zu Lagerhäusern mit Holz, Oliven, Korn, Nüssen, Pinienzapfen, deren Kerne den armseligen Teil nährten, zu Magazinen von Kleidern, die des Cäsars Gunst zeitweise unter den in den engen Gassen zusammengelaufenen Pöbel verteilen ließ. Wo das Feuer, wie hier, Überfluss an leicht brennbaren Stoffen fand, folgte ein Ausbruch nach dem andern; mit unerhörter Geschwindigkeit ergriff es die ganze Straße. Die außerhalb der Stadt gelagerten und auf den Aquädukten Stehenden konnten aus der Farbe der Flammen erraten, was jeweilig brenne.

Die entfesselte Windsbraut entführte Tausende von Millionen brennender Walnuss- und Mandelschalen, die gleich einer

Schar glänzender Schmetterlinge plötzlich in die Luft geschleudert, mit Geräusch zersprangen, oder, vom Winde fortgetrieben, in anderen Stadtteilen, auf Aquädukten und Feldern außerhalb Roms niederfielen. Jeder Gedanke an Rettung schien ausgeschlossen und die Verwirrung nahm beständig zu; während die einheimische Bevölkerung durch alle Tore ins Freie floh, lockte das Feuer Tausende aus der Nachbarschaft, Bewohner der kleineren Orte, Bauern, halbwilde Hirten der Campania hinein, in der Hoffnung auf Beute. Der Ausruf: „Rom geht zu Grunde!“, wich nicht von den Lippen der Menge; mit dem Untergange der Stadt schien jedes Gesetz aufgehoben, jedes Band gelöst zu sein, das sonst das Volk als Ganzes zusammengehalten hatte. Die Niedrigen, der Mehrzahl nach Sklaven, kümmerten sich nicht mehr um die Vornehmen. Die Zerstörung der Stadt allein konnte sie freimachen; daher nahmen sie an manchen Plätzen eine drohende Haltung ein. Raub und Diebstahl häuften sich. Nur das Schauspiel der untergehenden Stadt schien noch die Aufmerksamkeit zu fesseln und den Ausbruch einer allgemeinen Metzelei zurückzuhalten, sicher aber würde sie auf den Trümmern beginnen. Zahlreiche Sklaven, uneingedenk, dass Rom außer seinen Tempeln und Mauern eine ansehnliche Kriegsmacht besaß, warteten auf das Losungswort und den Führer. Der Name Spartakus ward vielfach genannt, aber Spartakus lebte nicht mehr. Endlich bewaffneten sich auch Bürger, so gut sie konnten. An allen Toren wurden die abenteuerlichsten Gerüchte verkündet. Die einen erklärten, dass Vulkan auf Befehl des Jupiter die Stadt durch unterirdisches Feuer zerstöre; dass Vesta sich wegen des Verhaltens der Rubria räche. Leuten dieser Denkungsart fiel es nicht ein, etwas zu retten; sie belagerten die Tempel und riefen die Barmherzigkeit der Götter an. Doch wurde auch vielfach wiederholt, der Cäsar habe befohlen, Rom zu verbrennen, um von den in der Subura aufsteigenden Dünsten frei zu sein und eine neue Stadt,

Neronia, erbauen zu können. Diese Vorstellung versetzte das allgemeine Volk in Wut, und wenn sich, wie Vinicius meinte, ein Führer gefunden und diesen Ausbruch des Hasses benutzt hätte, würde Neros Stunde geschlagen haben.

Man erzählte sich auch, Nero sei toll geworden und wolle den Prätorianern und Gladiatoren befehlen, über das Volk herzufallen, ein allgemeines Gemetzel anzurichten. Manche schworen bei den Göttern, Rotbart werde alle wilden Tiere loslassen. Es gab solche, die in den Straßen Löwen mit brennenden Mähnen, wütende Elefanten und Auerochsen, die das Volk in Masse zertraten, gesehen haben wollten. In dieser Aussage lag auch etwas Wahres; die Elefanten hatten bei Annäherung des Feuers an manchen Stellen die Vivarien gesprengt und stürzten nach gewonnener Freiheit in wildem Schrecken fort, alles, was ihnen im Wege stand, gleich einem Sturm zerstörend. Die öffentlichen Berichte schätzten die in den Flammen Umgekommenen auf ein Zehntel der Bevölkerung. Und in der Tat waren ihrer sehr viele. Manche stürzten sich, nachdem sie ihr Hab und Gut und Angehörige verloren hatten, aus Verzweiflung selbst ins Feuer. Andere wurden vom Rauche erstickt. In der Mitte der Stadt, zwischen dem Capitol auf der einen und dem Quirinal, Viminal und Esquilin auf der anderen Seite, sowie zwischen dem Palatin und dem cölischen Hügel, wo die Straßen am dichtesten gefüllt waren, begann der Brand an vielen Stellen zugleich; weil aber ganze Massen nach einer Richtung flohen, so verschloss ihnen eine neue Feuermauer unerwartet den Weg, und sie starben eines schrecklichen Todes in den Flammen. In dem Schrecken, der Unordnung und Verwirrung wussten die Leute nicht mehr, wohin sie fliehen sollten: Die Straßen waren mit Geräten der verschiedensten Art und mit Waren bedeckt, die viele enge Straßen einfach abschlossen. Auf jenen Märkten und Plätzen der Stadt, an deren Stelle sich das Flavische Amphitheater erhob, beim Tempel der

Hertha, dem Portikus Silvia und höher hinauf bei den Tempeln der Juno und Lucinia, zwischen dem Clivus Virbius und dem alten Esquilinischen Tore breitete sich ein Feuermeer aus, darin jeder, der hier eine Zufluchtsstätte suchte, vor Hitze umkam. An Orten, die von den Flammen noch nicht erreicht waren, wurden Hunderte von verkohlten Körpern gefunden, obgleich manche dieser Unglücklichen, um sich selbst gegen die Hitze zu schützen, flache Steine herausgerissen und sich darunter halb begraben hatten. Wohl keine der im Zentrum wohnenden Familien blieb vollzählig. Und während sich die einen hilfesuchend an die Götter wandten, lästerten sie die andern wegen dieses schrecklichen Unglücks. Alte Männer, die vom Tempel des Jupiter Liberator kamen, streckten ihre Hände aus und schrien: „Bist du ein Liberator, so rette deine Altäre und die Stadt!" Vorzugsweise kehrte sich die Wut gegen die alten römischen Götter, die nach der Ansicht des gemeinen Volkes gehalten waren, mit größerer Sorgfalt als andere über die Stadt zu wachen. Sie hatten sich als machtlos erwiesen und wurden daher beschimpft. Als deshalb auf der Via Asinaria ägyptische Priester mit einer Statue der Isis erschienen, die sie aus dem Tempel bei der Porta Cölimontana gerettet hatten, stürzte sich eine Rotte Volks herzu, hielt den Wagen an, zog ihn zum Appischen Tore, ergriff hier das Bild der Göttin und stellte es im Tempel des Mars auf. Die Priester des Mars wollten Widerstand leisten, wurden aber von dem Pöbel überwunden. In anderen Teilen der Stadt rief das römische Volk zu Serapis, Baal oder Jehovah, deren Anhänger aus allen Gassen um die Subura und den Transtiber kamen und mit ihrem Geschrei und ihrer Verwirrung die Felder erfüllten. In einzelnen Gruppen lag auch etwas wie Triumph, und als einige Bürger in ihren Chor einstimmten und den Herrn der Welt priesen, suchten sie andere, hierüber aufgebracht, mit Gewalt zu unterdrücken. Man hörte auch Hymnen, von Männern in der Blüte des

Lebens, Greisen, Frauen und Kindern gesungen, wunderbar schöne, feierliche Hymnen, deren Inhalt niemand verstand, in denen sich aber stets die Worte wiederholten: „Siehe, der Richter kommt am Tage des Zornes und der Klage!“ So umringte eine Menge obdach- und schlaflosen Volkes die brennende Stadt wie eine sturmgepeitschte See.

Aber weder Verzweiflung noch Gotteslästerung, noch feierliche Gesänge konnten der Zerstörung Einhalt tun. Das Zerstörungswerk vollzog sich unaufhaltsam, so vollkommen, so erbarmungslos, wie das Verhängnis selbst. Beim Amphitheater des Pompejus entzündeten sich die Niederlagen von Hanf und Seilen, deren man eine Menge im Zirkus, in der Arena und für alle Arten von Maschinen gebrauchte, die bei öffentlichen Spielen benutzt wurden. Zugleich flammten auch die anstoßenden Gebäude auf, worin sich Tonnen mit Teer befanden, dass zum Schmieren der Seile bestimmt war. Binnen weniger Stunden war dieses Stadtviertel, das an das Marsfeld stieß, von glänzend gelben Flammen so intensiv beleuchtet, dass die vor Schrecken fast bewusstlosen Zuschauer glaubten, selbst die Ordnung von Tag und Nacht habe in dem allgemeinen Ruin aufgehört, und sie schauten in den hellen Sonnenschein hinein. Dann überzog ein blutigroter Schein alles, sodass die anderen Farben vollständig verblassten. Aus ihrem Flammenmeer schossen riesenhafte Feuersäulen zum erhitzten Himmel empor, und Feuerstrahlen teilten sich, oben angelangt, in Zweige und Fasern; und der Wind trug sie davon wie goldene Fäden, Haare oder Funken, und fegte damit über die Campania zum Albanergebirge hin. Wie loderndes Feuer floss der Tiber hin. Die unglückselige Stadt war in einen Ort des Grauens verwandelt. Der Brand nahm an Ausdehnung zu, bemächtigte sich der Hügel im Sturme, überzog die Ebene, verheerte die Täler, zischte, prasselte und krachte über den zusammenbrechenden Trümmern.

Achtzehntes Kapitel.

Der Weber Macrinus, in dessen Wohnung Vinicius gebracht worden war, trug Sorge für ihn und reichte ihm Kleider und Nahrung. Als sich der junge Tribun wieder völlig gekräftigt hatte, erklärte er, er wolle sofort, noch in dieser Nacht, seine Nachforschungen wieder aufnehmen und Linus suchen. Durch Macrinus, der ein Christ war, wurde Chilons Behauptung bestätigt, dass sich Linus mit Clemens, dem ältesten Priester, in das Ostranium begeben habe, wo Petrus eine ganze Schar der Bekenner des neuen Glaubens taufen sollte. In diesem Stadtteil war es auch unter den Christen bekannt, dass Linus vor zwei Tagen einem gewissen Cajus die Obhut über sein Haus anvertraut hatte. Für Vinicius war dies ein Beweis, dass weder Lygia noch Ursus im Hause zurückgeblieben waren, und dass sie sich gleichfalls in das Ostranium begeben haben mussten. Dieser Gedanke gewährte ihm große Erleichterung. Linus war ein alter Mann, dem es schwer werden musste, täglich von der Tibervorstadt nach dem entlegenen Nomentanischen Tore und wieder zurück zu gehen; aller Wahrscheinlichkeit nach wohnte er daher während der zwei Tage bei einem Glaubensgenossen außerhalb der Stadt, und Lygia sowie Ursus befanden sich vermutlich bei ihm. Auf diese Weise waren sie sicherlich der Feuersbrunst entgangen, die die Gegend jenseits des Esquilinus verschont hatte. Vinicius sah in all dem eine Fügung Christi, dessen Schutz er über sich fühlte. Sein Herz war mit größerer Verehrung als je erfüllt, und er gelobte sich im tiefsten Innern, ihm für diese offenbaren Zeichen der Gnade sein ganzes Leben zu weihen. Umso mehr drängte es ihn, nach dem Ostranium zu eilen. Er würde dort Lygia finden und Petrus und dann beide auf eines seiner Güter bringen. Mochte Rom brennen; in einigen Tagen musste alles ein Haufen Asche sein. Warum sollte er in der Nähe des rasenden Pöbel verbleiben, statt auf seinen Landgütern, von Scharen treuer Diener beschützt, ländliche Ruhe zu genießen und in Frieden, von Petrus gesegnet, unter den Fittichen Christi zu leben? O, wenn er sie fände! Das war freilich nicht leicht.

Vinicius gedachte der Hindernisse, die ihm auf der Appischen Straße begegnet waren, des Umweges, auf dem er die Via Portuensis erreicht hatte. Er beschloss daher, diesmal in entgegengesetzter Richtung die Stadt zu umgehen; doch Macrinus und Chilon rieten ihm davon ab. Das Feuer hatte zwar diesen Stadtteil verschont; doch stand zu erwarten, dass alle Marktplätze und Straßen dicht mit Menschen und Gütern verstopft seien. Nach einigem Zaudern entschloss sich Vinicius den von Chilon geratenen Weg durch den Ager Vaticanus zur Porta Flaminina zu gehen, dort den Fluss zu überschreiten und außerhalb der Stadtmauern, jenseits der Gärten des Acilius sich zur Porta Salaria durchzuzwängen.

Macrinus musste zur Bewachung seines Hauses zurückbleiben; doch schaffte er zwei Esel herbei, die auch Lygia zur Weiterreise dienlich sein konnten. Überdies wollte er ihm einen Sklaven geben; doch Vinicius schlug es aus, in der Annahme, die erste begegnende Abteilung von Prätorianern würde sich unter seinen Befehl stellen.

Er und Chilon setzten sich also in Bewegung. Es gab wohl auf ihrem Wege da und dort Stockungen; allein sie wanden sich zwischen den Karren mit geringer Schwierigkeit hindurch, weil der größere Teil der Anwohner dem Meere zu geflohen war. Vinicius trieb sein Tier zur Höchstleistung an, während sich Chilon hinter dem Tribun hielt und beständig mit sich selbst sprach. „Wohl, wir haben das Feuer im Rücken, sodass es uns die Schultern wärmt. Noch nie war die Straße so hell beleuchtet. O Zeus! Wenn du keinen Wolkenbruch auf dieses Feuer niedersendest, so hast du keine Liebe zu Rom. Menschen vermögen dieses Feuer nicht zu löschen. Solch eine Stadt, der Griechenland und die ganze Welt dienstbar waren! Und nun mag sich der erste beste Grieche in Roms Asche Bohnen rösten! Wer hätte das ahnen können! Nun ist's zu Ende mit Rom und der Römerherrschaft! Wer immer gern auf ihren Trümmern umherwandeln und sie auspfeifen möchte, mag ruhig pfeifen. O Götter, solch eine weltbeherrschende Stadt auspfeifen!" Indem er sich auf diese Weise unterhielt, schaute er von Zeit zu Zeit nach den Flammen. Sein Antlitz strahlte vor boshafter Freude. „Rom geht unter", fuhr er fort. „Nie wird es neu erstehen. Wohin will die Welt nun ihr Getreide, ihre Oliven, ihr Geld senden? Wer soll nun Gold und Tränen von der Erde erpressen? Marmor brennt nicht, aber er zerbröckelt im Feuer. Das Kapitol wird zu Schutt und der Palatin wird zu Schutt. O Zeus! Rom war der Schafhirt, die anderen Nationen waren die Schafe. Wenn der Schafhirt Hunger hatte, schlachtete er ein Schaf, aß das Fleisch, und du, o Vater der Götter, bekamst als Opfergabe das Fell. Wer soll nun, o Wolkensammler, dies Schlachten besorgen? Rom brennt so gewiss, o Vater, als wenn du es mit einem Blitze in Brand gesteckt hättest." – „Vorwärts!", drängte Vinicius. „Was redest du dort?" – „Ich weine über Rom, Gebieter, über Iovis Stadt."

Schweigend schritten sie nebeneinander. Tauben, deren eine Menge in den Villen und kleineren Städten der Campania gehalten wurden, sowie andere Vögel von der Küste und aus den Bergen hielten augenscheinlich die Helle für Sonnenlicht und flogen scharenweise blindlings ins Feuer. Vinicius brach zuerst das Schweigen. „Wo warst du beim Ausbruch des Feuers?" – „Grade war ich im Begriffe, o Gebieter, zu meinem Freunde Euricius zu gehen, der einen Kramladen beim Zirkus Maximus besaß. Ich sann gerade über die Lehre Christi nach, als der Ruf ertönte: ‚Feuer!' Die Leute drängten sich um den Zirkus aus Neugierde und Angst; doch als die Flammen den Zirkus und andere Häuser ergriffen, dachte jeder nur an seine Rettung." – „Sahst du jemand Brandfackeln in die Häuser werfen?" – „Was habe ich nicht alles sehen müssen, o Urenkel des Äneas! Ich sah Leute, die sich mit dem Schwerte den Weg bahnten, ich sah Schlachten; menschliche Eingeweide wurden auf dem Pflaster zertreten. Wärest du Zeuge gewesen, du hättest denken müssen, Barbaren hätten die Stadt eingenommen und ein Blutbad angerichtet. Überall hörte man schreien, das Ende der Welt sei da. Viele verloren den Kopf und blieben wie angewurzelt stehen, bis sie die Flammen umloderten. Einige wurden wahnsinnig, andere heulten vor Verzweiflung. Ich sah auch solche, die vor Lust heulten. O Gebieter, es gibt auf Erden so viele schlechte Menschen, die die Wohltat eurer milden Herrschaft nicht würdigen und jene gerechten Gesetze nicht lieben, kraft deren ihr ihnen alles nehmt und es für euch behaltet. Diese Leute werden sich mit dem Willen Gottes nicht aussöhnen!"

Vinicius war viel zu sehr mit seinen Gedanken beschäftigt, um den Hohn in Chilons Worten herauszufühlen. Wohl zum zehnten Male wiederholte er die Frage: „Aber sahst du sie in der Tat mit eigenen Augen im Ostranium?" – „Ich sah sie, o Sohn der Venus. Ich sah das Mädchen, den gutmütigen Lygier, den heiligen Linus und Petrus, den Apostel." – „Vor dem Brande?" – „Vor dem Brande, o Mitras!" Zweifel an Chilons Wahrheitsliebe stiegen in Vinicius auf, er zügelte sein Tier, blickte den Griechen drohend an und fragte: „Was hattest du dort zu schaffen?" Chilon war verwirrt. Freilich hatte er, wie so viele andere, die Überzeugung, mit Rom müsse auch die Römerherrschaft untergehen. Aber er stand wehrlos Vinicius gegenüber und erinnerte sich, unter welcher Drohung ihm der

Tribun verboten hatte, die Christen, vor allem Linus und Lygia zu überwachen.

„Gebieter“, sagte er, „warum willst du mir nicht glauben, dass ich die Christen liebe? Ich bin zur Hälfte ein Christ; darum ging ich nach dem Ostranium. Pyrrho lehrte mich, Tugend höher zu schätzen als Philosophie; deshalb hänge ich mich mehr und mehr an tugendhafte Leute. Zudem bin ich arm und litt, als du in Antium warst, über meinen Büchern häufig Hunger. Darum saß ich vor den Mauern des Ostraniums; denn die Christen, obschon arm, teilen mehr Almosen aus, als alle Bewohner Roms zusammengenommen.“ Dieser Grund leuchtete Vinicius ein, sodass er weniger streng fragte: „Weißt du, wo Linus gegenwärtig wohnt?“ – „Du straftest mich einst hart für meine Neugierde“, erwiderte der Grieche. Vinicius fragte nichts weiter, sondern ritt vorwärts. „Gebieter“, ließ sich Chilon nach einer Weile vernehmen, „ohne mich würdest du das Mädchen nicht gefunden haben. Du wirst doch den bedürftigsten Weisen nicht vergessen?“ – „Du sollst in Ameriola ein Haus mit einem Weinberge haben.“

„Hab Dank, o Herkules! Mit einem Weinberge? Hab Dank! O ja, mit einem Weinberge!“ Plötzlich zügelte Chilon an der Naumachia sein Tier und sagte: „Ein guter Einfall kam mir soeben. Zwischen dem Janiculus und dem Vatikanischen Hügel, jenseits der Gärten der Agrippina, gibt es Höhlen, weil man Steine und Sand zum Bauen des Zirkus Neros dorther nahm. Nun höre! Kürzlich haben die Juden, deren es, wie du weißt, im Transtiber eine Menge gibt, begonnen, die Christen grausam zu verfolgen. Du wirst dich erinnern, dass sie zur Zeit des Claudius so große Störungen verursachten, dass Cäsar gezwungen war, sie aus Rom zu verbannen. Allein sie kamen zurück und sich unter Poppäas Schutz sicher fühlend, belästigten sie jetzt die Christen ärger als je. Zwar ist noch kein Edikt gegen die Christen erlassen worden, doch behaupten die Juden vor dem Präfekten, die Christen ermordeten Kinder, beteten einen Esel an und lehrten eine Religion, die vom Senate nicht anerkannt sei. Sie schlagen die Christen, überfallen deren Bethäuser so grimmig, dass jene gezwungen sind, sich zu verbergen. Die Synagogen existieren in Transtiber offen, indes die Christen, um der Verfolgung zu entgehen, nur heimlich beten dürfen und sich in zerfallenen Hütten und in Sandgruben versammeln müssen. Die Christen von Transtiber haben für sich die Höhle gewählt, die infolge des Zirkusbaues entstanden ist. Jetzt, wo die Stadt untergeht, sind die Christen im Gebet versunken. Ohne Zweifel werden wir eine große Anzahl in der Höhle finden; es wäre gut, wenn wir dorthin gingen. Im schlimmsten Falle erhalten wird dort Nachricht, wo Linus und Lygia stecken." – „Du hast Recht, geh voran!"

Chilon lenkte sogleich nach links, dem Vatikanischen Hügel zu. Für einen Augenblick verbarg der Abhang das Feuer, sodass die beiden im Schatten ritten, während die benachbarten Höhen hell erleuchtet waren. Als sie den Zirkus hinter sich hatten, bog Chilon wieder links ab, und die beiden fanden sich in einer Art Gasse, die vollständig finster war. Eine Menge Lichter flackerten in dieser Finsternis. „Dort sind sie", sagte Chilon. „Es sind ihrer mehr als jemals, weil andere Bethäuser verbrannt oder voll Rauch sind." – „Ich höre Gesang", gab Vinicius zur Antwort.

Wirklich drangen Stimmen singender Menschen aus dem dunkeln Eingange. Ein Licht nach dem andern verschwand. Aus Seitengängen kamen beständig neue Gestalten, sodass sich Vinicius und Chilon bald mitten in einer großen Schar befanden. Chilon sprang vom Esel herab, winkte einem Knaben zu, der in der Nähe saß, und sagte: „Ich bin ein christlicher Priester und Bischof. Halte die Tiere, du wirst dafür meinen Segen und Vergebung deiner Sünden erhalten."

Ohne auf Antwort zu warten, warf er ihm die Zügel zu und folgte mit Vinicius der vorwärtsschreitenden Schar. Bald gelangten sie in eine grubenförmige Höhlung, deren Wände deutlich zeigten, dass hier Steine gebrochen wurden, denn die Brüche waren noch frisch. Es war hier weniger finster als im Eingange, weil außer Kerzen und Laternen noch Fackeln brannten, in deren Schein Vinicius eine Menge kniender Beter mit erhobenen Armen sah. Lygia, Linus und Petrus waren unter diesen feierlich ernsten Gesichtern nicht zu sehen. Auf dem einen Antlitz lag Schrecken, auf dem anderen Hoffnung. Im Weiß der emporblickenden Augen spiegelte sich der Fackelschein wider, Schweiß rann von den bleichen Stirnen. Die einen sangen Hymnen, die anderen riefen in fieberhafter Erregung den Namen Jesus an, und viele schlugen sich an die Brust. Augenscheinlich erwarteten sie irgendein Zorneszeichen des Himmels.

Inzwischen war die Hymne zu Ende. Über der Versammlung, in der Nische, die durch Entfernung eines riesigen Steinblocks entstanden sein musste, erschien Crispus, blass, erbarmungslos, fanatisch. Aller Augen waren auf ihn gerichtet, in Erwartung tröstender Worte. Er segnete die Gemeinde und begann mit lauter, beinahe schreiender Stimme: „Beweinet eure Sünden, denn die Stunde ist da! Sehet, der Herr sandte das Feuer der Zerstörung auf Babylon herab, auf die Stätte der Verworfenheit und des Verbrechens. Die Stunde des Gerichts hat geschlagen, und die Stunde des Zornes und der Rache. Der Herr hat versprochen zu kommen, bald werdet ihr ihn schauen. Nicht als Lamm, das sein Blut für eure Sünden hingab, wird er erscheinen, sondern als furchtbarer Richter, der in seiner Gerechtigkeit Sünder und Ungläubige in den Pfuhl schleudert. Wehe der Welt, wehe den Sündern! Keine Gnade erwartet sie. Ich schaue dich, Christus! Sterne fallen in einem Regen zur Erde, die Sonne hat sich verfinstert, die Erde öffnet gähnende Schlünde, die Toten entsteigen ihren Gräbern. Du aber erscheinst mit Posaunengeschmetter und Legionen von Engeln, unter Donner und Blitz. Ich schaue, ich höre dich, Christus!" Er schwieg und erhob die Augen, die auf eine ferne, furchtbare Erscheinung zu starren schienen.

Ein dumpfes Getöse erklang in diesem Augenblick durch die Höhle: einmal, noch einmal, zum zehnten Mal. In der brennenden Stadt brachen ganze Straßen zusammen. Doch die meisten Christen hielten dieses Getöse für ein deutliches Vorzeichen einer furchtbaren Stunde. Der Glaube an Christi Wiederkunft und das Ende der Welt war allgemein unter ihnen verbreitet, besonders seitdem der schreckliche Brand ausgebrochen war. Entsetzen fasste die Gemeinde. Viele schrien: „Der Tag des Gerichtes! Sehet, er ist da!" Die einen vergruben ihr Antlitz in die Hände und glaubten die Erde in ihren Grundfesten erschüttert und Tiere der Hölle aus den Schlünden auf die Sünde losstürzen zu sehen, die anderen riefen: „Christus, erbarme dich unser! Erlöser, sei uns gnädig!" Viele bekannten laut ihre Sünden; einer warf sich dem andern in die Arme, um in der Stunde der Trübsal nicht allein zu sein. Daneben sah Vinicius Gesichter, die in den Himmel entrückt schienen, mit einem Lächeln, das nichts Irdisches hatte; sie zeigten keine Furcht. Aus einer Ecke drangen Angstrufe in unbekannten Sprachen. Einer schrie: „Wacht auf, die ihr schlafet!" Alle übertönte Crispus: „Wachet, wachet!"

Bisweilen jedoch trat Stille ein, als ob jeder den Atem anhalte und auf das Schreckliche harre, das da kommen sollte. Dann wurde der dumpfe Krach ferner, in Trümmer fallende Häuser hörbar, und neues Ächzen, neue Rufe ertönten: „Entsagt irdischen Gütern, denn in kurzem wird keine Erde mehr unter euern Füßen sein! Entsagt irdischer Liebe, denn der Herr wird verdammen, wer Weib und Kind mehr liebt als ihn. Wehe dem, der das Geschöpf mehr liebt als den Schöpfer! Wehe dem

Reichen! Wehe dem Prasser! Wehe dem Unkeuschen! Wehe dem Gatten, dem Weibe, dem Kinde!“ Plötzlich erscholl ein noch lauterer Krach als jeder frühere. Alle fielen zur Erde und hielten die Arme in Kreuzesform vor sich, um sich durch dieses Zeichen vor bösen Geistern zu schützen. Bange Stille herrschte, zuweilen unterbrochen durch die ängstlich geflüsterten Rufe: „Jesus! Jesus! Jesus!“, und das Wimmern der Kinder. In diesem Augenblick ertönten über der hingestreckten Gemeinde die Worte: „Friede sei mit euch!“

Sie kamen von Petrus, dem Apostel, der kurz zuvor die Höhle betreten hatte. Beim Klang seiner Stimme wich jede Angst aus den Herzen der Beter, wie die Furcht aus einer Herde weicht, wenn der Hirte erscheint. Die Gestalten erhoben sich von der Erde; die näher Befindlichen sammelten sich um seine Knie, als suchten sie bei ihm Schutz. Er streckte die Hände über sie aus und sagte: „Warum zaget ihr in euern Herzen? Wer von euch weiß, was geschehen wird, ehe die Stunde kommt? Der Herr hat Babylon mit Feuer gezüchtigt, doch seine Gnade ruht auf jenen, die er in der Taufe gereinigt hat. Ihr, deren Sünden im Blute des Lammes getilgt sind, werdet mit seinem Namen auf den Lippen sterben. Friede sei mit euch!“

Nach den erbarmungslosen Worten des Crispus wirkte diese Rede des Apostels auf alle wie Balsam. Statt der Furcht vor Gott ergriff Liebe zu ihm ihre Seelen. Sie fanden den Christus, den sie durch die Erzählungen des Apostels lieben gelernt hatten, wieder; also nicht einen unbarmherzigen Richter, sondern ein mildes, geduldiges Lamm, dessen Erbarmen menschliche Bosheit tausendfach übersteigt. Trost drang in alle Herzen, erleichtert blickten sie dankbar zu Petrus auf. Von allen Seiten hörte man rufen: „Wir sind deine Schafe, weide uns!“ Näher bei ihm Kniende baten: „Verlass uns nicht in der Stunde der Trübsal!“ Vinicius fasste den Mantel des Apostels, kniete nieder und sagte: „Rette mich, Herr! Ich habe im Rauch des Feuers und im Gedränge des Volkes nach ihr gesucht; nirgends fand ich sie. Allein ich glaube, dass du sie mir wiedergeben kannst." Petrus legte die Hand auf das Haupt des jungen Kriegers und sagte: „Vertraue und komme mit mir!" – – –

Die Stadt brannte weiter. Der Zirkus Maximus lag in Trümmern. In den Stadtteilen, wo das Feuer ausgebrochen war, stürzten ganze Straßen und Gassen der Reihe nach ein. Bei jedem Falle erhob sich sofort für kurze Zeit eine Feuersäule gen Himmel. Der Wind hatte sich gedreht, wehte jetzt kräftig von der Seite her und trug Flammenbüschel, Feuerbrände und glühende Asche zum Cölius, Esquilin und Viminal. Noch sorgte die Obrigkeit für Hilfe. Auf Befehl des Tigellinus, der vor drei Tagen von Antium herbeigeeilt war, wurden Häuser auf dem Esquilin niedergerissen; das Feuer erreichte somit leere Stellen und erlosch dort. Das geschah aber nur, um einen Rest der Stadt zu erhalten; zu retten, was brannte, fiel niemand ein. Es war auch nötig, vor weiteren Folgen des Verderbens zu schützen. In der Stadt waren unermessliche Schätze vorhanden, die man dem Sammelfleiß von Jahrhunderten verdankte, herrliche Tempel, die wichtigsten Denkmäler römischer Vergangenheit und römischen Ruhmes. Am Abend des zweiten Tages hatte die Lohe der brennenden Stadt das ganze Firmament überzogen; Rom glich einem riesigen Scheiterhaufen. In der allgemeinen Unordnung und Autoritätslosigkeit hatte man nicht daran gedacht, für neue Zufuhr zu sorgen. Erst nach des Tigellinus Ankunft ergingen dafür Befehle nach Ostia; die Haltung des Volkes war inzwischen drohend geworden.

Das Haus bei Aqua Appia, wo Tigellinus einstweilen wohnte, war von früh bis abends von Weiberscharen umlagert, die nach „Brot und Obdach" schrien. Die ungeheuren Vorräte an Lebensmitteln waren zum größten Teile mitverbrannt. Schon machte sich der Hunger fühlbar, und die Bevölkerung begann eine drohende Haltung anzunehmen. Vergebens bemühten sich die Prätorianer, die Ordnung aufrecht zu erhalten. Es wurden jetzt aus Ostia und der Umgegend Brot und Mehl zusammengefahren, und der erste Transport im Emporium untergebracht. Das Volk erstürmte von Seiten des Aventis die Tore und schleppte alles heraus. Bei Mondschein und Funkenregen balgte man um die Brote, das Mehl wurde verschüttet in dem Wirrwarr, und die Wege vom Emporium bis zu den Bogen des Drusus und Germanicus waren wie beschneit. Die dem Wahnsinne nahen Scharen fluchten dem Kaiser, den Augustianern, den Soldaten, und der Aufruhr wuchs von Stunde zu Stunde. Seit den Zeiten des Brennus war Rom von keiner ähnlichen Katastrophe heimgesucht worden.

Der gegenwärtige Brand hatte einen bedeutenderen Umfang angenommen; damals war wenigstens das Kapitol stehengeblieben, diesmal war es von einem Flammengürtel umgeben. Der Marmor brannte zwar nicht, aber des Nachts sah man die Säulenreihen des Jupitertempels glühen wie glimmende Kohlen. Die fürchterliche Julihitze machte das Unglück noch unerträglicher, in der von Feuer und Sonne durchglühten Luft konnte man kaum atmen, dazu die Rauchwolken, die alle Überlebenden zu ersticken drohten; die Obdachlosen zählten mehrere Hunderttausend. Tigellinus schickte einen Boten auf den andern nach Antium, durch die er den Kaiser anflehen ließ zu kommen, um durch sein Erscheinen die verzweifelte Bevölkerung zu beruhigen.

Doch Nero wollte nachts eintreffen, um den Effekt, den die glühende Stadt machte, gleich voll auf sich wirken zu lassen. Inzwischen vertrieb er sich in Aqua Albana die Zeit mit dem Tragöden Aliturus, bei dem er Miene und Haltung einübte, und mit dem er lange über die Gebärde stritt, die bei den Worten „O du heilige Stadt, die du bestimmt schienst, länger als der Ida zu dauern“, die passendste sei. Dem Kaiser war die Frage, ob er dabei beide Hände emporwerfen, oder ob er nur die eine heben und die andere mit der Forminga langsam senken sollte, in diesem Augenblicke die wichtigste.

Gegen Mitternacht nahte der gewaltige Zug mit Nero und seinem Hofstaate den Mauern Roms. Sechzehntausend Prätorianer waren der Straße entlang aufgestellt, die auf Ordnung und das aufgeregte Volk in angemessener Entfernung zu halten hatten. Man hörte es nur schreien und pfeifen, auch vereinzeltes Beifallklatschen aus den Reihen des zerlumptesten Gesindels, das beim Brande nichts verloren hatte, doch bald wurde alles von Trompeten- und Hörnerschall übertönt. Beim Ostiator hielt Nero einen Augenblick an und rief: „Obdachloser Herrscher eines obdachlosen Volkes! Wohin soll ich mein unglückliches Haupt zur Ruhe legen?“ Hierauf bestieg er die besonders für ihn hergerichteten Stufen an der appischen Wasserleitung, wohin ihm die Augustianer, die Zitter- und Lautenschläger folgten. Alles war gespannt, und man harrte auf bedeutungsvolle Worte aus seinem Munde. Er aber stand stumm und feierlich und starrte in die Flammen. Er trug einen Purpurmantel und einen Kranz von goldenen Lorbeeren, und als ihm Terpnos die goldene Forminga reichte, blickte er, wie Begeisterung suchend, zum flammenden Abendhimmel empor. Und als er so, vom blutroten Schein umflossen, dastand, wies das Volk mit Fingern nach ihm hin. Da hob er die Hände, berührte die Saiten und begann mit den Worten des Priamus:

„O Nest meiner Väter, o teure Wiege!“

Die Senatoren und Augustianer auf dem Aquädukt schienen entzückt zu lauschen, und als Nero das Lied beendet hatte, ergriff ihn selbst mächtige Rührung. Tränen stürzten aus seinen Augen, sein Antlitz wechselte die Farbe, und indem er die Laute klirrend niederfallen ließ, hüllte er sich in seine Syrma und ahmte die mit Aliturus einstudierten Mienen nach.

Die Umgebung des Kaisers zollte Beifall, das Volk heulte, das jetzt außer Zweifel war, dass der Kaiser Rom hatte anzünden lassen, um beim Anblick dieses Schauspieles seine Lieder zu singen. Nero lächelte schwermütig wie einer, dem großes Unrecht widerfährt, und wandte sich an die Augustianer: „So wird die Dichtkunst von den Quiriten geschätzt." – „Die Elenden!", rief Vatinius. Nero sah sich nach Tigellinus um und fragte: „Kann ich auf die Treue der Soldaten bauen?" – „Ja, göttlicher Imperator!", sagte der Präfekt.

Petronius aber zuckte mit den Achseln. „Auf ihre Treue magst du rechnen, aber nicht auf ihre Zahl", sagte er. „Es ist auf jeden Fall besser, wenn du hier bleibst, bis das Volk beruhigt ist." Die Erregung im Volke wuchs mit jedem Augenblick. Die Leute schleppten Steine, Stangen und altes Eisen herbei und schienen einen Angriff vorzubereiten. „O ihr Götter!", rief Nero. „Ist das eine Nacht! Hier das Flammenmeer, dort das entfesselte Volk! Reicht mir einen dunkeln Kapuzenmantel. Wäre es wirklich möglich, dass es zum Kampf kommen könnte?" – „Herr", erwiderte Tigellinus zögernd, „ich tat, was ich konnte, aber die Gefahr ist drohend. Sprich drum zum Volke, o Herr, und mache ihm Versprechungen!" – „Ich, der Kaiser, soll zu dem Gesindel sprechen? Nein! Das möge ein anderer in meinem Namen tun. Wer unternimmt es?" – „Ich!", versetzte Petronius ruhig. – „Geh, Freund! Du bist jederzeit mein treuester Freund! Geh und spare Versprechungen nicht." – „Die anwesenden Senatoren und Piso, Nerva und Senecio sollen mir folgen", sagte Petronius.

Hierauf stieg er bedächtig vom Aquädukt hinab, während ihm die Begleitung ohne Zögern folgte. Unter dem Arkadenbogen blieb Petronius stehen, wohin er sich einen Schimmel bringen ließ, den er bestieg, und als er dem Volkshaufen ganz nahe gekommen war, trieb er sein Pferd vorwärts, mitten hinein in das Gewirr der drohenden, bewaffneten Männer, als gelte es, sich in einem gewöhnlichen Gedränge den Weg zu bahnen, und diese ruhige Sicherheit verfehlte ihre Wirkung nicht. Man erkannte ihn und zahlreiche Stimmen riefen: „Petronius! Arbiter elegantiarum!"

Und von allen Zeiten erscholl der Ruf: „Petronius! Petronius!" Der vornehme Patrizier, der sich nie um die Gunst des Volkes bemüht hatte, war trotzdem sein Liebling. Besonders seit er sich der Sklaven des Pedanius Secundus angenommen hatte, galt er für menschenfreundlich, und auch der Ruf seiner Freigebigkeit war durch seine Diener unter die Leute gedrungen. Man war daher gern geneigt, zu hören, was der Kaiser durch ihn sagen ließ, denn alle glaubten in ihm einen Sendboten Neros vor sich zu sehen. Er nahm die weiße, mit einem Scharlachstreif verbrämte Toga ab und schwang sie über dem Haupte, zum Zeichen, dass er sprechen wolle.

„Stille! Stille!", rief es von allen Seiten. Petronius schob sich in den Steigbügeln in die Höhe und sagte mit ruhiger, weithin vernehmbarer Stimme: „Bürger! Wer meine Worte verstanden hat, möge sie den weiter rückwärts Stehenden wiederholen; von allen aber erwarte ich, dass sie sich wie Menschen und nicht wie wilde Tiere in der Arena betragen." – „Wir hören! Wir hören!" – „Die Stadt wird neu aufgebaut. Die Gärten des Lukullus, des Mäcenas, des Kaisers und der Agrippina werden euch offen stehen! Von morgen an wird Getreide, Öl und Wein verteilt werden, damit jeder gesättigt wird! Der Kaiser wird Spiele aufführen lassen, wie sie die Welt noch nicht gesehen hat, und dabei sollt ihr reich beschenkt werden. Ihr sollt reicher sein als bisher!"

Ein Murren entstand unter den Zuhörern, das sich nach allen Seiten hin verbreitete. Dann hörte man Ausrufe des Zornes oder der Zustimmung, die schließlich in einem betäubenden Gebrüll endeten. „Brot und Spiele! Brot und Spiele!" Petronius wickelte sich in seine Toga und stand unbeweglich wie eine

Marmorstatue. Der Lärm wurde immer ärger und übertönte das Brausen und Zischen des Feuers. Der Abgesandte des Kaisers aber wartete, da er offenbar noch etwas zu sagen hatte. Er gebot wieder mit erhobener Hand Schweigen und rief: „Brot und Spiele sollt ihr haben, das versichere ich euch. Und jetzt bringt ein Hoch auf den Kaiser aus, der euch nährt und kleidet! – So, und jetzt geht schlafen, Lumpenpack, denn der Tag wird bald anbrechen." Nach diesen Worten wandte er sein Ross, schaffte sich Bahn und ritt langsam in das Prätorianerspalier zurück.

„Wie steht's? Was geht dort unten vor? Ist es schon zum Angriff gekommen?" Mit diesen Worten eilte Nero mit blassem Antlitz Petronius entgegen. – „Beim Pollux!", erwiderte dieser. „Sie schwitzen und stinken! Reicht mir eine Epilemma her, sonst falle ich in Ohnmacht." Dann erst wandte er sich zum Kaiser. „Ich habe ihnen Öl, Wein, Getreide, die Eröffnung der Gärten und prächtige Festspiele versprochen. Sie vergöttern dich wieder und riefen ‚Hoch!' mit den ausgetrockneten Lippen. Ihr Götter, wie unangenehm dieser Plebs riecht!" – „Ich danke dir, Petronius", rief Nero, begeistert über diese gute Wendung der drohenden Gefahr. „Ich lasse die Gärten öffnen, Getreide verteilen, und bei den Festspielen, die ich veranstalten werde, will ich meine öffentliche Dichtung *Der Brand von Troja* vortragen." Er legte die Hand auf die Schulter des Petronius und fragte, nachdem er eine Weile geschwiegen hatte, in ruhigerem Tone: „Sage aufrichtig, welchen Eindruck machte ich auf dich, als ich sang?" – „Du warst würdig des Schauspiels, das Schauspiel war deiner würdig!" – Dann wandte sich Nero dem Brande zu und sagte: „Jetzt lasset uns aber noch eine Weile zusehen und dann Abschied nehmen von dem alten Rom!"

Die Worte des Apostels hatten den Christen Zuversicht eingeflößt. Sie hielten zwar das Weltende für nahe, dachten jedoch, es stehe nicht unmittelbar bevor, sondern sie würden vorher das Ende von Neros Herrschaft sehen, die in ihren Augen die Herrschaft des Satans war, und Gottes Strafgericht über Neros himmelschreiende Verbrechen erleben. Voll neuer Hoffnung gingen sie auseinander und suchten ihre Unterkunftsorte auf, sofern sie Obdach gefunden hatten. Einige gingen sogar zum Transtiber, denn es hieß, infolge der Umdrehung des Windes sei das Feuer gegen den Fluss hin zurückgewichen. Auch der Apostel verließ die Höhle und mit ihm Vinicius und Chilon. Der junge Krieger getraute sich nicht, Petrus im Gebete zu stören. Schweigend folgte er, nur mit den Augen flehend und zitternd vor Sorge.

Viele näherten sich, um die Füße des Apostels und den Saum seines Mantels zu küssen. Mütter hielten ihm ihre Kinder hin; einige knieten im dunkeln Gange, hoben die Kerzen empor und baten um seinen Segen, andere gingen zur Seite und sangen, sodass Vinicius keine Gelegenheit zur Frage fand. Erst als sie in breitere Gassen gelangten, von wo aus der Brand sichtbar war, segnete Petrus die Umstehenden dreimal und wandte sich dann zu Vinicius: „Fürchte nichts, die Hütte des Steinbrechers ist nahe; darin werden wir Linus, Lygia und ihren treuen Diener finden. Christus, der sie dir bestimmt hat, rettete sie.“

Vinicius wankte und lehnte das Haupt an die Felswand. Der Ritt von Antium her, die Erlebnisse vor der Stadtmauer, die Suche nach Lygia mitten unter den brennenden Häusern, Mangel an Schlaf und die furchtbare Angst hatten ihn erschöpft. Die Kunde, dass sein Teuerstes auf Erden in seiner Nähe weile, raubte ihm die letzte Kraft. Vor Schwäche zu den Füßen des Apostels niederfallend, umfing er dessen Knie und blieb lange wortlos in dieser Stellung.

„Nicht mir, sondern Christus gib die Ehre", sagte Petrus, jeden Dank abschneidend. – „Welch guter Gott!", sprach Chilon. „Aber was soll ich mit den Eselinnen anfangen, die dort unten warten?" – „Steh auf und komm mit mir!", forderte Petrus den jungen Mann auf. Vinicius erhob sich. Tränen rannen ihm über die blassen Wangen, seine Lippen bewegten sich wie im Gebete. „Gehen wir!", sprach er. Doch Chilon wiederholte: „Was fange ich mit den Eseln an, die dort warten? Vielleicht will der würdige Prophet lieber reiten als gehen?" Vinicius wusste nicht, was er antworten sollte. Da die Hütte des Steinbrechers in der Nähe lag, sagte er endlich: „Bringe sie zu Macrinus zurück!" – „Verzeihe, Gebieter, wenn ich dich an das Haus in Ameriola erinnere. Angesichts dieses schrecklichen Feuers könnte eine solche Kleinigkeit leicht vergessen werden." – „Du wirst es bekommen." –

„O Urenkel des Numa Pompilius, ich zweifle nie daran, nun aber, da dieser hochherzige Prophet Zeuge ist, will ich dich nicht einmal daran erinnern, dass du mir auch einen Weinberg versprachst. Pax vobiscum. Ich werde vorsprechen, Gebieter. Pax vobiscum." – „Friede sei mit dir", erwiderten sie.

Petrus und Vinicius wandten sich nach rechts, den Hügeln zu. Unterwegs sagte Vinicius: „Meister, wasche mich mit dem Wasser der Taufe, damit ich mich einen wahren Bekenner Christi nennen darf. Aus ganzer Seele liebe ich ihn. Reinige mich bald, denn ich bin bereit. Was du gebietest, will ich tun; sag mir deinen Willen!" – „Liebe den Nächsten als deinen Bruder", antwortete der Apostel; „nur durch Liebe kannst du ihm dienen." – „Ich fühle es; als Kind glaubte ich an die Götter Roms, obschon ich sie nicht liebte. Ihn aber, den einen Gott, liebe ich so, dass ich mein Leben für ihn hingeben würde." Zum Himmel blickend, fügte er begeistert hinzu: „Denn er ist der eine, der allein Gütige und Barmherzige; mag darum diese Stadt untergehen, mag die Welt in Trümmer fallen, ihn allein will ich bekennen und anbeten." – „Und er wird dich und dein Haus segnen", schloss der Apostel.

Inzwischen hatten sie einen anderen Hohlweg betreten, an dessen Ende ein mattes Licht blinkte. Petrus deutete darauf und sagte: „Dort steht die Hütte des Steinbrechers, der uns ein Obdach gab, als wir mit dem kranken Linus vom Ostranium zurückkehrten und Rom in Flammen fanden." Nach einer Weile langten sie vor dieser Hütte an. Es war eher eine Höhle, ausgerundet im Hügel und vorn durch eine hohe Wand begrenzt, die Tür verschlossen; durch eine Öffnung konnte man jedoch ins Innere blicken. Eine dunkle Hünengestalt trat ans Fenster und fragte: „Wer seid ihr?" – „Diener Christi", antwortete Petrus. „Friede sei mit dir, Ursus!" Ursus verbeugte sich tief vor Petrus. Vinicius erkennend, ergriff er dessen Hand und zog sie an die Lippen. „Du, Gebieter! Gepriesen sei das Lamm, um der Freude willen, die du Lygia bringst." Ursus öffnete das Tor und sie traten ein.

Auf einem Strohbündel lag Linus, abgezehrt und weiß wie Elfenbein. Neben dem Feuer saß Lygia mit einer Anzahl an einer Schnur aufgereihter Fische. Die Fische von der Schnur lösend, und glaubend, es sei nur Ursus eingetreten, blickte sie nicht auf. Vinicius trat auf sie zu, rief sie beim Namen und öffnete die Arme. Sie sprang eilends auf, ein Strahl der Freude trat auf ihr Gesicht. Wortlos warf sie sich in seine Arme, wie ein Kind, das nach tagelanger Sehnsucht und Furcht Vater oder Mutter wiederfindet. –

Vinicius umarmte Lygia und drückte ihre schlanke Gestalt mit solchem Entzücken an seine Brust, als ob sie durch ein Wunder gerettet worden sei. Sie loslassend, fasste er ihren Kopf bei den Schläfen, küsste sie auf Stirn und Augen, umarmte sie wieder, rief ihren Namen, beugte sich auf ihre Hände nieder und grüßte sie mit Ehrfurcht voller Huldigung. Sein Glück war grenzenlos wie seine Liebe.

Dann begann er zu erzählen, wie er von Antium hergeflogen sei, sie vor den Stadtmauern, im Rauche des Hauses des Linus gesucht habe, was er gelitten und erlebt, bevor der Apostel ihn hergeführt. „Und nun, da ich dich gefunden habe, sollst du nicht länger in der Nähe des Feuers und des rasenden Pöbels bleiben. Einer schlägt den andern tot, Sklaven haben sich empört und plündern, Gott allein weiß, was Rom noch bevorsteht. Doch ich will dich, euch alle retten. Geliebte, lass uns nach Antium reisen, dort ein Schiff besteigen und nach Sizilien segeln. Mein Gut ist dein Gut, meine Häuser sind deine Häuser, in Sizilien finden wir Aulus. Ich bringe dich zu Pomponia wieder zurück, um dich aus ihren Händen wieder zu empfangen. Habe keine Furcht mehr, o Carissime! Christus hat mich zwar noch nicht durch die Taufe gereinigt, allein frage Petrus, ob ich ihm auf dem Wege hierher nicht den sehnlichsten Wunsch ausgesprochen habe, ein wahrer Bekenner Christi zu werden, ob ich ihn nicht gebeten habe, mich zu taufen, und wäre es in dieser Steinbrecherhütte. Glaube mir, glaubt mir alle!"

Strahlenden Gesichts vernahm Lygia diese Worte. Früher, wegen der Verfolgung durch die Juden und jetzt infolge des Brandes und der dadurch verursachten Verwirrung lebten die Christen in beständiger Furcht und Ungewissheit. Eine Reise nach dem ruhigen Sizilien würde jeder Gefahr ein Ende machen und einen neuen, glücklichen Abschnitt ihres Lebens eröffnen. Hätte Vinicius nur Lygia mitnehmen wollen, so würde sie sicherlich der Versuchung widerstanden haben, da sie bei Linus und Petrus zu bleiben wünschte, doch Vinicius sagte zu diesen: „Kommt mit uns, meine Güter sind eure Güter, meine Häuser sind eure Häuser." Lygia beugte sich nieder, um zum Zeichen des Gehorsams seine Hand zu küssen, und sagte: „Wo du bist Cajus, bin ich Caja."

Bestürzt darüber, dass sie Worte gebraucht hatte, die sonst nach römischer Sitte erst bei der Vermählung gewechselt wurden, errötete sie tief und stand nun gesenkten Hauptes im Scheine des Feuers, fürchtend, er möchte übel von ihr denken. Doch aus seinem Antlitz sprach unbegrenzte Verehrung. Zu Petrus gewendet, fuhr Vinicius fort: „Rom brennt auf Befehl Neros. In Antium klagte er, noch nie einen großen Brand gesehen zu haben. Wenn ihm solch ein Verbrechen nicht zu groß ist, was mag da noch alles geschehen! Wer weiß, ob er nicht Truppen herführt und ein allgemeines Blutbad befiehlt? Wer weiß, welche Verbannungen bevorstehen? Wer weiß, ob nicht Bürgerkrieg, Mord und Hungersnot die Folgen des Brandes sein werden? Verbergt euch darum und helft mir, Lygia in Sicherheit zu bringen. Dort mögt ihr warten, bis der Sturm vorüber, und dann von neuem hierhereilen, um neues Samenkorn auszustreuen." Seine Befürchtungen bestätigend, erscholl aus der Richtung des Vatikanischen Feldes her ein Wutgeheul. Gleich darauf kam der Steinbrecher, der Eigentümer dieser Hütte, herein, schloss die Türe hastig hinter sich zu und berichtete: „Sklaven und Gladiatoren haben die Bürger überfallen. Beim Zirkus Neros wird ein Blutbad angerichtet." – „Hört ihr?", fragte Vinicius. – „Das Maß ist voll", erwiderte der Apostel. „Wie ein endloses Meer werden Heimsuchungen hereinbrechen. Nimm das Mädchen, das dir Gott bestimmt hat, und rette es. Linus, den Kranken, und Ursus lasst mit euch gehen."

Vinicius, der den Apostel mit all dem Ungestüm seiner jungen Seele lieben gelernt hatte, erklärte: „Ich schwöre, mein Lehrer, dass ich dich nicht hier deinem Verderben überlassen will." – „Der Herr segne dich für deinen guten Willen", antwortete Petrus, „doch weißt du nicht, dass der Meister dreimal zu mir sprach: ‚Weide meine Lämmer?'" Vinicius entgegnete nichts. „Wenn du, dem niemand Sorge um mich befohlen hat, mich nicht dem Verderben überlassen willst, wie magst du da wünschen, dass ich meine Herde in den Tagen der Trübsal verlassen soll? Als der Sturm auf dem See tobte, und wir uns fürchteten, da hat er uns auch nicht verlassen. Soll ich, der Jünger, des Meisters Beispiel nicht befolgen?“ Linus erhob nun sein fleischloses Antlitz und fragte: „O Statthalter des Herrn, warum sollte ich deinem Beispiele nicht folgen?“

Vinicius fuhr sich mit der Hand über den Kopf, als ob er mit einem Entschluss kämpfte. Lygia bei der Hand fassend, sprach er dann in einem Tone, der die Entschlossenheit eines römischen Kriegers verriet: „Hört mich, Petrus, Linus und du, Lygia! Ich sprach, wie mir es der menschliche Verstand eingab, doch ihr habt einen andern Sinn, der nicht auf die Gefahr, sondern auf die Gebote unseres Erlösers achtet. Ich war im Irrtum; dennoch ist die Binde vor meinen Augen nicht gefallen, und die frühere Natur regt sich in mir. Allein ich liebe Christus, ich will sein Diener sein, und obschon etwas mir Teureres als mein Leben in Gefahr steht, knie ich nieder und schwöre, das Gebot der Liebe zu erfüllen und meine Brüder in der Stunde der Heimsuchung nicht zu verlassen.“ Er fiel auf die Knie. Begeisterung hatte ihn ergriffen, Hände und Augen erhebend, rief er: „Verstehe ich dich, o Christus? Bin ich deiner würdig?“ Seine Hände zitterten, Tränen glänzten ihm in den Augen. Da ergriff Petrus ein irdenes Gefäß mit Wasser, trat zu Vinicius heran und sagte feierlich: „Siehe, ich taufe dich im Namen des Vaters, des Sohnes und des Heiligen Geistes, Amen.“ Alle waren in religiöser Begeisterung. Es war, als füllte ein überirdisches Licht die Hütte, als erklinge himmlische Musik. Die Felsen über der Hütte schienen gewichen, Engelchöre schwebten gleichsam vom Himmel herunter, und hoch oben sahen sie ein Kreuz, und durchbohrte Hände erhoben sich zum Segen. Draußen aber tobten Mord und Brand.

Neunzehntes Kapitel.

In den vornehm gehaltenen Gärten des Cäsar, den früheren des Domitius und der Agrippina, wurden Volkslager errichtet. Solche fanden sich auch auf dem Campus Martius und in den Gärten des Pompejus, Sallust und Mäcenas, in Porticus, Spiel- und prächtigen Sommerhäusern und in Gebäuden, die als Behausung der Bestien errichtet worden waren. Pfaue, Flamingos, Schwäne, Strauße, Gazellen, afrikanische Antilopen und Wild, Zierden jener Gärten, fielen unter den Messern des Pöbels.

Die Mundvorräte trafen jetzt in solcher Fülle von Ostia ein, dass man wie auf einer Brücke über Schiffe, Boote, Barken von einem Ufer des Tiber zum anderen gelangen konnte. Der Weizen wurde zu dem unerhört niedrigen Preise von drei Sesterzien verkauft und an Arme unentgeltlich verteilt. Ungeheure Zufuhren von Wein, Oliven, Kastanien kamen nach; vom Gebirge wurden täglich Schafe und Rinder in die Stadt getrieben. Arme Leute, die sich vor dem Brande in den Gassen der Subura verborgen gehalten hatten und in gewöhnlichen Zeiten vor Hunger beinahe umgekommen wären, führten jetzt ein angenehmes Leben. Die Gefahr des Hungertodes war vollständig beseitigt, schwieriger hielt es, Raub, Mord und Betrug niederzuhalten. Das allgemeine nomadisierende Leben sicherte den Dieben Straflosigkeit, und dies umso leichter, als sie sich für Bewunderer des Cäsar erklärten und ihn, wo immer er sich zeigte, mit Beifall überschütteten. Dazu hatte sich unter dem Drucke der Verhältnisse die obrigkeitliche Ordnung gelöst, auch fehlte es an militärischer Kraft, um der Frechheit in einer

Stadt zu wehren, zu deren Bewohnern der Abschaum der ganzen damaligen Welt zählte. So kam es zu Taten, die alle menschliche Einbildungskraft überstieg. Allnächtlich gab es Kampf und Mord; jede Nacht wurden Knaben und Weiber weggeschleppt. An der Porta Mugionis, wo ein Halteplatz für das von der Campania hergetriebene Vieh war, kam es oft zu einem Handgemenge, in dem Hunderte ihr Leben verloren. Jeden Morgen wurden an die Ufer des Tiber Leichen von Ertränkten angeschwemmt und niemand kümmerte sich darum; infolge der durch das Feuer gesteigerten Hitze verwesten sie rasch und erfüllten die Luft mit üblem Geruch. Krankheiten traten in den Lagern auf, und die Furchtsamsten sahen eine schreckliche Seuche voraus. In der Stadt brannte es ohne Aufhören fort. Erst am sechsten Tage, als das Feuer den Esquilin erreichte, wo sehr viele Häuser abgerissen worden waren, schwächte es sich ab. Aber die Hügel glühender Asche verbreiteten noch so starkes Licht, dass das Volk nicht an das Ende der Katastrophe glaubte. Und in der Tat, der Brand schien in der siebenten Nacht in den Gebäuden des Tigellinus an Kraft zu gewinnen, war jedoch wegen Mangels an Brennmaterial von kurzer Dauer. Die glühenden Trümmer fingen an sich zu schwärzen. Der Himmel schimmerte nach Sonnenuntergang nicht mehr in blutrotem Lichte, und erst nach Eintreten der Dunkelheit zitterten blaue Flämmchen über der weiten schwarzen Öde, Flämmchen, die von den im Innern glühenden Aschenhaufen ausgingen.

Von den vierzehn Vierteln Roms standen nur noch vier, einschließlich des Transtiber. Alle anderen waren vom Feuer verzehrt. Als auch die letzte Glut erloschen war, zeigte sich eine weit ausgedehnte, graue, düstere, tote Fläche vom Tiber bis zum Esquilin. Daraus ragten Reihen von Schloten empor, wie Säulen auf den Gräbern eines Friedhofs. Dazwischen bewegten sich während des Tages düstere Menschengruppen, von denen die einen nach kostbaren Gegenständen, die anderen nach den Gebeinen ihrer Angehörigen suchten. Nachts heulten Hunde auf der Asche und den Trümmern der früheren Wohnungen ihrer Herren. Alle dem gemeinen Volke vom Cäsar erwiesene Güte und Hilfe verhinderte dennoch die üble Nachrede und Entrüstung keineswegs.

Nur das Heer der Räuber, Verbrecher und heimatlosen Mörder, die nach Belieben essen, trinken und rauben konnten, war befriedigt. Leute, die all ihr Eigentum und ihre nächsten Angehörigen verloren hatten, ließen sich durch Öffnung der Gärten, Verteilung von Brot und das Versprechen von Spielen und Geschenken nicht gewinnen. Das Unglück war zu groß, zu beispiellos. Die, in deren Seele sich noch ein Fünkchen Liebe zur Vaterstadt und zu ihrer Geburtsstätte fand, gerieten außer sich bei der Nachricht, dass der alte Name Roma zu verschwinden habe, und der Cäsar auf den Trümmern der Hauptstadt eine neue Neropolis errichten wollte. Eine Flut des Hasses machte sich Luft und nahm täglich zu, trotz der Schmeicheleien der Höflinge und der Lügen des Tigellinus. Nero, der für die Gunst des gemeinen Volkes empfindlicher war als jeder frühere Cäsar, dachte mit Schrecken daran, dass ihm in dem hartnäckigen, tödlichen Kampfe, den er mit den Patriziern im Senate zu wagen gewillt war, die nötige Unterstützung fehlen könnte. Die Höflinge waren nicht weniger geängstigt, denn jeder Tag konnte sie vernichten. Tigellinus dachte daran, einige Legionen aus Kleinasien herbeizurufen. Vatinius, der sonst lachte, selbst wenn man ihm ins Gesicht schlug, verlor den Humor, Vitellius den Appetit.

Manche berieten unter sich, wie die Gefahr abzuwenden wäre, denn es war kein Geheimnis, dass, falls der Cäsar in einem Aufruhr getötet würde, auch keiner der Höflinge davonkäme, Petronius vielleicht ausgenommen. Ihrem Einflusse schrieb man die wahnwitzigen Taten Neros zu, ihren Einflüsterungen alle Verbrechen, die er beging. Tigellinus beriet sich mit Domitius Afer und selbst mit Seneca, obwohl er diesen hasste.

Poppäa, die begriff, dass mit dem Untergange Neros auch ihre Stunde geschlagen hätte, schloss sich der Meinung ihrer Vertrauten und der jüdischen Priester an; es war seit Jahren bekannt, dass sie zum Glauben an Jehovah halte. Eine lange, aber fruchtlose Beratung wurde im Hause des Tiberius abgehalten, das den Brand überlebt hatte. Petronius hielt es für das Beste, dass sich der Cäsar, die Sorgen hinter sich lassend, nach Griechenland und von da nach Ägypten und Kleinasien begebe. Die Reise war ja schon lange geplant, warum sollte man sie verzögern, wo jetzt Rom nur Trauer und Gefahren bot? Nero nahm den Rat gierig auf, Seneca aber sagte nach einigem Nachdenken: „Es ist leicht zu gehen, schwieriger aber möchte es sein zurückzukehren." – „Beim Herakles", antwortete Petronius, „wir können es an der Spitze asiatischer Legionen!" – „Das werde ich tun!", rief Nero.

Tigellinus jedoch widersetzte sich. Er selber konnte keinen Ausweg finden, und wenn des Arbiters Idee in seinem Kopfe entstanden wäre, hätte er sie zweifellos als die rettende erklärt. Der Kern der Frage lag für ihn darin, dass Petronius nicht ein zweites Mal der einzige Mann sein dürfe, der in einem schwierigen Falle alle und jeden rette. „Höre mich, Gottheit", sagte er. „Dieser Rat ist Unheiles voll! Ehe du Ostia erreichst, bricht ein Bürgerkrieg aus. Wer weiß, ob sich nicht ein noch lebender Sprössling aus der Seitenlinie des göttlichen Augustus zum Cäsar aufwerfen will, und was können wir machen, wenn die Legionen sich auf seine Seite stellten?" – „Wir werden sorgen", sprach Nero, „dass keine Abkömmlinge des Augustus vorhanden sind. Es sind deren ohnedies nicht viele; somit ist es leicht, uns von ihnen zu befreien." – „Gewiss; aber kommen sie allein in Betracht? Erst gestern hörte einer meiner Leute, dass ein

Mann wie Trasea Cäsar werden solle.“ Nero hob den Blick nach oben, biss sich in die Lippen und rief erzürnt: „Die Undankbaren! Die Unersättlichen! Sie haben doch Korn genug, um Kuchen zu backen! Was verlangen sie noch?“ – „Sie wollen Rache!“, rief Tigellinus. Es entstand eine Stille, als sich der Kaiser plötzlich erhob und den Vers zitierte:

„Die Herzen rufen nach Rache, und die Rache verlangt ihre Opfer.“

Er hielt inne und strahlenden Gesichtes rief er: „Reicht mir Täfelchen und Griffel! Ich muss den Vers niederschreiben! Habt ihr gemerkt, wie die Eingebung ganz plötzlich über mich kam?“ – „Unvergleichlicher“, riefen mehrere Stimmen. – Nero schrieb den Vers nieder und wiederholte dann: „Ja, die Rache will ihre Opfer haben.“ Er ließ seinen Blick über die Anwesenden schweifen. „Wie wär's, wenn man das Gerücht aussprengte, Vatinius habe den Brand angelegt? Wenn man diesen dem Volke zur Kühlung seiner Rache auslieferte?“ – „O Göttlicher! Wer bin ich?“, rief Vatinius. – „Du hast Recht! Dazu bedarf es eines Größeren, als du es bist! Vielleicht Vitellius?“ – Vitellius wurde blass, aber er lachte. „Mein Fett könnte schließlich das Feuer neu entfachen“, sagte er.

Diese Antwort kaum beachtend, suchte Nero in Gedanken nach einem Opfer, das den Zorn des Volkes wirklich zu beschwichtigen vermöchte. „Tigellinus“, sagte er nach einer Pause. „Du hast Rom angezündet.“ Die Anwesenden erschraken. Sie fühlten, dass der Kaiser aufgehört habe zu scherzen. Tigellinus wurde blass. „Ich habe es auf deinen Befehl angezündet, Herr“, sagte er. Beide sahen sich ins Auge wie zwei Dämonen. – „Tigellinus“, fragte Nero, „liebst du mich?“ – „Du weißt es, Herr!“ – „So opfere dich für mich!“ – „Göttlicher Imperator“, versetzte Tigellinus, „du reichst mir einen süßen Trank, den ich doch nicht an die Lippen setzen kann. Jetzt empört sich nur das Volk; sollen sich auch noch die Prätorianer empören?“ –

Den Anwesenden stand das Herz vor Entsetzen still. Tigellinus war der Präfekt der Prätorianer und seine Worte klangen wie eine Drohung. Selbst Nero verstand diese Worte.

Da trat der Freigelassene des Kaisers, Epaphrodit, ein, mit der Meldung, die göttliche Augusta wünsche den Präfekten zu sprechen. Tigellinus verneigte sich und ging aus dem Atrium. „Ich habe eine Viper an meinem Busen genährt. – Petronius", fuhr der Kaiser fort, „gib du einen Rat." – „Mein Rat ist, nach Achaja zu fahren." – „Ach!", rief Nero, „ich hatte Besseres von dir erwartet. Beim Hades –" – „Verzeihe, Göttlicher, aber wenn man Rom behalten will, muss man wenigstens einige Römer am Leben lassen", erwiderte Petronius lächelnd. In diesem Augenblick traten Poppäa und Tigellinus ein. Letzterer trug sein Haupt stolz wie ein Imperator.

Er verneigte sich vor dem Kaiser und sagte ernst: „Höre mich an, göttlicher Imperator, jetzt kann ich dir mitteilen, was du suchtest. Das Volk schreit nach Rache und will Opfer haben, aber nicht nur eins, nein, Hunderte, Tausende. Du hast doch schon gewiss von Christus gehört, den Pontius Pilatus kreuzigen ließ. Die Anhänger seiner Lehre, die Christen, hat noch niemand in unseren Tempeln gesehen, sie verachten unsere Götter; niemals besuchen sie das Stadium, sie wollen von den Wettrennen nichts wissen, sie spenden dir keinen Beifall, sie sprechen dir die Gottheit ab. Kurz, sie sind Feinde des Menschengeschlechts. Das Volk will Rache, blutige Rache. Bisher hat dich das Volk verdächtigt, aber nicht ich habe die Stadt verbrannt, nicht du hast es befohlen, die Christen haben es getan!"

Nero hörte erstaunt zu; sein Schauspielergesicht drückte abwechselnd Schmerz, Zorn, Mitleid und Entrüstung aus. Dann erhob er sich plötzlich von seinem Sessel, warf die Toga ab, die ihm zu seinen Füßen liegen blieb, hob beide Hände in die Höhe, richtete den Blick nach oben, als ob er den Zorn der

Götter herabflehte, und rief dann in tragischem Tone: „Zeus, Apollo, Here, Athene, Persephone und alle ihr unsterblichen Götter, warum seid ihr uns nicht zu Hilfe gekommen? Was hat die unglückliche Stadt den Grausamen getan, dass sie dieselbe in so unmenschlicher Weise verbrannten?" – „Sie sind Feinde des Menschengeschlechts und deine Feinde", sagte Poppäa. – „Sei gerecht und strafe die Brandstifter! Die Götter selbst fordern nach Rache!", riefen mehrere Stimmen durcheinander.

Die Stirn des Petronius zog sich in Falten bei dem Gedanken an Lygia und Vinicius. Er wusste wohl, dass es ein gefährliches Spiel sei, den Kaiser oder die Augustianer zu kritisieren, doch wollte er jetzt alles aufs Spiel setzen. „Das ist schön, dass ihr eure Opfer gefunden habt", rief er. „Ihr könnt die Leute in die Arena schicken oder mit der Schmerzenstunika bekleiden; niemand wird euch hindern, doch hört erst meine Meinung! Wenn ihr die Christen dem Volke ausliefern wollt, damit es sich an deren Martern ergötze, so tut es – aber habt den Mut, euch selber einzugestehen, dass nicht sie es waren, die Rom in Schutt und Asche legten. Ihr habt mir den Beinamen *Arbiter elegantiarum* gegeben – und als solcher erkläre ich, dass mich derartige Komödien anwidern. Pfui! O, wie mich das an die schlechten Schauspieler an der Porta Asinaria erinnert, die Götter und Könige wiedergeben, und wenn die Vorstellung beendet ist, Zwiebeln essen und sauern Wein saufen! Ihr aber könntet es euch leisten, wirkliche Götter und Könige zu spielen. Bei der göttlichen Klio! Würde es nicht heißen, Nero, der Beherrscher der Welt, Nero, der Gott, der Rom eingeäschert hat, weil er auf Erden so mächtig war wie Zeus im Olymp, Nero der Künstler, hat die Poesie so über alles geliebt, dass er sogar die Heimat aufopferte! Seit dem Bestande der Welt hat keiner etwas Ähnliches gewagt. O Nero! Was wäre, mit dir verglichen, Priamus? Was Achilles? Was Agamemnon? Ja, was wären die Götter? Ich beschwöre dich, Göttlicher, habe Mut!

Sei wahr, damit es nicht heiße, Nero ließ Rom anzünden, aber er war nicht großdenkend genug, die große Tat einzugestehen, sondern schob sie aus Furcht auf die schuldlosen Christen!“

Die Worte des Petronius machten einen ungewöhnlichen Eindruck auf Nero, sodass er sich selbst sagte: „Entweder sind die Christen gerettet, oder ich selbst bin verloren.“ Poppäa und alle Anwesenden hingen an Neros Zügen, der die Lippen aufwarf, wie es seine Gewohnheit war, wenn er sich in Verlegenheit befand. Tigellinus, der dies bemerkte, rief lebhaft: „Geruhe, o Göttlicher, dass ich mich entferne! Meine Ohren können es nicht anhören, wenn man dich verhöhnt, wenn man dich lächerlich macht, wenn man dich einen Brandstifter, einen Kleindenkenden und einen Komödianten nennt.“

„Ich habe das Spiel verloren“, dachte Petronius. Zu Tigellinus aber sagte er, ihn mit der ganzen Verachtung messend, die er als überlegener Geist für den Elenden immer fühlte: „Dich habe ich einen Schauspieler genannt, dich, Tigellinus, du beweist es in diesem Augenblicke! Du heuchelst dem Kaiser grenzenlose Ergebenheit, und erst vorhin hast du mit deinen Prätorianern gedroht; glaubst du, wir hätten dich nicht verstanden?“ Tigellinus war so verwirrt, dass er nicht wusste, was er darauf antworten sollte. Doch Poppäa kam ihm zu Hilfe: „Herr, wie kannst du es zulassen, dass ein Sterblicher so von dir denkt! Wie kannst du erlauben, dass man so etwas in deiner Gegenwart ausspreche!“ – „Strafe den Frechen!“, rief Vitellius.

Nero richtete seine verglasten Augen auf Petronius und rief vorwurfsvoll: „So vergiltst du mir meine Freundschaft?“ – „Strafe den Frechen!“, rief Vatinius. – „Ja, ja, strafe ihn!“, riefen mehrere Stimmen durcheinander. Es entstand eine große Bewegung im Atrium, die Nächststehenden begannen von Petronius wegzurücken. Es entfernten sich sogar Senecio und der junge Nerva. Bald stand er ganz allein da; doch, als merke er nichts davon, ordnete er die Falten seiner Toga und wartete ruhig auf den Ausspruch des Kaisers, der nach einer kleinen Pause sagte: „Ihr verlangt seine Bestrafung, doch er ist mein Freund und Gefährte, und wie tief auch mein Herz verletzt ist – ich verzeihe ihm, weil er mein Freund ist.“

„Ich habe verspielt und mein Tod ist sicher!“, sagte sich Petronius. Der Kaiser erhob sich von seinem Platze und die Sitzung war beendet. – Petronius begab sich nach Hause. Nero und Tigellinus begaben sich in Poppäas Atrium. Hier warteten mehrere Männer, mit denen Tigellinus schon gesprochen hatte. Es waren dies zwei in feierliche Kleider gehüllte Rabbiner, mit der Mitra auf dem Kopfe, mit ihrem Begleiter und Chilon. Beim Anblick des Kaisers hoben sie ihre Hände bis zur Schulterhöhe und neigten ihre Köpfe. „Sei gegrüßt, du Herrscher aller Herrscher, du König der Könige“, sagte der Älteste, „sei gegrüßt, du Regierer der Welt, du Beschützer eines auserwählten Volkes, du Cäsar, du Löwe unter den Menschen, dessen Herrschaft einer leuchtenden Sonne, einer Zeder vom Libanon, einer Quelle, einer Palme, dem Balsam von Jericho gleicht!“ – „Nennt ihr mich nicht auch einen Gott?“, fragte der Kaiser. Hier erblassten die Priester; doch der älteste von ihnen hatte Mut genug zu antworten: „Deine Worte, o Herr, sind süß, sind süß wie die Trauben eines Weinstockes, sind süß wie eine reife Feige, denn Jehovah gab dir ein gutes Herz. Doch dein Ahne, der Cäsar Cajus, war grausam und dennoch wurde er von unserm Abgesandten nicht als Gott gepriesen, und sie würden den Tod der Beleidigung des göttlichen Gesetzes vorgezogen haben.“ – „Dafür ließ sie Caligula den Löwen vorwerfen!“ – „Nein, Herr; Cäsar Cajus fürchtete den Zorn Jehovahs.“ Und sie erhoben ihre Häupter, denn der Name des mächtigen Jehovah flößte ihnen Mut ein; vertrauend auf seine Hilfe, blickten sie nun dreister in die Augen Neros.

„Ihr klagt die Christen an wegen der Brandlegung Roms?“, fragte der Kaiser. – „Wir, o Herr, klagen sie nur deshalb an, weil sie Feinde der göttlichen Gesetze sind, Feinde des Menschengeschlechtes, Feinde Roms und deine Feinde ..." Nero wandte sich an Chilon: „Wer bist du?"

„Dein Bewunderer, Osiris, und ein armer Stoiker!" – „Ich hasse die Stoiker", sagte Nero. „Ich hasse den Traseas, den Musonius, den Cornutus und wie sie alle heißen. Mir ist ihre Sprache ebenso widerwärtig wie ihre Kunstverachtung, ihre freiwillige Armut und ihre Armseligkeit." – „Herr, dein Lehrer Seneca hat tausend Stühle aus Citrum. Wenn du befiehlst, will ich gern zweimal so viel haben. Ich bin Stoiker aus Not. Umwinde meinen Stoizismus mit Rosenkränzen, du Strahlender, und er wird beim gefüllten Weinkruge die lautesten Lieder Anakreons singen, dass sie alle Epikureer betäuben."

Nero, dem der Name Strahlender wohlgefiel, lächelte und sagte: „Du gefällst mir!" – „Dieser Mann ist wert, mit Gold aufgewogen zu werden", rief Tigellinus. – „Deine Freigebigkeit, o Herr, wird meinem Gewicht noch etwas zugeben, sonst nimmt der Wind die Belohnung fort." – „Gewiss, würdest du dann das Gewicht des Vitellius übersteigen", warf der Kaiser ein. – „Eheu, du silberner Triumphbogen, mein Geist ist nicht von Blei." – „Ich sehe, dass dein Glaube dir nicht verbietet, mich einen Gott zu nennen?" – „O, Unsterblicher! Mein Glaube bist du! Die Christen haben gegen diesen Glauben gefrevelt, darum hasse ich sie." – „Was weißt du von den Christen?" – „Erlaubst du mir Tränen zu vergießen, Göttlicher?" – „Nein", sagte Nero, „das langweilt mich." – „Und du hast dreimal Recht, denn Augen, die dich gesehen haben, sollten ewig trocken bleiben. Herr, schütze mich vor meinen Feinden!"

„Sprich von den Christen", unterbrach ungeduldig Poppäa. „Wie du befiehlst, Isis!", erwiderte Chilon. „Als ich zum ersten Male von den Christen und der neuen Lehre hörte, hoffte ich wieder einige Körnchen Wahrheit zu erhaschen und machte zu meinem Unglücke die Bekanntschaft dieser Menschen. Wenn

Sophokles meine Erlebnisse kennen würde! Doch was sage ich – mich hört ja ein größerer als Sophokles!" – „Du Armer!", rief Poppäa. – „Nein, Herrin, wer in das Antlitz Aphroditens geschaut hat, ist nicht arm, und ich sehe es in diesem Augenblicke. Doch vernehmt weiter! In Rom bewarb ich mich um Zutritt zu den Häuptern der Christen und machte auch die Bekanntschaft ihres Oberpriesters und eines zweiten, den sie Paulus nennen. Ich war auf dem Friedhof, dort sah ich den Sohn des Zebedeus, ich sah den Linus und Kleta und viele andere. Sie versammelten sich vor dem Brande in einem unterirdischen Gewölbe am Vatikanischen Hügel, auf dem Friedhofe hinter der Porta Nomentana, dort halten sie ihre abscheulichen Zeremonien ab, die sie Gottesdienst nennen. Dort sah ich, wie Glaucus Kinder abschlachtete, und wie der Apostel Petrus mit dem Blute die Häupter der Anwesenden besprengte. Dort sah ich auch Lygia, die Pflegetochter der Pomponia Gräcina, die sich rühmte, die kleine, göttliche Augusta, deine Tochter, Osiris, und die deine, Isis, behext zu haben."

„Hörst du es, mein Kaiser?", rief Poppäa. – „Sollte das möglich sein?", rief Nero. – „Als ich diese frevelhaften Worte vernahm", fuhr Chilon fort, „da übermannte mich der Zorn, und ich sprang auf die Lygierin zu, um sie mit meinem Messer zu durchbohren. Vinicius aber hinderte mich daran, der sie liebt. Sie flüchtete zwar, er suchte sie aber wieder auf. Ich war dabei, als Kroton von den Sklaven Lygias, Ursus, erwürgt wurde!" – „Beim Herkules!", rief Nero. „Wer den Kroton erwürgte, ist wert, dass ihm eine Bildsäule auf dem Forum gesetzt werde. Aber entweder lügst du, Alter, oder du irrst dich, denn ich weiß, dass Vinicius den Kroton erstach." – „So werden die Götter von den Menschen belogen. Ich war Augenzeuge, als Ursus dem Kroton die Rippen eindrückte. Auch den Vinicius hätte er getötet, wenn Lygia nicht für ihn gebeten hätte. Der Tribun war lange krank, so sehr haben ihn die Christen zugerichtet; jetzt ist er selbst Christ geworden." – „Vinicius?" – „Jawohl." – „Und vielleicht auch Petronius?", fragte Tigellinus. – „Ich bewundere deinen Scharfblick, Herr! Es wäre nicht unmöglich", rief Chilon, der sich die Hände rieb und wie ein Aal wand, dann fuhr er weiter fort: „Das vergesse ich nicht, was die Christen taten, ich habe es beim Hades geschworen. O Göttlicher, räche die Grausamkeiten. Ich liefere sie alle aus, alle!"

Poppäa vergaß ihre Feinde nicht. Ihre Begierde nach Vinicius war zwar nichts als eine augenblickliche, unter dem Einfluss der Eifersucht und des gekränkten Stolzes entstandene Laune gewesen. Dennoch hatte sie die Weigerung des schönen Mannes schwer verwundet. Sie fühlte sich beleidigt. Schon das allein, dass er es wagte, ihr eine andere vorzuziehen, schien ihr ein Verbrechen, das um Rache schrie. Lygia hatte sie vom ersten Blick an gehasst, weil ihr die Schönheit der nordischen Blume gefährlich schien. Petronius, der von schmalen Hüften gesprochen hatte, mochte dem Cäsar weismachen, was er wollte, nicht aber der Augusta, die beim ersten Blick gesehen hatte, dass in ganz Rom Lygia die Einzige sei, die ihr an Schönheit gleichkomme, wenn nicht sie übertreffe. Und Lygias Untergang war bei Poppäa beschlossen. Darum rief sie jetzt: „Ja, räche unser Kind! Herr!" – „Beeilt euch", rief Chilon, „Eile tut Not." – „Wäre es nicht angebracht, Göttlicher, sich auch gleich Onkel und Neffe vom Halse zu schaffen?", fragte Tigellinus. Nero dachte einen Augenblick nach. Dann aber sagte er: „Nein, jetzt nicht! Das Volk würde doch nicht glauben, dass Petronius, Vinicius oder Pomponia Gräcina Rom in Brand steckten, sie hatten zu schöne Besitzungen. Zuerst brauchen wir andere Opfer; jene kommen später an die Reihe." – „Chilon, du sollst vorderhand bei mir wohnen", sagte der Präfekt. – „Ich liefere sie alle aus, aber beeilt euch, bevor sie entwischen!"

Nachdem Petronius den Kaiser verlassen hatte, ließ er sich nach seiner in den Carinä gelegenen Besitzung tragen, die vom Feuer verschont geblieben war. Ein großer Garten umgab das Wohnhaus an drei Seiten, und an der Vorderseite lag ein kleines Forum. Aus diesem Grunde blieb das Wohnhaus vom Feuer verschont. Deshalb priesen andere Höflinge, die ihre Häuser und damit große Reichtümer und viele Kunstwerke verloren hatten, sein Glück. Aber der Erstgeborene Fortunas konnte jetzt über die Unbeständigkeit seiner Mutter nachdenken oder über die Ähnlichkeit mit Kronos, der seine eigenen Kinder verzehrt. „Wäre mein Haus abgebrannt", sagte er zu sich selber, „und wären damit meine Edelsteine, etruskischen Vasen, mein alexandrinisches Glas und meine korinthische Bronze zu Grunde gegangen, dann könnte Nero die Beleidigung vergessen haben. Bei Pollux! Und doch hing es in dieser Stunde von mir allein ab, Präfekt der Prätorianer zu werden. Ich brauchte ja nur Tigellinus der Brandstiftung zu beschuldigen – und dieses Verbrechen hat er in der Tat begangen – ihn in die peinliche Tunika zu stecken und dem gemeinen Volke zu überliefern, die Christen zu beschützen, Rom wieder zu bauen. Wer weiß, ob damit nicht eine bessere Zeit für ehrliche Leute begonnen hätte! Ich hätte das Amt nehmen sollen aus Liebe zu Vinicius. Wäre es mir zu anstrengend geworden, so hätte ich ihm die Leitung anvertrauen können, und Nero würde nicht einmal versucht haben zu widerstehen. Dann hätte Vinicius alle Prätorianer taufen lassen können und den Cäsar dazu, was schadete mir das? Nero, fromm, tugendhaft und barmherzig – das wäre ein unterhaltendes Schauspiel gewesen."

Der scharfsinnige Petronius sah nun, dass der Anfang vom Ende für ihn gekommen sei, doch wusste er auch, dass das Ende nicht schnell heranrücken würde, denn Nero hatte sich durch die schönen Worte über Freundschaft und Vergebung dem Petronius verpflichtet. Außerdem hatte er ja mit den

Christen Zerstreuung genug. Die Insula des Vinicius war eine Beute der Flammen geworden, und der junge Mann wohnte bei Petronius.

„Hast du Lygia heute gesehen?“, fragte er den Neffen beim Eintreten. „Ja; ich komme soeben von ihr.“ – „Höre, was ich dir jetzt sage und verliere keine Zeit mit unnützen Fragen. Beim Kaiser wurde heut beschlossen, den Brand Roms auf die Christen zu schieben, Verfolgung und Martern stehen ihnen bevor. Nimm Lygia und fliehe mit ihr über die Alpen oder nach Afrika. Eile, denn vom Palatinus hat man es nach dem Transtiber näher als von hier.“

Vinicius war Krieger genug, um noch viele Worte zu verlieren, er wusste, um was es sich handelte und machte sich sogleich auf den Weg. „Ich gehe“, sagte er. – „Für den Notfall nehme noch einen Beutel Goldes, eine Waffe und etliche deiner Christen mit und sende mir durch einen Sklaven Nachricht.“ Kaum war Vinicius fort, so trat, schön wie eine Göttin, Eunice ein und riss Petronius aus dem ernsten Sinnen, in das er nach dem Fortgang des Neffen versunken war. In diesem Augenblick vergaß er den Kaiser, die Ungnade, die Augustianer, die den Christen drohende Verfolgung, den Vinicius, Lygia, und blickte nur mit den Augen eines verliebten Ästhetikers auf die wohlgestalteten Formen, dessen Liebe überhaupt nur solchen Formen entsprang. Sie war mit einem durchsichtigen, veilchenfarbigen Gewande bekleidet. Sie wusste, dass sie bewundert wurde, sie ließ sich gern alle Liebkosungen gefallen und ihr Gesicht strahlte vor Freude.

„Was bringst du, Charis?“, fragte Petronius, beide Hände nach ihr ausstreckend. – „O Herr“, sagte sie, ihr goldenes Haupt auf seine Schulter legend, „Anthemios ist mit seinen Sängern angekommen und lässt fragen, ob du ihn heute anhören willst?“ – „Mag er warten; beim Mittagsmahl soll er uns einen Hymnus an Apollo vortragen. Inmitten einer großen

Brandstätte und großer Aschenhaufen werden wir dem Hymnus lauschen. Bei den Hainen von Paphos! In diesem Schleiergewande erschienst du mir wie eine Aphrodite, mit einem Streifen Himmels bekleidet.“ Nach einer Weile sagte Petronius: „Und wenn wir uns trennen müssten?“ – Eunice sah ihn mit erschrockenen Augen an. „Wäre es möglich“, sagte sie, „dann nimm mich mit!“ – „Nein, nicht jetzt; fürchte dich nicht! Aber es wäre möglich, dass ich eine weite Reise antreten müsste. Sage, Eunice, blüht auf dem Rasen im Garten der Asphodelus?“ – „O Herr! Die Zypressen und das Gras sind versenkt; die Myrten stehen entlaubt, der Garten ist wie tot.“ – „Ganz Rom wird bald wie ein Friedhof aussehen. Du weißt wohl noch nicht, dass ein Edikt gegen die Christen erlassen wird, und dass Tausende von ihnen ihr Leben lassen werden?“ – „Wofür will man sie denn strafen, sie sind doch gut und still?“ – „Eben deshalb!“ – „Fahren wir aufs Meer; deine göttlichen Augen sehen Blut nur ungern.“ – „Gut; jedoch muss ich erst baden. Komme dann ins Oleothekium, dort kannst du meine Arme salben! Beim Gürtel der Kypris, noch nie fand ich dich so schön wie heute.“

Eine Stunde darauf saßen sie an der Tafel mit Kränzen von Rosen auf den Häuptern. Knaben in Gestalt von Amoretten bedienten bei der Tafel, die voll goldener Gefäße stand. Aus efeuumrankten Gefäßen tranken sie Wein und lauschten dem Apollohymnus und den Harfenklängen des Anthemios. Sie fühlten sich glücklich in ihrer Art von Liebe und kümmerten sich weder um die noch rauchenden Trümmerhaufen noch um das zerstörte Rom. Doch kaum war der Hymnus beendet, trat der Atriensis ein und meldete den Zenturio mit einer Abteilung Prätorianer. Da sich Nero für gewöhnlich der Prätorianer nicht zu bedienen pflegte, wenn er einem Freund eine Botschaft sandte, so bedeutete diese Botschaft nichts Gutes.

Doch Petronius zeigte keine Erregung und sagte wie gelangweilt: „Man hätte mich wenigstens in Ruhe essen lassen sollen.

– Lass sie eintreten", wandte er sich an den Vorsteher des Atriums. Einen Augenblick später hallten schwere Schritte, worauf der Zenturio Aper mit dem Helm auf dem Kopf eintrat. – „Edler Herr", sagte er, „hier ist ein Schreiben des Kaisers." – Nachlässig streckte Petronius seine weiße Hand nach dem Täfelchen aus und reichte es, nachdem er einen Blick darauf geworfen hatte, Eunice hin. „Er wird heute Abend seine Troika vorlesen und ladet mich ein."

„Ich habe nur den Befehl, diesen Brief abzugeben", sagte der Zenturio. – „Dann bedarf es keiner Antwort. Willst du nicht etwas Platz nehmen und einen Becher Wein trinken?" – „Ich danke dir, edler Herr, den Becher Wein werde ich trinken, aber Platz nehmen kann ich nicht, denn ich bin im Dienst." – „Warum hat man dich denn anstatt eines Sklaven gesandt?" – „Ich weiß es nicht, Herr. Möglich, dass man mich aus bestimmten Gründen sandte." – „Ich verstehe", sagte Petronius, „wohl der Christen wegen. Ist es schon lange her, seit man die Verfolgung aufgenommen hat?" – „Mehrere Abteilungen wurden schon am frühen Morgen nach Transtiberim und nach dem alten Friedhof zwischen der Via Salaria und der Via Nomentana entsandt." Mit diesen Worten verschüttete der Zenturio zu Ehren des Mars etwas Wein und trank den Becher leer mit den Worten: „Die Götter mögen dich mit dem überschütten, was du dir selbst wünschest!" – „Nimm auch den Becher mit", sagte Petronius, Anthemios ein Zeichen gebend, weiterzuspielen. – „Der Feuerbart fängt an, sein Spiel mit mir zu treiben", sagte Petronius zu sich. „Er wollte mich erschrecken! Obwohl ich weiß, dass ich deiner Rache nicht entgehen werde, darfst du nicht glauben, dass ich deine Gnade anflehen werde."

Nach diesem Selbstgespräche machte er den gewohnten Spaziergang und ließ sich abends, stolz und schön wie ein Gott, auf den Palatin tragen. Die Augustianer, verwundert darüber, dass er eine Einladung erhalten hatte, wichen ihm aus, als sie ihn in ihre Reihen treten sahen; aber er schritt so gleichgültig und selbstbewusst an ihnen vorüber, als wäre nichts vorgefallen. Der Kaiser tat, als bemerkte er ihn nicht und erwiderte seinen Gruß nicht, anscheinend von einem wichtigen Gespräche ganz in Anspruch genommen. Doch später, während des Vortrags, forschte Nero eifrig in den Zügen des Petronius, der bald die Brauen zusammenzog, bald zustimmend mit dem Kopfe nickte, immer aber mit der größten Aufmerksamkeit zuhörte. Als der Kaiser geendet hatte, lobte Petronius einzelne Stellen, tadelte andere in der gewohnten Weise, und Nero ließ sich, wie sonst, in ein längeres Gespräch mit ihm ein.

„Im letzten Gesange wirst du sehen, warum ich gerade dieses Wort wählte", sagte er, als Petronius die Richtigkeit eines bestimmten Ausdruckes angezweifelt hatte. – „Ah so", dachte Petronius, „ich soll also den letzten Gesang noch erleben." – Beim Abschiede fragte Nero mit halb geschlossenen Augen, die vor boshafter Freude funkelten: „Weshalb ist denn Vinicius nicht erschienen?" – Hätte Petronius gewusst, dass Vinicius mit Lygia auf der Flucht sei, hätte er geantwortet: „Er hat sich mit deiner Erlaubnis verheiratet und ist verreist." Doch als er das ironische Lächeln Neros sah, wurde er über den ersten Gedanken stutzig und sagte: „Deine Einladung traf ihn nicht zu Hause an, Herr." – „Sage ihm, dass ich ihn gerne sehe", entgegnete Nero, „und trage ihm auf, er solle bei den Spielen nicht fehlen, in denen die Christen auftreten werden."

Diese Äußerung beunruhigte ihn, Lygias wegen, und es drängte ihn, nach Hause zu kommen. Es war dies aber nicht so leicht. Vor dem Hause des Tiberius stand ein dichter, tumultuarischer Volkshaufen, betrunken, wie auf seinem Wege zum Vortrage, wo ihm auf die Rufe der Träger: „Platz für den edlen Petronius", die Menge begeistert und mit Beifallklatschen auswich, aber nicht mehr tanzend wie vorhin, sondern wütend und schreiend: „Die Christen für die Löwen!" – „Wie das

Vieh!“, dachte Petronius bei sich, „Das Volk ist seines Kaisers wert.“ – „Ist der edle Vinicius zurückgekehrt?“, fragte er den Türhüter, und als dies der Sklave bejahte, fühlte er sich lebhaft enttäuscht. „Er hatte sich also nicht mehr retten können!“, dachte er und eilte, die Toga abwerfend, nach dem Atrium, wo Vinicius auf einem Dreifuß saß. – „Du bist zu spät gekommen?“, fragte Petronius. – „So ist es, sie wurde schon am Vormittag eingekerkert!“ – Ein kurzes Schweigen folgte. „Hast du sie gesehen?“ – „Ja!“ – „Wo ist sie?“ – „Im Mamertinischen Kerker!“

Petronius schauderte und sah Vinicius fragend an. Dieser verstand ihn. „Nein!“, sagte er. „Nein, sie ist nicht im Tullianum. Ich habe den Aufseher bestochen, und er überließ ihr seine Stube. Ursus liegt auf der Schwelle und bewacht sie.“ – „Warum hat sie Ursus wegführen lassen und sie nicht verteidigt?“ – „Es waren fünfhundert Prätorianer ausgerückt. ‚Der‘ Übermacht musste er weichen! Auch wehrte ihn Linus ab!“ – „Und Linus?“ – „Liegt im Sterben, deshalb ließ man ihn zurück.“ – „Und was beabsichtigt du jetzt?“ – „Sie retten oder mit ihr sterben! Auch ich glaube an Christus!“, sagte Vinicius scheinbar ruhig, doch traurig und niedergeschlagen, dass auch Petronius von Mitleid erfasst wurde. „Ich verstehe dich!“, sagte er, „Doch wie willst du sie retten?“ – „Ich habe die Wächter bestochen, um sie vor Belästigungen zu schützen, und ihr, wenn möglich, zur Flucht zu verhelfen!“ – „Und wann soll dies geschehen?“ – „Ich bekam zur Antwort, dies sei nicht möglich, da sie die Verantwortung fürchten. Würden jedoch die Gefängnisse mit den übrigen Christen angefüllt, dann wäre es eher zu bewerkstelligen, da in diesem Falle die Übersicht verloren gehe. Gehe du zum Kaiser und bitte ihn.“ Anstatt darauf zu antworten, ließ Petronius zwei dunkle Mäntel und zwei Schwerter bringen. „Nimm jetzt einen Mantel, ein Schwert und unterwegs erfährst du das Weitere“, sagte er, „stecke aber für den Wächter hunderttausend Sesterzien ein, gib schließlich auch mehr, wenn sie nur Lygia freilassen, sonst ist alles zu spät."

Kurz darauf waren beide auf der Straße. „Höre jetzt", sagte Petronius. „Ich selbst bin in Ungnade gefallen, weil ich die Christen verteidigte, mein Leben hängt nur an einem Faden, andernfalls hätte ich dir auch nicht geraten, mit Lygia zu fliehen. Das ist Poppäas Rache; weißt du noch, dass du ihre Liebe verschmäht hast?" Die Straßen waren wie ausgefegt um diese späte Stunde, und doch stießen sie noch auf einen trunkenen Gladiator, der an Petronius anrannte und rief: „Die Christen für die Löwen!" – „Armseliger Mensch", rief Petronius, „lasse dir raten und gehe deines Weges." – Der Gladiator jedoch fasste Petronius am Arm und rief: „Schreie mit mir: ‚Die Christen für die Löwen!', sonst drehe ich dir den Hals um!"

Doch Petronius, dessen Nerven schon aufs Äußerste gereizt waren, verlor die Geduld und stieß ihm mit den Worten: „Freund, du stinkst mir zu sehr nach Wein", sein kurzes Schwert in die Brust. Darauf nahm er Vinicius am Arm und sagte ganz gleichgültig: „Der Kaiser trug mir auf, dich zu benachrichtigen, du sollst an den Spielen teilnehmen, in denen die Christen auftreten werden. Weißt du, was dies bedeutet? Er will sich an deinem Anblick weiden, und wohl nur aus diesem Grunde hat man uns bisher verschont." Doch plötzlich, als sie zu dem Mamertinischen Kerker einbogen sagte Petronius: „Die Prätorianer! Zu spät!" Wirklich war das Gefängnis von einer doppelten Reihe Soldaten umschlossen. Die Morgendämmerung versilberte ihre Helme und die Spitzen ihrer Wurfspieße. Vinicius wurde weiß wie Marmor. „Gehen wir hin!", sagte er.

Bald hielten sie vor den Soldaten. Petronius, der ein ungewöhnliches Gedächtnis besaß, kannte nicht nur die Offiziere, sondern auch fast alle Prätorianersoldaten. Bald entdeckte er einen Bekannten, den Führer einer Kohorte, und winkte ihn zu sich heran. „Was ist denn dies, Niger?“, fragte er. „Habt ihr Befehl, das Gefängnis zu bewachen?“ – „Ja, edler Petronius, der Präfekt befürchtet, man könnte versuchen, die Brandstifter zu befreien.“ – „Seid ihr beordert, niemand einzulassen?“, forschte Vinicius. – „Nein. Die Bekannten dürfen die Gefangenen besuchen, und auf diese Weise bekommen wir noch mehr Christen.“ – „Dann lass mich hinein“, sagte Vinicius, und die Hand des Petronius drückend, bat er: „Geh zu Acte, ich werde kommen, um ihre Antwort zu vernehmen.“ – „Komm!“, versetzte Petronius. – In diesem Augenblicke ertönte Gesang aus den unterirdischen Räumen, sowie von jenseits der Gefängnismauern. Eine Hymne, erst leise und unverständlich, erklang immer stärker, Männer-, Frauen- und Kinderstimmen bildeten einen harmonischen Chor; das ganze Gefängnis begann in der Stille des Morgens zu erklingen gleich einer Harfe. Es waren jedoch nicht Töne der Sorge oder Verzweiflung; sie hörten sich im Gegenteil an wie Freude und Triumph. Erstaunt sahen die Soldaten drein. Der erste rosige und goldene Glanz zeigte sich gerade am Himmel.

Zwanzigstes Kapitel.

Der Ruf: „Die Christen für die Löwen!“ hallte in ganz Rom wider. Anfangs zweifelte niemand, dass sie wirklich die Brandstifter waren, und die Aussicht auf großartige Schauspiele machte den Gedanken auf Rache besonders verlockend. Außerdem war die Meinung verbreitet, dass die Götter den Einwohnern Roms zürnten, daher hatte der Brand diese Ausdehnung angenommen, und nun sollten Piacula dargebracht werden. Nach Beratung mit der Sibylle ordnete der Senat feierliche Begehungen, öffentliche Bitten zu Vulkan, Ceres und Proserpina an. Die Matronen opferten der Juno, und ganze Prozessionen zogen zum Meere nach Wasser und besprengten die Statuen dieser Göttin. Die verheirateten Frauen brachten Opfer dar und hielten Nachtwachen. Ganz Rom reinigte sich von den Sünden, opferte und söhnte sich aus mit den Unsterblichen. Jetzt legte man auch schon neue Straßen an, besorgte Fundamente für neue Wohnhäuser, Paläste, Tempel; mit großer Eile wurde jedoch ein großes hölzernes Amphitheater aufgeführt, in dem die Christen gemartert werden sollten. Aus allen Länderteilen und größeren italienischen Städten wurden wilde Tiere nach Rom gebracht. In Afrika wurden große Treibjagden veranstaltet, an denen sich die Stadtbewohner beteiligen mussten. Aus Asien brachte man Elefanten und Tiger, vom Nil Krokodile und Nilpferde, vom Atlas Löwen, aus den Pyrenäen Wölfe und Bären, aus Hibernien grimmige Hunde, Molosse aus Epirus und riesige Auerochsen aus Germanien.

Die Vorstellungen sollten alles bisher Dagewesene in den Schatten stellen, und Cäsar selbst wollte die Erinnerung an den Brand in dem Blute der Christen ertränken. Das aufgebrachte Volk war den Nachtwachen und den Prätorianern bei der Suche nach Christen behilflich, und es war nicht schwer, sie zu finden, da sie sich selbst zu erkennen gaben und keinen Widerstand leisteten. Die Widerstandslosigkeit vermehrte nur die Wut des Volkes, das ihren Gleichmut für Trotz hielt. Die Menge wurde rasend; es kam vor, dass Christen den Prätorianern genommen und in Stücke gerissen wurden. Die Frauen schleppte man an den Haaren in die Gefängnisse, die kleinen Kinder schlug man an die Mauer oder gegen Steine. Tausende von Menschen durchzogen am Tage und abends heulend die Straßen und suchten die Opfer zusammen. Vor den Gefängnissen wurden Lichter angezündet, Wein wurde in großen Mengen verabreicht, bacchantische Spiele und Tänze aufgeführt, und diesem schamlosen Treiben mussten die Gefangenen zusehen.

Tausende von Christen saßen in den Gefängnissen und anstatt zu weinen oder den göttlichen Imperator um Gnade anzuflehen, warteten sie geduldig auf ihren Tod und stimmten Lobgesänge zu ihrem einzig wahren Gott an. Auf dem Palatinus wusste man genau, dass auch Flavius, Domitilla, Pomponia Gräcina, Cornelius Pudens und Vinicius Christen waren, doch wagte man es der Menge nicht zu sagen, dass auch diese zu den Brandlegern gehörten. Während der nächsten Tage versuchte Vinicius alles Mögliche zur Rettung Lygias. Er suchte alle einflussreichen Augustianer auf, und er, der Stolze, bettelte um Hilfe. Dem Tigellinus ließ er seine sizilianischen Besitzungen anbieten, doch dieser lehnte alles ab, weil er es mit der Augusta nicht verderben wollte. Terpnos und Diodor strichen wohl große Summen ein, doch taten sie nichts für Vinicius. Mit Hilfe der Chrysotemis, die jetzt Vatinius Geliebte war, suchte man auch die Hilfe dieses Mannes zu gewinnen, wobei es weder an Versprechungen noch an Geld fehlte. Vatinius hinterbrachte es dem Kaiser, dass man ihn bestechen wolle, und nur Aliturus fühlte etwas Mitleid und wagte es, Nero an die eingekerkerte Jungfrau zu erinneren und für sie zu bitten, doch ohne Erfolg.

Da wollte Vinicius zum Kaiser und ihn um Gnade anflehen. Doch Petronius hielt ihn zurück. „Und was tust du, wenn er ‚Nein‘ sagt, oder mit einem Scherze antwortet oder mit einer schändlichen Drohung? Bedenke, was Sejans Tochter vor ihrem Tod über sich ergehen lassen musste!“ Auch Petronius hatte nichts unversucht gelassen; das Einzige, was zu erreichen war, bestand in Erleichterungen. Durch Acte, die Lygia im Gefängnis aufsuchte, bekam sie bessere Kleidung und Nahrung und wurde vor den Roheiten des ohnedies bestochenen Aufsehers geschützt. –

Und alles hatte fehlgeschlagen. Vinicius stieg sogar so weit hinab, dass er den Beistand der Freigelassenen und Sklaven Neros und Poppäas suchte; er bezahlte ihre leeren Versprechungen überreichlich und gewann scheinbar ihren Willen durch die freigebigsten Geschenke. Er suchte Poppäas ersten Gatten, Rufius Crispus, auf und erhielt einen Brief von ihm. Ihrem Sohne erster Ehe, Rufius, schenkte er eine Villa in Antium, damit aber ärgerte er nur den Cäsar, der seinen Stiefsohn hasste. Durch einen eigenen Eilboten sandte er einen Brief an Poppäas zweiten Gemahl, Otho, in Spanien. Er opferte Besitz und sich selber, bis er zuletzt einsah, dass er nur ein Spielzeug dieser Leute sei, dass es ihm leichter geworden wäre, Lygia zu befreien, wenn er sich ihrer Einkerkerung gegenüber gleichgültig gezeigt hätte. Und Petronius war derselben Überzeugung.

Indes folgte ein Tag nach dem anderen. Das Amphitheater war vollendet. Die Tesserä zu den, *Ludi matutini* genannten, Morgenspielen wurden verteilt. Wegen der unerhörten Zahl der Opfer sollten diesmal diese Morgenspiele tage-, wochen-, monatelang währen. Man konnte die Christen nicht mehr unterbringen, die Gefängnisse, hieß es, seien vollgepfropft und das Fieber wüte darin. Die gewöhnlichen Löcher für Sklaven waren überfüllt. So entstand die Furcht, es möchten sich Krankheiten über der Stadt verbreiten, darum Eile! Alle diese Gerüchte erreichten auch das Ohr des Vinicius und erstickten den letzten Hoffnungsstrahl in seinem Innern.

Wäre noch Zeit geblieben, so hätte er sich mit dem Gedanken, dass er noch etwas zu tun vermöge, täuschen können, aber die Zeit war dahin. Die Schauspiele mussten bald beginnen. Lygia konnte sich jeden Tag in einem Cuniculum des Zirkus befinden, dessen einziger Ausgang in die Arena führte. Vinicius, der nicht wusste, wozu sie das Schicksal und die Grausamkeit überlegener Macht bestimmt hatte, besuchte jeden Zirkus, bestach Wärter und Tierwärter und legte ihnen Pläne vor, die unausführbar waren. Zuletzt erkannte er selber, dass seine Arbeit nur mehr eines erreichen könne, ihr den Tod weniger schrecklich zu machen.

Und gerade dann war es ihm, als habe er statt des Gehirns glühende Kohlen im Kopfe. Er dachte auch gar nicht daran, sie zu überleben, sondern beschloss, mit ihr zu sterben. Doch fürchtete er, der Schmerz würde sein Leben enden, ehe noch die schreckliche Stunde käme. Auch seine Freunde sowie Petronius meinten, dass sich ihm jeden Tag das Reich der Schatten öffnen könne. Das Gesicht war düster und glich den in der Lararia aufbewahrten Wachsmasken. Aus seinen Zügen war jeder Ausdruck gewichen, es schien, als habe er kein Verständnis für das, was sich ereignet hatte und noch ereignen könnte. Sprach jemand mit ihm, so hob er die Hände mechanisch empor, und sie an die Schläfen drückend, sah er mit fragendem, erstauntem Blicke auf den Sprecher. Ganze Nächte verbrachte er mit Ursus vor Lygias Gefängnistür. Befahl sie ihm hinwegzugehen und zu ruhen, so kehrte er zu Petronius zurück und ging bis zum nächsten Morgen im Atrium auf und ab. Häufig fanden ihn die Sklaven mit ausgebreiteten Armen auf den Knien oder mit dem Antlitz auf der Erde liegend. Er betete zu Christus; denn Christus war seine einzige Hoffnung. Alles war ihm fehlgeschlagen. Nur ein Wunder konnte Lygia retten, darum schlug er die Stirne gegen die Steinfliesen und betete um das Wunder. Er wusste aber genug, um zu verstehen, dass des Petrus Gebet kräftiger sei als das seine.

Petrus hatte ihm Lygia versprochen, Petrus hatte ihn getauft, Petrus hatte Wunder gewirkt, Petrus sollte Hilfe und Befreiung bringen. Und in einer Nacht ging er aus, den Apostel aufzusuchen. Die Christen, von denen nur noch wenige frei geblieben waren, hielten diesen sorgfältig, sogar vor Brüdern, versteckt, damit ihn nicht einer der schwächeren im Geiste bewusst oder unbewusst verrate. Vinicius hatte in der allgemeinen Verwirrung und dem Unglück, bei seinen Anstrengungen, Lygia zu befreien, Petrus aus dem Gesichte verloren. Kaum einmal zwischen der Zeit seiner Taufe und dem Beginn der Verfolgung hatte er ihn gesehen. Er begab sich zu jenem Steinbrecher, in dessen Hütte er getauft worden war, und erfuhr dort, dass eine Zusammenkunft vor der Porta Salaria in einem Weingarten des Cornelius Pudens stattfinden werde. Der Mann bot ihm seine Führung an und sagte zugleich, dass er dort Petrus treffen könne. In der Dämmerung verließen sie das Haus, hatten bald die Mauern hinter sich und kamen durch schilfbewachsene, tiefer liegende Stellen zu dem in einer unbewohnten, einsamen Gegend gelegenen Weingarten. In einem Schuppen waren die Christen versammelt. Vinicius, näher kommend, hörte leise Gebete. Beim Eintritt sah er in einem düstern Lampenlicht gegen hundert Personen im Gebet versunken auf den Knien liegend. Sie beteten eine Art Litanei; ein Chor männlicher und weiblicher Stimmen wiederholte in kurzen Zwischenpausen: „Christus, erbarme dich unser!" Tiefe, rührende Trauer klang ihm aus diesem Flehen entgegen.

Petrus war da. Er kniete an ihrer Spitze vor einem hölzernen Kreuz, das an die Wand des Schuppens genagelt war, und betete. Vinicius erkannte aus der Ferne sofort sein weißes Haar und seine erhobenen Hände. Der erste Gedanke des jungen Mannes war, die Versammlung zu durchschreiten, sich dem Apostel zu Füße zu werfen und zu rufen: „Rette sie!" Beugte ihm aber der feierliche Eindruck des Gebetes oder Schwäche die Knie, gewiss ist, er ließ sich nieder und wiederholte seufzend und händeringend mit den anderen: „Christus, erbarme dich unser!" Wäre sein Geist freier gewesen, so hätte er bald herausgefunden, dass nicht sein Gebet einzig von Schmerzenslauten unterbrochen war, dass nicht er allein seinen Jammer, seine Unruhe, seine Kümmernisse hierher gebracht hatte.

In dieser Versammlung fand sich keine Seele, die nicht den Verlust teurer Personen zu beklagen gehabt hätte. Und als schon die eifrigsten und mutigsten Bekenner im Gefängnis waren, als jeden Augenblick neue Gerüchte von Beschimpfungen und Martern der Eingekerkerten laut wurden, als die Größe des Elends jede Vorstellung übertraf, als nur noch eine Hand voll Christen zurückblieb, da war kein Herz mehr zu finden, das nicht für seinen Glauben fürchtete, das nicht zweifelnd fragte: „Wo ist Christus? Warum lässt er das Böse mächtiger werden, als Gott ist?“ Dennoch flehten sie verzweifelt ihn um Erbarmen an, da in jedem Herzen noch ein Fünkchen Hoffnung glimmte, dass Christus kommen, Nero in den Abgrund schleudern und die Welt regieren werde. Noch blickten sie hoffend zum Himmel, noch beteten sie zitternd. Je öfter Vinicius die Worte wiederholen hörte: „Christus, erbarme dich unser!“, desto mehr fühlte er jene Wonne, die ihn einst in des Steinbrechers Hütte erfasst hatte. Jetzt rufen die Versammelten aus dem Abgrund ihrer Sorge zu Christus, jetzt ruft Petrus zu ihm; so mögen denn die Himmel zerreißen, möge die Erde bis in ihren Grund erzittern, und er erscheine in unendlicher Herrlichkeit, Sterne unter den Füßen, barmherzig, aber furchtbar. Er wird seine Getreuen aufrichten und den Abgründen befehlen, die Verfolger zu verschlingen. Vinicius bedeckte sein Gesicht mit beiden Händen und beugte sich zur Erde. Schweigen herrschte ringsum, Furcht schien den Atem der Anwesenden zurückzuhalten.

Vinicius glaubte, es müsse sich etwas ereignen, ein Wunder folgen. Er war fest überzeugt, beim Aufstehen und Öffnen der Augen ein Licht zu sehen, vor dem ein sterbliches Auge erblinden müsste, und eine Stimme zu hören, die die Herzen der Feinde verzagen machen würde. Aber das Schweigen blieb ungebrochen. Endlich vernahm man das Seufzen der Frauen. Vinicius erhob sich und sah mit verwirrten Blicken umher. Statt überirdischen Glanzes beleuchteten den Schuppen nur schwache Schimmer der Laternen, und die durch eine Lochöffnung hereindringenden Mondstrahlen erfüllten ihn mit silbernem Lichte. Die neben Vinicius Knienden erhoben ihre tränenvollen Augen schweigend zum Kreuze; zuweilen vernahm man noch Klagelaute und von draußen her die warnenden Rufe der Wache.

Da stand Petrus auf, wandte sich zu den Anwesenden und sagte: „Kinder, erhebet eure Herzen zum Erlöser und opfert ihm eure Tränen!“ Dann schwieg er. Auf einmal hörte man die sorgenvolle Klage einer schmerzgebeugten Frau: „Ich bin Witwe, ich hatte nur einen Sohn, der mich unterstützte. Gib ihn mir zurück, o Herr!“ Wieder folgte Schweigen. Petrus stand vor den knienden Zuhörern, sorgenschwer, die Verkörperung von Alter, von Schwäche. Eine zweite Stimme fing jetzt zu klagen an: „Ich allein bin meinen Kindern geblieben; wer wird ihnen Brot und Wasser geben, wenn ich ihnen genommen werde?“ Dann eine dritte: „Linus wurde erst geschont, jetzt haben sie ihn geholt und gemartert, Herr!“ Nun eine vierte: „Sobald wir nach unseren Häusern zurückkehren, werden uns Prätorianer ergreifen; wir wissen nicht, wo wir uns bergen sollen.“ –

Und dann rief die ganze Versammlung: „Weh uns! Wer wird uns beschützen?“ Und so hörte man in der Stille der Nacht Klage um Klage. Der greise Fischer schloss die Augen und schüttelte das greise Haupt ob all dem Kummer und dem menschlichen Schmerz. Neues Schweigen trat ein. Die Wächter gaben nur leise Zeichen nach dem Schuppen hin. Vinicius sprang wieder auf, als wolle er sich durch die Menge zum Apostel drängen und Rettung anflehen. Plötzlich sah er sich vor einem Abgrunde, der ihn erbeben machte. Wie, wenn der Apostel seine eigene Schwäche bekennen musste, bestätigen, dass der römische Cäsar stärker als Christus sei, der Nazarener? Bei diesem Gedanken entsetzte sich Vinicius, denn er fühlte, dass dann nicht nur seine letzte Hoffnung in den Abgrund sinke, sondern mit ihr er selber und alles, was seinem Leben Halt verliehen, und dass nur Nacht und Tod ihm bleiben würden, eine uferlose See.

Petrus begann nun wieder zu reden, anfänglich mit kaum vernehmbarer Stimme: „Meine Kinder! Auf Golgatha sah ich sie Gott ans Kreuz nageln. Ich hörte die Hammerschläge und sah das Kreuz erhöhen, damit das Volk das Schauspiel seines Todes sehen könne. Ich sah ihn sterben, und ich sah sie seine Weiche öffnen. Als ich von der Kreuzigung heimkehrte, rief ich im Schmerz, wie ihr rufet: ‚Wehe, wehe! O Herr, du bist Gott? Warum hast du solches zugelassen? Warum bist du gestorben, und warum hast du die Herzen derer betrübt, die da glaubten, dass dein Reich komme?‘ Aber er, unser Herr und Gott, ist am dritten Tage von den Toten auferstanden; er war bei uns, bis er mit großer Herrlichkeit in sein Reich einging. Und wir, die wir unsere Kleingläubigkeit einsahen, wurden stark im Geiste und säen seit jener Zeit seinen Samen.“ Dann wandte er sich jener Seite zu, von wo die erste Klage gekommen war, und sprach mit stärkerer Stimme:

„Warum beklagt ihr euch? Gott gab sich selbst der Marter und dem Tode hin, und ihr wollt nun, dass er euch bewahre? Ihr Kleingläubigen, habt ihr so seine Lehre aufgenommen? Hat er euch denn nichts als das Leben versprochen? Er kommt zu euch und spricht: ‚Folget mir nach!‘ Er hebt euch zu sich, und ihr klammert euch mit den Händen an diese Erde und rufet: ‚Herr, rette uns!‘ Vor Gott bin ich Staub, aber vor euch sein Apostel und Statthalter. Ich spreche zu euch im Namen Christi. Nicht Tod wartet auf euch, sondern das Leben, nicht Qual, sondern endlose Wonne, nicht Seufzer und Klage, sondern froher Gesang, nicht Dienstbarkeit, sondern Herrschaft. Ich, der Apostel des Herrn, sage euch: O Witwe, dein Sohn wird nicht sterben; er wird zur Herrlichkeit, zum ewigen Leben geboren, du wirst wieder mit ihm vereint werden! Euch, ihr Mütter, die sie von den Waisen reißen, euch, die ihr die Väter verliert, euch, die ihr euch beklagt, euch, die ihr den Tod geliebter Personen sehen müsst, euch, den Sorgenden, Unglücklichen, Furchtsamen, euch, die ihr sterben müsst, erkläre ich im Namen Christi, dass ihr aus dem Schlafe zu einem glücklichen Leben erwachen werdet, aus der Nacht zum Lichte Gottes. Lasst im Namen Christi die Binde von euern Augen fallen und eure Herzen sich erleuchten!"

Nach diesen Worten erhob er wie gebietend seine Hand, und sie fühlten neues Blut in ihren Adern und Zittern durch all ihre Gebeine, denn vor ihnen stand nicht ein schwacher, sorgenbeladener Greis, sondern ein gewaltiger Fürst, der ihre Seele hinriss und aus Erdenstaub und Schrecken hob, und „Amen!", rief eine große Stimmenzahl.

Aus des Apostels Augen strahlte ein immer helleres Licht, Macht ging von ihm aus, Majestät und Heiligkeit. Die Häupter beugten sich vor ihm. Die Verzagten ermannten sich, in die Zweifelnden ergossen sich Ströme des Glaubens. Einige riefen: „Hosianna!" andere: „Pro Christo!" Dann herrschte Schweigen. Sommerliches Wetterleuchten erhellte das Innere des Schuppens und die blassen, erregten Gesichter. Petrus, in seiner Vision verharrend, betete noch lange.

In die Wirklichkeit zurückgekehrt, sah er mit leuchtendem Gesichte, beseelt vom Geiste Gottes, auf die Versammlung und sprach: „Wie der Herr eure Zweifel gelöst hat, so werdet ihr in seinem Namen zum Siege gehen." Obwohl er wusste, dass sie siegen würden und was aus diesen Tränen sprießen werde, zitterte seine Stimme doch vor Bewegung, als er sie mit dem Kreuze segnete und sprach: „Ich segne euch jetzt, meine Kinder, die ihr zur Marter, zum Tode, zur Ewigkeit geht!" Sie umringten ihn und weinten. „Wir sind bereit!", waren ihre Worte, „Aber du, o heiliges Haupt, schütze du dich; denn du bist der Statthalter Christi und vollziehst dessen Amt.“ Bei diesen Worten ergriffen sie seinen Mantel; er aber legte ihnen die Hände aufs Haupt und segnete noch jeden einzeln, wie ein Vater seine Kinder, die er auf eine weite Reise schickt.

Dann verließen sie rasch den Schuppen, denn sie hatten Eile, um zuerst heim und von da in die Gefängnisse und nach der Arena zu kommen. Ihre Gedanken gehörten nicht mehr der Erde an, ihre Seelen hatten den Flug ins Jenseits genommen, so wandelten sie hin, wie in einem Traume, in der größten Bereitwilligkeit, die in ihnen wohnende Kraft der Wildheit und Grausamkeit der Bestien entgegenzusetzen. Marcus, der Diener des Pudens, nahm den Apostel mit sich und führte ihn auf einem geheimen Pfade des Weingartens zu seinem Hause. Begünstigt durch die Helle der Nacht, folgte ihnen Vinicius, und als sie die Hütte erreicht hatten, warf er sich plötzlich zu des Apostels Füßen. „Was wünschest du, mein Sohn?“, fragte Petrus, der ihn erkannte. Nach dem, was Vinicius im Weingarten gehört hatte, wagte er nicht mehr, Petrus um etwas zu bitten; er umklammerte nur seine Füße mit beiden Händen, drückte seine Stirn seufzend darauf und rief in dieser stummen Art dessen Mitleid an. „Ich kenne deinen Kummer. Sie ergriffen das Mädchen, das du liebst. Bete für sie!“ – „Herr“, schluchzte Vinicius, die Füße noch fester umschließend, „Herr, ich bin ein elender Wurm; aber du kanntest Christus. Bitte ihn – stelle dich auf ihre Seite.“ Und vor Schmerz zitterte er wie ein Blatt und schlug seine Stirne gegen die Erde; denn er kannte die Kraft des Apostels und wusste, dass dieser allein Lygia befreien könne.

Petrus war gerührt. Er erinnerte sich, wie das Mädchen, von Crispus angegriffen, auch einmal in ähnlicher Weise um Mitleid flehend, zu seinen Füßen gelegen hatte, er hatte es damals aufgehoben und getröstet. So machte er es jetzt mit Vinicius. „Mein Sohn“, sagte er, „ich will für sie beten. Sei jedoch eingedenk der Worte, die ich zu diesen Zweifelnden sprach, dass

Gott selber durch die Qual des Kreuzes in seine Herrlichkeit einging, dass nach diesem Leben ein anderes beginnt, ein ewiges.“ – „Ich weiß, ich habe es gehört“, entgegnete Vinicius, der blass und nach Atem ringend dalag; „aber du siehst, Herr, ich kann nicht mehr. Wird Blut gefordert, so flehe ich zu Christus, meines anzunehmen; ich bin Soldat. Er möge die für sie bestimmte Qual an mir verdoppeln, verdreifachen; ich will sie leiden, nur ihrer schone er. Sie ist noch ein Kind, und er ist mächtiger als der Cäsar; ich glaube, dass er mächtiger ist. Du selber liebtest Lygia, du segnetest uns. Sie ist noch ein unschuldig Kind!“ Wieder beugte er sich nieder, lehnte sein Gesicht an die Knie des Petrus und wiederholte: „Du kanntest Christus, Herr, du kanntest ihn. Er wird auch dich hören; stell dich auf ihre Seite!“

Petrus schloss die Lider und betete mit tiefem Ernste. Neuerdings erhellte das Wetterleuchten den Himmel. Vinicius sah in seinem Lichte auf des Apostels Lippen, das Urteil über Leben und Tod davon erwartend.

Durch die Stille klang Wachtelruf im Weingarten, und das einförmige, entfernte Geräusch der Tretmühlen in der Nähe der Via Salaria. „Vinicius“, fragte endlich der Apostel, „glaubst du?“ – „Würde ich hierher gekommen sein, wenn ich nicht glaubte?“, erwiderte Vinicius. – „Dann glaube bis ans Ende, denn der Glaube kann Berge versetzen. Solltest du jenes Mädchen selbst unter dem Schwert der Henker oder zwischen den Zähnen der Löwen sehen, so glaube dennoch, dass es Christus retten kann. Glaube und bete zu ihm, und ich will mit dir beten.“ Nun erhob er die Augen zum Himmel und betete mit lauter Stimme: „O barmherziger Christus, sieh auf das gequälte Herz und tröste es. O barmherziger Christus, mäßige den Sturm der Verfolgung um des Schwachen willen! O barmherziger Christus, der du den Vater batest, den bittern Kelch an dir vorübergehen zu lassen, lass ihn an diesem deinen Diener vorübergehen! Amen!" Vinicius hob die Hände zum Sternenhimmel empor und stimmte seufzend ein: „Ich bin dein; nimm mich statt ihrer!" – – Der Himmel begann sich im Osten aufzuhellen und Vinicius begab sich mit neuer Hoffnung nach dem Kerker. Zwar war die Verzweiflung in der Tiefe seiner Seele noch nicht ganz erloschen, doch bemühte er sich, nicht auf diese Stimme zu hören. Es schien ihm unmöglich, dass die Fürbitte des Statthalters Christi keine Erhörung finden sollte. So getraute er sich weder zu hoffen noch zu zweifeln. „Ich will an Christi Barmherzigkeit glauben, wenn ich auch Lygia im Rachen eines Löwen sehen müsste", sprach er bei sich. Und er glaubte, obschon seine Seele bebte und kalter Schweiß seine Schläfen bedeckte. Jeder Herzschlag wurde ihm zum Gebet. Er begann einzusehen, dass der Glaube Berge versetzen könne, fühlte er nun doch selber eine Kraft, die vorher nie in ihm gewesen war. Es war ihm, als vermöchte er jetzt etwas zu tun, das gestern noch unmöglich gewesen war. Zuweilen schien ihm jede Gefahr beseitigt. Sooft ihn Verzweiflung zu erfassen drohte, gedachte er jener Nacht und des greisen, zum Gebete himmelwärts gerichteten Antlitzes. „Nein, Christus wird seinen ersten Jünger, den Hirten seiner Herde nicht unerhört lassen. Ich will glauben." Und er eilte als Herold guter Kunde dem Kerker zu.

Aber etwas Unerwartetes begegnete ihm dort. Alle Prätorianer, denen die Wache vor dem Mamertinischen Kerker oblag, kannten ihn und machten ihm in der Regel keine Schwierigkeiten. Diesmal aber öffnete sich ihre Reihe nicht, sondern ein Zenturio trat vor und sagte: „Verzeih, edler Herr! Wir haben heute Befehl, niemand einzulassen." – „Befehl?", wiederholte Vinicius erblassend. Der Soldat blickte ihn mitleidig an und erwiderte: „Ja, Herr, Befehl des Kaisers. Es sind viele Kranke im Kerker, sodass man wohl fürchtet, Besucher möchten Krankheit in die Stadt tragen." – „Du sagtest aber, der Befehl ist für heute?" – „Die Wache wird am Mittag abgelöst."

Vinicius entblößte schweigend sein Haupt, denn der Pileolus schien ihm wie Blei zu bedrücken. Der Zenturio trat näher und sagte mit gedämpfter Stimme: „Beruhige dich, Herr, der Wächter und Ursus schützen sie." So sprechend, verbeugte er sich und hatte im Nu mit seinem Schwerte auf den Steinfliesen die Form eines Fisches gezeichnet. Vinicius blickte in forschend an. „Und du bist Prätorianer?"

„Bis auch ich dort wohne", antwortete er, nach dem Kerker deutend. – „Auch ich bete Christus an." – „Sein Name sei gepriesen! Ich darf dich leider nicht einlassen, doch schreib einen Brief, so will ich ihn dem Wächter übergeben." – „Hab Dank, Bruder." Dem Zenturio die Hand drückend, entfernte er sich. Die Morgensonne beschien die Kerkermauern. Mit ihren Strahlen drang Zuversicht neuerdings in sein Herz ein. Jener christliche Prätorianer war ihm ein neuer Beweis der Allmacht Christi.

Zu Hause fand er Petronius, der wie gewöhnlich die Nacht in Tag umgewandelt hatte und vor kurzem heimgekehrt war. Eben hatte er sich gebadet und gesalbt, um schlafen zu gehen. „Ich habe Neuigkeiten für dich", rief er seinem Neffen zu. „Heute besuchte ich Tullius Senecio, bei dem auch der Cäsar war. Ich weiß nicht, warum Poppäa den kleinen Rufius mitnahm, wohl um Cäsars Herz durch seine Schönheit zu besänftigen. Unglücklicherweise war das Kind müde und schlummerte ein, während Nero vorlas, gerade wie es einst Vespasian erging. Feuerbart bemerkte es und schleuderte einen Becher nach seinem Stiefsohn. Das Kind ist schwer verwundet, Poppäa wurde ohnmächtig; der Cäsar aber sagte laut, sodass es alle hörten: ‚Ich habe diese Brut satt!' – Dies bedeutet Tod, wie du weißt." – „Das Strafgericht Gottes hing über der Augusta", antwortete Vinicius. „Doch weshalb erzählst du mir das?" – „Weil Poppäas Zorn dich und Lygia verfolgte. Mit ihrem eigenen Unglück beschäftigt, verzichtet sie vielleicht jetzt auf

Rache und lässt sich leichter beeinflussen. Ich will sie diesen Abend besuchen."

„Hab Dank. Du gibst mir neue Hoffnung." – „Bade jetzt und geh dann zur Ruhe. Deine Lippen sind blau." – „Ist der Tag des ersten Spieles noch nicht bestimmt?", fragte Vinicius. – „In zehn Tagen soll er stattfinden. Doch kommen vor dem Mamertinischen andere Kerker an die Reihe. Je mehr wir Zeit gewinnen, umso besser. Noch ist nicht alles verloren."

Jedoch glaubte er das selber nicht, denn seitdem der Kaiser dem Aliturus jene Antwort gegeben hatte, worin er sich mit Brutus verglich, wusste Petronius, dass Lygia nicht zu retten sei. Auch verschwieg er mitleidig, dass der Cäsar und Tigellinus beschlossen hatten, die schönsten unter den christlichen jungen Frauen für sich auszuwählen, um sie vor der Marter zu schänden; die anderen sollten am Tag der Spiele Prätorianern und Tierhütern überlassen werden. Petronius war überzeugt, Vinicius würde Lygia in keinem Falle überleben, darum bemühte er sich absichtlich, ihm Hoffnung einzuflößen, zunächst aus Zuneigung zu seinem Neffen, dann aber auch, weil er wünschte, dass Vinicius, wenn er doch sterben sollte, nicht von Nachtwachen und Schmerz abgehärmt und entstellt, sondern in Schönheit sterbe. „Heute Abend will ich also ungefähr so zu Augusta sprechen", sagte er: ‚Rette dem Vinicius seine Lygia, so will ich dir Rufius retten.' – Und ich werde Wort zu halten suchen. Ein Wort zu Feuerbart im rechten Augenblick gesprochen, kann ihn retten und verderben. Im schlimmsten Falle gewinnen wir Zeit." – „Ich danke dir", erwiderte Vinicius. – „Du dankst mir am besten durch Essen und Schlafen. Bei Athene! In den größten Gefahren dachte Odysseus an Speise und Schlaf. Du aber warst natürlich die ganze Nacht im Kerker?" – „Nein. Ich wollte diesen Morgen hingehen; allein die Wache hat Befehl, niemand einzulassen. Forsche nach, Petronius, ob der Befehl nur für heute oder bis zum Tag der Spiele gilt.“ – „Ich werde mich heute erkundigen und dir morgen früh mitteilen, warum und für wie lange der Befehl gegeben wurde. Doch nun muss ich schlafen, und wenn auch Helios selber vor Trauer in die kimmerischen Regionen herabzusteigen im Begriffe wäre. Folge meinem Beispiele.“

So trennten sie sich. Vinicius aber begab sich in das Bücherzimmer und schrieb einen Brief an Lygia, den er darauf selber dem Zenturio überbrachte. Dieser trug ihn sogleich ins Gefängnis und kehrte bald mit einem Gruße Lygias zurück, wobei er versprach, ihm heute noch ihre Antwort zu überreichen. Vinicius ging nicht nach Hause, sondern setzte sich auf einen Steinblock, um auf Lygias Brief zu warten. Die Sonne stand schon hoch; die Leute strömten haufenweise durch den Clivus Argentarius dem Forum zu. Hausierer riefen ihre Waren aus, Wahrsager boten Vorübergehenden ihre Dienste an, Bürger eilten den Rostrā zu, um Redner zu hören und gegenseitig Neuigkeiten auszutauschen. Als die Hitze zunahm, versammelten sich Scharen von Müßiggängern unter den Vorhallen der Tempel und verscheuchten von dort eine Menge Tauben, deren weiße Federn im Sonnenlicht glänzten, wenn sie, die Flügel schlagend, davonflogen. Hitze, Lärm und Müdigkeit übermannten Vinicius. Er schloss die Augen. Das eintönige Schreien Mora spielender Knaben und der gemessene Schritt der Wachen schläferten ihn ein. Einige Zeit kämpfte er dagegen an, indem er sich bestrebte, den Blick an das Gefängnis zu heften, endlich aber lehnte er sich an einen Stein, seufzte wie ein nach langem Weinen schläfriges Kind und entschlummerte. Bald stellten sich Träume ein.

Es war ihm, als trage er Lygia bei Nacht auf seinen Armen durch einen unbekannten Weinberg. Vor ihm erhellte Pomponia mit einer Lampe den Weg. Eine Stimme gleich der des Petronius rief fern hinter ihnen: „Komm zurück!“, er achtete jedoch nicht auf diesen Ruf, sondern folgte Pomponia noch bis zu einer Hütte, auf deren Türschwelle die Gestalt des Apostels Petrus sichtbar war. Er zeigte Petrus seine Last und sagte: „Herr, wir kommen von der Arena und vermögen sie nicht aufzuwecken. Wecke du sie!“ Und der Apostel antwortete: „Christus selbst wird kommen, um sie aufzuwecken.“ Die Traumbilder wechselten.

Er sah Nero und Poppäa. Sie hielt den kleinen Rufius in den Armen, während Petronius den blutenden Kopf des Kindes wusch; er sah Tigellinus Asche auf köstliche Gerichte streuen, worauf Vitellius diese Speisen gierig verschlang. Eine Menge Augustianer saßen an der Tafel. Er selber befand sich an der Seite Lygias. Zwischen den Tischen liefen Löwen umher, deren Mähnen von Blut trieften, Lygia bat ihn, er möge sie entfernen, allein er war so kraftlos, dass ihm jedes Glied versagte. Immer wirrer wurden die Bilder, bis endlich alles in Finsternis versank.

Die Hitze und der Lärm auf dem Platze erweckten Vinicius schließlich aus dem tiefen Schlafe. Er rieb sich die Augen, die Straße wimmelte von Menschen. Zwei Läufer in gelben Tuniken stießen die Männer mit langen Stäben beiseite, um einer kostbaren Sänfte den Weg zu bahnen. Sie wurde von vier kräftigen Ägyptern getragen. In der Lectica saß ein Mann, in weiße Gewänder gehüllt. Sein Gesicht war nicht erkennbar; denn er hatte eine Papyrusrolle vor Augen und las offenbar mit Aufmerksamkeit. „Platz für den edeln Augustianer!“, schrien die Läufer. Doch die Straße war so belebt, dass die Sänfte eine Weile zu halten hatte. Der Augustianer legte die Rolle weg, beugte sich hinaus und schrie: „Stoßt die Schufte weg. Vorwärts!“ Vinicius erblickend, zog er eilig den Kopf zurück und verbarg sich hinter dem Papyrus. Vinicius aber fuhr mit der Hand über die Stirn, um sich zu überzeugen, dass er nicht träume. In der Sänfte saß Chilon.

Inzwischen hatten die Läufer den Weg freigemacht, und die ägyptischen Sklaven standen im Begriff, weiterzugehen, als der junge Tribun, der auf einmal vieles bis jetzt Unverständliches begriff, an die Sänfte trat. „Sei gegrüßt, Chilon!“, sagte er. – „Junger Mann“, erwiderte der Grieche stolz und vornehm, indem er sich bemühte, eine Ruhe zu zeigen, die er nicht besaß, „Seid gegrüßt, doch halte mich nicht auf; denn ich muss zu meinem Freunde, dem edlen Tigellinus.“ Vinicius hielt den Rand der Sänfte fest, blickte ihm forschend ins Auge und fragte mit leiser Stimme: „Hast du Lygia verraten?“ – „Koloss von Memnon!“, rief Chilon erschrocken.

Allein es lag nichts Drohendes in den Augen des Vinicius, sodass die Angst des Alten nicht anhielt. Er wusste sich unter dem Schutze des Cäsar und Präfekten, also unter dem Schutze einer Macht, vor der alle zitterten; er wusste sich von starken Sklaven umgeben und sah Vinicius unbewaffnet und abgehärmt vor sich stehen. Seine Keckheit kehrte zurück. Mit einem Blick auf des Vinicius gerötete Augen flüsterte er: „Als ich vor Hunger sterben wollte, ließest du mich peitschen!“ – Schweigen folgte; endlich entgegnete Vinicius wehmütig: „Ich tat dir Unrecht, Chilon.“ Der Grieche knipste mit den Fingern, was in Rom Verachtung bedeutete. Laut, sodass es alle Umstehenden hören konnten, sagte er dann: „Mein Freund, wenn du eine Bittschrift einzureichen hast, so komme morgen früh in meine Wohnung auf dem Esquilin. Nach dem Bade pflege ich Gäste und Klienten zu empfangen.“ Er gab ein Zeichen, worauf die Sklaven die Lectica aufnahmen. Die Läufer in den gelben Tuniken schwangen ihre Stäbe und riefen: „Platz für den edeln Chilon Chilonides, Platz! Platz!“

Einundzwanzigstes Kapitel.

Lygia nahm in einem langen, eilends geschriebenen Briefe Abschied von Vinicius. Sie wusste, dass niemand Zutritt zum Gefängnis habe und sie ihn nur von der Arena aus noch einmal sehen werde. Sie bat ihn darum, ausfindig zu machen, wann die Reihe an das Mamertinische Gefängnis käme, und bei den Spielen in der Arena zu sein, weil sie ihn noch einmal im Leben sehen möchte. Keine Spur von Furcht sprach aus ihrem Briefe. Sie schrieb, dass sie sich mit den anderen Christen nach der Arena sehnte, wo ihnen Befreiung werde aus der Gefangenschaft. Sie hoffe auch Pomponia und Aulus dort zu sehen und bitte sie, zu erscheinen. Aus jedem Wort sprach Entzücken und jene Losschälung vom Leben, die alle Gefangenen auszeichnete, jener unerschütterliche Glaube an die Verheißungen jenseits des Grabes. „Ob mich Christus noch in diesem Leben freimacht, oder ob es erst durch den Tod geschieht“, schrieb sie, „ist gleich; er hat mich durch den Mund des Apostels dir versprochen, und darum bin dein.“

Auch bat sie ihn dringend, ihretwegen nicht bekümmert zu sein, sich nicht vom Schmerze übermannen zu lassen. Ihr Tod sei keine Auflösung des Verlöbnisses. Mit dem Vertrauen eines Kindes versicherte sie Vinicius, dass sie gleich nach ihrer Marter in der Arena Christus sagen werde, ihr Verlobter Marcus sei in Rom geblieben und sehne sich von Herzen nach ihr. Und Christus, meinte sie, werde ihrer Seele vielleicht erlauben, einen Augenblick zu ihm zurückzukehren, ihm mitzuteilen, dass sie lebe, ihrer Qualen nicht mehr gedenke und selig sei.

Ihr ganzer Brief atmete Glück und zuversichtliche Hoffnung. Nur eine Bitte enthielt er, die sich noch mit irdischen Angelegenheiten verknüpfte. Ihr Vinicius solle ihren Leib aus dem Spoliarium nehmen und ihn gleich dem seiner Frau an jenem Orte begraben, wo er selber einst ruhen wolle. Er las diesen Brief mit tiefem Schmerze; zugleich aber schien es ihm unmöglich, dass Lygia unter den Krallen der Bestien zu Grunde gehen könnte, dass sich Christus ihrer nicht erbarmen sollte. Auf ihn gründete sich seine Hoffnung, sein Vertrauen. Zu Hause angelangt, schrieb er, dass er jeden Tag zu den Toren des Gefängnisses kommen wolle, bis Christus die Mauern stürze und ihm seine Lygia zurückgebe. Er empfahl ihr zu glauben, dass Christus sie ihm selbst im Zirkus geben könne, dass der große Apostel den Herrn darum gebeten habe, und dass die Stunde der Befreiung nahe sei. Der bekehrte Zenturio sollte ihr diesen Brief am Morgen bringen.

Als Vinicius in der Frühe zum Gefängnisse kamen, verließ der Zenturio seinen Posten, näherte sich ihm und sprach: „Höre mich, Herr! Christus, der dich erleuchtete, hat dir eine Gnade erwiesen. Vergangene Nacht kamen Freigelassene des Cäsars und des Präfekten, um christliche Mädchen zur Entehrung auszusuchen. Sie erkundigten sich nach deiner Verlobten; aber unser Herr hat ihr tödliches Fieber gesandt, und sie verließen sie. Gestern Abend war sie bewusstlos. Gepriesen sei der Name des Erlösers; denn die Krankheit, die sie vor Schande bewahrte, mag sie vom Tode erretten!“ Vinicius hielt sich mit der Hand an des Soldaten Schulter, um nicht zu sinken; dieser aber fuhr fort: „Danke der Barmherzigkeit des Herrn! Sie ergriffen und marterten Linus; als sie aber sahen, dass er sterben werde, kümmerten sie sich nicht mehr um ihn. Jetzt kannst du Lygia noch bekommen, und Christus wird ihr die Gesundheit wiedergeben.“ Der junge Tribun stand einige Zeit mit gesenktem Haupte; dann richtete er sich auf und sagte leise: „Das ist gewiss, Zenturio! Christus, der sie vor Schande bewahrte, wird sie auch vom Tode retten." Er blieb bis zum Abend vor den Toren des Gefängnisses sitzen, dann kehrte er heim, um durch seine Leute Linus holen und in eine seiner vorstädtischen Villen bringen zu lassen.

Als Petronius alles erfahren hatte, beschloss er, gleichfalls zu handeln. Er hatte die Augusta schon besucht und ging jetzt ein zweites Mal zu ihr. Sie befand sich am Bett des kleinen Rufius. Das Kind lag mit verletztem Kopfe im Fieber. Die Mutter, voll Schrecken und Verzweiflung, versuchte, dies ihr so teure Leben zu erhalten, glaubte jedoch, dass, wenn ihr dies gelinge, sie bald einen noch schrecklicheren Tod zu erdulden haben werde. Ausschließlich mit ihrem eigenen Leid beschäftigt, wollte sie nichts von Vinicius und Lygia hören; aber Petronius schüchterte sie ein.

„Du hast", sagte er zu ihr, „eine neue, unbekannte Gottheit beleidigt. Du, Augusta, bist, wie es scheint, eine Verehrerin des hebräischen Jehovah; aber die Christen behaupten, Christus sei dessen Sohn. Überlege darum, ob dich der Zorn des Vaters nicht verfolge! Wer weiß, ob es nicht seine Rache ist, die dich trifft? Wer weiß, ob das Leben des Rufius nicht von deiner Handlungsweise abhängt?" – „Was verlangst du, dass ich tun soll?", fragte Poppäa erschreckt. – „Die beleidigte Gottheit versöhnen." – „Womit?" – „Lygia ist krank; mach deinen Einfluss auf den Cäsar geltend, sie dem Vinicius zurückzugeben." – „Glaubst du, dass mir dies gelingen könnte!", meinte sie verzweifelt. – „Du kannst noch etwas anderes tun. Wenn Lygia genest, muss sie sterben. Gehe zum Tempel der Vesta und fordere von der Virgo magna, dass sie sich beim Tullianum gerade zur Zeit einfinde, wenn die Gefangenen zum Tode geführt werden, und befehle, Lygia freizulassen. Die Oberpriesterin wird dich nicht abweisen." – „Wenn aber Lygia dem Fieber erliegt?" – „Christen behaupten, dass Christus wohl Rache nimmt, aber gerecht ist. Daher mag es sein, dass du ihn durch den Willen allein schon besänftigst." – „Veranlasse ihn, mir ein Zeichen zu geben, dass er Rufius heilen will."

Petronius zuckte die Achseln. „Ich bin nicht als sein Gesandter gekommen, o Gottheit; ich sage dir nur: Setze dich in besseres Einvernehmen mit den Göttern, den römischen und den fremden." – „Ich will gehen", sagte Poppäa mit gebrochener Stimme. – Petronius schöpfte tief Atem. „Vielleicht habe ich etwas erreicht", dachte er, und sagte nach seiner Rückkehr zu Vinicius: „Bitte zu deinem Gott, dass Lygia nicht am Fieber stirbt; denn sollte sie am Leben bleiben, so wird die erste Vestalin befehlen, sie freizugeben. Die Augusta selbst wird es von ihr fordern." – „Christus wird sie freimachen", antwortete Vinicius mit fieberglänzenden Augen. –

Poppäa, die für die Genesung des Rufius allen Göttern der Welt Hekatomben opfern wollte, ging noch denselben Abend über das Forum zu den Vestalinnen; die Pflege des kranken Kindes hatte sie ihrer getreuen Amme Silvia überlassen, die auch die Augusta selber schon erzogen hatte. Aber auf dem Palatin war das Urteil über den armen Rufius schon gefällt, und kaum war Poppäas Sänfte hinter dem großen Tore verschwunden, so traten zwei Freigelassene in das Zimmer ihres Sohnes. Einer von ihnen stürzte sich auf die alte Silvia und knebelte sie; der andere ergriff eine Bronzestatue der Sphinx und betäubte damit die Greisin mit dem ersten Schlag. Dann näherten sie sich dem Rufius. Der kleine, fiebergequälte, bewusstlose Knabe, der nicht wusste, was um ihn vorging, lächelte sie an und blinzelte mit seinen schönen Augen, als versuche er, sie zu erkennen. Sie jedoch nahmen der Amme den Gürtel ab, wanden ihn um seinen Nacken und erdrosselten ihn. Das Kind rief noch einmal nach seiner Mutter und starb leicht. Sie wickelten es in ein Tuch, setzen sich auf die harrenden Pferde und eilten nach Ostia, wo sie den Leichnam ins Meer warfen. Poppäa hatte die Virgo magna nicht getroffen, weil diese mit den anderen Vestalinnen bei Vatinius war, und kehrte deshalb bald zurück. Beim Anblick des leeren Bettes und der totenstarren Silvia fiel sie in Ohnmacht, und als man sie ins Bewusstsein zurückgerufen hatte, begann sie laut zu schreien; ihre wilden Schmerzensrufe erschallten die ganze Nacht und den folgenden Tag. Am dritten Tage befahl ihr Nero, beim Festmahle zu erscheinen. Und sie erschien. Schön, stumm und unheildrohend saß sie in der amethystfarbenen Tunika wie ein Todesengel an seiner Seite. – – –

Bevor die Flavier das Kolosseum erbauten, wurden die Amphitheater in der Regel aus Holz errichtet und gingen während des Brandes zu Grunde. Nero ließ für die neuen Amphitheater riesige Stämme von den Abhängen des Atlasgebirges übers Meer und den Tiber hinaufschaffen. Tausende von Arbeitern wurden an den großen Amphitheatern Tag und Nacht beschäftigt. Das Volk erzählte sich Wunder von der Pracht der Ausschmückung. Es funkelte überall von Bronze, Bernstein, Perlmutter, Elfenbein und Schildpatt; längs der Sitze waren Kanäle angebracht, deren eiskaltes Gebirgswasser eine wohltuende Kühle verbreitete, und ein riesiges, purpurfarbiges Velarium schützte vor der brennenden Sonne. In gewissen Abständen waren Räucherständer aufgestellt, an denen arabische Wohlgerüche verbrannt wurden, oberhalb der Bänke befanden sich Werkzeuge zum Bespritzen der Zuschauer mit Safrantau und Verbena. Die berühmten Baumeister Severus und Celer wandten ihr ganzes Wissen und ihre ganze Geschicklichkeit an, um einen den größten Anforderungen entsprechenden Bau aufzuführen. Am Tage der ersten Vorstellung fand sich das Volk in solcher Menge ein, dass das Hineinströmen stundenlang dauerte. Die wilden Tiere wurden schon seit zwei Tagen nicht mehr gefüttert; man zeigte ihnen blutige Fleischstücke vor den Gittern, um ihren Hunger und ihre Wut zu steigern.

Bisweilen erklang ein solcher Sturm wilden Geheuls, dass die vor dem Zirkus Wartenden ihr eigenes Wort nicht mehr hörten und die weniger Gefühllosen vor Schreck erblassten. Bei Tageseinbruch erschollen aus dem Kerker des Zirkus laute, ruhig gesungene Hymnen. Das Volk horchte erstaunt auf und rief: „Die Christen! Die Christen!" In der Tat waren die Nacht zuvor Abteilungen der Christen ins Amphitheater gebracht worden; doch nicht, wie anfänglich geplant, aus einem Gefängnisse, sondern aus jedem einige.

Man wusste, die Spiele würden Wochen und Monate dauern, dennoch wurden Zweifel laut, ob man an einem Tage mit den für heute bestimmten Christen fertig werden würde. Die Morgenhymne erklang von so viel Männer-, Frauen- und Kinderstimmen, dass erfahrene Zuschauer behaupteten, selbst wenn hundert oder zweihundert zugleich in die Arena gestoßen würden, müssten die Bestien müde und satt werden und wären nicht im Stande, alle Opfer vor der Nacht zu zerreißen. Andere meinten, eine allzu große Zahl von Opfern würde nur die Aufmerksamkeit zerstreuen und den Genuss des Ganzen beeinträchtigen.

Je näher der Augenblick kam, wo sich die Zugänge zum Innern öffnen sollten, desto angeregter und freudiger wurde die Menge. Man tauschte gegenseitige Ansichten über diesen und jenen Punkt aus. Es bildeten sich Parteien, die darüber stritten, ob Löwen oder Tiger im Zerfleischen mehr leisten könnten. Da und dort wurden Wetten angeboten und angenommen. Andere besprachen die Gladiatoren, die vor den Christen aufzutreten hatten. Auch hierüber bildeten sich Parteien, je nachdem man den Samnitern oder den Galliern, den Mirmillionen, den Thraziern oder den Retiarii den Sieg voraussagte. Früh morgens erschienen Abteilungen von Gladiatoren unter Führung ihrer Lehrmeister vor dem Amphitheater. Um nicht zu früh zu ermatten, gingen sie unbewaffnet, zum Teil ganz nackt, zum Teil große Zweige tragend, oder blumenbekränzt, jung, schön, strotzend von Kraft. Ihre gestählten Körper schienen aus Marmor gemeißelt und riefen das Entzücken derer wach, die Freunde schöner Körperformen waren. Viele wurden beim Namen gerufen: „Willkommen, Furnius!“ – „Willkommen, Leo!“ – „Willkommen, Maximus!“ – „Willkommen, Diomedes!“ Junge Mädchen blickten bewundernd zu ihnen auf; sie suchten sich das schönste Mädchen aus und antworteten mit Scherzen, als ob sie keine Sorge drücke, warfen Kusshände hin oder riefen: „Umarme mich, bevor mich der Tod umarmt!“ Dann verschwanden sie hinter den Toren, die sich für manchen von den Gladiatoren nicht wieder öffnen sollten.

Neue Erscheinungen fesselten die Blicke der harrenden Volksmasse. Hinter den Gladiatoren erschienen viele mit Geißeln bewaffnete Mastigophoroi, deren Amt es war, die Kämpfenden mit Peitschenhieben aufeinanderzuhetzen. Hierauf sah man Esel Karren ziehen, auf denen Holzsärge aufgeschichtet lagen; sie zogen dem Spoliarium zu. Aus der Zahl dieser Särge schlossen die Zuschauer auf die Größe des Schauspiels. Nun traten durch das Tor jene Männer, die die Verwundeten zu töten hatten; sie waren so gekleidet, wie man sich Charon oder Merkur vorstellte. Ihnen folgten die Aufseher und Platzanweiser, Sklaven, um Speise und Erfrischungen herumzutragen, und die Prätorianer, ohne deren Schutz Nero sich niemals ins Amphitheater wagte.

Endlich öffneten sich die Vomitorien, und die Menge strömte in die Mitte des Zirkus. Stundenlang floss dieser lebendige Strom, ohne dass sich das Riesengebäude als zu klein erwiesen hätte. Das Geheul der wilden, die menschlichen Ausdünstungen witternden Tiere wurde immer wütender. Dadurch, dass sich jeder seinen Sitz aussuchte, entstand ein Lärm, als ob ein sturmgepeitschtes Meer hier brande. Jetzt erschien, von einer Wache umgeben, der Stadtpräfekt. Nach ihm strömten in ununterbrochener Reihe die Sänften von Senatoren, Konsuln, Prätoren, Ädilen, Regierungs- und Palastbeamten, Prätorianeroffizieren, Patriziern und vornehmen Damen herein. Einigen Sänften gingen Liktoren mit den Falzes voran, andern Scharen von Sklaven. Die Vergoldung der Sänften glitzerte im Sonnenschein, desgleichen glänzten die weißen und bunten Gewänder, die Federn, Ohrringe, die Juwelen und der Stahl der Liktorenbündel. Schreiend begrüßte das Volk die Würdenträger. Von Zeit zu Zeit langten neue Abteilungen von Prätorianern an. Etwas später erschienen die Priester der verschiedenen Tempel; erst nach diesen wurden die geheiligten Jungfrauen Vestas, von Liktoren begleitet, hereingetragen.

Die Menge harrte nur noch auf Nero, nach dessen Ankunft das Schauspiel beginnen sollte. Um sich die Volksgunst zu erhalten, ließ Nero nicht lange auf sich warten. Mit ihm kamen Poppäa und die Augustianer. Unter den Augustianern befanden sich Petronius und sein Neffe. Vinicius wusste Lygia krank und bewusstlos; allein da während der letzten Tage jeder Besuch im Gefängnis untersagt gewesen war, und die Wachen durch andere ersetzt worden, die nicht den geringsten Verkehr zwischen Gefangenen und Besuchern dulden durften, war der Tribun nicht gewiss, ob sie nicht zu den Opfern dieses ersten Tages gehöre. Man könnte auch ein krankes ohnmächtiges Weib den Löwen vorwerfen. Da jedoch die Christen, in Tierfelle eingenäht, massenweise die Arena betreten sollten, würde niemand sehen, ob einige mehr oder weniger darunter seien, von einer Erkennung gar nicht zu sprechen. Die Gefängniswärter waren zwar bestochen; mit den Türhütern war ein Handel abgeschlossen worden, wonach sie Lygia in einen dunkeln Winkel verbergen und sie nachts einem Vertrauten des Vinicius übergeben sollten, der sie dann schleunigst in die Albanerhügel zu bringen hatte.

Petronius, ins Geheimnis gezogen, riet Vinicius, mit ihm ins Amphitheater zu gehen, dort im Gedränge zu verschwinden und sich dann in die Gewölbe zu schleichen, um dort, damit jede Verwechslung ausgeschlossen sei, den Wärtern Lygia zu zeigen. Die Wärter ließen ihn durch ein kleines Tor eintreten, dass sie selbst auch benutzten. Einer davon, mit Namen Cyrus, führte ihn sogleich zu den Christen. Unterwegs sagte er: „Ich weiß nicht, Herr, ob du finden wirst, was du suchst. Wir fragten nach einem Mädchen, das Lygia heißt, erhielten aber keine Antwort. Vielleicht traut man uns nicht." – „Sind ihrer viele?", fragte der Tribun. – „Viele müssen bis morgen warten." – „Sind Kranke darunter?" – „Keiner, der nicht stehen kann."

Cyrus schloss eine Tür auf. Sie betraten einen weiten, doch niedrigen und finsteren Raum: Das Gitter zwischen der Arena und diesem Raume war die einzige Lichtquelle. Vinicius sah nichts; er hörte nur murmelnde Stimmen aus der Nähe und den wilden Lärm im Zuschauerraume. Als er sich an die Dunkelheit gewöhnt hatte, erblickte er ganze Scharen fremdartiger, Wölfen und Bären gleichender Wesen. Es waren in Tierhäute eingenähte Christen. Einige standen, andere knieten im Gebete. Da und dort erkannte man an den langen, über das Fell herabfallenden Haaren ein Weib. Frauen, die wie Wölfe aussahen, hielten in zottige Hüllen genähte Kinder in den Armen. Doch aus den Fellen ragten heitere Gesichter hervor und Augen, die vor Freude und Fieber glänzten. Es war augenscheinlich, dass der größere Teil dieser Menschen nur einen überirdischen Gedanken hatte, einen Gedanken, der sie gleichgültig gegen alles um sie herum machte. Einige, bei denen sich Vinicius nach Lygia erkundigte, blickten ihn an, als störe er sie aus dem Schlafe, und gaben keine Antwort; andere legten lächelnd den Finger vor die Lippen oder deuteten nach dem Gitter. Da und dort erschraken Kinder vor dem Geheule der

Bestien und dem Lärm im Amphitheater und schrien laut. Neben Cyrus ging Vinicius umher, forschte in den Gesichtern, stieß bisweilen mit dem Fuße an Ohnmächtige, denen das Gedränge und die furchtbare Hitze das Bewusstsein genommen hatte, und ging weiter in die dunkle Tiefe dieses Raumes, der allein schon ein riesiges Amphitheater zu sein schien. Plötzlich blieb er stehen; eine bekannte Stimme drang an sein Ohr. Er horchte, wandte sich um und ging in der Richtung der Stimme zurück. Ein Lichtstrahl fiel auf das Gesicht des Sprechers, und Vinicius erkannte unter einem Wolfsfelle den unerbittlichen Crispus.

„Beweinet eure Sünden", rief er, „denn die Stunde ist nahe! Wer da vermeint, durch den Tod seine Sünden zu tilgen, begeht eine neue Sünde und fällt dem ewigen Feuer anheim. Mit jeder begangenen Sünde habt ihr das Leiden des Herrn erneuert; wie dürft ihr also glauben, das Leiden, das euch erwartet, werde diese tilgen? Heute werden der Gerechte und der Sünder des gleichen Todes sterben; doch der Herr wird die Seinen finden. Wehe euch! Die Klauen der Löwen werden eure Leiber zerreißen, doch nicht eure Sünden, eure Rechenschaft. Der Herr hat Erbarmen genug gezeigt, indem er sich ans Kreuz nageln ließ; von jetzt an ist er nur der Richter, der keine Beleidigung ungestraft lässt. Wer da meint, durch die Marter seine Sünden zu tilgen, lästert Gottes Gerechtigkeit und wird um so tiefer in die Hölle sinken. Barmherzigkeit hat aufgehört; die Stunde des göttlichen Zornes ist gekommen. In kurzem steht ihr vor dem furchtbaren Richter, vor dem selbst der Gerechte erzittert. Beweinet eure Sünden; denn der Rachen der Hölle steht offen. Wehe euch, Gatten und Gattinnen; wehe euch, Eltern und Kinder!" Er streckte die fleischlosen Hände aus, unerbittlich selbst in der Todesstunde. Und viele Stimmen erschollen: „Wir beweinen unsere Sünden!" Dann folgte wieder Stille, die nur von schreienden Kindern unterbrochen wurde.

Vinicius schauderte. Er, dessen ganze Hoffnung in der Barmherzigkeit des Heilandes ruhte, hörte jetzt, die Stunde des Zornes sei gekommen, selbst der Tod in der Arena erwirke kein Erbarmen. Zwar schoss ihm blitzschnell der Gedanke durch den Kopf, Petrus würde in solcher Stunde anderes gesprochen haben. Dennoch füllten diese schrecklichen Worte den finstern Raum, hinter dessen Gitter das Feld des Martyriums lag, mit Fanatismus an. Die Nähe der Marter und die Menge der bereits zum Tode angekleideten Opfer machte ihn schaudern. Der Anblick schien ihm tausendmal fürchterlicher als jede Schlacht, deren Zeuge er gewesen war. Die Luft begann erstickend zu werden; kalter Schweiß trat auf seine Stirne. Er fürchtete ohnmächtig zu werden, gleich denen, über deren Leiber er gestolpert war. Jeden Augenblick konnte das Gitter geöffnet werden. Dies erkennend, rief er laut nach Lygia und Ursus, in der Hoffnung: wenn nicht sie, so würden doch Bekannte antworten. Wirklich erwiderte eine dunkle, in ein Bärenfell gehüllte Gestalt: „Herr, sie blieb im Kerker zurück. Ich war der Letzte, den man hinausführte, und ich sah sie krank auf dem Lager ausgestreckt.“ – „Wer bist du?“, fragte Vinicius. – „Der Steinbrecher, in dessen Hütte du getauft wurdest. Vor drei Tagen wurde ich in den Keller geworfen; heute sterbe ich.“ Vinicius fühlte sich erleichtert.

Als er eintrat, war sein Wunsch, Lygia zu finden; nun aber dankte er Gott, dass sie nicht hier war, und sah darin ein Zeichen der Erhörung. Der Steinbrecher fuhr fort: „Erinnerst du dich, Herr, dass ich dich in den Weinberg des Cornelius führte, als der Apostel in der Hütte predigte?“ – „Ja.“ – „Ich sah ihn später wieder, am Tage vor meiner Gefangennahme. Er segnete mich und versprach, im Amphitheater zu sein und die Sterbenden zu segnen. Wenn ich ihn und das Zeichen des Kreuzes sehen könnte, würde ich leichter sterben. Wenn du seinen Platz kennst, so lass es mich wissen.“

Vinicius dämpfte die Stimme, indem er erwiderte: „Er sitzt unter den Leuten des Petronius, als Sklave verkleidet. Ich weiß nicht, welche Plätze sie eingenommen haben, doch ich will nachsehen. Schau zu mir hinauf, sobald ihr die Arena betretet. Ich werde aufstehen und ihnen mein Gesicht zuwenden, sodass ihn deine Augen finden." – „Hab Dank. Friede sei mit dir!" – „Der Heiland sei dir gnädig!" – „Amen." – Vinicius verließ das Cuniculum und kehrte ins Amphitheater zurück, wo er seinen Platz nahe bei Petronius und den übrigen Augustianern einnahm. „Ist sie da?", fragte Petronius. – „Nein, sie blieb im Kerker." – „Vernimm meinen Einfall. Während du hörst, schaue zu Nigidia hin, damit man glaubt, wir reden von ihrem Haarputze. Tigellinus und Chilon schauen auf uns. Und nun höre: Lass Lygia nachts in einen Sarg legen und als Leiche forttragen. Das Weitere errätst du doch?" – „Ja", erwiderte Vinicius. Ihr Gespräch wurde von Tullius Senecio unterbrochen, der sich mit der Frage an sie wandte: „Wisst ihr, ob man den Christen Waffen gibt?" – „Nein, wir wissen es nicht", antwortete Petronius. – „Ich würde es lieber sehen, wenn sie Waffen bekämen", sagte Tullius, „sonst sieht die Arena zu früh wie eine Fleischerbank aus. Welch prächtiges Amphitheater!"

Der Anblick war in der Tat prächtig: Die unteren mit Togen bedeckten Sitze waren schneeweiß: In einer vergoldeten Loge saß Nero, ein Diamantband um den Hals, eine goldene Krone auf dem Haupte tragend. Neben ihm hatte die schöne finstere Augusta Platz genommen: Umgeben waren die beiden von Vestalinnen, hohen Beamten, Senatoren mit gestickten Togen, Heerführern mit funkelnden Waffen – kurz, alles war da, was Rom an Mächtigen und Reichen besaß. In entfernteren Reihen saßen Ritter, und oben wogte ein Meer gemeinen Volkes. Girlanden aus Rosen, Lilien, Efeu und Weinblättern verbanden einen Pfeiler mit dem andern. Man unterhielt sich laut, rief sich beim Namen und sang. Zuweilen erregte ein witziges, von Reihe zu Reihe weiterfliegendes Wort ein stürmisches Gelächter. Viele stampften vor Ungeduld, weil das Schauspiel noch nicht begonnen hatte. Nach und nach wurde das Stampfen allgemeiner und verursachte einen fürchterlichen Lärm. Der Stadtpräfekt, mit glänzendem Gefolge die Arena umreitend, gab endlich mit dem Taschentuch das Zeichen, dem ein „A–a–a" aus tausend Zungen antwortete.

Das Schauspiel begann in der Regel mit dem Kampf gegen wilde Tiere, worin sich manche nordische und südländische Barbaren hervortaten. Diesmal waren jedoch zu viele Bestien da, sodass den Anfang die Andabates machten: Männer mit Helm, ohne Augenöffnung, sodass sie blindlings kämpfen mussten. Eine Schar solcher betrat die Arena, sie schlugen aufs Geratewohl mit dem Schwerte um sich; die Mastigophoroi stießen einige zusammen, sodass sich die Gegner fanden. Die Vornehmeren unter den Zuschauern blickten mit Verachtung auf dieses Schauspiel; den Pöbel aber belustigten die unbeholfenen Bewegungen der Kämpfer. Sooft zwei mit den Achseln aneinanderstießen, brach die Menge in ein lautes Gelächter aus. „Links! Rechts!", schrie man und täuschte bisweilen absichtlich einen Kämpfer. Eine Anzahl von Paaren fand sich jedoch und der Streit wurde bald blutig. Die Gegner warfen die Schilde weg; einer gab dem andern die Linke, um einander nicht mehr zu verlieren, und kämpften mit der Rechten, bis der Sieg entschieden war. Wer fiel, hielt die Finger nach oben und bat dadurch um Schonung; beim Beginne eines Schauspieles wurde jedoch fast immer der Tod des Besiegten verlangt, besonders wenn dessen Gesicht verhüllt war, sodass ihn keiner erkannte. Nach und nach löste sich alles in Zweikämpfe auf und als schließlich nur zwei übrigblieben, wurden auch sie zusammengestoßen, fielen in den Sand und erstachen sich gegenseitig. Während von allen Seiten „Peractum est" gerufen wurde, schleppten Zirkusdiener die Leichen hinaus; Knaben verwischten die Blutspuren und streuten Safranblätter über den Sand.

Nun sollte ein Kampf folgen, der nicht nur bei dem Pöbel, sondern bei den Vornehmen mit Spannung erwartet wurde. Bei solchen Kämpfen gingen junge Patrizier oft sehr hohe Wetten ein, wobei sie nicht selten ihr ganzes Vermögen verloren. Von Hand zu Hand wanderten Täfelchen, worauf die Namen der Gladiatoren nebst der gewetteten Summe standen. Am meisten Parteigänger fanden die Kämpfer, die bereits in der Arena aufgetreten waren und gesiegt hatten; doch fanden sich auch solche Wettlustige, die große Summen auf neu auftretende Unbekannte setzten, in der Hoffnung, wenn diese siegten, riesige Summen einzustreichen. Cäsar wettete; Priester, Vestalinnen, Senatoren, Ritter wetteten, der Pöbel wettete. Oft kam es vor, dass Leute, die kein Geld hatten, ihre Freiheit zum Pfande setzten. Klopfenden Herzens erwartete man den Ausgang und mehr als einer machte laut den Göttern Gelübde, um dadurch seinem Kämpfer den Sieg zu erflehen. Sobald die schrillen Klänge der Trompeten ertönten, machte die tiefste Stille dem früheren Lärm Platz. Tausend Blicke hingen an den Riegeln, an die ein als Charon gekleideter Mann hintrat; dreimal schlug er mit einem Hammer auf das Tor, als ob er die dahinter Verborgenen hervorrufen wolle. Langsam gingen die beiden Torflügel auseinander, und die Gladiatoren traten in die offene Arena hinaus. Sie kamen in Abteilungen von je fünfundzwanzig Mann, Thrazier, Mirmillionen, Samniter, Gallier, jede Nation getrennt und alle schwer bewaffnet; zuletzt kamen die Retiarii hervor, in der einen Hand das Netz, in der anderen den Dreizack tragend. Beifall erhob sich da und dort bei ihrem Erscheinen, der sich bald in einen allgemeinen Sturm verwandelte. Die Gladiatoren gingen festen, doch elastischen Schrittes längs der Arena herum, indes ihre Rüstungen und Waffen in der Sonne funkelten. Vor Cäsars Podium blieben sie stehen, stolz, ruhig und siegesbewusst. Ein Trompetenstoß stellte die Ruhe wieder her; die Gladiatoren hielten die Rechte empor, schauten zu Cäsar hinauf und schrien, oder besser gesagt, sangen mit gedehnter Stimme:

„Ave Caesar imperator!
Morituri te salutant!"

Hierauf gingen sie schnell auseinander, um ihre Plätze einzunehmen. Sie hatten sich in Abteilungen anzugreifen; zuvor aber war den berühmtesten Fechtern eine Anzahl Einzelkämpfe erlaubt, wobei Kraft, Gewandtheit und Mut des einzelnen besser hervortraten. Wirklich trat aus der Abteilung der Gallier ein Kämpfer hervor, der in manchem Streite Sieger geblieben und den Liebhabern seines Gewerbes wohlbekannt war. Helm und Panzer funkelten in der Sonne, sodass er wie ein riesiger Käfer anzuschauen war. Der nicht minder berühmte Retiarius Calendio trat ihm entgegen.

Das Wettfieber erwachte. „Fünfhundert Sesterzien auf den Gallier!" – „Fünfhundert auf Calendio!" – „Beim Herkules! Tausend!" – „Zweitausend!" – Inzwischen war der Gallier in die Mitte der Arena getreten, hielt das Schwert vor sich hin und wich zurück, wobei er gesenkten Hauptes den Gegner durch die Visieröffnung scharf beobachtete. Der Retiarius, schön wie eine Statue und nur mit dem Lendengürtel bekleidet, sprang flink um seinen schwerfälligen Feind herum, indem er das Netz anmutig schwenkte, seinen Dreizack bald hob, bald senkte und die spöttischen Verse der Retiarii sang:

„Non te peto piscem peto:
Quid me fugis, Galle?"

Allein der Gallier floh nicht, sondern blieb stehen und drehte sich mit kaum merklicher Bewegung ringsum, damit er den Gegner nicht aus den Augen verliere. In seiner Gestalt und dem ungeheuer großen Kopfe bereitete sich nun etwas vor. Die Zuschauer erlebten sofort, dass dieser schwere, stahlgepanzerte

Körper auf eine Gelegenheit wartete, um mit einem Streiche den Kampf zu entscheiden. Der Retiarius sprang auf ihn los und wieder zurück, wobei er die dreizackige Gabel so schnell bewegte, dass das Auge kaum zu folgen vermochte. Wiederholt hörte man den Dreizack auf den Schild prallen; der Gallier jedoch zuckte mit keiner Wimper und gab so den Beweis seiner Riesenkraft. Seine ganze Aufmerksamkeit war nicht auf der Gabel, sondern auf dem Netze vereinigt, das wie ein Unglücksvogel über seinem Haupte kreiste. Die Zuschauer folgten verhaltenen Atems dem meisterhaft geführten Kampfe. Der Gallier verharrte noch eine Weile in der Abwehr; dann aber sprang er in plötzlichem Entschlusse auf seinen Gegner los. Dieser, nicht weniger flink, wich dem Schwerte aus, erhob den Arm und warf das Netz. Der Gallier drehte sich blitzschnell und fing das Netz mit dem Schild auf, und beide ließen für einen Augenblick ab.

Die Zuschauer schrien: „Macte!“ Neue Wetten wurden eingegangen; Cäsar hatte sich bis jetzt mit Rubria unterhalten und dem Kampfe wenig Aufmerksamkeit geschenkt. Nun aber wandte er den Blick mit Spannung der Arena zu. Der Kampf begann von neuem. Ihre Bewegungen waren so regelmäßig, so bedacht, dass man versucht war, zu glauben, es handle sich mehr um eine Probe, als um einen Kampf auf Leben und Tod. Zweimal entwich der Gallier dem Netze und zog sich gegen die Mauer der Arena zurück. Die auf ihn gewettet hatten, riefen: „Frisch darauf!“ – Er gehorchte und griff an. Im Nu war der Arm des Retiarius blutüberströmt und ließ das Netz fallen. Der Gallier holte zum Todesstreich aus. Calendio sprang blitzschnell zur Seite, entging dem Hiebe und stieß seinem Gegner den Dreizack zwischen die Knie, sodass er fiel. Rasch wollte der Gallier aufspringen, doch schon lag er unter dem Netze, worin ihn jede Bewegung mehr und mehr verstrickte. Jeden Versuch, auf die Füße zu gelangen, vereitelte Calendio mit seiner Gabel. Die letzte Kraft aufbietend, stützte sich der Gallier auf den Arm und versuchte, emporzukommen. Umsonst! Der versagenden Hand entsank das Schwert; er fiel auf den Rücken, Calendio setzte den Dreizack an den Hals des Besiegten, stützte beide Hände darauf und wandte sich gegen Cäsars Loge.

Der Zirkus zitterte unter dem Beifallssturm, der sich nun erhob. Jenen, die auf ihn gewettet hatten, war er in diesem Augenblicke mehr als Cäsar; aber gerade deshalb lag ihnen jede Erbitterung über den Gallier fern, der auf Kosten seines Blutes ihre Beutel füllte. Die Stimmen teilten sich, die oberen Sitze stimmten teils für Tod, teils für Gnade. Der Retiarius jedoch harrte nur auf die Zeichen Cäsars und der Vestalinnen. Zum Unglück für den gefallenen Gladiator war ihm Nero nicht gewogen, der früher einmal gegen den Gallier gewettet und dadurch an Licinius große Summen verloren hatte. Dessen eingedenk, streckte er die Hand vor die Loge hinaus und hielt den Daumen nach unten. Die Vestalinnen taten sogleich dasselbe.

Calendio kniete auf der Brust des Gegners nieder, zog einen kurzen Dolch aus dem Gürtel, entfernte die Rüstung vom Halse des Galiläers und stieß ihm die dreikantige Klinge bis ans Heft in die Kehle. „Peractum est!" hörte man rufen. Der Gallier zuckte noch einige Zeit wie ein gestochener Büffel, scharrte mit Fingern und Zehen den Sand auf, streckte sich aus und war tot. Merkur hatte nicht nötig, sich mit glühendem Eisen von seinem Tode zu überzeugen. Er wurde weggeschafft, und andere Paare traten hervor. Schließlich kämpfte Abteilung gegen Abteilung. Augen und Seele der Zuschauer waren dabei. Man brüllte, heulte, pfiff, klatschte, lachte und trieb die Kämpfenden an. Die Gladiatoren, in zwei Legionen geteilt, fochten wie rasende Tiere; Brust lag an Brust, Leiber waren ineinandergeflochten, Glieder krachten in ihren Gelenken,

Schwerter ragten aus Brustkörben und Eingeweiden hervor, erbleichende Lippen spien Blutwellen in den Sand. Gegen das Ende des Gemetzels begannen einige Neulinge aus dem Gemenge zu entfliehen; allein die mit Blei versehenen Peitschen der Mastigophoroi trieben sie augenblicklich zurück. Das Blut bildete dunkle Lachen im Sande; ein nackter Körper nach dem andern fiel röchelnd zusammen. Die Toten lagen wie Korngarben umher. Die noch Lebenden stritten auf den Leichen weiter, zerschnitten sich die Füße an zerbrochenen Waffen und fielen. Das Entzücken der Zuschauer war grenzenlos. Die Besiegten waren fast alle tot. Nur wenige Verwundete knieten in der Mitte der Arena und erhoben, um Schonung flehend, ihre Arme. Die Sieger ernteten Kronen und Olivenkränze.

Eine Pause folgte, die auf Befehl des allmächtigen Nero durch ein Gelage ausgefüllt wurde. Wohlgerüche dampften aus Vasen; ein Regen von Safran und Veilchen schauerte auf die Menge herab. Erfrischendes Getränk, gebratenes Fleisch, süßes Gebäck, Wein, Oliven und Obst wurden verteilt. Man aß, plauderte, jauchzte zu Ehren Cäsars, um ihn zu noch größerer Freigebigkeit zu bewegen. Sobald Hunger und Durst gestillt waren, trugen Hunderte von Sklaven Körbe voll Gaben herbei; Knaben, als Eupidos gekleidet, entnahmen verschiedenartige Gegenstände daraus, die sie mit beiden Händen unter die Menge warfen. Als Lotteriebilletts zur Verteilung kamen, entstand eine förmliche Schlacht.

Man stieß sich und trat sich mit Füßen; man rief um Hilfe, sprang über die Sitze hinweg und erstickte einander in dem fürchterlichen Gedränge. Wer eine Glücksnummer erwischte, hatte Aussicht auf ein Haus mit Garten, einen Sklaven, ein Prachtgewand oder ein wildes Tier, das er an das Amphitheater verkaufen konnte. Die Aufregung wuchs bisweilen so, dass die Prätorianer eingreifen mussten. Nach jeder derartigen Verteilung gab es gebrochene Arme und Beine und zu Tode gedrückte Menschen; die Reicheren nahmen natürlich an den Verteilungen der Lose nicht teil. Inzwischen unterhielten sich die Augustianer auf Kosten des Chilon, der sich vergeblich bemühte, zu beweisen, dass er den Anblick von Kämpfenden, Blutlachen, Fleischfetzen ebenso gut vertrage wie die anderen. Er war leichenblass und Schweißtropfen standen auf seiner Stirn. „Ha! Grieche, du kannst wohl den Anblick zerrissener Menschenfelle nicht vertragen?“, spottete Vatinius, ihn beim Barte zupfend. Chilon fletschte seine letzten zwei gelben Zähne und sagte: „Mein Vater war kein Flickschuster, darum kann ich sie nicht flicken.“ – „Macte! Habet!“, riefen mehrere Stimmen.

Senecio jedoch verhöhnte ihn weiter: „Er ist nicht schuld daran, dass er an Stelle des Herzens ein Stück Käse im Leibe hat!“ – „Du kannst auch nicht dafür, dass du an Stelle des Kopfes eine Schweinsblase hast“, entgegnete wieder Chilon. – „Möglich, dass man dich zum Gladiatoren macht, du würdest gut aussehen in der Arena.“ – „Würde ich dich dort finden, fände ich einen Wiedehopf.“ – „Und wie steht es mit den Christen?“, fragte Festus aus Ligurien. „Wolltest du nicht ein Hund sein und die Christen in Stücke reißen helfen?“ – „Ich möchte nicht dein Bruder sein!“ – „Du mäotische Kupfernase!“ – „Und du ligurischer Maulesel!“ – „Deine Haut juckt dich, vielleicht gerbe ich sie dir noch etwas!“ In dieser Art wurde der Alte gehänselt, der aber keine Antwort schuldig blieb. Nero klatschte Beifall, lachte, rief wiederholt: „Macte!“, und eiferte die Parteien an. Jetzt näherte sich auch Petronius, berührte den Arm des Griechen mit seinem Elfenbeinstocke, den er stets mit sich führte, und sagte kalt: „Das ist Recht, Philosoph; du bist jedoch im Irrtum! Die Götter wollten einen gewöhnlichen Schurken aus dir machen, und du wurdest ein Dämon und deshalb kannst du es nicht aushalten.“ Der Alte sah dem Sprecher ins Gesicht, und er fand zum ersten Male keine beleidigende Antwort. Erst nach einigen Augenblicken stammelte er: „Ich werde es aushalten!“

Da ertönten Trompetentöne zum Zeichen, dass die Pause beendet sei. Alles begab sich auf die angewiesenen Plätze und plötzlich verstummte auch die Unterhaltung. In der Arena wurden Leute sichtbar, die die letzten Reste des Kampfes beseitigten und Blutspuren mit Sand bestreuten. Nun sollten die Christen an die Reihe kommen. Alles war aufs Äußerste gespannt, denn die meisten hatten keine Ahnung davon, wie sich das Schauspiel weiter abspielen sollte. Der Stadtpräfekt gab ein Zeichen. Sobald erschien ein Greis in Gestalt eines Charon, derselbe, der auch die Gladiatoren zum Kampfe rief, schritt schnell über die Arena und schlug dreimal mit dem Hammer gegen die Tür. Durch das ganze Amphitheater ging ein Gemurmel: „Die Christen! Die Christen!“ Da knarrte das Eisengitter. Die Mastigophoroi stießen den üblichen Ruf aus: „In den Sand hinaus!“, und im Nu bevölkerte sich die Arena mit den in Tierfellen eingenähten Gestalten, die einer Schar Waldgeister glichen.

Alle liefen schnell, etwas fieberhaft bis in die Mitte des riesigen Kreises. Dort sanken sie sämtlich in die Knie und hoben die Hände in die Höhe. Das Volk, in der Meinung, dass sie um Gnade flehten, war wütend über solche Feigheit; es tobte, es brüllte: „Die Tiere, die Tiere!“ Da aber ereignete sich etwas Unerwartetes. Aus der Mitte der zottigen Schar erklangen nämlich singende Stimmen; zum ersten Male hörte man in einem römischen Zirkus das Lied: „Christus regnat!“

Das Volk staunte. Die dem Tode Geweihten aber sangen weiter, mit zum Velarium emporgerichteten Blicken. Man sah blasse aber begeisterte Gesichter, und man wusste jetzt, dass sie nicht um Gnade flehten. Sie schienen weder den Zirkus noch das Volk, weder den Kaiser noch den Senat zu sehen; von ihren Lippen erscholl es nur immer lauter: „Christus regnat!“ Das Volk machte erstaunte Gesichter und konnte sich dieses Betragen nicht erklären. „Wer ist Christus?", fragte ein jeder. Da wurde wieder ein Gitter geöffnet, und ganze Herden von Hunden sprangen laut bellend in die Arena. Es waren fahlgelbe, riesige Molosse aus dem Peloponnes, hyänenartig gestreifte Hunde aus den Pyrenäen, ausgehungerte Wolfshunde und hibernische Schäferhunde mit blutunterlaufenen Augen. Ihr Geheul und Gewinsel erfüllte die Luft des Amphitheaters. Die Christen hatten ihren Gesang beendet, knieten unbeweglich und riefen wie aus einem Munde: „Pro Christo! Pro Christo!"

Die Hunde, über die Regungslosigkeit der vermummten Gestalten verwundert, zögerten anfangs, sich auf sie zu stürzen. Einige strichen an der Mauer entlang, als ob sie sich unter den Zuschauern ein Opfer wählen wollten; andere umkreisten kläffend die Arena und schienen irgendeinem ungesehenen Tiere nachzujagen. Das Volk geriet darüber in Wut und begann die Bestien in allen Sprachen aufzuhetzen; sie ahmten das Heulen und Bellen der Tiere nach, bis das Amphitheater unter dem wüsten Lärm erdröhnte. Da stürzte einer der Molosse auf eine in den ersten Reihen kniende Frau und riss sie unter sich; das war das Zeichen für die übrigen Bestien. Die ganze Meute stürzte auf die Knienden. Das Volk verstummte und blickte mit angestrengter Aufmerksamkeit in die Arena, wo sich bald Knäuel von Menschen- und Tierleibern bildeten. Das Blut floss in Strömen aus den zerfleischten Leibern. In dem Geheule und Gekläffe vernahm man noch klagende weibliche und männliche wehmütige Stimmen: „Pro Christo!"

Die Hunde rissen sich um die blutenden Körperteile und der Blutgeruch und der Dunst der zerrissenen inneren Teile erfüllte die Luft des ganzen Zirkus. Man sah nur noch wenige Kniende, und auch diese wurden alsbald niedergerissen. Und Vinicius saß wie ein Toter da, mit verglasten Augen das grausige Schauspiel betrachtend. Obwohl er sicher war, dass sich

Lygia nicht unter den Opfern befinde, empfand er namenlose Qual bei dem Gedanken an sie. Er hörte weder das Hundegebell noch das Toben des Volkes, noch den plötzlichen Ruf: „Chilon ist in Ohnmacht gefallen!“ – „Chilon ist in Ohnmacht gefallen“, wiederholte Petronius, den Griechen betrachtend. Dieser saß da, blass wie eine Leinwand, mit rückwärts gebeugtem Kopfe und geöffnetem Munde – einer Leiche ähnlich.

In demselben Augenblicke ließ man wieder neue Scharen Christen in die Arena, und auch diese knieten nieder. Die Tiere hatten ihren Hunger gestillt und empfanden keine Neigung mehr zum bloßen Morden; sie legten sich gähnend und mit von Blut triefenden Rachen an der Brüstung der Arena nieder. Das entmenschte römische Volk aber war noch nicht gesättigt und wollte noch mehr des Grauenhaften sehen. „Die Löwen, die Löwen, lasst die Löwen in die Arena!“, schrie es durcheinander. Die Löwen sollten für den folgenden Tag aufgespart werden, doch im Amphitheater war das Volk Herr; selbst der Kaiser musste nachgeben. Der einzige Caligula hatte es gewagt, dem Willen des Volkes entgegenzuhandeln und ließ es mit Stöcken bearbeiten, aber auch er gab in den meisten Fällen nach. Nero, dem das Beifallklatschen über alles ging, gab nun das Zeichen, die Cunicula zu öffnen; als dies das Volk sah, beruhigte es sich sogleich.

Die Löwen kamen einer nach dem andern langsam in die Arena, gelbhaarig, ungeheuer, mit zottigen Mähnen und hungrig. Sie zwinkerten, vom roten Schein des Velariums geblendet, mit den Augen, dehnten träge ihre Leiber und öffneten gähnend die Rachen. Die Hunde drängten sich bei deren Anblick auf einen Haufen zusammen. Jene wurden unruhig; ihre Nüstern blähten, die Mähnen sträubten sich und sie umkreisten ihre Opfer. Dann stürzte sich plötzlich einer auf eine Frauenleiche; er legte ihr die Vordertatze auf den Leib und begann das erstarrte Blut an den Fleischfetzen mit der stacheligen Zunge zu belecken. Das war für die übrigen Bestien das Zeichen, über die kniende Christenschar herzufallen.

Sie packten ihre Opfer an den Seiten oder am Kreuz und setzten in großen Sprüngen mit ihrer Beute im Rachen über die Arena, um sich einen verborgenen Winkel auszusuchen, sie dort in Ruhe zu verzehren. Andere suchten sich unter lautem Gebrülle ihren Raub zu entreißen. Man hörte die Knochen zwischen den Zähnen knacken. Die Menge folgte den Vorgängen in der Arena mit der größten Aufmerksamkeit. Ein Beifallsdonner übertönte das Heulen der Hunde, das Jammern der unschuldigen Kinder und die Rufe: „Pro Christo", das Volk drängte aus den Reihen nach der Brüstung der Arena und wäre am liebsten hinabgestiegen, um den Löwen behilflich zu sein. Auch Nero, der seinen Smaragd vor dem Auge hielt, folgte mit Aufmerksamkeit und blickte zeitweise auf Petronius, auf dessen Zügen der Ausdruck von Verachtung zu sehen war. Chilon war schon vor einer Weile in einer Sänfte entfernt worden.

Doch neue Opfer wurden aus dem Cuniculum getrieben. In den obersten Reihe stand der Apostel Petrus und blickte auf die unschuldig blutenden Opfer herab. Niemand beachtete ihn, denn alle waren zu sehr mit den Vorgängen in der Arena beschäftigt; er aber streckte die Hand aus und segnete die Sterbenden. Manche hoben den Blick zu ihm empor, denn alle wussten, wo er stand, und wenn sie hoch über sich das Kreuzzeichen sahen, dann lächelten sie vor dem Sterben. Ihm aber blutete das Herz. Er sprach: „Herr, dein Wille geschehe, denn sie sterben als Bekenner der Wahrheit. Dir zum Ruhme, meine armen Lämmer! Du befahlst mir, sie zu hüten, und ich lege sie in deine Hände! Du aber zähle die Häupter, o Herr, heile ihre Wunden und vergelte ihnen die Leiden mit himmlischen Freuden!" Und er segnete sie alle, als wären sie seine Kinder, die er direkt in die Hände Christi übergab. Und nun ließ man auf Befehl des Kaisers, der sich an dem grauenhaften Schauspiel nicht satt sehen konnte, alle übrigen wilden Tiere in die Arena; Tiger vom Euphrat, numidische Panther, Bären, Wölfe, Hyänen und Schakale. Ein wüstes Durcheinander folgte. Die Tiere stürzten aufeinander los und zerfleischten sich gegenseitig; der Blutgeruch, das Heulen des Volkes, das Beifallsklatschen machte die Bestien noch wilder.

Es entstand ein Wirrwarr, aus dem sich das Auge nicht mehr herausfinden konnte. Endlich war man ermüdet von dem schauderhaften Anblick, man hatte Blut genügend gesehen, und in dem Tumult hörte man die Rufe: „Satis! Satis!" Doch es war leichter, die Bestien aus ihren Käfigen herauszulassen, als sie wieder hineinzubringen. Aber der Kaiser fand bald ein Mittel, um die Arena auf leichte Art zu säubern. In den Sitzreihen tauchten riesige Numidier auf; mit Federn geschmückt, goldene Ringe in ihren schwarzen Ohrläppchen und Pfeil und Bogen in den Händen. Wieder wurde der Kaiser stürmisch begrüßt. Die Numidier aber sandten Pfeil auf Pfeil in die Arena, bis alles Leben darin erstorben war.

Hierauf stürzten Hunderte Sklaven in die Arena und säuberten diese. Die Tierleichen und Menschenüberreste wurden auf Wagen geladen und nach den Puticuli genannten Gruben gebracht. In kurzer Zeit war der Zirkus sauber, und den frisch aufgefahrenen Sand bestreuten Amoretten mit Blumenblättern. Neue Wohlgerüche wurden angezündet, während man das Velarium entfernte, da die Sonne tief stand. Erstaunt fragten sich die Zuschauer, welches neue Schauspiel diesen Tag beschließen solle. Und in der Tat harrte ihrer ein Schauspiel, das keiner erwartet hatte. Der Cäsar war schon früher von seinem Podium verschwunden und erschien nun plötzlich in der blumenüberstreuten Arena, in den Purpurmantel gehüllt, die goldene Krone tragend. Zwölf Choristen folgten ihm mit

Zithern. Er selbst hatte eine silberne Laute und trat feierlichen Schrittes in die Mitte der Arena, verbeugte sich mehrere Male vor den Zuschauern, erhob die Augen und schien auf eine Eingebung zu warten. Dann griff er in die Saiten und begann also zu singen:

„O strahlender Sohn der Leto,
Du Herrscher von Tenedos, Chios, Chryse,
Bist du es, in dessen Schutz dereinst
Ilion stand, die heilige Stadt?
Dem Zorn der Achajer gabst du sie preis,
Du ließest geschehn, dass der heilige Altar,
Wo die Flamme zu deiner Ehre brennt,
Mit trojischem Blut besprengt ward;
Weittreffender Schütze mit silbernem Bogen!
Mütter riefen aus tiefster Brust
Angsterfüllt zu dir empor
Und flehten um Mitleid für ihre Kinder.
Wohl ein Stein hätte Erbarmen gefühlt,
Du aber, o Smintier,
Bliebst fühlloser als kalter Stein.“

Der Gesang klang allmählich in einer wehmütigen, schmerzbewegten Elegie aus. Tiefe Stille herrschte in dem Zirkus. Nach einer kurzen Pause hub der Kaiser, sichtlich selbst gerührt, wieder zu singen an:

„Durch den Klang deiner himmlischen Phorminx
Konntest zum Schweigen den Jammer du bringen,
Und die Klagen der bangenden Herzen.
Dieses Liedes düstern Weise
Füllt uns heute die Augen mit Tränen,
Wie die Blume mit Nachttau sich füllt.
Doch er erweckt uns aus Trümmern und Asche
Jenen grausen Tag des Verderbens …
Wo weiltest du, Smintier an jenem Tage?“

Seine Stimme wurde unsicher und sein Auge feucht. Tränen schimmerten auf den Lidern der Vestalinnen. Schweigend lauschte die Menge und brach dann in einen nicht enden wollenden Beifallssturm aus. Zu gleicher Zeit knarrten durch die Vomitoria die Räder der Karren, worauf die blutigen Überreste der Christen geworfen wurden, um alle, Männer, Frauen und Kinder, nach den schrecklichen Gruben zu bringen. Petrus, der Apostel, stützte sein greises Haupt auf die zitternden Hände und rief im Stillen zum Himmel empor: „O Herr! O Herr! Wem gabst du die Herrschaft über die Erde? Und du willst hier deinen Hauptsitz errichten?“ –

Nach beendeter Vorstellung strömte das Volk aus dem Zirkus, nur die Augustianer blieben zurück und versammelten sich vor dem kaiserlichen Podium, um ihre Lobpreisungen darzubringen. Dies genügte aber dem göttlichen Kaiser nicht, er hatte an Wahnsinn grenzende Beifallsstürme erwartet. Umsonst waren daher jetzt die Lobsprüche und Danksagungen, umsonst küssten jetzt die Vestalinnen die göttlichen Hände; Rubria hatte sich so geneigt, dass sie mit ihrem rothaarigen Kopfe die kaiserliche Brust berührte. – Nero war jedoch durch diese Schmeicheleien nicht befriedigt. Es wundert ihn auch, dass nicht einmal Petronius ein Wort des Lobes über seinen Gesang hatte, dies wäre ihm in diesem Augenblicke eine Wohltat gewesen. Schließlich rief er Petronius zu sich und sagte: „Rede!“ Petronius erwiderte dagegen kalt: „Ich schweige, denn ich kann keine Worte finden. Du überragst dich selbst.“ – „Auch mir kommt es so vor! Aber dieses Volk?“ – „Kannst du denn von diesem zusammengewürfelten Volk verlangen, dass es etwas von Poesie versteht?“ – „Also auch du hast es bemerkt, dass der Dank nicht so ausfiel, wie ich ihn verdient hätte?“ – „Du hast einen schlechten Zeitpunkt gewählt!“ – „Inwiefern?“ „Ihr Gehirn ist von dem Blutgeruch betäubt, die Aufmerksamkeit geht dadurch verloren.“ Nero ballte die Fäuste und sagte:

„Ach, diese Christen! Rom verbrannten sie, und jetzt rauben sie mir auch noch den Beifall. Ich muss noch härtere Strafen für sie erdenken.“

Petronius sah, dass er auf diese Weise nichts ausrichten werde und schlug ein anderes Thema an. „Dein Lied war herrlich“, sagte er, „doch lässt die Metrik im zweiten Vers der dritten Stufe etwas zu wünschen übrig.“ Nero übergoss sich mit Schamröte und etwas gereizt, aber mit gedämpftem Tone sagte er: „Du achtest auf alles! Ich weiß es! Ich werde dies abändern! Außer dir hat es sicher niemand bemerkt! Du aber schweige bei deiner Liebe zu den Göttern … wenn … dir dein Leben lieb ist.“ – „Du kannst mich, Göttlicher, zum Tode verurteilen, wenn ich dir im Wege bin, doch drohe mir nicht, ich zitterte vor dem Tode nicht“, entgegnete Petronius finster und blickte dabei scharf in die Augen des Cäsar. – „Du weißt doch, Petronius, dass ich dich liebe! Gräme dich nicht!“ – „Das ist ein schlechtes Zeichen!“, dachte Petrus bei sich. – „Ich wollte euch zu einem Festmahle einladen“, fuhr Nero fort, „doch werde ich mich einschließen und an dem verfluchten Verse der dritten Strophe arbeiten. Außer dir könnten es noch Seneca und Secundus Karinas bemerkt haben. Diese werde ich mir vom Halse schaffen.“ Auf den Ruf erschienen alsbald Seneca, Akratus und Secundus Karinas vor dem Kaiser, denen er mitteilte, dass er beabsichtige, sie zur Eintreibung von Steuern auszusenden. Alle Ortschaften und berühmten Tempel sollten sie aufsuchen und alles Nennenswerte auspressen. Doch Seneca, der sofort merkte, dass er auch noch Tempelschänder und Räuber werden sollte, versuchte diese Aufgabe von sich zu wälzen.

„Ich muss aufs Land fahren, o Herr“, sagte er, „und dort meinen Tod abwarten, ich bin krank und meine Nerven sind zerrüttet.“ Die iberischen Nerven Senecas waren noch kräftiger als die chilonischen, er mochte aber auch kränklich sein, denn er war in der letzten Zeit abgemagert, und sein Haar war ganz grau geworden. Nero merkte dies und mochte sich hierbei denken, dass der Tod nicht mehr lange ausbleiben werde. „Ich will dich nicht zur Reise zwingen, wenn du krank bist, aber bei der Liebe, die ich zu dir fühle, will ich dich in meiner Nähe haben und befehle dir, dich in deinem Hause zu verschließen und es nicht mehr zu verlassen. Würde ich Akratus und Karinas allein schicken“, bemerkte Nero lachend, „dann schickte ich Wölfe unter die Schafe. Einen Vorgesetzten muss ich diesen beigeben.“

Als sich Domitius Afer hierzu anbot, geriet Nero fast in Ekstase. „Nein! Nein!“, rief er, „ich würde Merkur beleidigen, wenn ich nicht gleich diesen Gott der Diebe selbst senden würde. Ich brauche dazu einen Stoiker, wie Seneca, oder – wie mein treuer Freund und Philosoph – Chilon.“ Chilon, der sich in frischer Luft von seiner Ohnmacht bald erholt hatte, war ins Amphitheater zurückgekehrt, um den Gesang zu hören. „Hier bin ich, du leuchtender Strahl der Sonne und des Mondes; ich war krank, doch dein Gesang machte mich wieder gesund.“ – „Dich sende ich nach Achaja“, sagte Nero, „du wirst dich überzeugen, welche Reichtümer die dortigen Heiligtümer beherbergen.“ – „Tue dies, o Zeus! Und du wirst dich überzeugen, welche ungeheure Gaben dir die Götter senden werden.“ – „Ich würde dies tun, doch will ich dich des Anblickes der Schauspiele nicht berauben.“ – „Baal!“, rief Chilon.

Die Augustianer, erfreut darüber, dass Nero wieder humoristisch wurde, stimmten ihm bei: „Nein, Herr! Beraube diesen männlichen Griechen nicht des Anblickes der Schauspiele.“ – „Doch, befreie mich, o Herr, von dem Geschrei der kapitolinischen Gänse, deren Gehirn zusammengenommen die Schale einer Eichel nicht ausfüllt“, entgegnete Chilon. „Ich schreibe, du erstgeborener Sohn des Apollo, eine griechische Hymne dir zu Ehren, und möchte deshalb mehrere Tage in den Musentempeln verbringen und diese um Eingebung großer Gedanken bitten." – „O nein!", rief Nero, „du willst dich nur vor den nächsten Vorstellungen drücken. Daraus wird nichts. Schreibe deine Hymne bei Nacht und flehe Diana um Begeisterung an; als Schwester Apollos wird sie dir sicher helfen." Chilon ließ den Kopf sinken und sah die Umgebung wütend an, die in ein homerisches Gelächter ausbrach.

Nero wandte sich jetzt an Senecio und Suilius Nerulinus: „Bedenket, dass von den für heute bestimmt gewesenen Christen kaum die Hälfte beseitigt ist." Darauf erwiderte der alte Aquilus Regulus, der ein großer Kenner in Angelegenheiten des Amphitheaters war: „Die Schauspiele, in denen die Leute ohne Waffen und Kunst auftreten, dauern zu lange und sind weniger anziehend." – „Sie sollen bewaffnet werden", entgegnete Nero. Plötzlich erwachte der abergläubische Vestinus aus seiner Betrachtung und fragte mit geheimnisvoller Stimme: „Habt ihr nicht bemerkt, dass sie vor dem Tode aufwärts blickten, als ob sie etwas sehen würden, und dann wie ohne Schmerz ihr Leben ließen? Ich bin gewiss, sie sahen etwas."

Er erhob seine Augen zur Öffnung des Amphitheaters, über dem bereits die Nacht ihr sternbesätes Velarium auszubreiten begann. Aber die Anwesenden antworteten ihm mit Gelächter und scherzenden Vermutungen über das, was die Christen im Augenblick des Todes gesehen haben mochten. Indes gab Nero seinem Fackelträger ein Zeichen und verließ den Zirkus, die Vestalinnen, Senatoren, Priester und Höflinge folgten ihm.

Die Nacht war hell und warm. Vor dem Zirkus drängte sich das Volk, das die Rückkehr des Cäsar abwarten wollte; aber es war missvergnügt, schweigend. Hier und da hörte man Beifallsrufe, doch bald verstummten sie wieder. Vom Spoliarium führten knarrende Karren die blutigen Überreste der Christen weg. Petronius und Vinicius legten ihren Weg schweigend zurück. Erst als sie der Villa des Petronius nahe gekommen, fragte dieser: „Dachtest du an das, was ich dir sagte?" – „Ich dachte daran", war die Antwort. – „Glaubst du, dass dies für mich eine Frage von höchster Wichtigkeit ist? Ich muss sie befreien, trotz Cäsar und Tigellinus. Dies ist eine Art Schlacht, in der ich den Sieg erringen, eine Art Spiel, das ich gewinnen muss, selbst auf Kosten des eigenen Lebens. Der heutige Tag hat mich in meinen Plane noch mehr bestärkt." – „Möge dich Christus belohnen!" – „Du wirst sehen." – Unterdessen langten sie vor der Villa an und verließen die Sänfte. Da näherte sich ihnen eine dunkle Gestalt und fragte: „Ist der edle Vinicius hier?" – „Er ist hier", antwortete Vinicius, „was wünschest du?" – „Ich bin Nazarius, der Sohn Miriams. Ich komme vom Gefängnisse und bringe Nachrichten von Lygia."

Vinicius, keines Wortes mächtig, legte seine Hand auf die Schulter des Jünglings und blickte beim Fackellicht in dessen Augen. Nazarius ahnte die Frage, die auf seinen Lippen erstarb, und sprach: „Sie lebt noch. Ursus sendet mich, dir zu sagen, dass sie in ihrem Fieber betete und deinen Namen wiederholte." – „Gepriesen sei Christus, der die Macht hat, sie mir wiederherzustellen!", sagte Vinicius. Er führte Nazarius nach der Bibliothek, und bald kam auch Petronius, um ihrer Unterredung beizuwohnen.

„Krankheit rettete sie vor Schande, denn die Häscher wollen nichts mit Kranken zu tun haben", sprach der Jüngling. Ursus und Glaucus, der Arzt, wachen bei ihr Tag und Nacht." – „Sind die Wachen dieselben?" – „Sie sind dieselben, und Lygia ist in deren Zimmer. Alle Gefangenen in den tiefer gelegenen Kerkern starben am Fieber oder erstickten in der unreinen Luft." – „Wer bist du?", fragte Petronius. – „Der edle Vinicius kennt mich; ich bin der Sohn jener Witwe, bei der Lygia wohnte." – „Und ein Christ?" – Der Jüngling schaute fragend nach Vinicius; als er aber diesen beten sah, erhob er das Haupt und antwortete: „Ich bin ein Christ." – „Wie kannst du frei in das Gefängnis treten?" – „Ich verdingte mich, Leichname hinauszutragen, um so meinen Brüdern beizustehen und Nachrichten aus der Stadt zu bringen." – Petronius betrachtete aufmerksam das einnehmende Gesicht des Jünglings, seine blauen Augen und sein reiches, dunkles Haar. „Aus welchem Lande bist du?", fragte er. – „Ich bin ein Galiläer, Herr." – „Würdest du Lygia gern frei wissen?" Der Jüngling erhob seine Augen. „Ja, selbst wenn ich mein eigenes Leben opfern müsste."

Vinicius beendete sein Gebet und sprach: „Sage den Wachen, sie sollen Lygia gleich einer Toten in einen Sarg legen. Suche dir Gehilfen, um sie des Nachts aus dem Gefängnis zu tragen. In der Nähe der Leichengrube werden eure Leute mit einer Sänfte warten; ihnen übergibst du den Sarg. Versprich den Wachen so viel Geld von mir, als ein jeder in seinem Mantel fassen kann." Während dieser Worte verlor sein Angesicht die frühere Starrheit, der Soldat erwachte wieder in ihm, dem die Hoffnung seine frühere Willenskraft zurückgab. Nazarius erglühte vor Entzücken und rief, die Hände erhebend, aus: „Möge Christus ihr Gesundheit geben, denn sie wird frei sein!" „Glaubst du, dass die Wachen zustimmen?", fragte Petronius. „Die Wachen würden in ihre Flucht einwilligen; umso mehr werden sie uns Lygia als Leiche hinaustragen lassen", sagte Vinicius. „Es ist zwar ein Mann aufgestellt", sprach Nazarius, „der die wegzutragenden Körper mit rotglühenden Eisen brennt, um sich von ihrem Tode zu überzeugen. Aber um einige Sesterzien wird er Lygias Angesicht nicht berühren, und für einen Aureus statt ihrer den Sarg brennen." – „Sage ihm, er würde eine Mütze voll Goldstücke erhalten", sprach Petronius. – „Aber kannst du verlässige Gehilfen erhalten?" – „Es gibt Menschen, die für Geld ihre eigenen Weiber und Kinder verkaufen würden." – „Wo wirst du sie finden?" – „Im Gefängnis selbst oder in der Stadt. Sind einmal die Wachen bezahlt, so kann ich hineinführen, wen ich will." – „Dann nimm mich als deinen gemieteten Diener mit", sagte Vinicius.

Aber Petronius widersetzte sich ernstlich. „Die Prätorianer möchten dich selbst in der Verkleidung erkennen, und dann ist alles verloren. Geh weder ins Gefängnis noch nach der Leichengrube. Alle, auch der Cäsar und Tigellinus, müssen von ihrem Tode überzeugt sein, sonst werden sie sofort ihre Verfolgung befehlen. Wir können den Verdacht nur auf folgende Weise abwenden: Lygia wird in die Albanerberge oder noch weiter, nach Sizilien, gebracht, und wir bleiben in Rom. Ein oder zwei Wochen später erkrankst auch du und wendest dich an Neros Arzt. Dieser wird dir raten, in die Berge zu gehen. Dort trefft ihr euch und dann …"

Er dachte einige Augenblicke nach und fügte mit einer Handbewegung hinzu: „Mögen andere Zeiten kommen!" – „Möge sich Christus ihrer erbarmen", sagte Vinicius. „Du sprichst von Sizilien, während sie krank und dem Tode nahe ist." – „So lass sie zuerst in der Nähe Roms verbergen. Die Luft allein wird sie wiederherstellen, wenn sie nur erst aus dem Kerker befreit ist. Hast du keinen Verwalter in den Bergen, dem du vertrauen kannst?" – „Ja", antwortete Vinicius rasch. „In der Nähe von Corioli ist ein zuverlässiger Mann, der mich als Kind auf dem Arm getragen hat und jetzt noch liebt." – „Schreibe ihm, dass er morgen komme", entgegnete Petronius, Vinicius eine Tafel überreichend. „Ich werde sofort einen Boten senden." Er rief seinen Hausmeister und gab ihm die nötigen Befehle. Einige Minuten später jagte ein berittener Sklave durch die Nacht gegen Corioli.

„Es wäre mir lieber, wenn Ursus sie begleitete", sagte Vinicius, „ich würde dann ruhiger sein." – „Herr", erwiderte Nazarius, „er ist ein Mann von übermenschlicher Stärke, er kann Gitter zerbrechen und ihr folgen. Es öffnet sich ein Fenster nach einem Abgrund, dessen hohe Felsen von keiner Wache besetzt sind. Ich werde Ursus ein Seil bringen, im Übrigen wird er sich selbst helfen." – „Beim Herkules!", entgegnete Petronius, „lasst ihn ausbrechen, wann es ihm beliebt; aber nicht mit ihr, auch nicht zwei oder drei Tage später, denn man würde ihm folgen und ihr Versteck auffinden. Beim Herkules! Wollt ihr sie nochmals zu Grunde richten? Ich verbiete euch, ihm Corioli zu nennen, oder ich wasche meine Hände in Unschuld." Beide erkannten die Richtigkeit dieser Worte und schwiegen. Nazarius verabschiedete sich mit dem Versprechen, bei Tagesanbruch wiederzukehren.

Er gedachte, die Nacht bei den Wachen zuzubringen, doch wünschte er zuvor seine Mutter zu besuchen, die in dieser unsicheren, schrecklichen Zeit in ständiger Sorge um ihn lebte. Nach kurzem Besinnen beschloss er, nicht in der Stadt seine Gehilfen zu suchen, sondern einige Leichenträger, die mit ihm arbeiteten, zu bestechen. Ehe er ging, nahm er Vinicius beiseite und flüsterte: „Ich werde euern Plan niemand mitteilen, auch nicht meiner Mutter; nur dem Apostel Petrus, der uns versprach, vom Amphitheater aus in unser Haus zu kommen, werde ich alles sagen." – „Hier kannst du offen sprechen", erwiderte Vinicius. „Der Apostel war im Theater bei den Leuten des Petronius. Indes will ich selbst mit dir gehen." Er ließ sich den Mantel eines Sklaven bringen, und sie entfernten sich. Petronius seufzte tief. „Ich wünschte, dass sie dem Fieber erläge", dachte er; „für Vinicius wäre das weniger schrecklich. Aber nun bin ich bereit, Äsculapius für ihre Gesundheit einen goldenen Dreifuß zu opfern. O Feuerbart, du willst den Schmerz eines Liebenden in ein Schauspiel verwandeln! Du, Augusta, warst eifersüchtig auf des Mädchens Schönheit und würdest sie lebendig verzehren, seitdem dein Rufius untergegangen! Du, Tigellinus, möchtest sie mir zum Trotz vernichten! – Wir werden sehen. Ich sage euch, dass eure Augen sie nicht in der Arena erblicken sollen; sie wird entweder eines natürlichen Todes sterben, oder ich entreiße sie euch wie den Zähnen eines Hundes und zwar auf eine Weise, dass ihr es nie erfahren sollt.

Und sooft ich euch dann sehe, werde ich denken: Das sind die Toren, die Cajus Petronius überlistete."

Selbstzufrieden begab er sich nach dem Triklinium, um mit Eunice die Abendmahlzeit einzunehmen, wobei ihnen ein Lektor die Idyllen des Theokritus vorlas. Draußen jagte der Wind die Wolken vom Soracte her, und ein plötzlicher Sturm unterbrach das Schweigen der ruhigen Sommernacht. Von Zeit zu Zeit hallte der Donner von den sieben Hügeln wider, indes die beiden, dicht aneinander gelehnt, an der Tafel saßen und dem bukolischen Dichter lauschten, der in dorischer Mundart die Liebe der Schäfer feierte. Dann schickten sie sich zur Ruhe an, um des süßen Schlummers sich zu freuen.

Unterdessen kehrte Vinicius zurück. Petronius hörte ihn kommen und ging ihm entgegen. „Habt ihr etwas erreicht?", fragte er. „Ist Nazarius ins Gefängnis gegangen?" – „Ja", antwortete der junge Mann, seine vom Regen nassen Haare ordnend, „Nazarius ging, um die Angelegenheit mit den Wachen zu ordnen, und ich habe Petrus gesehen, der mir befahl, zu beten und zu glauben." – „Das ist gut. Wenn alles glücklich vonstatten geht, können wir sie nächste Nacht wegtragen." – „Mein Verwalter muss mit seinen Leuten bei Tageseinbruch hier sein." – „Der Weg ist kurz. Gehe jetzt zur Ruhe." – Aber Vinicius kniete im Cubiculum und betete. –

Mit Sonnenaufgang gelangte Niger, der Verwalter von Corioli, an und brachte auf des Vinicius Befehl Maultiere, eine Sänfte und vier zuverlässige, unter seinen britischen Sklaven ausgewählte Männer mit, die er, um sein Erscheinen nicht auffällig zu machen, in einem Gasthaus an der Subura zurückgelassen hatte. Vinicius, der die ganze Nacht kein Auge geschlossen hatte, ging ihm entgegen. Niger war beim Anblicke seines Herrn gerührt, küsste ihm Hände und Augen und sprach: „Mein Teurer, du bist krank oder irgendein Leid hat dir die Wangen gebleicht; denn ich erkenne dich kaum wieder." Vinicius führte ihn tiefer in die Kolonnade hinein und eröffnete ihm hier sein Geheimnis.

Niger lauschte mit gespannter Aufmerksamkeit, und sein mageres, sonnenverbranntes Gesicht verriet große Bewegung, die er auch nicht zu bemeistern suchte. „Dann ist sie eine Christin!“, rief Niger aus, und er schaute fragend in des Vinicius Angesicht, der offenbar ahnte, was der erstaunte Blick des Landmannes bedeute, und ihm sagte: „Auch ich bin ein Christ!“ – Da glänzten Tränen in Nigers Augen. Einige Zeit schwieg er, dann erhob er seine Hände und betete: „Ich danke dir, o Christus, dass du die Binde von jenen Augen genommen hast, die mir die teuersten auf Erden sind.“ Und er umarmte Vinicius, küsste dessen Stirn und weinte vor Glück.

Bald darauf erschien Petronius in Begleitung von Nazarius. „Gute Nachrichten!“, rief er schon von Ferne, und in der Tat, die Nachrichten waren gut. Vor allem hatte Glaucus, der Arzt, Lygias Genesung verbürgt, obwohl sie dasselbe Gefängnisfieber hatte, dem im Tullianum und in anderen Kerkern täglich Hunderte erlagen. Zudem waren die Wachen und der Mann, der die Körper mit rotglühenden Eisen brannte, gewonnen; auch Attys, der Gehilfe. „Wir machten Öffnungen in den Sarg, um der Kranken das Atmen zu ermöglichen“, sagte Nazarius. „Gefährlich könnte einzig der Umstand werden, dass sie stöhnen oder sprechen möchte, wenn wir an den Prätorianern vorbeikommen. Allein sie ist sehr schwach und liegt seit dem frühen Morgen mit geschlossenen Augen da. Glaucus wird ihr einen Schlaftrunk reichen, den er selbst aus Medikamenten bereitete, die ich aus der Stadt holte. Der Deckel wird nicht auf den Sarg genagelt werden, ihr könnt ihn leicht abheben und die Kranke in die Sänfte bringen. In den Sarg legen wir dann einen Sack voll Sand, den ihr bereithalten werdet.“ Vinicius war beim Hören dieser Worte weiß wie die Wand, aber er lauschte mit einer Spannung, als wolle er alles auf einmal hören, was Nazarius sagte. „Werden denn auch andere Leichen aus dem Gefängnis getragen?", fragte Petronius. – „Ungefähr zwanzig starben diese Nacht, und bis zum Abend werden noch mehrere Todesfälle erfolgen", sagte der Jüngling. „Wir werden mit vielen anderen gehen müssen; doch wir zögern und werden uns zur Nachhut schlagen. An der ersten Straßenecke wird mein Gehilfe scheinbar erlahmen, und so können wir leicht hinter den anderen eine beträchtliche Strecke zurückbleiben. Erwartet uns am kleinen Tempel der Libitina! Möge Gott uns eine möglichst dunkle Nacht geben!" – „Er wird es tun", sagte Niger. „Der letzte Abend war hell, hernach erhob sich ein Sturm. Heute ist der Himmel klar, aber seit dem Morgen ist es schwül. Jede Nacht wird jetzt windig und regnerisch sein." – „Geht ihr ohne Fackeln?", fragte Vinicius. – „Die Fackeln werden nur vorausgetragen. In jedem Falle haltet euch in der Nähe des Tempels im Dunkeln, obwohl wir die Leichname gewöhnlich erst vor Mitternacht fortschaffen."

Sie hielten inne. Man vernahm nur den raschen Atem des Vinicius. Petronius wandte sich ihm zu. „Ich sagte gestern, für uns beide wäre es am besten, wenn wir zu Hause blieben; jetzt sehe ich, dass mir dies unmöglich ist. Würde es sich um eine Flucht handeln, so wäre die größte Vorsicht nötig, da man sie jedoch als Leiche fortträgt, wird kein Mensch irgendwelchen Verdacht schöpfen." – „Das ist wahr", sagte Vinicius. „Ich will dabei sein und sie selber aus dem Sarge heben." – „Ist sie einmal in meinem Hause in Corioli, so bürge ich für sie", sprach Niger. Damit wurde die Unterredung abgebrochen. Niger begab sich zu seinen Leuten in das Gasthaus, Nazarius verbarg eine Börse voll Gold unter seiner Tunika und kehrte ins Gefängnis zurück. Für Vinicius begann ein Tag voller Unruhe, Aufregung und Hoffnung. „Das Unternehmen sollte gelingen, denn es ist gut geplant", sagte Petronius. „Es könnte nicht besser ausgedacht werden. Du musst Trauer heucheln und eine dunkle Toga tragen. Entfliehe nicht aus dem Amphitheater, das Volk soll dich sehen. Die ganze Sache ist so gut geordnet, dass sie nicht fehlschlagen kann. Aber darfst du dich auf deinen Verwalter auch wirklich verlassen?" – „Er ist ein Christ", antwortete Vinicius.

Petronius sah ihn erstaunt an; dann suchte er die Achseln und sagte wie im Selbstgespräch: „Bei Pollux! Wie sich diese Lehre verbreitet und die Herzen der Menschen beherrscht. Man sollte meinen, unter den Schrecken der Gegenwart würde alles zu den römischen, griechischen und ägyptischen Göttern zurückkehren. Doch es ist wunderbar! Bei Pollux! Wenn ich glaubte, dass irgendetwas von unseren Göttern abhängt, würde ich jedem von ihnen sechs weiße Ochsen opfern und dem Jupiter zwölf. Spare gegenüber deinem Christus kein Versprechen." – „Ich habe meine Seele gegeben", erwiderte Vinicius.

Sie trennten sich. Petronius kehrte ins Cubiculum zurück. Vinicius ging, um von ferne nach dem Gefängnis zu blicken, und wandte sich nach dem Abhang des Vatikanischen Hügels, zu der Hütte jenes Steinbrechers, bei dem er aus der Hand des Apostels die Taufe empfangen hatte. Es schien ihm, Christus würde ihn dort eher erhören als an einem anderen Orte. Hier angelangt, warf er sich zur Erde und flehte aus allen Kräften seiner schmerzerfüllten Seele um Barmherzigkeit, sodass er darüber vergaß, wo er war und was er tat.

Erst am Nachmittag brachte ihn der Schall der Trompeten von Neros Zirkus her wieder zu sich. Er verließ die Hütte und blickte um sich, als wäre er eben vom Schlafe erwacht. Es war heiß; die Stille wurde nur gestört durch das Geräusch der in der Nähe Arbeitenden und dem endlosen Lärm der Heuschrecken. Die Luft war schwül geworden; über der Stadt war der Himmel noch heiter, aber in der Nähe der sabinischen Hügel sammelten sich dunkle Wolken. Vinicius kehrte heim und wurde von Petronius im Atrium erwartet.

„Ich war im Palast“, sagte er. „Ich zeigte mich dort mit Absicht und beteiligte mich sogar am Würfelspiel. Anicius gibt diesen Abend in seinem Hause ein Fest, und ich versprach zu kommen, doch erst nach Mitternacht, da ich vor dieser Zeit des Schlafes bedürfe. Ich werde mich auch wirklich einfinden, und es wäre gut, wenn du mich begleiten würdest.“ – „Sind keine Nachrichten von Niger oder Nazarius gekommen?“, fragte Vinicius. – „Nein, wir werden sie erst um Mitternacht wiedersehen. Hast du bemerkt, dass ein Sturm im Anzuge ist?“ – „Ja.“ – „Für morgen ist eine Schaustellung von gekreuzigten Christen anberaumt; aber vielleicht wird sie durch Regen verhindert.“ Dann trat Petronius näher und sagte, die Hand auf die Schulter seines Neffen legend: „Aber Lygia sollst du nicht am Kreuze sehen müssen, du wirst sie nur in Corioli treffen. Beim Castor! Ich würde den Augenblick ihrer Befreiung nicht für alle Edelsteine Roms eintauschen.“

Der Abend brach an, und früher als gewöhnlich begann Finsternis die Stadt zu bedecken, denn der ganze Horizont war mit Gewölk umzogen. Bei Einbruch der Nacht fiel schwerer Regen nieder, der sich auf den von der Tageshitze erwärmten Steinen in Dampf verwandelte und die Straßen der Stadt mit Nebel erfüllte. Dann trat Windstille ein, worauf kurze, heftige Regenschauer folgten. „Lass uns eilen!“, sagte endlich Vinicius. „Sie möchten wegen des Sturmes die Leichname früher aus den Gefängnissen tragen.“ – „Es ist Zeit“, versetzte Petronius. Sie bekleideten sich mit gallischen Mänteln und Kopfbedeckungen und gingen durch die Gartentür auf die Straße, Petronius hatte sich mit einem kurzen römischen Messer bewaffnet, wie er es bei nächtlichen Ausgängen immer tat.

Die Stadt war wegen des Sturmes menschenleer. Von Zeit zu Zeit zerrissen Blitze die Wolken und beleuchteten mit blendendem Glanze die frischen Mauern der neu errichteten oder im Bau begriffenen Häuser und die nassen Steinfliesen, mit denen die Straßen gepflastert waren. Nachdem sie einen weiten Weg zurückgelegt hatten, erhellte endlich ein Blitzstrahl den Erdwall mit dem Tempel der Libitina auf der Höhe und einer Gruppe von Maultieren und Pferden an dessen Fuß. – „Niger!", rief Vinicius mit leiser Stimme. „Hier bin ich, Herr!", war die Antwort. – „Ist alles bereit?" – „Ja, Herr, wir fanden uns in der Dunkelheit hier ein. Verbergt euch hier unter dem Walle vor dem Regen. Welch ein Sturm! Ich denke, es wird noch Hagel fallen."

Nigers Furcht war gerechtfertigt. Es begann zu hageln, erst schwach, dann immer stärker und stärker. Die Luft wurde plötzlich kalt. Während sie unter dem Walle standen, der sie vor Wind und Hagel schützte, sprachen sie in leisem Tone. „Sollte uns hier jemand sehen", sagte Niger, „so wird man doch keinen Verdacht schöpfen, sondern uns für Leute halten, die das Ende des Sturmes abwarten! Aber ich fürchte, dass sie die Leichen nicht vor dem Morgen bringen werden." – „Der Hagelsturm wird nicht lange dauern", erwiderte Petronius, „wir müssen bleiben, selbst bis Tagesanbruch."

Sie warteten und lauschten, um das Geräusch des nahenden Zuges zu vernehmen. Der Hagelschauer ging vorüber; dann folgte ein heftiger Regenguss. Zuweilen erhob sich ein Wind und brachte von der Leichengrube her den schrecklichen Geruch verwesender Körper, die nahe der Oberfläche und nur nachlässig begraben waren. „Ich gewahre ein Licht durch den Nebel", sagte Niger, „ein, zwei, drei – es sind Fackeln. Gebt acht, lasst die Maultiere keinen Laut von sich geben", sprach er zu den Männern. – „Sie kommen", flüsterte Petronius. Die Lichter wurden immer deutlicher, und bald konnte man unter den zitternden Flammen die Fackeln unterscheiden. Niger machte das Kreuzeszeichen und begann zu beten.

Unterdessen näherte sich die düstere Prozession und hielt endlich vor dem Tempel der Libitina. Petronius, Vinicius und

Niger pressten sich schweigend gegen den Wall, da sie nicht wussten, warum haltgemacht wurde. Doch die Männer waren nur stillgestanden: Nur einen Moment – sie bedeckten Mund und Gesicht mit Tüchern, um den unerträglichen, erstickenden Geruch von sich abzuhalten, der ihnen von der Leichengrube her entgegenkam; dann erhoben sie die Bahren mit den Särgen und gingen weiter. Nur ein Sarg blieb vor dem Tempel stehen. Vinicius sprang darauf zu; ihm folgten Petronius, Niger und zwei britische Sklaven mit der Sänfte. Aber ehe sie den Sarg in der Dunkelheit erreicht hatten, rief ihnen Nazarius schmerzerfüllt entgegen: „Herr, man brachte sie mit Ursus in das esquilinische Gefängnis; wir tragen einen anderen Leichnam. Beide wurden schon vor Mitternacht fortgeführt." Petronius kehrte heim, finster wie ein Sturm, und versuchte es auch nicht, Vinicius zu trösten. Er sah ein, dass an eine Befreiung Lygias aus dem esquilinischen Gefängnisse nicht zu denken war. Man hatte sie wohl deshalb aus dem Tullianum genommen, sagte er sich, um sie vor dem Tode zu bewahren und für das Amphitheater, für das sie bestimmt war, zu erhalten. Aus eben diesem Grunde wurde sie auch sorgfältiger als die übrigen bewacht. Petronius bedauerte Lygia und Vinicius aus tiefster Seele, aber es verwundete ihn auch der Gedanke, zum ersten Mal in seinem Leben erfolglos gekämpft zu haben.

„Das Glück scheint mich zu verlassen", sagte er sich, „aber die Götter irren, wenn sie glauben, ich werde ein Leben annehmen, wie etwa das des Vinicius ist." Dabei wandte er sich zu diesem, der ihn mit stieren Augen anblickte: „Was ist dir? Du bist im Fieber", sprach Petronius. Vinicius antwortete mit eigentümlicher, gebrochener, zögernder Stimme, gleich der eines kranken Kindes: „Aber ich glaube, dass er sie mir zurückgeben kann." – Über der Stadt verhallten die letzten Donnerschläge.

Zweiundzwanzigstes Kapitel.

Ein dreitägiger Regen, während des Sommers in Rom eine seltene Erscheinung, und Hagelschauer, die gegen jede natürliche Ordnung der Dinge bei Tag und bei Nacht niedergingen, unterbrachen die Spiele. Angst und Schrecken überkam das Volk. Eine schlechte Weinernte war prophezeit worden, und als einmal gegen Mittag der Blitz die Bronzestatue der Ceres auf dem Kapitol traf, ordnete man Opfer im Tempel des Jupiter Salvador an. Die Priester der Ceres verbreiteten das Gerücht, die Stadt habe den Zorn der Götter erregt, weil man den Christen gegenüber nicht streng genug verfahre, und das Volk verlangte, dass man die Spiele fortsetze, ohne Rücksicht auf das Wetter zu nehmen. Ein wahrer Taumel ergriff ganz Rom, als schließlich verkündet ward, die unterbrochenen Ludi sollten aufs Neue beginnen.

Endlich lachte wieder heiterer Himmel über der Stadt. Bei Tagesanbruch füllte sich das Amphitheater mit Legionen Schaulustiger. Der Cäsar erschien pünktlich mit den Vestalinnen und dem Hofe. Das Schauspiel sollte mit Kämpfen der Christen untereinander beginnen. Man hatte diese als Gladiatoren verkleidet und mit allen Arten Waffen versehen, die den Fechtern von Beruf beim Angriffe und bei der Verteidigung dienten. Aber der Versuch brachte eine Enttäuschung mit sich. Die Christen warfen ihre Netze, Spieße, Lanzen, Schwerter zu Boden, umarmten einander und ermutigten sich gegenseitig, Marter und Tod geduldig zu erleiden. Groll und Entrüstung ergriff die Herzen der Zuschauer. Die einen beschuldigten sie der Schwäche und Feigheit, die anderen behaupteten, nur aus

Hass gegen das Volk wollten die Christen nicht kämpfen, weil sie ihm nicht die Freude gönnten, den der Anblick der Tapferkeit gewährt. Schließlich ließ der Cäsar wirkliche Gladiatoren auftreten, die in kurzer Zeit die knienden, wehrlosen Opfer abschlachteten. Nach Wegräumung der Leichname folgte statt der Kampfspiele eine Reihe lebender Bilder aus der Mythologie, des Kaisers eigene Erfindung. Man sah Herkules, der bei lebendigem Leibe auf dem Berge Öta verbrannte.

Vinicius zitterte bei dem Gedanken, Ursus könne für die Rolle des Herkules ausersehen sein, aber es schien noch nicht an Lygias treuen Diener die Reihe gekommen zu sein, denn ein anderer, dem Vinicius völlig unbekannter Christ verbrannte auf dem Scheiterhaufen. Das nächste Bild brachte Bekannte Chilons, dessen Anwesenheit Nero befohlen hatte. Der Tod des Dädalus und des Ikarus wurden dargestellt. Als Dädalus musste Euricius auftreten, jener Alte, der Chilon die Bedeutung des Fischzeichens verraten hatte. Sein Sohn Quartus war da in der Rolle des Ikarus. Mit einer Art Flugmaschine wurden beide in die Höhe gehoben und in die Arena hinabgeschleudert; beide stürzten zerschmettert auf den Boden. Quartus stürzte in so unmittelbarer Nähe des kaiserlichen Podiums herab, dass der Kaiser und seine nächste Umgebung von dessen Blut bespritzt wurden. Chilon bemerkte in der Luft den herabfallenden Körper und schloss seine Augen, sodass er nur einen dumpfen Schlag hörte. Als er die Augen öffnete und die unförmige Masse sah, war er wieder einer Ohnmacht nahe. Doch bald kam ein neues Bild.

Schreckliche Sachen mussten nun Jungfrauen durch die Gladiatoren in Gestalt von wilden Tieren über sich ergehen lassen. Andere Jungfrauen waren als Priesterinnen der Kybele und Ceres verkleidet: Die Danaiden, Dirke und Pasiphä wurden dargestellt. Zum Schlusse wurden noch unreife Mädchen auf wilde Pferde geschnallt und von diesen in Stücke gerissen.

Das Volk klatschte ungeheuern Beifall für diese neuen Erfindungen des Kaisers, der ganz entzückt dasaß und auch nicht einen Augenblick den Smaragd vom Auge nahm, als man die unschuldigen Gestalten mit glühenden Eisen brannte, mit Zangen auseinanderriss und sich schließlich über die konvulsivischen Zuckungen der Opfer freute.

Jetzt folgten wieder Bilder aus der römischen Zeit. Man sah einen Mucius Scävola, der seinen an einen Dreifuß gebundenen Arm im Feuer hielt, das ganze Amphitheater roch nach verbranntem Fleisch, doch dieser Scävola stand unbeweglich mit zum Himmel erhobenen Augen und betete. Die noch zuckenden Opfer wurden totgemacht und die Arena wieder gesäubert, während sich der Kaiser mit den Vestalinnen und Augustianern in ein nahe gelegenes Zelt begab und dort das Prandium einnahm; auch das Volk war des Sitzens müde und zerstreute sich teilweise. In der Pause wurden Löcher gegraben, die sich über die ganze Arena bis vor des Kaisers Podium hinzogen. Das Volk nahm wieder seine Plätze ein, und auf ein gegebenes Zeichen öffnete sich die Cunicula. Man trieb eine Unzahl von nackten, Kreuze tragenden Christen in den Raum. Bald wimmelte es von ihnen. Es waren Greise, die unter der Last einherschwankten, Männer in der Vollkraft ihrer Jahre, Frauen, Jünglinge und Kinder, die man alle am Anfange der Schauspiele nicht hatte umbringen können. Die Kreuze sowie die Opfer selbst waren mit Blumen bekränzt; mit fieberhafter Schnelligkeit wurden die Opfer an die Kreuze genagelt und aufgestellt, um damit fertig zu sein, wenn der Kaiser auf dem Podium erschien. Den Schall der Hammerschläge hörte man sogar im kaiserlichen Zelte, wo man Wein trank, sich über Chilon lustig machte und sich mit den Priesterinnen der Vesta neckte. Und auf der Arena drangen die Nägel durch Füße und Hände, Schaufeln begannen ihr Werk und füllten die Löcher, worin die Kreuze steckten.

Unter den Gekreuzigten befand sich auch Crispus. Er sah heut anders aus als sonst. Um seinen abgemagerten Leib schlang sich ein Efeugewinde, und sein Haupt trug einen Kranz von Rosen; seine Augen funkelten energisch wie sonst, und sein strenges Gesicht glühte vor heiligem Eifer. Stets zu sterben bereit, freute er sich, dass seine Stunde gekommen war. „Danket dem Erlöser“, sprach er wie immer in scheltendem Tone, „weil er euch erlaubt, denselben Tod zu erleiden, den er gestorben ist. Vielleicht wird euch ein Teil eurer Sünden darum erlassen werden. Aber zittert immerhin, denn Gerechtigkeit herrscht über den Sternen, und die Sünder erwartet nicht der gleiche Lohn wie die Gerechten.“ Nachdem er so gesprochen hatte, rief eine ruhige, feierliche Stimme von oben herab: „Ich sage euch, dass Christus euch in seinen Schoß aufnehmen wird! Habet Vertrauen, denn der Himmel steht für euch offen.“

Aller Augen wandten sich empor, auch die schon am Kreuze hingen, hoben ihre bleichen Köpfe, Crispus aber streckte die Hand aus, wie zu einer scheltenden Entgegnung. Plötzlich aber hielt er inne und flüsterte: „Der Apostel Paulus.“ Staunend sahen die Zirkusdiener alle Christen, die noch nicht angenagelt waren, auf die Knie fallen. In demselben Augenblicke näherte sich ein Zirkusdiener dem Apostel und fragte: „Wer bist du, dass du es wagst, an die Verurteilten das Wort zu richten?“ – „Ein Bürger Roms“, entgegnete Paulus ruhig. Da ließ Crispus, der von zwei Negern an sein Kreuz genagelt wurde, den Blick durch die Runde schweifen und rief: „Betet für mich, Brüder, denn ich sündigte in meiner Sterbestunde.“ Seine starren Züge verloren ihren strengen Ausdruck, sie wurden friedlich und milde. Erst als die Zuschauer wieder lachend und lärmend das Amphitheater füllten, zog der Greis die Brauen zusammen, als verstimme es ihn, dass die Heiden den süßen Frieden seines Todes störten.

Die Kreuze waren inzwischen alle aufgerichtet worden, sodass die Arena aussah wie ein Wald von Gekreuzigten. Eine solche Menge von Kreuzen hatte man noch nie gesehen; die Sklaven hatten alle Mühe, sich durchzuzwängen. Crispus aber war als eines der Häupter der Gemeinde unmittelbar vor dem kaiserlichen Podium an ein riesiges, mit Großblattranken umwundenes Kreuz geschlagen worden. Es war ein furchtbares, langsames Sterben, viele waren in Ohnmacht gefallen und hingen mit zur Brust gesenkten Köpfen da, wie tot. Das Volk, das nach dem eingenommenen Imbiss satt und lustig auf seinen Sitzen Platz genommen hatte, verstummte allmählich; die große Anzahl der Opfer schien die Menge zu verwirren, denn niemand wettete, wer zuerst verscheiden würde, was sonst die Gewohnheit war, wenn es sich um eine kleinere Zahl Verurteilter handelte.

Nero schien sich zu langweilen, denn er machte sich an seinem Halstuche zu schaffen, und sein Gesicht zeigte einen schläfrigen Ausdruck. – Crispus, der eine Zeit lang halb ohnmächtig am Kreuze hing, öffnete plötzlich die Augen und heftete sie auf den Kaiser. Seine Gesichtszüge nahmen dabei wieder den unerbittlich strengen Ausdruck an, und in den Augen glühte eine dichtere Flamme, sodass die Augustianer flüsternd nach ihm zeigten und Nero schwerfällig seinen Smaragd vor die Augen schob, da auch seine Aufmerksamkeit erregt wurde. Es herrschte tiefes Schweigen. Aller Augen hingen an Crispus, der die rechte Hand heftig bewegte, als ob er sie losreißen wollte. Dann dehnte sich seine Brust, und er rief mit gellender Stimme: „Wehe dir! – Muttermörder!"

Die Augustianer hielten den Atem an, Chilon saß wie eine Bildsäule da, und der Kaiser ließ zusammenzuckend den Smaragd fallen. Auch das Volk hörte gespannt, als es solche Worte vernahm, und dröhnender als früher schallte die Stimme durch das Riesengebäude: „Wehe dir, Mörder deines Weibes und deines Bruders, wehe dir, Antichrist. Der Abgrund öffnet sich vor dir, der Tod streckt seine Arme nach dir aus und dein Grab wartet. Wehe dir, lebendiger Leichnam, denn du wirst in Angst und Schrecken sterben, und bist verdammt auf ewig. Wehe dir, du Mörder, du Mordbrenner! Das Maß ist voll, deine Zeit ist gekommen.“ Crispus streckte sich nochmals; seine hageren Arme spannten sich aus, der Leib senkte sich und der Kopf sank auf die Brust herab. Er war tot. Und um ihn her schlummerten die übrigen einer nach dem andern hinüber in den ewigen Schlaf …

„Herr“, sagte Chilon, „das Meer ist ruhig wie das Öl und scheint zu schlafen. Fahren wir jetzt nach Achaja. Dort erwartet dich der Ruhm Apollos, dort erwarten dich Kränze, Triumphe, dort werden dich die Leute vergöttern und die Götter werden dich als ihresgleichen bewirten, während hier, Herr …“ Er brach ab, denn seine Unterlippe fing an so heftig zu zittern, dass seine Sprache unverständlich wurde. – „Wir werden fahren, sobald die Spiele beendet sind“, entgegnete Nero. „Ich weiß, dass man jetzt schon die Christen ‚Innoria corpora‘ nennt, würde ich aber abreisen, so würden dies alle nachsprechen. Was fürchtest du denn, du vermorschter Schwamm?“ Nero zog die Brauen zusammen und blickte auf Chilon, als erwarte er noch eine Antwort; aber die Kaltblütigkeit, die Nero zur Schau trug, war erkünstelt.

Die letzte Drohung des Crispus hatte ihm einen mächtigen Schrecken eingejagt, sodass er, zum Palatin zurückgekehrt, lange nicht einschlafen konnte vor Wut, Scham und Angst. Der abergläubische Vestinus, der das Gespräch mit angehört hatte, sah sich vorsichtig um und sagte mit gedämpfter Stimme: „Herr, höre, was dieser Greis sagt. Diese Christen haben etwas Wunderbares an sich. Ihr Gott gibt ihnen offenbar einen leichten Tod, aber er könnte doch rachsüchtig sein!“ Darauf Nero: „Ich bin es ja nicht, der die Spiele veranstaltet; Tigellinus ist es.“ – „Ja, ich bin es“, entgegnete Tigellinus, der die Antwort des Kaisers gehört hatte. „Ich fürchte keinen der christlichen Götter. Dieser Vestinus, Herr, ist eine von Vorurteilen aufgetriebene Blase, und der heldenmütige Grieche ist bereit, aus Angst zu sterben beim Anblick einer Gluckhenne, die ihre Küchlein verteidigt.“ – „Das ist richtig“, sagte Nero, „aber für die Zukunft befehle, den Christen die Zungen auszureißen und ihnen den Mund zu verstopfen.“ – „Ich werde ihnen den Mund mit Feuer stopfen, du Göttlicher!“ – „Wehe mir“, stöhnte Chilon. Doch der Kaiser, dem das kecke Selbstbewusstsein des Tigellinus Zuversicht verliehen hatte, fing an herzlich zu lachen und wies mit dem Finger auf den alten Griechen. „Seht her! So sieht ein Nachkomme des Achilles aus!“

In der Tat bot Chilon ein Bild des Jammers. Die wenigen Haare, die seinen Schädel bedeckten, waren ganz weiß geworden, und seinen Mienen zeigten einen Ausdruck von Unruhe, Furcht und Niedergeschlagenheit. Zeitweise war er wie betäubt und geistesabwesend. Oft beantwortete er an ihn gerichtete Fragen gar nicht, und dann brauste er so zornig auf, dass sich die Augustianer hüteten, ihn zu reizen. Solch ein Augenblick war jetzt gekommen. „Macht, was ihr wollt mit mir, ich gehe nicht mehr zu den Spielen!“, rief er verzweifelt und knipste mit den Fingern. Nero sah ihn eine Weile an, worauf er sich an Tigellinus wandte und laut sagte: „Du wirst darauf achten, dass der Stoiker in den Gärten in meiner Nähe bleibt. Ich bin begierig, welchen Eindruck unsere brennenden Fackeln auf ihn machen werden.“ Chilon erschrak vor dem drohenden Tone, in dem Nero sprach. „Herr!“, sagte er, „ich werde nichts sehen; bei Nacht bin ich blind.“ Der Kaiser aber erwiderte mit schrecklichem Lächeln: „Die Nacht wird hell sein wie der Tag.“ Darauf wandte er sich zu den Augustianern, um mit ihnen über die Wettrennen zu sprechen, die er zu veranstalten gedachte.

Petronius näherte sich dem Griechen und sagte, ihm auf die Schulter klopfend: „Habe ich dir nicht gesagt, dass du es nicht aushalten wirst?“ Jener antwortete nur: „Ich will mich betrinken.“ Und er streckte die zitternde Hand nach einem Becher, doch er brachte ihn nicht bis an die Lippen. Vestinus, neugierig und erschrocken, nahm ihm den Becher ab und fragte: „Jagen dich die Furien, wie?“ – „Nein“, sagt Chilon, „aber die Nacht rückt heran.“ – „Was denn für eine Nacht? Mögen sich die Götter über dich erbarmen.“

„Eine ungeahnte, eine schreckliche Nacht.“ – „Du empfindest jetzt wohl Mitleid mit ihnen?“ – „Weshalb vergießet ihr so viel Blut? Hörtest du, was jener am Kreuze sagte? Wehe uns!“ – „Ich hörte es“, sagte Vestinus leise. „Aber sie sind doch Brandstifter!“ – „Das ist nicht wahr!“ – „Sie sind die Feinde des Menschengeschlechtes!“ – „Das ist nicht wahr!“ – „Sie sind Brunnenvergifter!“ – „Das ist nicht wahr!“ – „Sie morden die Kinder!“ – „Das ist nicht wahr!“ – „Was?“, fragte Vestinus erstaunt, „Du selbst hast doch dies alles behauptet und sie dem Tigellinus ausgeliefert!“ – „Dafür umfängt mich jetzt Finsternis, und der Tod naht. Zeitweise kommt es mir vor, als sei ich schon gestorben und ihr alle ebenso!“ – „Nein, nein, jene sterben, aber wir leben. Aber sage mir doch, was die Christen beim Tode sehen, da sie alle nach oben sehen?“ – „Sie sehen Christum!“ – „Ist das ihr Gott? Ist das ein mächtiger Gott?“

Ohne hierauf zu antworten, fragte Chilon: „Was sind das für Fackeln, die im Garten brennen sollen, von denen der Kaiser sprach?“ – „Man nennt sie Sarmentii und Semarii. Man bekleidet sie mit der Schmerzenstunika, bestreicht sie mit Harz, bindet sie an Säulen und zündet sie an. Wenn nur deren Gott uns keine Niederlage sendet. Semarii!! Das ist eine grausame Züchtigung.“ – „Das ist mir lieber, denn hierbei gibt es kein Blutvergießen“, sagte Chilon. „Heiße den Sklaven mir Wein reichen. Ich will trinken, doch verschütte ich den Wein, denn die Hand zittert vor Kummer." – Die anderen unterhielten sich inzwischen ebenfalls über die Christen. Der alte Domitius Afer machte sich über sie lustig. „Es sind ihrer so viele, dass ihnen nichts leichter wäre, als einen Bürgerkrieg anzufangen; statt dessen sterben sie wie die Schafe." – „Sie sollen es nur versuchen, anders zu sterben", warf Tigellinus ein. – Darauf bemerkte Petronius: „Ihr seid im Irrtum. Sie wehren sich." – „Wieso denn?" – „Mit ihrer Geduld." – „Das ist eine ganz neue Art Waffe." – „Sicherlich. Aber könnt ihr behaupten, dass sie wie gemeine Verbrecher sterben? Nein! Sie sterben so, als wären jene die Verbrecher, die sie zum Tode verurteilen; das sind wir und das römische Volk!"

„Was ist das für ein Geschwätz!", sagte Tigellinus. – „Hic Abdera", entgegnete Petronius lächelnd.

Alle staunten über die Richtigkeit der Betrachtung des Petronius, blickten sich gegenseitig an und sagten: „Ganz recht, es ist etwas Besonderes in ihrem Sterben." – „Ich sage euch, sie sehen ihren Gott", rief Vestinus. Einige Augustianer wendeten sich zu Chilon: „Nun, Alter, du kennst sie ja gut; sag uns, was sie sehen!" Der Grieche spie den Wein aus, den er im Munde hatte, und befleckte seine Tunika. „Sie sehen die Auferstehung!", sagte er, und zitterte so heftig, dass die neben ihm Sitzenden in lautes Gelächter ausbrachen.

Dreiundzwanzigstes Kapitel.

Seit mehreren Tagen schon hatte Vinicius die Nächte außer dem Hause zugebracht. Petronius nahm deshalb an, er habe einen neuen Plan entworfen und bereite Lygias Rettung aus dem esquilinischen Gefängnisse vor, doch wollte er ihn nicht danach fragen, aus Furcht, das begonnene Werk zu gefährden. Dieser verfeinerte Skeptiker war nämlich in gewissem Sinne abergläubisch geworden: Weil ihm die Rettung Lygias aus dem Mamertinischen Kerker missglückt war, hörte er auf, seinem Sterne zu vertrauen. Zudem schien ihm ein Gelingen der Pläne seines Neffen auch ausgeschlossen. Der esquilinische Kerker, in aller Eile aus Kellern solcher Häuser gebildet, die man, um dem Feuer zuvorzukommen, niedergerissen hatte, war allerdings nicht so furchtbar wie das alte Tullianum beim Kapitol; dafür wurde er aber umso schärfer bewacht, und Petronius wusste, dass man Lygia dorthin gebracht hatte, um sie vor zu frühem Tode, nicht aber um sie damit vor dem Amphitheater zu bewahren, und dass man sie bewachen würde, wie ein Mensch seinen Augapfel. „Offenbar", sagte er sich, „haben Nero und Tigellinus Lygia für ein besonderes, alles Frühere in Schatten stellendes Schauspiel ausersehen. Vinicius geht eher selber zu Grunde, als dass er sie davor rettet."

Auch Vinicius hatte die Hoffnung auf ihre Befreiung aufgegeben. Er sagte sich, Christus allein könne sie aus dem Gefängnisse führen. Das einzige Sinnen und Trachten des jungen Kriegers ging jetzt dahin, sie noch im Kerker zu sehen. Der Gedanke, dass Nazarius als Leichenträger in das Mamertinische Gefängnis eingedrungen war, ließ ihm seit einiger Zeit keine Ruhe, und er beschloss, den gleichen Weg einzuschlagen. Nachdem er den Aufseher der Leichengruben um eine ungeheure Summe erkauft hatte, nahm ihn dieser schließlich unter die Zahl seiner Knechte auf, die er allnächtlich in die Gefängnisse schickte, um die Leichname zu holen.

Dass Vinicius erkannt werden würde, war kaum anzunehmen. Durch die Dunkelheit, die schlechte Beleuchtung des Kerkers und durch seine Verkleidung war er sicherlich davor bewahrt. Wem mochte es auch in den Sinn kommen, dass sich ein Patrizier, der Nachkomme einer langen Reihe von Konsuln, unter diesen Knechten, diesen Leichenträgern befinde, die den schlechten Dünsten der Gefängnisse und den übelriechenden Gruben ausgesetzt waren, dass er sich einer Arbeit unterziehen werde, zu der die Menschen sonst nur durch Sklaverei oder durch die äußerste Not gezwungen wurden? Sobald der ersehnte Abend da war, verkleidete sich Vinicius, hüllte das Haupt in ein mit Terpentin getränktes Tuch und begab sich klopfenden Herzens mit den übrigen Knechten nach dem Esquilin. Die prätorianischen Wachen machten keine Schwierigkeiten, denn alle waren mit den nötigen Tesserä versehen, die von dem Zenturio beim Lichte einer Laterne geprüft wurden. Die schwere eiserne Pforte tat sich auf, und die Leichenträger traten ein.

Vinicius erblickte einen weiteren, gewölbten Keller, aus dem sie zu einer Reihe anderer Gelasse kamen. Einige dieser armen Wesen lagen an den Wänden hingestreckt, wie in Schlummer versunken oder tot. Andere umringten große, in der Mitte stehende Gefäße mit Wasser, woraus sie so gierig tranken, wie Leute, die vom Fieber verzehrt werden; wieder andere saßen auf dem Boden, die Ellenbogen auf die Knie gestützt, das Gesicht in den Händen verborgen, da und dort sah man schlafende Kinder an die Brust ihrer Mutter geschmiegt. Ringsumher vernahm man lautes Stöhnen, die beschleunigten Atemzüge der Kranken, heftiges Weinen, geflüsterte Gebete, halblaut gesungene Hymnen, und dazwischen die Flüche der Aufseher. Die Luft in diesen Gewölben war verpestet durch die Ausdünstungen der Lebenden und der Toten.

In der dunkeln Tiefe wimmelte es von schwarzen Gestalten; in der Nähe des flatternden Lichtes sah man blasse, hungrige, leichenhafte Gesichter mit trüben oder fieberglänzenden Augen, blauen Lippen, schweißtriefenden Stirnen und klebrigen Haaren. Aus den Ecken drang lautes Stöhnen von Kranken, dort rief einer nach Wasser, hier flehten mehrere, zum Tode geführt zu werden. Und doch war dieser Kerker weniger furchtbar als das alte Tullianum! Die Füße drohten Vinicius zu versagen, sein Atem begann zu stocken. Hier war Lygia! Die Haare standen ihm zu Berge, und nur mühsam erstickte er einen Schrei der Verzweiflung. Das Amphitheater, die Zähne der wilden Tiere, das Kreuz – alles war besser als diese fürchterlichen, mit Leichengeruch gefüllten Kerker, worin flehende Menschenstimmen aus allen Winkeln riefen: „Führt uns zum Tode!“

Vinicius drückte die Fingernägel in die Hand, denn er fühlte eine plötzliche Schwäche und fürchtete, das Bewusstsein zu verlieren. Alles, was er bisher empfunden hatte, seine Liebe und seine Qualen traten nun zurück vor dem einen sehnsüchtigen Verlangen nach dem Tode. – Eben fragte an seiner Seite der Aufseher der Leichengruben: „Wie viele Leichname habt ihr?“ – „Etwa ein Dutzend“, erwiderte der Kerkermeister; „morgen früh werden ihrer mehr sein, denn viele liegen im Sterben.“ Und er begann über die Frauen zu klagen, die ihre toten Kinder verbargen, um nicht von ihnen getrennt zu werden, um nicht ihr Teuerstes den Kloaken übergeben zu müssen. „Wir müssen oft die Leichen durch den Geruch finden, der die an sich schon fürchterliche Luft noch mehr verpestet. Lieber wollte ich in einem Arbeitshause für Sträflinge sein, als diese lebendig verfaulenden Hunde überwachen.“ Der Kerkeraufseher tröstete ihn damit, dass er sagte, seine Arbeit sei nicht angenehmer. Vinicius hatte seine Geistesgegenwart wiedererlangt und begann das Verlies zu durchsuchen. Doch nirgends fand er Lygia und gab allmählich die Hoffnung auf, sie noch einmal lebendig zu sehen. Einige der Keller waren durch neu gegrabene Gänge miteinander verbunden; die Leichenträger betraten aber nur solche Räume, worin Tote lagen. Vinicius fürchtete schon, seine List würde erfolglos sein, als ihm sein Arbeitgeber zu Hilfe kam. „Die Leichen sind ansteckend“, sagte er. „Ihr müsst sie entweder sofort hinaustragen, oder samt den Gefangenen sterben.“ – „Wir sind nur unser zehn und müssen schlafen“, fiel der Kerkermeister ein. „Ich will vier meiner Leute hier lassen, die während der Nacht umher gehen und nach Leichen suchen sollen.“ – „Wir wollen morgen mit dir trinken, wenn du das tust. Jeder muss untersucht werden; denn wir haben Befehl, jeder Leiche den Hals zu durchstechen und sie sofort in die Gruben zu schaffen.“ – „Gut, gut. Wir werden miteinander trinken“, erwiderte der Aufseher.

Vier Männer, darunter Vinicius, wurden ausgewählt, die anderen hatten die Leichen auf die Bahren zu schaffen. Vinicius war beruhigt, denn nun musste er Lygia finden. Zuerst durchsuchte er sorgfältig den ersten Keller; in jedem Winkel, den ihm seine Fackel zeigte, forschte er nach ihr, er prüfte die Gesichter, die unter rauen Mänteln schliefen, er entdeckte, dass die Schwerkranken in eine besondere Ecke gebracht worden waren. Doch Lygia fand er nirgends; auch im zweiten und dritten Keller nicht. – Inzwischen war späte Nacht geworden; sämtliche Leichen hatte man hinausgetragen. Die Wächter verteilten sich in die Zwischengänge und schliefen, die vom Weinen müde gewordenen Kinder schwiegen; nichts ließ sich hören als schwere Atemzüge und da und dort ein leise gemurmeltes Gebet. Vinicius trat mit der Fackel in den vierten, bedeutend kleineren Keller. Mit der Fackel vor sich hinleuchtend, spähte er umher und begann plötzlich zu zittern; denn er glaubte, an einer vergitterten Maueröffnung die Hünengestalt von Ursus zu sehen. Nachdem er rasch die Fackel ausgelöscht hatte, näherte sich ihm und fragte: „Ursus, bist du hier?“ – „Wer bist du?“, antwortete der Riese, sich zu ihm wendend. – „Kennst du mich nicht?“, entgegnete der junge Tribun. – „Du hast die Fackel ausgelöscht; wie soll ich dich erkennen?“

Jedoch in diesem Augenblicke erkannte Vinicius Lygia, die auf einem Mantel gebettet, dicht an der Wand lag. Er sprach kein Wort weiter und kniete an ihrer Seite nieder. Ursus erkannte ihn jetzt und rief: „Gepriesen sei Christus! Doch wecke sie nicht auf, Herr!“ Vinicius blickte auf sie durch seine Tränen hindurch. Trotz der Dunkelheit vermochte er ihr Antlitz, das so weiß wie Alabaster war, und ihre abgemagerten Arme zu unterscheiden. Bei diesem Anblick fühlte er eine Liebe, die seine Seele bis in die tiefsten Tiefen erschütterte und zugleich so voll Mitleid und Ehrfurcht war, dass er auf sein Antlitz fiel und seine Lippen auf den Saum des Mantels drückte, auf dem sein Teuerstes auf Erden lag. Ursus schaute ihm lange schweigend zu; endlich zog er ihn an der Tunika. „Herr“, fragte er, „wie kamst du hierher? Willst du sie retten?“

Vinicius erhob sich und kämpfte seine Rührung nieder. „Zeige mir, wie?“, erwiderte der Tribun. – „Ich dachte, du würdest Wege finden, Herr. Nur ein Mittel fiel mir ein –“ Dabei kehrte er sich gegen die Gittertür und sagte: „Hier durch. Aber es stehen Söldner draußen –“ – „Hundert Prätorianer.“ – „So kommen wir nicht durch?“ – „Nein.“ – Der Lygier rieb sich die Stirn und fragte abermals: „Wie kamst du herein?“ – „Ich habe eine Einlassmarke vom Aufseher der Leichengruben.“ Plötzlich hielt er inne, als ob ihm ein Gedanke gekommen sei. „Beim Leidenswege des Erlösers!“, begann er; „Ich bleibe hier. Sie soll meine Tessera nehmen, ihr Haupt in ein Tuch hüllen, einen Mantel über die Schultern ziehen und sich hindurchschleichen. Unter den Leichenträgern befinden sich mehrere halbwüchsige Knaben, sodass ihre Gestalt den Prätorianern nicht auffallen wird – und ist sie erst in des Petronius Hause, so ist sie gerettet.“

Doch der Lygier ließ den Kopf auf die Brust herabsinken und sagte: „Sie würde nicht einwilligen, weil sie dich liebt. Auch ist sie krank und kann allein kaum stehen. Wenn du und Petronius sie nicht aus dem Kerker zu befreien vermögt, wer kann es dann?“ – „Christus allein.“ – Beide schwiegen. –

„Christus könnte alle Christen retten“, dachte der Lygier in seinem einfältigen Herzen; „da er sie aber nicht rettet, so ist es sicher, dass die Stunde der Marter und des Todes gekommen ist.“ Er schickte sich darein, soweit es ihn betraf; doch seine Seele war tief traurig um jenes Kindes willen, das in seinen Armen aufgewachsen war, und das er mehr liebte als sein eigen Leben. Vinicius kniete sich wieder an Lygias Seite hin. Mondstrahlen drangen durch das Gitter und spendeten ein stärkeres Licht als die Kerze über dem Eingang. Lygia schlug die Augen auf und sagte, indem sie die fieberheiße Hand auf des Vinicius Arm legte: „Ich sehe dich; ich wusste, dass du kommen würdest.“

Ihre Hand ergreifend, drückte er diese an seine Stirn und sein Herz; dann hob er die Kranke ein wenig in die Höhe und zog sie an seine Brust. „Ich bin gekommen, Geliebte; Christus beschütze und rette dich, teure Lygia!“ Seine Stimme versagte; sein Herz wollte vor Liebe und Schmerz brechen. Allein er suchte in ihrer Gegenwart gefasst sein. „Ich bin krank, Marcus“, sagte Lygia, „und muss entweder hier oder in der Arena sterben. Ich habe gebetet, dich vor dem Tode noch einmal sehen zu dürfen, und du kamst – Christus erhörte mich.“ Und als er darauf kein Wort entgegnen konnte, presste er sie an die Brust, während sie fortfuhr: „Ich sah dich durchs Fenster vom Tullianum aus. Ich sah, dass du zu mir kommen wolltest. Nun gibt mir der Heiland auf einen Augenblick das Bewusstsein wieder, sodass wir voneinander Abschied nehmen können. Ich gehe zu ihm, Marcus; doch ich liebe dich und werde dich ewig lieben.“ Vinicius bezwang sich und suchte seine Stimme ruhig erscheinen zu lassen, während er antwortete: „Nein, Teure, du wirst nicht sterben. Der Apostel hieß mich glauben und versprach für dich zu beten. Er kannte den Heiland; der Heiland liebt ihn und kann ihm Erhörung nicht versagen. Müsstest du sterben, so hätte mir Petrus nicht befohlen, zu vertrauen.

Doch er sagte: ‚Vertraue!' – Nein, Lygia! Christus wird sich erbarmen! Er wünscht nicht deinen Tod. Er wird es nicht zulassen. Ich schwöre dir beim Namen des Erlösers, dass Petrus für dich betet."

Ein kurzes Schweigen folgte. Die über dem Eingang hängende Lampe erlosch, aber der Mond schien hell durch die vergitterte Öffnung. Aus einer Ecke auf der anderen Seite des Kellers drang das Weinen eines Kindes herüber. Doch bald war alles wieder still. Von außen vernahm man die Stimmen der Prätorianer, die sich nach der Ablösung unter der Mauer mit *Scripta duodecim* ergötzten.

„O Marcus", sagte Lygia, „Christus selber rief zum Vater: ‚Nimm diesen bittern Kelch von mir!' Dennoch trank er ihn. Der Heiland starb am Kreuze, und Tausende gehen um seinetwillen in den Tod. Wie sollte er denn mich allein verschonen? Wer bin ich, Marcus? Petrus sagt auch, er werde unter Martern sterben. Als mich die Prätorianer ergriffen, fürchtete ich Tod und Qual; aber ich fürchte sie jetzt nicht mehr. Sieh, wie schrecklich dieser Keller ist! Doch ich gehe in den Himmel. Hier ist der Cäsar, dort aber der Heiland, gnädig und barmherzig. Dort gibt es keinen Tod. Du liebst mich; darum bedenke, dass wir uns dort wiederfinden." Sie hielt inne, um der kranken Brust Atem zu verschaffen; dann zog sie seine Hand an ihre Lippen. „Marcus!" – „Was, meine Teure?" – „Weine nicht um mich und denke daran, dass du dort mit mir vereint sein wirst. Mein Leben ist kurz gewesen, doch Gott hat mir deine Seele geschenkt; deshalb will ich Christus sagen, dass, wenn ich auch sterbe und du meinen Tod mit ansiehst, wenn du auch in Gram und Leid zurückbleibst, du dich doch niemals gegen seinen Willen auflehnen und ihn immer lieben wirst. Wirst du ihn lieben und ergeben meinen Tod ertragen, dann wird er uns auf immer vereinigen. Ich liebe dich und wünsche, auf immer mit dir vereint zu werden." Der Atem versagte ihr; kaum hörbar fügte sie hinzu: „Versprich mir dies, Marcus!“ Bebend umschlang sie Vinicius. „Bei deinem geheiligten Haupte!“, sagte er. „Ich verspreche es dir!“ Der Mond warf einen langen matten Schatten auf ihr Antlitz, das jetzt strahlte. Noch einmal drückte sie seine Hand an ihre Lippen, und dabei flüsterte sie: „Ich bin dein Weib!“ Draußen im Freien jenseits der Kerkermauern erhoben die spielenden Prätorianer einen lauten Streit, Vinicius und Lygia aber vergaßen des Gefängnisses, der Wachen, der Welt: sie fühlten Engelsseelen in ihrem Innern und begannen zu beten. –

Drei Tage, richtiger gesagt, drei Nächte, störte nichts ihren Frieden. Nachdem die gewöhnliche Gefängnisarbeit getan war, die darin bestand, die Toten von den Lebenden und die Schwerkranken von den Übrigen zu trennen, nachdem sich die Wachen zum Schlafen niedergelegt hatten, kam Vinicius in Lygias Kerker und blieb dort bis Tagesanbruch. Sie lehnte ihr Haupt an seine Schulter, und mit leiser Stimme sprachen sie von Liebe und Tod. Im Denken und Reden, in den Wünschen und Hoffnungen selbst lösten sich beide unbewusst mehr und mehr vom Leben und verloren den Sinn dafür. Sie glichen Leuten, die das Land zu Schiff verlassen haben, das Ufer aus dem Auge verlieren und in die Unermesslichkeit hinausgleiten. Beide formten sich zu ernsten Seelen aus, untereinander und mit Christus in Liebe vereint, bereit, die Erde zu verlassen. Nur manchmal erhob sich wieder gleich einem Wirbelwind der Schmerz in der Seele des Vinicius, flammte gleich einem Blitze die Hoffnung in ihm auf, getragen von der Liebe und dem Glauben an den gekreuzigten Gott; immerhin riss auch er sich täglich mehr von der Erde los und sehnte sich nach dem Tode. Wenn er am Morgen aus dem Gefängnisse ging, kam ihm die Welt, die Stadt, die Bekannten, die Lebensinteressen, alles wie ein Traum vor. Alles schien ihm fremd, entfernt, eitel, nichtig. Selbst die Marter hatte ihre Schrecken verloren, weil er sich vorstellte, sie könne in innerer Sammlung, das Geistesauge nach oben gerichtet, überstanden werden. Es schien beiden, als wäre schon die Ewigkeit zu ihrer Aufnahme bereit. Sie sprachen davon, wie sie jenseits des Grabes leben und sich lieben würden; und kehrten ihre Gedanken zuweilen zur Erde zurück, so geschah es wie bei Personen, die eine lang andauernde Reise unternehmen und von den Vorbereitungen dazu reden. Hierbei umgab sie so tiefes Schweigen, wie zwei in der Wüste verlorene und vergessene Säulen. Ihre einzige Sorge bestand darin, dass Christus sie trennen möchte. Ihre Überzeugung, dass er dies nicht tun werde, steigerte sich indes. Daher liebten sie ihn als ein Glied, das sie beide in ewigem Glück und Frieden vereinige. Obwohl noch auf Erden, fiel der Erde Staub von ihnen ab; ihre Seelen wurden so rein wie Tränen. Umgeben von den Schrecken des Todes, unter Elend und Leiden, in dieser Gefängnishöhle, hatte der Himmel in ihnen seinen Anfang genommen; Lygia hatte Vinicius gleichsam an der Hand gefasst und wie eine Gerettete und Heilige ihn hinaufgeführt zur Quelle des Lebens.

Petronius aber war erstaunt, auf dem Antlitze des Vinicius einen Ausdruck immer größeren Friedens und wunderbarer Heiterkeit zu gewahren, was er früher nie bemerkt hatte. Manchmal vermutete er, Vinicius habe eine neue List entdeckt, Lygia zu befreien, und er war etwas beleidigt, dass ihm der Neffe seine Pläne nicht anvertrauen wollte; zuletzt konnte er sich nicht mehr beherrschen und sagte: „Du hast jetzt einen anderen Blick; habe keine Geheimnisse vor mir, denn ich will und kann dir helfen. Hast du etwas erreicht?“ – „Ja“, antwortete Vinicius, „aber du kannst mir nicht helfen. Nach ihrem Tode will auch ich mich als Christ bekennen und ihr folgen.“ – „Hast du also keine Hoffnung?“ – „Die größte Hoffnung! Christus wird sie mir geben, und ich werde nie mehr von ihr getrennt werden.“

Petronius ging im Atrium auf und ab, Enttäuschung und Ungeduld malten sich in seinen Zügen. „Dafür benötigst du deinen Christus nicht – unser Thanatos leistet die gleichen Dienste." Vinicius lächelte ernst und sprach: „Nein, mein Lieber, du willst mich nicht verstehen." – „In der Tat, ich will und kann nicht. Es ist jetzt keine Zeit zu Erörterungen, aber denke an das, was ich dir sagte, als es uns nicht gelang, Lygia aus dem Tullianum zu befreien. Ich verlor alle Hoffnung, du aber sagtest auf dem Heimwege: Ich glaube, dass Christus mir sie wiedergeben kann. Er soll sie dir zurückgeben. Wenn ich einen kostbaren Becher in die See werfe, so kann ihn mir keiner unserer Götter bringen; ist euer Gott nicht besser, so weiß ich nicht, warum ich ihn mehr als die alten Götter ehren sollte!" – „Aber er wird sie mir wiedergeben!"

Petronius zuckte die Achseln. „Weißt du", fragte er, „dass des Cäsars Garten morgen durch Christen beleuchtet wird?"

„Morgen?", wiederholte Vinicius. Und angesichts der nahen und entsetzlichen Wirklichkeit erzitterte sein Herz vor Schmerz und Furcht. „Vielleicht wird dies die letzte Nacht sein, die ich bei Lygia verweilen kann", war sein Gedanke. Er verabschiedete sich von Petronius und begab sich eilig zum Aufseher der Leichengruben, diesen um seine Tessera zu ersuchen. Aber eine neue Enttäuschung wartete seiner – der Aufseher wollte ihm die Tessera nicht geben. „Verzeih mir", sagte er, „ich habe für dich getan, was mir möglich war, aber mein Leben kann ich nicht wagen. Diese Nacht werden Christen nach den Gärten des Cäsar abgeführt. Die Gefängnisse werden voll Soldaten und amtlicher Personen sein. Würdest du dort erkannt, so wären ich und meine Kinder verloren."

Vinicius verstand, dass er vergeblich auf seiner Forderung beharren würde. Doch hoffte er, die Soldaten, denen er ja bekannt war, würden ihn auch ohne Tessera einlassen. Bei einbrechender Nacht verkleidete er sich deshalb wie gewöhnlich als Leichenträger und begab sich, ein Tuch um den Kopf gebunden, zum Gefängnisse. An diesem Abend wurden jedoch die Tesserä strenger als sonst geprüft, und um das Missgeschick vollzumachen, erkannt ihn der Zenturio Scävinus, ein strammer, dem Cäsar mit Leib und Seele ergebener Soldat. Unter dessen eisenbekleideter Brust war aber noch nicht jedes Fünkchen Mitleid für das Unglück anderer erloschen. Anstatt seinen Speer zu gebrauchen und damit die Aufmerksamkeit auf Vinicius zu lenken, ließ er ihn unbehelligt und sagte nur: „Geh nach Hause, Herr! Ich kenne dich! Weil ich aber deinen Untergang nicht will, so werde ich schweigen. Ich darf dich nicht einlassen; gehe deines Weges, und die Götter mögen dir Trost spenden!“

„Du darfst mich nicht einlassen“, sagte Vinicius; „Erlaube mir aber wenigstens, hier stehenzubleiben, um diejenigen zu sehen, die abgeführt werden.“ – „Dies ist nicht gegen meinen Befehl“, sagte Scävinus. Vinicius stand vor dem Tore und wartete. Um Mitternacht öffnete es sich weit und ganze Reihen Gefangener, Männer, Frauen, Kinder erschienen inmitten bewaffneter Prätorianer. Die Nacht war sehr hell, man konnte nicht nur die einzelnen Gestalten, sondern auch deren Gesichtszüge unterscheiden. Die Gefangenen gingen zu zweien, ein langer, düsterer Zug, und die Stille der Nacht wurde nur vom Geräusch der Waffen unterbrochen. Es waren so viele der Abgeführten, dass man hätte vermuten können, alle Kerker seien geleert. Unter den Letzten im Zuge befand sich Glaucus, der Arzt, den Vinicius deutlich erkennen konnte; Lygia und Ursus waren nicht dabei. –

Die Dämmerstunde war noch nicht angebrochen, als sich schon die ersten Volkswogen in des Cäsars Garten ergossen. In Feiertagskleidern, mit Blumen bekränzt, ausgelassen singend, zum Teil auch betrunken, harrte die Menge des neuen Schauspiels. „Semarii! Sarmentii!“, jubelte man in der Via Tecta, auf der Ämiliusbrücke, jenseits des Tiber, auf der Via Triumphalis, rings um den Zirkus Neros und in der Richtung des Vatikanischen Hügels. Man sah auch schon früher in Rom, wie an Pfählen angebundene Menschen bei lebendigem Leibe verbrannt wurden, aber noch nie in dieser Menge. Der Cäsar und Tigellinus wollten mit den Christen ganz aufräumen und der in den Kerkern ausbrechenden Seuche ein Ende machen; diese Seuche verbreitete sich auch schon in der Stadt, alle Kerker wurden daher geräumt. In den Gärten waren in den Haupt- und Seitenalleen und in den Gebüschen mit Pech gestrichene Säulen aufgestellt, rings um die Wiesen, Teiche, Werder, Satzteiche standen diese Säulen, an die man die Christen festband und dann mit Blumen, Myrten- und Efeugewinden schmückte.

Die große Anzahl übertraf selbst die Erwartungen des Volkes. Man hätte glauben können, ein ganzes Volk sei zum Vergnügen der Römer und ihres Herrschers an die Pfähle gebunden worden. Die drängenden Haufen der Zuschauer machten vor einzelnen Pfählen halt, wenn die Gestalt eines Opfers ihre Aufmerksamkeit erregte. Waren das in der Tat lauter Schuldige? Konnten all die kleinen Kinder, die kaum erst zu gehen vermochten, Rom in Brand gesteckt haben? Solche und ähnliche Fragen wurden laut, und in das allgemeine Staunen mischte sich eine leise Unruhe. Inzwischen war es Abend geworden, und am Himmel blinkten die Sterne. Da trat je ein Sklave mit einer brennenden Fackel vor jeden Verurteilten hin, und als die Trompeten das Zeichen zum Beginne des Festes gaben, wurden alle Pfähle von unten auf in Brand gesteckt. Das unter den Blumengewinden verborgene, pechgetränkte Stroh brannte schnell lichterloh, und die Flamme schlug hoch in die Höhe. Das Volk horchte stumm dem Wehegeschrei, dieser einzigen, ungeheuern Klage, die durch die Gärten hallte. Einige Opfer sangen, die Stirnen zum Sternenhimmel erhoben, von den kleineren Pfählen aber riefen herzzerreißende kindliche Stimmen: „Mutter! Mutter!“ Da erfasste ein Grauen diese Römer, selbst die härtesten Herzen wurden gerührt, sogar die Trunkenen schauerten zusammen. Sobald sich der Geruch verbrannter Haare, verbrannten Fleisches bemerkbar machte, wurden von Sklaven Myrten und Aloe zwischen die Pfähle gestreut.

Gleich bei Beginn dieser Vorstellung erschien der Cäsar auf seiner prachtvollen Quadriga, die von vier Schimmeln gezogen wurde, und trug die Farben der Grünen; zu dieser Partei gehörten er und sein Hofstaat. Andere Wagen folgten ihm, in denen Senatoren, Priester und bekränzte Bacchantinnen mit Weinkrügen in den Händen saßen, teilweise schon betrunken und brüllend. Dann folgten Musiker als Faune und Satyrn verkleidet, mit Zithern, Phorminxen, Pfeifen und Trompeten. Wieder kamen Wagen mit Matronen und römischen Jungfrauen, fast sämtlich trunken. Der mächtige Zug der Aristokratie Roms bewegte sich unter Evoe-Rufen durch die Hauptalleen inmitten der menschlichen Fackeln. Der Kaiser hatte Tigellinus und Chilon bei sich, an dessen Entsetzen er sich zu weiden gedachte; er fuhr langsam und betrachtete mit Wohlgefallen die brennenden Leiber. Hoch oben auf der goldenen Quadriga stehend, überragte er den ganzen Hofstaat um Haupteslänge; er sah aus wie ein Riese. Seine ausgestreckten Arme hielten die Zügel und schienen das Volk zu segnen, und auf seinen Zügen lag ein Lächeln. Er strahlte über der sich verneigenden Volksmenge wie eine Sonne, oder wie eine schreckliche, aber schöne und mächtige Gottheit. Ab und zu machte er halt und blickte scharf in die Gesichter der Fackeln; am längsten verweilte er bei Kinder- und Jungfrauenfackeln und betrachtete ihre schmerzverzerrten Züge. Dann wieder nickte er seinem Volke zu und unterhielt sich mit Tigellinus. Schließlich fuhr er zur großen Fontäne, die am Kreuzungspunkte zweier Wege lag, verließ die Quadriga und mischte sich unter das Volk. Man begrüßte ihn stürmisch, und von den Bacchantinnen, wie Nymphen, Senatoren, Augustianern, Faunen, Satyrn und Soldaten begleitet, zur Rechten Tigellinus, zur Linken Chilon, umkreiste er die Fontäne, die von fast fünfzig lebenden Fackeln taghell erleuchtet war. Vor jeder Fackel blieb er stehen, betrachtete die Gesichtszüge und machte sich über den alten Griechen lustig, der ganz verzweifelt vorwärts wankte.

Vor einem hohen, mit Rosen und Myrtengewinden geschmückten Mastbaum hielt Nero den Schritt an. Das Feuer züngelte schon bis zu den Knien des Opfers empor, dessen Gesicht anfangs nicht zu erkennen war, da es Rauchwolken verhüllten. Doch als ein leichtes Lüftchen den Qualm zerteilte, wurde der Kopf eines Greises mit langem grauem Barte sichtbar. Bei seinem Anblicke krümmte sich Chilon wie eine verwundete Schlange, und seiner Brust entrang sich ein Schrei, mehr einem Gekrächze, als einem menschlichen Laute ähnlich: „Glaucus! Glaucus!" Diese lebende Fackel war der Arzt Glaucus. Der Arzt lebte noch, aber sein Antlitz war schmerzverzerrt, und er neigte den Kopf vor, um noch einmal den zu sehen, der ihm Weib und Kind geraubt, der ihn den Räubern verkauft, und der ihn schmählich verraten hatte, dem er um Christi willen alles verzieh. Wohl nie hatte ein Mensch dem andern herberes Leid zugefügt, und nun brannte das Opfer am Pfahle, während der Henker zu seinen Füßen stand.

Die Augen des Arztes waren auf Chilon gerichtet. Er wollte fliehen, aber er konnte nicht; seine Füße waren schwer wie Blei und eine unsichtbare Hand schien ihn bei dem Pfahle festzuhalten. Er schien versteinert zu sein; ununterbrochen starrte er in die Höhe, und der andere neigte immer tiefer den Kopf herab. Die Anwesenden errieten, dass zwischen den beiden etwas Außergewöhnliches vorgehe, und das Lächeln dieser verrohten Gesellschaft schwand. Chilon war grässlich anzusehen; seine Züge waren von Qual und Entsetzen entstellt, als sei sein eigener Leib ein Raub der Flammen. Plötzlich wankte er und rief in herzzerreißendem Tone, indem er die Arme in die Höhe streckte: „Glaucus! Im Namen des Erlösers! Verzeihe mir!"

Es wurde still ringsum; die Anwesenden schauerten zusammen und die Blicke aller richteten sich unwillkürlich in die Höhe. Das Haupt des Märtyrers bewegte sich matt, und von der Spitze des Mastbaumes herab hörte man ein Stöhnen gleich den Worten: „Chilon, ich verzeihe dir!"

Chilon warf sich auf das Gesicht. Laut wie ein Tier heulend bestreute er sein Haupt mit Erde. Die Flammen züngelten immer höher empor, sie fraßen an der Brust und dem Haupte des Glaucus, ergriffen den Myrtenkranz und steckten die flatternden Bänder in Brand. Die ganze Säule brannte in grellem Lichtschein. Da erhob sich Chilon. Er war so verwandelt, dass ihn die Augustianer kaum erkannten. Seine Augen glänzten, von seiner Stirn strahlte Begeisterung. Der noch vor kurzem so unbeholfene Grieche glich einem Priester, aus dem die Gottheit spricht. „Was geht mit ihm vor? Er ist verrückt geworden!", riefen einige Stimmen.

Er aber wandte sich zu den Umstehenden, streckte die rechte Hand in die Höhe und rief mit so lauter Stimme, dass es nicht nur die Augustianer, sondern auch das weiter zurückstehende Volk hören konnte: „Volk von Rom! Ich schwöre bei meinem Tode, dass hier Unschuldige zu Grunde gehen! Der Brandstifter ist – dieser hier!!" Und er zeigte mit dem Finger auf Nero.

Es entstand eine tiefe Stille, man hörte nur das Prasseln der Flammen; die Höflinge waren starr. Chilon stand noch immer, mit der zitternden Rechten auf den Kaiser zeigend. Plötzlich trat Verwirrung ein; die Leute warfen sich wie eine Sturmwelle nach der Stelle, wo der Greis stand, um diesen in der Nähe zu sehen. Hier hörte man Rufe: „Haltet ihn!", dort wieder: „Wehe uns!" Dann pfiff und schrie die ganze Menge: „Ahenobarbus!

Muttermörder! Mordbrenner!“ Mit jedem Augenblicke stieg die Unruhe. Mit lautem Geschrei stürzten sich die Bacchantinnen auf die Wagen, und als einige Flammensäulen krachend zusammenstürzten und ein Funkenregen umhersprühte, ward Chilon plötzlich von seinen Begleitern getrennt und befand sich inmitten einer fliehenden Menschenmenge.

Die Pfähle waren verkohlt und fielen in jeder Richtung über die Wege, die Luft mit Qualm, Funken und dem Geruche verbrannten Holzes und versengten Fleisches füllend. Ein Licht um das andere erstarb. Dunkelheit legte sich allmählich über die Gärten. Die erschreckte, verwirrte, erbitterte Menge drängte den Toren zu. Die Kunde des Geschehenen wanderte von Mund zu Mund, entstellt und vergrößert. Hier und dort ließen sich Stimmen des Mitleids mit den Christen vernehmen. „Wenn sie Rom nicht angezündet haben, warum so viel Blut, so viel Qual und Ungerechtigkeit? Werden die Götter die Schuldlosen nicht rächen? Welche Piacula vermögen sie zu besänftigen?“ Die Worte, „Innoxia corpora!“, erschallten öfter und öfter. Frauen bedauerten, dass man so viele Kinder den wilden Tieren vorgeworfen, ans Kreuz genagelt oder in diesen fluchbeladenen Gärten lebendig verbrannt hatte. Schließlich fluchte man dem Cäsar und Tigellinus. Mehr als einer blieb plötzlich stehen und fragte sich oder andere: „Welche Gottheit ist das, die solche Stärke in der Marter und in dem Tode verleihen kann?“ Und nachdenklich schritten sie heimwärts.

Chilon irrte eine Zeit lang in den Gärten umher, wo es inzwischen dunkel geworden war. Nur der Mond lugte mit fahlem Scheine durch die Bäume der Alleen, und Chilon suchte sich vor ihm zu verstecken, ihm war, als schaue ihn die Mondesscheibe mit den Augen des verbrannten Märtyrers an. Er war im Kreise umhergeirrt und befand sich wieder in der Nähe der Fontäne, wo Glaucus seine Seele ausgehaucht hatte; hier brach er erschöpft zusammen.

Da berührte eine Hand seinen Arm. Der Greis wandte den Kopf, und als er einen Fremden vor sich sah, rief er entsetzt: „Wer bist du?" – „Paulus von Tarsos, der Apostel!" – „Ich bin verflucht! Was willst du noch?" – „Ich will dich erlösen", erwiderte der Apostel. Chilon lehnte sich an einen Baumstamm. Die Knie zitterten unter ihm und seine Arme hingen leblos ab. „Für mich gibt es keine Erlösung mehr", sagte er dumpf. – „Hast du denn nicht gehört, dass auch Christus dem reuigen Schächer am Kreuze verziehen hat?", fragte Paulus. – „Weißt du auch, was ich getan habe?" – „Ich sah deinen Schmerz und hörte, wie du die Wahrheit bezeugtest." – „O Herr!" – „Und wenn dir der Diener Christi in seiner qualvollen Todesstunde verzieh, wie sollte Christus dir nicht verzeihen?"

Chilon griff an seinen Kopf, wie wahnsinnig. „Verzeihung? Für mich Verzeihung?" – „Unser Gott ist ein Gott des Erbarmens!", versetzte der Apostel. – „Für mich?", wiederholte Chilon. Und er wimmerte wie einer, der nicht mehr die Kraft hat, seine Qual zu tragen. Paulus aber sprach: „Stütze dich auf mich und komme!" Und er führte ihn weiter durch die Alleen, vom Plätschern des Springbrunnens begleitet, der über die Leichen der Märtyrer zu weinen schien. „Unser Gott ist ein Gott der Barmherzigkeit!", wiederholte Paulus. „Auch ich habe ihn gehasst und seine Auserwählten verfolgt. Ich glaubte nicht an ihn, bis er mir erschien und mich berief, seine Lehre zu verbreiten. Seitdem liebe ich ihn mehr als mein Leben. Er hat dich mit Angst und Leid heimgesucht, um dich zu berufen. Du hasstest ihn, er aber liebte dich. Du hast seine Bekenner verraten, er aber will dich erlösen."

Chilon warf sich stöhnend auf die Knie und verharrte so unbeweglich, das Antlitz in den Händen verborgen. Paulus aber blickte zu den Sternen empor und betete: „Herr, siehe diesen Elenden, siehe seine Tränen und seine Reue! Herr des Erbarmens, der du dein Blut für unsere Sünden vergossen hast, vergib ihm um deiner Marter, deines Todes und deine Auferstehung willen!“

Er verstummte und sah noch lange betend zu den Sternen empor. Da stöhnte Chilon zu seinen Füßen: „Christus! Christus! Vergib mir!“ Paulus näherte sich dem Springbrunnen, schöpfte Wasser in die hohle Hand und kehrte zu dem Knienden zurück. „Chilon! Ich taufe dich im Namen des Vaters, des Sohnes und des Heiligen Geistes. Amen!“ Chilon hob den Kopf, breitete die Arme aus und blieb regungslos. Das helle Mondlicht fiel auf sein weißes Haar, sein marmorblasses, unbewegliches Gesicht. Die Zeit rückte immer mehr vor; aus den Vogelhäusern des Domitius hörte man das Krähen der Hähne, und er kniete noch immer und sah einem Grabdenkmal ähnlich. – Endlich raffte er sich auf und fragte, zum Apostel gewendet: „Was soll ich nun tun?“ – „Vertraue und lege Zeugnis für die Wahrheit ab“, sagte Paulus. Hierauf verließen beide die kaiserlichen Gärten. An der Wohnung des Apostels verließ Chilon diesen, denn er wusste, dass man nach dem Vorgange nach ihm suchen werde.

Darin sollte er sich nicht getäuscht haben. Als er sich seinem Hause näherte, sah er es schon von Prätorianern umzingelt, die ihn alsbald ergriffen und unter Anführung des Scävinus nach dem Palatinus führten. Der Kaiser hatte sich schon zur Ruhe begeben; doch Tigellinus erwartete ihn mit ruhiger, aber unheilverkündender Miene. „Du hast die Majestät beleidigt“, sagte er, „und die Strafe wird nicht ausbleiben. Doch wenn du morgen im Amphitheater widerrufst und die Christen als die Brandleger bezeichnest, sollst du zu Rutenstreichen und Verbannung begnadigt werden.“ – „Das kann ich nicht, Herr!“, sagte Chilon. – „Warum kannst du das nicht, du Hund?“, erwiderte Tigellinus, sich ihm nähernd, während er auf eine Bank und auf vier im Morgendunkel des Atriums stehende Sklaven zeigte, die Stricke und große Zangen in den Händen hielten. – „Ich kann es nicht!", wiederholte Chilon. Da auf vielerlei Drohungen und Vorstellungen Chilon zum Widerruf nicht zu bewegen war, nahmen ihn die Sklaven, schnallten ihn auf die Bank und zwickten ihn mit Zangen, bis das Blut hervortrat, und als dies noch nicht fruchtete, befahl Tigellinus, ihm die Zunge auszureißen.

Vierundzwanzigstes Kapitel.

Für die nächste Vorstellung hatte Tigellinus das Drama des *Aureolus* in Aussicht genommen, in dem ein ans Kreuz geschlagener Sklave von einem Bären aufgefressen werden sollte. Anfangs wollte Nero auch bei dieser Vorstellung nicht erscheinen, doch auf des Tigellinus Vorstellungen, dass er sich nach dem Vorfall in den Gärten erst recht dem Volke zeigen müsse, gab er nach; zugleich versicherte ihm Tigellinus, dass ihn der gekreuzigte Sklave nicht lästern werde, wie Crispus, weil dem Griechen schon die Zunge fehle. Als es dunkelte, füllte sich das Amphitheater wie gewöhnlich. Die Augustianer fanden sich vollzählig ein, erstens, um dem Kaiser einen Beweis ihrer unwandelbaren Treue zu geben, und dann um Chilon zu sehen, von dem ganz Rom sprach. Man raunte sich zu, dass der Kaiser nach der Rückkehr aus den Gärten in Raserei verfallen sei und keinen Schlaf finden könnte, es befiel ihn eine Angst und grausige Erscheinungen verfolgten ihn, und infolgedessen habe er die baldige Abreise nach Achaja angeordnet. Viele widersprachen dem und sagten, dass man jetzt mit unerbittlicher Strenge gegen die Christen vorgehen werde.

„Sehet, wie weit das führt", sagte Barcus Soranus. „Er wollte das Volk beruhigen und hat gerade das Gegenteil erreicht." –

„Ganz recht“, bestätigte Antistius Verus, „man spricht allgemein, dass sie unschuldig seien, und wenn dies wahr ist, dann hat Chilon Recht, wenn er sagt, dass euer Gehirn in einer Eichelschale Platz hat.“ – „Die Leute sagen auch“, warf Tigellinus ein, „dass deine Tochter Servilia, Barcus Soranus, und deine Frau, Antistius, ihre christlichen Sklaven vor der Gerechtigkeit des Kaisers verborgen halten.“ – „Das ist unwahr!“, rief Barcus. – „Mein Weib wolle deine geschiedenen Frauen zu Grunde richten, die sie wegen ihrer Tugend nicht leiden können“, sagte unruhig Antistius Verus. Andere unterhielten sich wieder über Chilon. „Was ist nur dem Chilon eingefallen?“, rief Eprius Marcellus. „Hat er doch selbst die Christen Tigellinus ausgeliefert und ist dafür ein reicher Mann geworden. Wie hätte er seine Tage friedlich beschließen, das prächtigste Begräbnis, den schönsten Grabstein haben können? Er muss verrückt geworden sein, anders ist es nicht möglich!“ – „Er ist Christ geworden“, erwiderte Tigellinus. – „Sollte das möglich sein?“, rief Vitellius. – „Habe ich es nicht gesagt?“, fiel Vestinus ein. „Mordet die Christen, aber spaßet nicht mit der Gottheit! Sehet, was ihr tut. Ich habe Rom nicht in Brand gelegt, aber wenn es der Kaiser erlauben würde, opferte ich dieser Gottheit eine Hekatombe und ihr müsstet alle dasselbe tun.“ – „Und ich will euch etwas anderes sagen“, sprach Petronius. „Tigellinus hat mich ausgelacht, als ich behauptete, sie verteidigen sich, ich aber sage, sie tun noch mehr – sie erobern!“ – „Wieso? Wieso?“, fragten mehrere Stimmen. – „Beim Pollux! Wenn ein Chilon ihnen nicht widerstehen konnte, wer wird ihnen widerstehen? Nach jeder Vorstellung treten immer neue Scharen zum Christentume über.“ – „Er spricht die reine Wahrheit, beim heiligen Peplum Dianas!“, rief Vestinus. Barcus wendete sich an Petronius mit der Frage: „Was willst du damit sagen?“ – „Was ihr alle schon gedacht habt, genug des Blutvergießens!“ – Tigellinus sah ihn spöttisch an und sagte: „Eh! – noch ein wenig!“

Die weitere Unterredung wurde durch Ankunft des Kaisers unterbrochen, der in Begleitung des Pythagoras seinen Platz einnahm. Sogleich begann die Vorstellung. Man achtete wenig darauf. Das Volk war schon an die Quälereien und das Blutvergießen gewöhnt und verlangte ungeduldig nach der Szene, darin der Bär auftreten sollte. Wäre nicht Hoffnung auf Geschenke und Getränke und der Anblick des verurteilten Greises gewesen, hätte man das Volk auf den Plätzen nicht halten können. Endlich kam der erwartete Augenblick.

Zwei Zirkusknechte brachten das Holzkreuz, das ziemlich niedrig war, damit der Bär die Brust des Märtyrers erreichen könne. Man schleppte jetzt Chilon herbei; gehen konnte er nicht, denn infolge der vorangegangenen Torturen waren die Knöchel zermalmt. Man schlug ihn so schnell ans Kreuz, dass die neugierigen Augustianer ihn erst sehen konnten, als das Kreuz aufgerichtet war. Doch nur die wenigsten erkannten in dem nackten Greise den früheren Chilon. Jeder Tropfen Blutes war aus seinem Antlitz gewichen; über dem weißen Bart rann nur ein Faden Blutes, die Spur, die das Herausreißen der Zunge zurückgelassen hatte. Die einst so boshaften, immer unruhig um sich blickenden Augen strahlten ein mildes Licht aus, und sein schmerzerfülltes Antlitz hatte den ängstlich horchenden Ausdruck verloren. In dieses zerknirschte Herz war offenbar der Friede eingezogen. Niemand lachte, denn dieser Gekreuzigte war so still; er sah so alt aus, so wehrlos, so schwach, in seiner Reue so um Erbarmen rufend, dass sich jeder sagen musste, es war nicht nötig, den Sterbenden noch ans Kreuz zu schlagen. Die Menge schwieg. Unter den Augustianern wendete Vestinus den Kopf nach rechts und nach links und flüsterte ängstlich: „Sehet ihr, wie sie sterben?" Andere warteten auf den Bären und hegten den stillen Wunsch, das Schauspiel möge bald enden.

Der Bär wälzte sich endlich in die Arena. Er wackelte mit dem Kopfe und sah sich im Kreise um, als suche er etwas.

Schließlich sah er das Kreuz und auf diesem den nackten Leib und ging langsam darauf los. Am Fuße des Kreuzes ließ er sich auf die Vordertatzen nieder und brummte. Es war, als ob sich in seinem tierischen Herzen Mitleid für diesen armseligen Überrest eines Menschen rege. Die Zirkusknechte suchten ihn durch Zurufe auf Chilon zu hetzen, das Volk aber schwieg. In diesem Augenblick ließ der Gekreuzigte seinen Blick durch das Amphitheater schweifen. Auf einer der höchsten Reihen blieb er haften und ein tieferer Atemzug hob seine Brust. Erstaunt und bewundernd sahen die Zuschauer ein heiteres Lächeln über sein Antlitz gleiten; von seiner Stirn schien eine Art Strahlenkranz auszugehen und aus den emporgerichteten Augen flossen langsam zwei Tränen. Er starb. In diesem Augenblicke rief eine männliche Stimme unter dem Velarium: „Friede den Märtyrern!" Im Amphitheater herrschte dumpfes Schweigen. –

Nach den Schaustellungen in den kaiserlichen Gärten waren die Kerker ganz leer. Man fing zwar noch Opfer ein, doch wurden ihrer immer weniger und sie reichten nicht einmal für die Vorstellungen aus. Das Volk zeigte sich ganz gleichgültig, und ein großer Teil blieb ganz aus. Der Typhus verbreitete sich immer mehr in der Stadt und viele mieden schon deshalb das Amphitheater, in dessen Zellen die Eingekerkerten der Seuche erlagen. In den Tempeln des Jupiter und der Libitina brachte man Opfer dar. Ungeachtet der größten Bemühungen des Tigellinus verbreitete sich im Volke die Meinung, dass die Christen unschuldig leiden. Und wohl deshalb stellten Nero und Tigellinus die Verfolgungen nicht ein. Zur Beruhigung des Volkes verteilte man immer noch Getreide, Wein und Öl. Man gewährte alle möglichen Vorteile beim Bau, bei Aussteckung der Straßen, man verteilte Baumaterialien und Baupläne. Nero nahm selber an den Sitzungen des Senats teil und beratschlagte mit den Vätern zum Besten Roms und des Volkes.

Doch auf die Verurteilten fiel kein Lichtschimmer von Gnade. Der Weltbeherrscher war vor allem ängstlich bestrebt, dem Volke die Überzeugung beizubringen, dass solche erbarmungslose Strafen nur Schuldige treffen könnten. Im Senate erhob sich keine Stimme zu Gunsten der Christen, weil keiner den Cäsar erzürnen wollte. Wer aber weiter in die Zukunft blickte, erkannte klar, dass durch diesen Glauben die Grundfesten der Römerherrschaft erschüttert würden.

Tote und Sterbende gab man ihren Verwandten, weil das römische Gesetz an Toten keine Rache nahm. Vinicius empfand einen gewissen Trost in dem Gedanken, dass er Lygia, falls sie sterben würde, in seiner Familiengruft begraben und neben ihr ruhen dürfte. Er nährte keine Hoffnung mehr, sie zu retten. Halbtot, wie er selber war, beschäftigte sein Geist sich nur noch mit Christus, und er träumte von keiner anderen Vereinigung mehr, als jener in der anderen Welt. Sein Glaube war unerschütterlich und unbegrenzt, und im Lichte dieses Glaubens erschien ihm die Ewigkeit tausendmal wirklicher als das flüchtige Leben auf Erden. Obschon noch lebend, war er in ein fast körperloses Wesen umgewandelt, das für seine und eine andere Seele völlige Befreiung ersehnte. Einmal frei, so dachte er bei sich, würden er und Lygia Hand in Hand in den Himmel einziehen, wo sie Christus segnen und im Lichte selig wohnen lassen würden. Er bat Christus nur darum, Lygia nicht im Zirkus unter Martern, sondern im Kerker friedlich einschlummern zu lassen, und zweifelte keinen Augenblick daran, dass dieselbe Stunde auch ihn erlösen würde.

Angesichts des verflossenen Blutmeeres hielt er es für einen Frevel, darum zu beten, dass sie verschont bleibe. Von Petrus und Paulus hörte er, auch ihrer harre das Martyrium. Chilon am Kreuze hatte gezeigt, dass selbst der Martertod süß sein könne; darum wünschte er ihn sich als den Umtausch eines jammervollen Lebens gegen ein besseres. Zuweilen hatte er einen Vorgeschmack des kommenden Lebens. Jene Trauer, die beider Seelen umdüsterte, verlor allmählich ihre herbe Bitterkeit, und an ihre Stelle trat eine ruhige Hingabe an den Willen Gottes. Vinicius, der früher gegen den Strom gekämpft hatte, überließ sich ihm jetzt, darauf vertrauend, er werde ihn zur ewigen Ruhe tragen. Er ahnte, dass sich Lygia gleich ihm auf den Tod vorbereite, dass sie beide, obwohl durch Kerkermauern getrennt, auf demselben Pfade dahinwandelten. Und der Gedanke gab ihm wunderbaren Trost. – In der Tat gingen ihre Gedanken in so gleicher Richtung, als hätten sie sich täglich ausgetauscht. Auch Lygia ersehnte nichts, hoffte nichts, als das Leben jenseits des Grabes. Der Tod bedeutete für sie nicht nur die Befreiung aus schrecklichen Gefängnismauern, aus den Händen des Nero und Tigellinus, sondern vor allem ihre Vereinigung mit Vinicius. Sie ersehnte darum die Todesstunde wie eine Braut den Hochzeitstag.

Jener gewaltige Strom des Glaubens, der Tausende dieser ersten Bekenner dem irdischen Leben entriss und ins Jenseits hinübertrug, erfasste auch Ursus. Auch er hatte sich mit dem Gedanken nicht aussöhnen können, Lygia müsse sterben; da aber Tag für Tag die Kunde von dem, was im Amphitheater und in den Gärten geschah, durch die Kerkermauern drang, als der Tod das allgemeine, unvermeidliche Los der Christen, aber auch ihr Glück war – ein Glück, unendlich höher als jedes irdische, da wagte es Ursus nicht mehr zu beten, dass er Lygia dieses Glück vorenthalte oder auf Jahre hinaus verzögere. In seiner Einfalt dachte er sich, der Tochter des Lygierkönigs gebühre ein besonders großer Anteil an jener himmlischen Wonne, sie werde höhere Seligkeit genießen als ein ganzer Haufen seinesgleichen zusammengenommen, um mehr als alle anderen am Throne des Lammes zu sitzen. Zwar hatte er gehört, vor Gott seien alle gleich. Doch in der Tiefe seiner Seele hegte er die Überzeugung, die Tochter eines Häuptlings, und vor allem des Häuptlings sämtlicher Lygier, sei denn doch etwas anderes als der erste beste Sklave. Zudem hoffte er, Christus werde es ihm gewähren, ihr ferner zu dienen. Sein einziger Wunsch war, am Kreuze zu sterben gleich dem ‚Lamme'.

Allein es schien ihm dies ein solches Glück, dass er kaum darum zu bitten wagte, obschon er wusste, dass nach römischem Gesetze die ärgsten Verbrecher auch gekreuzigt wurden. Er hielt es für sicher, dass ihm der Tod durch wilde Tiere bestimmt sei. Das war auch sein Kummer. Von Kindheit an hatte er in unzugänglichen Wäldern unter beständigen Jagden gelebt, worin er, dank seiner Riesenkraft, bei den Lygiern berühmt war, bevor er noch das Mannesalter erreichte. Jene Beschäftigung war ihm so angenehm geworden, dass er später in Rom Vivarien und Amphitheater aufsuchte, um nur bekannte und unbekannte Tiere zu sehen. Ihr Anblick weckte ihm stets ein brennendes Verlangen nach Kampf und Totschlag, sodass er fürchtete, im Amphitheater von Gedanken versucht zu werden, die eines Christen unwürdig wären, weil es dessen Pflicht sei, fromm und geduldig zu sterben. Allein er überließ dies dem Willen Gottes und tröstete sich mit anderen, ihm willkommeneren Gedanken. Das ‚Lamm' hatte ja den Mächten der Hölle, den bösen Geistern, wie der Christenglaube alle heidnischen Gottheiten bezeichnete, den Krieg erklärt; in diesem Kriege, glaubte Ursus, könne er dem ‚Lamme' von größerem Nutzen sein als andere, denn er war der Meinung, auch seine Seele sei stärker als jene anderer Märtyrer.

Er betete tagelang, half den übrigen Gefangenen, diente den Aufsehern und sprach seiner Königin Trost zu, wenn sie klagte, in ihrem Leben nicht so viel Gutes vollbracht zu haben, wie die Tabitha, von der Petrus gesprochen hatte. Selbst die Gefängniswärter, die ihn seiner Stärke wegen fürchteten, liebten ihn schließlich seiner Sanftmut wegen. Mehr als einmal fragten sie ihn nach der Ursache der guten Stimmung, worauf er mit so felsenfester Gewissheit von dem Leben sprach, das ihm jenseits des Grabes zuteil würde, dass die Wärter verwundert zuhörten und erkannten, dass Seligkeit auch in einen Kerker gelangen kann, in den die Sonne nicht einzudringen vermag. Und wenn er sie aufforderte, an das ‚Lamm' zu glauben, fiel es manchem ein, dass eigentlich seine Arbeit die Arbeit eines Sklaven, sein Leben das eines Unglücklichen sei und mancher begann über sein hartes Geschick nachzudenken, dessen einziges Ende der Tod sein wird. –

Petronius erhielt eines Abends den Besuch des Senators Scävinus. Sie unterhielten sich über die schreckliche Zeit, in der sie lebten, und Scävinus lenkte das Gespräch auch auf den Cäsar. Er redete so offen, dass Petronius, obwohl sie Freunde waren, vorsichtig zu werden begann. Die Welt lebte in Tollheit und Ungerechtigkeit, so klagte Scävinus, und alles treibe einer noch schrecklicheren Katastrophe zu, als der Brand gewesen sei. Der Senator erzählt, sogar Höflinge wären missvergnügt; Fenius Rufus, der zweite Präfekt der Prätorianer, führe nur mit größtem Widerwillen die grausamen Befehle des Tigellinus aus, und alle Verwandten Senecas sähen sich wegen Neros Verhalten gegen seinen alten Lehrer und gegen Lucanus zum Äußersten getrieben. Endlich gab er Petronius noch einen Wink, die Unzufriedenheit des Volkes und der Prätorianer selbst betreffend, deren größter Teil von Fenius Rufus gewonnen sei. – „Weshalb sagst du mir das?", forschte Petronius. – „Sei außer Sorge Neros wegen", sprach Scävinus. „Ich habe einen entfernten Verwandten, auch einen Scävinus, unter den Prätorianern; durch ihn erfahre ich alle Vorkommnisse im Lager. Die Abneigung ist dort im Wachsen begriffen. Caligula war ebenfalls wahnsinnig, und du weißt, was sich ereignete: Cassius Chaerea erschien. Es war eine schreckliche Tat, und gewiss ist keiner unter uns, der sie loben würde; aber Chaerea befreite die Welt von einem Ungeheuer." – „So ist deine Meinung; ich lobe Chaerea nicht, aber er war ein Mann. Möchten uns doch die Götter eine möglichst große Anzahl solcher schenken!“, forschte Petronius.

Scävinus gab jedoch dem Gespräch eine andere Wendung und rühmte auf einmal den Piso, pries seine Familie, seinen edlen Charakter, seine eheliche Treue, seinen Geist, seine Ruhe und seine bewunderungswürdige Gabe, das Volk zu gewinnen. „Der Cäsar ist kinderlos“, sagte er, „und alle sehen in Piso seinen Nachfolger. Man wird ihm gewiss aus allen Kräften helfen, zur Macht zu gelangen. Fenius Rufus liebt ihn, die Verwandten des Annäus sind ihm ebenfalls ergeben.

Plautius Lateranus und Tullius Senecio würden für ihn durchs Feuer gehen, ebenso Natalis, auf Subrius Flavius, nicht zu vergessen Sulpicius Asper, desgleichen Afranius Quinetanius und selbst Vestinus.“ – „Durch den Letzteren wird Piso nicht viel gewinnen“, entgegnete Petronius. „Vestinus fürchtet sich vor seinem eigenen Schatten.“ – „Vestinus fürchtet Träume und Geister“, entgegnete Scävinus, „aber er ist ein geschickter Mann, den das Volk zum Konsul machen will. Dass er innerlich der Christenverfolgung widerstrebt, darfst du ihm nicht verargen; du hast ja auch ein Interesse an der Beendigung dieser Tollheit.“ – „Nicht ich, sondern Vinicius“, antwortete Petronius. „Abgesehen jedoch von Vinicius, würde ich gern ein gewisses Mädchen retten, aber ich kann nicht, ich bin beim Feuerbart in Ungnade gefallen.“ – „Wie? Hast du denn nicht gemerkt, dass sich der Cäsar dir wieder nähert und sich mit dir unterhält? Und ich will dir sagen warum. Er beabsichtigt, sich nach Achaja zu begeben, wo er griechische Gesänge eigener Komposition vortragen will. Für diese Reise ist er Feuer und Flamme, zittert aber zugleich beim Gedanken an den kecken Geist der Griechen. Er bildet sich ein, dass er dort entweder die denkbar größten Triumphe feiern oder die schmählichste Niederlage erleiden werde. Deshalb bedarf er guten Rates, und niemand wird ihm, dessen ist er sich bewusst, besseren geben als du. – Das ist Grund genug, dass du wieder zu Gnaden kommst."

„Lucanus kann meinen Platz ausfüllen." – „Der Feuerbart hasst Lucanus und hat im Stillen dessen Todesurteil schon gefällt. Er sucht nur nach einem Vorwand, es aussprechen zu können; denn ohne einen solchen lässt er nichts vollziehen." – „Beim Castor!", sagte Petronius, „So mag es sein. Aber vielleicht gebe es noch einen anderen Weg für mich, um wieder in Gunst zu kommen." – „Welchen?" – „Dem Feuerbart zu hinterbringen, was du mir soeben erzählt hast." – „Ich habe nichts gesagt", rief Scävinus geängstigt. Petronius legte die Hand auf die Schulter des Senators. „Du hast den Cäsar einen Wahnwitzigen genannt, du bist für Pisos Erbe eingetreten und hast geäußert: Lucanus begreift, dass man eilen muss. Womit würdest du so eilen, Carissime?" Scävinus erbleichte, einen Moment tauchten ihre Blicke ineinander. „Du wirst es nicht wiederholen!" – „Bei der Kypris, ich werde es nicht tun! Wie gut du mich kennst! Nein, ich werde es nicht wiederholen! Ich habe nichts gehört, und noch mehr, ich will nichts hören. Verstehst du? Das Leben ist zu kurz, um etwas zu unternehmen, das diese gemessene Spanne Zeit noch verkürzen würde. Ich bitte dich nur, Tigellinus heute zu besuchen und mit ihm so lange wie mit mir von allem zu plaudern, was dir gefällt. Damit, wenn Tigellinus je zu mir sagte: Scävinus war bei dir, ich ihm antworten könnte: Er war auch am selben Tage bei dir." Scävinus, dies hörend, zerbrach den Elfenbeinstock, den er in der Hand hielt, und rief: „Möge das Unglück diesen Stock treffen! Ich werde heute noch bei Tigellinus sein und später bei Nervas Fest. Du wirst auch kommen? Jedenfalls treffen wir uns im Amphitheater, wo übermorgen die letzten Christen erscheinen. Auf Wiedersehen!" – „Übermorgen", wiederholte Petronius, als er allein war. „Es ist keine Zeit zu verlieren. Feuerbart bedarf meiner in der Tat in Achaja; darum muss er mit mir rechnen." Und er beschloss, den Versuch zu wagen. –

Bei dem Gastmahl Nervas musste Petronius dem Kaiser gegenüber Platz nehmen, damit sich dieser über Achaja und die zu besuchenden Städte unterhalten konnte. Am meisten fürchtete Nero die Spottsucht der Athener. Die übrigen Augustianer folgten gespannt dem Gespräche und merkten sich besonders die Ansichten des Petronius, um sie möglicherweise für sich ausnutzen zu können. „Mir ist, als habe ich bisher nicht gelebt", sagte Nero, „und dass ich in Griechenland wiedergeboren werde." – „Du wirst zu neuem Ruhme, zur Unsterblichkeit geboren werden", erwiderte Petronius. – „Ich hoffe, dass es so kommen wird, und wünsche, dass Apollo nicht eifersüchtig wird. Wenn ich mit Triumphen zurückkehre, will ich ihm eine Hekatombe opfern, wie sie bisher noch kein Gott gesehen hat." Scävinus fing jetzt an, aus Horaz zu deklamieren:

„Sic te diva potens Cypri, sic fratres Helenae,
Lucida sidera ventorumque regat Pater."

„Das Schiff liegt schon in Neapel bereit", unterbrach Nero, „ich wünschte, schon morgen abreisen zu können." Darauf erhob sich Petronius und in die Augen des Kaisers unverwandt blickend, sagte er: „Gestatte, o Göttlicher, dass ich noch vorher ein Hochzeitsfest veranstalte, zu dem ich vor allen anderen dich einlade." – „Ein Hochzeitsfest? Wieso?", fragte Nero. – „Für Vinicius und die Tochter des Lygierkönigs, deine Geisel. Sie ist zwar jetzt im Kerker, aber erstens kann sie als Geisel nicht gefangen gehalten werden und zweitens hast du ja selbst dem Vinicius befohlen, sie zu heiraten; da aber deine Anordnungen ebenso unabänderlich sind wie die Aussprüche des Zeus, so wirst du sie aus dem Gefängnis entlassen, und ich veranstalte die Hochzeit." Die Kaltblütigkeit und das ruhige Selbstbewusstsein des Petronius schüchterten Nero ein, wie es ihn stets einschüchterte, wenn man in solcher Weise zu ihm sprach. „Ich weiß“, sagte er mit niedergeschlagenen Augen, „ich habe schon an das Mädchen gedacht und an den Riesen, der den Kroton erwürgte.“ – „Dann sind beide gerettet“, antwortete Petronius ruhig.

Doch Tigellinus kam seinem Herrn zu Hilfe. „Sie wurde auf Befehl des Kaisers gefangen genommen, und du sagst doch selbst, Petronius, dass die Anordnungen des Kaisers unabänderlich sind.“ Die Anwesenden verstummten; alle kannten die Geschichte des Vinicius und waren nun begierig, welche Wendung die Dinge nehmen würden. „Sie ist im Kerker durch einen Irrtum, durch deine Gesetzesunkenntnis“, erwiderte Petronius mit Nachdruck. „Du bist zwar naiv, Tigellinus, aber du wirst doch nicht behaupten wollen, dass Lygia Rom in Brand gesteckt hat, und selbst wenn du es behaupten wolltest, würde der Kaiser es dir nicht glauben.“

Aber Nero hatte sich inzwischen gefasst, und seine kurzsichtigen Augen blickten mit unbeschreiblicher Bosheit drein. „Petronius hat Recht“, sagte er nach einer Weile. Tigellinus blickte verwundert auf ihn. „Petronius hat Recht“, wiederholte Nero. „Morgen werden sich die Tore des Kerkers öffnen, und über das Hochzeitsfest können wir übermorgen reden, im Amphitheater.“ – „Wiederum verspielt“, sagte sich Petronius. – Nach Hause zurückgekehrt, war er von dem Ende Lygias so sehr überzeugt, dass er am nächsten Morgen einen zuverlässigen Freigelassenen zum Vorsteher des Spoliariums sandte, um über die Auslieferung ihres Leichnams zu verhandeln, den er Vinicius übergeben wollte.

Fünfundzwanzigstes Kapitel.

Zur Zeit Neros wurden die Abendvorstellungen üblich, die bis dahin nur selten vorkamen, sowohl im Zirkus als auch im Amphitheater. Die Augustianer liebten diese Vorstellungen, da einesteils die Sonne nicht mehr so hoch stand, andernteils sich aber Festlichkeiten und Trinkgelage, die bis zum frühen Morgen dauerten, anschlossen. Man war schon des Blutvergießens satt, doch als sich die Nachricht verbreitete, dass in der letzten Abendvorstellung der Rest der Christen auftreten werde, strömte eine unzählige Menge ins Amphitheater, kein Platz blieb unbesetzt. Auch die Augustianer waren bis auf den letzten Mann da, denn sie wussten, dass der Kaiser an dem Schmerze des Vinicius eine Tragödie in der Tragödie genießen wolle. Tigellinus verriet nicht, auf welche Art die Braut des jungen Tribun sterben sollte, und das erhöhte die Neugierde. Alle, die Lygia im Hause des Aulus gesehen hatten, rühmten jetzt ihre wunderbare Schönheit. Viele waren im Zweifel, ob sie heut in der Arena auftreten werde, oder ob, da man die Antwort des Kaisers, die er im Hause des Nerva dem Petronius gab, verschieden deuten konnte, Vinicius das Mädchen ausgeliefert werde, da sie doch eine Geisel war und als solche die Gottheit verehren durfte, die ihr am meisten zusagte und sie nach dem Völkerrecht nicht bestraft werden konnte. Ungewissheit und Neugierde erfüllten alle.

Der Cäsar kam zeitiger als sonst, und man fing wieder an, sich zuzuflüstern, dass etwas Außergewöhnliches geplant sei, da außer Tigellinus und Vatinius auch Cassius den Kaiser begleitete. Cassius war Zenturio und von riesiger Gestalt und riesiger Gewalt, den der Kaiser nur zum Schutze, wenn er sich zum Beispiel nach der Subura zu der Sagatio begab, mitnahm: zu jenem Zeitvertreib, bei dem Mädchen aufgegriffen und auf einem Soldatenmantel in die Höhe geschnellt wurden, bis sie in Ohnmacht fielen. Im Amphitheater waren besondere Sicherheitsmaßregeln getroffen worden: Die Wachen der Prätorianer waren verstärkt und den Oberbefehl führte diesmal nicht ein Zenturio, sondern der Tribun Subrius Flavius, der wegen seiner blinden Ergebenheit zum Kaiser bekannt war. Man begriff, dass sich Nero vor einem etwaigen Ausbruch von Verzweiflung des Vinicius für alle Fälle schützen wollte; und so war man aufs Höchste gespannt.

Die Blicke aller richteten sich jetzt auf den unglücklichen Bräutigam. Er saß leichenblass da, und Schweißtropfen bedeckten seine Stirn, die Ungewissheit über den Tod seiner Geliebten hatte ihn aufs Tiefste erschüttert. Petronius selbst war über die erhaltene Antwort im Zweifel und hatte Vinicius nichts verraten. Dieser lebte seit einiger Zeit kaum noch, und er hatte sich mit dem Gedanken vertraut gemacht, dass Lygia sterben müsse. Er würde ihr im Tode nachfolgen, das stand fest und sie waren dann beide erlöst und endlich vermählt. Diesen einen Gedanken hatte er unzählige Male in seinem schmerzenden Kopfe hin und her gewälzt, bis er allmählich seine Schrecken an ihn verloren hatte. Nun fühlte er, dass es etwas anderes sei, an Lygias Ende als nahe bevorstehend zu denken, und etwas anderes, ihren Martertod selbst mit ansehen zu müssen. Die alte Verzweiflung, das alte wahnsinnige Verlangen, Lygia zu retten, kam über ihn, und bei dem Gedanken, für sie nichts tun zu können, war ihm zumute, als müsse ihm die Qual der Ungewissheit, die Todesangst noch vor Beginn des Schauspiels das Herz brechen. Er hoffte zu sterben. Hin und wieder blitzte vor ihm ein Hoffnungsfunke auf. Hatte doch Petrus einst gesagt, dass der Glaube Felsen versetzen könne! Der Glaube!

Und er suchte sich zu sammeln, jeden Zweifel in sich zu unterdrücken, sein ganzes Wesen in die Worte „ich glaube" zu verschließen, und so gefasst, wartete er auf ein Wunder. Aber die Anspannung aller seiner Seelenkräfte erschöpfte seine physische Kraft. In diesem Augenblicke glaubte er, dass sein Flehen erhört sei, eine ohnmächtige Erstarrung befiel ihn. Es schien ihm, dass auch Lygia eben sterben müsse und dass Christus sie beide bei sich aufnehmen werde. Die Arena, die weißen Togen der unzähligen Zuschauer, das Licht vieler tausend Lampen und Fackeln – alles verschwand ihm vor den Augen. Doch seine Ohnmacht dauerte nicht lange. Das Stampfen der ungeduldigen Menge machte ihn munter.

„Du bist leidend", sagte Petronius, „lass dich nach Hause tragen." Unbekümmert um das, was Nero sagen würde, erhob er sich, um Vinicius zu stützen und mit ihm hinauszugehen. Jener beobachtete die beiden durch seinen Smaragd, als gelte es, den Schmerz, den er so aufmerksam studierte, in pathetischen Strophen zu besingen und damit Beifall zu ernten. Vinicius schüttelte verneinend den Kopf. Er wollte lieber im Amphitheater sterben, als es in dem Augenblicke verlassen, in dem die Vorstellung beginnen sollte.

Doch gab auch schon der Stadtpräfekt das Zeichen zum Beginn der Vorstellung, indem er ein rotes Tuch hinwarf. Auf dieses Zeichen öffnete sich die dem kaiserlichen Podium gegenüberliegende Tür und aus dem dunkeln Gefängnis trat Ursus in die hell erleuchtete Arena. Der Riese blinzelte mit den blauen Augen, offenbar durch den Lichtschein geblendet, dann schritt er bis zur Mitte der Arena und blickt umher, gleichsam als wollte er die Marter erspähen. Allen Augustianern und einem großen Teil des Volkes war es bekannt, dass dieser Mensch den Kroton erwürgte; bei seinem Auftreten entstand ein Flüstern in den Reihen. In Rom fehlte es nie an Gladiatoren, deren Kräfte ein wenig über das gewöhnliche Maß hinaus gingen, doch etwas Ähnliches hatten die Augen der Quiriten bisher nicht gesehen. Cassius, der hinter dem Kaiser stand, war trotz seiner Größe im Vergleich zu dem Lygier ein gewöhnlicher Mensch. Die Senatoren, die Vestalinnen, der Kaiser, die Augustianer und das Volk blickten mit Wohlgefallen und einer Kennermiene auf die baumstarken Glieder, die Brust, die mehr zwei aneinandergefügten Schilden glich, und auf seine Herkulesschultern. Das Geräusch nahm mit jedem Augenblick zu; für diese Massen gab es kein größeres Vergnügen, als solche Muskeln in Anspannung und im Kampfe zu sehen. Das Flüstern verwandelte sich in Rufe und Fragen, wo denn der Volksstamm hause, der solche Riesenmenschen erzeuge. Er stand jetzt mitten im Amphitheater, entblößt, mehr einem Steinkoloss als einem Menschen ähnlich, mit gebeugtem Kopf, mit dem traurigen Barbarengesicht, und blickte mit seinen blauen Kinderaugen bald auf die Zuschauer, bald auf den Kaiser, bald auf die Gitter der Cunicula, von wo er seine Henker erwartete. – Beim Eintritt in die Arena dachte sein einfältiges Herz an den Kreuzestod, doch da er weder ein Kreuz noch ein Loch dafür im Sande sah, hielt er sich für unwürdig dieser Todesart und dachte nun an die wilden Tiere. Er war unbewaffnet und beschloss daher, ruhig und geduldig den Tod zu erleiden, wie es einem Bekenner des ‚Lämmchens' geziemt. Er wollte zu seinem Heiland beten und kniete mit gefalteten Händen und mit zu den Sternen gerichtetem Blick nieder. Dieses Benehmen gefiel aber dem Volke nicht. Man hatte schon genug Christen geduldig wie Schafe sterben sehen, und das Volk sagte sich, dass es um ein Schauspiel komme, wenn sich der Riese nicht wehre. Einige riefen schon nach den Mastigophoren an, doch es wurde bald wieder still, da ja niemand wusste, was dem Riesen bevorstehe.

Man brauchte nicht mehr lange zu warten. Schmetternde Trompetenstöße gaben das Zeichen zum Öffnen des dem kaiserlichen Podium gegenüberliegenden Gitters, und unter dem Geschrei der Bestiarii stürzte ein riesiger germanischer Auerochs in die Arena mit dem Leibe eines Weibes auf den mächtigen Hörnern. „Lygia! Lygia!", schrie Vinicius auf, dann fasste er sich an den Haaren und sank in sich zusammen wie einer, der vom Speer durchbohrt ist und flüsterte die Worte: „Ich glaube! Ich glaube! Christus! Ein Wunder!" Er fühlte nicht einmal, dass ihm Petronius in diesem Augenblick das Haupt mit der Toga verhüllte. In ihm war alles leer und tot. Nur ein Gedanke war in seinem Kopfe übrig geblieben, der Gedanke, den er wie irre wiederholte: „Ich glaube! Ich glaube! Ich glaube!"

Im Amphitheater ward alles still. Die Augustianer erhoben sich wie ein Mann von ihren Plätzen, um in die Arena hinabzusehen, wo sich etwas Außergewöhnliches zutrug. Der demütige und zum Sterben bereite Lygier war, als er seine Königin auf den Hörnern des wilden Tieres erblickte, wie ein vom Feuer Verbrannter aufgesprungen und stürzte mit vorgebeugtem Oberkörper seitwärts auf das rasend gewordene Tier los. Ein Schrei des Erstaunens rang sich aus aller Brust, worauf es ganz still wurde, doch nur für einen Moment.

In Nu hatte der Lygier den Stier erreicht und bei den Hörnern ergriffen. „Siehe!", rief Petronius, indem er Vinicius die Toga vom Kopfe zog. Dieser erhob sich, neigte sein bleiches Gesicht weit vor und starrte mit verglasten Augen wie abwesend in die Arena. In jeder Brust stockte der Atem; eine Fliege konnte man im Amphitheater summen hören. Die Zuschauer trauten ihren Augen kaum. Solange Rom stand, hatte man nichts Ähnliches gesehen.

Der Lygier hielt das wilde Tier an den Hörnern fest, seine Füße waren bis über die Knöchel in den Sand gewühlt, sein Rücken war gewölbt wie ein Bogen, der Kopf schien versteckt zwischen den Schultern, die Muskeln der Arme traten so stark hervor, dass die Haut darüber zu springen drohte: doch er hielt den Stier nieder. So standen Mensch und Tier unbeweglich, wie ein lebendes Bild, das eine Tat des Herkules oder des Theseus darstellte. In dieser scheinbaren Ruhe jedoch blieb der furchtbare Kampf zweier miteinander ringender Kräfte sichtbar. Auch der Stier hatte sich in den Sand eingegraben. Sein dunkler, zottiger Leib schien sich zu einer Kugel zusammenzuballen. Wer wohl zuerst erlahmen werde, unterliegen werde: Diese Frage schwebte auf aller Lippen, diese Frage war den für physische Kraft schwärmenden Römern in diesem Augenblick wichtiger als ihr eigenes Los, als Rom selbst und seine Herrschaft über die Welt. Der Lygier war ihnen eine Art Halbgott, aller Ehren und eine Standbildes wert. Der Kaiser selbst hatte sich von seinem Platze erhoben. Von der Stärke des Mannes hörend, hatten er und Tigellinus absichtlich dieses Schauspiel so angeordnet und höhnisch zueinander gesagt: „Jener Würger Krotons soll jetzt auch den Stier töten, den wir ihm auswählten."

Sprachlos vor Staunen, als ob sie ein Gemälde oder einen Traum sähen, starrten beide auf den Vorgang, und in der Menge hielten viele die Arme emporgestreckt, andere waren schweißbedeckt, als ob sie selber mit der Bestie im Kampfe wären. Im ganzen Zirkus war nichts zu hören, als das Knistern der lichtspendenden Flammen. Die Stimme erstarb den Zuschauern auf den Lippen, ihre Herzen klopften zum Zerspringen. Es war ihnen, als dauerte der Kampf jahrelang. Mensch und Tier standen noch immer in furchtbarer Anspannung da, wie in die Erde eingegraben. Da wurde in der Arena ein dumpfes Stöhnen laut und gleich darauf entfuhr allen Zuschauern ein Schrei: und wieder ward es still. Das Volk glaubte zu träumen. Der ungeheure Schädel des Tieres begann sich in den eisernen Händen des Barbaren zu drehen. Und das Gesicht des Lygiers, der Hals, die Arme färbten sich purpurrot, sein Rücken wölbte sich noch mehr. Man sah, dass er den Rest seiner übermenschlichen Kräfte zusammenraffte, die ihm langsam zu schwinden drohten. Das dumpfe, heisere und immer schmerzlicher tönende Gebrüll des Tieres vermischte sich mit dem pfeifenden Atem des Riesen. Der Kopf des Tieres aber drehte sich immer weiter, und aus dem Rachen hing die lange, schaumbedeckte Zunge heraus. Noch einen Augenblick und an die Ohren der näher sitzenden Zuschauer drang es wie ein Brechen von Knochen, worauf das Tier mit umgedrehtem Nacken plump und schwer zu Boden fiel. Der Riese löste im Nu die Stricke von den mächtigen Hörnern, nahm die Jungfrau auf seine Arme und atmete schnell. Sein Gesicht war blass geworden, die Haare klebten vom Schweiße zusammen, seine Arme und Brust schienen in Wasser gebadet zu sein. Wie betäubt stand er eine Weile, dann schlug er die Augen auf und sah um sich.

Da verwandelte sich das Amphitheater in ein stürmisches Meer: Die Wände erzitterten unter dem Geschrei der nach Zehntausenden zählenden Zuschauer; seit Beginn der Vorstellung war eine solche Begeisterung noch nicht dagewesen. Die in den höheren Reihen Sitzenden drängten sich nach den Zwischengängen, um den Kraftmenschen in der Nähe zu sehen. Gebietende Rufe um Gnade wurden laut, leidenschaftliche, eigensinnige Stimmen, die sich bald in einen einzigen Donner verwandelten. Dieser Riese war den für physische Kraft schwärmenden Römern lieb geworden: Er war in diesem Augenblicke der populärste Mann in ganz Rom. Ursus hatte begriffen, dass das Volk seine Freilassung verlangte, doch war es ihm offenbar nicht um sich allein zu tun. Er blickte im Kreise umher, dann trat er zu dem kaiserlichen Podium und wiegte den Leib des Mädchens auf den ausgestreckten Armen hin und her, wobei in seinen Augen deutlich die flehende Bitte zu lesen war: „Dieser hier erbarmet euch! Sie errettet! Ich habe dies für sie getan!“ Die Menge begriff ausgezeichnet, was er verlangte.

Beim Anblick des ohnmächtigen Mädchens, das sich im Vergleich zu dem Riesen wie ein Kind ausnahm, wurden alle: Volk, Ritter und Senatoren, von Rührung übermannt. Ihr zierlicher, wie aus Alabaster gemeißelter Leib, ihre Schönheit, ihre Ohnmacht, die große Gefahr, aus der sie der Riese befreit hatte, und dessen Anhänglichkeit erschütterten die Herzen. Viele glaubten, es sei der Vater, der diese Tat für sein Kind gewagt und nun um Mitleid flehe. Und das Mitleid griff um sich wie ein Feuer. Man hatte schon genug des Blutvergießens, genug des Sterbens, genug der Marterqualen. Tränenerstickte Stimmen riefen um Gnade für beide. Ursus ging jetzt in der Arena hin und her, das Mädchen in seinen Armen wiegend und mit den Augen und Gebärden für sie bittend.

Da sprang Vinicius von seinem Sitze auf, setzte über die Arenabrüstung, stürzte auf Lygia zu und bedeckte ihren Leib mit seiner Toga. Dann riss er seine Tunika auf, enthüllte seine Brust, bedeckt mit Narben, die er aus dem armenischen Kriege davongetragen hatte, worauf er die Hände gegen das Volk ausstreckte. Die Begeisterung der Menge überstieg alles bisher im Amphitheater Dagewesene. Man stampfte mit den Füßen und heulte, die Schreie um Gnade klangen wie Drohung. Dem Volke war es nicht nur um den Athleten zu tun, es warf sich jetzt zum Beschützer des Mädchens, des Kriegers und der Liebe beider auf. Tausende von Blicken richteten sich auf den Kaiser, aus denen der Zorn sprach, tausend geballte Fäuste erhoben sich drohend. Er aber zögerte und schwankte, zwar hasste er Vinicius nicht, auch an dem Tode Lygias war ihm nicht viel gelegen, doch hätte er den Körper des Mädchens gern von den Hörnern des Tieres durchbohrt gesehen; seine Grausamkeit, seine entarteten Vorstellungen, seine wahnwitzigen Begierden fanden eine gewisse Wonne bei solchem Anblick, und dieses Volk wollte ihn um einen solchen Anblick bringen.

Bei diesem Gedanken prägte sich der Zorn auf seiner fetten Stirn aus. Seine Eigenliebe ließ es nicht zu, sich dem Volkswillen zu beugen, gleichzeitig konnte aber seine angeborene Feiglingsnatur nicht widerstehen. Unter den Augustianern hoffte er Beistand zu finden und suchte bei ihnen nach Fingern, die nach unten zeigten. Doch Petronius hielt die Hand nach oben und sah ihn dabei fast herausfordernd an. Der abergläubische Vestinus, der wohl Geister, aber nicht das Volk fürchtete, gab das Zeichen der Gnade. Dasselbe Zeichen gab der Senator Scävinus, ebenso Nerva, auch Tullius Senecio, sogar der alte, berühmte Heerführer Ostorius Skapula, Antistius, Piso, Vetus, Crispinus, Minucius Thermus und Pontius Telesinus, der vom Volke verehrte Traseas und viele andere baten um das Leben der Verurteilten. Bei diesem Anblick nahm Nero mit verächtlicher Miene und voll Kränkung seinen Smaragd vom Auge, als ihm Tigellinus, dem es darum zu tun war, dem Petronius einen Possen zu spielen, zuraunte: „Gib nicht nach, Göttlicher, wir haben die Prätorianer." Nero wandte seinen Blick zu dem grausamen, ihm bisher blind ergebenen Kommandanten der Prätorianer, Subrius Flavius, und er zuckte zusammen. Das Gesicht des alten Tribuns war tränenüberströmt, und mit strengem Ausdrucke hielt er die Hand nach oben.

Das Volk war inzwischen in Wut geraten und das Wutgeheul war ohrenzerreißend: Es stampfte mit den Füßen und wirbelte Staubwolken auf, die das Amphitheater erfüllten. Man hörte die bekannten Rufe: „Ahenobarbus! Matricida! Incendiarius!" Der Kaiser erschrak. Das Volk war allmächtig im Zirkus. Die früheren Kaiser, besonders aber Caligula, hatten es manchmal gewagt, sich dem Volkswillen zu widersetzen, was aber stets einen Aufruhr hervorrief und zum Blutvergießen führte. Doch Nero war zu unbeständig. Als Schauspieler und Sänger bedurfte er des Wohlwollens des Volkes, dann braucht er das Volk an seiner Seite gegen den Senat und die Patrizier, und schließlich suchte er nach dem Brande Roms das Volk auf alle Arten für sich zu gewinnen und den Zorn auf die Christen zu wälzen.

Er sah ein, dass ein längeres Widerstreben unheilbringend sei; der im Zirkus begonnene Aufruhr konnte sich auf die ganze Stadt übertragen und schwere Folgen nach sich ziehen. Er sah nochmals auf Subrius Flavius, dann blickte er auf den Zenturio Scävinus, auf die Soldaten: Und als er von allen Seiten nur gerührte Gesichter sah und flehenden Augen begegnete, gab auch er das Zeichen der Gnade. Ein Beifallssturm pflanzte sich von den oberen Reihen bis nach den unteren fort. Das Volk war jetzt über das Schicksal seiner Schützlinge beruhigt. Von diesem Zeitpunkte ab standen sie unter seinem Schutze: Selbst der Kaiser hätte nicht mehr wagen dürfen, sie mit seiner Rache zu verfolgen. – – –

Vier bithynische Sklaven trugen Lygia behutsam in das Haus des Petronius. Ursus und Vinicius schritten nebenher und beeilten sich, die Kranke möglichst bald den Händen des griechischen Arztes zu übergeben. Sie sprachen unterwegs nichts, sie waren nach den letzten Vorgängen dazu nicht fähig. Vinicius war bis dahin noch nicht bei vollem Bewusstsein: er wiederholte bei sich, dass Lygia nun frei sei, dass ihr weder Kerker noch der Tod im Zirkus mehr drohe, dass das Unglück nun ein Ende habe und dass man sie ins Haus bringe, und er sich nicht mehr von ihr zu trennen brauche. Es schien ihm, als habe ein neues Leben begonnen. Von Zeit zu Zeit sah er in die offene Sänfte, um das geliebte Antlitz beim Mondschein zu betrachten. „Das ist sie!“, sagte er dann, „Christus hat sie befreit.“

Er fühlte sich schwach und stützte sich auf den Arm des Ursus, dieser wieder blickte nach den Sternen und betete. Mitten auf der Straße schritten sie schnell zu, da die Stadt leer war. Viele neu erbaute Häuser konnte man schon sehen, und da und dort waren Gruppen, die sich im Mondschein vor den Häusern, mit Efeuranken bekränzt, bei Tanz und Flötenspiel belustigten. Erst kurz vor des Petronius Haus beendete Ursus sein Gebet und sprach leise, als fürchte er Lygia zu wecken: „Der Herr, unser Erlöser hat sie vom Tode befreit. Als ich sie auf den Hörnern des Auerochsen sah, hörte ich eine Stimme: ‚Verteidige sie!', und das war unzweifelhaft die Stimme des Lämmchens. Im Kerker habe ich viel von meiner Kraft eingebüßt, aber Er gab sie mir in jenem Augenblicke wieder – von Ihm hatte das Volk die Eingebung, sich für sie zu verwenden. Sein Wille geschehe!" Und Vinicius antwortete: „Gepriesen sei Sein Name!" Hier versagte ihm die Stimme, das Weinen war ihm nahe. Am liebsten wollte er auf der Straße hinknien und dem Erlöser für das Wunder und seine Barmherzigkeit danken.

Sie waren angelangt; die durch einen besonderen Boten benachrichtigte Dienerschaft strömte ihnen zur Begrüßung entgegen. Paulus hatte in Antium viele von den Sklaven bekehrt, sie waren über das Unglück des Vinicius unterrichtet, daher war ihre Freude groß, als sie die der Wut Neros entrissenen Opfer sahen, und sie steigerte sich noch mehr, als der Arzt Theocles nach der Untersuchung Lygias erklärte, dass sie sich bald erholen werde, sobald das Fieber der Gefängnismauern geschwunden sei. Ihr Bewusstsein kehrte noch in derselben Nacht zurück. Als sie erwachte und sich in dem herrlichen Cubiculum sah, umgeben von korinthischen Lampen, und Verbena- und Nardenduft atmend, wusste sie nicht, wo sie sich befinde. Das Bewusstsein hatte sie in dem Augenblicke verlassen, als sie an die Hörner des mit Ketten gefesselten Stieres gebunden wurde: Jetzt, da sie das Antlitz des Vinicius erblickte, beleuchtet von einem lieblichen, bunten Lichte, glaubte sie, nicht mehr auf der Erde zu sein. Infolge der ausgestandenen Qualen und der Schwäche waren ihre Gedanken noch wirr und sie glaubte sich auf dem Wege nach dem Himmel. Sie fühlte keine Schmerzen, lächelte Vinicius an und wollte etwas sagen, sie bewegte ihre Lippen, doch Vinicius konnte kaum seinen Namen verstehen. Er kniete neben ihrem Lager nieder, legte die Hand leicht auf ihre Stirn und sagte: „Christus hat dich gerettet und dich mir wiedergeben!"

Ihre Lippen bewegten sich wieder, doch bald fielen ihr die Augen zu, ihre Brust hob sich zu einem leichten Seufzer und dann verfiel sie in einen tiefen Schlaf; der Arzt Theocles wich nicht von ihrem Lager. Vinicius kniete neben ihr und betete zu Christus, dem er jetzt alles dankte. Seine Seele war so in Liebe aufgegangen, dass er sich selbst völlig vergaß. Theocles kehrte oft ins Gemach zurück, und die goldhaarige Eunice erschien zeitweise und war dem Arzt bei seiner Pflege behilflich. Die im Garten gezogenen Kraniche fingen an zu schreien und verkündeten den Tagesanbruch. Der Geist des Vinicius aber hielt noch immer die Füße des Gekreuzigten umklammert; er sah und hörte nichts, was um ihn vorging, sein Herz war nur Danksagung, nur opferbereite Liebe, seine Wonne war so groß, dass er, obwohl noch lebend, halb im Himmel war. –

Nach der Befreiung Lygias begab sich Petronius mit anderen Augustianern zugleich zum Kaiser, um diesen nicht weiter zu reizen. Er war neugierig zu hören, wovon man sich jetzt unterhalten werde, hauptsächlich aber wollte er erfahren, ob Tigellinus noch weiter das Mädchen zu verfolgen beabsichtige. Obwohl jetzt Lygia und Ursus unter dem Schutze des Volkes standen, und es niemand wagen durfte, diese beiden zu verfolgen, wusste Petronius genau, dass der grausame und allmächtige Präfekt der Prätorianer nicht ruhen würde, bevor er sich nicht auf irgendeine Weise an ihm gerächt habe. Nero war zornig und gereizt, da die Vorstellung anders geendet hatte, als er es wünschte. Anfangs wollte er Petronius nicht einmal ansehen, doch diesen verließ das ruhige Blut nicht, mit der Ruhe eines

Arbiter elegantiarum näherte er sich ihm und sagte: „Weißt du, Göttlicher, was ich denke? Schreibe einen Hymnus auf das Mädchen, das durch den Befehl des Beherrschers der Welt von den Hörnern des wilden Auerochsen dem Geliebten wiedergegeben wurde. Die Griechen haben ein mitfühlendes Herz, und ich bin sicher, dass sie das Lied bezaubern wird." Nero, der noch immer gereizt dasaß, schien diese Idee nicht schlecht; das Thema war für ein Lied wie geschaffen, dann konnte er sich selbst besingen als einen edeldenkenden Herrscher. Verwundert blickte er Petronius an. „Möglich, dass du Recht hast", sagte er. „Aber kommt es mir auch zu, mein eigenes Lob zu singen?" – „Du brauchst dies nicht erst zu erwähnen, denn ein jeder in Rom ist von deiner Güte überzeugt, und von Rom aus verbreiten sich die Nachrichten über die ganze Welt." – „Bist du auch sicher, dass dies in Achaja Anklang finden wird?" – „Beim Pollux, ja!", erwiderte Petronius, worauf er sich entfernte, mit der Überzeugung, dass Nero nun nichts mehr gegen das Leben der jungen Leute unternehmen werde; auch Tigellinus war dadurch gebunden. Dennoch traute er dem Frieden nicht und beredete Vinicius, möglichst bald auf seine Besitzung in Sizilien zu gehen. Er traute Tigellinus nicht, dass dieser nicht noch nach Gift greife, um Lygia aus der Welt zu schaffen.

Vinicius lächelte darüber und sagte: „Sie war auf den Hörnern des Stieres und Christus rettete sie!" – „So opfere ihm eine Hekatombe", entgegnete Petronius ungeduldig, „aber heiße ihn nicht, sie zum zweiten Male retten. Denkst du nicht an Odysseus, als er zum zweiten Male zu Aeolus um eine Ladung günstiger Winde kam? Die Götter lieben es nicht, dieselbe Sache zweimal zu tun!" – „Sobald sie gesund ist, führe ich sie zu Pomponia Gräcina", entgegnete Vinicius. – „Ich habe durch den Verwandten des Aulus, Antistinus, erfahren, dass Pomponia krank sei, und du wirst Recht tun, wenn du Lygia dahin führst. Man wird euch mit der Zeit vergessen und in der Jetztzeit ist es am besten, wenn man vergessen wird. Möge Fortuna eure Sonne im Winter und euer Schatten im Sommer sein." –

Nach zwei Tagen wurde Lygia mit Erlaubnis des Theocles in den Garten getragen und von da ab besserte sich sichtlich ihr Gesundheitszustand. Vinicius schmückte die Sänfte mit Anemonen und Lilienblüten, die Lygia allen andern Blumen bevorzugte, und um sie an des Aulus Haus zu erinnern. Mitunter saßen beide auf einem lauschigen Plätzchen und erzählten sich von verflossenen Zeiten. Lygia sagte zu Vinicius, Christus habe ihn absichtlich über diesen qualvollen Weg geführt; dadurch sei seine Seele, sein Charakter geläutert worden.

Vinicius fühlte, dass sie wahr sprach, dass in ihm nichts von dem früheren Patrizier war, dem nur der eigene Wille als Gesetz gegolten hatte. Allein in diesen Erinnerungen lag nichts Bitteres. Beiden war es, als seien Jahre über sie hinweggegangen, als liege die schreckliche Vergangenheit weit, weit hinter ihnen. Ein nie gefühlter Herzensfriede war in ihnen eingekehrt. Der Cäsar mochte rasen und die Welt mit Schrecken erfüllen; sie wussten über sich einen Schutz, tausendmal mächtiger als Neros Gewalt, fühlten keine Furcht mehr vor seiner Wut und seiner Bosheit, gerade so als ob er für sie aufgehört hätte, Herr über Leben und Tod zu sein.

Eines Morgens vernahmen sie von entfernten Vivarien her das Brüllen der Löwen und anderer Tiere. Früher hatten diese Stimmen Vinicius mit Furcht erfüllt, weil sie als böses Vorzeichen galten; jetzt blickten sich er und Lygia stumm an und hoben die Augen zum Himmel empor. Zuweilen entschlummerte Lygia, noch schwach und unfähig, allein zu gehen, in der Stille des Gartens; er wachte über sie, betrachtete ihr schlafendes Antlitz und sagte sich unwillkürlich, dass sie nicht mehr jene Lygia sei, die er in des Aulus Garten gesehen hatte, denn die Kerkerluft war an Lygias Schönheit nicht spurlos vorübergegangen.

Damals, als er sie im Hause des Aulus gesehen, oder als er sie aus dem Hause der Miriam entführen wollte, war sie schön wie eine Statue, wie eine Blume. Jetzt war die zarte rosige Gesichtsfarbe verschwunden, ihre Hände waren magerer, der Körper schien aufgerieben durch die Krankheit, die Lippen waren bleich – sogar die Augen schienen weniger blau als sonst. Die goldhaarige Eunice, die ihr Blumen und teure Gewebe zum Einhüllen der Füße brachte, sah jetzt neben Lygia wie eine Gottheit Zyperns aus. Auch der Ästhetiker Petronius hatte sich vergeblich bemüht, die alten Reize an der Kranken wiederzufinden und bei sich gedacht, dass dieser Schatten aus den elysäischen Feldern aller ausgestandenen Angst und Qualen nicht wert sei, die Vinicius fast das Leben gekostet hätten. Doch Vinicius, der jetzt ihre Seele liebte, liebte sie umso mehr: Und als er so bei der Schlafenden saß, schien es ihm, er wache über die ganze Welt. –

Sechsundzwanzigstes Kapitel.

Die Kunde von der wunderbaren Befreiung Lygias verbreitete sich schnell unter den noch übrig gebliebenen Christen, viele von diesen kamen jetzt, um die so wunderbar Errettete anzustaunen. Zuerst erschienen Nazarius und Miriam, bei denen der Apostel Petrus bisher versteckt gehalten wurde, dann andere. Alle Besucher, auch Vinicius, Lygia und die christlichen Sklaven des Petronius hörten mit Aufmerksamkeit die Erzählung des Ursus von der Stimme, die er in seinem Innern vernommen und deren Aufforderung, mit der Bestie zu kämpfen. Sie gingen getröstet hinweg, die Hoffnung im Herzen, dass Christus die Seinen auf Erden nicht austilgen lassen werde bis zum Tage seiner Wiederkunft beim Gerichte. Und dieses Vertrauen flößte ihnen Mut ein, denn die Verfolgung war noch nicht zu Ende. Die Stadtwache ließ jeden, der öffentlich als Christ bezeichnet wurde, sofort ins Gefängnis werfen. Allerdings verringerte sich die Zahl der Opfer, aber nur deshalb, weil die meisten schon ergriffen und gemartert worden waren. Die übrig gebliebenen Christen hatten entweder Rom verlassen, um in entlegenen Provinzen das Ende des Sturmes abzuwarten, oder sich sorgfältig verborgen. Die Verborgenen wagten nicht, sich zu gemeinsamen Gebeten zu versammeln, außer in Sandgruben vor der Stadt.

Der Zirkus war geschlossen, doch bewahrte man die gefangenen Christen für künftige Spiele auf oder strafte sie besonders ab. Obgleich niemand in Rom mehr glaubte, dass die Christen den Brand veranlasst hätten, wurden sie doch als Feinde der Menschheit und des Staates erklärt und das Edikt gegen sie blieb in Kraft. Der Apostel Petrus getraute sich lange nicht, im Hause des Petronius zu erscheinen; eines Abends jedoch zeigte Nazarius dessen Besuch an. Lygia, die nun soweit hergestellt war, dass sie allein zu gehen vermochte, und Vinicius eilten hinaus, ihn zu empfangen und seine Füße zu umfassen. Wenige Schäflein seiner Herde, über die ihn Christus gesetzt hatte und deren Geschick sein großes Herz betrübte, waren ihm geblieben; darum begrüßte er die beiden mit um so größerer Bewegung. Und als Vinicius zu ihm sprach: „Herr, um deinetwillen hat sie mir der Erlöser zurückgegeben“, antwortete er: „Um deines Glaubens willen gab er sie dir zurück, damit nicht jeder Mund schweige, der seinen Namen bekennt.“

Offenbar gedachte er dabei der Tausende seiner Kinder, die von wilden Tieren zerrissen worden waren, jener Kreuze, die die Arena gefüllt, jener Feuersäulen in den Gärten des ‚Tieres‘;

denn er sprach diese Worte mit tiefer Trauer. Vinicius und Lygia bemerkten auch, dass sein Haar vollständig weiß geworden, seine Gestalt gebeugt war, sein Antlitz so viel Gram und Schmerz widerspiegelte, als hätte er selbst alle Martern erlitten, die Neros Wut und Wahnwitz den Christen angetan. Beide verstanden aber auch, dass sich seine Jünger, weil sich Christus der Marter und dem Tode hingegeben hatte, sich dem nicht entziehen dürfen. Der Anblick des durch Jahre, Arbeit und Sorge gebeugten Apostels schmerzte ihre Herzen.

Vinicius beabsichtigte, Lygia bald nach Neapel zu bringen, wo sie mit Pomponia zusammentreffen würden, und dann die Reise nach Sizilien fortzusetzen; er bat deshalb den Apostel, Rom mit ihnen zu verlassen. Der Apostel legte seine Hand auf das Haupt des Tribuns und sagte: „In meinem Innern höre ich die Worte des Herrn, die er am See Tiberias zu mir gesprochen hat: Als du noch jung warst, gürtetest du dich selbst und gingst, wohin du wolltest; wenn du aber alt sein wirst, wirst du deine Hand ausstrecken und ein anderer wird dich gürten und dich führen, wohin du nicht willst. – Darum ist es billig, dass ich meiner Herde folge."

Und als sie schwiegen, weil sie den Sinn seiner Rede nicht verstanden, setzte er hinzu: „Meine Arbeit nähert sich ihrem Ende; nur im Hause des Herrn werde ich meine Wohnung und meine Ruhe finden." Dann wandte er sich nochmals zu ihnen und sprach: „Vergesset mich nicht, denn ich habe euch geliebt, wie ein Vater seine Kinder; und was immer ihr arbeitet, tut alles zur Ehre Gottes." Bei diesen Worten erhob er seine zitternden Hände und segnete sie; die beiden erwiesen ihm noch alle Liebe, wohl fühlend, dass dies der letzte Segen sei, den er ihnen erteile. Indes sollten sie ihn noch einmal sehen. –

Nach einigen Tagen kam Petronius mit schrecklichen Nachrichten vom Palatin. Es war dort entdeckt worden, dass einer der Freigelassenen Neros ein Christ sei; bei ihm hatten sich

Briefe der Apostel Petrus und Paulus, Briefe von Jakobus, Johannes und Judas gefunden. Tigellinus hatte schon früher den Aufenthalt des Petrus in Rom erfahren, meinte aber, er sei mit vielen anderen Bekennern aus dem Leben geschieden. Jetzt wurde es bekannt, dass die beiden Häupter des neuen Glaubens noch lebten und in der Hauptstadt weilten. Darum beschloss man, sie unter allen Umständen festzunehmen, um sodann die verhasste Sekte mit Stumpf und Stiel auszurotten. Petronius hatte von Vestinus gehört, dass der Cäsar befohlen habe, Petrus und Paulus innerhalb dreier Tage in das Mamertinische Gefängnis einzuliefern; ganze Abteilungen Prätorianer seien ausgesandt, um jedes Haus des Transtiber zu durchsuchen. Vinicius beschloss daher, sofort den Apostel von der ihm drohenden Gefahr in Kenntnis zu setzen. Am Abend legten er und Ursus gallische Mäntel um und begaben sich zu Miriams Haus, wo Petrus wohnte.

Es befand sich an dem der Stadt zunächst gelegenen Teile des Transtiber, am Fuße des Janiculus. Unterwegs sahen sie Soldaten, im Begriffe Häuser zu umstellen und unbekannte Personen wegzuführen. Das Viertel war in Unruhe, an manchen Orten hatten sich Scharen Neugieriger gesammelt. Die Hauptleute stellten zuweilen an die Gefangenen Fragen, die sich auf Simon Petrus und Paulus von Tarsos bezogen. Ursus und Vinicius waren den Soldaten voraus und kamen unbehelligt zu Miriams Haus, wo sich Petrus inmitten einiger Gläubigen befand. Auch Timotheus und Linus waren darunter.

Nazarius führte alle auf einem verborgenen Pfade zur Gartentür und von da aus in verlassene Steinbrüche in einiger Entfernung vom Tore des Janiculus. Ursus trug Linus, dessen Beine durch die Marter gebrochen und noch nicht geheilt waren. Im Steinbruch angelangt, fühlten sie sich sicher. Beim Lichte einer von Nazarius entzündeten Fackel berieten sie, wie das ihnen so teure Leben des Apostels gerettet werden könne.

„Herr", sagt Vinicius, „lass dich bei Tageseinbruch von Nazarius zu den Albanerbergen führen; dort werde ich dich treffen. Wir nehmen dich dann nach Antium, wo für uns ein Schiff nach Neapel und Sizilien bereit ist. Gesegnet sei der Tag und die Stunde, wo du mein Haus betreten und es segnen wirst!" Die einen stimmten diesem Vorschlag zu, drangen in den Apostel und sagten: „Verbirg dich, geheiligtes Haupt; bleib nicht in Rom! Pflanze die Wahrheit fort, damit sie nicht zu Grunde gehe mit uns und dir. Höre auf uns, wir bitten dich, unseren Vater!" – „Tue es in Christi Namen", riefen andere und hängten sich dabei an ihn. – „Meine Kinder", antwortete Petrus, „wer kennt den Zeitpunkt, den der Herr als Grenze meines Lebens gesetzt hat?" Er zögerte, ihre Bitte zu erfüllen; überhaupt hatte sich seit einiger Zeit eine gewisse Unsicherheit, sogar Furcht in seine Seele geschlichen. „Die Herde", dachte er sich, „ist zerstreut, das Werk zu Grunde gerichtet; die Kirche, die vor dem Brande einem blühenden Baume ähnlich war, in den Staub getreten durch die Macht des ‚Tieres'. Nichts ist übrig als Tränen, nichts als die Erinnerung an Marter und Tod. Die Saat hat reiche Früchte getragen, aber Satan hat sie in die Erde gestampft. Die Legionen der Engel sind meinen Kindern nicht zu Hilfe gekommen. Nero, schrecklicher und mächtiger als je, verbreitet seinen Ruhm über die Erde, über Meere und Länder."

Dann hob der greise Fischer die Hände zum Himmel und fragte: „Herr, was soll ich tun? Wie soll ich handeln? Und wie soll ich, ein schwacher Greis, diese unbezwingbare Macht des Bösen bekämpfen und dabei den Sieg erringen?" Und er rief aus der Tiefe seines unermesslichen Schmerzes und wiederholte im Geiste: „Jene Schafe, die du mir zu weiden befohlen hast, sind nicht mehr; deine Kirche ist nicht mehr. Einsamkeit und Trauer sind in deine Stadt eingezogen. Was willst du, dass ich jetzt tue? Soll ich bleiben, oder den Rest deiner Herde fortführen, damit dein Name jenseits des Meeres im Verborgenen verherrlicht werde?“

Er zögerte. Wohl glaubte er, dass die Wahrheit nicht zu Grunde gehen, sondern siegen werde; aber zuweilen dachte er, diese Stunde würde erst dann anbrechen, wenn der Herr am Tage des Gerichts wiederkommen werde in viel größerer Macht und Herrlichkeit als die Neros. Manchmal hatte er auch den Gedanken, dass ihm die Gläubigen folgen würden, wenn er Rom verließe. Er führte sie dann im Geiste hinweg nach den schattigen Hainen Galiläas, zum ruhigen Spiegel des Sees von Tiberias, zu Hirten, so friedlich wie Tauben und Schafe, die dort ihre Herden weideten zwischen Thymian und Pfefferwurz. Ein immer sehnlicherer Wunsch nach Frieden und Ruhe, eine sich steigernde Sehnsucht nach diesem See und Galiläa bemächtigten sich dann der Seele des Fischers, und Tränen traten dabei in des Greises Augen. Jetzt, da er sich entscheiden sollte, überkam ihn plötzlich Unruhe und Furcht. Durfte er diese Stadt verlassen, deren Boden das Blut zahlreicher Märtyrer getrunken hatte, in der so viele durch ihren Tod für die Wahrheit Zeugnis abgelegt hatten? Sollte er allein nicht standhalten? Und was würde er dem Herrn erwidern auf die Worte: „Diese sind für den Glauben gestorben, du aber flohst.“

„Tage und Nächte“, sprach er zu sich, „verbrachte ich in Angst und innerem Leiden. Andere, die von den Löwen zerrissen, an die Kreuze geschlagen, in den Gärten des Cäsar verbrannt wurden, entschliefen nach kurzer Qual im Herrn; ich jedoch finde keine Ruhe und fühle größere Marter, als die von den Henkern für ihre Opfer ersonnenen. Oft legte sich schon der Schimmer der Morgendämmerung auf die Dächer der Häuser, während ich noch in der Tiefe meines trauernden Herzen seufzte: Herr, warum riefst du mich hierher und ließest mich deine Stadt in der Höhle des ‚Tieres‘ suchen? Die dreiunddreißig Jahre nach dem Tode des Meisters sahen mich in steter Arbeit. Den Stab in der Hand, zog ich durch die Welt und verkündete ihr die ‚frohe Botschaft'. Durch Reisen und Beschwerden erschöpft, kam ich in diese Stadt, die erste der Welt. Nachdem ich hier das Werk meines Meisters befestigt hatte, brauste ein blutiger Sturm darüber hin. Ich sehe, der alte Kampf muss neu begonnen werden. Und welch ein Kampf? Auf der einen Seite der Cäsar, der Senat, das Volk, die Legionen, die mit eisernem Gürtel die Welt umspannen, zahllose Städte, Länder, eine große Macht, dass sie größer nicht gedacht werden kann. Auf der andern Seite ich, vom Alter gebeugt, von der Arbeit gebrochen, so schwach, dass die zitternde Hand kaum mehr den Stab zu halten vermag. Kann ich berufen sein, mich mit dem römischen Cäsar zu messen? Das kann nur Christus." Alle diese Gedanken gingen durch sein sorgenschweres Haupt, als er die Bitten des letzten Restes der Gläubigen hörte. Diese, sich immer dichter um ihn drängend, wiederholten mit flehender Stimme: „Verbirg dich, Rabbi! Führe uns weg aus der Gewalt des ‚Tieres!'" Endlich wandte ihm auch Linus sein zermartertes Haupt zu.

„O Herr", sprach er, „der Erlöser befahl dir, seine Schafe zu weiden; aber sie sind nicht länger hier, ja morgen schon werden sie von dannen ziehen. Gehe darum dahin, wo du sie noch finden kannst. Das Wort Gottes wird doch gehört in Jerusalem, Antiochia, Ephesus und anderen Städten. Wozu diente dein fernerer Aufenthalt in Rom? Wenn du fällst, so vermehrst du damit nur den Triumph des ‚Tieres'. Der Herr hat dem Johannes das Ende des Lebens nicht bestimmt. Paulus ist ein römischer Bürger, er kann ohne Verhör nicht verurteilt werden. Wenn sich aber die Macht der Hölle gegen dich erhebt, o Lehrer, dann werden die entmutigten Herzen sprechen: Wer ist noch über Nero? Du bist der Fels, auf den die Kirche Gottes gebaut ist. Wir wollen sterben, aber mache du dem Antichristen den Sieg nicht leichter über den Statthalter Gottes und kehre nicht hierher zurück, bis der Herr den zermalmt hat, der unschuldiges Blut vergoss." – „Sieh unsere Tränen", wiederholten alle Anwesenden. – Tränen flossen auch über das Gesicht des Petrus. Nach einer Weile erhob er sich, breitete seine Hände über die Knienden aus und sprach: „Der Name des Herrn sei gebenedeit! Sein Wille geschehe!" –

Beim nächsten Morgengrauen schritten zwei dunkle Gestalten auf der Via Appia der Campania zu. Es waren Nazarius, der Sohn der Miriam, und der Apostel Petrus, der Rom und seine Glaubensbrüder verlassen wollte. Die Nebelschleier zerrissen und die weite Campania mit den darauf zerstreuten Häusern und Friedhöfen und mit den vereinzelten Baumgruppen, in deren Tautropfen sich die aufgehende Sonne spiegelte, wurde sichtbar. – Auf dem Wege war kein Mensch zu sehen. Die Landleute, die Sommergetreide und Gartenerzeugnisse nach der Stadt fuhren, sah man noch nicht. Die Steinfliesen, mit denen der Weg bis ins Gebirge ausgelegt war, hallten von dem Klappern der Holzschuhe wider, die die beiden Wanderer an den Füßen trugen. Es schien dem Apostel, als ob der aufgehende goldene Sonnenball anstatt höher und höher zu steigen, vom Gebirge abwärts und den Weg entlang rollte. Er hielt den Schritt an und fragte: „Siehst du das Licht, das auf uns zukommt?"

„Ich sehe nichts!", entgegnete Nazarius. Doch Petrus bedeckte nach einer Weile die Augen mit der Hand und sprach: „Eine Gestalt naht uns im Sonnenglanze." Es war nicht das leiseste Geräusch nahender Schritte vernehmbar. Nazarius sah nur die Bäume in der Ferne beben, als würden sie geschüttelt, und gewahrte staunend einen sich immer weiter über die Ebene verbreitenden Lichtschein. Er sah den Apostel verwundert an. „Was ist dir, Rabbi?", fragt er unruhig. Den Händen des Apostels war der Reisestab entfallen, und er starrte mit halb geöffneten Lippen unbeweglich vor sich hin; auf seiner Miene wechselten Erstaunen, Freude und Begeisterung. Plötzlich sank er auf die Knie, streckte die Arme aus und rief: „Christus! Christus!" Und er warf sich zur Erde nieder, als ob er jemandes Füße küsste.

Lange verharrte er so stillschweigend, dann vernahm man die Stimme des Greises, von Schluchzen unterbrochen: „Quo vadis, Domine?" Nazarius vernahm keine Antwort, Petrus aber hörte eine sanfte Stimme: „Weil du mein Volk verlässest, so gehe ich nach Rom, um mich zum zweiten Male kreuzigen zu lassen." Das Antlitz im Staube, lag der Apostel lange sprach- und regungslos. Nazarius fing schon an zu fürchten, dass der Greis ohnmächtig oder gar tot sei. Doch raffte er sich plötzlich auf, erhob sich, griff mit zitternden Hände nach dem Pilgerstabe und wendete sich, ohne ein Wort zu reden, wieder der Siebenhügelstadt zu. Der Knabe, dies erblickend, fragte wie ein Echo: „Quo vadis, Domine?" – „Nach Rom", versetzte der Apostel leise. Und er kehrte zurück.

Paulus, Johannes und Linus, wie auch die übrigen Gläubigen empfingen ihn verwundert und erschrocken, denn bald nach seinem Weggange, im ersten Morgengrauen, hatten Prätorianer das Haus der Miriam umringt und den Apostel darin gesucht. Doch er antwortete auf alle Fragen nur: „Ich habe den Herrn gesehen." Und noch an demselben Abend begab er sich nach dem Ostranium, um dort zu lehren und zu taufen. Täglich ging er dahin. Es schien, als ob jedes Wort, jede Träne Tausende Bekenner erzeuge.

Der Kaiser badete jetzt förmlich im Blute, Rom und die ganze heidnische Welt raste. Alle Bedrängten und Leidenden suchten und fanden Trost in der Lehre an den Gott, der aus Liebe zu den Menschen starb, um sie zu erlösen. Petrus aber begriff jetzt, dass weder der Kaiser noch seine Legionen den wahren Glauben würden vernichten können.

Er verstand jetzt, weshalb ihn der Herr von seinem Vorhaben, Rom zu verlassen, ablenkte: Diese Stadt des Stolzes, der Verbrechen, der Zügellosigkeit und Macht fing an, seine Stadt zu werden: eine zweifache Residenz, aus der die Macht und das geistige Leben strömte. – Doch die Stunde für die beiden Apostel war gekommen. Und um gleichsam das ihm aufgetragen Werk zu krönen, sollte der Fischer des Herrn sogar im Gefängnis noch zwei Seelen gewinnen. Die Soldaten Prozessus und Martinianus, die ihn bewachten, empfingen durch ihn die Taufe. Der Augenblick der Marter nahte. Nero war gerade nicht in Rom. Das Urteil war von Helios und Polythetes, zwei Freigelassenen, gefällt worden, denen der Cäsar während seiner Abwesenheit von Rom die Regierung der Stadt anvertraut hatte. Über den bejahrten Apostel hatte man die vom Gesetz vorgeschriebenen Rutenstreiche verhängt, den folgenden Tag sollte er aus den Stadtmauern nach dem Vatikanischen Hügel geführt werden, um dort den Kreuzestod zu erleiden. Die Soldaten staunten über die vor dem Gefängnis versammelte Menge, denn nach ihrem Dafürhalten konnte der Tod eines gewöhnlichen Mannes, und noch dazu eines Fremden, kein großes Interesse erregen: Sie wussten nicht, dass die Menge nicht aus Neugierigen, sondern aus Bekennern bestehe, denen es eine Herzensangelegenheit war, den großen Apostel auf den Hinrichtungsplatz zu begleiten. Am Nachmittag öffneten sich die Gefängnistore, und Petrus erschien, von einer Abteilung Prätorianer umgeben. Die Sonne hatte sich schon etwas gegen Ostia geneigt, der Tag war schön, kein Lüftchen regte sich. Wegen seines Alters ließ man Petrus das Kreuz nicht selber tragen. Er war fessellos, damit er nicht zu langsam ginge. Er ging ohne Hindernis, und die Gläubigen konnten ihn gut sehen. Als sich sein weißes Haupt zwischen den eisernen Helmen der Soldaten zeigte, hörte man leises Aufschluchzen, das jedoch sofort wieder unterdrückt wurde; denn auf dem Antlitz des Greises lag so große Ruhe, glänzte eine solche Freudigkeit, dass alle begriffen, er sei nicht ein dem Tode geweihtes Opfer, sondern ein triumphierender Sieger. Und in der Tat, dieser demütige, gebückt einhergehende Fischer schritt jetzt aufrecht, voll Würde, schien höher als die Soldaten. Nie hatte aus seinem Wesen eine solche Majestät gesprochen. Er glich einem von Volk und Soldaten geleiteten Monarchen. Von allen Seiten hörte man Stimmen: „Dort ist Petrus, der zum Herrn geht!" –

Alle vergaßen, dass ja Marter und Tod seiner warteten. Mit feierlicher Ruhe, gesammelten Geistes wandelte er seinen Weg, im Bewusstsein, dass sich seit dem Kreuzestod auf Golgatha ein ähnlich bedeutungsvolles Geschehen nicht mehr ereignet habe; denn wie jener Tod die Welt, so sollte dieser Rom erlösen. Die Leute auf den Straßen hielten beim Anblick dieses greisen Mannes voller Bewunderung inne, die Gläubigen legten ihnen die Hände auf die Schultern und sagten: „Seht, wie ein Gerechter zum Tode geht, einer, der Christus kannte und der Welt die Liebe lehrte." Die Angeredeten gingen nachdenkend hinweg und sagten zu sich selbst: „Der kann wirklich kein Übeltäter sein." –

Auf dem weiteren Wege wurde es ruhiger. Der Zug bewegte sich an neu erbauten Häusern vorüber, an den weißen Säulen der Tempel, die das tiefblaue, ruhige Firmament überwölbte. Schweigend schritt man dahin, nur hier und da wurde die Stille durch das Geräusch der Waffen und das Murmeln der Betenden unterbrochen. Als Petrus dies vernahm, verklärte Freude sein Antlitz; es waren ihrer viele Tausende, überblicken konnte er sie nicht. Er fühlte, dass er sein Werk vollendet hatte, er wusste, dass die Wahrheit, die er während seines Lebens verkündet hatte, alles überwinden müsse und nichts die Macht besäße, sie zurückzuhalten.

Unter solchen Gedanken erhob er die Augen und sprach: „O Herr, du hast mir befohlen, diese weltbeherrschende Stadt zu erobern; ich habe es getan. Du hast mir befohlen, hier deinen Sitz aufzuschlagen; ich habe ihn errichtet. Es ist jetzt deine Stadt, o Herr, und ich gehe zu dir, denn ich habe viel gearbeitet.“ Als er an den Tempeln vorüberkam, sagte er: „Ihr werdet Tempel Christi werden.“ Zu der Volksmenge sprach er: „Eure Kinder werden Diener Christi werden.“ So ging er dahin in dem Bewusstsein, erobert zu haben, im Bewusstsein seiner Arbeit, seiner Kraft, getröstet, groß.

Die Soldaten führten ihn über den Pons Triumphalis, als wollten sie unwillkürlich seinem Siege Zeugnis geben, und weiter gegen die Naumachia und den Zirkus. Die Christen aus den Stadtteilen jenseits des Tiber schlossen sich dem Zuge an; es sammelten sich solche Volksmassen, dass es dem die Prätorianer befehligenden Zenturio allgemach offenbar wurde, er führe einen von seinen Gläubigen umgebenden Hohepriester, und er beunruhigte sich wegen der kleinen Zahl seiner Soldaten. Aber kein Ruf des Zornes oder der Wut ließ sich in der Menge hören. Die Gesichter zeigten, wie sehr sie alle von der Größe des Augenblicks durchdrungen waren; man las darauf Feierlichkeit und Erwartung. Einige Christen erinnerten sich, dass beim Tode des Herrn die Erde gebebt hatte und Verstorbene aus den Gräbern erstanden wären, und sie glaubten, es würden nun ähnliche Zeichen erscheinen, damit der Tod des Apostels nicht vergessen werde. Andere fragten sich: „Vielleicht wählt der Herr die Todesstunde des Petrus, um vom Himmel wiederzukommen, wie er versprochen hat, um Gericht zu halten.“ Und von dieser Idee erfüllt, empfahlen sie sich der Barmherzigkeit des Erlösers.

Allein die Stille ringsumher dauerte an. Die Höhen schienen sich in den glänzendsten Sonnenstrahlen zu wärmen. Zwischen dem Zirkus und dem vatikanischen Hügel hielt der Zug still. Einige der Söldner machten sich daran, ein Loch in die Erde zu graben, andere legten das Kreuz, Hammer und Nägel zurecht und warteten, bis alle Vorkehrungen getroffen sein würden; die Menge aber, ruhig und feierlich wie zuvor, kniete im Kreise umher. Von dem Glanze der Sonne umstrahlt, stand der Apostel da.

Zum letzten Male ließ er seinen Blick über die Stadt schweifen, und er schaute den Tiber, auf dessen rechtem Ufer der Campus Martius, das Mausoleum des Augustus und die riesigen, im Bau begriffenen Thermen des Nero sichtbar wurden; er erschaute das Theater des Pompejus und hinter diesem, teils völlig frei, teils halb verdeckt durch andere Bauten, die Septa Julia mit ihren Säulenhallen und Tempeln. Weiter in der Ferne ragte ein mit Bauten übersäter Hügel empor, dessen Gipfel sich in dem bläulichen Dunst verlor: der Hort der Macht und des Verderbens, der Ordnung und des Wahnsinns, der Sitz des Unterdrückers und doch auch wieder des allmächtigen Weltbeherrschers, des unbesiegbaren Beschützers. Inmitten der Söldner aber stand Petrus hochaufgerichtet da und schaute mit Blicken des Siegers auf die Stadt, auf sein Erbe. – Durch mich bist du frei geworden, sagte er sich. Keiner aber von denen, die um ihn versammelt waren, von den Söldnern, die das Loch für das Kreuz gruben, bis zu den Glaubensbrüdern, ahnte, dass sich unter ihnen die wahre Herrschaft befand, dass die Cäsaren dahingehen, die Barbaren gleich einer Sturmflut verschwinden würden, dass aber jener Greis in alle Ewigkeit seine Macht behaupten werde.

Die Sonne neigte sich ihrem Untergange zu. Der ganze westliche Himmel schien in dunkle Glut getaucht zu sein. Jetzt näherten sich die Söldner dem Apostel, um ihn zu entkleiden. Plötzlich richtete er sich auf im Gebete und hob seine Rechte hoch empor. Die Schergen, wie eingeschüchtert von dieser Haltung, standen unbeweglich; die Gläubigen hielten den Atem an, in der Meinung, er wolle etwas sagen. Eine tiefe Stille trat ein. Er aber, auf dieser Höhe stehend, machte mit der ausgestreckten Hand das Zeichen des Kreuzes und segnete in der Stunde seines Todes, „urbem et orbem‘, die Stadt und den Erdkreis. –

Am gleichen wundervollen Abende führte eine andere Abteilung Söldner Paulus von Tarsos auf der Via Ostiensis zum Platze Aquä Silviä. Und auch hinter ihm schritt eine Menge solcher, die er bekehrt hatte. Sah er nähere Bekannte, so hielt er an und sprach mit ihnen, denn gegen römische Bürger wagten die Wachen nicht allzu streng vorzugehen. Vor der Porta Tergemina traf er Plautilla, die Tochter des Präfekten Flavius Sabinus; beim Anblick ihres tränenbedeckten, jugendfrischen Gesichtes sprach er:

„Plautilla, Tochter des ewigen Heiles, geh in Frieden! Gib mir nur noch ein Tuch, meine Augen zu verbinden, wenn ich zum Herrn gehe!“ Und nachdem er das Tuch in Empfang genommen hatte, schritt er mit strahlendem Antlitz weiter wie ein Landmann, der nach wohl verbrachtem Tagewerk nach Hause zurückkehrt. Wie in der Seele des Apostels Petrus, walteten auch in seiner Seele Friede und Ruhe. Gedankenvoll glitt sein Auge über die sich vor ihm ausdehnende Ebene und die in Licht getauchten Albanerberge. Er gedachte seiner Reisen, seiner Mühseligkeiten, seiner Arbeit, seiner Siege, der Kirchen, die er in allen Landen und über allen Meeren gegründet hatte; er glaubte, dass er seine Ruhe verdient, sein Werk vollendet habe. Es tröstete ihn das Bewusstsein, dass der Same, den er ausgestreut, vom Winde der Bosheit nicht verweht werden könnte.

Der Friede senkte sich in seine Seele: Verließ er doch die Welt in dem Bewusstsein, dass die von ihm verkündete Wahrheit im Kampfe gegen die Welt siegen werde. Der Weg zum Richtplatze war weit; es wurde Abend. Die Berge überzogen sich mit Purpur, und allmählich umhüllten Schatten ihre Füße. Die Herden kehrten heim. Da und dort sah man einzelne

Gruppen von Sklaven dahinschreiten, Arbeitsgeräte auf den Schultern. Die vor den Häusern spielenden Kinder blickten neugierig auf die vorüberziehenden Soldaten.

Der Abend, diese klare, golddurchtränkte Luft atmete nicht nur Liebe und Frieden, sondern auch eine gewisse Harmonie, die sich von der Erde zum Himmel zu erheben schien. Auch Paulus war dafür empfänglich; Wonne füllte sein Herz beim Gedanken, dass er der Harmonie der Welt noch eine Note eingefügt habe, ohne die die ganze Erdenharmonie nichts wäre als ein tönendes Erz und eine klingende Schelle. Er gedachte seiner Lehre von der Liebe, dass er vom Volke gesagt, dass, wenn es auch all seine Habe den Armen hingäbe, alle Sprachen, alle Geheimnisse, alle Wissenschaft kennte, es doch nichts wäre ohne die Liebe, die gütig, geduldig ist, nichts Böses mit Bösem vergilt, nichts Arges denkt, alles glaubt, alles hofft, alles duldet.

War doch ein großer Teil seines Lebens in der Verkündigung dieser Wahrheit hingegangen. Und jetzt sprach er in seinem Geiste: „Welche Macht gleicht ihr, welche kann sie besiegen? Könnte ihr der Cäsar mit seinen Legionen, Städten, Meeren, Ländern und Nationen Halt gebieten?“ Er ging seiner Belohnung entgegen wie ein Sieger.

Die Soldaten verließen jetzt die Hauptstraße und wandten sich auf einem engen Pfade östlich zu den Aquä Silviä. Die rötliche Sonne war bis zum Gesträuch herabgesunken. Bei dem Brunnen ließ der Zenturio die Soldaten halten. Der ernste Augenblick war gekommen. Paulus legte Plautillas Tuch auf seinen Arm, weil er sich die Augen damit verbinden wollte; zum letzten Mal erhob er sie mit dem Ausdrucke unaussprechlichen Friedens gegen das Firmament und betete. Ja, seine Stunde war gekommen. Doch ihm schien es, er sähe inmitten der Abendröte eine breite Lichtbahn vor sich, die zum Himmel führte, und seine Seele sprach dieselben Worte, die er im Gefühle seiner treu geleisteten Dienste und seines nahen Endes geschrieben hatte: „Ich habe den guten Kampf gekämpft, den Lauf vollendet, den Glauben bewahrt; im Übrigen ist mir die Krone hinterlegt, die mir an jenem Tage geben wird der Herr, der gerechte Richter."

Aber in Rom raste man immer weiter. Es schien, als ob sich die Stadt, die die ganze Welt unterjocht hatte, nun selbst aufreiben wollte. Noch kurz vor der Todesstunde der Apostel brach die Verschwörung des Piso aus. Unerbittlich raffte der Tod die Verschwörer hin; Piso wurde hingerichtet, die höchsten Würdenträger niedergemacht. Selbst jene, die gewohnt waren, in Nero eine Gottheit zu sehen, fürchteten ihn jetzt nur noch als eine Gottheit des Todes. Trauer und Schrecken wohnten in Häusern und Herzen; doch die Portikus waren mit Efeu und Blumen bekränzt, weil es verboten war, Tote zu betrauern. Eine solche Angst hatte sich schließlich der Leute bemächtigt, dass sie sich täglich beim Erwachen fragten, an wen heute die Reihe kommen werde? Ein Zug von Gespenstern bezeichnete die Wiege des Wüterichs. Denn nach der Hinrichtung des Piso folgten Seneca und Lucanus, Fenius Rufus und Plautius Lateranus, dann Flavius Scävinus, Afranius Quinetianius, der zügellose Freund des kaiserlichen Wahnsinns, Tullius Senecio; dann Proculus, Araricus und Tugurinus, Gratus, Silanus, Proximus, der dem Kaiser mit Leib und Seele zugetan gewesene Subrius Flavius und Sulpicius Asper.

Die einen richtete die eigene Schlechtigkeit zu Grunde, die andern die Furcht, diese ihr Reichtum, jene die Tapferkeit. Die Stadt war von Soldaten eingeschlossen und befand sich gewissermaßen im Belagerungszustand, Tag für Tag stellten die Zenturionen Todesurteile zu. Die Verurteilten erniedrigten sich durch Schmeichelbriefe, worin sie Nero für das Urteil noch dankten und ihm einen Teil ihres Vermögens vermachten, damit der Rest den Kindern verbleibe.

Es schien geradezu, als wollte sich Nero überzeugen, bis zu welcher Stufe die Römer gesunken, wie lange sie seine blutige Herrschaft zu ertragen gewillt seien. Nach den Verschwörern wurden ihre Verwandten hingerichtet, dann ihre Freunde; ja nicht einmal bloße Bekannte, nicht einmal die Verwandten des Kaisers wurden verschont. Pompejus Cornelius, Martialis, Flavius Nepos und Statius Domitius wurden verurteilt, weil sie angeblich den Kaiser nicht liebten: Novius Priskus, weil er ein Freund Senecas war: Rufius Crispus, weil er ehemals Poppäas Mann war: Den großen Traseas vernichtete die Tugend: Viele andere vernichtete ihre edle Gesinnung, selbst Poppäa wurde das Opfer eines Wutausbruches des Cäsar.

Der Senat kroch vor dem schrecklichen Kaiser, errichtete ihm zu Ehren einen Tempel, tat Gelübde für seine Stimme, opferte seiner Macht, bekränzte seine Standbilder und stellte für ihn besondere Priester an, wie für einen Gott. Die Senatoren gingen nur noch mit Zittern auf dem Palatinus, um dort die Gesänge des „Periodonikes“ zu loben, die verrücktesten Orgien zu feiern. In den Tälern aber und auf dem Lande war es still geworden, und aus dem mit Blut und Tränen fruchtbar gemachten Boden wuchs die Saat des Petrus immer mehr heran.

Siebenundzwanzigstes Kapitel.

Vinicius an Petronius:

„Wir wissen hier, Carissime, was in Rom vorgeht, und was wir nicht erfahren haben, lesen wir in deinen Briefen. So wie ein ins Wasser geworfener Stein auf dem Wasserspiegel Kreise nach sich zieht, die immer größer werden, so ziehen sich auch die Kreise vom Palatinus aus bis nach Sizilien. Auf seiner Reise nach Griechenland machte Carinas auch unserer Stadt einen Besuch und beraubte die Heiligtümer, um die leere Staatskasse zu füllen. Um den Preis der menschlichen Tränen und des Schweißes wird in Rom die Domus aurea gebaut. Es ist möglich, dass die Welt ein derartiges Haus noch nicht gesehen hat, aber auch gleichzeitig noch nicht solche Ungerechtigkeit. Du kennst doch Carinas, einen zweiten Chilon? Bis zu uns ist dieser Räuber noch nicht vorgedrungen. Ich schreibe im Säulengang. Eben ist Ursus damit beschäftigt, die Netze in der Bucht auszulegen. Meine Frau sitzt neben mir und spinnt rote Wolle, und in den Gärten sind unsere Sklaven und singen im Schatten der Mandelbäume. Dieser herrliche Friede! Carissime, gern vergessen wir alles ertragene Leid. Nicht die Parzen sind es, die uns hier das Leben angenehm weiterspinnen, wie du schreibst, nein! Christus, unser Gott und Erlöser, ist es, der uns segnet. Petrus und Paulus sind für uns nicht gestorben, sie leben weiter, zur Verherrlichung des Glaubens, wir sehen sie im Geiste, dann weinen unsere Augen Freudentränen und unsere Herzen frohlocken.

So, Teurer, sind wir glücklich in unserm Glück, keine Macht kann uns betrüben, denn der Tod ist für uns nicht das Ende wie für dich, sondern der Anfang einer größeren Liebe und himmlische Freuden. So schwinden uns die Tage, die Monate im seelischen Frieden. Unsere Sklaven glauben wie wir an Christus, da aber Christus die Liebe befohlen hat, so haben wir alle einander lieb. Oft, wenn die Sonne untergegangen ist, und sich der Mond im Wasser spiegelt, sitzen wir mit Lygia und erzählen von vergangenen Zeiten, die uns jetzt wie ein Traum vorkommen, dann drücke ich das teure Haupt an meine Brust und danke dem Herrn, denn nur er konnte sie den Armen des Todes entreißen. Doch, damit auch du unser Glück sehen und daran teilnehmen kannst, komme in unsere wildreichen Berge, in unsere schattigen Olivenhaine und zu unseren mit Efeu bewachsenen Ufern.

Hier erwartet dich der Friede, wie du ihn schon lange nicht empfunden, hier erwarten dich aufrichtige Herzen. Dein guter und edler Charakter ist wert, glücklich zu sein. Dein Scharfsinn vermag die Wahrheit zu unterscheiden und wenn du sie kennen gelernt haben wirst, wirst du sie lieben. – Es ist möglich, dass man ihr feindlich ist, wie der Kaiser und Tigellinus, doch gleichgültig kann sie niemand lassen. Weder Gesetzgeber noch Philosophen lehrten diese Wahrheit, sie war weder in Griechenland noch in Rom bekannt, und sage ich, nicht in Rom, so heißt das, in der ganzen Welt nicht. Die trockene und kalte Lehre der Stoiker, die tugendhafte Leute zu Anhängern zählt, härtet das Herz wie Stahl, bessert es aber nicht, sondern stumpft es nur ab. Doch warum sage ich das dir, der du mehr gelernt hast und mehr Geist besitzest als ich? Du hast Paulus von Tarsos gekannt, und mehr als einmal lange Gespräche mit ihm geführt, du weißt daher am besten, dass alle Lehren der Philosophen und Rhetoren seiner Wahrheit gegenüber eitles, hohles, bedeutungsloses Wortgeklingel sind. Erinnerst du dich der Frage, die er dir vorlegte: Wenn der Cäsar ein Christ wäre, würdet Ihr Euch nicht geborgener, in Eurem Besitze sicherer, von Unruhe frei und des morgenden Tages sicher fühlen? Du, der du eine edle Seele hast, solltest glücklich werden, dein lebendiger Geist vermag die Wahrheit zu erkennen und wird die erkannte Wahrheit auch lieben. Ich und Lygia freuen uns auf deine Ankunft. Bleibe gesund und glücklich. – Dein Vinicius." –

Petronius empfing diesen Brief in Cumä, wohin er mit anderen Augustianern auf Befehl des Kaisers abgereist war. Sein langjähriger Kampf mit Tigellinus ging dem Ende entgegen, und Petronius wusste bereits, dass er unterliegen müsse. Der *Arbiter elegantiarum* hatte den Neid des Kaisers erregt, der sich immer mehr in der Rolle eines Komödianten und Wagenlenkers gefiel. Wenn Petronius schwieg, so hörte Nero aus dem

Schweigen einen Tadel, wenn er lobte, so hörte er aus dem Lobe den Hohn heraus: Der glänzende Patrizier war ihm jetzt im Wege. Seine Reichtümer und Kunstschätze begehrten Nero und der allgewaltige Minister. Nur im Hinblick auf die Reise nach Griechenland hatte Nero bisher noch den ehemaligen Günstling verschont, aber als Tigellinus den Kaiser zu überzeugen verstand, dass Carinas den Petronius an Gelehrsamkeit und Geschmack noch übertreffe, war dieser verloren.

Zwar wagte man nicht, ihm sein Todesurteil in Rom zuzustellen, da man seine Beliebtheit beim Volke und bei den Prätorianern sowie seine eigene Energie fürchtete, denn man erinnerte sich, dass der anscheinend so verweichlichte Ästhetiker als Konsul in Bithynien erstaunliche Geistesgegenwart und organisatorisches Talent bewiesen hatte. Deshalb lud man ihn mit anderen Augustianern nach Cumä. Obwohl er wusste, weshalb dies geschehe, kam er dennoch der Aufforderung nach, da er nicht mit offener Gewalt vorgehen, dem Cäsar und Tigellinus aber zeigen wollte, wie wenig er sich vor dem Tode fürchte. Er war der Freundschaft des Senators Scävinus angeklagt, der die Seele der Verschwörung des Piso war. Die noch in Rom verbliebenen Leute des Petronius wurden eingekerkert und sein Haus mit Prätorianern besetzt.

Als er dies erfuhr, zeigte er weder Furcht noch Kummer, sondern sagte lächelnd zu den Höflingen, die er öfter in seiner prächtigen Villa in Cumä um sich versammelte: „Ahenobarbus liebt es durchaus nicht, dass man ihn zuerst nach etwas frage: Ihr werdet seine Verwirrung sehen, wenn ich ihn fragen werde, ob auf seinen Befehl meine ‚Familia' eingekerkert wurde." Darauf kündete er ein Fest vor der Weiterreise an, und traf alle Vorbereitungen zu dem Feste, als der Brief des Vinicius anlangte. Der Inhalt des Briefes stimmte Petronius etwas nachdenklich; dann aber nahm sein Gesicht die gewöhnliche frohe Miene an und er schrieb noch am selben Tage die Antwort:

„Ich freue mich über euer Glück und hätte nicht gedacht, dass zwei Liebende an einen Dritten, noch dazu weit Entfernten denken können. Aber ihr wollt mich überreden, nach Sizilien zu kommen, um euer Brot und euern Christus mit euch zu teilen, der euch, wie du schreibst, eine solche Fülle des Glückes beschert hat. Wenn dem so ist, dann ehret ihn. Aber, mein Teurer, ich denke, dass dir Lygia auch ein wenig von Ursus und ein wenig vom römischen Volke wiedergegeben wurde. Wenn du aber meinst, es sei Christus gewesen, dann will ich nicht mit dir streiten; dann aber scheuet auch keine Opfer für ihn. Prometheus hat sich gleichfalls für das Volk aufgeopfert, aber, eheu!

Prometheus ist sicherlich nur eine von Poeten geschaffene Person, während ich von glaubwürdigen Leuten hörte, dass diese den Christus mit eigenen Augen sahen. Ich bin auch zu der Überzeugung gekommen, dass dies der verehrungswürdigste unter den Göttern ist. – Paulus von Tarsos mag vielleicht Recht haben, dass ich, wenn zum Beispiel Ahenobarbus Christ wäre, vielleicht Zeit hätte, zu euch nach Sizilien zu kommen. Dann könnten wir im Schatten der Bäume und am murmelnden Quell über alle Götter und alle Wahrheiten philosophieren, wie einst die Philosophen Griechenlands. Zwei von den Philosophen will ich anerkennen, diese sind Pyrrhon und Anakreon; alle anderen aber mit der ganzen griechischen Schule und alle unsere Stoiker will ich dir, Vinicius für billiges Geld überlassen. Die Wahrheit ist irgendwo, so hoch hinaufgerückt, dass sie nicht einmal die Götter von den Zinnen des Olymp erblicken können. Du rufst mich zu euerm Olymp, der noch viel höher ist; da muss ich danken, mein Lieber! Ich habe keine Beine dazu! Ich will mich diesmal kurz fassen. Nein! Glücklicher Gatte der königlichen Prinzessin Morgenrot! Eure Lehre ist nicht für mich. Ich soll meine bithynischen Sklaven, die meine Sänfte tragen, oder meine Ägypter, die mein Badezimmer heizen, oder gar

Ahenobarbus oder Tigellinus lieben? Bei den weißen Knien der Charitinnen, das kann ich nicht, wenn ich es auch wollte.

In Rom leben mindestens hunderttausend Menschen, die buckelig sind, dicke Knie, magere Waden, große runde Augen und zu große Köpfe haben. Und diese soll ich auch lieben? Wo soll ich diese Liebe suchen, da ich sie nicht im Herzen verspüre? Wenn euer Gott will, dass ich alle diese liebe, warum gab er ihnen nicht die Gestalt der Niobiden, die du selbst auf dem Palatinus gesehen hast? Wer das Schöne liebt, kann nicht zugleich das Hässliche lieben; etwas anderes ist es, wenn man unsere Götter nicht liebt, und dennoch haben sie auch für die Phidias, Praxiteles, Miron, Skopas und Lysias geliebt. Wenn ich auch wollte, ich kann es nicht, zu euerm Olymp hinaufsteigen, aus verschiedenen Gründen.

Nach der Lehre des Paulus glaubst auch du, dass ihr einst weit hinter dem Styx auf den elysäischen Feldern Christus sehen werdet, und du glaubst, dass er mich mit meinen Gemmen, mit meiner myrrhenischen Vase, mit meinen von Socius veröffentlichten Büchern und mit meiner Goldhaarigen bei sich aufnehmen würde? Dann aber sagte mir auch Paulus, ich solle die Festgelage, das ungebundene Leben Christus zuliebe aufgeben, so erwarte mich dafür ein anderes Glück. Ich muss darüber lachen, wenn ich denke, dass ich nun das Gesindel aus der Subura lieben, dessen Gerüche einatmen und dafür Veilchenduft aufgeben soll. Das sind alles Gründe, weshalb ich euer Glück nicht teilen will. Aber auch eine andere Ursache liegt vor: Mich ruft nämlich Thanatos. Für euch beginnt erst das Leben, für mich dagegen ist die Sonne untergegangen und die Abenddämmerung umgibt mein Haupt. Mit anderen Worten, ich muss sterben, Carissime. Es ist nicht der Mühe wert, viel darüber zu sagen. So musste es enden. Du kennst Ahenobarbus und wirst mich verstehen. Tigellinus hat mich besiegt, oder auch nicht. Meine Siege sind zu Ende!

Ich habe gelebt, wie ich wollte, und werde sterben, wie es mir beliebt. Nehmt euch das nicht zu Herzen, mir hat keiner unserer Götter Unsterblichkeit verheißen, es trifft mich also nicht unerwartet. Platon sagt: ‚Die Tugend ist Musik, und das Leben des Weisen ist Harmonie'. Wenn dieser Grieche Recht hat, dann will ich sterben, wie ich gelebt habe – tugendhaft und harmonisch. Ich würde mich gerne von deiner götterähnlichen Gattin mit denselben Worten verabschieden, mit denen ich sie einmal bei Aulus begrüßte: Viele habe ich schon gesehen, ihresgleichen aber nie. – Wenn die Seele etwas anderes ist als Pyrrhon meint, so wird die meine in Gestalt eines Falters über den Ozean zu euch hinüberschweben, oder sich nach dem Glauben der Ägypter als Sperber auf euerm Dache niederlassen. Anders kann ich nicht kommen. So möge euch nun Sizilien ein Garten der Hesperiden sein, und mögen euch die Baum- und Wassernymphen Blumen auf den Weg streuen und weiße Tauben ihre Nester auf jedem Acanthus der Säulen euers Hauses bauen. – Euer Petronius."

Und Petronius hatte sich nicht geirrt. Zwei Tage später schickte ihn der junge Nerva, der ihm stets freundlich gesinnt war, seinen Freigelassenen nach Cumä mit Nachrichten vom Kaiserhofe. Sein Untergang war schon beschlossen. Am nächsten Abend sollte ein Zenturio dem Petronius den Befehl überbringen, in Cumä weitere Befehle abzuwarten, und wenige Tage später sollte ihm ein zweiter Bote das Todesurteil überreichen. Petronius hörte den Freigelassenen mit stoischer Ruhe an; dann sagte er: „Ich werde dir für deinen Herrn eine meiner Vasen mitgeben, und ich trage dir auf, ihm aus ganzer Seele von mir zu danken, dass er es mir möglich machte, dem Urteilsspruch zuvorzukommen." Und er brach in ein fröhliches Lachen aus, wie jemand, dem ein guter Einfall gekommen ist, auf dessen Ausführung er sich freut. Am Nachmittag desselben Tages sandte er seine Sklaven aus, um alle in Cumä weilenden Augustianer und Damen zu einem Feste in der prächtigen Villa des *Arbiter elegantiarum* einzuladen. Er selbst schrieb lange in den Nachmittagsstunden in seiner Bibliothek. Dann nahm er ein Bad, ließ sich durch die Vestiplicä ankleiden und er, der Weltmann, den Göttern gleich an Gestalt, begab sich ins Triklinium, um die Vorbereitungen für das Fest zu prüfen. Auf seinem Gesichte merkte man nicht den geringsten Kummer.

Die Dienerschaft erwartete etwas Besonderes von dem Mahle, denn er ließ allen, die ihn zufrieden stellen würden, Belohnungen versprechen, den Säumigen und Ungeschickten aber eine leichte Züchtigung zuteil werden. Die Zitherspieler und Sänger wurden im Voraus reichlich belohnt, und als alle Vorbereitungen getroffen waren, ließ er sich im Garten unter einer Buche nieder und beschied Eunice zu sich. Sie kam, weiß gekleidet, mit Myrtenzweigen im Haare, schön wie eine Charitin, und als sie an seiner Seite Platz genommen hatte, strich Petronius mit seinen Fingern leicht über ihre Stirn hin und betrachtete sie mit dem liebenden Blicke eines Kunstkenners.

„Eunice“, sagte er, „weißt du, dass du schon längst keine Sklavin mehr bist?“ Sie hob ihre ruhigen blauen Augen zu ihm empor und schüttelte den Kopf. „Ich bin es immer, Herr“, sagte sie. – „Das aber weißt du nicht“, sagte Petronius weiter, „dass die Villa hier, die Felder, die Sklaven, die jetzt im Garten Kränze winden, und alle Viehherden von heute an dein Eigentum sind?“ Doch als Eunice dies hörte, rückte sie plötzlich etwas von seiner Seite hinweg und fragte erstaunt: „Warum sagst du mir das, Herr?“ Darauf rückte sie wieder mehr an ihn heran und öffnete die Augen weit vor Entsetzen; sie wurde weiß wie Leinwand, er aber lächelte und sagte nur das eine Wort: „Ja!“ – Ein kurzes Schweigen folgte, ein leiser Wind fuhr durch die Blätter. Beim Anblick Eunices glaubte Petronius ein Marmorbild vor sich zu haben. „Eunice“, sagte er nach einigem Stillschweigen, „ich möchte heiter sterben." – „Ich höre dich, Herr", sagte Eunice mit schmerzlichem Lächeln. –

Am Abend kamen die Gäste massenhaft zu dem Feste des Petronius und niemand ahnte, dass dieses Mahl sein letztes Symposion sein sollte. Es war zwar bekannt, dass Petronius in Ungnade gefallen war, doch hatte er stets durch seine geistige Überlegenheit den Kaiser noch im letzten Augenblick umzustimmen gewusst, sodass niemand an eine ernste Gefahr dachte. Sein heiteres Gesicht und sein gewohntes sorgloses Lächeln, mit dem er die Gäste begrüßte, musste alle in dieser Meinung bestärken. Auch die schöne Eunice, die jedes seiner Worte als einen Orakelspruch und jeden Wunsch als einen Befehl aufnahm, zeigte vollkommenen Frieden auf ihrem Gesichte; nur ihre Augen blitzten zuweilen seltsam auf. In der Tür nach dem Triklinium standen griechische Knaben und legten den Eintretenden Kränze und Rosen auf und ermahnten sie gleichzeitig, mit dem rechten Fuße die Schwelle zu überschreiten. Im Triklinium selbst verbreitete sich leichter Veilchenduft; das Licht flimmerte in dem buntfarbigen alexandrischen Glase. An den Bänken standen griechische Mädchen; sie trugen das Haar in goldenen Netzen und warteten auf die Gäste, um ihnen die Füße mit wohlriechenden Ölen zu befeuchten. Die Tafel strotzte von Goldgefäßen, war aber nicht überladen.

Ungezwungene Heiterkeit herrschte unter den Gästen, und ein Gesumme von Stimmen erfüllte das Triklinium, als ob sich ein Bienenschwarm auf einen blühenden Apfelbaum niederlässt; man hörte dann und wann fröhliches Lachen, auch Lobsprüche über das Fest und dessen Veranstalter. Man trank Wein, opferte auch davon den Göttern, denn obwohl viele an Götter nicht glaubten, war es doch so Brauch, aß von den ausgesuchtesten Gerichten und war wie gewöhnlich bei solchen Gelagen auch ausgelassen. Petronius ruhte neben Eunice und erzählte ihr Neuigkeiten von Rom. Sein Gespräch war bald wie ein Sonnenstrahl, der einen Gegenstand nach dem anderen beleuchtet, bald wie ein Zephyr, der mit Blumen spielt. Doch als das Festgelage den Höhepunkt der Feierlichkeiten erreichte, richtete er sich auf seinen syrischen Kissen etwas in die Höhe und sagte: „Freunde, erlaubt mir, dass ich bei diesem Feste mit einer Bitte an euch herantrete. Nehmet als Geschenk von mir die Becher, aus denen ihr den Göttern zu Ehren und auf mein Wohl getrunken habt."

In Rom war es nichts Ungewöhnliches, bei Gastmählern Geschenke auszuteilen, aber die Becher des Petronius funkelten so prächtig von Gold und Juwelen, es waren solche Meisterwerke der Bildhauerkunst darunter, dass die Beschenkten in lauten Jubel ausbrachen. Einige zögerten, das Geschenk anzunehmen, denn diese Freigebigkeit erschien ihnen übertrieben, andere dankten und lobten den Spender, wieder andere meinten, dass nicht einmal Jupiter die anderen Götter im Olymp mit dergleichen Kostbarkeiten beschenke. Petronius aber erhob einen in Regenbogenfarben schillernden myrrhenischen Becher von schier unbezahlbarem Wert und sprach:

„Aus diesem hier habe ich zu Ehren der zyprischen Göttin Wein vergossen, von nun an soll ihn kein Mund mehr berühren, keine Hand mehr anfassen." Damit warf er das kostbare Gefäß auf den mit veilchenfarbenen Safranblüten bestreuten Mosaikboden, wo es in kleine Stücke zerschellte. „Seit fröhlich, Freunde, und wundert euch nicht", sagte er, als er überall erstaunten Blicken begegnete. „Ich will euch ein gutes Beispiel und einen guten Rat geben. Das Alter, die Kraftlosigkeit, sind schlimme Gefährten der letzten Lebensjahre, man tut daher besser, nicht darauf zu warten, sondern früher, freiwillig zu gehen, wie ich es tue." – „Was willst du beginnen?", fragten einige Gäste unruhig. – „Ich will fröhlich sein, trinken, diese göttlichen Formen an meiner Seite betrachten und schließlich bei Spiel und Gesang mit bekränztem Haupte enden. Vom

Kaiser habe ich schon Abschied genommen; wollt ihr hören, was ich ihm schrieb?“

Bei diesen Worten zog er die Abschrift eines Briefes unter dem Purpurkissen hervor und las: „Ich weiß, mein Kaiser, dass du meine Ankunft mit Ungeduld erwartest und dass dein treues Freundesherz Tag und Nacht nach mir schmachtet. Ich weiß, dass du beabsichtigst, mich mit Liebesgaben zu überschütten, mich zum Präfekten der Prätorianer zu ernennen, den Tigellinus aber zu dem zu machen, wozu die Götter ihn bestimmten, nämlich zum Mauleselhüter auf den Besitzungen, die dir nach der Vergiftung des Domitius zufielen. Doch ich schwöre dir beim Hades und den darin befindlichen Schatten deiner Mutter, deiner Gattin, deines Bruders, deines Stiefsohnes und Senecas, dass ich nicht mehr zu dir kommen kann. Das Leben ist ein zu kostbarer Schatz, mein Lieber, ich habe es verstanden, die wertvollsten Juwelen daraus für mich auszuwählen: Aber es gibt einiges im Leben, was ich nicht ertragen kann. Glaube aber niemals, dass ich darüber verstimmt bin, dass du deine Mutter, deinen Bruder und deine Gattin umgebracht, Rom niedergebrannt und alle ehrbaren Menschen deines Reiches in den Erebos geschickt hast. Nein, mein lieber Urenkel des Kronos: Tod ist der Menschen Los, und von dir konnte man nichts anderes erwarten. Aber meine Ohren noch länger durch deinen Gesang beleidigen zu lassen, mich beim Tanz von deinem Domitiusbauch auf den dürren Beinen anwidern zu lassen, dein Spiel, deine Deklamation und deine Gedichte anhören zu müssen, du armer Vorstadtpoet, das übersteigt meine Kräfte und weckt in mir die Sehnsucht nach dem Tode. Rom verstopft sich die Ohren, wenn es dich hört, die Welt verlacht dich, ich aber kann nicht mehr länger für dich erröten. Wenn auch vielleicht das Heulen des Cerberus mit deinem Gesange etwas Ähnlichkeit hat, so werde ich nicht so empfindlich dagegen sein, denn ich war niemals sein

Freund und habe daher keine Verpflichtung, mich seiner Stimme zu schämen. Lebewohl, aber singe nicht: Morde, aber mache keine Verse: Vergifte, aber tanze nicht: Zünde Städte an, aber schlage nicht die Zither – dies wünscht dir und diesen letzten freundschaftlichen Rat erteilt dir der *Arbiter elegantiarum*."

Die Gäste waren starr vor Schrecken, denn sie wussten, dass der Verlust seines Reiches für den Kaiser kein so grausamer Schlag sein würde, als dieser Brief. Auch wussten sie, dass der Mann, der diesen Brief geschrieben hatte, sterben müsse, und der Gedanke allein, solche Worte angehört zu haben, überlief sie eiskalt. Petronius aber lachte so laut und herzlich, als handle es sich um einen lustigen Scherz.

„Freuet euch, aber ängstigt euch nicht! Ihr braucht euch dessen nicht zu rühmen, den Inhalt dieses Briefes zu kennen, und ich werde es nur dem Charon allein verraten." Darauf winkte er seinem Arzte Theocles und hielt ihm den Arm hin. Der behende Grieche umwickelte den Arm mit einem Goldband und öffnete im Handgelenk die Adern. Das Blut spritzt hoch auf, über die Purpurkissen, über Eunice, die sich über Petronius neigte und seinen Kopf hielt. „Herr!", sagte sie, „Dachtest du, ich würde dich verlassen? Und wenn mir die Götter die Unsterblichkeit und der Kaiser die Herrschaft über die ganze Welt verleihen wollten, würde ich dir dennoch folgen!" Da lächelte Petronius, und indem er sich etwas aufrichtete und ihre Lippen mit den seinen berührte, sagte er: „So komm mit mir!" Sie aber hielt dem Arzte ihren rosigen Arm hin, und bald floss ihr Blut und vermischte sich mit dem seinen.

Petronius winkte dem Chordirigenten, und Gesang und Saitenspiel ertönte. Zuerst erklang das Lied *Harmodios* und dann sang man einen Hymnus von Anakreon, worin der Dichter ein Kind der Aphrodite feiert, das er ermattet und verweint vor seiner Tür findet, sich dessen erbarmt, es bei sich aufnimmt, ihm die Flügel trocknet, das ihm aber mit dem Liebespfeil sein Herz durchbohrt und er von dem Augenblick ab seine innere Ruhe verliert. – Und aneinander gelehnt, schön wie zwei Götter, lauschten beide der Musik und lächelten und wurden merklich bleich. Nach beendetem Liede befahl Petronius noch Wein und Speisen herumzureichen, unterhielt sich mit den Gästen über geringfügige, aber angenehme Sachen, die meist das Gesprächsthema an der Festtafel bildet.

Dann rief er wieder den Arzt und ließ sich die Wunde verbinden, um noch eine Weile zu schlummern, bevor ihn Thanatos in seine Arme schließe. Als er aus seinem Schlummer erwachte, lag der Kopf Eunices schon wie eine weiße Blume auf seiner Brust. Er legte ihn auf das Purpurkissen, worauf er die schönen Züge nochmals betrachtete und sich die Adern wieder zu öffnen befahl. Die Sänger mussten wieder ein neues Lied Anakreons anstimmen; die Zithern spielten ganz leise, um die Worte nicht zu übertönen. Als die letzten Klänge verstummten, wendete sich Petronius nochmals an seine Gäste und sprach: „Freunde, gesteht: mit uns geht unter …"

Weiter kam er nicht. Mit der letzten Bewegung seines Armes umfing er Eunice, dann sank sein Haupt zurück: Er war tot. – Die Gäste aber betrachteten die bleichen, göttergleichen Leiber und begriffen nun, dass mit ihnen das einzige zu Grabe getragen werde, was ihrer Welt noch geblieben war: die Poesie und die Schönheit.

Ausklang.

Anfangs schien die Empörung der gallischen Legionen unter Vindex ungefährlich. Nero war erst einunddreißig Jahre alt, und niemand wagte daher zu hoffen, dass die Welt bald von ihm befreit werden könnte. Man erinnerte sich ähnlicher Aufstände unter früheren Regierungen, die bald unterdrückt wurden, besonders an die Empörung der pannonischen Legionen unter Kaiser Tiberius, der Drusus ein Ende machte. „Wer könnte auch Neros Nachfolger werden?“, fragte man sich, da er die ganze Nachkommenschaft des göttlichen Augustus umgebracht hatte. Einige empfanden sogar eine gewisse Sehnsucht nach dem göttlichen Imperator seit dessen Abreise nach Achaja, denn Helius und Polythetes, die während der Kunstreise Neros nach Griechenland die Herrschaft über Rom und Italien hatten, übertrafen ihn noch an Grausamkeiten. Und niemand war mehr seines Lebens und Besitztums sicher. Das Gesetz hatte keine Geltung mehr.

Es gab weder Menschenwürde noch Tugend; die Familienbande waren völlig gelöst und die verzagten Herzen wagten nicht mehr zu hoffen. Aus Griechenland drangen Nachrichten her von unglaublichen Triumphen des Kaisers, von Hunderten von Kronen, die er erhalten hatte; man erzählte, dass er Tausende von Wettbewerbern besiegt habe. Die ganze Welt schien blutige und lächerliche Orgien zu feiern, die Tugend und das gesamte Leben schien ausgestorben, und die Zeit des Tanzes, der Musik, der Ausgelassenheit und des Blutes schien gekommen zu sein. Selbst der Kaiser, dem das Volk den Weg zu Verbrechen zeigte, kümmerte sich wenig um die aufrührerischen

Legionen des Vindex. Er dachte gar nicht daran, Achaja so schnell zu verlassen, und erst auf die Meldung des Helios, dass ihm ein weiteres Aufschieben der Rückkehr die Krone kosten könne, reiste er nach Neapel ab. Dort sang er von neuem und spielte Komödie und hörte gar nicht auf die beunruhigenden Nachrichten.

Vergeblich erinnerte ihn Tigellinus an die aufständischen Legionen. Nero hatte immer nur dieselbe Antwort: „Hier lauschen die Griechen meinem Gesange, sie verstehen meine Kunst zu würdigen, sie allein sind wert, meinen Gesang zu hören. Die Kunst zu pflegen ist meine erste Pflicht." Erst als er hörte, Vindex habe ihn einen armseligen Künstler genannt, raffte er sich auf und kehrte nach Rom zurück. Die ihm durch Petronius geschlagenen Wunden hatte der Aufenthalt in Achaja geheilt, doch für diesen neuen Schimpf wollte er vom Senat Genugtuung verlangen.

Unterwegs erblickte er eine Gruppe aus Bronze, die einen gallischen Krieger darstellte, der von einem römischen Ritter überwunden wird; dies hielt er für eine gute Vorbedeutung und dachte nunmehr mit Lachen an die aufständischen Legionen. Der Einzug stellte alle bisherigen Triumphzüge in Schatten. Er fuhr in dem Triumphwagen, den einst Augustus benutzt hatte. Man zerstörte einen Bogen des Zirkus, um für den Einzug genügend Raum zu gewinnen. Der Senat, die Ritter und eine unübersehbare Menge ging dem Sieger entgegen. Die Mauern ertönten unter dem Jubelgeschrei: „Sei gegrüßt, Augustus, sei gegrüßt, Herkules! Göttlicher! Olympischer! Pythischer! Unsterblicher! Sei gegrüßt!"

Hinter dem Triumphwagen trug man die Siegeskränze und Tafeln, auf denen die Städte niedergeschrieben waren, in denen er aufgetreten war, wie auch die Namen der Besiegten. Nero war wie berauscht und fragte die ihn umgebenden Augustianer gerührt, was denn Cäsars Triumphzug im Vergleich zu dem seinen bedeute? Der Gedanke, dass ein Sterblicher gegen ihn, den Meister, den Halbgott aufzutreten wage, wollte ihm nicht in den Sinn; er fühlte sich als Gott, und als solcher unantastbar. Die begeisterte Menge stärkte ihn in seinem Wahne nur noch mehr; es war an diesem Tage des Triumphes, als ob nicht nur der Cäsar und die Stadt, sondern die Welt den Verstand verloren hätte, und unter den Blumen und Stößen von Kränzen sah niemand den drohenden Abgrund.

Noch am selben Tage waren die Säulen und Tempelmauern mit Inschriften bedeckt, die die kaiserlichen Verbrechen enthielten, die ihn verspotteten, und durch die ihm mit Rache gedroht wurde. Von Mund zu Mund ging das Witzwort: „Er sang bis die Hähne (oder Gallier) erwachten". Eine Unruhe bemächtigte sich der Augustianer, die eine ernste Gefahr vor Augen sahen. Doch Nero lebte weiter für Musik und Theater. Er beschäftigte sich mit neu erfundenen Musikinstrumenten und ließ eine Orgel, die durch Wasser getrieben wurde, auf dem Palatinus ausprobieren. Der kindisch gewordene Nero wollte von der Gefahr nichts wissen, die er durch prächtige Vorstellungen, in denen er selbst aufzutreten gedachte, niederhalten zu können glaubte. Tausenderlei Pläne durchkreuzten täglich sein Hirn.

Bald ließ er Musikinstrumente auf Wagen verladen und junge Sklavinnen in Amazonengewänder stecken, bald träumte er, die empörten Legionen mit einem Lied versöhnen zu können. Er sah sich von Soldaten umringt, die mit Tränen der Rührung in den Augen seinem Gesange lauschten, und glaubte so den Anbruch einer goldenen Epoche zu erleben. Dann wieder rief er nach Blut, oder er sprach davon, sich mit der Oberherrschaft über Ägypten begnügen zu wollen. Er dachte auch an die Wahrsager, die ihm die Herrschaft über Jerusalem geweissagt hatten, oder er dachte sich voll Rührung in die Rolle eines wandelnden Sängers hinein. Er wollte sich auf diese Weise sein

Brot verdienen, und nicht mehr als Beherrscher der Welt, sondern als der größte Künstler der Erde verehrt werden. So spielte er, verwarf die eben gefassten Pläne, machte wieder neue, tobte und lachte, gab Befehle, um sie im nächsten Augenblick zu widerrufen, machte Gedichte, verwarf sie wieder, spielte eine lächerliche Komödie.

Inzwischen wuchs die Wolke im Westen und wurde immer drohender. Das Maß war überschritten, die tolle Komödie näherte sich ihrem Ende. Als die Nachricht von Galba und dem Aufstande in Spanien zu Nero gelangte, verfiel er in Raserei. Er zertrümmerte die Becher und warf die vor ihm stehende Festtafel zu Boden, er gab Befehle, die weder Helius noch Tigellinus auszuführen wagten. Er befahl, die in Rom lebenden Gallier umzubringen, Rom wiederum in Brand zu stecken, die wilden Tiere aus den Arenen loszulassen und die Residenz nach Alexandria zu verlegen: Und vor allem schien ihm dies das Beste. Doch die Tage seiner Allmacht waren vorbei, und selbst die Vertrauten erblickten in ihm nur noch einen Narren.

Der Tod des Vindex und die Unabhängigkeit der aufrührerischen Legionen schienen die Waagschale wieder für kurze Zeit auf seine Seite zu neigen. Man fing schon an, Festmahle und Triumphzüge in Aussicht zu stellen, als eines Nachts ein Bote auf schaumbedecktem Rosse aus dem Lager der Prätorianer eintraf, mit der Meldung, dass die Soldaten, selbst in der Stadt, die Fahne des Aufruhrs erhoben und den Galba zum Kaiser ausgerufen hätten. Der Kaiser schlief, als der Bote anlangte, und als er aufwachte, rief er vergeblich nach den Wachen, die vor dem Schlafgemach aufgestellt waren. Im Palaste war es leer. Nur in den entlegenen Räumen raubten die Sklaven, was ihnen gerade in die Hände fiel. Bei Neros Anblick stoben sie erschrocken auseinander, und er irrte einsam und verlassen durch den Palast, den er mit seinem Jammern und

Angstgeschrei erfüllte. Schließlich kamen die Freigelassenen Faon, Sporus und Epaphrodit herbei.

Sie beredeten ihn zur Flucht und suchten ihm klarzumachen, dass alles vorbei und keine Zeit mehr zu verlieren sei; er aber gab sich noch immer trügerischen Hoffnungen hin. Er wollte sich in Trauergewänder hüllen und an den Senat eine Ansprache halten, seine Tränen und seine Beredsamkeit mussten das Volk erweichen. Auf eine Präfektur in Ägypten hoffte er bestimmt. Die Freigelassenen aber, zu schmeicheln gewohnt, wagten noch nicht zu widersprechen, gaben ihm jedoch zu bedenken, dass ihn das empörte Volk in Stücke reißen würde, bevor er noch das Forum erreichen könne, und drohten schließlich, ihn ebenfalls zu verlassen, wenn er nicht sogleich das bereitstehende Pferd besteigen würde. Faon bot ihm seine Villa vor dem Nomentanischen Tore als Zufluchtsort an.

Alle vier hüllten sich in Kapuzenmäntel, bestiegen Pferde und eilten bei anbrechendem Morgen dem Stadttore zu. Ein außergewöhnliches Treiben herrschte in den Straßen, überall konnte man Soldaten begegnen. In der Nähe des Lagers scheute Neros Pferd vor einem am Wege liegenden Leichname, wobei dem Kaiser die Kapuze vom Kopfe glitt. Ein vorübergehender Soldat erkannte ihn, war aber über das unerwartete Zusammentreffen so verwirrt, dass er militärisch grüßte und ihn vorüberließ. Als die vier Reiter am Lager der Prätorianer angelangt waren, vernahmen sie laute Hochrufe auf Galba.

Nun endlich erkannte Nero, dass sein Ende gekommen sei. Er war von Gewissensbissen erfüllt und glaubte in einer dunklen Wolke Mutter, Gattin, Bruder und eine unzählige Menge anderer Gemordeter zu sehen. Sein feistes Antlitz wurde leichenblass und die Zähne schlugen aneinander. Obwohl ihm die Freigelassenen jetzt nicht mehr verhehlten, dass er keinen anderen Ausweg habe als den Tod, fing er an, Ausflüchte zu suchen. Er deklamierte pathetisch, dass der Augenblick noch nicht gekommen sei, und fing wiederum mit seinen Zitaten an. Schließlich bat er, man möge ihn verbrennen. Dann rief er wieder: „Vater, Mutter und Gattin rufen mich und wollen meinen Tod."

Das Nomentanische Tor war geöffnet. Ihr weiterer Weg führte sie in die Nähe des Ostraniums, wo Petrus gelehrt und getauft hatte. Bei Tageseinbruch erreichten sie Faons Villa, wo ihm der Freigelassene nicht länger die Tatsache verbarg, dass er sterben müsse. Er gab seinen Leuten Befehl, ein Grab zu machen, und ließ Nero sich auf die Erde legen, damit das Maß genau genommen werden könne. Der Anblick der aufgeworfenen Erde erfüllten Nero mit Schrecken. Sein fleischiges Antlitz wurde weiß, auf seiner Stirn stand der Schweiß in Tropfen wie der Morgentau.

Er zögerte. Endlich rief er: „O, welch ein Künstler stirbt in mir!" Da langte ein Bote Faons mit der Nachricht an, der Senat habe das Urteil bereits gesprochen; es laute für den Parricida auf Tod in der für dieses Verbrechen üblichen Weise. – „Auf welche Weise geschieht das?", fragte Nero mit blassen Lippen. – „Man klemmt dich mit einer Mistgabel am Halse fest und peitscht dich zu Tode; der Kadaver wird in den Tiber geworfen", entgegnete Epaphrodit schroff.

Aus Furcht, ergriffen zu werden, eilte er nach einem nahe gelegenen Sumpfe, wo er sich mit seinen Begleitern im Schilfe versteckte. Die Gluthitze des Sommers brütete zwar einen unausstehlichen Gestank über den Sumpf aus, aber Nero achtete darauf nicht. So überwältigend hatten ihn Schrecken und Entsetzen ergriffen, dass er sich auf den hässlichen Boden des Sumpfes niederlegte, um nicht von Vorübergehenden erblickt zu werden. In dieser kläglichen Lage verblieb er einen vollen Tag. Seine erdrosselte Gattin, seine erstochene Mutter und die Tausende alle, die er schuldlos hinschlachten ließ, erhoben sich wie Rachegeister vor seiner gepeinigten Seele.

Nero winselte und wimmerte, vergoss Tränen und verschmachtete in den schrecklichsten Qualen. Gegen Morgen erschien ein Zenturio an der Spitze einer Soldatenschar, die den Kopf des Ahenobarbus holen sollte. Bei ihrem Anblicke bat Nero seine Diener, ihn zu ermorden. Als sich diese weigerten, rief er: „So bin ich der einzige, der weder Freund noch Feind hat.“ – „Beeile dich, dies selbst zu tun“, riefen die Freigelassenen.

Darauf setze Nero das Messer an die Kehle, stach aber nur zaghaft zu. Da half ihm Epaphrodit vollends, das Messer bis ans Heft hineinzustoßen. Die Augen sprangen aus den Höhlen, groß, schrecklich mit entsetztem Ausdrucke. „Ich bringe dir das Leben!“, rief der Zenturio. – „Zu spät!“, röchelte Nero. – Dann fügte er hinzu: „Das ist Treue!“

Blitzschnell brach er zusammen, und zuckend und stöhnend lag der Kaiser in seinem Blute, das von seinem breiten Nacken wie ein schwarzer Strom hinabfloss, seine Füße stampften das Erdreich auf, und er hauchte sein Leben aus.

Neros einstige Ammen Ecloga und Alexandria und die treue Acte hüllten am nächsten Tage den Leichnam in kostbare Gewebe und verbrannten ihn auf einem mit Wohlgerüchen besprengten Scheiterhaufen.

So verschwand Nero, wie ein Sturm, eine Feuersbrunst, ein Krieg oder eine Pest verschwinden, und die Basilika des Petrus ragt noch heute von den Höhen des Vatikans gen Himmel. Aber unweit von dem früheren Kapenischen Tore steht noch heute eine kleine Kapelle mit der etwas verwischten Aufschrift:

„Quo vadis, Domine?“